HEYNE <

Das Buch

Die junge unkonventionelle und exotische Madelin hätte nicht gedacht, dass sie ihre Heimatstadt Wien und ihre Halbschwester Anna unter diesen Umständen wiedersehen wird: in Zeiten des Krieges und mit einer Bitte um Geld, um einem Freund das Leben zu retten. Doch diese Hilfe wird ihr verweigert. Gerade, als die so verschiedenen Schwestern sich einander wieder annähern, fordert die Belagerung der Stadt durch die Osmanen ihren schicksalhaften Zoll. Damit stehen nicht nur die Leben von Anna, von Madelin und ihrem Freund auf dem Spiel, sondern die Zukunft von ganz Wien! Madeline muss die wahre Bedeutung ihrer Wahrsagekarten verstehen, um sich und unzählige Menschenleben zu retten. Doch das Schicksal zu lesen, ist Gnade und Fluch zugleich.
Fesselnde historische Unterhaltung über eine Frau, die sich mutig ihrer Aufgabe stellt.

Die Autorin

Lena Falkenhagen, geboren 1973 in Celle, arbeitete nach ihrem Studium der Germanistik und Anglistik als Übersetzerin, Lektorin und Autorin für Fantasy-Rollenspiele. Als Redakteurin Aventuriens gestaltet sie die größte phantastische Rollenspielwelt Deutschlands mit. Nach *Das Mädchen und der Schwarze Tod* und *Die Lichtermagd* ist *Die Schicksalsleserin* ihr dritter historischer Roman. Die 2010 mit dem DeLiA-Preis ausgezeichnete Autorin lebt in Hannover, wo sie an ihrem nächsten Roman arbeitet.

Lieferbare Titel

Das Mädchen und der Schwarze Tod – Die Lichtermagd

LENA FALKENHAGEN

Die Schicksalsleserin

Historischer Roman

WILHELM HEYNE VERLAG
MÜNCHEN

FSC
Mix
Produktgruppe aus vorbildlich
bewirtschafteten Wäldern und
anderen kontrollierten Herkünften

Zert.-Nr. SGS-COC-001940
www.fsc.org
© 1996 Forest Stewardship Council

Verlagsgruppe Random House FSC-DEU-0100
Das für dieses Buch verwendete
FSC-zertifizierte Papier *Holmen Book Cream*
liefert Holmen Paper, Hallstavik Schweden.

Originalausgabe 09/2010

Redaktion: Eva Philippon
Printed in Germany 2010

Umschlagabbildungen: A Fair Hand, 1873 (oil on canvas),
Carolus, Jean (op. 1850–73)/Private Collection/Photo © Bonhams,
London, UK/The Bridgeman Art Library
Umschlaggestaltung: Nele Schütz Design, München
Satz: Leingärtner, Nabburg
Druck und Bindung: GGP Media GmbH, Pößneck
ISBN: 978-3-453-47103-0

www.heyne.de

Für Lars, Olli und Rike.

Schotten-
vorstadt
1 Schottentor
2 Schottenkloster
3 Minoritenkloster
4 Werderturm
5 Fischerstiege
6 Maria am Gestade
7 Fachturm
8 St. Ruprecht
9 Rotenturmtor
10 Schranne
11 St. Peter
12 Heiltumsstuhl
13 St. Michael
14 Hofburg
15 Widmerturm mit Burgtor
16 Augustinerkloster
17 Hofers Werkstatt
18 St. Clara
19 Kärntner Tor
20 gen Bollwerk St. Anton
21 Mehlgrube
22 St. Stephan
23 Nova Structura
24 Woffenbergers Werkstatt
25 Kodrei Goldberg
26 Stubentor
27 Niklasvorstadt
Vor den
Schotten
Am Hof
Platz vor der Burg
Widmer-
vorstadt
Kärntner
Vorstadt

Wien
anno 1529
Donau-Arm
Salzgries
Hoher Markt
Unter den Fleischbänken
Alter Fleischmarkt
Rossmarkt
Neuer Markt
Kärntner Straße
N
4
5
6
7
8
9
10
11
12
19
20
21
22
23
24
25
26
27

Prolog

Das Primglöcklein am Stephansdom der Stadt Wien schlug mit hellem Klang eine Viertelstunde an. Ahnungslose Stille hing zwischen den Fachwerkhäusern der nächtlichen Gassen, das Straßenpflaster des Stubenviertels glänzte noch vom spätsommerlichen Regen. Dunkelheit hatte ihre kühlen Finger nach den Häusern ausgestreckt und liebkoste die Gemäuer; jeder unbescholtene Bürger hatte die Türen und Fensterläden längst hinter sich verriegelt, das Feuer im Herd herunterbrennen lassen und die Kerzen zur Nacht verlöscht.

Als sich in einer Toreinfahrt eine Gestalt bewegte, waren ihre Umrisse kaum wahrnehmbar. Das sachte Schwingen des langen grauen Umhangs hätte einem Beobachter erst bei genauerem Hinschauen offenbart, dass dort jemand stand. Doch um diese mitternächtliche Stunde lag die Bäckerstraße bei der *Nova Structura*, dem hoch aufragenden neuen Gebäude der Universität Wien, verwaist da.

Der Mann im langen Umhang blickte sich noch einmal absichernd nach rechts und links um, bevor er sich aus der Toreinfahrt löste. Er kreuzte gemessenen Schrittes die Straße und tauchte in den Schatten des gegenüberliegenden Hauses ab, dessen steinkühle Mauern ihn stumm in Empfang nahmen. Dann schob er die Tür zu dem Gebäude auf und schlüpfte hinein.

Nur das Mondlicht, das in blassem Farbspiel durch die Glasfenster fiel, erhellte zaghaft das Innere des Gebäudes. Einige atemlose Herzschläge verharrte die Gestalt, lauschend, ob sich irgendwo etwas regte. Dann eilte der Mann die Treppe hinauf, in Richtung Bibliothek. Das Schaben der Stiefel auf dem Steinboden und das leise Stöhnen der Treppenstufen durchbrachen die Stille in den schummerigen Gängen kaum.

Bei einer zweiflügeligen holzgeschnitzten Tür hielt er erneut inne. Das Mondlicht fiel durch ein gläsernes Mosaik mit der heiligen Katharina und tauchte den Gang in warme Braun- und Rottöne. Er drückte eine verzierte Klinke hinunter und zog daran, doch die Tür gab nicht nach. Stoff raschelte, Metall schlug an Metall. Einen kurzen Moment verharrte der Mann und lauschte, ob jemand auf das Geräusch aufmerksam geworden war. Als die Stille anhielt, entließ er leise pfeifend den angehaltenen Atem. Er schob erst einen, dann einen zweiten und einen dritten Diebschlüssel in das große Schloss der Bibliothekstür. Schließlich wählte er einen vierten, der passte. Das lange Eiseninstrument glitt in das Schlüsselloch, er bewegte es hin und her, bis es die Schlossfalle fand und sie aus ihrer Verschlusslage drückte. Der Mechanismus knackte laut und sandte ein Echo durch den Treppenflur. Wieder verharrte der Eindringling für einige Augenblicke. Die beiden metallischen Köpfe, die spiegelbildlich auf dem Türschloss angebracht waren, schienen ihn im Mondlicht vorwurfsvoll anzustarren. Als immer noch alles still blieb, schob er die Tür mit quietschenden Angeln leise auf. Er warf einen letzten Blick in den leeren Flur, bevor er in die Kammer glitt.

An der Wand hing ein großer Bogen Karton, auf dem sich eine Übersicht der Bücher befand. Die Fenster des Raumes waren vergittert, die Tür von innen mit Eisenriemen verstärkt. Die festen Lederrücken wirkten teils frisch gegerbt, teils alt und brüchig. Ihr Äußeres täuschte über ihren Wert hinweg – manche waren an Pulte gekettet, damit man sie nicht entwenden konnte. Die winzigen Fenster in der Bibliothek ließen spärliches Licht hereinfallen, doch es reichte offenbar, um der Gestalt den Weg zu weisen: Ohne sich weiter um Vorsicht zu bemühen, ging der Mann zielstrebig zu einem Regal hinüber. Der Schall der Schritte auf dem Holzboden wurde von den ledergebundenen Büchern weitgehend gedämpft. Bald griff er sich einen bestimmten Band heraus, trug ihn vorsichtig zu einem der vom Mond erhellten Pulte am Fenster, legte ihn darauf ab und studierte die Signatur. Er nickte zufrieden und schlug es auf.

Auf den Seiten waren Dreiecke, Kreise, Rechtecke abgebildet; manche durchschnitten von Linien, andere mit kleinen Zahlen versehen. Die behandschuhte Hand blätterte grob durch die Seiten, bis ein gefalteter Bogen herausrutschte. Eilig griff er danach und schlug ihn auf. Zum Vorschein kam eine einfache Karte, die Wien zeigte, mehr einem Gemälde ähnlich denn einem Plan. Der Mauerkranz wirkte wie ein Ei, zwei Flüsse schlängelten sich mit engen Schwüngen über das Papier. Die Ränder waren von oben bis unten angefüllt mit langen Kolumnen aus Zeichen und Kritzeleien. Winzige, aber dennoch detailgetreue Zeichnungen von Gebäuden mit Türmchen, Erkern und Gauben dienten als Orientierungspunkte, manche mit geschwungener Schrift gekennzeichnet. *Ste Stephan* stand da. *Newer Markt* an anderer Stelle. Daneben fanden sich winzige, eng geschriebene Zahlenkolonnen mit weiteren Bezeichnungen. *Kerner Tor zu Laslas Turme* war an einer Stelle geschrieben. Darauf folgte ein Eintrag von 2394 Fuß. *Laslasturme bis hinüber zum Purghtor* war ein weiterer Eintrag.

Das einsame Bellen eines Hundes auf der Straße schreckte die Gestalt aus ihrem Studium der Karte auf. Schnell faltete der Eindringling den Bogen wieder zusammen und ließ ihn unter dem grauen bodenlangen Umhang verschwinden. Er klappte das Buch zu, und kaum hatte er es wieder an seinen Platz zurückgestellt, erklangen im Treppenhaus Schritte.

Der Mann huschte zur Tür, als sich auch schon der Hall besohlter Stiefel auf der Treppe näherte. Ein Nachtwächter? Kam er mit oder ohne Hund? Die Klinke einer nahen Tür wurde gedrückt, daran gerüttelt – sie war offenbar verschlossen. Die Gestalt huschte in den toten Winkel hinter der Bibliothekstür, als deren Klinke sich auch schon bewegte. Leise knarrend öffnete sich die Tür einen schmalen Spalt breit und ließ einen Kegel flackernden Lichtes hereinfallen. Jemand schnaufte erstaunt. »Die ist ja offen.«

Der Spalt vergrößerte sich, dann wurde die Tür zur Bibliothek weit geöffnet. Der Fremde im grauen Umhang dahinter erstarrte, als er einen bärtigen Mann eintreten sah. Der große Raum wurde von seiner angehobenen Laterne nur unzureichend erhellt. Ein Hund war nicht dabei, zweifellos hätte er den Verborgenen sofort im Dunkeln entdeckt. »Verdammte Studenten«, murmelte der Bärtige und schnüffelte, als ginge er einem merkwürdigen Geruch nach. Dann machte er ein paar weitere Schritte in den Raum hinein und leuchtete eine Nische zwischen zwei Regalen aus, verharrte einen Moment und lauschte. Die Gestalt hinter der Tür hielt die Luft an.

Der Nachtwächter neigte den Kopf, als könne er die Schatten der Bibliothek flüstern hören. Dann nickte er. »Kein Verlass auf diese Gesellen. Wissen nicht mal, wie man einen Schlüssel bedient!« Er wandte sich um und ging wieder hinaus. Die Tür fiel ins Schloss, dann klapperte der Schlüssel. Die Schritte entfernten sich.

Der Mann im grauen Umhang löste sich aus der Ecke und trat ans Fenster. Dort stand er lauschend, bis die *Nova Structura* und die Bäckerstraße wieder still dalagen. Dann öffnete er geschickt die Bibliothekstür mit dem Diebschlüssel, huschte hinaus in den Gang und verschloss sie hinter sich wieder auf dieselbe Weise. Mit schnellen Schritten eilte der Eindringling die Treppe hinunter und verharrte an der Eingangstüre. Als auch draußen nichts zu hören war, tastete er nach der Karte unter dem Umhang, wie um sicherzustellen, dass sie auch gut verwahrt war. Dann zog er die Tür auf und huschte hinaus auf die Straße. Nur wenige Augenblicke später hatte ihn die Dunkelheit verschluckt.

Endlich kam die Bäckerstraße Wiens in der Nacht des zwölften September 1529 wieder zur Ruhe. Es sollte eine der letzten Nächte dieses Jahres sein, die nicht von Krieg und Unruhen heimgesucht waren.

Kapitel 1

Rollender Donner weckte Madelin inmitten der Nacht. Dunkelheit herrschte in der Scheune, die nur ab und an von einem flackernden Blitz erhellt wurde. Am Eingang brannte ein niedriges Feuer.

Die junge Frau blinzelte sich den Schlaf aus den Augen und begann ein vertrautes morgendliches Ritual: Sie versuchte sich zu erinnern, wo sie gestern Abend ihr Haupt zur Ruhe gebettet hatte. Pressburg? Schwechat? Nein, all diese Orte hatte die Reisegruppe bereits in hastiger Fahrt hinter sich gebracht. Jetzt wusste sie es wieder, sie lag in der Scheune eines Weinbauern, eine Tagesreise von Wien entfernt.

Als Madelin ein gequältes Stöhnen von der anderen Seite der Scheune vernahm, war sie sofort hellwach. Es war wieder so weit: Franziskus, ihr lieber Freund und Weggefährte, rang einmal mehr mit sich selbst. Ein heller Blitz durchzuckte die Finsternis und beleuchtete ein dämonisches Bild: Franziskus' dürrer Leib bäumte sich in verrenkter, unmenschlicher Pose unter seiner Wolldecke auf, sein Gesicht war zu einem teuflischen Grinsen verzerrt, die Augen lagen im Schatten ihrer Höhlen. Eine neue Welle von Krämpfen durchfuhr den schmalen Mann, und er schlug mit den Armen um sich, als gälte es, einen unsichtbaren Feind zu vertreiben.

Daneben stand der Glatzkopf Miro, der breitschultrige Akrobat. »Ich … ich weiß nicht, wie ich ihn anfassen soll …«, stammelte er.

Madelin sprang auf, rüttelte Scheck, den Spielmann, der neben ihr lag, an der Schulter und lief zu ihnen hinüber. In Franziskus' Gepäck fand sie den festen Lederriemen, der bereits Bissspuren trug, und eilte damit an die Seite des zuckenden Gefährten. Sie räumte erst hastig sämtliche harten Gegenstände und Steine neben dem Lager aus dem Weg, an denen er sich hätte verletzen können. Dann kniete Madelin neben ihm nieder.

Franziskus' Körper bäumte sich auf, Schaum trat ihm vor den Mund und die Zähne knirschten furchterregend. Sein Gesicht wirkte noch immer wie eine hohnlachende Fratze, deren Anblick Madelin Schauer den Rücken hinabsandte. Als ein neuer Krampf seinen Körper durchfuhr, schlug sein Arm unvermittelt aus und traf die überraschte Frau an der Lippe. Ein kurzer Schreckensschrei entfuhr ihr, dann kam der Schmerz.

Madelin presste die kühlen Finger auf die Wunde. »Miro«, bat sie, »du musst ihn festhalten.«

Der Akrobat zögerte. »Kann nicht Scheck …?«, fragte er und deutete zu dem Spielmann hinüber, der nur langsam wach wurde.

»Nein, Scheck kann nicht. Halt ihn an den Schultern fest!« Der breitschultrige Mann hockte sich hinter Franziskus. Er versuchte seinen Kopf zu greifen, zog die Hände jedoch bei jeder Regung des dürren Mannes fort. »Wie der Deibel«, stieß Miro hervor, sprang auf und machte ein paar Schritte zurück. Er war bleich im Gesicht.

»Scheck!«, rief Madelin. Die Dringlichkeit in ihrer Stimme ließ den Spielmann schließlich hochfahren. Es dauerte nur ein paar Herzschläge, bis er an ihrer Seite stand.

»Verdammt. Schon wieder?« Scheck nahm ohne zu zögern den Platz ein, den Miro gerade geräumt hatte, wartete auf einen günstigen Moment und griff beherzt nach den Schultern des Tobenden. Dann drückte er ihn mit ganzer Kraft auf den Boden.

Jetzt erst wagte Madelin, sich dem Kopf des Freundes zu nähern. Obwohl Franziskus ihr sonst niemals ein Haar krümmen würde, musste sie jetzt achtgeben. In diesem Zustand war er nicht er selbst. Als sich die beiden Zahnreihen zu einem erstickten Schrei öffneten, schob sie ihm mit flinken Fingern den Lederriemen dazwischen.

»Achtung!«, rief Scheck, als Franziskus sich kräftig in seinem Griff wand. Madelin fuhr zurück, als sich die Zähne über dem Riemen schlossen. Dann ließ Scheck ihn toben. »Geschafft ...«

Wie üblich kam nach der Aufregung die Sorge. Madelin stand auf, wischte sich fahrig die Hände am roten Rock ab und atmete ein paarmal tief durch.

»Das ist das dritte Mal diese Woche«, sagte der Spielmann und legte ihr den Arm um die Schultern, um sie zu beruhigen.

»Ja«, sagte Madelin. »Wenn man nur wüsste, was ihn so plagt.«

»Morgen sind wir in Wien, kleine Taube. Dort gibt es nicht nur hinterwäldlerische Priester, die von Schwefel und Verdammnis daherschwätzen. Dort lehren sie auch Medizin an der Universität! Irgendjemand wird uns sagen können, was mit ihm los ist. Und wie man seine Anfälle heilen kann.«

»Hab noch nie einen Arzt gesehen, der jemanden gesund gemacht hat«, brummte Miro hinter ihnen. »Schon gar niemanden, der den Deibel im Leibe hat.«

»Das weißt' nicht«, murmelte die junge Frau.

Ihre Gedanken wanderten zum Ziel ihrer Reise. Wien. Madelin hatte ihrer Heimatstadt vor Jahren den Rücken gekehrt. Damals hatte sie sich geschworen, nie wieder in die alten Mauern zurückzukehren. Sechs Jahre lang war sie diesem Eid treu geblieben, und es war ihr nicht schwergefallen. Morgen würde sie ihn brechen und das, obwohl sie allein die Vorstellung hasste, wieder einen Fuß in die Gassen zwischen Stubentor und Schottenkloster, zwischen Kärntner Turm und Salztor setzen zu müssen.

Madelin seufzte. Sie mochte sich sträuben, so viel sie wollte, doch sie hatte keine Wahl. Die kleine Gemeinschaft hatte an diesem zweiundzwanzigsten September des Jahres 1529 von Pressburg her etliche beschwerliche Meilen hinter sich gebracht, um die Großstadt an der Donau zu erreichen. Sie hatten sich für diesen Weg um Franziskus' willen entschieden. Jetzt hing ihrer aller Leben davon ab, dass sie die Mauern Wiens bald erreichten, denn die Osmanen stießen nach Norden vor. An der Seite des gefürchteten Kriegervolkes ritten Tod und Verderben.

Madelin fühlte Schecks sorgenvollen Blick auf sich ruhen. »Bist du denn sicher, dass du dorthin mitgehen willst?«, fragte er.

»Wir haben uns alle dafür entschieden, nicht nach Prag und damit weg von den Osmanen zu ziehen«, erwiderte sie. »Wien hat dicke Steinmauern. Dort werden wir in Sicherheit sein.«

»Trifft das auch auf dich zu?«, fragte Scheck sanft. »Wirst auch du in Sicherheit sein?«

»Was soll ich denn sonst tun? Vor den Mauern warten, bis die Osmanen kommen? Oder alleine nach Prag weiterziehen?«

Scheck zuckte mit den Schultern und wies auf ihre dunklen Haarsträhnen. »Ich meine ja nur. Was, wenn den Leuten in Wien auffällt, dass du Ähnlichkeit mit einer Osmanin hast?«

»Die Leute haben mich schon immer schief angeschaut, weil ich anders aussehe, Scheck«, sagte Madelin. Sie strich sich die dunkle Haarsträhne hinters Ohr und senkte den Blick.

»Sicher. Aber das war in Friedenszeiten«, sagte der Spielmann. »In Kriegszeiten mögen sie dich für eine Spionin halten. Und was mit Spionen geschieht, ist weithin bekannt.«

»Sie werden aufgeknüpft«, sagte sie leise. Scheck nickte nur.

Madelin fühlte einen Knoten im Hals. Doch die Zeit der Entscheidungen war verstrichen. Sie war diejenige, die sich in der Stadt auskannte. Wenn sie herausfinden wollte, welcher Dämon den Freund heimsuchte, dann musste sie den Gang nach Wien riskieren. Osmanen hin oder her.

»Legen wir uns schlafen«, sagte sie mit fester Stimme. »Wir haben morgen noch eine anstrengende Fahrt vor uns.«

In der Früh saß Madelin vor der Scheune auf einem Baumstamm und flocht sich das lange dunkelbraune Haar. Sie hatte wieder in die feuchten Kleider schlüpfen müssen, die über Nacht nur teilweise getrocknet waren. Heute war der Regen endlich versiegt, der die Straßen des spätsommerlichen Wiener Beckens in Schlammgruben verwandelt hatte. Als die junge Frau die frische Luft durch die Nase einsog, roch es bereits nach Herbst, obwohl die Bäume noch nicht ihr Farbenkleid gewechselt hatten. In Gras und Büschen herrschte rege Betriebsamkeit – offenbar spürten auch die Tiere, dass der Winter früh käme dieses Jahr.

Wie alle Menschen, die dieser Tage auf der Straße waren, flohen die fünf Gefährten vor den Osmanen nach Westen. Zwar eilte dem Heer sein Ruf schon seit Monaten voraus – Ende Juli sollte Sultan Süleyman der Prächtige mit seiner Armee in Belgrad angekommen sein, hatte man erzählt. Doch damals hatten nur wenige im nördlichen Ungarn dieser Nachricht Glauben geschenkt. Das Heer musste nordwärts gezogen sein und hatte Mitte September Buda erreicht. Die Berichte der wenigen Überlebenden hatten auch die letzten Zweifler bekehrt.

Die Menschen in Buda – oder Ofen, wie man es in der Fremde nannte – hatten dem feindlichen Heer nichts entgegenzusetzen gehabt. Also hatten sie die Stadt auf das Wort des Sultans Süleyman hin übergeben, dass sämtliche Einwohner verschont werden sollten. Die Tore hatten kaum offen gestanden, da waren die Osmanen schon wie ein Rudel hungriger Wölfe eingefallen. Die Grausamkeiten an der Stadtbevölkerung, von denen die Flüchtigen berichteten, hatten die Menschen des ganzen Umlandes in Scharen gen Norden und Westen fliehen lassen. Ungarn lag nun vollständig in der Hand der Türken. Und niemand zweifelte daran, dass sie bald vor dem Goldenen Apfel stehen würden – vor Wien.

Die junge Frau stand auf, rieb sich die kühlen Wangen und trat an den Eingang der Scheune. Von dort ließ sie den Blick über die darin versammelten Gaukler schweifen. Scheck, der lausbübische Lautenspieler, hielt trotz der frühen Stunde sein Instrument auf dem Schoß und ließ die Finger andächtig über die Saiten gleiten. Das offen stehende rote Wams über dem alten Hemd verlieh ihm die Verwegenheit eines Landsknechts, er hatte sein langes hellbraunes Haar zurückgebunden. Miro, Akrobat und Bärenführer, hockte verschlafen im Lederwams und mit einem gefüllten Becher in der Hand am Boden, sein zottiges Tier saß an einen Holzbalken angekettet nass und missmutig neben ihm. Erisbert, der Tinkturenverkäufer, trug ein robenartiges grünes Gewand und tat das, was er am besten konnte: Er schwätzte. Zuhörer war heute ein gewisser Wulf, der Knecht des Weinhauers und Bauern, dem die Scheune gehörte.

Zum Schluss hefteten sich Madelins Blicke besorgt auf das letzte Mitglied der kleinen Gemeinschaft. Franziskus, der dünne Ikonenmaler, schien momentan zu Scherzen aufgelegt, doch sein fröhlicher Ton konnte nicht darüber hinwegtäuschen, dass es ihm schlechtging. Er trug ein weites braunes Kaufmannsgewand mit Fellkragen, das seinen Körper noch magerer wirken ließ, und stützte sich auf seinem Lager ab, als sei er gerade von der Folterbank gestiegen. Einmal hatte Franziskus ihnen beschrieben, dass ihm nach einem Anfall tatsächlich sämtliche Gliedmaßen im Körper schmerzten, als hätte jemand überall, ohne eine Stelle auszulassen, Tausende kleiner Nadeln hineingestochen. Um seinetwillen war sie froh, dass sie Wien bald erreichen würden.

Morgen würde Madelin also heimkehren. Ihr Magen krampfte sich unweigerlich zusammen. Sie musste an die Halbschwester und die Mutter denken, die sie dort mit gutem Grund zurückgelassen hatte. Sie hatte keiner von beiden je wieder unter die Augen treten wollen. Doch zumindest mit ihrer Schwester Anna würde sie sprechen müssen; sie selbst besaß kein Geld, um einen studierten Mann für Franziskus' Untersuchung zu bezahlen. Anna, die genauso ein Bastardkind wie Madelin war, nur von einem anderen Vater, hatte den wohlhabenden Goldschmied Friedrich Ebenrieder geheiratet. Madelin hoffte insgeheim, ihre Schwester würde ihr einen kleinen Teil ihres Reichtums abgeben oder zumindest leihen, auch wenn sie als Fahrende nicht wusste, wie sie das Geld jemals zurückzahlen sollte. Ein kleines Teufelchen in ihrem Kopf fragte sie, warum sie Geld zurückzahlen sollte, das ihr sowieso zugestanden hätte. Doch Madelin verbot ihm den Mund und setzte sich zu Franziskus auf die Decke.

»Trink das, Madelin.« Der Freund reichte ihr einen dampfenden Becher aus Steingut. Als die junge Frau daran schnupperte, roch sie den vertrauten Duft von heißem Gewürzwein. Sie griff dankbar danach und genoss die Wärme des Gefäßes an ihren Fingern. Es gab kaum etwas Schlimmeres, als nach dem Schlaf in feuchtkalte Kleider steigen zu müssen, besonders an einem so kühlen Morgen wie diesem. Dabei war doch nicht mal der September vorbei! »Wer ist der edle Spender?«, fragte sie nach dem ersten Schluck.

»Wulf hat jedem von uns einen Becher gebracht«, erklärte Franziskus. »Wir haben sie aber auch bezahlt.«

»Bezahlt?« Madelins Stirn furchte sich. »Womit denn? Wir haben doch kaum ein paar Pfennige!«

»Mit ein paar Liedern von Scheck.«

»Ach so«, sagte Madelin. »Wie kommt es, dass Scheck denn so früh schon wach ist?«

»Ihn verlangte es so sehr wie uns nach etwas Warmem.«

Madelin nahm ein paar weitere Schlucke aus dem Becher und spürte dem Wein nach, dessen Säure angenehm auf ihrer Zunge brannte. Die Erschöpfung in Armen und Beinen und die wunden Füße schienen ihr mit leichtem Kopf gleich etwas erträglicher zu sein. »Kann ich verstehen«, erwiderte sie schließlich. Ein solches Getränk tat ihnen allen gut, und Franziskus brauchte alle Wärme, die er bekommen konnte. Sie musterte ihn. »Wie fühlst du dich?«

»Gut fühl ich mich, wie immer.«

Doch Madelin wusste, dass er log. Die Anstrengungen des Wetters und der Reise zehrten sichtlich an ihm. In Wien gab es eine Universität mit sowohl einer theologischen wie einer medizinischen Fakultät. Dort würde es jemanden geben, der herausfinden könnte, ob man dem Freund noch würde helfen können – und wenn ja, wie. Bis dahin musste sie mit der Ungewissheit leben, ob ihr Weggefährte, mit dem sie einen Karren teilte, wirklich einen Dämon in der Seele trug. Sie lächelte ihm tapfer zu.

Madelin horchte auf, als der Spielmann Scheck eines ihrer Lieblingslieder anstimmte. Sie ging hinüber, wo Wulf, der Knecht, an einem Balken lehnte und dem Lautenspiel lauschte. Die junge Frau hockte sich auf das Stroh am Boden und stellte ihren Becher ab. Dann knotete sie die Kordel auf, die die kleine Ledertasche an ihrem Gürtel zuband, und zog ein Leinentuch heraus, das ihren kostbarsten Besitz enthielt. Der kräftige Knecht des Weinhauers musterte sie misstrauisch. Sie versuchte, seine Blicke zu ignorieren, die sie an Schecks Worte erinnerten. War sie in Wien wirklich sicher?

Vorsichtig schlug Madelin das Leinen auf, das einen größeren Stoß Karten vor Staub und Regen schützte. Auf dickes Papier waren Drucke von Bildern mit Symbolen aufgezogen. Obenauf lag die Karte mit dem Narren, der mehr einem Faun denn einem Menschen glich. Sein struppiges blondes Haar war schmutzig und mit Federn geschmückt, die Kleidung sah zerschlissen und abgewetzt aus. Der Mann schritt zufrieden lächelnd dahin, in der Hand trug er einen Wanderstab. Madelin legte diese Karte immer obenauf, denn sie erinnerte sie an die Irrwege des Menschen.

»Wie schön sie sind!«, sagte Wulf und sah ihr über die Schulter. Seine Neugier hatte offenbar sein Misstrauen besiegt, denn er war zu ihr herübergekommen und hatte sich neben sie gehockt.

Madelin nickte. Er hatte Recht, die Farbenpracht der Bilder auf den Karten übertraf alles, was ein einfacher Mann wie Wulf in seinem Leben bislang gesehen haben dürfte. Leuchtende Rot- und Blautöne sprachen von der Kostbarkeit der Farben, schienen jedoch neben der hauchdünnen Blattgoldschicht, die auf jeder Karte angebracht war, beinahe zu verblassen. Manche Stellen waren abgerieben vom steten Gebrauch, doch insgesamt war Madelin stolz darauf, wie gut die Karten nach all den Jahren der Wanderschaft noch erhalten waren. Sie reinigte sie vorsichtig mit dem Leinentuch und sorgte immer dafür, dass sie trocken und sauber lagerten. Und sie gab sie niemals aus der Hand.

Seit sechs Jahren war Madelin auf Reisen und mit den Karten verdiente sie sich ihren Lebensunterhalt. Natürlich nicht nur damit, sie sang auch und jonglierte mit bis zu fünf Bällen. Aus Händen lesen und Träume deuten konnte sie ebenfalls. Das

Bibelstechen, bei dem man mit dem Daumen wahllos eine Stelle der Heiligen Schrift aufschlug und mit dem Finger blind einen Vers suchte, überließ sie den heiligen Männern. Man musste in ihrem Gewerbe gewissenhaft auf seinen Ruf achten, denn wer in den Ruch geriet, eine Hexe zu sein, lebte nicht lange. Besonders Frauen ereilte dieses Schicksal. Männer, die an Universitäten gelernt hatten, wie man die Sterne oder den Vogelflug deutete, waren als Wissenschaftler hoch angesehen.

Allerorten gab es Menschen, die Rat und Beistand brauchten. Sollte ein Bauer die Kuh verkaufen, um mehr Saatgut für die Äcker zu erstehen? Sollte ein Handwerker seine Tochter an den reichen Bauern verheiraten oder doch besser an den freundlichen Schmied? Sollte ein Händler nach Santiago de Compostela pilgern, um dort für die Heilung seiner Franzosenkrankheit zu beten? Überall verharrten die Menschen in Leid und Elend, weil sie sich vor der Zukunft fürchteten. Da kamen ihnen die Karten nur recht. Oftmals brauchte es nur einen kleinen Wink des Schicksals, um den Leuten aufzuzeigen, was das Leben für sie bereithalten mochte.

»Was sind das für Karten?«, fragte Wulf neugierig.

»Das Spiel heißt Trionfi«, erläuterte sie. »Manche nennen es auch Tarocchi. Es hat achtundsiebzig Karten. Vier Züge mit Zahlen von zwei bis zehn sowie fünf Bildkarten, eine davon ein Ass. Dazu kommen dann noch die Trumpfkarten. Das Spiel ist nach ihnen benannt.«

»Die Karten müssen sehr wertvoll sein.«

»Sie sind nur gedruckt, nicht handgemalt, falls du das meinst.« Madelin verschwieg dabei, dass die Farben extra aufgetragen worden waren – Franziskus hatte ihr bereits etliche Karten mit feinem Pinsel ausgebessert. Für neues Blattgold hatte allerdings nie das Geld gereicht. »Aber mir sind sie wertvoll. Sie sind mein liebster Besitz.« Dieses Spiel, das einst ihrer

Mutter gehört hatte, war das Einzige, was sie von zu Hause mitgenommen hatte, als sie mit vierzehn Jahren fortgegangen war. Die Erinnerung zupfte an den Narben einer alten Wunde.

»Die vier Züge tragen eigene Symbole: Stäbe, Münzen, Kelche und Schwerter. Von jeder Sorte gibt es, wie gesagt, vierzehn, neun mit Zahlen und fünf mit Bildern«, erläuterte sie. »Die zweiundzwanzig Trümpfe aber sind von ganz besonderer Bedeutung. Sie symbolisieren den Körper, die Seele und den Geist, verschiedene Personen, einige Tugenden und Sünden, Sieg und Niederlage – solche Dinge eben. Die Gelehrten sagen, man könne Gottes Willen darin erkennen. Wie oben, so auch unten. Wie im Großen, so auch im Kleinen. Dafür sind die Karten gut.«

»Warum hast du sie hervorgeholt?«, fragte Wulf.

»Ich wollt' mir eine Karte für den Tag ziehen, sozusagen als Wegweiser«, sagte Madelin. Sie zögerte. »Willst' dir auch eine ziehen?«, fragte sie dann. Immerhin hatte er ihnen Unterschlupf vor dem Regen und heißen Würzwein geboten.

»Gerne!«

Madelin steckte die Karten wahllos ineinander, um sie zu durchmischen, und zupfte immer mal wieder eine heraus und drehte sie auf den Kopf. Dann legte sie sich ihr rotes, mit Gold besticktes Tuch über den Kopf, hielt die Karten kurz in den Händen, setzte sich aufrecht hin und schloss die Augen. Madelin richtete den Blick nach innen und suchte jenen Ort, den sie sonst sorgsam vor sich und aller Welt verbarg. Dann ließ sie sich im Geiste fallen.

Die Kammer in ihrem Innern war in Dunkelheit und Stille gehüllt. Als sie mit diesen Übungen angefangen hatte, war es ihr so vorgekommen, als befände sie sich in ihrem Kopf oder ihrer Brust. Doch dieser Raum fühlte sich viel größer an, als ihr Körper messen konnte. Wie üblich schritt sie durch die

Schwärze bis zu dem niedrigen Tischlein, das in der Kammer stand, setzte sich davor und hauchte in ihre Hände. Ein helles Flämmchen sprang darin auf, mit der sie die Kerze auf dem Tisch entzündete. Das Licht erstrahlte in der Finsternis.

Madelin öffnete die Augen. Sie wusste, dass die Kammer in ihrem Geist nicht wirklich existierte. Doch das Entzünden der Kerze darin half ihr dabei, sich zu konzentrieren, um anderen das Schicksal aus den Karten zu lesen.

Sie bemerkte den erstaunten Blick des Knechts und wusste, dass er nicht mehr nur die zarte junge Frau mit dem vom Sommer aufgehellten dunkelbraunen Haar und den erstaunlich tiefbraunen Augen in einem ovalen Gesicht sah, dessen Teint ein paar Spuren dunkler war als hierzulande üblich. Er sah eine weise Frau, die eine geheimnisvolle Kunst beherrschte.

»Zieh dir eine Karte heraus, Wulf.« Er tat wie ihm geheißen. »Welche ist es?«

Wulf drehte sie so, dass Madelin sie sehen konnte. Die Karte zeigte im Mittelpunkt ein großes Wagenrad, in dem ein Engel mit Augenbinde stand und die Hände wie segnend – oder blind tastend – zu den Seiten hin ausstreckte. Zwei Männer waren rechts und links ans Rad gebunden. Drehte es sich, ginge der eine kopfüber hinauf, der andere hinab. Ein bärtiger Mann kniete wie geknechtet unter dem Rad, ein herrschaftlich gekleideter mit Eselsohren thronte darüber.

»La Rota. Das Rad.«

»Was bedeutet das?«

»Schicksal«, sagte Madelin. »Das Auf und Ab des Lebens.«

Der Knecht sah sich die Karte genauer an. »Keiner von denen sieht sehr glücklich aus.«

Franziskus war zu ihnen getreten. »*O Fortuna*«, zitierte er, »*velut luna statu variabilis, semper crescis aut decrescis; vita detestabilis*!«

»Was heißt das?«, fragte Wulf.

»Etwa: Oh Schicksal, veränderlich wie der Mond, du wächst und schwindest, wie es dir gefällt; schmähliches Leben!«, übersetzte Franziskus. »Es besingt die Willkür des Lebens.«

»Ich hab immer gedacht, wenn man nur hart genug arbeitet, lohnt Gott es einem. Das sagen zumindest die Priester«, erwiderte der Knecht.

»Die Priester reden viel«, sagte Franziskus. »Ich muss es wissen, ich war selbst mal einer. Aber das Leben … Es geht auf und ab.« Seine Stimme bekam einen melancholischen Unterton. »Das Rad des Schicksals reißt die einen hinunter in die Dunkelheit, und andere hinauf in den Glanz von Herrschaft und Macht. Mal geht es aufwärts, mal abwärts. Immer aber voran.«

Wulf schwieg einen Augenblick und betrachtete erneut die Karte in seinen Händen. »Das klingt so, als wünschten sich die hohen Herren auch manchmal aus ihrem Leben fort.«

»Tust du das denn selbst?«, fragte Madelin.

»Manchmal schon, ja«, bekannte Wulf. »Ich schufte mir den Buckel krumm. Tagein, tagaus, immer dasselbe. Aber ich weiß nicht, was ich sonst tun soll.« Er sah sie an, als verfüge sie über eine Antwort. Madelin kannte diesen Blick. Viele Menschen wollten die Entscheidungen für ihr Leben nicht selbst treffen.

»Die Osmanen sind im Anmarsch, Wulf. Wo immer wir hinkamen sind die Leute geflohen. Die Vorhut soll nur wenige Tagesreisen hinter uns sein. Deshalb beeilen wir uns so.« Sie machte eine Pause. »Vielleicht ist jetzt ein guter Zeitpunkt zum Weggehen.«

»Aber das Reich schickt doch Soldaten. Ich habe vor einer Woche Reiter in Kürassen gesehen. Der Bauer sagt, dass die Osmanen nicht bis hierher durchkommen werden. So schnell können sie nicht vorankommen, dass wir uns nicht noch in die Stadtmauern flüchten könnten. Wien ist ja nicht fern.«

»Wie kann der Bauer das denn wissen?«, fragte Madelin.

Wulf presste die Lippen aufeinander. Die Osmanen machten jedermann Angst. Jetzt kam es nur darauf an, welche Angst größer war – die vor dem Feind oder jene, ein Leben ohne Heim und Wurzeln verbringen zu müssen. »Der Bauer wird wohl sehr wütend werden, wenn ich weggehe.«

»Wenn du dich auf Wanderschaft begibst, wirst du dich nicht darum scheren müssen, ob der Weinhauer wütend ist«, erläuterte ihm Madelin geduldig.

Das überstieg offenbar Wulfs Verstand. »Aber … Was, wenn ich es mir anders überlege? Wenn ich zurückwill?«

Innerlich seufzte die Wahrsagerin. »Meist gibt es kein Zurück. Man muss eben abwägen, ob man es aushält oder nicht – oder ob der Ruf der Ferne groß genug ist, dass man ihm antworten muss.« Sie erkannte, dass ihm dieser Gedanke zu schaffen machte.

»Ist es denn ein schönes Leben, so ewig auf Reisen?«

»Das schönste, das es geben kann«, sagte Madelin. »Und gleichzeitig das schlimmste.«

»Wie kann das sein?«, fragte Wulf. »Bist du denn nicht glücklich damit?«

»Doch, schon. Ich wollte nicht leben, könnte ich nicht selbst bestimmen, wohin mich meine Füße den nächsten Tag tragen.« Sie lehnte sich zurück und genoss das leichte Gefühl im Kopf, das ein weiterer Schluck des köstlichen Weins hinterließ. »Ich möchte nicht auf dem Acker meinen Rücken zerschinden, weil mir sonst im Winter das Brot fehlt. Ich möchte nicht vom Priester gegängelt werden, was sich ziemt und was nicht. Und ich möchte nicht vor einem Herrn katzbuckeln müssen, weil er mich sonst mit der Rute züchtigt.« Sie warf ihm einen Blick zu. Als er errötete, erkannte sie, dass sie ins Schwarze getroffen hatte. Wulf schwieg einen Augenblick.

»Und warum ist es das schlimmste?«, fragte er schließlich.

»Weil einem eben der Herr fehlt, der sagt, was man zu tun und zu lassen hat. Was gut für einen ist und was schlecht. Und weil man manchmal nicht weiß, wie man morgen ein Stück Brot auf seinen Teller legen und einen Schluck Wein in seinen Becher füllen kann.« Madelin blickte aus der Scheune, hinaus auf den Weg, dessen Schlamm bereits halb unter den Strahlen der Sonne getrocknet war. »Auf der Straße ist man ganz allein. Keine Zünfte, die einen schützen, keine Bruderschaften, die für einen beten. Niemand schert sich darum, ob man lebt oder stirbt.«

»Fast niemand«, ergänzte Franziskus leise.

»Ja, fast niemand«, bestätigte Madelin und nickte ihm dankbar zu. Der dünne Ikonenmaler hatte sie damals, vor sechs Jahren, als sie völlig verloren vor ihm und seinen Reisegefährten gestanden hatte, unter seine Fittiche genommen und für sie gesorgt, hatte mit ihr Bücher gelesen und ihr beigebracht, wie man auf der Straße überlebte. Und er hatte nicht wissen wollen, warum sie aus ihrem Heim, von ihrer adligen Mutter und dem weichen Bett fortgelaufen war, bis sie bereit gewesen war, ihm selbst davon zu erzählen. Aus demselben Respekt hatte sie nicht gefragt, warum Franziskus aus seinem Kloster hatte fliehen müssen. Solche Dinge erzählte man sich vielleicht später, am Lagerfeuer, wenn man einander vertraute. Und manch einer teilte seinen Grund für das Leben auf der Straße nie jemandem mit; wie etwa der Alchimist und Tinkturenverkäufer Erisbert, der mit jedem über Gott und die Welt schwätzte, nur nicht über sich selbst. Auf die ein oder andere Weise waren sie alle Gestrandete am Meer des Lebens.

»Manchmal wünsch ich mir wirklich fortzugehen«, sagte Wulf und seufzte voller Selbstmitleid.

»Dann tu's doch.« Madelin lächelte ihm aufmunternd zu. Sie

konnte und wollte Wulf die Entscheidung nicht abnehmen. »Wir bringen dich bis Wien. Dort kann man kräftige Männer wie dich bestimmt gebrauchen.«

»Jetzt gleich?«, fragte Wulf.

»Jetzt gleich. Wir müssen bald aufbrechen.« Würde er den Mut zum Neuanfang aufbringen?

Der Blick des Mannes wanderte von ihr zu Franziskus, zu Miro und Scheck, der gerade dabei war, seine Laute einzupacken. Schließlich seufzte er und senkte den Blick. »Nein«, sagte er dann, offenbar von sich selbst enttäuscht. »Ich bin nicht wie ihr. Ich bin für ein Leben auf der Straße nicht gemacht.«

Madelin zuckte mit den Schultern. Wieder ein Zauderer! Wenn er wüsste, dass das Einzige, das ihn von einem Aufbruch abhielt, seine eigenen Zweifel waren! Doch wenn er nicht bereit war, konnte ihn keine Macht der Welt fortbringen. Sie brachte keine Geduld für Menschen auf, die sich so beuteln ließen. »Wie du meinst. Ich wünsche dir jedenfalls viel Glück.« Sie sammelte ihre Karten zusammen und erhob sich, um vor die Scheune zu treten.

Draußen zog Madelin endlich für sich selbst eine Karte aus dem Stoß. Als sie sie umdrehte, fuhr ihr ein Schauer den Rücken hinunter. Es war der Wagen. Zwei geflügelte Schimmel trabten mit stolzem, missgelauntem Ausdruck vor einem goldenen Gefährt, auf dem ein Mann mit Reichsapfel, Zepter und Krone saß. Vielleicht war es eine Spiegelung der morgendlichen Sonne, doch Madelin hatte im ersten Moment den Eindruck gehabt, als stünde der blattgoldene Himmel hinter dem Wagen in hellen Flammen. Verunsichert hob sie den Blick gen Osten. Eine düstere Vorahnung nistete sich in ihrem Magen ein. Dann wurde sie von Rastlosigkeit gepackt.

Am frühen Abend senkte sich die Sonne wie ein glühender Ball dem Horizont zu. Die Pferde, die vor die drei flachen Kastenwagen mit den bunt bemalten Wänden gespannt waren, hatten sich zwei weitere ungemütliche Stunden durch den Schlamm gemüht, um die letzte Meile bis Wien zurückzulegen. Nun hatten sie das Kloster Sankt Marx mit seinen stufigen Giebeln passiert, und die vielen Kirchtürme der Großstadt ragten vor ihnen auf. Die Fahrenden würden zunächst auf die Niklasvorstadt treffen. »Wir werden die Stadt zwischen zwei Schlägen des Primglöckleins erreichen«, sagte Madelin.

»Was ist das Primglöcklein?«, fragte Franziskus, der neben ihr in seine Decke gewickelt auf dem Bock saß.

»Eine helle Glocke im Turm von Sankt Stephan. Sie schlägt jeden vierten Teil einer Stunde an.«

Die junge Frau blinzelte in das Licht der tief stehenden Sonne, die das Land in einen rötlichen Schein tauchte. Wien schmiegte sich wie ein Halbmond in die Biegung der Donau. Der Turm von Sankt Stephan ragte hoch über der Stadt auf. Der Dom hatte nur einen Turm auf der Südseite; der im Norden war immer noch von Lastkränen gekrönt, seiner Vollendung im Bau aber nicht näher gekommen als vor sechs Jahren.

Eine innere und eine äußere Stadtbefestigung umrissen die Stadt. Die Vorstädte bildeten ein ausuferndes Gebiet; die Innenstadt dagegen kauerte sich, einer Frierenden gleich, eng in ihren steinernen Mantel. Diese innere Ringmauer wirkte dunkel und schattig, ihre Türme waren geschmückt mit gotischer Zier. Dahinter, so erinnerte sich Madelin, standen viele Bauwerke drei Stockwerke hoch und waren zusätzlich mit hohen Helmdächern aus roten Ziegeln gekrönt. Im Gegensatz dazu waren die Häuser der Niklasvorstadt in dem hölzernen Palisadenwall niedriger und meist holz- oder strohgedeckt. Vor den Toren des Niklasturms verstopften bereits Dutzende Flüchtlinge mit Karren und Wagen die Straße. Offenbar floh das ganze Umland hinter die Mauern der Stadt.

»Schaut! Dort!«, rief Miro von hinten. »Was raucht da?«

Madelin wandte sich um. Der Bärenführer, der mit seinem Karren und dem daran festgeketteten Tier den Abschluss des kleinen Zuges bildete, deutete mit der Hand gen Osten zurück. »Das ist in Richtung des Weinhauerhofs, oder?«

Madelin sah die Rauchsäule, die am Horizont weit in den Himmel stieg. Der Größe nach brannte dort nicht nur ein Haus, sondern ein ganzer Hof oder gar ein Anwesen. Bedrückt dachte Madelin an Wulf, den Knecht. Sie hätte ihn eindringlicher warnen sollen.

»Da sind Reiter!«, rief nun auch Scheck. Madelins Blick suchte das langgestreckte Wiener Becken ab. Tatsächlich, dort hinten, wo sie noch vor kurzem entlanggezogen waren, näherten sich dunkle Flecken mit beängstigender Geschwindigkeit. So schnell konnten nur Reiter sein.

»Die Mordbrenner!«, rief Scheck aus. »Warum sind die schon so nah?«

Madelins Gedanken überschlugen sich. Die Menschen erzählten sich viel über diese schnellen Truppen des Sultans. Sie galten als brutal und grausam; Mütter und Ammen ermahnten ihre ungehorsamen Kinder mit der Drohung, die Mordbrenner kämen und würden sie rauben. Man sagte, sie hinterließen nur verbrannte Erde, plünderten und verbrannten Felder, Bäume, Häuser, Scheunen. Frauen und Mädchen wurden vergewaltigt und mit den Knaben und Männern in die Sklaverei verschleppt.

Diese osmanischen Reiter würden bald Wien erreichen und das Umland in Schutt und Asche legen. Natürlich war Madelin bewusst gewesen, dass Prag zur Flucht geeigneter gewesen wäre als Wien. Es lag nach Norden weg, während ihr Weg nach

Wien sie von Pressburg aus gen Westen geführt hatte. Doch niemand hatte ahnen können, wie schnell die Reiter vorankamen!

»Schaffen wir es noch, bis sie bei uns sind?«, rief Madelin dem Spielmann zu, der dicht hinter ihr fuhr.

»Ich weiß es nicht! Beeil dich!«

Madelin blickte besorgt zu Franziskus. »Halt dich fest!«, rief sie ihm zu und ließ die lange Gerte auf die braune Mähre niedersausen, die in die Holzgabel vor dem Wagen eingespannt war. Das Tier schreckte aus seinem Trott auf und machte einen Satz nach vorne. Dann fiel es widerwillig in einen langsamen Trab.

Die Dämmerung kündigte sich am westlichen Horizont an; bald würde die Nacht über Wien hereinbrechen. Die kleine Truppe Fahrender zuckelte in eiligem Tempo die von buschigen Silberpappeln gesäumte Straße entlang, deren tiefe Furchen vor Wasser nur so schwammen.

Die junge Frau warf einen Blick über die Schulter. Wie nahe die Osmanen bereits herangekommen waren! Schon konnte sie erkennen, wie einzelne Reiter ihre Pferde antrieben. Mit klopfendem Herzen erkannte sie, dass die Distanz zwischen den Verfolgern und der kleinen Truppe um die Hälfte geschrumpft war. Steckte diesen Männern der Teufel im Leibe, dass sie so schnell reiten konnten? Und was würden die Türken mit Franziskus und den anderen anstellen, wenn sie es nicht schafften? Und was mit ihr selbst? Madelin schob den Gedanken weit von sich und trieb das Pferd noch stärker an.

Sie konzentrierte sich nun ganz auf den restlichen Weg vor ihr. Ziel war der Niklasturm mit seinem roten Dach, der den höchsten Punkt der ovalen Wallanlage um die Vorstadt bildete. Was sie dort jedoch sah, ließ sie erbleichen. Möglicherweise würden sie den Weg zum Torturm noch zurücklegen können, bevor die Reiter da wären. Vor dem Tor aber drängten sich so viele Menschen, die in die Vorstadt wollten, dass sie nie und nimmer rechtzeitig hinter die Mauern gelangen könnten.

Die junge Frau ließ ihre Gerte trotzdem noch einmal auf die schweißbedeckte Flanke des Pferdes sausen. Offenbar spürte das Tier ihre Angst, denn es grunzte wie ein Zugochse und fiel trotz seiner Erschöpfung in einen mühsamen Galopp. Der Wagen holperte über eine frei gespülte Wurzel und begann zu schlingern, doch Madelin hielt die Zügel mit eiserner Hand.

Die letzten paar Dutzend Fuß zum Tor lagen vor ihnen, und Madelin begann, das Pferd zu zügeln. Trotzdem rauschte sie noch mit beängstigendem Tempo auf die Menge zu, die die gepflasterte Straße füllte. Da sie weder wollte, dass die Mähre ins Schliddern geriet, noch, dass Scheck auf sie auffuhr, beschrieb sie einen leichten Bogen vorbei an dem Pulk, bevor sie den Wagen endlich zum Stehen brachte.

Ein hastiger Blick zurück bestätigte ihre Befürchtung, noch bevor sie wieder zu Atem gekommen war. Die Osmanen preschten vorwärts, tief über die Hälse ihrer Pferde gebeugt. Nicht mehr lange, dann hätten sie das Tor erreicht. Bei der Menschenmenge vor ihr schien es weder vor noch zurück zu gehen.

»Mit den Wagen kommen wir da nie durch!«, rief sie. »Wir müssen die Karren zurücklassen.« Franziskus nickte bloß und schälte sich aus seiner Decke.

Madelin sprang vom Bock. »Von den Wagen!«, rief sie Scheck und den anderen zu. »Zu Fuß schaffen wir es vielleicht!« Sie lief zur Rückseite ihres Karrens, löste den Riegel und sprang hinein. Dort stopfte sie Geld, Brot und ein paar Habseligkeiten von sich und Franziskus in einen Beutel und verließ das halbdunkle Gefährt so schnell wieder, wie sie es betreten hatte. Franziskus war vom Bock geklettert.

»Schnell, komm!« Madelin ergriff den Arm ihres Freundes und zog ihn voran. Mit einem Blick zurück zu den Karren stellte sie beruhigt fest, dass auch Scheck und Erisbert folgten. Sie hatten sich bei Miro untergehakt und schleiften ihn mit – der Bärenführer hatte sein Tier offenbar nur widerwillig zurückgelassen. Dann tauchte Madelin mit Franziskus in die Menge ein und versuchte, sich einerseits durchzuschlängeln und gleichzeitig den geschwächten Freund mit ihrem Körper vor dem schlimmsten Gedränge zu schützen.

Ein paar Fuß weit konnte sie sich voranschieben, dann gab es kein Vorwärtskommen mehr. Männer, die viel größer waren als sie selbst, schubsten und drängten. Sie konnte nichts mehr sehen, denn die Rücken um sie herum schirmten sie völlig ab. Ihre Hand rutschte von Franziskus' Arm zu seiner Hand, doch der Freund war langsamer als sie. Als sich Leiber zwischen sie schoben, hielt sie seine Hand mit gestrecktem Arm krampfhaft fest. Sie durften einander nicht verlieren! Sie schlüpfte zurück, um wieder zu Franziskus zu finden, da hieb sie ein Ellenbogen in die Seite und raubte ihr für einen Augenblick die Luft. Madelin fühlte, wie sich Arme um ihre Schultern legten. Franziskus war zu ihr aufgeschlossen und schützte sie nun mit seinem nur wenig breiteren Kreuz.

»Wir müssen weiter voran!«, keuchte sie und presste sich eng an Franziskus, seine Arme hielt sie um ihren Hals wie ein Joch. Doch es war aussichtslos, das Gedränge war zu groß.

Lärm hob jenseits des Tores an. Rufe, Schmerzensschreie und das Wiehern von Pferden drangen hervor, dann schoben sich die Menschen, die sich eben noch nach vorne gedrückt hatten, rücksichtslos zurück. Jemand stieß heftig gegen Madelin und stürzte zu Boden, doch bevor sie dem Gefallenen eine Hand reichen konnte, hatte die Menge sie schon wieder abgedrängt. Sie hörte schrille Schmerzensschreie, als die Leute rücksichtslos weitertrampelten.

»Madelin, unser Karren!« Franziskus zog sie an das Holz ihres Wagens heran. Sie waren so weit abgedrängt worden, dass sie wieder bei ihrem Fuhrwerk angelangt waren.

»Hinauf mit dir!«, rief sie und schob den Freund hoch, bevor sie sich selbst auf den Bock zog. Dann ergriff sie die Zügel und versuchte durch gutes Zureden, das Pferd zu beruhigen.

Von oben erkannte Madelin endlich die Ursache der wilden Flucht: Reiter preschten rücksichtslos aus der Vorstadt durch die Menschenmenge. Sie sah, wie der vorderste jetzt im Galopp durch die Menge stob. Bei ihm handelte es sich um einen großen Mann auf einem riesigen dunkelbraunen Pferd. Ihm folgte ein schneidiger junger Mann mit einem Banner an der Seite auf einem schlanken Schimmel. Das Banner zeigte ein Wappen: Löwe und Kreuz geviert mit zwei Adlern. Nach den beiden bahnte sich ein langer Strom an Reitern erst einzeln hintereinander, dann zu zweien und schließlich zu dreien eine Schneise durch die Menge.

Madelin runzelte die Stirn. Das war doch das Wappen der zu Hardeggs? Sie hatte es oft genug im Haus ihrer Mutter gesehen, um es jetzt auf den ersten Blick wiederzuerkennen. Sie sah der Kavallerie erleichtert dabei zu, wie sie sich formierte, sobald sie aus dem Tor heraus war. Dann beschleunigten die Reiter wieder und hielten direkt auf die Osmanen zu. Die abendliche Sonne tauchte die Rüstungen in den Schein flüssiger Bronze.

»Die Kürassiere halten uns den Rücken frei«, stieß Franziskus erleichtert aus. »Gott sei's gedankt.«

»Gott hat damit vermutlich wenig zu tun«, gab Madelin zurück. Wie sie Johann zu Hardegg kannte, war der Grund für den Ritt eher dessen grenzenlose Arroganz. Doch sie schwieg und reihte sich mit ihrem Karren in die Menge ein, um das Tor zu passieren.

»Vielleicht sind Gottes Wege einfach wundersam«, sagte Franziskus und lächelte.

Der Ausfall der Hardegg'schen Reiter verschaffte den Fahrenden tatsächlich ausreichend Zeit, um mit den übrigen Menschen den Schutz der Vorstadt zu erreichen. Eine Viertelstunde später hielten sie an einer bewucherten Mauer, die eine kleine Klosteranlage mit einem Kirchlein dahinter umfing – Sankt Niklas, das Haus der Zisterzienserinnen in Wien. Madelin schlang die Zügel um den Griff auf dem Bock und lehnte sich zurück. Trotz ihrer Erschöpfung ließ ihr die Tatsache keine Ruhe, dass ausgerechnet Johann zu Hardegg, ein Mann, der ihrer Familie so nahestand, ihr hier in Wien als Erstes begegnete.

»Kommst du für einen Augenblick lang alleine zurecht?«, fragte sie Franziskus und sprang vom Bock.

»Natürlich, geh nur«, erwiderte dieser. »Ich passe auf die Sachen auf. Aber nimm Scheck mit!«

»Mach ich, danke. Scheck!« Der Spielmann auf dem Wagen hinter ihr sah zu ihr herüber. »Lass uns die Schlacht beobachten!« Der Angesprochene nickte und stieg vom Wagen.

Madelin raffte ihre Röcke, sprang in den Straßenschlamm und schloss sich dem Spielmann an. Gemeinsam liefen sie zum Turm. Weit und breit waren keine Wachen zu sehen, und so erklommen sie ungehindert die steinerne Treppe.

Sie stiegen bis auf die Höhe des Wehrganges. Dort fanden sie eine Schießscharte oberhalb der Stadtmauer, die ihnen einen guten Blick über die Landschaft vor der Stadt gewährte. Die Kürassiere waren noch in der Ferne zu sehen. Madelin schätzte, dass Hardegg sicherlich fünfhundert Mann um sich geschart hatte. Beleuchtet vom Abendlicht schien die Kürassiere nichts aufhalten zu können, und tatsächlich: Die Osmanen mussten ihre Pferde inzwischen gewendet und Fersengeld gegeben haben, denn die Reiter aus Wien jagten die Feinde wie die Hasen.

»Gott sei Dank«, stieß Madelin hervor und bekreuzigte sich erleichtert.

»Die werden schon noch sehen, was es heißt, den Goldenen Apfel pflücken zu wollen«, sagte Scheck grinsend. Sie harrten aus, bis sie die Reiter, die sich im schwindenden Abendlicht entfernten, nicht mehr erkennen konnten.

»Warum sind sie so weit hinausgeritten?«, fragte Madelin. »Wenn sie uns nur schützen wollten, hätte es doch gereicht, in Sichtweite zu bleiben, oder?«

»Sie wollten den Ungläubigen bestimmt den Arsch versohlen.«

Ein Landsknecht kam polternd aus dem Dachgeschoss des Turmes zu ihnen herüber. »Was macht ihr denn hier?«, fragte er verdutzt. Sein wohlgepflegter Bart und die prachtvollen Gewänder in Gelb und Grün zeugten davon, dass er einer der Söldner war, die auch in Friedenszeiten viel Geld für die Turmwache verdienten.

»Wir wollten nur schauen«, beschwichtigte ihn Madelin.

»Dann macht mal, dass ihr runterkommt«, befahl der Mann. »Wenn der Hardegg euch sieht, wenn er zurückkehrt, dann ...«

Madelin glaubte kaum, dass es den Reiterhauptmann stören würde, wenn ihm das Volk von oben herunter zujubeln würde.

Plötzlich zog Scheck den Kopf aus der Schießscharte und rieb sich die Augen. »Ich glaub', ich spinne.«

Madelin wandte den Kopf. In der späten Abendsonne sah sie Reiter in schnellem Tempo auf ein Feld vor einem fernen Wäldchen zurückkehren. Sie kniff die Augen zusammen, um besser sehen zu können. »Sind das die Kürassiere?«

»Ich glaub schon«, sagte Scheck.

»Weg da!« Der Söldner zog sie grob beiseite, um selbst hinausschauen zu können. Madelin wechselte einen Blick mit dem Spielmann. Sie wussten beide, was sie gesehen hatten. Mit glänzenden Rüstungen bewehrte Reiter, die sich der Vorstadt näherten – schnell näherten. Zu Hardegg und seine Kürassiere waren auf der Flucht, gefolgt von den Osmanen.

»Eine Falle«, stieß Scheck aus. »Sie haben sich in eine verdammte Falle locken lassen!«

»Verdammt!«, fluchte der Landsknecht und lief auf den Wehrgang hinaus. Dort fing er an zu brüllen: »Alarm!« und »Stoßt die Singerin heraus! Der Feind kehrt zurück!«

Die Stückmannschaften an dieser Kanone mussten sich schon bereitgehalten haben. Über Madelins Kopf polterte es, so dass der Staub durch die Ritzen der Holzbohlen rieselte. Gebannt sah sie mit Scheck hinaus und beobachtete, wie die Kürassiere nun ihrerseits in heilloser Flucht zurückkehrten. Das Reiterheer der Osmanen, das immer mehr Boden gutmachte, war mindestens doppelt so groß. Dann schlossen die ersten Osmanen zu den letzten Kürassieren auf.

»Sie werden angegriffen!«, rief sie und kniff die Augen zusammen, um etwas Genaueres erkennen zu können.

Erst das Donnern einer Kanone direkt über Madelin brach den Bann, der sie an der Schießscharte hielt. Der Turm bebte. Die junge Frau hielt sich beide Ohren zu, dann hing Pulverdampf vor der Schießscharte und stach ihr in Nase und Augen. »Lass uns schnell zu den anderen zurückkehren!«, rief sie. In ihren Ohren pfiff ein heller Ton. »Wenn die Kürassiere hereinkommen …«

»… gibt es dort unten wieder Chaos«, vollendete Scheck ihren Gedanken. Sie stoben die Treppe hinunter.

Auf halber Höhe eröffnete eine Scharte nach Westen ihr den

Blick über die Vorstadt. Sie sah, wie viele Menschen tatsächlich mit der letzten Welle in die Stadt geflohen waren, denn das Gedränge auf der Straße im unmittelbaren Bereich hinter dem Tor war groß. Die Kanonenschüsse und Alarmrufe hatten zwischen den weit über das Pflaster vorkragenden Fachwerkhäusern für Chaos gesorgt. Trotz der Erschöpfung liefen die Leute panisch durcheinander. Männer brachten sich in die Nebengassen in Sicherheit, Frauen griffen sich ihre Kinder, dazwischen rannten Hühner und Hunde aufgescheucht hin und her.

Madelins Blick fiel auf ihre Karren. Sie standen noch genau dort, wo Scheck und sie sie zurückgelassen hatten.

»Ihr seid ja immer noch hier!« Der Söldner war hinter ihnen die Treppe hinuntergekommen. Jetzt griff er Scheck am Stoff seines roten Wamses und beutelte ihn.

»Sind ja schon weg!«, beteuerte der Spielmann und versuchte sich loszureißen.

Madelin wollte sich gerade von der Scharte abwenden, da hielt sie inne. Hatte Franziskus nicht eben noch auf dem Bock gesessen? Jetzt war er nirgends mehr zu sehen. Ihr Blick suchte hektisch die Umgebung um den Karren herum ab. Dann sah sie ihn auf dem Boden. Ihr Freund wand sich mit verdrehten Gliedmaßen, als habe der Teufel von ihm Besitz ergriffen.

»Franziskus!« Madelin sprang die letzten Stufen hinunter und hastete aus dem Turm. »Miro, die Reiter kommen!«, rief sie noch im Laufen, während sie sich durch die Menschen drängte.

Der Bärenführer stand wie angewurzelt neben der Straße und starrte sie an. Menschen flohen in alle Richtungen, nur Franziskus lag mitten im Weg und war unfähig, sich in Sicherheit zu bringen. Gleich würde ein riesiger Trupp flüchtender Soldaten hereingaloppieren. Madelin stürzte an die Seite des hilflosen Freundes, duckte sich unter einem um sich schlagenden Arm weg und fasste ihn dann unter den Schultern. Sie versuchte, ihn hochzustemmen, doch sie konnte nicht einmal seinen Oberkörper richtig anheben. »Miro!«, rief sie verzweifelt. »Miro! Fass mit an!« Der Bärenführer bekreuzigte sich mit bleichem Gesicht und rührte sich nicht von der Stelle. »Erisbert, wo ist der?« Doch Miro antwortete nicht einmal.

Über ihnen krachte die Kanone erneut, und Männer machten sich an der Verriegelung des Tores zu schaffen. Wo blieb Scheck? Mit einem Blick über die Schulter erkannte Madelin durch das Chaos der Menschen hindurch, dass es dem Spielmann im Eingang zur Turmtreppe gelungen war, sich aus dem Griff des Söldners zu winden, denn er eilte nun zu ihnen herüber. Dann hörte sie schon das Stadttor in den Angeln quietschen und begriff, dass Scheck es nicht mehr rechtzeitig vor den Reitern über die Straße schaffen würde.

»Beiseite!«, rief jemand. Die ersten Pferde passierten bereits das Tor.

Madelin fuhr herum. Neben ihr stand ein junger Mann mit fast weißblondem Haar und griff nach Franziskus' Schultern. Sie machte Platz, denn die ersten Reiter waren nur noch wenige Galoppsprünge entfernt. Der Mann hob Franziskus hoch – die Krämpfe machten seinen Körper so steif wie ein Brett –, schloss die Arme um seinen Brustkorb und schleifte ihn in Windeseile rückwärts von der Straße. Dabei keuchte er vor Anstrengung. Madelin griff sich flink Franziskus' Beine. Aus den Augenwinkeln sah sie ein Pferd auf sich zugaloppieren. Franziskus zuckte und drehte sich, doch sie hielt eisern fest und duckte sich, so schnell sie konnte, an das eigene Pferd, das noch immer vor dem Karren angespannt war. Dann trampelten die ersten Tiere den Schlamm der Straße neben ihnen auf. Sie hatten es geschafft. Sorgsam legten Madelin und der Fremde den Freund im Schutz der Karren ab. »Seid bloß vorsichtig, dass er …« Ein Arm von Franziskus traf den Mann auf die Wange, noch während Madelin ihren Satz vollendete: »… Euch nicht aus Versehen erwischt.«

»Autsch«, machte der Mann und hielt sich mit der Linken das Gesicht.

»Tut mir aufrichtig leid«, sagte Madelin. »Er weiß nicht, was er tut. Aber wenn Ihr nicht eingegriffen hättet …«, sie verstummte. Hastig zog sie den Beißriemen aus der Tasche, die sie vorhin an sich genommen hatte und noch immer um den Leib trug, und versorgte den Freund, wie sie es inzwischen gewohnt war.

»Es ist ja nichts passiert«, erwiderte der Mann. Als ihre Blicke sich trafen, fuhr er sich, noch ganz außer Atem, mit der freien Rechten durch das frech abstehende blonde Haar. Er konnte höchstens ein paar Jahre älter als Madelin sein – vielleicht zwei- oder dreiundzwanzig, schätzte sie. Seine wachen blauen Augen betrachteten sie aufmerksam.

Jetzt, da auch sie ihn musterte, fiel ihr auf, dass er die schwarze Robe der Universität trug, in der Taille gebunden von einem silbernen Gürtel. »Ihr seid ein Physicus?«, fragte sie und konnte einen Anflug von Freude nicht unterdrücken.

»Noch nicht«, antwortete der junge Mann. »Aber ich will mal einer werden.«

Madelin flog der Matsch um die Ohren, als mehr und mehr Reiter an ihnen vorbeigaloppierten, um den Nachzüglern Platz zu machen. Sie stellte sich schützend vor Franziskus.

Der Strom der zurückkehrenden Reiter wurde langsam dünner, und irgendwann wurde das Tor eilig hinter den letzten Pferden geschlossen. Als Madelin sah, in welchem Zustand die Kürassiere waren, schlug sie die Hände vor den Mund. Zu Hardegg selbst war blutverschmiert und von oben bis unten mit Schlamm besudelt. Ein blutender Schnitt klaffte an seiner linken Wange. Seine Männer waren nicht ganz so gut davongekommen. Manche hielten sich nur mühsam im Sattel, einen Arm eng an den Leib gepresst. Madelin sah blutende Kopfwunden, einem Reiter steckte noch ein abgebrochener Stoßspeer in der Schulter, ein anderer war bleich vor Schmerzen. Ein paar Sättel waren ganz leer.

»Heiliger Herr im Himmel«, murmelte sie.

»Amen«, sagte der Mann neben ihr. »Da hat es manch einen aber schlimm getroffen.« Dann sah er sich unentschlossen um und fragte Madelin: »Braucht dein Freund noch Hilfe? Was ist eigentlich los mit ihm?«

»Normalerweise geht es ihm bald besser«, sagte sie. »Was er genau hat, weiß ich nicht. Aber wenn Ihr an der Universität studiert …« Doch bevor sie ihn fragen konnte, ob er ihr zu helfen wusste, fiel er ihr ins Wort.

»Dann schaue ich nach den Verwundeten!«, sagte er und eilte schon davon. Im Gehen drehte er sich noch einmal zu ihr um. »Ich heiße Lucas! Lucas …« Madelin verstand den Nachnamen nicht, denn ein Mann in ihrer Nähe schrie auf. Lucas lächelte ihr ein letztes Mal zu, seine Augen blitzten trotz der verheerenden Situation fröhlich. Dann wandte er sich ab und lief davon.

Da kam endlich Scheck zu ihnen gelaufen. »Geht es Franzl gut?«, fragte er atemlos.

»Ich denke schon«, erwiderte Madelin. Jetzt erst begriff sie, wie knapp ihr lieber Freund eben dem Tode entronnen war. »Auch wenn Miro ihn auf der Straße hätte sterben lassen!« Sie warf dem Bärenführer einen bösen Blick zu.

»Er … sein Gesicht«, stammelte Miro und bekreuzigte sich erneut. »Es sah aus, als wolle der Leibhaftige aus seinem Gesicht hervorbrechen!«

»Und deshalb hast du dir gedacht, du lässt ihn besser liegen?«, fragte sie ungläubig.

»Aber … sein Gesicht!«, wiederholte Miro hilflos, als wäre das Erklärung genug.

Offenbar hatte der Gefährte sich gar nichts gedacht, sondern war vor Schreck erstarrt. Kaum zu glauben, dass ein so kräftiger Mann wie Miro, der den Ringkampf mit einem Bären einging, ein solcher Angsthase sein konnte. Madelin seufzte. »Schon gut.«

Immerhin war alles gut ausgegangen, tröstete sie sich. Sie hatten die Mauern von Wien erreicht. Und sie hatte einen Medizinstudenten gefunden. Lucas – vielleicht könnte er herausfinden, was Franziskus plagte. Ihr fiel auf, dass sie ihm ihren Namen gar nicht genannt hatte.

Oben auf den Wehrgängen der Mauer jubelten derweilen die Söldner. Offenbar hatten die Kanonen den Feind verjagt – fürs Erste zumindest.

Scheck drückte sie kurz. »Die Osmanen sind geflohen, sobald die ersten Schüsse fielen. Es waren zwar sicher eintausend Reiter, aber offenbar haben sie sich nur an die Reiterei herangetraut, nicht an die Wälle.«

»Das heißt, das war gar kein richtiger Angriff?«, fragte Madelin.

»Nein, von dem, was ich von den Söldnern mitbekommen habe, ist das bloß eine Vorhut, die die Dummheit der Kürassiere genutzt hat. Hardeggs Reiterei hat sich einfach zu weit hinausgewagt.«

»Ich fand diese Vorhut schon schlimm genug«, erwiderte sie.

»Madelin«, sagte Scheck plötzlich und zog sich halb auf den Bock des Karrens neben ihm, um besser sehen zu können. »Siehst du das Banner?«

Auch Madelin betrachtete nun die Kürassiere, die in lockerer Reihe die Straße bis fast vor das Stubentor füllten und mit den Flüchtlingen dazwischen für ein heilloses Chaos sorgten. »Nein.«

»Sie haben sich nicht nur in eine Falle locken lassen, sondern haben dabei auch noch das Banner verloren«, erkannte der Spielmann und schüttelte ungläubig den Kopf.

»Und den Mann, der es trug«, fügte die junge Frau hinzu. Sie erinnerte sich an den schneidigen Reiter auf dem Schimmel. »So schnell kann's gehen«, murmelte sie. »Gerade noch hier, ein Schlag, schon steht man vor dem lieben Herrgott.«

»Oder vor dem anderen«, sagte Scheck finster und deutete mit dem Daumen auf den Boden.

»Bitte rede nicht so, Scheck.« Madelin wollte vom Satan nichts hören. Nicht, während Franziskus sich hinter ihr noch stöhnend in Krämpfen wand, deren Ursprung sie nicht kannte. Sie schloss die Augen und betete, dass der Anfall bald vorbeiging. Immerhin, sie hatten endlich den Schutz der Mauern erreicht.

Kapitel 2

Lucas sah noch einmal über die Schulter zurück zu der bedrückt wirkenden jungen Frau. Ihr Begleiter lag noch immer auf dem Boden und schlug wild um sich. Die Grimassen, die er dabei zog, jagten dem Studenten einen Schauer ein.

Er hatte ein schlechtes Gewissen, die beiden einfach so zurückzulassen, doch im Augenblick fiel ihm nichts ein, wie er dem Mann hätte helfen können. Er kannte sich mit solchen Anfällen einfach zu wenig aus. Anders war es bei den Verwundeten, die mit Graf zu Hardegg aus der Schlacht zurückgekehrt waren. Dort konnte er vielleicht einem Magister beistehen, dem einen oder anderen Reiter noch das Leben zu retten. Lucas hatte der jungen Frau zum Abschied zwar noch ein aufmunterndes Lächeln geschenkt, doch zu spät fiel ihm jetzt auf, dass er gar nicht wusste, wie sie hieß.

Lucas überquerte die Straße, wo ihn auf der anderen Seite sein Freund Heinrich mit einem Schlag auf die Schulter begrüßte. In der Linken trug er eine Tasche mit Instrumenten. »Warum hast du da eingegriffen?«, fragte er. »Einen Moment später, und die Pferde hätten dich glatt totgetrampelt!«

»Ich weiß es nicht«, gestand Lucas. »Ich konnte ihn ja wohl kaum dort liegen lassen, oder?« Er strich seine abgewetzte dunkle Robe glatt, die ihn als Angehörigen der Universität kennzeichnete. Dann rückte er das *Cingulum* gerade, den Silbergürtel, der sie als Studenten auswies und sie von fertigen Magistern unterschied.

»Also ich konnte es«, schnaubte Heinrich. »Und was hatte

der Kerl? Auf mich wirkte er wie toll, wie er sich da im Schlamm gewälzt hat!«

»Ich weiß es auch nicht. Vielleicht sind es kranke Dämpfe, die von der Galle und den anderen Organen im Bauch hoch ins Gehirn steigen. Sie können dort allerlei Dinge auslösen.«

»Schwermut, habe ich mal irgendwo gelesen. Aber danach sah das nicht gerade aus.«

»Nein, sicher nicht. Aber laut Magister Vilenius verstopfen die Dämpfe die Nerven und schädigen so die Hirnfunktionen«, sagte Lucas. »Es bildet sich noch mehr Feuchtigkeit im Hirn als sonst. Wer weiß, was die alles anrichten kann …«

»Frag dich lieber, was Pferdehufe und Sarazenenschwerter alles anrichten können. Hier geht es derweilen drunter und drüber! Komm, wir schauen, ob wir irgendwo etwas lernen können. Da drüben bringen sie die verletzten Reiter hin.« Heinrich ging ihm voran durch die Menge.

Mit der Ankunft der Kürassiere war das Chaos auf der Straße ausgebrochen. Zwischen den Flüchtlingen strömten die Reiter noch immer in Richtung Innenstadt, an einigen Stellen half man den Ersten aus den Sätteln. Immer wieder drang das Schreien und Stöhnen Verwundeter an ihre Ohren; herrenlose Pferde liefen verstört durch die Menge. Man sah zwei oder drei Knechte des Stadtrichters, die vergeblich versuchten, die Ordnung wiederherzustellen.

Lucas sah sich besorgt um. »Die ganze verdammte Vorstadt ist in Aufruhr.«

»Ist das ein Wunder? Alle sind am Fliehen, bevor die Osmanen sie an ihre Pferde gebunden zu Tode schleifen oder ihre abgeschlagenen Köpfe auf Pfähle stecken. Und dann stößt sich mein Herr Vater an den Osmanen auch noch die Nase blutig. Jetzt werden die Leute erst richtig Angst bekommen«, sagte Heinrich. Sein Vater, Graf zu Hardegg, war der Hauptmann der österreichischen Reiter in Wien, der soeben den Ausfall angeführt hatte. Die zu Hardeggs gehörten zu den einflussreichsten Familien unterhalb der Enns.

Heinrich ließ seinen Blick über die zurückgekehrten Reiter schweifen, um sich zu orientieren. »Verdammt – sogar der Bannerträger fehlt. Christoph Zedlitz von Gersdorff ist heute zum ersten Mal mit Vater geritten.«

Auch Heinrich trug die Kleidung eines Studenten der Alma Mater Rudolphina, der Wiener Universität, doch seine war von erlesener Qualität – und neu. Heinrich war nicht ganz so groß wie Lucas, aber deutlich kräftiger gebaut. Wo Heinrich Muskeln und breite Fäuste besaß, verfügte Lucas über Sehnen und lange Finger. Heinrich hatte das feine Haar seiner Mutter geerbt. Neben dem Adelssohn wurde Lucas mit seinem Schopf weißblonder Haare oft belächelt, denn er war das, was man einen *Studiosus pauperes* nannte – ein Bettelstudent, der von der Hand in den Mund lebte.

»Und wenn man den Menschen erzählt, dass es bloß eine Vorhut war?«, fragte Lucas. Sie eilten durch die Menge. »Ob man sie damit wieder beruhigen kann?«

»Du weißt doch, wie die Leute sind«, schnaubte Heinrich abfällig. »Schlechte Nachrichten verbreiten sich im Lauffeuer. Aber gute – gute erfahren sie nie, weil sich nicht so gut darüber klatschen lässt.«

»Und warum sind die Wiener dann nicht bei der ersten Nachricht über die Osmanen geflohen?«, fragte Lucas.

»Habgier. Sie haben Angst vor Plünderern.«

Lucas fand das Urteil des Freundes wie so oft ein wenig kurzsichtig, denn was der eine Habgier nannte, mochten andere als Angst um die eigene Existenz bezeichnen. Fakt war, dass die Wiener erst begriffen hatten, dass ihre Stadt nicht sicher war, seit Erzherzog Ferdinand Ende August mit seiner Familie die

Stadt verlassen und Graf Salm als Oberkommandant der Truppen sie im September betreten hatte. Nur die Vorausschauendsten – oder Ängstlichsten – waren frühzeitig gegangen.

»Wie ist dieser Graf Salm eigentlich so?«, fragte Lucas den Freund. Er sah sich nach Magister Vilenius um.

»Er ist ein Haudegen der alten Schule – er muss bald siebzig sein. Vor vier Jahren hat er den Bauernaufstand im Ennstal niedergeschlagen. Und ich habe gehört, dass er auch in Italien gekämpft und dort den französischen König gefangen gesetzt hat.«

»Dann wäre es ja ein Wunder, wenn sich der Osmanensultan hierhertraut, oder?«, fragte ihn Lucas.

»Salm scheint aber damit zu rechnen. Süleyman ist ziemlich dreist, vor drei Jahren hat er große Teile Ungarns erobert. Der Stadtrichter Pernfuß hat die Befestigungen der Vorstadt verstärken lassen«, sagte Heinrich. »Aber man sagt, Graf Salm habe dem Erzherzog anfänglich sogar vorgeschlagen, Wien ganz aufzugeben und niederzubrennen, damit die Türken es nicht kriegen.«

Diese Offenbarung verschlug Lucas für einen Augenblick die Sprache. »Und trotzdem bleibt er und organisiert die Verteidigung?«, fragte er dann.

»Der Erzherzog hat es ihm befohlen. Unter Leuten von Stand nimmt man so etwas ernst.«

»Hein, du bist und bleibst ein Stutzer«, sagte Lucas und warf ihm einen leicht vorwurfsvollen Blick zu. Er konnte es nicht leiden, wenn der Freund aus Geld und Herkunft keinen Hehl machte.

Inzwischen war die Sonne so weit untergegangen, dass man das Treiben auf der Straße im Zwielicht nur noch schlecht erkennen konnte. Die Studenten hatten sich beim Reden weiter durch das Gedränge geschoben und erreichten nun eine Gruppe, die sich um einige verwundete Kürassiere sammelte. Magister Vilenius, der Universitätsdozent, hatte gerade einen Reiter von seiner Metallplatte befreit, die sich ins Fleisch gedrückt hatte, und behandelte nun dessen heftig blutende Wunde an der Seite. Lucas sah bei dem fahlen Licht kaum etwas, doch er war froh, dass Vilenius, der viel Erfahrung mit solch großen klaffenden Schnitten besaß, sich des Mannes angenommen hatte. Ein geringerer Arzt würde vermutlich nichts mehr ausrichten können. »Er muss in ein Lazarett!«, rief der Magister und verband den Mann so weit, dass ein Transport möglich wäre. »Doch zuerst muss ich nähen.«

»Nur eine Schnittwunde«, sagte Heinrich und wirkte fast enttäuscht. Eilig zog er Lucas weiter. »Schau, dort!« Der Adelssohn wies mit dem Finger auf Männer und Frauen, die sich in einer Seitengasse um einen schreienden Mann scharten. Als die beiden Studenten zu der Gruppe hinüberliefen, erkannten sie, dass im Schatten des hölzernen Vordachs eines Fachwerkhauses ein verwundeter Handwerker lag. Ein Stück Holz ragte ihm aus der Schulter. Daneben stand ein Karren mit festgezurrten Möbeln – offenbar hatte der Meister sein Lager geleert und war in die Stadt gezogen, um Hab und Gut zu retten. Das abgebrochene Bein eines schlanken Stuhles hatte sich offenbar in sein Fleisch gebohrt.

Lucas sah sich nach Hilfe um, doch Magister Vilenius war inzwischen mit dem verletzten Reiter abgezogen, und weit und breit gab es sonst niemanden, der die Robe eines Physicus trug. »Sind denn nicht mehr Magister hier? Es kann doch nicht sein, dass Vilenius der einzige Arzt in der Stadt ist!«

»In dieser Vorstadt wohl schon, zumindest habe ich hier noch keine anderen gesehen. Viele Dekane und Professoren sind gen Krems oder Linz unterwegs, soweit ich weiß«, antwortete Heinrich.

Als der Verwundete versuchte, sich zu bewegen, schrie er vor Schmerz laut auf. Eine Frau neben ihm schlug verzweifelt die Hände vors Gesicht. »So hilf doch jemand!«

»Jemand muss etwas tun!«, rief Lucas. Er konnte sich kaum zurückhalten.

»Du darfst aber ohne Aufsicht noch gar nicht behandeln!«, ermahnte ihn Heinrich und zupfte zur Klarstellung am silbernen Gürtel an seiner Hüfte.

Lucas griff zu seinem *Cingulum* und löste den Verschluss. Dann drückte er es Heinrich in die Hand. »Pack den Gürtel weg, damit ihn niemand sieht!«

»Aber wenn dich jemand erkennt? Die Handwerker lieben uns nicht, die verpfeifen dich bestimmt!«

»Bei dem Licht sieht man doch kaum etwas. Schon gar nicht der Handwerker – bei den Schmerzen, die er hat!« Dann zögerte Lucas nicht länger und eilte an die Seite des verletzten Zimmermanns.

Der Mann hatte mehrere Prellungen, eine davon am Kopf. In der Schulter steckte ihm das abgebrochene Stück Holz. »Ein Pferd ist in ihn hineingerannt und hat ihn mit voller Wucht vornüber in den Karren geschleudert«, stammelte die neben dem Verletzten kniende junge Frau weinend, offenbar die Tochter oder die deutlich jüngere Ehefrau. »Könnt Ihr ihm helfen? Ich … wir können auch bezahlen!«

»Ich will es versuchen.« Er zog sein langes Messer aus der Scheide am Gürtel und schnitt den Stoff von Wams und Hemd auf, um die Wunde freizulegen. »Heinrich …«, er nahm instinktiv an, dass sein Freund ihm zur Seite stand. »Ich brauche Leinentücher, die Paste zur Blutstillung mit Weihrauch, Aloe und Hasenhaar.«

Als Heinrich nicht reagierte, sah Lucas auf. »Heinrich?« Der Freund starrte ihn zweifelnd an. »Leinentücher, Paste, Hasenhaar«, wiederholte er dann und begann, in der Ledertasche zu kramen. Dabei ließ er Lucas' *Cingulum*, das er bis dahin immer noch in der Hand gehalten hatte, mit leisem Klingeln darin verschwinden. »Brauchst' kein Wundpulver?«

»Nein, wir werden keine Naht machen. Erst mal ein fester Verband, der verhindert, dass frisches Blut nachfließt.«

Lucas wischte dem Handwerker mit dem Ärmel den Schweiß von der Stirn und musterte sein Gesicht. Der Mann schwitzte vor Schmerzen, und seine Haut sah bereits ein wenig grau aus – kein gutes Zeichen. Dann sah der Student sich die Verletzung an. Er konnte nicht feststellen, wie tief das Stuhlbein im Fleisch saß, noch ob das Geäder getroffen worden war. Das würde er erst sehen, wenn er das Holz herausgezogen hatte.

Heinrich reichte Lucas das Hasenhaar. Darauf hatte er die wundstillende Paste aus Weihrauch, Aloe und Eiweiß gestrichen, die sie vorhin gemeinsam im Studentenspital vor dem Stubentor angerührt hatten. Er hockte sich an den Kopf des Mannes, schob ihm ein Beißholz zwischen die Zähne und machte sich bereit, ihm die Schultern festzuhalten.

Lucas warf Heinrich noch einen letzten zögernden Blick zu. Sie hatten das beide noch nicht selbst gemacht – tatsächlich hatten sie noch nicht einmal dabei zugeschaut. Ein Magister hatte erklärt, wie man eine solche Wunde behandeln musste, und ihnen ein, zwei Berichte zu lesen gegeben. Noch hatten sie nichts getan, was dem Verletzten helfen oder schaden konnte – niemand würde ihnen einen Vorwurf machen können, wenn sie sich unverrichteter Dinge wieder abwandten. Heinrich nickte leicht. »Ich halte ihn jetzt fest.«

Lucas sah auf den wimmernden Handwerker hinunter. Wenn niemand etwas tat, würde der Mann mit Sicherheit sterben. Also zögerte der Student nicht länger. Er nahm das Pflaster aus Hasenhaar und begann, die Salbe vorsichtig um den hölzernen

Schaft herum auf der Haut des Handwerkers zu verteilen. Selbst bei dieser sanften Berührung stöhnte der Mann auf. Lucas sah Heinrich kurz an, dann nahm er das Leinen und wickelte es um Pflaster und Holzschaft herum. Wie erwartet wand sich der Handwerker vor Schmerzen, doch Heinrich hielt ihn mit festem Druck auf dem Boden.

Jetzt gab es kein Zurück mehr. Lucas legte die linke Hand abstützend um die Stelle, an der das Stuhlbein ins Fleisch eindrang, und zog mit der Rechten mit einem Ruck an der Holzstange. Der Verwundete bäumte sich in Heinrichs Griff und schrie sich die Seele aus dem Leib, doch Lucas ließ sich nicht beirren. Erst dachte er, das Holz säße sehr fest, doch erstaunlich schnell glitt es aus der Schulter heraus. Lucas drückte das leinenumwickelte Pflaster auf die klaffende Wunde. Der Verwundete verstummte, sein Körper erschlaffte – die Schmerzen mussten ihm das Bewusstsein geraubt haben. Dann floss das Blut. Der rote Strom rann unter dem Verband in schnellen dunklen Schüben hervor.

Lucas' Gedanken überschlugen sich. So stark, wie das Blut floss, musste tatsächlich eine Ader beschädigt sein. Er musste kauterisieren, sonst würde der Mann verbluten. »Gibt es eine Schmiede oder eine Feuerstelle in der Nähe?«, fragte er in die Runde. Die Leute blickten ihn fragend an. »Ich brauche ein schmales heißes Eisen, schnell! Du da!« Er hob den Kopf in Richtung eines jungen Mannes, offenbar ein Zimmermannslehrling. »Kennst du dich hier aus?« Der Bursche nickte. »Dann hol mir einen glühenden Schürhaken! Schnell!« Endlich fiel die Starre von dem Lehrling ab, und er rannte davon.

Lucas drückte den Leinenverband mit beiden Händen so fest auf die blutende Wunde, wie er konnte. Dennoch sog er sich so schnell voll, dass das Blut daran vorbei über die Schulter des Mannes und hinunter auf den Boden rann.

Lucas wartete und betete innerlich, dass der Zimmermannsbursche schnell genug wieder zurück wäre. Er wusste nicht, wie viel Zeit verstrich, doch er bemerkte, dass die Gruppe der Beobachter, die um sie und den Verletzten herumstanden, immer größer wurde.

Endlich kehrte der Bursche mit einem Schürhaken zurück, um das Ende der Stange hatte er einen Lappen gewickelt. Die Frau an der Seite des Handwerkers stöhnte entsetzt auf, als sie das glühende Eisen sah.

»Heb ihn hoch, Heinrich!«, befahl Lucas.

Der Freund zog den Oberkörper des Mannes auf seine Oberschenkel, damit sie nach dem Kauterisieren rasch den Druckverband anlegen könnten. »Ihr seid auch sicher, dass das nottut?«, stammelte die Frau.

»Ganz und gar sicher«, keuchte Heinrich.

Lucas hob das leinerne Pflaster vorsichtig an und erschrak selbst über den starken Blutstrom. Er konnte in der Wunde nichts erkennen – und der dunkle Strom nahm kein Ende. Schnell legte er das Pflaster beiseite und tastete mit zwei Fingern der linken Hand in der Wunde nach dem Geäder. Wenn die Ader nicht geschlossen würde, würde der Mann verbluten. Verödete man sie, würde er nur den Arm verlieren. Als er das Pulsieren spürte, zog er den Finger heraus. Dann nahm er all seinen Mut zusammen und hielt das Eisen hinein.

Der Geruch von verbranntem Blut und Fleisch stach ihm in die Nase, doch er zog das Eisen erst wieder heraus, als er sich sicher war, dass das Geäder verschlossen war. Der Mann regte sich nicht.

Lucas griff zum Leinen und begann, die Schulter zu verbinden, so gut es ging. »Herzwärts verbinden«, murmelte er zu sich selber, während er die Leinenbahnen anlegte. »Blutzufluss verhindern.«

»Was macht ihr da?«, knurrte plötzlich eine Stimme hinter ihm. »Du da, Steinkober! Was pfuschst du da an Meister Ansässer herum?«

Lucas reagierte nicht, doch er erkannte wohl die Stimme. Mit zitternden Fingern fuhr er in seiner Arbeit fort. Dann wurde er am Gewand gerissen und auf die Beine hochgezogen. »Das darfst du doch noch gar nicht, Mann!«, raunzte der Mann ihn weiter an. Mit Wilhelm Hofer, dem alten Zimmermann aus dem Kärntnerviertel, pflegten die Studenten eine flammende Feindschaft – oft saßen sie wie er im Gelben Adler am Fleischmarkt.

»Ich muss ihn verbinden!«, brachte Lucas nur hervor und versuchte, den Griff des Mannes an seiner Robe zu lockern. »Er stirbt sonst!« Wilhelm Hofer, der sich selbst die Seite hielt und offenbar auch verwundet war, ließ ihn abrupt los. Lucas torkelte.

Heinrich, dessen Finger am Puls des Mannes in seinem Schoß lagen, wurde blass und sagte: »Das hilft ihm jetzt auch nicht mehr.« Bei diesen Worten heulte die Frau entsetzt auf.

Lucas ließ sich neben dem Zimmermann auf die Knie fallen und griff mit blutbesudelten Fingern wieder nach dem Verbandsleinen. »Ich muss ihn verbinden!«, beharrte er, denn der dunkle Fleck unter dem Stoff wuchs noch immer an.

»Lass ab!« Heinrich hob den Körper von seinem Schoß und legte ihn auf den Boden. »Der Mann ist tot, Lucas!«

»Nein«, stieß der Student aus. Er betrachtete das graue Gesicht des Mannes und legte die Finger auf seinen Hals. Nichts. Kein Blutfluss. »Aber ich habe doch alles richtig gemacht!«

»Er ist trotzdem tot«, beschwor Heinrich ihn. »Du kannst nichts mehr tun.«

Wie betäubt stand Lucas auf und wischte die Finger über die Robe. Er fühlte, wie die kleinen Fäuste der Frau, wohl doch die Witwe des Zimmermannes, ihn auf der Brust trafen, doch es tat nicht weh. Dann stand Wilhelm Hofer vor ihm, packte ihn und knallte ihn mit dem Rücken gegen die nächstgelegene Hauswand. »Du hast den Ansässer umgebracht«, knurrte er wütend, und sein grau gesträhnter Bart zitterte.

»Aber sonst war doch niemand da«, sagte Lucas mit erstickter Stimme.

»Und da dachtest du, wenn keiner guckt, kannst du mal ein bisschen was ausprobieren, wie? Wegen solcher Schlauberger wie dir hat man verboten, dass ihr Studenten an Leuten herumwerkeln dürft! Weil's eben um Menschenleben geht!« Hofer spie ihm ins Gesicht, seine Augen funkelten so wütend, dass Lucas dachte, der Mann würde ihn hier und jetzt totschlagen. Dann raffte der Handwerker den Stoff der Robe auf Lucas' Brust in einer Hand, griff mit der anderen Heinrich am Arm und zog sie hinter sich her.

»In der Schranne wartet doch schon lange eine Zelle auf euch beide! Wenn Stadtrichter Pernfuß hört, dass der Ansässer wegen euch gestorben ist, wird er sich wünschen, er hätte euch Mörder schon dreimal aus der Stadt verbannt!«

Lucas folgte dem kräftigen Mann ohne Gegenwehr. Nach all der Hektik kehrte in seinem Kopf langsam wieder Ordnung und Ruhe ein. Und damit kam auch die Erkenntnis, dass Hofer Recht hatte. Er hatte mit seinem Übereifer einen Mann getötet. Das schmerzerfüllte Gesicht des sterbenden Handwerkers stand ihm noch vor Augen. Welche Strafe Stadtrichter Pernfuß auch immer für ihn bereithielt, er hatte sie verdient.

Kapitel 3

Nun war Madelin all ihren Eiden zum Trotz doch in ihre Heimatstadt zurückgekehrt. *Geburtsstadt*, korrigierte sie sich selbst. Wie Heimat hatte Wien sich nie angefühlt.

Trotzdem atmete sie jetzt auf. Sie und ihre Gefährten waren in Sicherheit. Von Umstehenden hatte sie erfahren, dass die Osmanen sich mit dem Angriff vorhin zum ersten Mal vor der Stadt hatten blickenlassen. Als sich unter den Flüchtlingen herumsprach, dass die Attacke nur von einer Vorhut geführt worden war, die mittlerweile wieder den Rückzug angetreten hatte, beruhigte sich die Stimmung in der Niklasvorstadt wieder. Die Kürassiere, die noch reiten konnten, zogen langsam ab, viele Flüchtlinge folgten ihnen ins Stadtinnere. Trotzdem blieben genug Menschen auf der Straße zurück, dass es voll und unübersichtlich blieb. So sehr Madelin vom Bock des Karrens aus auch schaute, sie fand diesen Lucas nicht wieder. Also wendete sie ihre Gedanken erst einmal anderen Dingen zu.

Der Angriff der Osmanen ließ sie mit einem zwiespältigen Gefühl in der Magengegend zurück. Madelin war ein Halbblut, doch von dem osmanischen Vater kannte sie nicht einmal den Namen. Ihre Mutter, Elisabeth von Schaunburg, war in ihrer Jugend einem Janitscharen in die Hände gefallen, das hatten in Wien die Spatzen von den Dächern gepfiffen. Die Folgen – Schwangerschaft, Entehrung und schließlich Zurückweisung – hatten dafür gesorgt, dass das Verlöbnis mit dem jungen Grafen Johann zu Hardegg gelöst worden war. Er hatte statt Elisabeth deren jüngere Schwester Maria geehelicht, um den Vertrag mit der Familie zu erfüllen.

Die Mutter hatte niemals mit Madelin darüber gesprochen, wie die Osmanen sie in ihre Gewalt gebracht hatten, noch was sie hatte erleiden müssen. Doch sie hatte Madelin stets spüren lassen, dass ihre Geburt ihr Leben zerstört hatte. Und wegen des dunklen Haars und den tiefbraunen Augen war das Kind in Wien auch unter Gleichaltrigen stets als Fremde angesehen worden. Nur ihre Schwester Anna war ihr eine Freundin gewesen – wenn sie sich nicht gerade gestritten hatten. Wie sollte das jetzt erst werden?

Franziskus' Anfall hatte den Fahrenden noch ein paar misstrauische Blicke eingebracht, bevor er endlich abgeebbt war. »Wir passen gut auf ihn auf«, hatte Scheck der jungen Frau versichert, als sie dem Freund die Decke zurechtgezogen hatte. Sie hatte ihm dankbar zugenickt und gesagt: »Ich komme nach, wenn ich mit Anna gesprochen habe. Wir treffen uns bei Sankt Michael, ja?« Dann hatte sie zum Kirchturm von Sankt Anton im Süden der Stadt aufgeblickt und sich auf den Weg gemacht.

Zum Haus Annas musste Madelin in eine der vielen Vorstädte gehen, nämlich die, die im Süden Wiens bei Sankt Anton lag. Sie wollte die Schwester alleine aufsuchen.

Die Sonne war schon fast hinter dem Kahlenberg am westlichen Horizont verschwunden. Es begann zu regnen, und der feuchte Sand knirschte leise unter ihren Füßen. Fröstelnd raffte Madelin ihre Röcke, damit sie nicht noch schmutziger wurden. Die junge Frau folgte der langen Straße durch die Niklasvorstadt. Links klapperten die Mühlen an der Wien, hievten Schaufel über Schaufel Wasser aus dem Fluss und entließen es wieder in den Strom. Nach der Stubenbrücke, die die Wasser der Wien überspannte, ließ sie das Stubentor rechts liegen. Es gewährte Einlass in die eigentliche Stadtmauer, die hier fast zwanzig Fuß hoch aufragte. Die Steine der Befestigungsanlage waren im Lauf der Jahre dunkel geworden.

Entlang der Mauer hatte man den durch die stete Entsorgung von Unrat, Abfall und Gesträuch zugeschütteten Stadtgraben wieder ausgehoben. Er klaffte an den tiefsten Stellen bereits zehn Fuß tief. Madelin staunte, denn selbst jetzt noch machten sich Männer in dem Schacht zu schaffen. Sie hatte den Stadtgraben noch nie so wehrhaft gesehen.

Im Viertel vor dem Stubentor schien sich kaum etwas verändert zu haben – die schlichten Häuser, teils aus Holz, teils aus Fachwerk, sahen noch genauso aus wie in ihrer Kindheit. Hier gab es keinen großen Reichtum, denn bei vielen Bewohnern handelte es sich um Magister oder Gesinde der Universität.

Hinter den Häusern verwandelte sich der Wall entlang der Wien langsam in einen Palisadenzaun und schließlich in einen Faschinenzaun – ein Flechtwerk aus Holzpfählen und Gestrüpp. Am Bürgerspital vorbei kam Madelin in die Vorstadt vor dem Kärntner Tor. Auch hier sah sie sich verwundert um. Vernagelte Türen und Fenster deuteten darauf hin, dass viele Bewohner bereits fort waren. Andere hasteten noch mit Gepäck an ihr vorbei. Madelin versuchte ein-, zweimal, jemanden anzusprechen, doch niemand nahm sich die Zeit für ein Gespräch.

Durch den mit dichtem Weinlaub bewachsenen Brückenturm beim Bürgerspital gelangte die junge Frau aus der Mauer der Kärntner Vorstadt hinaus und ging auf der Steinern Brücke über den Wienfluss auf die Vorstadt bei Sankt Anton zu, die von einem eigenen Befestigungszaun umgeben war. Auch ihn hatte man sorgfältig ausgebessert, denn manche der Palisadenbalken sahen nagelneu aus. Offenbar wollte man die Stadt an den Zäunen der Vorstädte verteidigen.

In diesem Bollwerk bei Sankt Anton waren Menschen vor zwei Häusern gerade dabei, hektisch Leiterwagen für die Flucht zu beladen. Sie runzelte die Stirn und wandte sich an eine Magd, die gerade mit einem Knecht eine Kleidertruhe auf den Karren hievte. Vielleicht könnte die ihr erklären, was hier vorging. »Warum sind denn alle weg? Sind denn die Vorstädte nicht sicher?«

»Alle müssen raus, heißt's«, sagte die Angesprochene, eine feiste alte Frau. »Wir sind mit den Eppers dort die Letzten, glaub ich.«

»Aber warum denn? Die Zäune und Wälle sind doch offenbar gerade wehrhaft gemacht worden!«

Die Magd zuckte nur mit den Schultern. »Der Stadtrichter hat sie ausbessern lassen. Graf Salm gefällt's offenbar nicht. Aber ich muss jetzt weiterpacken!«, sagte sie und verschwand wieder ins Hausinnere. Madelin beschleunigte unwillkürlich ihre Schritte. Man räumte die Vorstädte! Was, wenn die Schwester und ihr Mann längst fort waren?

Stirnrunzelnd dachte sie an die bevorstehende Begegnung mit dem Goldschmied Ebenrieder. Sie erinnerte sich, wie er damals in das Haus ihrer Mutter gekommen war: Mitte dreißig, unbeholfen, die Stirn gefurcht von Sorgenlinien. Sie war ein bisschen aufgeregt gewesen, denn Ludo, der neue welsche Knecht, hatte ihr damals berichtet, es würde ein Brautwerber ins Haus kommen, der sich mit den von Schaunburgs verbinden wolle, und sei es über Bastardkinder. Die Tradition besagte, dass um die Hand der ältesten Tochter angehalten wurde, und das war Madelin.

Eigentlich hatte ihr damals die Aussicht, einen Fremden heiraten zu müssen, gar nicht gefallen. Als Friedrich Ebenrieder dann aber vor ihr gestanden hatte, hatte sie sich dabei ertappt, wie sie unter seinen Blicken errötet war. Auch er hatte damals Gefallen an ihr gefunden – zumindest, bis ihre Schwester Anna die Kammer betreten hatte. Schlanker, blond und mit hellen, klaren Augen, hatte sie Ebenrieder zu dem erstaunten Ausruf gebracht: »Tag und Nacht leben gemeinsam unter Eurem Hause, Frau von Schaunburg! Die Nacht weiß zu bezaubern, doch der Tag überstrahlt sie doch mit seinem hellen Schein.«

In jenem Augenblick war Madelin bewusstgeworden, dass nicht sie den wohlhabenden Goldschmied ehelichen würde. Sie hatte geflucht, gezetert und später der Mutter vorgeworfen, Anna an Ebenrieder verkauft zu haben, der sich von der Bastardtochter des Grafen zu Hardegg, dem ewigen Geliebten ihrer Mutter, sicher bloß einen gewissen Einfluss erhofft hätte. Die wahren Gründe für ihren Zorn hatte sie mit niemandem geteilt. Die Worte, die an dem Tag, an dem Ebenrieder die damals dreizehnjährige Anna in sein Haus geführt hatte, gewechselt worden waren, hatten den Graben zwischen Madelin auf der einen und der Mutter und Schwester auf der anderen Seite so vertieft, dass er zu einem unüberwindbaren Hindernis geworden war. Deshalb war Madelin damals tief getroffen und wütend aus Wien fortgelaufen und seither nie zurückgekehrt.

Auf dem steinernen Pflaster der Straße ließ die junge Frau ihre Röcke wieder los, denn wenn sie mit den Füßen nicht tief einsank, dann saßen die Säume gerade so lang, dass sie beim Gehen nicht dreckig wurden. Damit waren sie so kurz, dass eine anständige Bürgersfrau sich zu Tode schämen würde, wenn sie damit auf die Straße müsste.

Unruhig kratzte Madelin einen Flecken von dem rotbraunen Rundrock und sortierte die Schnürung am Mieder. Dann zupfte sie das Hemd zwischen den Lücken des dreiteiligen, mit Nestelbändern zusammengehaltenen Ärmels heraus, damit es schön plusterte. Sie wurde sich des tiefen und offenen Ausschnitts bewusst und war froh, den Koller darüberziehen zu können. Dieser lose Kragen, mit perlfarbenen Fäden bestickt und ihr ganzer Stolz, bedeckte bei Bedarf Ausschnitt und Schultern. Madelin trug das dunkelbraune Haar gerne offen zur Schau, denn es war im Sommer so schön von der Sonne aufgehellt. Sie hatte es mit ihrem roten Tuch so hochgebunden, dass es ihr nicht im Weg war und doch offen in einem Schwall von ihrem Hinterkopf über den Rücken floss.

Hier, in ihrer alten Heimat, wurde Madelin sich seit langem zum ersten Mal wieder schmerzlich bewusst, dass sie keine anständige Frau mehr war. Sie war eine Fahrende, eine Unehrliche. Eigentlich musste sie sich nicht darum scheren, wie eine Bürgersfrau das Haar und die Kleidung zu tragen hatte.

Üblicherweise genoss sie diese Freiheiten und lachte über die Blicke von Bürgersleuten, die bei ihrem Anblick die Nase rümpften. Jetzt war sie in der Gasse angelangt, in der das Haus von Annas Mann stand, und sie fragte sich, was der wohl zu ihrem Äußeren sagen würde. Natürlich war das albern – nach einer mehrtägigen Flucht vor den osmanischen Reitern durch Regen und Schlamm hatte sie allen Grund, nicht ordentlich auszusehen. Trotzdem wollte sie einen guten Eindruck machen.

Madelin zählte die Gebäude ab und versuchte, sich das Haus Ebenrieders vor Augen zu führen, das er für seine junge Braut hatte verschönern lassen. Das Fachwerk war damals neu verputzt und in hellem Grün gestrichen worden. Das Dach hatte der Goldschmied mit einer frischen Lage Strohbündel decken lassen – auch wenn er versprochen hatte, es in ein paar Jahren gegen teure Ziegel austauschen zu lassen, deren rote Farbe in Wien für Wohlstand sprach.

Schließlich stand sie vor dem Haus, in das Anna damals eingezogen war. Es duckte sich hinter das graue Heiligengeistspital auf der Wieden und wirkte gealtert, aber nicht ungepflegt. Auf dem Dach lagen tatsächlich rote Ziegel. Ansonsten bot es sich noch genauso dem Auge des Betrachters, wie Madelin es in Erinnerung behalten hatte – nur kleiner. Sie sammelte ihren Mut und klopfte an die Tür.

Nichts regte sich. Sie klopfte noch einmal, lauter, und lauschte auf Geräusche aus dem Innern. Dann trat sie ein paar Schritte zurück auf die Straße und blickte erst zum Regen verhangenen Himmel, dann wieder auf das Fachwerkhaus. An einer Seite des Gebäudes war ein schmaler vernagelter Durchlass. Dazwischen hing ein Abort, von dem es unerträglich stank.

»Macht euch davon! Wir gehen nicht weg!«, erklang eine Frauenstimme aus dem Innern des Hauses.

»Ich … ich will die Hausherrin sprechen!«, stammelte Madelin. War das Haus inzwischen an jemand anderen verkauft worden?

Auf der anderen Seite der Straße klapperte oben ein Fenster. Madelin drehte sich um und sah hinüber. Eine Frau blickte missbilligend herunter. In diesem Augenblick knarrte die Tür hinter ihr in den Angeln. »Was willst' denn?«, fragte dieselbe Frauenstimme. Madelin fuhr herum.

Aus der mit Schnitzwerk verzierten Tür, die bloß einen Spalt breit offen stand, schaute Anna Ebenrieder. Sie musste wohl mit unangenehmerem Besuch gerechnet haben, denn als sie die Wahrsagerin sah, öffnete sie die Tür etwas weiter.

Madelin erkannte in der Frau die nur ein Jahr jüngere Schwester wieder, die sie einst zurückgelassen hatte. Doch wie hatte sie sich verändert! Die ehemals mädchenhaft rundlichen Gesichtszüge wirkten hart, die Wangen waren beinahe eingefallen. Die Augen von der Farbe eines düsteren Herbsthimmels blickten nicht mehr wach und lebhaft, sondern müde und sorgenvoll. Der dunkelbraune Rock und das Mieder hatten einen schlichten Schnitt; auch sie hatte sich einen Koller mit einer feinen Borte umgebunden, obwohl ihr Hemd keinerlei Ausschnitt bot. Dazu trug sie einen passenden Gürtel. Das Haar war sauber unter eine flache Kappe gesteckt, die auf ihrem Scheitel ruhte; ein Netz bändigte die mittelblonden Locken im Nacken. Die junge Frau hielt sich aufrecht und das Kinn erhoben.

Während Madelin Anna wortlos musterte, tat die umgekehrt dasselbe. Die junge Ebenrieder runzelte ihre Stirn und öffnete schon den Mund, vermutlich, um die Fremde zu verscheuchen. Dann verengten sich Annas Augen zu Schlitzen, wie eine Katze, die ihre Beute mustert. Schließlich riss sie ihre Brauen in stummem Erstaunen hoch. »Du?«

Madelin nickte wortlos. Sie hatte sich eine Rede für diesen Augenblick zurechtgelegt, geplant, wie sie Anna um das Geld bitten wollte. Jetzt fühlte sich dieser Augenblick ganz anders an, als sie ihn sich ausgemalt hatte. Die Silben blieben Madelin im Hals stecken und ihr Kopf war ganz leer. Es war Anna, die die Situation löste. Sie öffnete die Tür ganz und trat beiseite, um ihr Einlass zu gewähren. Madelin strich ihre bloßen Füße an der Türschwelle ab, so gut es eben ging, und trat ein. Die Tür wurde hinter ihr verriegelt.

Im Hausinnern war es dunkel. Madelin stand in einer Goldschmiedewerkstatt, in der zwei hölzerne Arbeitsplatten mit rundem Ausschnitt und Ledertüchern zum Auffangen von Metallresten eingerichtet waren. Das Fenster war klein und ließ nicht viel Sonne herein, da darüber zudem ein niedriges Holzdach angebracht war. Der dunkle Holzboden zeugte von Abnutzung, war aber sauber gekehrt und wies verschiedene Brandstellen auf. Insgesamt stellte die Kammer mit Wandmalereien und Schnitzereien an den Türrahmen den Wohlstand des Paares zur Schau.

In der Werkstatt standen keine Stühle, sondern nur niedrige Hocker an den Werkbänken. Alles wirkte, als könne es jederzeit benutzt werden, nichts war gepackt. Anna blieb in der Mitte des Raumes stehen.

»Anna.« Es war ungewohnt, den Namen auszusprechen. »Es ist lange her.«

»Meryem«, erwiderte die Schwester. Madelin hatte ihren Taufnamen seit Jahren nicht gehört – nicht einmal aus Annas Mund. Die Mutter hatte sie Madelin – also Mädchen – genannt, so lange sie denken konnte, und Anna und der Rest der Welt hatten es ihr gleichgetan. »Was tust' hier?«

»Ich – ich wollte dich besuchen.«

Anna entspannte sich ein wenig und strich das schwarze Kleid glatt. »Da hast' dir einen schlechten Zeitpunkt ausgewählt«, sagte sie. »Die Landsknechte Graf Salms haben mich schon zweimal aufgefordert, die Vorstadt zu verlassen.«

»Ich habe die letzten abfahrenden Karren gesehen. Ist es denn so schlimm?«

»Ich weiß nicht. Man erfährt ja nichts. Außer dass ständig Männer kommen, die uns die Häuser nehmen wollen.«

Madelin dachte an die leeren Vorstädte. »Und du hast noch nicht einmal gepackt?«

»Nein. Erst die außerordentliche Kriegssteuer. Dann bessern sie die Vorstadtumzäumung aus. Und nun leeren sie alle Viertel, scheuchen jeden weg, der sich einschüchtern lässt. Die wissen doch selbst nicht, was sie wollen. Ich bleib' hier.«

»Warum denn bloß? In der Innenstadt ist es doch bestimmt viel sicherer!«

Anna blickte auf ein Wandgemälde. »In der Innenstadt dürfen wir nicht bleiben, die Leute dort sind auch fast alle weg. Ich müsste die Donau hoch fliehen, gen Krems, so wie der Erzherzog mit seiner Familie.« Sie schüttelte entschlossen den Kopf. »Dies Haus ist alles, was ich habe. Und Wien ist meine Heimat.«

»Aber wenn es doch gefährlich sein soll, was bringt dir dann die Heimat …«

»Ich bleibe!«, unterbrach Anna sie scharf. Sie schob entschlossen das Kinn vor. »Heimat bleibt Heimat, Madelin! Manchen Leuten bedeutet das Wort etwas. So wie *Familie*.«

»Du weißt gar nicht, ob mir Familie etwas bedeutet oder nicht«, sagte Madelin verletzt, doch dann zügelte sie sich. Sie war nicht gekommen, um sich mit Anna zu streiten, wie sie es früher oft genug getan hatten. Sie wandte sich ab, um sich zu beruhigen. Dabei fiel ihr Blick auf die Wandmalerei, die die Schwester eben kurz betrachtet hatte.

Madelin dachte, sie sähe in einen Wald. Die Malerei war so geschickt angebracht, dass man viele Lagen von Blättern und Bäumen erkennen konnte. Auf einer kleinen Lichtung in der Mitte saß ein Paar, ein Mann und eine Frau. Auf dem Schoß der Frau hockte ein nacktes Neugeborenes, daneben stand ein Kind mit aufgeweckten Augen. Das Wandgemälde zeigte Friedrich und Anna mit zwei Kindern. Ihren Kindern.

»Ihr habt Kinder?«

»Ja, wir haben Kinder. Zwei.« Die Schwester verschränkte die Arme vor der Brust.

»Und?«, fragte Madelin nach einer weiteren Pause. »Geht es euch gut, so miteinander, in diesem Haus?«

»Uns geht es wunderbar, ja«, erwiderte Anna einsilbig.

»Und Friedrich, dein Gemahl? Wo ist der? Hat er die Werkstatt schon geschlossen, wegen der Osmanen?«

»Geschäfte laufen schlecht im Krieg.« Anna wirkte abweisend, geradezu feindselig.

»Ist Friedrich bald wieder da?«, fragte Madelin. Sie wollte dieses Haus so schnell wie möglich wieder verlassen.

Ein bitterer Zug umspielte Annas Mund. »Willst' ihm wieder schöne Augen machen?«

»W-was?«, fragte Madelin verblüfft.

»Das hast du damals doch getan – am Tage meiner Hochzeit! Du wolltest mir den Gemahl wegnehmen! Oder nicht?« Anna starrte sie anklagend an. Konnte eine Wunde, die bei Madelin bereits fest verkrustet war, bei Anna noch so frisch sein?

»Ich wollte dir den Gemahl nicht wegnehmen, Anna«, beteuerte sie. »Friedrich Ebenrieder kam in Mutters Haus, und ich bin nun einmal die Ältere, und …«

»Und dann dachtest du, er stünde dir zu, wie?« Annas Stimme wurde schrill.

Madelin fühlte in sich wieder die Wut von damals aufsteigen. Sie erinnerte sich an die Eifersucht, dass Friedrich Anna bevorzugt hatte, fühlte den Schmerz der ungerechten Zurückweisung aufs Neue. Sie versuchte, der Schwester alles noch einmal zu erklären. »Eigentlich ist Friedrich ins Haus der Mutter gekommen, um eine ihrer Töchter zu ehelichen, und es ziemt sich, um die Hand der Älteren zuerst zu bitten. Und dann kamst du herein …« Sie bremste sich, bevor sie Dinge sagte, die Anna beleidigten. Wie etwa, dass *sie* Friedrich ihrerseits schöne Augen gemacht hatte, kaum dass sie seiner ansichtig geworden war.

Trotzdem verstand Anna sie nur zu gut. »Ah, jetzt habe ich *dir* also den Mann weggenommen, ja?«, gab sie zornig zurück. »Und vermutlich bin ich auch noch schuld daran, dass du weggelaufen bist, wie?«

Madelin erinnerte sich an den Streit am Tage der Hochzeit. Sie hatten sich gegenseitig angeschrieen, und schließlich hatte die Mutter Madelin verboten, in die Kirche und auf das Fest zu kommen. Sie war so wütend gewesen. In ihrer Ohnmacht hatte sie ihre Sachen gepackt und war für immer fortgegangen. Doch jetzt biss sie sich auf die Zunge und schwieg. Sie war wirklich nicht hergekommen, um sich zu streiten.

Madelin blickte auf die Werkbänke, um sich abzulenken. Dann runzelte sie die Stirn. Sie hatte sie im ersten Moment für sauber und aufgeräumt gehalten, doch jetzt erkannte sie die feine Staubschicht auf Holz und Leder. »Wo ist Friedrich?«

Jetzt war es Anna, die keine Worte fand. Madelin wurde kalt. Anna hatte »ich« gesagt, als sie vom Haus gesprochen hatte. Der Arbeitsplatz war verwaist. »Anna«, sie schluckte hart, als sie ihren Verdacht aussprach, »ist Friedrich tot?«

Die Schwester nickte nur.

Madelin wusste nicht, wie sie reagieren sollte, was sie fühlen durfte. Sollte sie die Schwester in den Arm nehmen, die kaum mehr als eine Fremde für sie war? Sie rührte sich nicht. »Und die Kinder?«

»Im Keller.«

Madelin schwieg ein paar Augenblicke. »Es … es tut mir leid.«

Die Schwester nickte bloß.

»Wann ist es passiert?«

»Im Frühjahr. Das Fieber.«

»Vor kaum einem halben Jahr?« Kein Wunder, dass der Schmerz noch so frisch war! Madelin mied den Blick der Schwester. »Was sagt die Mutter dazu?«

»Mutter ist Mutter«, sagte Anna. »Sie hat mir ein bisschen Geld gegeben und gesagt, ich möge mir einen neuen Ehemann suchen.«

»Und das willst du nicht.«

»Einen Gesellen, der wegen der ausgestatteten Werkstatt in mein Haus und mein Bett einzieht und dem meine Kinder nur ein lästiges Übel sind? Nein, mir geht es besser, wie es ist«, presste die Schwester heraus.

»Schau, Anna, ich bin nicht hergekommen, um mich mit dir zu streiten. Ich …«

»Warum dann?«

»Was?«

»Warum bist du dann hergekommen, Madelin?«

Die Fahrende zögerte, doch nun musste es heraus. »Ein Freund von mir, Franziskus ... Er ist ein ... ein Mönch, und er ist krank.«

»Oh. Was hat er?«

»Ich weiß nicht genau. Darum sind wir hier. Wir wollen ihn zur Universität bringen. Zu einem Physicus. Einem Doktor der Medizin.«

»Ich ... ich kann dir einen nennen, wenn du willst. Er war ein Freund von Friedrich. Vielleicht lässt er dir vom Geld etwas nach.«

Madelin schwieg und wurde rot. Sie sah zu Boden.

»Ah«, sagte Anna, »darum bist du hier. Es geht um's Geld, wie damals.«

»Anna«, bat Madelin eindringlich, »ich habe wirklich kein Geld! Franziskus wird vielleicht sterben, wenn wir nicht herausfinden, was er hat. Du ... du bekommst es wieder!«

Anna lächelte traurig. »Ja, woher denn? Wie willst' mir den Lohn eines studierten Mediziners zurückzahlen, Madelin? Hast' überhaupt eine Ahnung, was das kostet? Nein. Ich kann dir nichts geben. Die Osmanen stehen vor der Tür, und ich muss meine Familie versorgen.«

Ein neuerlicher Stich fuhr Madelin ins Herz. Anna sorgte sich um ihre Familie – sie selbst zählte nicht dazu. »Anna!«, beschwor sie die Schwester trotzdem. »Franziskus ist mir einer der liebsten Menschen auf der Welt. Er ist gütig und intelligent, gebildet. Er ist in den letzten Jahren *meine* Familie gewesen! Ich *muss* ihm helfen.«

»Wie hätte ich das verstehen können – ich bin ja nur verwandt mit dir.« Annas Stimme klang jetzt bitter. »Ich habe schon gedacht, du wärst heimgekommen.«

Madelin schüttelte den Kopf. »Wenn Franziskus gesund wird, werde ich nicht bleiben.«

»Und was, wenn nicht? Läufst' dann auch vor ihm weg?« Annas Blick war hart. »Lass den Mann sterben und geh. Am besten, bevor er tot ist, dann belastest du dein Gewissen nicht so sehr damit, sondern kannst dir einreden, dass er gesund geworden ist.«

Madelin fühlte den Einschlag jedes Wortes, als sei es ein Pfeil, abgefeuert, um ihren Stolz zu kränken. Mehr noch – Anna wollte ihr absichtlich wehtun, und es gelang ihr. Madelin ballte die Hände zu Fäusten und ging zur Tür. Sie konnte nichts mehr erwidern; wenn sie jetzt den Mund öffnete, sie wüsste nicht, was herausfahren würde.

»Wo das Stadttor ist, weißt du ja«, sagte Anna böse. »Geh nicht nach Osten. Von dort kommen die Osmanen.«

Madelin öffnete hastig den Riegel und zog die Tür auf. Sie wollte nichts mehr hören, doch die Schwester redete weiter. »Aber vielleicht lassen sie dich ja leben und stecken dich in einen Harem. Immerhin bist du ja eine von *ihnen*.«

Endlich klappte die Tür hinter Madelin zu. Sie stolperte auf der Straße und fing sich an der Hauswand. Ihre Wangen waren feucht, und sie schmeckte Salz auf den Lippen. Doch sie fühlte nichts. Ihr Inneres war taub vor Wut. Sie hätte niemals nach Wien kommen sollen. Sie hätte die Schwester nicht aufsuchen sollen. Sie hatte gewusst, dass die Vergangenheit besser begraben bleiben würde. Doch dafür war es nun zu spät.

Jetzt waren die alten Wunden aufgerissen.

Madelin lief wie betäubt die sandige Straße der Vorstadt entlang. Die Sonne war bereits untergegangen und ließ das Bollwerk um Sankt Anton dunkel zurück. Die zugenagelten Türen, dunklen Fenster und kalten Kamine wirkten abweisend, ja feindselig.

Die junge Frau betrat wieder die Kärntner Vorstadt. Sie stapfte auf das Kärntner Tor zu, doch auch hier drängten die Menschen, die von den Kanonenschüssen offenbar verängstigt worden waren, in die Innenstadt.

Tränen blendeten Madelins Sicht. Sie rempelte hier und da jemanden an, lief beinahe in ein Fuhrwerk hinein, das im Schlamm stecken geblieben war, und hastete weiter.

Vorbei an der Burg Wiens – vier Türme ragten hoch über der fast zwanzig Fuß hohen Stadtmauer in den dunklen Himmel und erweckten so den Eindruck eines alten Kastells – näherte sie sich dem Burgtor. Sie hatte gehofft, dass die Situation hier besser wäre, doch auch an diesem Fleck herrschte ein großes Durcheinander. Trotz der späten Stunde drängten über hundert Menschen zum Tor herein. Vermutlich erhofften sie sich von Wien einen sicheren Zufluchtsort, um sich auszuruhen. Wenn Madelin den Worten ihrer Schwester glauben durfte, müssten sie alle die Stadt wieder verlassen – auch die Fahrenden. Sie mochte gar nicht daran denken, was das für Franziskus bedeuten würde.

Madelin zögerte am Tor. Sie hatte nicht die Geduld, sich in das Gedränge zu stürzen und entschloss sich daher, einen anderen Weg zu nehmen, um in die Stadtbefestigung hineinzugelangen. Madelin ging an der Menge vorbei. Einige dreckige und müde Gesichter starrten ihr nach. Männer stritten, Frauen keiften, Kinder weinten vor Erschöpfung. Madelin konnte ihnen nachfühlen.

›Wo das Stadttor ist, weißt du ja.‹ Dieser grausame Satz der Schwester wollte sich nicht aus Madelins Gedanken vertreiben lassen. Er suchte sie heim, als säße ihr der Teufel auf der

Schulter und flüstere ihr den Satz immer und immer wieder ins Ohr.

Die junge Frau ging trotz der Dunkelheit zum Rand des Stadtgrabens. An der frisch aufgeworfenen Böschung raffte sie wieder ihre Röcke und kletterte vorsichtig hinab. Unten angekommen suchte sie unterhalb der Stadtmauer nach einem kleinen Einschnitt in den Wall. Bald hatte sie ihn gefunden. Hier zweigte das alte Bett eines Baches ab, der einmal von Sankt Ulrich kommend unter der Stadtmauer hindurch und in die Stadt geflossen sein musste. Selbst an ihrer weitesten Stelle war die zugewucherte Kerbe kaum breiter als Madelins Schultern. Als sie sich unbeobachtet wähnte, schob sie sich durch das alte Bachbett bis zum Fuß der Stadtmauer, an dem Ziegelsteine das trockene Bachbett versiegelten.

Madelin hob den nackten Fuß und trat gegen die Mauer. Der Tritt brachte ihr nur Schmerzen ein. Sie kühlte die Ferse einen Augenblick lang am kaltfeuchten Boden, dann trat sie noch einmal gegen die Steine. Die Mauer hielt. Doch Madelin gab nicht auf. Nach drei weiteren Tritten hatte sie den seit Jahren getrockneten Mist in den Fugen der Vermauerung des alten Grabens aufgebrochen. Die Steine wackelten und gaben schließlich nach.

Mit einer Hand sammelte Madelin die Backsteine aus dem Loch und stapelte sie seitlich auf. Dann raffte sie das Kleid, stopfte den Saum in ihren Gürtel und schob sich auf den Knien in den dunklen Gang hinein. Die Mauer war hier nicht so tief wie an manch anderer Stelle. Das bedeutete aber immer noch, dass die Wahrsagerin beinahe sieben Fuß weit finsteren Ganges vor sich sah. Früher, als Kind, hatte sie diesen Ort geliebt. Er war trotz des muffigen Geruchs ihr heimliches Zuhause gewesen, in dem niemand Meryem von Schaunburg finden konnte.

In der Finsternis der vertrauten Umgebung fiel die Ungeduld von Madelin ab und die Erschöpfung holte sie ein. Tränen liefen ihr über die Wangen. Anna stand ihr vor Augen, von Trauer und Furcht gebeutelt. ›Immerhin bist du ja eine von ihnen‹, hörte sie die Schwester sagen.

Madelins Gedanken wanderten zu dem Bild an der Wand, das Anna und Friedrich Ebenrieder zu besseren Zeiten darstellte. Würde ein Gemahl, der eine Frau nur der Verbindungen wegen in sein Haus führte, ein solches Bild anfertigen lassen? Sie biss sich auf die Lippen, denn sie kannte die Antwort. Das Bild war ein Schrein, ein Ausdruck seiner Liebe und Verehrung. Anna hatte ihr den Mann nicht weggeschnappt, und er hatte sie nicht ihrer blauen Augen wegen geheiratet. Friedrich Ebenrieder hatte sich in Anna verliebt, und sie sich in ihn. Jetzt war er tot. Und Madelins Eifersucht kam ihr im Angesicht von Annas Trauer plötzlich kindisch vor.

Sie hatte Friedrich kaum gekannt. Trotzdem empfand sie im Angesicht seines Todes Mitleid und Bedauern. Der Goldschmied hatte für eine Familie jenseits ihrer eigenen gestanden. Sie erinnerte sich genau an den Tag von Annas Eheschließung. Sie hatte die Schwester bereits im Paradies gewähnt – ein wohlhabender Gemahl, ein schönes Haus, alle Freiheiten der Welt.

Madelin fühlte noch die bleierne Furcht, die sie damals empfunden hatte, für immer die verschmähte Tochter im Hause der Mutter bleiben zu müssen. In diesem Strudel der Gefühle war sie fortgegangen. Jetzt kam sie nach Hause und stellte fest, dass Anna Leid erfahren hatte und in ihrem Schmerz ganz allein geblieben war.

Madelin erkannte, dass es ihr in dem Streit niemals um den Mann gegangen war, und schluchzte laut auf. Hatte sie wirklich geglaubt, dass Sorgen und Enttäuschungen an der Schwester vorbeiziehen würden? Sie hatte Anna schlimme Vorwürfe gemacht, obwohl sie doch eigentlich nur Angst davor gehabt hatte, dass sie zurückbleiben und niemals frei sein würde. Wie naiv sie gewesen war! Und anstatt der Schwester nun endlich in ihrer Trauer beizustehen, hatten sie sich wieder über diese kleinlichen Dinge gestritten. An die Tatsache, dass sie damit auch ihre Chance auf Unterstützung für einen Physicus für Franziskus verspielt hatte, mochte sie gar nicht denken. Wie sollte sie das Geld jetzt aufbringen?

Der Gedanke an Franziskus trieb Madelin voran. Sie kroch durch den Gang und suchte den Ausgang auf der Innenstadtseite. Früher hatte sie ihn stets sorgfältig gepflegt und mit Strauchwerk verborgen, doch jetzt verstopften ihn der Mist und Abfall von mehreren Jahren. Sie fand die Dachziegelscherbe noch dort, wo sie sie immer abgelegt hatte. Damit gelang es ihr, einige große Placken Erdreich hereinzuziehen und das Loch so zu erweitern, dass sie sich hinausschieben konnte. Sie schielte nach rechts und links auf die Straße, wie früher, um zu prüfen, ob sie beobachtet wurde.

Der Geheimgang mündete hinter einer Häuserreihe beim Minoritenkloster. Die dunkle Gasse an der Stadtmauer war glücklicherweise menschenleer, viele Häuser waren auch hier vernagelt. Madelin schob sich ganz heraus und wühlte den Mist wieder über den Einschlupf, damit ihn niemand fand. Sie stand auf und sah an sich herunter. Der Rocksaum war teilweise aus dem Gürtel gerutscht. Als sie ihn glättete, erkannte sie, wie sehr sie sich eingesaut hatte. Missgestimmt klopfte sie den klebrigen Dreck so gut es eben ging von dem einzigen Kleid, das sie besaß und das in einer Stadt halbwegs präsentabel war. Dann lief sie an der Stadtmauer mit den großen dunklen Steinen entlang auf den Platz zwischen der Burg und Sankt Michael zu. Vielstimmiges Gewirr drang vom Platz zu ihr herüber, und als sie um die Ecke kam, hielt sie bei dem Anblick, der sich ihr bot, inne.

Der Platz vor dem viertürmigen Kastell wirkte im Schein vieler kleiner Feuer, als berste er aus allen Nähten. Hunderte, nein Tausende Männer in bunter Kleidung hielten sich hier auf, die meisten Soldaten und Landsknechte. Letztere trugen auffallende Kleider in bunten Farben. Der Stoff an Brust und Ärmeln war bei vielen zerhauen, das Hemd zwischen den so entstandenen Schlitzen hervorgezupft. Dazu gehörten Kniestrümpfe und plustrige Oberärmel.

Manche der Männer standen gelangweilt an die hellen Steinfassaden gelehnt, andere ruhten mit dem Kopf auf ihrem Gepäck, wieder andere saßen beieinander und spielten im Licht der Lagerfeuer Würfel- oder Kartenspiele. Rufe und Streitereien gellten über den Platz. Durch das Tor drängten weiter die Flüchtlinge und suchten sich in der für sie fremden Stadt ihren Weg. Wie sollte Madelin hier ihre Freunde finden?

Der Gedanke an Franziskus wog schwer auf ihrem Herzen. Welche Worte sollte sie wählen, um ihm mitzuteilen, dass sie keinen Physicus würden bezahlen können? Dass sie alle die Reise nach Wien umsonst gemacht hatten? Madelin suchte sich einen Weg über den Platz, hinüber zur Kirche.

»Heda, Mädel«, rief da ein Söldner. »Willst du dich nicht zu mir setzen und ein wenig mit mir feiern? Wir haben bestimmt viel Spaß zusammen!«

Der Mann neben ihm musterte Madelin ebenfalls. »Die? Die nimmt doch Geld. Eine Bürgerin ist sie zumindest nicht.«

»Die sieht eher aus, als wäre sie schon die Vorhut der Osmanen!«, knurrte ein Dritter.

Madelin senkte den Kopf und beschleunigte ihren Schritt. Das war nicht das erste Mal, dass man sie für eine Landsknechtshure hielt, und das machte ihr auch nichts aus. Doch der Verdacht, dass sie eine Spionin sei, konnte sich als gefährlich erweisen. Sie hätte den Platz umgehen sollen. Jetzt blieb ihr nur der Weg durch die Menge.

Bewegung kam in die Menschen um sie herum und Madelin sah auf. Zwei Reiter, einer ein sicher über siebzig Jahre zählender Greis, der andere etwa halb so alt, trabten von Fackelträgern flankiert mit einer zwanzigköpfigen Gefolgschaft aus der Burg. Die Leute machten dem Zug ehrerbietig Platz; manche zogen gar die Mützen vom Kopf. Auch Madelin trat beiseite, als die Reiter passierten.

Der Alte saß mit gebeugten Schultern auf dem Pferd. Seine Züge wirkten im Halblicht der Fackeln hart und misstrauisch. Er war mit einem schlichten Kürass gerüstet, darunter trug er ein dunkles Wams mit Goldfäden. Auf dem Kopf saß eine üppige Mütze mit blauen Federn. Die Kleidung wirkte wie die eines jungen Mannes.

Der zweite Reiter hatte ein kantiges Gesicht mit erstaunlich sanften Augen. Halblanges Haar und eine Narbe auf der Wange fand man bei vielen Landsknechten, das zerhauene Streifenwams mit goldenen Verzierungen konnte sich aber sicher nicht jeder leisten. Täuschte sich Madelin im flackernden Licht oder fehlten ihm an der Linken, mit der er die Zügel hielt, zwei Finger?

»Wer ist das?«, fragte Madelin einen stupsnasigen Burschen, der neben ihr in der Menge stand und gaffte.

»Das ist Niklas Graf Salm«, erwiderte der Junge. »Der Graf ist der Feldhauptmann von Wien – er hat den Oberbefehl.«

»Und der andere?«, fragte Madelin.

»Eck von Reischach. Er ist Hauptmann der Landsknechte hier in Wien – und davon hat es wirklich viele. Manche sagen, es sind dreitausend Mann, allein unter seinem Kommando!«

»Klingt so, als wäre er beliebt«, erkundigte sich Madelin.

»Er versteht uns halt«, sagte der Bursche. »Er weiß, was die Leute brauchen, um zu überleben – die, die ihr Heim verteidigen. Graf zu Hardegg ist grün vor Neid, weil von Reischach so beliebt ist.«

»Und dieser Graf Salm – der versteht auch sein Handwerk?«, fragte Madelin.

»Du kennst ihn nicht?« Der Bursche sah sie erstaunt an. »Der alte Haudegen ist der Beste! Der hat vor Pavia König Franz von Frankreich gefangen genommen.« Seine Stimme überschlug sich vor Bewunderung beinahe. »Und die Bauern in Tirol hat er auch niedergeschlagen.«

Dieses Vertrauen in den Grafen Salm ließ Annas Worte in einem neuen Licht erscheinen. Er hatte die Stadt niederbrennen und aufgeben wollen. Wenn er so viel von seinem Handwerk verstand – war man hier dann wirklich nicht sicher?

»Bist du bei den Flüchtlingen?«, fragte der Bursche nun.

»Gewissermaßen, ja.«

»Das heißt, du ziehst morgen mit dem Zug nach Krems?«

»Nach Krems?«, fragte Madelin. »Nein. Was ist das für ein Zug?«

»Die Flüchtlinge sollen morgen vor dem Mittag alle weg. Graf Salm gibt dem Zug Reiter zur Bewachung mit, sagen die Leute. Damit ihnen nichts passiert.«

»Und du? Warum bist du noch hier? Solltest du nicht mit deinen Eltern auch fliehen?«

»Ich habe keine«, erwiderte er schlicht. »Und ich geh nicht weg. Ich weiß, wie man in Wien überlebt.«

»Oh«, erwiderte sie. »Wie ist dein Name?«

»Wolfram.«

Der Reiterzug hatte sie passiert und zog in die schmale Gasse gen Schottentor. »Danke schön, Wolfram.« Madelin verabschiedete sich und überquerte den vollen Platz. Endlich stand sie vor Sankt Michael.

Das dreischiffige Langhaus hatte sich kaum verändert, fand die Wahrsagerin, höchstens waren die hellen Steinmauern noch dreckiger geworden als früher. Sie sah sich suchend um, bis sie schließlich auf dem Kirchhof die drei flachen bemalten Karren entdeckte. Dann sah sie auch schon Scheck und Erisbert, die sich wie mehrere Dutzend anderer Menschen auch am Rand des Gräberfeldes um ein Feuer herum niedergelassen hatten. Der Spielmann konnte selbst in einer solchen Situation das Schäkern nicht lassen – er saß mit einer Magd auf einem Holzstumpf und rührte im Topf, der an einem Dreibein über dem Feuer hing. Erisbert war schon wieder bei der Arbeit: Er versuchte, einem Alten, der nur noch Stumpen im Mund hatte, sein Zahntonikum aufzuschwatzen. Franziskus saß in Decken gewickelt an einen Grabstein gelehnt am Feuer.

Madelin trat in den Feuerschein, doch die Last ihrer Nachricht wog schwer auf ihren Schultern. Als Franziskus aufsah und sie erkannte, lächelte er erfreut, und einen kurzen Augenblick sah sie die Hoffnung in seinen Augen aufblitzen. Sie fühlte einen Stich im Herzen. Dann musste er die schlechte Nachricht in ihrem Gesicht gelesen haben, denn er sah schnell zu Boden.

»Immer müsst ihr an den Gräbern lagern«, sagte sie. »Das graust mich.«

Erisbert erblickte die Wahrsagerin und ließ von dem Alten ab. »Madelin! Erzähl, was hat deine Schwester gesagt?«

Die junge Frau rang um Worte, fand aber keine. »Lass mich, Bert.«

»Ist denn was passiert? War sie nicht da? Hat sie …« Langsam schien der Groschen auch bei dem Tinkturenverkäufer zu fallen. »Sie hat abgelehnt, hm?«

Madelin biss sich auf die Lippe und antwortete nicht. Sie nahm einen brennenden Span und ging an den Freunden vorbei zu den Wagen, die sie weiter hinten erblickt hatte. Sie stieg über die rückwärtige Klappe in ihren Karren und entzündete die Kerzenlaterne, die am Haken an der Decke hing.

Im Innern des Fuhrwerks konnte nicht einmal Madelin senkrecht stehen. Die niedrige Holzdecke war mit einem Sternenhimmel ausgemalt, dessen Farbe an so mancher Ecke bereits verblasst oder abgeblättert war. Rechts und links war je ein Lager mit Fellen und Decken aufgeschlagen, an deren Fußenden zwei Kisten standen, in denen Franziskus und sie ihre persönlichen Habseligkeiten aufbewahrten. In der Kiste des Mönchs lagen auch seine hölzernen Heiligenfigürchen, manche bereits koloriert, viele nicht.

Madelin legte ihr noch feuchtes und dreckiges Kleid ab, griff sich eine Bürste und bearbeitete es mit kräftigen Strichen. Dann hängte sie es hinaus. Wenn der nächste Regenschauer kam, würde er Staub und Erde herausspülen. Dann ließ sie sich auf ihr Lager fallen. Sie starrte in die kleine Flamme der Laterne, die sie für Franziskus brennen ließ. Irgendwann verschwamm das Licht vor ihren Augen und sie schloss sie, doch der Schlaf wollte sich nicht einstellen. Der Streit mit Anna ging ihr nicht aus dem Kopf. Aber sie konnte Geschehenes nicht ändern.

Als ein Gewitter sie weckte und ein heftiger Regenguss niederging, schlug sie widerwillig die Augen auf – sie musste doch endlich eingenickt sein. Franziskus' Lager war noch unberührt. Eine schlimme Vorahnung ergriff von Madelin Besitz. Sie wickelte sich die Decke um die Schultern und eilte hinaus.

Kalter Regen empfing sie und trieb ihr die Müdigkeit blitzschnell aus den Gliedern. Sie sah sich um und ging an den Grabsteinen vorbei zu der verwaisten Feuerstelle. Ein ungutes

Gefühl beschlich die Wahrsagerin an diesem Ort. Wo war Franziskus? Dann sah sie die einsame, zusammengesunkene Gestalt an dem Kopfstein.

»Franziskus?«, sprach sie ihn mit zitternden Lippen aus einigen Schritten Entfernung an. »Franziskus!« Doch er rührte sich nicht. Wo waren die Freunde? Warum saß er ganz allein? Die Kälte erreichte ihre Knochen. Franziskus war ihr in den letzten sechs Jahren Vater und Bruder zugleich gewesen. Ohne ihn hätte sie auf der Straße nicht überlebt. Was, wenn Regen und Kälte vollbracht hatten, was die Anfälle begonnen hatten? Wenn er tot war? Sie fürchtete sich davor, den Freund an der Schulter zu berühren, um Gewissheit zu bekommen. Trotzdem streckte sie eine Hand aus. »Franziskus«, sagte sie sanft. Sie versuchte, ihn herumzudrehen, doch er war schlaff wie ein Mehlsack.

Madelin fühlte sich betrogen. Sie hatten es bis hierhergeschafft – und nun erhielt der Freund nicht einmal die Chance, den Kampf ums Überleben anzutreten? »Oh, Franziskus …«

Auf einmal blinzelte der Freund, und ihr Herz machte einen freudigen Satz. »Madelin?«, murmelte er. Franziskus sah aus, als wüsste er gar nicht, wo er sich befand. »Mir ist kalt.«

»Franziskus!« Die Wahrsagerin breitete die Arme mit der Decke aus und schlang sie um den Freund, um ihn vor dem Regen zu schützen. »Komm, du musst raus aus der Kälte!« Sie half Franziskus beim Aufstehen und führte ihn in den Wagen. Dort zog sie ihn aus und hüllte ihn auf seinem Lager in alle trockenen Decken, die sie finden konnte, und schlüpfte dazu. Sein ausgemergelter Körper schien völlig unterkühlt zu sein. Sie schmiegte sich an ihn, um ihn zu wärmen. »Oh, Franziskus. Es tut mir leid. Es tut mir so leid.«

Der Ikonenmaler strich ihr schwach über die Wange. »Ist nicht deine Schuld. Der Herr ruft mich zu sich. Wer wäre ich, dass ich ihn von meiner Türschwelle weise?«

Madelin weinte. Jetzt tröstete er sie. Sollte es nicht umgekehrt sein? Doch in diesem Augenblick hatte sie keine Kraft für ihn. »Ich will aber nicht, dass du gehst!« Der Schreck von eben saß ihr noch tief in den Knochen. Eines wusste sie mit erschreckender Deutlichkeit: Wenn man nicht herausfand, was mit Franziskus los war, dann würde er sterben. »Es werden ja wohl noch Magister von der Universität hiergeblieben sein«, murmelte sie. »Wir finden jemanden, der dir hilft!«

Doch die Wahrsagerin musste an die Schwester denken, die hartnäckig in der Vorstadt ausharrte, und stellte fest, dass Franziskus nicht mehr der Einzige war, der ihre Hilfe brauchte. Madelin fasste einen Entschluss. Vielleicht konnten Anna und sie sich gegenseitig helfen. Sie schmiegte die Wange an den Kopf des Freundes und sprach mit starrem Blick ins Kerzenlicht: »Ich gehe morgen nochmal hin.«

Franziskus blinzelte verwirrt. »Wohin?«

»Zu Anna, Depperl.«

»Aber, Madelin, du …«

Sie unterbrach ihn. »Franziskus, Anna wirkte so hilflos! Sie weiß nicht mehr ein noch aus und klammert sich an ihr Haus, als könne sie sich darin vor'm Rest der Welt verbergen. Und ich habe auch noch mit ihr gestritten, als lebten wir noch zusammen unter einem Dach. Das muss aufhören! Ich gehe morgen früh gleich noch einmal hin und hole sie aus der Vorstadt raus. Und vielleicht kann ich sie ja doch um ein wenig Geld für den Arzt bitten.«

Der Freund musterte sie ernst. Er sah aus, als wolle er noch etwas einwenden, doch er schwieg. Schließlich lächelte er. »Mach das, Madelin. Vielleicht klappt es ja.« Er machte eine Pause und suchte die Wärme ihres Leibes. »Gehen wir noch auf den Kirchturm von Sankt Stephan?«

»Wenn du magst. Warum ausgerechnet der?«

»Weil er so hoch ist«, sagte Franziskus. »Man kann bestimmt das ganze Land von dort oben sehen.«

»Dann machen wir das«, erwiderte sie mit erstickter Stimme. »Nachdem ich bei Anna war.«

Franziskus antwortete nicht, obwohl sie an seinem Atem hörte, dass er nicht schlief. Irgendwann verlöschte die Kerze in der Laterne, und die Nacht beanspruchte auch diesen Ort für sich.

Kapitel 4

Holz scharrte auf Stein, als die Schalen in die Kerkerzelle geschoben wurden. »Essen, ihr Hundsfotte!«, rief ein Gerichtsknecht, bevor er die Tür wieder schloss.

Heinrich stand auf, um in dem zarten Licht, das durch vergitterte Fenster oben in der Mauer drang, die Holzschalen zu holen. Dann ließ er sich wieder im Schneidersitz auf das Lager fallen.

Lucas war nicht hungrig, denn dort, wo sein Magen gewesen war, schien nun ein aufgeblähter, kalter Ball zu wachsen. Der Student saß neben Heinrich in der Ecke der kargen Kammer, die Stirn hatte er auf die angezogenen Knie gelegt. Das Stroh stank nach mehreren Generationen von Insassen.

»Willst' nicht doch etwas essen?«, fragte Heinrich mit vollem Mund und schob ihm eine Schale zu. Doch Lucas schüttelte bloß den Kopf.

»Es muss bestimmt schon Frühstückszeit sein«, sagte Heinrich. Eine Weile waren nur seine Kaugeräusche und das Schaben des Holzlöffels in der Schale zu hören. »Hafergrütze«, grunzte er dann angeekelt. »Man merkt, dass die hier in der Schranne sonst nur Weiber und gemeine Schuldner einsperren.«

Wilhelm Hofer hatte sie gestern direkt in die Schranne zum Stadtrichter Paul Pernfuß gebracht. Der hatte mit finsterer Miene Anweisung gegeben, sie in dieses Loch stecken zu lassen. Doch Lucas war es egal. Vor seinen Augen stand unerbittlich der tote Zimmermann, in seinen Ohren klangen die Schreie der frischen Witwe nach. An seinen Fingern roch er noch immer das trockene Blut. Ihm wurde schon schlecht, wenn er nur ans Essen dachte.

»Es ist nicht deine Schuld, weißt'?«, sagte Heinrich nach einer längeren Pause. »Das mit dem Zimmermann, wie hieß er?« Lucas antwortete wieder nicht. »Na, wie auch immer er geheißen hat, es ist nicht deine Schuld. Der Mann wäre so oder so gestorben, meinst' nicht?«

Lucas sah immer noch nicht auf, und so redete Heinrich weiter. »Die Wunde war tief, die Blutung stark. Niemand außer uns war da. Du hast getan, was du konntest. Aber zu retten war der Mann von Anfang an nicht mehr.«

»Ansässer«, murmelte Lucas.

»Wie meinen?«

»Ansässer. Der Zimmermann hieß Ansässer.«

»Ah ja, richtig. Ich hatte noch nie ein Gedächtnis für Namen.«

»Und du weißt es nicht.«

»Ich weiß was nicht?«, fragte Heinrich.

»Ob er noch zu retten war.« Jetzt hob Lucas den Kopf. »Wenn ich ein Magister gewesen wäre, mit viel Erfahrung – vielleicht hätte ich von vornherein gesehen, dass die Wunde so tief war. Vielleicht hätte ich eher nach dem Brandeisen gerufen, um das Geäder zu kauterisieren. Vielleicht gibt es ein Dutzend Dinge, die ich hätte machen können, hätte ich's nur gewusst!« Er legte seine Hände ineinander, um das Zittern zu beruhigen, dann zog er die Knie enger an den Körper. Der Ball in seinem Magen war noch kälter geworden.

»Lucas«, sagte Heinrich eindringlich. »Du bist ein Mann der Tat. Du studierst an der *Alma Mater Rudolphina* Medizin, weil du Menschen helfen willst. In diesem Beruf sterben Menschen, das liegt in der Natur der Sache – manche kann man retten, andere nicht. Vermutlich hätte auch Magister Vilenius den

Zimmermann nicht retten können. Das liegt allein in Gottes Hand!«

Lucas nickte. Er hatte einen bitteren Geschmack auf der Zunge. »Vermutlich.« Doch der Schatten des Zweifels, der in diesem Wort lag, würde ihn sein Leben lang verfolgen, das wusste er.

Ein Schlüsselbund klapperte gegen das metallene Schloss der Kerkerzelle. Die beiden Studenten sahen einander fragend an, als sich die Tür langsam öffnete. Ein langer Kerl mit großen Ohren und gestutztem Bart stand im Rahmen: Paul Pernfuß, der Stadtrichter. Mit ihm drang Licht in die Zelle. Er stellte die Lampe ab und schloss die Tür hinter sich. Dann lehnte er sich mit dem Rücken dagegen. »Herrschaften.«

Lucas und Heinrich sahen ihm erwartungsvoll entgegen, doch er schwieg. Genoss er seinen Triumph?

»Hat mein Vater Euch endlich in den Arsch getreten?«, fragte Heinrich zu Hardegg.

Die Miene des hochgewachsenen Stadtrichters verfinsterte sich. Das flackernde Licht ließ seine Augen in schattigen Höhlen verschwinden. »Halt den Mund, Hardegg«, knurrte er. »Sonst vergesse ich, dass ich dich hier eingebuchtet habe und werfe den Schlüssel in die Donau.« Der Mann hatte es seit Monaten auf Lucas, Heinrich und einige andere Studenten abgesehen. »Ihr zieht durch die Kneipen und schlagt euch mit den Handwerkern, wo immer ihr hinkommt. Und jetzt ist ein Mann tot. Und warum?«

Lucas senkte den Blick. Er wollte den vorwurfsvollen Blick des Mannes nicht sehen.

»Weil zwei Studenten, die noch nicht einmal zum Bakkalauriat zugelassen sind, glauben, die Regeln würden bloß für alle anderen gelten. Wie üblich.«

»Wir wollten dem Mann nur helfen«, murmelte Heinrich. »Hätte niemand etwas getan, wäre er noch schneller gestorben.«

»Vielleicht, vielleicht auch nicht«, sagte Pernfuß. »Aber für genau so einen Fall gibt es das Gesetz, dass Studenten nicht behandeln dürfen. Weil sie es noch nicht beurteilen können und mehr Schaden als Heil anrichten. Bei jemandem wie dir, Steinkober, der ein solches Erbe in die Wiege gelegt bekommen hat, ist Hopfen und Malz verloren«, seufzte er. »Der Vater, ein stadtbekannter Aufwiegler und Unruhestifter, stirbt im *Bellum latinum* in der Schlacht mit den Bürgern.«

Lucas hatte von dem Kleinkrieg, der vor fünfzehn Jahren zwischen Studenten und Bürgern in Wien stattgefunden hatte, nur aus Erzählungen gehört. Was angeblich wegen beißenden Spotts über das *Cingulum*, den Studentengürtel, in einem Hurenhaus begonnen hatte, hatte sich auf die ganze Stadt ausgebreitet und in blutigen Auseinandersetzungen mit dem Schwert geendet. Schließlich waren die Studenten sogar der Stadt verwiesen worden und in einem Protestmarsch vor den Kaiser gezogen, um ihre Rechte zu verteidigen. Auf lange Sicht hatte all das jedoch nichts gebracht.

»Mein Vater war ein guter Mann«, sagte Lucas.

»Und woher willst das wissen, Steinkober? Du hast ihn ja kaum gekannt. Als er starb, warst du wie alt – vier?«

»Sechs.« Lucas erinnerte sich zugegebenermaßen nur vage an den Vater – doch das wenige war verbunden mit einem Gefühl grenzenloser Geborgenheit.

»Dein Vater hat um sich geschlagen wie ein tollwütiges Tier. Er war so betrunken, dass er nicht mal die Schmerzen gespürt hat, als man ihm den Arm auskugelte, um ihn festzuhalten. Seinetwegen starben ein Magister und ein angesehener Bürgersmann. Dass er tot ist, ist seine eigene Schuld. Der Mann hat sich benommen wie ein Hund und ist erschlagen worden wie ein Hund.«

»Das ist nicht wahr!« Lucas ballte die Hände zu Fäusten. Er wollte sich nicht mit Pernfuß streiten, doch er würde nicht zulassen, dass der Mann seinen Vater beleidigte! Heinrich legte seinem Freund beruhigend die Hand auf den Arm. »Seid Ihr gekommen, um alte Geschichten aufzuwärmen, Pernfuß?«

»Nein. Aber von dir, Hardegg, hätte ich mehr erwartet. Bei dem Elternhaus solltest du doch Besseres zu tun haben, als dich mit dem Abschaum der Universität herumzutreiben, oder?«

»Wenn Ihr mit Abschaum vielversprechende Ärzte meint – nein.«

Der Stadtrichter nickte, als bestätige das seine Sicht der Dinge. Er spie in die Ecke. »Für das, was ihr getan habt, verdient ihr, von der Universität verwiesen zu werden.«

»Wir wollten doch nur …«, begann Heinrich aufzubegehren, doch Pernfuß unterbrach ihn. »Helfen?«, fragte er. »Ich weiß. Aber was geschehen ist, ist geschehen. Ein Mann ist tot.«

»Aber Ihr dürft uns gar nicht verurteilen«, sagte Heinrich. »Ihr habt keine Gewalt über Studenten! Wir unterstehen der Universität Wien, und daher müsst Ihr uns an einen Dekan oder den Kanzler überstellen.«

Jetzt schloss der Stadtrichter die Hände zu Fäusten, als hätte er Mühe, sich zu beherrschen. »Das macht nicht besser, was ihr getan habt. Das dulde ich in meiner Stadt nicht länger.«

Lucas musterte Pernfuß im spärlichen Licht der Laterne. Er erkannte, dass dies der eigentliche Grund war, weswegen der Mann sich vor Monaten an ihre Fersen geheftet hatte. Er betrachtete Wien wirklich als seine Stadt, und er konnte nicht ertragen, dass ihm die Studenten darin die Stirn boten – und das gedeckt von der Universität.

»Das heißt, Ihr übergebt uns der Gerichtsbarkeit der Universität?«, fragte Heinrich.

»Nein.«

»Warum nicht?«

»Weil niemand mehr da ist«, gab Pernfuß zurück.

»Wie – niemand mehr da?«, fragte Lucas erstaunt.

»Die ganze Verwaltung der Alma Mater Rudolphina ist geflohen sowie der Rest des Stadtrates.« Er spuckte erneut auf den Boden. »Sie sind fast alle weg. Sogar die Ärzte – es gibt nur noch ein paar Heiler in den städtischen Klöstern.«

»Magister Vilenius auch? Der war doch gestern noch in der Niklasvorstadt.«

»Keine Ahnung.«

Lucas stockte der Atem. Wenn nun selbst der Kanzler geflohen war … »Das heißt, Ihr lasst uns hier unten verrotten, bis wieder jemand da ist, der über uns richten kann?«, fragte Heinrich fassungslos. »Mein Vater wird das nicht zulassen.«

Pernfuß stieß sich von der Tür ab und trat näher an sie heran. Die Laterne stand jetzt hinter ihm, so dass er nur ein riesiger Schatten zu sein schien. »Im Gegensatz zu dir, Hardegg, glaube ich an das Gesetz. Ich hätte euch schon lange durch meine Leute im Staub irgendeiner Gasse erschlagen lassen können. Aber das Gesetz verbietet es mir, gegen euch vorzugehen. Wenn Studenten etwas verbrechen, muss ich sie der Universität übergeben. Auch wenn das dann in neun von zehn Fällen dazu führt, dass die euch einfach wieder laufenlassen, weil euer Wort gegen das guter, aufrechter Bürgersleute steht. Und alles geht von vorne los. Aber nicht dieses Mal. Dieses Mal ist niemand von der Universität da, der euch übernehmen könnte. Und inzwischen stehen die Türken vor Wien.«

Schweigen füllte den Raum in der Schranne, als die Studenten darauf warteten, dass Pernfuß weitersprach. »Und wie geht es nun weiter?«, fragte Lucas schließlich.

»Ich habe nicht genug Gerichtsknechte, um mich mit euch zu belasten. Die Zellen werden in den nächsten Tagen sicher voll werden. Ich verbanne euch deswegen aus der Stadt.«

Lucas riss die Augenbrauen hoch. »Ihr lasst uns gehen?«

»Ich verbanne euch«, betonte der Stadtrichter. »Ich würde empfehlen, euch dem Flüchtlingszug gen Krems anzuschließen. Er wird von Reitern geschützt. Natürlich könnt ihr heimkehren, wenn die Osmanen fort sind, und euch beim Dekan beschweren, wenn ihr wollt. Wie ihr bereits gesagt habt – eigentlich bin ich für euch gar nicht zuständig. Aber wenn ihr ganz schlaue Bürschlein seid, lauft ihr mir nie wieder über den Weg.« Er starrte Lucas in die Augen. »Es gibt auch andere Städte, die man unsicher machen kann.« Damit drehte er sich um und ging aus der Zelle. Die Tür ließ er offen stehen.

Lucas wusste nicht, was er davon halten sollte. Er starrte einen Augenblick auf seine braun verkrusteten Hände. Er hatte noch keine Möglichkeit gehabt, sich das Blut abzuwaschen. Ein Mann war tot. Durfte das so einfach vergessen werden? Ein Teil von ihm wünschte sich, eine Strafe für das zu bekommen, was er getan hatte.

»Pernfuß!«, rief er und lief auf den Gang hinaus. Der Stadtrichter blieb stehen und wandte sich zu ihm um. »Warum bleibt Ihr hier, wenn alle anderen ihr Heil in der Flucht suchen?«, fragte Lucas.

Pernfuß funkelte ihn an. »*Weil* alle anderen ihr Heil in der Flucht suchen.« Dann ging er die Treppe hoch, die in die Arbeitsräume der Schranne führte. Lucas starrte ihm für einen Augenblick erstaunt nach. Dann sammelten die beiden Studenten ihre Habseligkeiten ein und verließen die Schranne durch die Vordertür auf den Hohen Markt.

Auch auf diesem Platz beherrschten Soldaten, Landsknechte und Reiterei das Stadtbild. Die Wiener Bürgersleute befanden sich stattdessen unter den Flüchtlingen, die sich mit gepackten Habseligkeiten gerade dazu aufmachten, gen Westen zu fliehen.

Lucas warf einen Blick zurück zur Schranne. Das doppelstöckige Gebäude mit dem hohen Spitzdach besaß vor dem Haus eine Galerie, die man über eine steile Freitreppe erreichte. Dort oben, von wo normalerweise Urteile und Neuigkeiten verkündet wurden, stand der Stadtrichter jetzt und stützte sich aufs Geländer. Er wirkte nachdenklich.

»Und jetzt?«, fragte Heinrich zu Hardegg.

Lucas zuckte mit den Schultern. »Ich weiß es nicht.« Er blickte zum Stand der Sonne im Osten und erkannte, dass es noch sehr früh am Morgen war.

»Pernfuß hat uns aus der Stadt geworfen. Ich denke, wir packen unsere Sachen und gehen mit den Flüchtlingen.«

»Du meinst, er hat uns gehen lassen«, korrigierte Lucas den Freund nüchtern. Das war mehr Anstand, als er dem kleinlichen Mann zugetraut hatte.

»Wie auch immer man es nennen will.«

Die Fensterläden der meisten Häuser am Hohen Markt waren verrammelt. Lucas' Blick blieb an einem Haus hängen, bei dem die Läden ebenfalls geschlossen waren – bis auf einen im ersten Stock. Erst dachte er, das sei eine Nachlässigkeit der geflüchteten Bewohner, doch dann fiel ihm auf, dass auch das Fenster aus Butzenglas hinter den Läden offen stand. Dahinter stand eine Gestalt und blickte hinab auf den Platz.

»Weißt', wem das Haus dort gehört?«, fragte er Heinrich.

»Welches – das? Meinem Vater.«

»Graf zu Hardegg? Aber ich dachte, der hätte sein Stadthaus unten bei der Burg!«

»Hat er auch. Das hier gehört seiner Mätresse.«

»Er hat eine Mätresse?«

»Du kennst dich in der Politik der Stadt nicht wirklich gut aus, oder?«, fragte Heinrich. »Elisabeth von Schaunburg ist eine der grauen Eminenzen des Hofes. Wäre sie damals nicht entehrt worden, wäre sie jetzt vermutlich meine Mutter. Sie war mit meinem Vater verlobt. Als sie nicht mehr gesellschaftsfähig war, hat er ihre Schwester geheiratet – Maria, meine Mutter.«

»Und Elisabeth hat trotzdem noch ein Verhältnis mit deinem Vater?«

»Die beiden waren einander wohl immer zugeneigt.«

Lucas starrte hinauf zu dem Haus. »Und sie bleibt?«

»Ja, sie bleibt. Elisabeth von Schaunburg bekommst du mit zehn Pferden nicht aus ihrer Stadt heraus. Und von meinem Vater fort.«

»Das ist mutig für eine Frau.«

»Sie hat durch die Türken ja nichts mehr zu verlieren.«

»Wieso das?«, fragte Lucas. Als er verstand, biss er sich auf die Zunge und sagte dann: »Sie ist von einem Türken entehrt worden.«

»Ja. Und sie hat ihm einen Bastard geboren, vor rund zwanzig Jahren. Sonst hätte das alles in der Gesellschaft auch nicht so hohe Wellen geschlagen.«

»Übel, so ein Schicksal«, murmelte Lucas.

»Komm, lass uns packen gehen. Wo mag der Zug sich sammeln?«

»Keine Ahnung«, erwiderte Lucas. Er sah einen der Gerichtsknechte vorbeilaufen, die dem Stadtrichter unterstellt waren, um die Ordnung aufrechtzuerhalten. Er hielt den Mann am Ärmel fest. »Wo sammeln sich die Flüchtlinge? Die, die gen Krems wollen?« Erst als der Mann sich umwandte, erkannte der Student, dass es sich um Wilhelm Hofer handelte, den Zimmermann, der Heinrich und ihn in die Schranne gebracht hatte.

»Ach, wieder frei, was?« Der Alte trug ein braunes Wams, lederne Beinkleider, einen Hut und feste Stiefel. Der Bart war voll und grau gesträhnt, das Haupthaar aber zu einem schütteren Kranz zurückgewichen. »In dieser Stadt ändert sich aber auch nichts. Ihr bringt einen von uns um und kommt damit durch.« Das Gesicht mit den vielen Sorgenfalten verzog sich vor Wut. »Ich sag dir, Steinkober, stünden nicht die Osmanen vor der Tür, würde ich durchgreifen!«

Lucas senkte die Lider. Dabei fiel sein Blick auf das Schwert an der Seite des Zimmermannes. »Ihr habt Euch bewaffnet?«

Hofer starrte ihn für ein paar Augenblicke an. »Ansässer und ich sind den Gerichtsknechten beigetreten«, sagte er. »Um Wien zu schützen und die Ordnung zu bewahren. Und nur deshalb dreh ich dir nicht auf der Stelle den Hals um, Steinkober!«

Lucas nickte. »Es tut mir aufrichtig leid um Euren Zunftgenossen«, sagte er leise.

»Das hilft ihm jetzt ja nicht mehr viel, was?«

»Lasst ihn in Ruhe«, sagte Heinrich. »Er wollte nur helfen!«

Hofer schnaufte abfällig. »Und seine Witwe und den Kindern, wer hilft denen? Wohin sollen die ohne den Mann gehen? Darüber habt ihr Studenten euch noch nie Gedanken gemacht, wenn ihr eine Prügelei vom Zaun gebrochen habt, was?«

»Und macht ihr feinen Bürgersleut' euch darum Gedanken, wenn ihr uns verspottet und reizt?«, gab Heinrich ungehalten zurück.

»Heinrich, bitte«, sagte Lucas und legte ihm die Hand auf die Brust, um ihn zurückzuhalten. »Wir wollen nicht schon wieder streiten, oder?« Die Feindschaft mit den Handwerkern war beiderseitig, doch Lucas hatte den Eindruck gewonnen, dass Hofer es ganz besonders auf ihn abgesehen hatte. Nun wandte er sich an den Alten. »Meister Hofer, bitte, wo sammeln sich die Flüchtlinge?«

»Vor den Schotten«, gab Hofer knapp zurück. »Zur zehnten Stunde wird losgezogen, dann ist's vorbei.« Er schenkte Heinrich noch einen letzten finsteren Blick. »Und jetzt seht's bloß zu, dass ihr mir aus den Augen kommt.« Dann wandte er sich ab, der Schranne zu.

»Das heißt, wir haben noch fast drei Stunden zum Packen«, sagte Heinrich. »Dann wollen wir mal.«

Die beiden Studenten eilten an den durch die Sonne stinkenden Bänken der Knochenhauer vorbei über den alten Fleischmarkt zum Haus *Aureus Mons* oder auch Goldberg, das bei Sankt Laurenz lag. Die Kodrei bestand aus einem heruntergekommenen Fachwerkgebäude, das sich bereits bedenklich schief an die Wand des nächsten Hauses anzulehnen schien. Es besaß zwei große vorkragende Obergeschosse, einen Dachboden sowie einen Keller. Die einst farbig gestrichenen Balken lagen längst blass im Gemäuer, und der Lehm, der zwischen die Fächer gebracht worden war, brach bereits an vielen Stellen so stark heraus, dass kalte Luft und Feuchtigkeit ins Innere dringen konnten.

Ein schmaler Flur führte ins Haus, eine Stube mit Feuerstelle und großem Tisch direkt daran anschließend diente zum Lernen, zum Essen und zum Feiern. Der Zustand des Hauses war im Innern noch verlotterter, als man ihm von außen ansah. Die Stoff- und Strohbündel der Betteljungen lagen überall in den Fluren. Die einzelnen Kammern waren so unaufgeräumt, wie es nur Studenten fertigbrachten, die mit sechs bis zehn Männern zusammenwohnten. Lucas warf Heinrich einen schrägen Blick zu. Wer wie er freiwillig hier wohnte, konnte nicht ganz bei Trost sein, besonders wenn die Alternative ein sauberes Kämmerchen im Studentenheim der Rosenburse war. In Friedenszeiten bot der Goldberg sicher vier Dutzend Studenten und beinahe doppelt so vielen Bettelknaben ein billiges Heim – viel zu viel für das Gebäude.

Überall fanden sich die Spuren eines mehr oder weniger hastigen Aufbruchs. Kisten standen durchwühlt neben den Bettstätten, abgetragene Kleidungsstücke lagen herum, ungewaschene Weinkrüge und Holzteller standen auf dem Fußboden und den wenigen Tischen.

Das Chaos war heillos. Doch die Räume waren leer. Die Stille in dem Gebäude irritierte Lucas.

Während Heinrich in das obere Stockwerk eilte, um seine Habseligkeiten zusammenzuräumen, schritt Lucas zu seiner Kammer, die unten hinter der Stube und Küche lag. Ein Lager, eine Kiste, ein paar Kleider zum Wechseln – das war seine ganze Habe, dies war sein Heim. Er teilte es mit fünf anderen Studenten, doch es war ihm mehr ein Zuhause, als er sonst je gekannt hatte. Im Bürgerspital, wo er aufgewachsen war, hatte er nicht einmal das gehabt. Sein einziger Besitz von Wert waren ein paar Instrumente sowie einige Kräuteressenzen und Mittelchen, die er aus den *Lectiones* mitgenommen hatte. Das medizinische Werkzeug war sein ganzer Stolz. Er besaß einen Rabenschnabel – eine gekrümmte Zange –, eine Kugelzange, drei Wundhaken sowie zwei chirurgische Messer mit kurzer Klinge, für die er sich das Geld vom Essen hatte absparen können. Halbherzig suchte er ein paar weitere Sachen zusammen und steckte sie in die Tasche. Als er ein Holztiegelchen mit blutstillender Paste in die Hand nahm – dieselbe, die er gestern bei dem Zimmermann angewendet hatte – verharrte er, denn seine Finger waren noch immer braun von den Resten des getrockneten Bluts.

Lucas ließ das Tiegelchen in die Tasche fallen und steckte die Hände in eine Schale Wasser, die in einer Ecke auf dem Boden stand. Er bürstete sich die Haut mit Seife, bis sie ganz wund war. Dann fuhr er sich mit den nassen Händen über das Gesicht. Er erstarrte, denn er roch das Blut noch immer – Ansässers Blut. Da fasste er einen Entschluss.

»Bist du soweit?« Heinrich steckte den Kopf zur Tür herein. »Was machst du da?«

Lucas stand auf und trocknete sich mit einem alten Leinentuch ab. »Ich habe mir die Hände gewaschen.«

Heinrich trat in die Kammer ein und musterte ihn eingehend. »Was ist los mit dir? Warum hast du nicht gepackt?«

Lucas fand keine Antwort.

»Du denkst doch nicht etwa darüber nach zu bleiben?«

Sicher, Lucas war kein Landsknecht. Er könnte mit Heinrich die Stadt verlassen, ohne ein schlechtes Gewissen haben zu müssen; Pernfuß hatte ihn ja sogar hinausgeworfen. Und doch konnte er nicht gehen. Man würde hier jeden Mann brauchen, sei es mit dem Hammer oder mit dem Schwert.

»Doch.«

»Ja, warum denn bloß? Wegen des Zimmermanns?«

»Auch seinetwegen. Und vielleicht kann ich hier helfen.«

»Meinst du, es macht den Mann wieder lebendig, wenn du dich in Gefahr begibst?«

»Nein, sicher nicht.« Lucas zuckte mit den Schultern. Er erinnerte sich Pernfuß' Worte: Der blieb, weil alle anderen ihr Heil in der Flucht suchten. Der Student hatte erst nicht gewusst, was er damit gemeint hatte, doch jetzt glaubte er zu verstehen. Es gab Menschen, die nur an sich selbst dachten, und solche, die sich um andere sorgten. Zu welcher Sorte man gehörte, das entschied man selbst, wenn es hart auf hart kam.

Pernfuß, Hofer, selbst die Geliebte Graf zu Hardeggs – sie

alle blieben in Wien. Schuldbewusst erinnerte Lucas sich an Wilhelm Hofers Worte, das auch Ansässer geblieben wäre, wenn er noch lebte. »Ich kann nicht einfach weglaufen und so tun, als sei nichts geschehen«, sagte er schließlich. »Ich habe einen Mann getötet.«

»Und deshalb hat Pernfuß dich ja auch aus der Stadt geworfen. Meinst du, das macht der einfach wieder rückgängig?«

»Ich kann ihn fragen.«

»Aber du darfst ja noch nicht einmal behandeln! Und selbst wenn du bleiben darfst – man wird dich bestimmt nicht aus den Augen lassen!«

»Ich will auch nicht im Spital helfen. Irgendetwas wird es zu tun geben.«

Heinrich holte Luft, vermutlich, um etwas zu sagen, dann hielt er inne. »Ich kann reden, was ich will, oder? Es wird nichts nützen.«

Lucas nickte.

»Du bist sicher?«

»Ja.«

Heinrich lächelte bedauernd. »Du bist ein freier Mann. Ich jedenfalls werde gehen.« Er reichte Lucas die Hand. »Leb wohl, Bettelstudent.«

»Leb wohl, Stenz.« Nach dem förmlichen Handschlag umarmten sich die beiden Freunde. Sie hielten einander einen Augenblick länger fest als nottat, denn vielleicht war dies ein Abschied für immer. Dann drehte sich Heinrich um und verließ die Kodrei.

Verzagt sah Lucas ihm nach. Sollte er seinerseits versuchen, den Freund zurückzuhalten? Doch Lucas wusste, dass ihm das nicht gelingen würde. Heinrich zu Hardegg kümmerte sich zuerst um Heinrich zu Hardegg. Das war schon immer so gewesen. So lief Lucas zur Tür und rief ihm nach: »Heinrich!«

Der Adelssohn hielt inne und sah zurück. »Viel Glück!« Heinrich zwinkerte ihm zu und winkte. Dann trennten sich die Wege der beiden Freunde.

»Du willst *was?*« Pernfuß beugte sich so plötzlich über die Tischplatte zu ihm herüber, dass Lucas einen Schreck bekam. Er war sogleich in die Schranne gegangen und hatte um ein Gespräch mit dem Stadtrichter gebeten.

Das breite Gebäude am Hohen Markt bot nicht nur verwahrten Raufbolden und Betrunkenen eine vorübergehende unfreiwillige Heimstatt, hier sammelten sich auch die Gerichtsknechte zu Besprechungen und bewaffneten sich. Lucas hatte in den Zellen schon so manche Nacht mit Heinrich verbringen müssen – zum Auskühlen, wie Pernfuß es nannte, wenn er nach einer Schlägerei alle Beteiligten eingesperrt hatte.

»Ich … ich will in der Stadt bleiben. Helfen.«

Pernfuß schnaubte abfällig. »Was passiert, wenn du versuchst, jemandem zu helfen, haben wir ja gesehen!« Er schüttelte den Kopf. »Kommt nicht infrage.«

Bei dem Gedanken an den toten Zimmermann wuchs Lucas' Entschlossenheit nur noch. »Ich muss ja nicht als Arzt helfen«, sagte er. »Ich kann Kanonenkugeln schleppen und Sandsäcke schichten, wenn's sein muss.«

»Warum?«

»Weil Wien mein Zuhause ist! Jemand muss doch bleiben und kämpfen!«

Der Stadtrichter musterte ihn misstrauisch. »Nein. Mach, dass du aus der Stadt kommst.«

Lucas wurde langsam ärgerlich. »Aber die Hofers dürfen doch auch bleiben. Warum ich nicht?«

»Die Hofers sind wertvolle Mitglieder der Bürgerschaft, du

aber machst mir nur Ärger! Und Ärger habe ich in Wien momentan wirklich genug!«

»Ah, *die Hofers*«, erkannte der Student. »Ihr habt Angst, dass ich nur deshalb bleibe, weil der Alte mich in die Schranne geschleift hat, oder? Ihr glaubt, ich will mich rächen?«

»So ähnlich. Und du hast Ansässer auf dem Gewissen.«

»Glaubt Ihr wirklich, dass das Absicht war?«, fragte Lucas ungläubig und wurde unwillkürlich lauter. »Haltet Ihr mich wirklich für so kleinlich? Ich habe den Zimmermann behandelt, weil ich der Einzige weit und breit war, der das hätte versuchen können!« Der Blick des Sterbenden suchte den Studenten noch immer heim, und so schloss er kurz die Augen. Dann fuhr er leiser fort: »Hätte ich auf meinem Arsch sitzen bleiben sollen wie alle anderen auch? Das konnte ich nicht. Und ich kann's auch jetzt nicht.«

Als Lucas wieder zu Pernfuß hinübersah, hatte sich in dessen Blick etwas verändert. Er schürzte die Lippen und legte nachdenklich einen Finger dagegen. »Du und deine Freunde prügelt euch regelmäßig mit den Handwerkern und Weinhauern. Du sitzt einmal im Monat in der Schranne ein. Und jetzt willst du ernsthaft hierbleiben und an der Seite dieser Männer kämpfen?«

»Ja.«

Der Stadtrichter nickte. »Dann sollst du bleiben, Steinkober. Unter zwei Bedingungen.«

»Und die wären?«

»Du machst keinen Ärger. Du tust genau das, was ich dir sage. Spurst du nicht, schnür ich dich zusammen und überlass dich den Osmanen.«

»In Ordnung. Und die zweite?«

In Pernfuß' Augen glitzerte etwas. »Ich mache dich zum Gerichtsknecht. Du bist mir unterstellt.«

Lucas starrte den Stadtrichter verblüfft an. »Zum … zum Gerichtsknecht?«

»Ja. Du bist ein Schlitzohr, Steinkober. Ich will dir ständig auf die Finger schauen können.«

Der Student atmete langsam ein und wieder aus. Die Mitglieder der Universität unterstanden auch deren eigener Gerichtsbarkeit, während die Gerichtsknechte wie alle anderen Einwohner und Bürger dem Rechtsbereich der Stadt angehörten. Wenn er sich jetzt Pernfuß unterstellte, unterwarf er sich auch dessen Urteilsspruch. Das bedeutete, dass der Stadtrichter ihn im Zweifel für den Tod von Ansässer anklagen konnte. Stimmte Lucas dieser Bedingung zu, war er Pernfuß' Gnade ausgeliefert. Er schluckte. »Ich nehme an, Ihr wollt das schriftlich?«

»Allerdings, das will ich.«

»Wo würdet Ihr mich einsetzen?«

»Du wirst erst einmal in den Vorstädten den Landsknechten helfen, Vorräte zu fouragieren und die Häuser abzubrennen. Sie könnten dort einen Ortskundigen gebrauchen. Das dürfte dir doch gefallen, oder? Wien anzünden?«

»Warum sollte mir das gefallen?« Doch sein Entschluss war gefasst. »In Ordnung. Ich akzeptiere Eure Bedingungen.«

»Hand drauf?« Pernfuß stand auf und streckte die Rechte aus. Lucas ergriff sie zögerlich. »Hand drauf.«

Der Stadtrichter setzte sich wieder. »Das nenne ich den Wolf zum Schafhirten machen. Hätte mir vor zwei Monaten jemand gesagt, dass ich dich zum Ordnungshüter ernenne, ich hätte den Kerl aufs Schafott gebracht.«

»Und ich hätte die Schlinge dazu geknüpft«, murmelte der Student. Der Tag war noch nicht alt und doch war er schon zu dem geworden, was er bislang verabscheut hatte. Was Gott, der Herr, wohl noch alles für ihn bereithielt? Er seufzte. »Setzt Euer Schreiben auf.« Denn wenn er mit den Landsknechten in die Vorstädte sollte, dann musste er sich beeilen.

»Ihr seid noch immer nicht fertig mit den Spielkarten?«

Die Gestalt unter dem grauen Kapuzenmantel schreckte den alten Kartenmaler Woffenberger aus seiner Arbeit auf. Er war am frühen Morgen damit beschäftigt, die wichtigsten und teuersten Werkzeuge aus seinem Regal hastig in einer Truhe zu verstauen. Ein halbes Dutzend andere standen schon, bis zum Rand gefüllt mit kostbaren Landkarten, auf dem Karren.

»Vergebung, Herr«, erwiderte er. »Ich bin fast fertig.«

Der Unbekannte, der bei der Tür stand, verbarg das Gesicht tief im Schatten der Kapuze. »Fast ist nicht gut genug. Ihr wolltet die Spielkarten längst modifiziert haben.«

»Ich habe gearbeitet wie der Teufel, aber jetzt muss ich packen!« Woffenberger beschrieb mit der Hand einen Bogen, der seine Werkstatt umfasste, besonders aber die beiden Regale, die die Wände links und rechts bedeckten. In dem einen stapelten sich Pergament- und Papierrollen, in dem anderen herrschte eine heillose Unordnung, bestehend aus Gefäßen voll Tinte, ungebrauchten Federn, Kohlestiften, Federmessern und Tuschepinseln, Winkelhölzern, Knotenschnüren zum Abmessen von Distanzen auf Papier, Beuteln voll Farbpigmenten und Schüsselchen.

»Packen?«, fragte der Mann unter dem Umhang. Woffenberger fuhr ein Schauer den Rücken hinab, denn die Stimme des Fremden klang beinahe unnatürlich heiser und war kaum mehr als ein Flüstern.

»Allerdings. Die ersten Türken sind gestern vor der Stadt gesichtet worden, sagt man, und sogar Hardegg und seine Leute sind gelaufen wie die Hasen. Heute geht der letzte Zug aus der

Stadt heraus. Arbeit hin oder her, ich fliehe mit meinem Lehrling Daniel nach Krems. Eure Spielkarten bekomme ich wohl nicht mehr fertig.« Der runde Kartenmaler schnaufte unter seinem Gewicht und fuhr sich mit einer Hand fahrig über den weißen Vollbart. Dann krümmte er die gichtigen Finger, so weit es eben ging. Nicht mehr lange, dann wären sie ganz steif, und er könnte seine Arbeit eh nicht mehr machen – ein Umstand, der ihm schlaflose Nächte bereitete.

Der Mann in dem grauen Umhang trat zwei Schritte weiter in die Werkstatt herein. Woffenberger stellte fest, dass man seine Schritte nicht hörte, obwohl er auf dem alten Holzboden ging, der sonst unter dem leichtesten Gewicht zu knarren begann.

»Ihr werdet diese Spielkarten fertig malen«, sprach der Mann. »Egal, wie lange es dauert.«

»Herr«, sprach Woffenberger weinerlich. »Glaubt Ihr, ich will hier eingesperrt sein, wenn die Teufel aus dem Morgenland einfallen? Um nichts in der Welt! Ich verschwinde, selbst wenn es mich die Werkstatt kosten sollte. Immerhin habe ich dann noch mein Leben!«

»Ihr werdet diese Spielkarten fertig malen«, wiederholte der Mann. Woffenberger stellten sich die Haare zu Berge, denn die Betonung ließ keinen Spielraum für eine Diskussion. »Ihr seid der Einzige in Wien, dem es gelingen kann, die Angaben aus dem Plan so in die Spielkarten einzubauen, dass es niemandem auffällt.«

Doch der Kartenmaler schüttelte den Kopf. »Ich riskiere mein Leben doch nicht für ein paar Trionfi-Karten! So wichtig es Euch auch sein mag, die Entfernungsmaße des Plans darin zu verschlüsseln. Nein, mein Herr, dafür zahlt Ihr mir bei weitem nicht genug Geld.«

Der Fremde machte ein Geräusch, das eine Mischung zwischen abfälligem Schnauben und einem Lachen zu sein schien. »Um Geld geht es also«, sagte er. »Ihr wollt mehr Geld?« Der Mann griff unter seinen Umhang und war mit zwei Schritten beim Pult des Malers. Dann ließ die behandschuhte Rechte einen schweren Beutel auf die Arbeitsfläche fallen.

Woffenberger hatte Angst, ja. Doch wenn in diesem Beutel so viel Gold steckte, wie es den Anschein hatte, dann musste er sich keine Sorgen mehr um seine Gichtfinger machen. Dann könnte er in Ruhe seinen Lebensabend verbringen, einen Gesellen ausbilden und ihm schließlich die Werkstatt verkaufen. Der Kartenmaler steckte eine Hand nach dem Beutel aus und stellte fest, dass sie zitterte. Er ballte sie für einen Augenblick, um seine Aufregung vor dem Fremden zu verbergen. Dann öffnete er das Sackerl und erhielt einen Blick auf etliche Dutzend Münzen, der Großteil davon Gulden. Woffenberger fuhr sich mit der Zunge über die Lippen. Was für ein Schatz – davon konnte man sicher ein Haus auf dem Land mit Hof und Vieh erstehen, vielleicht gar einen kleinen Weingarten! Wenn er jetzt das Geld nahm und die Karten in Krems fertig malte, um sie nach dem Krieg wieder zurückzubringen, dann war das doch sicher kein Betrug, sondern bloß eine verständliche Vorsichtsmaßnahme, oder?

Doch als der Kartenmaler nach dem Beutel greifen wollte, schlug ihm der Fremde seine Hand beiseite. »Ihr werdet diese Spielkarten fertig malen«, wiederholte der Mann mit enervierender Ruhe. Das Gesicht blieb dabei stets von der Kapuze verborgen, nur sein schlohweißer Bart ragte hervor. »Danach erhaltet Ihr das Geld.«

Der dicke Mann schnaufte. Wie hatte der Kerl seine Gedanken erraten? Stand er etwa dem leibhaftigen Teufel gegenüber? Er griff nach dem Tuch, an dem er sich sonst die Finger abwischte, und tupfte sich damit den Schweiß von der Stirn. Mit einem sehnlichen Blick auf den Beutel sagte er: »Also gut. Ich bleibe, und ich male Eure Karten fertig.«

»Bis morgen?«, fragte der Mann mit der heiseren Stimme.

»Nein, das werde ich nicht schaffen, Herr. Nicht mit der Sorgfalt, die Ihr wünscht. Drei Tage brauche ich bestimmt noch.«

Der Mann unter dem Umhang machte noch einen Schritt, der ihn direkt neben den Kartenmaler brachte. Woffenberger nahm einen unangenehmen Geruch wahr – süßlich, stechend, Übelkeit erregend. »Ihr werdet diese Karten übermorgen Abend fertig haben, Meister Woffenberger. Dann will ich auch den Stadtplan zurück, den Ihr als Vorlage benutzt.« Die Hand mit dem Lederhandschuh suchte eine der bereits fertigen Karten aus dem Deck auf dem Pult heraus. Es handelte sich um den Narren, der am Fuß aufgehängt kopfüber von einem Baum hing. »Verstanden?«

»Übermorgen, sicher doch!«, versicherte Woffenberger. »Es ist ja nicht so, als hätte ich momentan noch andere Kunden. Übermorgen Abend könnt Ihr sie holen.«

»Gut«, sprach der Fremde heiser. Dann drehte er sich um und verließ mit dem Geldbeutel die Werkstatt.

Woffenberger hielt sich mit der Linken an seinem Arbeitspult fest, denn ihm drohten die Knie zu versagen. Mit der Rechten tupfte er sich wieder den Schweiß von der Stirn. Als er auf den Lappen starrte, stellte er fest, dass die Farben verwischt waren – er musste sich das ganze Gesicht vollgeschmiert haben.

Der Maler rührte die Farben an, legte die Pinsel bereit und holte die Vorlage heraus. Dabei handelte es sich um einen Plan der Stadt Wien, auf dem der Mauerring wie ein unförmiges Ei wirkte. Wo auch immer dieser Kerl den Plan herhatte, sein mysteriöser Auftraggeber hatte mehr als einmal betont, dass niemand davon wissen durfte. Das Wichtige an dem Plan waren auch nicht die eher bildhaften Zeichnungen der Gebäude, sondern die Ziffern, die danebenstanden. Dabei handelte es sich um präzise Abmessungen der Distanzen zwischen den verschiedenen Stadttürmen und -gebäuden.

»Übermorgen Abend«, murmelte er. Das bedeutete, er würde sich beeilen müssen. Vielleicht konnte er dann immer noch packen und irgendwie die Stadt verlassen, wenn er erst das Gold seines Auftraggebers besaß.

Kapitel 5

Madelin wollte unbedingt das Versprechen halten, das sie Franziskus am Vortag gegeben hatte. Waren sie wirklich erst gestern in Wien angekommen? So viel war bisher schon passiert. Sie musste einen Physicus finden, der ihren Freund behandelte. Die Stadt lag in dichte Nebelschwaden gehüllt, die nur hier und da einen Sonnenstrahl hereinließen. Der Geruch nach Kaminfeuern hing in der Luft.

Madelin schlich sich aus dem Wagen und vom Kirchhof, bevor die Freunde erwacht waren, und ging an diesem frühen Morgen des vierundzwanzigsten September auf den Platz zwischen Burg und Sankt Michael. Hier hielt sie erstaunt inne. Gestern war es schon voll gewesen, doch heute zogen Hunderte von Menschen durch die lagernden Soldaten. Alle schleppten so viel Gepäck mit sich, wie sie tragen konnten, oder hatten ihren Hausrat und sämtliche Wertsachen auf Karren geladen. Die meisten trugen die Kleidung von Bürgersleuten. Das Herz von Wien bereitete sich darauf vor, aus seinen Stadtmauern auszuziehen.

Als Wind anhob und einen noch dichteren Geruch nach verbranntem Holz herübertrug, sah Madelin besorgt auf und ließ ihren Blick über die Mauern und den Himmel schweifen. Und tatsächlich – die dichten Schwaden, die sie für Nebel gehalten hatte, wurden durch die Brise aufgewirbelt und legten sich als Wolke über die Stadt. Asche rieselte herab. Die Niklasvorstadt, durch die sie gestern die Stadt betreten hatte, brannte. Sie hielt einen Landsknecht an. »Brennen die Osmanen schon die Vorstädte ab?«, fragte sie atemlos.

Der kleine Mann musterte sie erst misstrauisch, dann schüttelte er den Kopf. »Nich' die Osmanen. Das war der Salm.«

»Der … Graf Salm lässt die Vorstädte abbrennen?«

»Ganz recht.«

»Ja – aber warum denn?«

»Damit die Türken sich nicht dahinter verkriechen können, wenn'se da sind, deshalb natörlich«, erwiderte der Landsknecht langsam, als sei sie schwer von Begriff. »Die Niklasstadt brennt schon, und heute Mittag sind die Kärntner Vorstadt und das Bollwerk um Sankt Anton dran. Da sind überall zu viele Mauern, wir brauchen freies Schussfeld für die Kartaunen und die Singerin…« Doch Madelin hatte genug gehört. Wenn sie die Vorstädte abbrannten, dann blieb nicht mehr viel Zeit. Sie lief zurück und stieg in den Karren des Spielmanns. »Scheck, steh auf«, rief sie und rüttelte auch Erisbert an der Schulter, der auf seinem Lager daneben schlief.

»Was is'n?«, murmelte Scheck.

»Wir müssen die Stadt verlassen«, erklärte sie hastig. »Die Vorstädte werden abgebrannt, die Menschen aus der Stadt geschafft. Ich glaube, wir können nicht in Wien bleiben, bis wir einen Physicus gefunden haben. Scheck …«, die Stimme versagte ihr im Hals, »ich glaube, es wird wirklich schlimm.«

Die beiden Gefährten waren dank dieser Ankündigung schnell hellwach. »Verdammt«, sagte Scheck. »Und was machen wir dann?«

»Es gibt heute vor dem Mittag noch einen bewachten Zug, der aus der Stadt gebracht wird. Schaut beim Schottentor nach, dort muss er hinaus. Ich muss Anna warnen. Sie hat noch nicht einmal gepackt!« Madelin stieg schon wieder aus dem Wagen. »Ich komme euch holen. Geht hier nicht weg, sonst finden wir uns nie wieder!«, rief sie noch. Dann eilte sie die Straße hinunter bis zu Sankt Clara und durch das Burgtor.

Jetzt verstand sie, warum die Vorstädte so beharrlich geleert worden waren. Sogar die Huren aus den beiden städtischen Frauenhäusern hinter Sankt Martin am Wienfluss schien man fortgeschafft zu haben. Die Dirnen mit den gelben Tüchern an der Achsel schreckte sonst nicht viel von ihrer Arbeit ab. In der Kärntner Vorstadt war Madelin vom Laufen ganz außer Atem, und sie verlangsamte den Schritt. Bis zum Mittag blieb genug Zeit, ermahnte sie sich. Sie musste mit der Schwester sprechen und ihr beim Packen der wichtigsten Habseligkeiten helfen.

Als sie endlich vor dem Haus der Ebenrieders angekommen war, zögerte sie. Gestern hatte sie sich im Streit von Anna getrennt. Sie begann schon, sich ihre Worte zurechtzulegen, da erklang eine dünne Knabenstimme. »Willst' zu meiner Frau Mutter?«

Madelin sah auf. Aus einem seitlichen Kelleraufgang linste ein kleiner, vielleicht fünfjähriger Junge hervor. Er besaß langes blondes Haar und Annas blaugraue Augen. Am Leib trug er einen beinahe armseligen Kittel und oft geflickte, schief hängende Beinkleider.

Der Bursche wartete nicht auf eine Antwort. »Denn wenn du ein Schmuckstück ausgebessert haben willst, dann … dann soll ich sagen, dass wir das nicht machen können.«

»Ich habe kein Schmuckstück, das ich ausbessern lassen könnte«, erwiderte Madelin. »Wie heißt du?«

»Fritzl«, sagte der Kleine einsilbig.

Offenbar hatten Friedrich Ebenrieder und seine Frau Anna ihren Erstgeborenen nach dem Vater benannt. »Ich bin Madelin.«

»Meine Tante heißt so«, sagte der Kleine. »Ich glaube, sie ist tot.«

»Ach«, sagte Madelin betroffen. Doch die Zeit drängte. »Ich muss mit deiner Mutter sprechen, Fritzl. Und vielleicht überlegst du dir schon mal, was du mitnehmen willst, wenn du weggehen musst.«

Der Junge winkte sie zum Kellereingang herüber. Madelin folgte ihm. Im Untergeschoss herrschte gähnende Leere. Ein hartes metallisches Kreischen ertönte in kurzen unregelmäßigen Abständen, dazu erklang ein rhythmisches Bollern. Der Raum hinter dem Kellerzugang war wohl einmal eine einzige große Kammer gewesen, jetzt trennte ihn eine Holzwand in zwei kleinere. Im ersten sah sie nur zwei leere Kisten und ein paar Säcke Kohlen. In die zweite Kammer führte eine Tür, die mehr an eine Verschlagtür gemahnte. Der Bube riss sie auf und stürmte hinein. Madelin folgte langsamen Schrittes.

In diesem Kellerraum gab es an der einen Seite einen Tisch, auf dem Messer verschiedener Größen lagen. Auf der anderen standen aufgebockte Fässer. Die Mitte des Raumes aber beherrschte ein Schleifrad, vor dem Anna in gebeugter Haltung saß. Sie trug ein Tuch vor dem Mund und ärmliche Arbeitskleidung. Gerade legte sie wieder eine Klinge an und das metallische Kreischen ertönte erneut. Im Hintergrund spielte ein mit einem Gängelband an der Wendeltreppe festgebundenes Kind mit einer geschnitzten Holzpuppe, vermutlich Fritzls Schwester.

Die Wahrsagerin konnte den Blick nicht von ihrer Schwester lösen. Die ärmlichen Kleider der Kinder, die Arbeit als Klingenschleiferin … Auf die plötzliche Gesellschaft aufmerksam geworden, hielt Anna inne und wurde rot. Sie bremste das Schleifrad aus. »Madelin! Was hast du hier zu suchen?«

»Du musst packen und das Haus verlassen, Anna.«

Die Schwester presste die Lippen aufeinander. »Ich gehe nicht weg«, sagte sie dann. »Das ist mein Heim. Es ist alles, was ich noch habe, und die Kinder …« Sie verstummte.

»Anna …«, begann Madelin, dann zügelte sie ihre Eile mühsam und verstummte. Die Schwester klammerte sich an ihr Haus, weil es die einzige Sicherheit war, die ihr das Leben noch bot. Drängte Madelin sie, würde sie weder Sinn noch Verstand walten lassen, sondern sich stur stellen wie früher.

»Das Geld Friedrichs hat gar nicht mehr für dich und die Kinder gereicht, oder?«

Anna schüttelte den Kopf. »Ich hätte heiraten können, aber ich konnte nicht …«

Madelin verstand die Gefühle der Schwester jetzt besser. »Du hast Friedrich sehr geliebt, nicht wahr?«

Anna bekam erst kein Wort heraus, dann begann sie zu weinen. »Friedrich stand meinem Herzen sehr nah.«

Die Wahrsagerin trat langsam näher. »Es tut mir leid, Anna. Der Streit gestern – und damals.«

»Mir auch.« Anna schüttelte schluchzend den Kopf. »Ich bin froh, dass du zurück bist«, sagte sie. Madelin konnte nicht anders – sie ging neben die sitzende Schwester und zog sie an sich. »Ich bin auch froh.« Anna lehnte sich zaghaft an sie. »Ich dachte schon, du wärst tot.«

»Und ich dachte nicht, dass ihr euch nach dem großen Streit darum scheren würdet, wie es mir geht«, sagte Madelin.

»Du warst eben schon immer ein Depperl. Du hast einen Dickkopf wie unsere Mutter. Aber du bist doch meine Schwester!«

Damit war es trotz Madelins Unruhe um ihre Beherrschung geschehen, sie fühlte, wie ihr die Tränen über die Wangen liefen. »Ja, vermutlich bin ich das – ein Depperl.« Nach ein paar Augenblicken ließen sie einander wieder los und trockneten ihre Tränen.

»Dein Freund – Franziskus – ist er sehr krank?«

»Ja.«

»Ich wünschte, ich könnte helfen«, beteuerte Anna.

»Wir schaffen das irgendwie«, murmelte Madelin. Doch in ihrem Innern fühlte sie diese Hoffnung nicht. »Aber Anna, du musst wirklich packen.«

»Sie brennen tatsächlich die Vorstädte ab?«, fragte Anna mit zitternder Unterlippe.

Madelin nickte. »Heute Mittag ist auch diese dran. Dann ist dein Heim dahin, und du hast nichts mehr.«

Die Schwester erbleichte. »Aber … sie werden die Häuser doch nicht anzünden, wenn wir noch drin sind, oder?«

»Vielleicht nicht«, sagte Madelin. »Aber dann steht in ein paar Tagen das Hauptheer der Osmanen vor der Tür und legt Feuer. Willst' das?«

»Nein«, sagte Anna bedrückt. »Aber wohin soll ich gehen? Die Kinder haben seit Friedrichs Tod genug gelitten. Fritzl spricht kaum noch. Er vermisst den Vater so sehr. Da kann ich sie doch nicht einfach wegschleppen!«

»Entweder du gehst zu Mutter. Oder du ziehst aus der Stadt. Es wird in ein paar Stunden noch einen bewachten Zug gen Krems geben.«

Einen Augenblick lang starrte Anna ins Nichts und rührte sich nicht. »Und dann?«

»Ich weiß nicht«, gestand Madelin. »Irgendetwas wird sich ergeben.«

»Das reicht mir nicht«, flüsterte Anna mit erstickter Stimme.

Die Wahrsagerin konnte ihre Ungeduld nur schwer beherrschen. Wie konnte sie der Schwester bloß verständlich machen, dass es manchmal keine Sicherheiten im Leben gab, aber auch keine Alternativen?

Madelin kam eine Idee. »Willst einen Blick in die Zukunft werfen? Würde dir das helfen zu sehen, wie es weitergeht?«

»Das kannst du?«

»Ich bin Wahrsagerin.« Madelin schnürte ihre Gürteltasche

auf und zog ihre Trionfi-Karten heraus. Sie legte sie auf den kleinen Tisch, der etwas abseits vom Schleifrad stand. Sie rückte zwei Hocker heran und setzte sich.

»Die Zukunft zu erspähen … Soll man das denn?« Anna kam herüber und beäugte die Karten zweifelnd. »Spielkarten sind doch … unanständig. Landsknechte vergnügen sich damit.«

»Ich bin eben keine anständige Frau, Anna. Außerdem ist das Mutters altes Spiel. Ich habe es mitgenommen.«

»Trotzdem … Ich habe einen Wanderprediger sagen hören, der Teufel habe die Karten geschaffen, damit die Menschen Gott freveln. Die Symbolik der Zahlen, der Zeichen … So etwas kann einen Menschen verderben.«

»Gott freveln?«, fragte Madelin. Sie betrachtete die kunstvoll gestalteten Karten. »Gott hat die Welt geschaffen, und die Welt hat diese Karten geschaffen. Genauso wie er die Sterne erschaffen hat, aus denen die Astrologen wichtige Hinweise über Ereignisse und die Welt ablesen.« Für Madelin war allein das Mischen wie ein kleiner Schöpfungsakt. »Ich spüre genau, dass die Hand des Schicksals jene Karten zusammenstellt, aus denen du deine Zukunft erspähen kannst. Was soll daran verderblich sein?«

»Ich weiß nicht«, gestand Anna. »Kann man damit denn sein Geld verdienen?«

»Für mich reicht es.«

»Und die Karten können mir sagen, wie es weitergeht?«, fragte Anna.

»Vielleicht. Die Welt ist groß und hält unendlich viele Möglichkeiten bereit. Die Karten helfen den Leuten, die Zukunft ein kleines bisschen weniger ungewiss zu machen. Man muss sie nur ergreifen.«

Madelin zog sich ihr rotes Tuch über den Kopf und schloss die Augen. Sie brauchte länger als üblich, um das Kerzenlicht in ihrem Innern zu entzünden. Beinahe fühlte es sich an, als müsse sie erst dicke Schleier beiseiteschieben, damit es gelang. Dann fühlte sie ihre Verbindung mit jenem Größeren, das die Karten in einem heiligen und unschuldigen Akt so bereitete, wie es dem Schicksal entsprach. Seit über sechs Jahren spürte sie das schon, und sie hatte noch nie zweimal denselben Stapel vorgefunden. Jeder Mensch besaß in jedem Augenblick seines Lebens einen anderen. Wenn das nicht heilig war, was dann? Schließlich bot sie Anna die Karten dar.

»Und das ist wirklich Mutters altes Spiel?«, fragte die Schwester.

»Ja.«

Anna musterte Madelin mit wachem Blick. »Also gut.« Sie streckte die Hand aus und zog eine Karte.

Das Kind, das am Gängelband angebracht war, gab ein paar unverständliche Geräusche von sich. »Wer ist das kleine Edelfräulein?«, fragte Madelin.

»Lisbetl. Elisabeth.«

»Oh«, machte Madelin nur. Anna hatte ihre Tochter nach der Mutter benannt. Dann reckte sie neugierig den Hals. »Welche Karte ist es?«

Anna drehte sie um, so dass Madelin sie sehen konnte. Vor goldenem Hintergrund zogen zwei geflügelte Pferde mit mürrischen Gesichtern eine Plattform, auf der ein Herrscher thronte. Die Karte mit dem Wagen war ein Bild der Macht. »Der Streitwagen. Er zeigt Menschen auf, die ihren Weg ohne Furcht gehen, ihr wahres Selbst aber vor anderen verbergen.« Kurz fragte Madelin sich, ob die Karte für die Schwester oder für sie selbst stand, denn diese Eigenschaft teilten sie offenbar beide. »Er steht allerdings auf dem Kopf – ein Zeichen, dass Übles droht, dass man sich überschätzt.«

»Und was sagt mir das?«

»Zieh noch eine.«

Anna gehorchte stumm. Die zweite Karte zeigte zwei gekreuzte Stäbe, umschlungen von einem Spruchband und verziert von sie umgebenden Blütenranken. »Die Stäbe sind Symbole des Herrschers«, begann Madelin. »Sie stehen für den Willen und die Ausdauer. Doch die Zwei ist keine gute Karte, zwei Herrscher ringen um den Thron und bringen nur Ärger und Leiden. Zieh eine dritte!«

Als Anna den Mond aufdeckte, stockte Madelin erschreckt. Die Karte zeigte eine Frau im blau-roten Kleid mit strohblondem Haar. Sie trug eine Mondsichel in der Hand. Der Mond würde Anna mitteilen, was sie am wenigsten hören wollte.

»Ein Aufbruch steht bevor. Ein dunkler Weg mit vielen Gefahren. Anna …«, begann Madelin, um sie zu überzeugen.

»Bei der lieben Jungfrau, Madelin, hör auf!« Anna wurde blass.

»Aber du wirst weggehen müssen, du …«

»Ich will es aber nicht! Und ich will auch meine Zukunft nicht mehr wissen.«

Madelin zog sich erstaunt das Tuch vom Kopf. »Warum nicht?«

»Ich … wenn man weiß, was für Schrecken auf einen warten, muss man dann nicht verzweifeln?«

»Man ist gewarnt und kann versuchen, einen anderen Weg zu beschreiten.«

»Kann man das wirklich?«, fragte Anna. »Oder ist vom Tage unserer Geburt an nicht alles vorgezeichnet?«

»Nein!« Madelin riss nun der Geduldsfaden. »Und deshalb musst du jetzt packen und gehen! Ich weiß, dass du Angst hast. Ich hatte sie damals auch, als ich weggegangen bin. Aber man kann seine Augen nicht ewig vor dem Unvermeidbaren verschließen! Irgendwann holt es einen ein, und dann muss man handeln.«

Anna starrte mit hängenden Schultern ins Leere, so als wäre jegliche Spannkraft aus ihrem Körper gewichen.

»Anna, bitte! Denk an die Kinder.«

Die Schwester schloss kurz die Augen. »Ich tu doch nichts anderes, Madelin. Ich will bloß, dass die Kinder sicher sind.« Doch dann nickte sie. »Also gut, ich gehe, aber nur zu Mutter in die Stadt. Wirst du mit mir kommen?«

»Nein, Anna – zu Mutter gehe ich nicht. Du weißt, wie die Dinge zwischen uns liegen. Aber ich bringe dich dorthin. Du sollst nicht allein gehen.«

»Das ist gut.« Anna fuhr sich übers Gesicht. »Ich muss ein paar Sachen packen.« Dann stand sie auf und ging die Treppe hinauf.

Madelin atmete erleichtert aus und hütete derweilen die Kinder.

Da hallte von der Tür her ein Krachen durchs Haus. »Mutter?«, rief Fritzl ängstlich.

Madelin lief zur Treppe. »Bleib hier und pass auf deine Schwester auf. Versteckt euch und haltet euch ganz ruhig …« Ein neuerliches Krachen erklang, und sie lief hinauf in den Wohnbereich.

Anna hatte die Tür noch nicht ganz geöffnet, die von der Kemenate zum Werkstattbereich führte, da brach die Haustüre mit einem Gepolter auf.

»Zwei Mann rein, schaut nach, ob ihr Vorräte findet«, ertönte eine Stimme. »Wertgegenstände auch, aber nur, was sich tragen lässt, Jungs! Albert, Lucas, seht zu, dass ihr die Öllappen bereithaltet. Hier muss in einer Stunde alles brennen.« Schwere Stiefeltritte waren auf dem Dielenboden der Werkstatt zu hören, und Gerät fiel polternd zu Boden. Jemand durchwühlte Friedrich Ebenrieders altes Werkzeug.

Anna riss mit einem Ruck die Tür zur Werkstatt hin ganz auf

und eilte hinein. »Was bildet ihr euch ein! Macht zu, dass ihr aus meinem Haus kommt! Lasst das stehen! Raus!«

Madelin war der Schwester gefolgt. In der Werkstatt standen zwei Männer in Handwerkerstracht. Beide ließen sich von Annas Rufen nicht abhalten, sondern durchsuchten weiterhin den Raum. »Hier ist nichts mehr!«, schnaufte der Ältere. »Weib, sind im Keller Vorräte?«

»Ihr werdet einen Teufel tun, meinen Keller zu plündern!«, rief Anna und stellte sich den Männern in den Weg, aber einer riss sie am Arm beiseite und schleuderte sie in den Raum hinein, so dass sie auf den Boden fiel. »Nun reg dich mal nicht so auf.«

Madelin half Anna auf, die sich glücklicherweise nicht verletzt hatte. »Wer sind die?«, fragte sie die Schwester leise.

»Die Gerichtsknechte des Stadtrichters und Landsknechte, glaube ich. Es sind Tausende in der Stadt. Sie benehmen sich wie die Schweine!« Anna machte Anstalten, hinter den beiden Männern herzulaufen, die im Keller verschwunden waren. Doch Madelin hielt sie zurück. »Das bringt nichts, glaub mir.«

»Aber die kommen in mein Haus und benehmen sich, als wenn's ihnen gehörte!« Die Stimme der Schwester zitterte vor Wut. »Das ist mein Haus!«

»Die beiden sind aber nur Fußvolk, Anna. Wir müssen mit dem Anführer sprechen, wenn es denn einen gibt.«

Anna eilte unversehens zur ramponierten Haustür hinaus. »Du, da! Ja, du, lass das! Leg die Lappen weg! Nein!« Der letzte Ruf war so schrill, dass Madelin den Schritt beschleunigte, um der Schwester beizustehen. Als sie aus dem Haus trat, prallte sie mit jemandem zusammen. Erstaunt stellte sie fest, dass es sich dabei um den Medizinstudenten von gestern handelte. »Lucas!«, rief sie erfreut. Bei dem jungen Mann saß das Herz am rechten Fleck, das wusste sie.

»Ah, sei gegrüßt!«, erwiderte er offenbar genauso froh gestimmt. Ein weiterer Mann neben ihm warf einen mit Öl getränkten Lappen auf das Dach des Hauses. »Was macht ihr denn noch hier im Haus? Die Vorstädte sollen doch längst geräumt sein!«

»Ich dachte, dieses Viertel soll erst heute Mittag abgebrannt werden?«

Lucas runzelte die Stirn. »Also, wir haben andere Befehle. Es muss wohl schnell gehen, glaube ich.« Er deutete gen Westen. Tatsächlich – erste Rauchschwaden stiegen jetzt auch von diesen Gebieten auf. Sogar das ferne Magdalenenkloster vor den Schotten schien schon zu brennen.

Der Mann neben ihnen warf unbeirrt einen zweiten Lappen auf das Dach. »Nicht!«, bat Madelin. »Muss das wirklich sein?«

»Salm hat's beschlossen«, sagte der Mann. »Die alte Stadtmauer soll die Hauptverteidigungslinie sein. Wir können die Vorstadtzäune nicht bemannen.«

»Was ist mit der Eiligen Türkenhilfe des Reiches?«, fragte Anna.

Lucas zuckte mit den Schultern. »Die Verstärkung sollte doch schon seit Wochen da sein. Jetzt stehen die Türken vor der Tür, und wir müssen sehen, wo wir bleiben.«

Madelin schluckte. Wie es schien, wusste der Feldhauptmann wirklich nicht, wie er Wien halten sollte.

Die beiden Landsknechte kamen mit gefüllten Säcken aus Annas Haus heraus und hievten sie auf einen Karren. »War nicht viel«, sagte der eine. Der andere rollte ein Weinfass heraus und hob es auf die Ladefläche.

»Das gehört mir!«, rief Anna entrüstet. »Ihr könnt mich nicht bestehlen, ich …«

Die Stimme der Frau ertrank in dem Glockenspiel von Sankt Anton und den umstehenden Kirchen, die zur frühen neunten

Stunde läuteten. Noch während des Geläuts fauchten plötzlich Flammen zu ihrer Linken im Wind. Zwei Häuser weiter verzehrte ein Feuer die trockenen alten Wände und griff schon nach den Kanten des hölzernen Dachs. Auch dort hatte man getränkte Lappen zur Entzündung benutzt, denn an verschiedene Stellen brach das Feuer in großen Stichflammen aus und fraß sich tiefer in das Gebälk hinein.

Ein alter Mann in grünem Landsknechtswams und flachem Hut stapfte herbei. »Steinkober! Brennt das Haus noch immer nicht?« Offenbar war er der Anführer der Landsknechte hier. »Aber die Frauen haben noch nicht gepackt ...«

»Verstehe.« Der Mann hielt eine Fackel an die Ölspur, die der Lappen an der Wand hinterlassen hatte. Sofort leckten die Flammen gierig nach mehr. Dann warf er die Fackel durch die Haustür in die Werkstatt.

»Nein!«, schrie Anna und lief in das Haus hinein. Aus der Tür quoll bereits Rauch heraus – die Landsknechte, die die Vorräte herausgetragen hatten, mussten im Innern ebenfalls Öl verschüttet haben!

»Oh, mein Gott«, murmelte Madelin und wollte hinterher, doch der Blonde griff sie am Arm und hielt sie zurück. »Da gibt es nichts mehr zu machen!«, sagte er.

»Die Kinder«, schrie Madelin und versuchte, sich loszureißen. »Die beiden Kinder sind da noch drin!« Lucas erbleichte und ließ sie los.

Madelin schlang sich ihr Tuch vors Gesicht und rannte hinter Anna her. Von der Treppe zum Keller her drang Rauch herauf. Madelin hörte Weinen und Husten von unten und tastete sich die Stufen hinab. Als sie endlich unten ankam, sah sie die Schwester erst auf den zweiten Blick, so dicht war der Rauch. Sie stand über dem Gängelband der kleinen Elisabeth und fummelte mit zitternden Fingern an dem Knoten. Fritzl hatte sich und die Schwester offenbar hinter den alten Möbeln in einer Ecke vor den Augen der Männer verborgen.

Madelin lief trotz des beißenden Rauches hinüber und zog Fritzl aus seinem Versteck. Sie nahm den hustenden Jungen auf den Arm. Jetzt hingen die Schwaden so dicht in der Kammer, dass sie kaum noch etwas sah. Sie schlug sich das Schienbein am Tisch, als sie sich vorantastete, dann prallte sie mit Anna zusammen.

Die keuchte und rang nach Luft. »Ich krieg's nicht auf!«, schrie sie. »Das Band!«

»Anna! Nimm den Buben!« Madelin übergab der Mutter den Sohn. Dann griff sie tastend nach einem der geschliffenen Messer am Schleifstein. »Geh weg! Raus!«, rief sie und musste selbst husten. Madelin fand den Tisch, an dem das Band befestigt war, und schnitt es durch. Dann folgte sie dem Band zu dem Kind, das schreiend auf dem Boden lag. Erleichtert hob sie es auf und barg es in den Armen.

Die Wahrsagerin sah die Hand vor Augen nicht. Erst orientierte sie sich an der Wand, dann ging sie blind weiter, eine Hand um das weinende Kind geschlungen, die andere ausgestreckt, um sich nicht zu stoßen. Endlich ertastete sie die Zwischenwand und suchte nun die Tür zum vorderen Kellerraum.

Die Kehle fühlte sich inzwischen so rau an wie eine Holzraspel, denn der schützende Schal war ihr vom Gesicht gerutscht. Panik wollte in ihrem Bauch aufflackern, doch sie zwang sich zur Ruhe. Es nutzte dem kleinen Würmchen in ihrem Arm nichts, wenn sie jetzt den Kopf verlor. Sie versuchte, sich daran zu erinnern, wo die Eingangstür zum Keller war, oder zu erkennen, ob irgendwo Rauch abzog, doch sie war wie blind.

Schließlich musste Madelin so stark husten, dass ihr der Kopf schmerzte. Sie versuchte zu schreien, doch das machte die Sache nur noch schlimmer. Verzweifelt klammerte sie sich an das weinende Mädchen auf dem Arm und taumelte keuchend vorwärts. Als die Rauchschwaden schließlich so dick herüberdrangen, dass sie keine Luft mehr bekam, fiel sie auf die Knie.

»Hoch! Weiter!«, hörte sie da jemanden rufen. Die Stimme klang weit weg, doch sie spürte, wie sie auf die Füße gezogen und in eine Richtung bugsiert wurde. Dann sah sie die offen stehende Kellertür und stolperte ins Freie.

Madelin ließ sich zu Boden gleiten, sobald sie außer Gefahr war. Das Kind auf ihrem Arm wog auf einmal schrecklich schwer. Sie barg es an der Brust und hielt es fest, obwohl es schrie und sich wand. Madelin hustete und rang nach frischer Luft. Sie fühlte, wie jemand ihr das Kind aus dem Arm nahm, und hörte Annas Stimme. Die versuchte das Mädchen zu beruhigen. Madelin rollte sich beruhigt auf den Rücken und schloss die Augen. Sie waren in Sicherheit.

Erst eine zarte Berührung auf der Stirn ließ sie wieder aufblicken. Rauch verdunkelte den Himmel, als sei es später Abend, dabei war es doch noch nicht einmal Mittag. Sie ertastete ein halbverbranntes Stück Papier und hielt es sich vor Augen. Das Blattgold sprach eine eindeutige Sprache, sie erkannte das Gesicht des gekrönten Herrschers vom Wagen aus ihrem Trionfi-Spiel. Es hatte im Keller auf dem Tisch gelegen.

»Nein«, keuchte sie und sprang auf die Füße. »Mein Spiel!« Madelin lief zum Eingang und machte einen Schritt in das Haus hinein. Ein Ruck am Gürtel hielt sie zurück. »Lass mich!«, rief sie wütend, doch jemand zog sie unnachgiebig aus dem brennenden Haus heraus. Es war der Blonde. »Lass mich los!«

»Madelin, du kannst da nicht wieder rein!«, hörte sie Anna rufen.

»Meine Karten!« Die Wahrsagerin schlug um sich. »Mein Trionfi-Spiel!« Sie versuchte, sich aus dem Griff des Mannes zu lösen, doch er hielt sie fest.

»Lass das! Du bringst dich noch um!«, rief er keuchend.

»Madelin, bitte lass es gut sein«, weinte Anna. »Du wirst sterben! Außerdem ist es zu spät! Deine Karten sind längst Asche.«

Asche. Das Wort ließ Madelin innehalten. Sie starrte in das brennende Haus. Noch ein, zwei halbversengte Kartenoberflächen wehten durch die Kraft der Flammen aus dem Haus, doch der Rest verging im Feuer. Madelin sammelte sie alle ein, egal, wie klein die Schnipsel auch sein mochten.

Neben ihr weinte Anna, das Kind auf dem Arm. »Da verbrennt gerade mein Leben«, schluchzte sie.

Mit den Trionfi-Karten hatte Madelin das einzige Kleinod verloren, das ihr in den letzten sechs Jahren etwas bedeutet hatte. Das Loch in ihrem Innern war so groß wie die Kammer in ihrem Geist, die sie stets besuchte, um das Schicksal aus den Karten lesen zu können. Es fühlte sich an, als fehle ihr ein Gliedmaß. Sie sah in die Flammen, die das Haus nun ganz vereinnahmt hatten.

»Meins auch«, flüsterte sie.

Die Landsknechte geleiteten Madelin, Anna und die Kinder gen Innenstadt, um sie zu dem Flüchtlingszug zu bringen, der die Stadt bald verlassen würde. Inzwischen brannte die ganze südliche Vorstadt mehr schlecht als recht, obwohl man sich besonders bemüht hatte, die Türme und Vorstadtzäune zu entzünden. Doch eine Stadt brannte nicht wie frischer Zunder, vieles rauchte und schwelte nur vor sich hin, besonders, da es in den letzten Tagen viel geregnet hatte.

Der Platz vor dem Schottenkloster wirkte, als berste er aus allen Nähten. Tausende Menschen befanden sich hier, von den Pforten der Schottenkirche bis hinunter gen Auf dem Mist und bis zum Tiefen Graben. Manche bewachten ihren Ochsen-

oder Hundekarren, andere führten bloß das Gepäck mit sich, das sie am Leibe tragen konnten. Überall wurde geschubst und gedrängelt, wenn sich jemand durch die Massen schob, und Rufe und Streitereien gellten über den Platz – der Lärm war beinahe unerträglich. Madelin kam es so vor, als schwämme sie in einem Meer von Leibern.

Offenbar warteten die Menschen hier schon Stunden – das Primglöcklein vom Stephansturm zählte die Zeit unbarmherzig mit seinem hellen Klang. Außen herum sorgten Reiter wie Hirten dafür, dass die Menge nicht auseinanderstob oder die Leute sich gegeneinander wendeten. Der Kampf, den Graf zu Hardegg gestern mit den Türken gefochten hatte, war in aller Munde. Und alle wussten, dass die Reiterei ihn verloren hatte.

Madelin sah sich nach ihren Freunden um, doch sie konnte sie nirgends finden. Immerhin hatten sie vereinbart, dass sie sich bei Sankt Peter vor der Burg trafen. »Kann ich jetzt mit den Kindern hinüber zum Hohen Markt?«, fragte Anna Lucas.

»Soweit ich weiß, wollen die Hauptleute sämtliche Flüchtlinge sammeln, damit man sie besser beschützen kann. Sie treiben sie dann gemeinsam aus der Stadt.«

»Aber Anna will doch bleiben«, sagte Madelin.

»Wir fragen besser Walther, den Landsknecht.«

»Aber wenn man alle herbringt, dann müssten meine Freunde doch auch irgendwo sein.« Sie reckte den Hals.

»Sind sie mit euren Karren unterwegs?«, fragte Lucas. »Dann sollte man sie ja eigentlich leicht finden, oder?«

»Ja, eigentlich sollte man das.«

»Wenn sie nicht bald da sind, werden sie den Zug verpassen«, sagte er und hob ebenfalls den Kopf über die Menge. »Wie heißt du eigentlich?«

»Man nennt mich Madelin.«

»Madelin? So heißt doch niemand.«

»Ich habe nicht gesagt, dass ich so heiße. Man nennt mich aber so.«

»Und wie heißt du?«, fragte er.

Sie zögerte. »Warum willst' das wissen?«

»Weil ich ›Mädchen‹ eher für eine Bezeichnung halte als für einen Namen. Es klingt herablassend.«

Für einen Augenblick erwog Madelin tatsächlich, ihm ihren echten Namen zu nennen. Doch Meryem hatte sie nur die Mutter genannt, wenn es Strafen zu verteilen galt. »Alle nennen mich Madelin.«

Er warf ihr einen Seitenblick zu. »Ich finde nur, dass er nicht zu dir passt.«

»Bislang hat sich niemand beschwert«, gab die junge Frau zurück und begegnete seinem Blick. Sie fand keinen Spott in den blauen Augen.

In der Wahrsagerin wuchs die Sorge, von Franziskus und den anderen getrennt zu werden. Sie sah sich erneut um. Je weiter sie sich in die Menge schob, desto mehr musste sie sich gegen das Geschiebe und Gedränge wehren. Was, wenn die Freunde bei Sankt Michael warteten und es nicht aus der Stadt heraus schafften? Das durfte nicht geschehen. »Warum bleibst *du* eigentlich hier, Lucas?«, fragte sie unvermittelt den jungen Mann an ihrer Seite.

»Ich habe mich freiwillig zu den Gerichtsknechten gemeldet. Wir sorgen für die Ordnung in der Stadt und helfen den Soldaten. Und wir passen auf, dass niemand plündert.«

»Das heißt, ihr traut den Soldaten nicht?«

»Niemand traut den Soldaten. Aber darum geht es nicht nur. Wir kennen uns in der Stadt besser aus und können wertvolle Hinweise geben.«

»Das ist sehr tapfer«, sagte Madelin. Ihr Blick streifte bedauernd den Studenten mit dem abstehenden hellblonden Haar. »Aber auch ein bisschen dumm, oder?«

»Möglich«, erwiderte Lucas. »Aber ich weiß nicht, wohin ich sonst gehen soll. Hier bin ich zu Hause.«

»Es gibt immer einen Ort, an den man gehen kann, Lucas. Die Welt ist groß.« Madelin musterte ihn eingehend. »Und das ist auch gar nicht der wahre Grund, warum du bleibst, oder?«

Der junge Mann zog erstaunt die Augenbrauen hoch, doch bevor er etwas erwidern konnte, schlug das Primglöcklein hell eine weitere Viertelstunde an. Dann folgte das ohrenbetäubende Geläut sämtlicher Kirchen Wiens – die Schotten, die Minoriten, die Kirche Am Hof, Maria Magdalena vor den Mauern und sicher ein Dutzend weiterer Glocken rangen miteinander um die lauteste, klangvollste Verkündigung der zehnten Stunde. Als wären sie aufeinander abgestimmt, passten die Klänge trotz ihrer Vielzahl erstaunlich gut zueinander und schwangen erhaben über den rauchdurchzogenen Himmel der Stadt.

Madelin blickte auf die kleine Familie. Anna, Fritzl und der weinenden kleinen Elisabeth stand der Schrecken der Ereignisse eben noch ins Gesicht gezeichnet. Doch Madelins eigene Unrast vertiefte sich. »Sie sind nicht hier«, sagte sie. »Franziskus und die anderen müssen noch irgendwo in der Stadt sein.«

»Meinst' nicht, dass sie noch kommen?«

»Wenn sie nicht hergebracht worden sind, dann muss etwas dazwischengekommen sein. Ich muss sie suchen gehen.« Wie sie die Freunde kannte, hatten sie sich eher versteckt als von Soldaten zusammentreiben lassen wie Vieh.

»Willst' riskieren, ihretwegen vielleicht den Zug zu verpassen?«

»Diese vier sind alles, was ich habe. Nie im Leben würde ich sie zurücklassen, ohne zu wissen, dass es ihnen gutgeht. Nein, ich kenne mich viel besser in Wien aus und kann sie herführen. Hier bewegt sich doch noch lange nichts. Und wenn die Ersten gehen, dauert's sicher eine Stunde, bis alle hinaus sind.«

»Steinkober!« Der Anführer des Trupps Landsknechte, der sie hergebracht hatte, schob sich durch die Menschen zu ihnen herüber. »Du hast Order, niemanden rauszulassen!«

»Die Frau dort will mit ihren Kindern zur Mutter am Hohen Markt, Walther.«

»Das geht nicht.«

»Warum nicht? Ihr tut ja fast so, als *müssten* wir gehen!«, protestierte Madelin.

»Das müsst ihr auch. Befehl von oben. Und um es noch einmal deutlich zu machen: Der Sultan der Osmanen hat ein Meer von Soldaten mitgebracht – Gerüchten zufolge zweihunderttausend Mann. Wenn die Mauern nicht in spätestens drei Tagen fallen, fresse ich meinen Schuh. Wer in Wien bleibt, ist des Todes, so einfach ist das.«

Madelin schaute betroffen hinüber zu Lucas und hoffte, dass das Gesagte nur für ihre Ohren bestimmt war. »Aber Anna will zum Hohen Markt, zum Haus unserer Mutter«, sagte sie. »Und ich will gar nicht dableiben. Ich bin so schnell wie möglich wieder hier, wenn ich die anderen gefunden habe!«

»Das sagen sie alle, und dann setzen sie sich ab und wir sehen sie hier nie wieder«, sagte der Landsknecht.

Anna mischte sich ein, die kleine Elisabeth auf der Hüfte, Fritzl an der Hand. »Aber ich will nicht aus der Stadt! Du da, frag den Grafen Hardegg, ob wir hinauskönnen!« Sie wies mit dem Finger auf eine Reiterschar, die an der Menge vorbeiritt. Tatsächlich war Graf zu Hardegg unter ihnen. Seine Kleider waren sauber und frisch, doch an einem Schnitt im Gesicht und der Schonhaltung des Armes sah man ihm den Kampf des gestrigen Tages noch an.

»Warum fragen wir nicht gleich Salm, den alten Säbel?«, schnaubte der Landsknecht.

Madelin ignorierte ihn. »Graf zu Hardegg!«, rief sie und winkte ihm zu.

Der Graf zügelte sein Pferd und drehte den Kopf in ihre Richtung. Er kniff die Augen zusammen, um besser sehen zu können. Madelin stupste Anna an, um sie zum Reden aufzufordern.

»Graf zu Hardegg«, sagte die, »diese Leute sagen, wir dürfen den Zug nicht verlassen!«

»Anna«, sagte er und runzelte die Stirn. »Warum solltest du das tun wollen?«

»Ich will mit den Kindern in der Stadt bleiben, bei der Mutter!«

Zu Hardegg musterte sie. Seine Miene verriet nicht, ob er auch Madelin erkannt hatte. »Nein«, verkündete er dann. »Du bist hier nicht sicher. Nimm die Kinder und geh mit nach Krems.«

»Aber die Mutter bleibt auch hier!«

»Deiner Mutter kann ich auch nicht befehlen zu gehen«, erklärte zu Hardegg. Madelin meinte, dass Bedauern in seiner Stimme zu hören. »Aber Ihr könnt Anna nicht einfach gegen ihren Willen wegschicken!«, protestierte sie.

»Doch, das kann ich«, erwiderte er kühl.

Madelin schluckte ihren Ärger hinunter. »Dann lasst wenigstens mich in die Stadt gehen. Ein paar meiner Freunde fehlen, und ich will sie suchen gehen, damit sie den Zug nicht verpassen!«

»Nein. Keine Ausnahmen«, gab der Graf an den Landsknecht gerichtet zurück. »Wir müssen die Leute hier so bald wie möglich rausschaffen. Wir können keine unnützen Esser brauchen. Wir haben fast zwanzigtausend Kämpfer zu ernähren.«

»Aber ich bin ja gleich wieder da!«

Der Graf musterte sie. »Was, wenn du den Zug verpasst, Weib? Willst du kämpfen? Das glaube ich kaum.« Er hatte Madelin offenbar nicht erkannt. Jetzt wandte er sich an den Landsknecht. »Also – raus mit ihnen.«

»Gebt uns wenigstens ein Pferd, damit die Kinder nicht immer laufen müssen!«, rief Anna.

»Die Pferde werden zur Verteidigung gebraucht«, schloss er und setzte seinen großen Braunen wieder in Bewegung.

»Das hat uns jetzt weitergebracht«, schnaufte der Landsknecht wütend.

Madelin wunderte sich nicht, dass der Graf sie übersehen hatte – sie war seit sechs Jahren nicht in Wien gewesen und galt vermutlich als tot. Doch dass er seiner eigenen Tochter die Hilfe verweigerte, entsetzte sie – und Anna offenbar auch. »Ich hab ihn die letzten Jahre kaum gesehen«, murmelte sie bleich.

»Also, Steinkober«, sagte der Landsknecht, »sieh zu, dass das Weib nicht wegläuft.« Dann schob er sich mit den anderen Männern aus der Menge heraus.

Madelin ballte die Hände zu Fäusten. Sie *konnte* die Stadt nicht ohne Franziskus und die anderen verlassen.

»Du hast gehört, was der Mann gesagt hat«, erwiderte Lucas. »Ich darf dich nicht gehen lassen.« Er holte tief Luft und deutete auf zwei miteinander streitende Männer, deren Handkarren ineinander verkeilt waren. »Also, ich werde mich jetzt mal um die beiden Streithähne dort kümmern. Irgendjemand muss sie ja davon abhalten, sich die Köpfe einzuschlagen. Und ihr rührt euch nicht von der Stelle, ja?«, sagte er und zwinkerte Madelin dabei zu.

»Ich … ja, natürlich. Danke schön – für die Hilfe vorhin, meine ich.« Sie lächelte den jungen Mann an, der ihr und ihren Lieben nun zum zweiten Mal beigestanden hatte. Lucas lächelte zurück, fuhr sich durch das wild abstehende blonde Haar und wandte sich ab.

Madelin bekreuzigte sich und wünschte ihm stumm Glück. Mit einem plötzlichen Anflug von Bedauern erkannte sie, dass sie ihn vermutlich nie wiedersehen würde. »Lucas?«, rief sie ihm nach.

Er hielt inne und sah über die Schulter zurück. »Was denn?«

»Wenn die Stadt doch schon verloren ist, warum bleibst du nun wirklich hier?«

Ihre Blicke trafen sich. »Weil ein Kampf nur dann bereits verloren ist, wenn man sich nicht getraut, ihn anzugehen.« Madelin verstand – deshalb ließ er sie gehen, um ihre Freunde zu finden. Sie nickte dankbar. Dann verschwand er in der Menge.

»Komm«, sagte Madelin und zog die Schwester hinter sich her. Doch die wehrte sich. »Was ist?«

»Ich weiß nicht«, sagte Anna. »Vielleicht hattest du Recht. Vielleicht sollte ich mit dem Zug mitziehen.«

»Willst du gehen, nur weil Hardegg es befiehlt?«

»Nein, weil er auch Mutter hinausschaffen würde, wenn er könnte. Wenn es wirklich so schlimm steht, Madelin … die Kinder! Ich will nicht, dass ihnen etwas geschieht.«

Madelin hob abwehrend die Hände. »Ich werde dir das nicht ausreden, Anna. Zu fliehen ist sicher die beste Entscheidung. Aber ich muss die anderen suchen. Ich bin bald wieder da.«

»Geh nicht«, bat Fritzl und hielt sie am Rock fest.

»Wirst du uns denn wiederfinden, wenn du jetzt gehst?«, fragte die Schwester verzagt.

»Wenn ihr mir nicht weglauft«, erwiderte Madelin und zog den Stoff aus der Hand des Jungen. »Ich komme wieder. Und wir ziehen dann ja immerhin im selben Zug. Da werden wir einander schon wiederfinden, wenn nur das Gedränge vorbei ist!«

»Aber was, wenn du uns verpasst?«

»All die Leute brauchen doch sicher eine Ewigkeit, bis sie durch das Tor sind. Außerdem haben wir dann die Wagen. Dann müssen die Kinder nicht die ganze Strecke laufen und du auch nicht.« Madelin nahm die Schwester und den Jungen gleichermaßen herzlich in den Arm. »Ich bin wieder da, bevor ihr aufbrecht.«

»Beeil dich«, flüsterte Anna mit erstickter Stimme und erwiderte die Umarmung fest. Auch Fritzl wollte sie gar nicht mehr loslassen.

Madelin nickte bloß und löste sich aus dem Griff der beiden. Dann schob sie sich zwischen die Leiber der nebenstehenden Personen. Sie rempelte einen Mann in ihrem Alter an, der eine Studentenrobe oder etwas Ähnliches trug, aus wertvollem Stoff geschneidert. »Pass doch auf, wo du hintrittst, Frau«, sagte er.

»Das tue ich«, murmelte Madelin und schob sich weiter, trotz der Proteste, die von allen Seiten auf sie einhagelten. Sie beschloss, bei Sankt Michael zu suchen. Jetzt war sie froh, dass sie Wien so gut kannte. Sie drängte sich mühsam bis zum Rand durch und sah sich um. Am Ende des Platzes bei den Schotten sorgten Reiter in einer lockeren Reihe dafür, dass die Menge nicht in die Gassen ausuferte. Dort verlief das ehemalige Bett des Baches, durch das Madelin gestern in die Stadt gelangt war; heute eine Straße, die man Tiefer Graben nannte, weil sie sich gen Norden hin tief einschnitt.

Als Madelin die Reiter abgelenkt wähnte, lief sie in den Tiefen Graben hinein und kletterte dann rechter Hand die Böschung zu einer Hofdurchfahrt hinauf. Hier presste sie sich in eine Türöffnung und hielt mit klopfendem Herzen inne. Langsames Hufgeklapper auf dem Kopfsteinpflaster ließ sie erstarren. Konnte man sie hier entdecken? Sie wusste es nicht.

Madelin wollte bis zwanzig zählen, um sich zu beruhigen. Doch bei der Sieben verharrte der Hufschlag, und sie vergaß das Zählen. Hatte der Mann sie entdeckt? Wenige Herzschläge später ertönten die Hufeschläge ganz nah, unterhalb der Böschung. Madelin sperrte die Ohren auf und lauschte. Das Geräusch des vorbeiziehenden Pferdes entfernte sich! Sie atmete erleichtert aus. Ein paar Augenblicke wartete sie noch, bevor sie zurück in den Tiefen Graben lugte. Keine Menschenseele war zu sehen. Sie spitzte zum Platz Am Hof, der von einigen der prachtvollsten mehrstöckigen Steingebäuden und Kirchen gesäumt war. Der riesige Platz war voller Bewaffneter, doch sie musste hoffen, dass sie hier, da sie nun einmal aus dem Pulk der Flüchtlinge heraus war, nicht auffallen würde.

Madelin zwang sich dazu, langsamen Schrittes aus dem Eingang des Hauses auf den Platz Am Hof hinauszugehen. Sie hielt den Blick auf ihre Fußspitzen gerichtet, um den lagernden Landsknechten ausweichen zu können, ihnen aber nicht ins Gesicht schauen zu müssen. Männer pfiffen ihr hinterher, doch sie ignorierte es. Erst als sie durch eine enge Gasse an der alten Judenschule angekommen war, atmete sie erleichtert auf. Dann schlug das Primglöcklein erneut, und sie fluchte. Hatte jemand das Uhrwerk beschleunigt? Den restlichen Weg lief sie. Der Geruch des Rauches aus den Vorstädten wurde hier immer stärker, und bald lag Asche auf dem Kopfsteinpflaster.

Madelin zog sich über die Kirchhofsmauer direkt hinter Sankt Michael, dem Ort, wo sie die Freunde zurückgelassen hatte. Die Wagen waren noch hier, auch wenn die Pferde nicht vorgespannt waren. Erleichtert lief Madelin hinüber und riss die Tür zum Wageninnern auf. »Franziskus, wo bleibt …« Sie hielt im Satz inne, denn hier war niemand. Hastig überprüfte Madelin auch die anderen Karren. Sie waren alle leer. Wo waren die Freunde nur hin?

Ein Anflug von Panik überkam die junge Frau. Wo sollte sie ihre Gefährten suchen? Sie hatten noch nicht einmal einen weiteren Treffpunkt abgemacht, wie sonst immer. Für den Fall, dass etwas geschah, konnte man sich so abseits der Wagen treffen.

Madelin kehrte in ihren eigenen Wagen zurück und ließ die Klappe offen stehen, um ein wenig Licht hereinzulassen. Franziskus hatte ihr ein Porträt der Muttergottes mit dem Jesuskind an die Wand gemalt, auf seiner Seite sah man den leidenden Christus am Kreuz. Zwischen die Wandbilder hatte der Ikonenmaler ein paar Kohleskizzen gehängt, die sie noch nicht kannte. Offenbar war er heute Morgen bereits fleißig gewesen.

Schnell besah Madelin die Papiere – auf einem war Sankt Michael, auf einem anderen hatte er Scheck beim Lautespielen skizziert. Sie erkannte ein gekritzeltes Meer von Landsknechten auf dem Platz vor der Burg sowie im Hintergrund einen rasch niedergelegten Umriss von Sankt Stephan. Enttäuscht ballte sie die Hände zur Faust, als die Panik sich verstärkte. Als wolle das Primglöcklein sie daran erinnern, dass die Zeit drängte, schlug es die nächste Viertelstunde an. Da sie keine Mitteilung oder Nachricht entdeckte, wandte sie sich niedergeschlagen zum Ausgang.

Madelin öffnete die Tür ganz und sah noch einmal zurück, wie um zu prüfen, dass sie nichts übersehen hatte. Ihr Schatten verdunkelte den Innenraum. Zumindest fast vollständig – der einzige helle Fleck, der noch blieb, war das Bild von Sankt Stephan, das am Kopfende über Franziskus' Lager hing. Das brachte sie auf eine Idee. Alle anderen Bilder zeigten Orte in Wien, an denen Franziskus bereits gewesen war. Nur Sankt Stephan fiel aus diesem Schema heraus. Zudem hatte der Freund mit ihr auf den Turm steigen wollen. War das Bild ein Hinweis? Sie war sich nicht sicher, doch einen anderen Anhaltspunkt hatte sie nicht.

Madelin schloss die Tür und machte sich wieder auf den Weg. Sie eilte durch schmale Gassen, überquerte den Graben und ging an Sankt Peter vorbei von Westen her auf den Rossmarkt zu. Hoch aufragende Steinhäuser mit geraden Fassaden signalisierten, dass hier einige der reichsten Bürger wohnten. Das Herz der Stadt war der Bereich, in dem sich Madelin immer am unwohlsten gefühlt hatte. Landsknechte sahen ihr nach, hielten sie aber nicht auf. Schließlich ging sie durch das malerische alte Schlossergassel auf die Magdalenenkappelle zu, die den westlichen Abschluss des Friedhofs bildete, der Sankt Stephan umgab. Nach Norden zu fiel der Blick auf den Heiltumsstuhl, eine überdachte Galerie, die die Straße überbrückte. Von dort oben wurden dem Volk an Feiertagen Reliquien präsentiert.

Madelin atmete tief durch, dann betrat sie den Platz. Im Vergleich zu mancher Dorfkirche wäre die kleine Kapelle Sankt Magdalenen ein prachtvolles Haus gewesen. Vor Sankt Stephan aber wirkte sie schlicht, unauffällig und vor allem klein. Das steile Dach des Doms war mit kunstvollen geometrischen Mustern geschmückt. Ein Holzkran auf dem Nordturm, der hinter dem Dach aufragte, markierte seinen unfertigen Zustand. Der Südturm wirkte daneben unbegreiflich hoch.

Madelin betrat das Gräberfeld durch das Zinnertor. Der Friedhof besaß vier Pforten, die in verschiedene, eigens ummauerte Abschnitte führten – zum Beispiel gab es einen Studentenbühel und einen Fürstenhügel. Sie trat nun auf den Gräberhügel am Karner, den man so nannte, weil unter Sankt Magdalenen ein Gebeinhaus eingerichtet war, in das man die Knochen der Beigesetzten nach einer Weile umschichtete, um Platz für neue Gräber zu erhalten.

Die Wolken ließen die Sonnenstrahlen des späten Septembertages nur spärlich auf die Grabkreuze aus Stein und Holz fallen. Wohin sollte sie sich wenden? Sie griff an die Ledertasche am Gürtel, um eine Karte blind zu ziehen, die ihr vielleicht den Weg weisen würde. Erst als sie die Leere in dem Lederfach fühlte, wurde ihr der Verlust der Karten noch einmal schmerzlich bewusst.

»Madelin? Bist du das?«

Hinter der Ecke von Sankt Magdalenen standen Scheck und Erisbert. Madelin flog erst dem Spielmann, dann dem Tinkturenverkäufer um den Hals. »Da seid ihr ja! Warum seid ihr denn bloß nicht zum Schottentor gekommen? Wo sind die anderen?«

»Weil die Osmanen schon die Vorstädte abbrennen, Madelin! Und wir haben doch versprochen, auf dich zu warten. Dann haben Soldaten versucht, uns zu ergreifen, und wir sind hierhergeflohen. Miro und Franzl sind den Turm hinauf, um sich ein Bild zu machen«, sagte Scheck und deutete zum Südturm hoch.

»Aber nein!«, rief Madelin. »Die Wiener haben die Vorstädte selbst abgebrannt, die Osmanen sind noch nicht da! Wir müssen zum Schottentor, und zwar schnell! Das ist die letzte Gelegenheit, aus der Stadt zu kommen!«

Der Lautenspieler starrte sie entgeistert an. »Das soll nun einer ahnen! Wir haben gedacht, der Feind sei längst da und der Zug könnte gar nicht mehr aus der Stadt.«

»Wir müssen uns beeilen«, sagte Madelin. »Los, zurück nach Sankt Michael!«

»Dauert es nicht zu lange, die Wagen anzuspannen?«, warf Erisbert ein. »Wir können froh sein, wenn wir unsere Haut retten können!«

»Die Karren zurücklassen?«, fragte Scheck zweifelnd.

»Franziskus und die Kinder können jedenfalls nicht den ganzen Weg laufen«, stellte Madelin fest.

»Dann sollten wir uns wirklich sputen«, sagte Erisbert. Und wieder schlug das Primglöcklein eine Viertelstunde an.

»Die Zeit rennt uns davon«, sagte Madelin betroffen. »Wo habt ihr die Pferde?«

»In einem Haus bei den Wagen untergestellt. Wir hatten Angst, jemand nimmt sie uns weg«, sagte Erisbert.

»Ich gehe Franzl und Miro holen.« Sie lief über den Friedhof und ließ das Primglöckleintor, durch das man das Seitenschiff des Doms durch den Südturm betrat, links liegen. Stattdessen eilte sie eine kurze Treppe hoch, die sich außen an den Turm schmiegte. Oben traf sie im Schatten der Mauern auf eine niedrige Tür. Sie schlüpfte hinein und sah in den halbdunklen Treppenaufgang hoch. Sie war in ihrer Kindheit einmal auf den Südturm gestiegen und wusste, wie anstrengend das war. Trotzdem machte sie sich eilends auf den Weg.

Doch kaum hatte sie zwei Dutzend Stufen genommen, hörte sie ein Keuchen von oben. »Franzl?«, rief sie hinauf.

»Madelin?« Franziskus' Stimme klang dünn. »Wir kommen schon!«, schnaufte Miro. Und tatsächlich, einige Augenblicke später konnte sie die beiden Freunde in die Arme schließen.

»Die Osmanen stehen in den Vorstädten«, sagte Franziskus. Er rang um Atem, der Aufstieg hatte ihn offenbar erschöpft. »Alles brennt!«

»Nein, das waren die Wiener!«, erklärte Madelin ein weiteres Mal.

»Und was für Reiter ziehen im Süden entlang?«

»Vielleicht ist Graf Hardegg ausgeritten?«, fragte Madelin. »Wie auch immer, wir müssen los.«

Die fünf Gaukler eilten durch die Straßen Wiens zurück zu den Wagen. »Ich hol die Pferde!« Erisbert lief zu einem der vernagelten Gebäude hinter Sankt Michael.

Miro zog seinen Bären in den Käfig auf dem Karren, während Scheck und Madelin die Geschirre vorbereiteten. Doch die Wahrsagerin wurde das nagende Gefühl nicht los, dass die Zeit knapp wurde. Drei Viertelstunden waren angeschlagen worden, seit sie Anna verlassen hatte. Ein paar Augenblicke später, als Erisbert mit den Tieren zurückkam und Madelin sie mit geübten Fingern einspannte, schlug erst das Primglöcklein, dann die Glocken von Sankt Michael sowie den anderen Kirchen zur vollen Stunde. Elf mal insgesamt.

»Elf Uhr! Der Zug sollte bereits um zehn abziehen!«, rief die Wahrsagerin.

»Schneller geht's nun wirklich nicht, Kind«, erwiderte Erisbert schnaufend. »Wir können den alten Rössern keine Flügel anheften, weißt du?«

Sie arbeiteten schweigend weiter. Doch als sie sich auf die Böcke der Karren schwangen und die ausgeruhten Mären anziehen ließen, da schlug das Glöcklein bereits die nächste Viertelstunde an. In Madelins Brust zog sich etwas zusammen – sie war in großer Sorge um Anna und die Kinder. Beharrlich schob sie diese Gefühle weg, um sich auf die Abfahrt zu konzentrieren.

Sie ließen die Pferde die schmale Hochstraße hinauftraben, die ganz im Schatten der hohen Häuser lag. Doch hätte man nicht auf die Freyung schauend die Menschenmenge schon sehen müssen? Madelin gab ihrem Gaul die Gerte zu spüren, und er fiel in einen unwilligen Galopp.

Ihre Sorge wuchs, als sie niemanden auf der Straße vor dem Schottentor sah. Als die Gruppe auf den Platz bei den Schotten kam, fand sie ihn tatsächlich leer vor, und das Tor vor ihr war geschlossen. Doch Madelin ließ sich nicht einschüchtern. Selbst wenn der Flüchtlingszug schon losgezogen war, konnten sie ja immer noch hinterher.

»Macht auf!«, rief die junge Frau den Landsknechten an der Pforte zu. »Wir wollen zum Flüchtlingszug!«

»Da seid ihr zu spät, Leute«, erwiderte der Mann.

»Aber wir müssen doch hinaus! Macht auf!«

»Das geht nicht! Das Tor ist zu!«, beteuerte der Wächter.

»Aber sie können doch noch gar nicht weit sein! Bitte, wir können doch nicht hierbleiben!« Madelin sprang vom Bock und lief auf das Tor zu, Scheck und Erisbert folgten ihr. Zur Not würden sie es eben selbst öffnen!

Doch der Landsknecht eilte an ihre Seite und griff ihr in den Arm, als sie sich am Riegel zu schaffen machte. »Lass das!« Die Freunde standen hinter ihr, und Erisbert übernahm das Reden. »Herr«, begann er jovial und legte dem Landsknecht den Arm um die Schultern. »Wir werden's niemandem sagen. Und ein Pfennig soll auch für Euch dabei herausspringen. Wir stehlen uns klammheimlich wie die Mäuschen durch die Schottenvorstadt hinaus und sehen zu, dass wir uns hinten an den Zug anschließen. Wer soll's schon merken?«

»Die Osmanen«, erwiderte der Landsknecht. »Die Turmwachen melden, dass bei Sankt Anton schon Sipahi zu Pferde vorbeigezogen sind – Reiterei mit Bögen. Bei der Niklasvorstadt haben Reiter Sankt Marx besetzt. Es sind nicht viele, aber sie sind da. Ihr seid hier in der Stadt im Moment sicherer.«

»Also habe ich doch die Osmanen gesehen«, sagte Franziskus. Die anderen Fahrenden schwiegen erschüttert.

»Außerdem könnt ihr gar nicht zum Zug stoßen.« Der Torwächter führte sie auf die Mauer beim Schottentor hinauf.

Madelin stockte der Atem, als sie hinunter auf eine brennende Stadt sah. Das schmuckvolle Kloster Maria Magdalena, das geduckt daliegende Kloster Neuburgerhof, sämtliche alten Fachwerkhäuser, die hier im Schutz der Wälle erbaut worden waren, ja die Vorstadtzäune mit den Türmen selbst – alles war vom Feuer ergriffen. Jetzt zu versuchen, die Straße gen Währing hinauszuziehen, gliche einem Gang durch ein Flammenmeer. »Seht ihr? Ihr *könnt* nicht hinaus.«

Madelin starrte auf die brennende Stadt. Der Mann hatte Recht. Diese Straße würde so schnell niemand benutzen. Vermutlich waren die Häuser direkt an der Straße mit Lampenöl entzündet worden, sobald der Flüchtlingszug hindurch war. Mit ihm waren Anna und die Kinder fortgegangen. Bestimmt hatte sich die Schwester gefürchtet, allein in die Fremde ziehen zu müssen. Madelin wischte eine Träne aus dem Augenwinkel. Sie war froh, dass wenigstens Anna es aus der Stadt hinausgeschafft hatte. Sie hoffte, dass sie im Schutz der Reiter in Sicherheit war. Doch die Fahrenden würden in Wien bleiben müssen. »Kommt«, sagte sie schließlich.

Unten angelangt, schwang sie sich zurück auf den Kutschbock. Sie kehrte den Karren um und ließ das Pferd die Straße zurücktrotten. Madelin hatte keine Ahnung, wie es nun weitergehen sollte.

Das schnelle Trappeln von Hufen auf dem Pflaster schreckte sie aus ihren düsteren Gedanken auf. Graf zu Hardegg war es, der zu ihnen aufgeschlossen hatte und Madelins Zugpferd in die Zügel fiel. »Du bist der Bastard Elisabeths von Schaunburg, nicht wahr?«, fragte er sie. Madelin nickte. Er hatte sie also doch erkannt.

»Ist Anna auch noch hier?«, fragte zu Hardegg.

»Nein, sie ist im Zug nach Westen.«

»Gut«, erwiderte der Graf sichtlich erleichtert. »Das ist gut. Was macht ihr nun?«

»Keine Ahnung«, erwiderte sie ehrlich.

Zu Hardegg schwieg einen Augenblick und musterte sie eingehend. »Meidet die großen Plätze. Dort stellen sich die kämpfenden Truppen bereit, da seid ihr nur im Weg. Und geht nicht zu den Augustinern oder den Minoriten.« Auf ihren fragenden

Blick hin erklärte er: »Zu nah an der Mauer. Die Türken werden Kanonen mitbringen.«

»Ja, wo können wir dann noch hin?«, fragte Franziskus, der neben Madelin saß.

»Vielleicht bleibt ihr einfach auf dem Schottenkirchhof hier«, erwiderte der Graf. »Oder ihr geht zu Sankt Peter.«

»Danke schön«, erwiderte Madelin.

Nach kurzem Zögern ließ der Graf die Zügel von Madelins Pferd wieder los. »Es tut mir leid, dass ihr es nicht geschafft habt«, sagte er.

»Ja, mir auch«, sagte Madelin mit erstickter Stimme und ließ das Tier wieder anziehen. Als sie außer Reichweite waren, fragte Franziskus vorsichtig: »Und, wo bleiben wir?«

»Nicht bei den Schotten oder Sankt Peter zumindest«, sagte Madelin.

»Und … deine Mutter?«

»Ich gehe nicht zu meiner Mutter.«

»Aber …«

»Ich gehe nicht zu meiner Mutter!«, wiederholte sie.

»In Ordnung.« Franziskus hob beschwichtigend die Hände. »Du magst deine Familie nicht besonders, oder?«

»Hardegg ist der Vater meiner Schwester«, gab Madelin leise zurück. »Das heißt nicht, dass er zu meiner Familie gehört. Und meine Mutter …« Sie verstummte. Was sollte sie dem Freund sagen? Dass die Mutter die eigene Tochter hasste und umgekehrt?

»Also, wohin?«

Madelin dachte nach. »Wir bleiben im Kirchhof von Sankt Ruprecht. Das liegt an der Nordseite der Stadt, bei der Donau. Dort sind wir so weit aus dem Weg, wie nur irgend möglich und weit entfernt von der Südmauer.«

»Sankt Ruprecht also.«

Madelin blickte zurück, in die Richtung, in die der Zug fort war. Der Ikonenmaler legte ihr eine Hand auf den Arm, denn er erriet offenbar ihre Gedanken. »Anna kommt schon klar, Madelin. Das bist du damals auch. Und du warst viel jünger.«

»Ich hatte aber nicht zwei kleine Kinder dabei.«

»Du hattest aber auch keinen Trupp schwerer Reiterei, der dich bewacht.«

Sie nickte. »Ich mache mir trotzdem Sorgen, Franzl.«

»Das ist so, wenn man Familie hat. Madelin, wir müssen uns jetzt um uns selbst kümmern. Für Anna kannst du im Moment nichts mehr tun.«

Madelin holte tief Luft, denn Franziskus hatte Recht. »Wir müssen also nur noch den Sturm der Osmanen überleben«, sagte sie und lächelte bitter. »Ein Kinderspiel, wie?« Damit lenkte sie ihr müdes Pferd in den Norden der Stadt.

Kapitel 6

»Als ich dich zum Gerichtsknecht gemacht habe, Lucas Steinkober, haben wir eine Vereinbarung getroffen. Du hast mir versprochen zu spuren. Und ich habe dir versprochen, dich doch noch aus der Stadt zu verbannen, wenn du es nicht tust – Osmanen hin oder her!« Der Stadtrichter Paul Pernfuß wirkte selbst hinter seinem Schreibtisch sitzend noch groß und bedrohlich.

Lucas Steinkober war am späten Nachmittag, Stunden nachdem der letzte Flüchtlingszug abgezogen war, in die Schranne zitiert worden, um sich eine Standpauke anzuhören. Es war der fünfundzwanzigste September des Jahres 1529.

»Der Landsknecht Walther hat gesagt, du hättest gestern gegen seine ausdrückliche Anordnung zwei Frauen mit ihrem brennenden Haus geholfen, eine davon hätte sich später beinahe aus dem Flüchtlingszug geschlichen!«

»Sie haben den beiden buchstäblich das Haus über dem Kopf angezündet! Und dann mussten wir doch ihre kleinen Kinder aus dem Feuer herausholen!«, protestierte Lucas. Offenbar wusste Pernfuß nichts davon, dass er Madelin gestern doch noch nach ihren Freunden hatte suchen lassen. Jetzt waren sie im Schutz der Reiter bestimmt schon kurz vor Krems. Auch wenn es Lucas beruhigte, Madelin in Sicherheit zu wissen, überkam ihn bei diesem Gedanken doch eine sanfte Wehmut.

»Das hat Walther aber anders erzählt. Und warum fragst du dem armen Mann dauernd Löcher in den Bauch? Walther sagt, er hätte dir immer alles doppelt erklären müssen.«

»Ich verstehe eben gerne, *warum* ich etwas tun soll«, sagte Lucas. »Das Problem ist, dass Walther es selbst nicht weiß.«

»Verstehen?« Pernfuß starrte ihn an. »Bei den Gerichtsknechten wird nicht disputiert, Steinkober! Wir sind hier nicht in der Vorlesung, verdammt!« Dann schlich sich ein listiges Glitzern in seinen Blick. »Die Räumung der Vorstädte ist ja nun getan. Du brauchst eine neue Aufgabe, nicht wahr? Ich habe dich den Patrouillen zwischen Salztor und Rotenturmtor zugeteilt. Du sorgst mit dafür, dass in den Straßen der Stadt Sicherheit herrscht und die Leute sich nicht gegenseitig an die Kehle gehen.«

»Ich soll … Schlägereien schlichten?«

»Unter anderem. Es gibt noch immer sicher tausend Bürger Wiens in der Stadt, die Haus und Habe ihrer selbst und ihrer Freunde und Verwandten bis zum letzten Blut verteidigen werden. Und dann haben wir ungefähr … siebzehntausend Mann leichte und schwere Reiterei, Landsknechte und Arkebusiere sowie Flüchtlinge und Plünderer in den Mauern, die die Stadt für eine gemästete Gans halten, die bloß geschlachtet werden muss. Streitereien sind da kaum zu vermeiden. Ich kann mir niemanden vorstellen, der besser dafür geeignet wäre, die Wiener Bürger zu schützen, als dich.«

Lucas schnaubte. »Ich schon – so ziemlich jeder Mensch, den ich kenne.«

Pernfuß beugte sich wütend vor. »Du wolltest doch helfen, oder? Glaubst du, du kannst dir die Aufgaben aussuchen? Du tust, was ich dir sage.« Der Mann lehnte sich wieder zurück. »Du bekommst einen neuen Begleiter. Erzählt mir der, dass du immer noch nur Schweinemist im Kopf hast, klag ich dich als Spion an und lass dich aufknüpfen. So einfach ist das.«

Lucas ballte die Hände zu Fäusten, um sich zu beherrschen –

dem Stadtrichter eine wütende Antwort entgegenzuschleudern würde jetzt auch nichts bringen.

Pernfuß seufzte schließlich. »Also, raus mit dir. Warte draußen auf deinen neuen Begleiter. Geh mit ihm die Patrouille und sieh zu, dass die Leute sich nicht an die Gurgel gehen. Verstanden?«

»Oh ja«, erwiderte Lucas. »Ich verstehe sehr gut.« Damit drehte er auf dem Absatz um und ging in den Vorraum der Schranne.

Hier saß ein Gerichtsknecht an einem großen Tisch, ein junger Bursche, und putzte allen blanken Stahl, der sich finden ließ. Man konnte den Flaum auf seinen Lippen noch keinen Bart nennen. Befangen wich er Lucas' Blick aus. Unter den Gerichtsknechten waren Lucas und Heinrich berüchtigt. Jetzt war der junge zu Hardegg fort, und Lucas hatte sich selbst für die Gerichtsknechte entschieden. Der Student seufzte und versuchte, seinen Ärger herunterzuschlucken. Er würde einen Weg finden müssen, mit seinen neuen Weggefährten auszukommen.

»Welchem Hauptmann ist der Bereich zwischen Salztor und Rotenturmtor zugeteilt worden?«, fragte Lucas.

»Weiß ich nicht auswendig.« Der Bursche deutete auf eine grobe Skizze auf einem Bogen Papier, der an einer Wand hing.

Lucas trat heran und betrachtete den Plan mit Interesse. Der Mauerring der Stadt Wien hatte darauf die grobe Form eines Eis. Pernfuß hatte mit Kohlestift Linien und Kringel gezogen sowie diverse Namen notiert. Er neigte den Kopf, um die Zeichen zu entziffern.

»Auf dem Plan kann man kaum etwas erkennen«, bemerkte er. »Woher stammt der?«

»Keine Ahnung. Herr Pernfuß sagt, er habe ihn von einem alten Plan aus der Bibliothek abmalen lassen, der mehr ein grober Überblick über die Stadt war.«

»Aus der Bibliothek«, wiederholte Lucas. »Vielleicht sollte ich dort mal nach dem Original schauen, denn diese Kopie hier macht nicht viel her. Andere Pläne gibt es nicht?«

»Na.« Der Bursche schüttelte den Kopf. »Vor einer Weile war mal ein Geometer da und hat Vermessungen angestellt. Aber ob daraus jemals ein Plan entstanden ist, weiß ich nicht.« Er beobachtete Lucas stirnrunzelnd. Der Student konnte sich die Gedanken ausmalen, die in dem Kopf des Jungen vorgingen – vermutlich fragte er sich, ob man jemandem wie ihm mit so wichtigen Daten trauen konnte. Doch der Stadtgardist hielt Lucas nicht auf, als er die Namen las.

»Was ist mit den Werten geschehen?«, fragte der Student.

»Werte? Was für Werte?«

»Den Maßen. Den Entfernungsmaßen, die der Geometer genommen hat.«

Der Gerichtsschreiber zuckte mit den Schultern. »Weiß nicht. Das musst du doch besser wissen.«

»Ich? Warum?«

»Weil der Geometer mit Leuten von der Universität gearbeitet hat.«

»Weißt du, wie groß die Universität ist? Die besten Zeiten mögen vorbei sein, aber es schreiben sich noch immer mehrere hundert Studenten im Jahr in die Matrikel ein.«

Der Bursche pfiff anerkennend durch die Zähne. »Warum sind die besten Zeiten vorbei?«

»Ich schätze, erst wollten die Lutheraner ihre Söhne nicht in eine katholische Universität schicken. Doch seit Wien in großen Teilen Luther folgt, haben andererseits die Katholiken ein Problem mit der Stadt.« Er seufzte. »Mit Luther ist alles komplizierter geworden.«

»Folgst du ihm nicht?« Der Junge kniff die Augen zusammen, als hätte er noch einen Grund gefunden, Lucas nicht zu mögen.

»Doch, natürlich. Was denkst du denn?«, sagte Lucas. »Luther ist der Mann, auf den die Welt seit Jahrhunderten gewartet hat.« Lucas war froh, dass der Mönch aus Wittenberg dazu aufrief, den aufgeblähten Sakramenten, überflüssigen Traditionen und dem Unsinn der Heiligenverehrung endlich ein Ende zu machen – ganz zu schweigen von der Dekadenz der Kirche und dem Ablasshandel.

»Ach so.« Der Junge wirke überrascht und beinahe enttäuscht, Lucas nicht auch noch für seinen Glauben verachten zu können.

»Bursch' – wie heißt du eigentlich?«

»Rudolph.«

»Ich bin …«

»Ich weiß, wer du bist. Du bist einer von den Studenten, die sich gegen Pernfuß und die Bürgersleute auflehnen, koste es, was es wolle.«

»Wenn mir jemand meine verbrieften Rechte nehmen will, lehne ich mich eben auf«, erwiderte Lucas geduldig. »Die Bürgersleute mögen sich darüber aufregen, dass die Studenten keine Steuern zahlen. Ich persönlich wüsste gar nicht, wovon.«

Der Bursche erwiderte nichts.

»Du heißt übrigens so wie der Gründer der Universität. Rudolf der Vierte aus dem Geschlecht der Habsburger Herzöge hat sich sehr für die Bildung in Wien eingesetzt. Er hat auch Sankt Stephan ausbauen lassen und ist dort deswegen als Statue am Portal zu sehen.«

»Lernt man so etwas an der Universität?«

»So etwas lernt man, wenn man Augen und Ohren offen hält«, erwiderte Lucas. »Also, Rudolph. Ich bin nicht der Feind.« Er seufzte und schielte zur Tür von Pernfuß' Schreibkammer.

»Zumindest nicht mehr. Ich will auch bloß, dass Wien diesen Sturm so gut wie möglich übersteht.«

»Und danach?«

Lucas maß Rudolph mit Blicken. »Keine Ahnung … Ich will ehrlich sein. Ich werde weiter für den Sonderstatus der Studenten in der Stadt einstehen. Pernfuß wird sich weiterhin die Beine ausreißen, um unsere Rechte zu beschneiden. Vielleicht kehrt dann alles zum Alten zurück. Das wird die Zeit zeigen. Jetzt sollten wir aber erst einmal dafür sorgen, dass alles gut ausgeht. Einverstanden?«

Rudolph begegnete endlich seinem Blick. In die Augen des Burschen waren noch immer Zweifel geschrieben, doch offenbar hatte er sich dazu entschlossen, Lucas zu vertrauen, denn er nickte schließlich. »Einverstanden.«

Lucas reichte ihm die Hand. So lange, wie draußen Krieg herrschte, würden sie hier drinnen Frieden halten – das war ein Anfang und sogar mehr, als er sich erhofft hatte. Dann wandte sich der Student wieder der ungenauen Übersichtskarte zu, die aussah, als habe ein Laie eine hastige Skizze angefertigt. Graf Salm hatte Wien offenbar in sechs Gebiete unterteilt.

Das Stubenviertel war das nordöstliche Sechstel. Es reichte vom Rotenturmtor, das auf die Brücke über die Donau hinausführte, bis über das Stubentor im Osten hinaus und wurde von Philipp, Pfalzgraf bei Rhein, gesichert. Offenbar wurde ein Angriff von der Donau her erwartet, denn er hatte einhundert Reiter und zwei Regimenter Fußvolk des Reiches um sich geschart, immerhin sechstausend Mann!

Daran anschließend befehligte der als volksnah bekannte Eck von Reischach im Südosten der Stadt dreitausend Landsknechten von ober- und unterhalb der Enns bis knapp über das Kärntner Tor im Südosten hinaus.

Die südliche Mauer vom Augustinerkloster bis zu den Burggärten hielt Abel von Holleneck mit einem Haufen Steirischer. Dem südwestlichen Abschnitt ab der Burg über das Werdertor bis ungefähr zum Schottenkloster im Westen hoch war Leonhard von Vels mit dem ›Alten Haufen‹ zugeteilt – sieben Fähnlein kampferprobte Fußkämpfer, das waren ebenfalls dreitausend Mann. Das Schottentor selbst hielt Reinprecht von Ebersdorf mit zwei Fähnlein.

Der Nordosten – das obere Schottenviertel am Donauarm entlang – wurde von Ernst von Brandenstein und Wilhelm von Wartenberg mit zweitausend Böhmen gesichert. Wenn Lucas das Gekritzel richtig deutete, gab es dort auch einige Hundert hispanische Arkebusiere. Das war der Abschnitt, in dem er nach dem Rechten sehen sollte.

Der Student seufzte. Brandenstein war ein Ritter, der für seine Arroganz und Streitsucht bekannt war und in der Vergangenheit diverse Fehden geschlagen hatte. Natürlich hatte Pernfuß Lucas ausgerechnet in diesen Verteidigungsbereich gesteckt. »Schlimmer kann's nicht werden«, murmelte er.

»Wie meinen?« Rudolph sah von seiner Arbeit auf.

»Nichts.« Dann setzte sich Lucas und wartete auf den Gerichtsknecht, mit dem er auf Patrouille gehen sollte. Als endlich die Tür aufging und ein Mann die Schranne betrat, fluchte der Student innerlich auf gotteslästerliche Weise. Es handelte sich um Wilhelm Hofer.

»Überrascht, Bürschlein?«, fragte der alte Zimmermann und strich sich über den grau gesträhnten Bart. »Hast du gedacht, du kommst so leicht davon für Ansässers Tod?«

Der Student erwiderte nichts. Offenbar hatte er sich vorhin geirrt – es ging noch schlimmer.

»Wolltest ein paar nette Spaziergänge durch die Stadt machen, was?«

Lucas schüttelte den Kopf. »Das nicht. Aber ich dachte, man

lässt mich helfen, Wien zu schützen. Stattdessen legt man mir bloß Steine in den Weg.«

»Wieso Steine? Ich will nur dafür sorgen, dass du nicht wieder etwas tust, das aufrechte Wiener Bürger das Leben kostet!«

Lucas musterte den Zimmermann. »Und wer sagt mir, dass Ihr nicht versucht, Euren Zunftmann zu rächen?«

Hofer ballte die Hände zu Fäusten. »Schließt immer von dir auf andere, was?«

»Eigentlich nicht.« Der Student fuhr sich durchs Haar. Er wusste wirklich nicht, ob er dem Alten trauen konnte. Sie zusammen auf Patrouille zu schicken, um in den Straßen Wiens für Sicherheit zu sorgen, war eine einmalig schlechte Idee. Eine, an der Pernfuß sicherlich seine helle Freude hatte.

Lucas starrte den alten Mann an. Die Konfrontation mit ihm musste irgendwann stattfinden. Vielleicht war es sogar besser, wenn dies früher als später geschah. »Also gut.« Damit drehte er sich um und ging hinaus.

Draußen sandten Feuchtigkeit und Wind Lucas einen Schauer über den Rücken. Er zog den Umhang enger, den er über Wams und Beinkleidern trug, und wartete, bis Wilhelm Hofer ihm gefolgt war, dann schritt er voran.

Lucas nahm die Route am Rathaus vorbei und bog Richtung Frauenkirche ab. Die schmale, leicht angewinkelte Kirche ragte hoch auf und schien die Häuser des alten Flusshafenviertels um ihren Rock zu versammeln wie eine fürsorgliche Mutter ihre Kinder. Der Student schlug den Weg zu der Stiege ein, die hinunter zur Mauer führte und mit einem Seil gesichert war, weil sie so steil war. Unten am Salzgries lagen einige der verruchtesten Gasthäuser der Stadt. Er kannte sie gut genug, um zu wissen, dass dort erst später in der Nacht Ärger zu erwarten war.

Wilhelm Hofer blieb ein wenig zurück. Er schien schwer Schritt halten zu können. Lucas hatte ganz vergessen, dass der Zimmermann an dem Tag, an dem Ansässer gestorben war, selbst verletzt worden war. »Ihr solltet nicht hier sein«, sagte er, als der Alte an der Stiege angelangt war.

»Ich kann diesen Dienst genauso gut verüben wie du, Bürschlein«, keifte der Zimmermann. »Wenn nicht gar besser. Denn im Gegensatz zu dir weiß ich, warum ich hier bin.«

Lucas seufzte. Offenbar wollte Hofer ihm die Zusammenarbeit nicht erleichtern. »Das weiß ich auch.«

»Ach, ja?«, fragte Hofer. »Wegen eines Weibsbilds?«

»Nein, nicht wegen einer Frau. Aber ich werde mich vor Euch nicht rechtfertigen. Ihr hört mir ja eh nicht zu.« Stattdessen machte Lucas eine höfliche Geste, um dem Älteren den Vortritt auf der Stiege zu lassen. Doch der Handwerker schüttelte den Kopf. »Für wie dumm hältst du mich, Bürschlein?«

»Wie – für wie dumm? Was meint Ihr?«

»Ich werde nicht so dämlich sein, dir den Rücken zuzuwenden.«

»Was soll denn das heißen?«

»Du weißt genau, was das heißt, Bürschlein«, grollte der Handwerker. »Das heißt, dass ich nicht riskieren werde, durch einen Stoß von dir die Treppe hinunterzustürzen, damit du das als Unfall abtun kannst!«

Lucas starrte den Mann ungläubig an. »Warum sollte ich Euch wohl etwas antun wollen, Meister? Wir sitzen zusammen in einem Boot!«

»Weil ich dich in die Schranne geschleppt habe vielleicht? Weil mein Wort dich auf das Schafott bringen kann? Ich weiß nicht, warum Pernfuß dich zum Gerichtsknecht gemacht hat, aber er hat mich mitgeschickt, damit ich ein Auge auf dich habe, nicht umgekehrt!«

Lucas winkte ab. Wenn Hofer nicht vorgehen wollte, musste er das selbst tun. Er wandte dem Zimmermann den Rücken zu und betrat die erste Stufe. Wenn der Mann auf Rache aus war, dann könnten sie das genauso gut auch gleich hinter sich bringen. Lucas' Nacken kribbelte unangenehm, und er spürte, wie er sich verkrampfte und auf die kleinsten Geräusche hinter sich lauschte. Langsam ging er die Stiege hinunter zum Gestade unterhalb der Stadtmauer, dort wo einst der Alserbach aus der Stadt hinaus in den Donauarm geflossen war. In seinem Rücken keuchte Wilhelm Hofer. Immerhin – der Mann hatte wegen seiner Verletzung mit der Treppe so viel zu tun, dass er nicht auf dumme Gedanken kommen würde.

Dort unten wachte der Werderturm, dessen Spitzdach schon alt und zerfallen aussah, als einer von sicher einem Dutzend Flusstürmen über dem Ufer der Donau. Dieser Seitenarm musste vor Jahrhunderten die Haupthandelsstraße nach Wien hinein gewesen sein, denn nur so ließ sich erklären, warum die Nordseite der Stadt so viel besser mit Türmen ausgestattet war als die Südmauer. Der breite Fluss, der hier viele Dutzend Schritt maß, hatte stets die größere Gefahr dargestellt. Lucas schüttelte in Gedanken versunken den Kopf. Damals hatte vermutlich niemand damit gerechnet, wie groß das Heer der Osmanen sein könnte. Er fragte sich, ob sie diese merkwürdigen Wüstenkreaturen mitbringen würden, die er mal auf einer Zeichnung in der Universität gesehen hatte. Er hatte vergessen, wie man sie nannte, doch das Aussehen war einprägsam gewesen: Sie wiesen einen seltsam gebeugten Hals und einen riesigen Buckel auf dem Rücken auf.

Lucas ging in den Salzgries, und Hofer folgte ihm in geringem Abstand. Das angespannte Schweigen machte dem Studenten zu schaffen. Schließlich hielt er es nicht mehr aus. Irgendwie musste er dem Zimmermann doch verständlich machen können, dass er Ansässer nichts Böses gewollt hatte. »Meister, bitte versteht doch. Ich wollte Eurem Zunftkameraden wirklich nur helfen«, begann er. »Wenn niemand etwas getan hätte, dann wäre er ...«

Doch kaum war Hofer ebenfalls von den Stufen getreten, griff er nach Lucas' Wams, drehte den Stoff und zog ihn grob heran. Der Mann war erstaunlich kräftig und schien sich von seiner verheilenden Wunde nicht an Handgreiflichkeiten hindern zu lassen. »Komm mir nicht mit ›dann wäre er auch gestorben‹, Steinkober! Du hast es vermurkst und Ansässer sterben lassen!«

»Aber ich wollte ...«

»Was du wolltest oder nicht wolltest ist mir egal, Bürschlein. Aus dieser Schlinge wirst du deinen Kopf nicht herausreden!« Hofer wand die Hand und drehte damit den Stoff des Wamses, so dass Lucas kaum noch Luft bekam.

Der Student griff nach Hofers Handgelenk und verdrehte es, bis der das Wams losließ. »Ich will mich nicht mit Euch streiten, Mann! Aber ich werde auch nicht ...«

Hofer schlug ihm hart mit der anderen Hand auf den Unterarm. Schmerzen durchzuckten Lucas' Elle, und er ließ nun seinerseits das Handgelenk des Zimmermannes los. Schnell sprang er ein paar Schritte zurück, um aus der Reichweite des Gegners zu kommen.

»Fass mich nie wieder an, Bürschlein!«, knurrte der alte Mann nun.

»Dasselbe gilt für Euch«, erwiderte Lucas gereizt. Er hielt sich den pulsierenden Arm. Der Mann hatte gut getroffen – genau auf den Muskel. »Verdammt!«, fluchte er dann. »Das hat doch alles keinen Sinn. Ihr wollt Euch prügeln? Nur zu, aber nicht mit mir! Geht lieber zu Pernfuß, der reibt sich vermutlich schon die Hände vor Schadenfreude!« Der Schmerz ließ nach, doch die Entschlossenheit blieb. »Ich mache die Runde alleine weiter, bevor wir uns noch gegenseitig umbringen.«

»Mach nur weiter so«, knurrte Hofer. »Wir sollen zusammen gehen, damit du spurst!«

Doch Lucas hörte ihm nicht länger zu. Er drehte sich um und folgte dem leichten Gefälle des Salzgrieses hinunter zur Mauer an der Donau. »Weiß Gott, mit meinem Zeugnis bring ich dich schon noch aufs Schafott!«, rief Hofer ihm nach.

Noch immer fluchend hielt Lucas schließlich auf der Höhe des Fachturms inne. Was hatte sich Pernfuß dabei gedacht, Hofer und ihn aufeinanderzuhetzen? Niemandem war geholfen, wenn sie einander umbrachten, im Gegenteil – der Stadtrichter hätte nur noch mehr Ärger an den Hacken, wenn sich die Gerichtsknechte uneins wurden. Und an dem Problem würde sich nichts ändern – Hofer forderte, dass Lucas auf das Schafott käme. Dagegen konnte nicht einmal Pernfuß etwas tun, denn Hofer würde Lucas zur Not selbst zur Hinrichtung prügeln.

Der Student rieb sich die Augen. Oder war es genau das, was Pernfuß beabsichtigte? Wollte er, dass Hofer und Lucas es untereinander mit den Fäusten regelten, damit es nicht zur Klage käme? Wenn die beiden Parteien sich aneinander ihr Mütchen kühlten, dann wäre Pernfuß fein raus. Das wäre ein Schachzug, der dem Richter ähnlich sähe. Doch Lucas würde ihm diese Genugtuung nicht geben, er würde nicht den Kopf verlieren!

Obwohl er damit die Route verkürzte, entschloss Lucas sich, den Ruprechtssteig zu nehmen, der vom Ufer hinauf durch eine Hausdurchfahrt zum alten Pfarrhof bei der Kirche Sankt Ruprecht führte. Die kleine Bruchsteinkirche gehörte mit zu den ältesten Gebäuden der Stadt und unterstand dem Schottenkloster. Damit blieb sie wie die Klöster weiterhin streng römisch-katholisch – während sich in den meisten Kirchen

Wiens seit ein paar Jahren Luthers reformatorische Lehren durchgesetzt hatten.

Fast wirkte das Gemäuer, als krümme es sich unter dem Gewicht der Jahrhunderte, die es hier bereits stand. Die Fugen waren vom Regenwasser tief ausgehöhlt, der Giebel des Seitenschiffes krümmte sich bedenklich. Die Kirche lag in einem Rechteck aus Gebäuden, die ohne Zweifel später errichtet worden waren und im Süden den Kienmarkt bildeten. Die Häuser in der Nachbarschaft waren wie so viele in Wien mit Wein berankt und wiesen kleine hölzerne Regendächer über Türen und Fenstern auf. Beides verlieh dem engen Platz mit der kleinen Kirche eine beinahe ländliche Gemütlichkeit.

Als Lucas Sankt Ruprecht umrundet hatte, blieb er überrascht stehen. Dort standen drei niedrige Karren, deren Bemalung unter mehreren Lagen von Schlamm weitgehend verborgen war. Ein großer, dünner Mann im braunen Kaufmannsgewand mit haubenartiger Kappe sowie ein geduckter, aber kräftiger Kerl mit Glatze fütterten gerade die Pferde, indem sie ihnen Futtersäcke um die Mäuler banden. Der Student erkannte die Karren auf den ersten Blick, den Fahrenden im Kaufmannsgewand wegen der Kappe erst auf den zweiten. Es handelte sich um den Mann, den er vor den Hufen der Pferde in der Niklasvorstadt gerettet hatte. Hatte Madelin sie gestern nicht mehr gefunden? Als die junge Frau selbst aus einem der Karren stieg und zum Brunnen hinüberging, vergaß Lucas von einem Augenblick auf den nächsten seinen Ärger mit Hofer und Pernfuß.

Ihre schlichte Kleidung unterstützte die schönen Züge und die schlanke Figur nur noch. Sie hatte sich ein rotes Tuch mit Goldstickereien um den Kopf gewickelt, um die Haare zurückzuhalten, die sich in einem Wasserfall über ihren Hinterkopf und die Schultern ergossen. Darin mischten sich Farben von dunklem Braun bis zu beinahe blonden Strähnen.

Lucas stellte fest, dass sie auf den ersten Blick klein und zerbrechlich wirkte. In ihren Zügen aber standen eine Entschlossenheit und Stärke, die man nicht bei vielen Leuten fand. Sie wirkte exotisch – Lucas fiel zum ersten Mal auf, dass ihr Äußeres auf osmanisches Blut hindeuten mochte. Doch das hatte für ihn keine Bedeutung. Als die junge Frau ihn erblickte und unwillkürlich ein Lächeln über ihr Gesicht huschte, wurde ihm ganz warm.

»Lucas«, sie winkte ihn herüber. Ein Schauer fuhr Lucas das Rückgrat hinunter. Ihre tiefe Altstimme erinnerte ihn an weichen, bernsteinfarbenen Honig. Er gesellte sich beim Brunnen zu ihr, wo sie einen Eimer hinunterließ. »Warum seid ihr noch hier?«, fragte er.

»Wir haben es nicht mehr zum Flüchtlingszug geschafft.«

»Das – das tut mir leid.« Er sah sich um. »Aber du hast deine Freunde gefunden, wie ich sehe.«

»Ja, wir sind wieder zusammen. Das ist das Wichtigste.« Lucas hörte die Dankbarkeit in ihrer Stimme.

»Und deine … war es deine Schwester?«

»Anna, ja. Sie ist mit dem Zug hinausgekommen. Hoffentlich geht es ihr gut.«

»Vermutlich besser als uns bald. Seid ihr hier ausreichend versorgt?«

Madelin zuckte mit den Schultern. »Nicht schlechter als sonst auch. Für heute haben wir Futter für die Tiere und Essen für unsere eigenen Mägen. Und morgen …« Besorgnis huschte über ihre Züge, und sie seufzte. »Morgen müssen wir irgendwie ein bisschen Geld verdienen.«

»Aber das sollte euch als Gauklern in einer Stadt voll Landsknechten nicht schwerfallen, oder?«

»Scheck kann in den Weinstuben Lieder spielen, Erisberts Tinkturen sind immer beliebt, und Franzl hat noch ein paar

Heiligenfigürchen, die wir verkaufen können. Ich selbst habe es nicht so leicht, seit meine Karten verbrannt sind.«

»Das verstehe ich nicht. Wie können ein paar Spielkarten so wichtig sein?«

»Ich verdiene damit mein Geld.«

»Du lebst vom Glücksspiel? Das wäre recht unerhört für eine Frau.«

»Nein. Ich bin Wahrsagerin.«

»Deshalb bist du beinahe in die Flammen zurückgesprungen!« Er war beinahe erleichtert. Bisher hatte er noch nicht darüber nachgedacht, was sie sonst bei den Fahrenden tun könnte. Fahrende Frauen waren in der Regel Landsknechtshuren.

»Ja. Die Karten waren mein kostbarster Besitz.«

»Kannst du dir nicht neue machen lassen?«

Die junge Frau lächelte unwillkürlich, doch die Trauer wich dabei nicht aus ihren Zügen. Lucas hatte den Eindruck, dass ihr diese Karten mehr bedeutet hatten als nur eine Einnahmequelle. Er wollte, er könnte irgendetwas tun, um sie aufzumuntern.

»Sicher gibt es Spielkarten zu kaufen«, sagte sie. »Aber die meisten sind viel schlichter und dafür immer noch sehr, sehr teuer. Wir haben einfach kein Geld dafür.«

»Was werdet ihr also tun?« Er half ihr jetzt dabei, den Wassereimer aus dem Brunnen zu hieven.

»Ich weiß noch nicht. Erst einmal richten wir uns hier ein, damit wir aus dem Weg sind.«

Lucas nickte. »Ihr habt einen guten Platz gewählt, Madelin. Hier habt ihr ein wenig Ausblick über die Mauer, wenn ihr wollt. Die Stadt ist zwar groß, aber ich schätze, sie wird einem auf die Dauer recht eng werden.«

»Auf Dauer?«, fragte Madelin. »Wie lange werden wir denn hierbleiben müssen?«

Der Student zuckte mit den Schultern. »Ich bin kein Stratege. Manche Leute unken, die Mauern würden in drei Tagen fallen.«

»Das wollen wir nicht hoffen«, murmelte sie und ließ ihren Blick besorgt über die Gefährten gleiten.

»Es kann aber auch drei Wochen dauern. Oder drei Monate.«

»Drei Monate?«

»Na ja, drei Monate sind wohl unwahrscheinlich«, erwiderte Lucas. Der Galgenhumor überkam ihn. »Vorher sind wir verhungert.«

»Beruhigende Aussichten«, erwiderte sie trocken. Dann hob sie den Wassereimer an und schleppte ihn hinüber zu den Pferden. Er wich nicht von ihrer Seite. »Drei Wochen freiwillig an einem Ort zu bleiben, ist schon schlimm genug«, sagte sie dann. »Aber drei Monate eine belagerte Stadt nicht verlassen zu können? Da werden die Mauern sicher schnell eng und …«

Lucas bekam nicht mehr zu hören, was die Wahrsagerin eigentlich hatte sagen wollen, denn die Glocken von Sankt Stephan schlugen laut und hastig an. Er blickte irritiert zum Himmel. Die Glocke läutete selbst nach dem zwölften Schlag noch weiter. Das war eine Alarmglocke! Dann fielen auch andere Glocken in das Dauerläuten ein.

»Was heißt das?«, fragte Madelin beunruhigt.

»Dauerläuten auf Sankt Stephan kann eigentlich nur eines bedeuten – Krieg. Komm!« Er zog sie durch die Stadt.

Er betrat den Kirchhof von Sankt Stephan und suchte sich seinen Weg um die Kirche herum, bis er am Südturm angelangt war. Erstaunt stellte Lucas fest, dass die Tür zur Treppe offen stand.

»Lassen die die Türen hier immer unverschlossen?«, fragte Madelin, die sich offenbar auch darüber wunderte.

»Meist ist jemand oben, erst recht, seit der Turm als Ausguck verwendet wird. Es gibt nicht genug Schlüssel, die man an all die Leute verteilen könnte, die hier demnächst Zugang haben werden.«

Lucas ging hinein und stieg schnell die schmale Wendeltreppe hinauf. Er hörte, wie Madelin ihm folgte. Bereits nach wenigen Wendungen erfasste den Studenten ein leichter Schwindel. Nur mit einer Steinsäule in der Mitte wand sich die Treppe höher und höher. Doch der Grund für seine Schwummrigkeit war nicht die Höhe; die Dunkelheit machte ihm zu schaffen. Endlich duckte er sich unter einer niedrigen Türöffnung hinein in die Türmerstube.

Hier oben fand Lucas allerdings nicht nur den Landsknecht, der die Brandwache ersetzte, und den Türmer, der die Glocke anschlug. Fünf weitere Männer, teils Landsknechte, teils Bürger, standen an den Fensteröffnungen und starrten nach Osten. Der Student ignorierte die schöne Aussicht über das Wiener Becken und gesellte sich zu den Männern. Er spürte, wie die kleine Frau sich neben ihn stellte, um an seinem Arm vorbeizusehen.

Der Anblick schlug Lucas in einen Bann aus Faszination und Schrecken. Das in den späten Strahlen der Sonne orange beleuchtete Land wirkte nicht grün von den Wiesen oder goldfarben von den Feldern. Es schien vielmehr dunkel, denn überall marschierten die Truppen der Osmanen heran.

»Wie ein Meer«, flüsterte Madelin voll Schrecken. »Sie überschwemmen das Land wie eine Flutwelle.«

Hinter ihnen kamen mehr und mehr Männer in die Türmerstube. »Ja«, murmelte Lucas. »Sieht so aus, als würde das wohl alles recht schnell gehen. Wenn Graf Salm noch ein bisschen Verstand in seinem Hirn hat, wird er die Stadt übergeben.«

»Nein«, erwiderte Madelin heftig. »Das darf er nicht.«

»Warum nicht?«, fragte er erstaunt.

»Hast du die Nachrichten aus Buda nicht gehört? Dort hat der Sultan freien Abzug versprochen – nur leider hat sich sein Heer nicht an das Versprechen gehalten.« Lucas wurde blass. »Sie haben sie alle niedergemacht. Wie Schlachtvieh.«

»Hab ich auch gehört«, grollte Walther der Landsknecht, der in seinem grünen geschlitzten Wams danebenstand.

Lucas wollte etwas erwidern, doch Madelin war bereits hinüber zum Südfenster geschlüpft. Von hier oben sah man, dass die schwarzen Trümmer der Vorstädte, die sie gestern angezündet hatten, noch immer brannten. Manche Häuser waren von dicken Rauchwolken umgeben oder wirkten wie abgestorbenes Gewebe am Rande einer schwärenden Wunde.

»Ich dachte, Graf Salm hätte die Vorstädte abbrennen lassen, um den Osmanen die Deckung zu nehmen«, stieß Madelin aus. »Aber ich sehe noch ausreichend Deckung.«

Lucas erkannte, dass sie Recht hatte. Der Schaden der Brände hatte von unten katastrophal ausgesehen. Von oben wirkte er lächerlich gering. Noch immer gab es Türme, die beinahe so wehrhaft wie zuvor wirkten, und die Wälle der Niklasvorstadt und von Teilen des Bollwerks bei Sankt Anton würden mehr als ausreichend Schutz für ein ganzes türkisches Regiment bieten. Das befürchteten offenbar auch die Befehlshaber Wiens, wie Lucas nun sah: Ein großer Trupp Fußsoldaten fiel aus dem Kärntner Tor aus.

Irgendwie schaffte Madelin es, sich erneut durch die Menge zu drängeln, um nach Westen zu blicken. Lucas folgte ihr und hielt die Hand über die Augen, denn die abendliche Sonne blendete durch die Wolkendecke hindurch. Hier schien noch nicht jeder Fußbreit Boden von osmanischen Truppen eingenommen. Bäume, Buschwerk und so mancher Kirchturm – sicher von Sankt Ulrich sowie dem Dorf Als – ragten in der Ferne auf, als sähe man eine unberührte Landschaft vor sich. Dann bemerkte Lucas den Keil aus Reitern, der in zügigem Galopp die Stadt umrundete.

Auf den zweiten Blick erkannte der Student, dass er sich in der Unberührtheit getäuscht hatte: In der Ferne rauchte eine der Kirchen. Als ein Reitertrupp hinter dem Wall der Alservorstadt verschwand, hatte er plötzlich den Eindruck, dass die Befestigung nicht mehr dem Schutz nach außen, sondern nach innen diente.

»Wenn das wirklich zweihunderttausend Soldaten sind, verstehe ich, warum die Wiener alle weggelaufen sind«, sagte Madelin leise.

»Ich nicht«, erwiderte Lucas. »Sie überlassen Hab und Gut kampflos dem Feind.«

»Und warum sind sie dann nicht geblieben? Lieben die Wiener ihre Stadt nicht?«

»Doch, ich schätze schon.« Die Frage hatte Lucas auch schon bewegt. »Erzherzog Ferdinand hat die Bürger fast ganz entmündigt«, erklärte er. »Vorher hat der Rat die Stadt selbst regiert und sogar große Politik gemacht. Sie haben über manchen Krieg oder Frieden entschieden.«

»Und das hat Ferdinand gestört.«

»Mächtig sogar«, bestätigte Lucas. »Er fand, dass kein Rat von Bürgerlichen über solche Dinge entscheiden könne – und getraut hat er ihnen wohl auch nicht. Daher hat er den Rat fast vollständig seiner Befugnisse beraubt und regiert die Stadt jetzt selbst.«

»Und die Bürgersleute von Wien zeigen ihm eine lange Nase, wenn es um die Verteidigung geht?«

»Ich schätze, sie haben einfach nicht mehr so viel zu verlieren wie früher«, mutmaßte Lucas. »Wenn Wien noch ganz ihnen gehörte, würden vielleicht mehr von ihnen darum kämpfen.«

Fetzen von Musik drangen zu ihnen herauf. Lucas lehnte sich

gegen die festen Mauern des Stephansturmes, um besser hinausschauen zu können. Tatsächlich war der Weitblick, den die Höhe gestattete, erstaunlich. Er sah einen Zug anmarschieren, der sich durch seine Disziplin von allen anderen unterschied. Die Männer trugen türkische Feldzeichen und prachtvolle Gewänder – sie funkelten hell in der Nachmittagssonne. Die Töne von Pauken, Trompeten und Schalmeien wehten herüber.

»Das muss der Feldherr sein«, murmelte Lucas und wies auf den prachtvollen Zug. »Oder vielleicht Sultan Süleyman persönlich.«

Walther schüttelte neben ihm den Kopf. »Das ist Ibrahim Pascha«, sagte er und spie auf den Steinboden. »Dahinter folgen die rumelischen Lebensreiter.«

»Ibrahim Pascha? Wer ist das?«, fragte Lucas.

»Der Feldherr des Sultans. Sein griechischer Günstling. Ein verdammter Intrigant.«

»Wenn man den Gerüchten glauben darf, auch der Liebhaber des Sultans«, mischte sich Madelin ein.

Lucas wusste nicht so recht, was er davon halten sollte. Waren die Türken so verdorben? »Woher weißt du das?«

Madelin zuckte mit den Schultern. »Ibrahim Pascha eilt sein Ruf voran. Der Sultan soll ein gerechter Mann sein. Er ist der Wille, der den Feldzug der Osmanen vorantreibt. Ibrahim Pascha aber ist der Kopf, der ihn plant. Er soll Spione an jedem Hof besitzen, Geheimnisse jedes wichtigen Mannes kennen und diplomatische Bande zu den Königshöfen ganz Europas geknüpft haben. Wenn man seinen Bewunderern glaubt, ist er ein Genie. Seine Feinde halten ihn für ein Ungeheuer.« Nach einer Pause fügte sie fast entschuldigend hinzu: »Das erzählt man sich zumindest in Buda.«

Lucas schluckte. Wenn der Anführer der Osmanen wirklich ein solches Genie war, wie konnte Graf Salm dann auch nur die Hoffnung hegen, gegen ihn bestehen zu können? Mit einer Besatzung in der Stadt, die ein Zehntel von dessen Truppen zählte?

Lucas wandte seinen Blick über Madelins Kopf nach Westen zurück. Dort schlossen die Truppen der Osmanen jetzt den Ring um die Stadt. Den einzigen Weg heraus boten die Brücken nach Norden, über die Donauarme. Erleichtert stellte Lucas fest, dass man die Stadt so noch mit Vorräten versorgen konnte. Trotzdem fühlte es sich an, als würde ein steinerner Sarg zugestoßen, während er noch lebend darin lag.

Madelin musste es auch fühlen, denn sie schlang die Arme um den Leib, als ob sie fröstelte. Lucas legte ihr die Hand auf die Schulter, um sie zu beruhigen. Als ihre Finger sich mit seinen verschränkten, musste er blinzeln. Er wusste nicht, ob ihm Freude oder Trauer die Feuchtigkeit in die Augen trieb. Noch nie hatte er sich einem Menschen so nahe gefühlt. Er verfluchte das Schicksal. Warum musste er ihr ausgerechnet in den Tagen begegnen, in denen seine Stadt sich der größten Bedrohung gegenübersah, die sie vermutlich je erlebt hatte?

Kapitel 7

Vor ihnen schlug eine Kirche die morgendliche elfte Stunde des fünfundzwanzigsten September an. Das Geräusch schnitt Anna Ebenrieder ins Herz, erinnerte es sie doch, kaum eine Tagesreise von Wien entfernt, an den Klang von Sankt Anton daheim. Doch ›daheim‹ gab es nicht mehr, mahnte sie sich. Ihr Zuhause war gestern von Flammen verzehrt worden. Andere mochten nach diesem Krieg in ihre Heimat zurückkehren. Doch sie selbst war jetzt so heimatlos, wie ihre Schwester gewesen war – schon immer gewesen war, wenn man ihren Worten Glauben schenken mochte.

Anna hatte Madelin seit dem Aufbruch gestern in der großen Gruppe der Fliehenden gesucht, doch bislang ohne jeden Erfolg. Sie musste sich der Erkenntnis stellen, dass es der Schwester nicht gelungen war, noch rechtzeitig zum Zug zu stoßen, um die Stadt mit ihnen zu verlassen. Das bedeutete, dass sie in Wien würde bleiben müssen.

Eine tiefe Sorge um die Schwester erfasste Anna, wie damals, als Madelin ohne Abschied verschwunden war. Vor sechs Jahren war sie überzeugt gewesen, dass Madelin irgendwo tot im Graben läge. Als die Nachricht von einem Bekannten gekommen war, er hätte das Mädchen in Buda in Begleitung eines Priesters gesehen, war Anna dann fuchsteufelswild geworden. Die Mutter hatte Boten ausgesendet, um sie zurückzuholen, doch Anna hatte sie nicht wiedersehen wollen. Sie war so wütend gewesen. Wütend über den Streit, und darüber, dass Madelin sie allein in Wien zurückgelassen hatte, ohne sich auch nur darum zu scheren, wie es Anna ging. Ohne Bescheid zu sagen, dass sie fortgehen wollte, *warum* sie fortgehen wollte. Als die Boten dann allein zurückgekehrt waren, hatten sie berichtet, es habe keine Spur von ihr oder dem Priester gegeben. Anna hatte sich drei Tage lang in ihrer Kammer eingesperrt und geweint. Friedrich, ihr frisch angetrauter Ehemann, hatte die Welt nicht mehr verstanden.

Anna ergriff die Hand ihres Sohnes Fritzl und verlagerte das Gewicht der kleinen Elisabeth, die sie in einem Tuch auf den Rücken gebunden hatte. Fritzl war noch schreckhafter als sonst und sagte kaum noch einen Ton, seit sie Wien verlassen hatten. Sie selbst war müde. Die letzten Tage hatten so viele Umwälzungen mit sich gebracht, dass sie kaum glauben wollte, dass ihr Leben vor einem Monat noch in relativ alltäglichen Bahnen verlaufen war.

Als sie die Schwester vorgestern vor der Tür hatte stehen sehen, hatte sie zunächst nicht gewagt, sich zu freuen. Die alte Wut hatte sie dazu getrieben, Madelin von der Schwelle zu scheuchen. Doch als diese verraucht war, hatte sie Tränen darüber geweint, dass die Schwester am Leben war. Bislang hatte sie nicht gewusst, ob das aus Freude oder Scham geschehen war.

Jetzt, nachdem sie die Schwester zurückgewonnen und gleich darauf wieder verloren hatte, fühlte Anna sich leer, denn gestern Morgen hatte sie zu hoffen gewagt, nicht mehr allein kämpfen zu müssen, so wie das vergangene halbe Jahr. Sie war es leid, niemanden an ihrer Seite zu wissen, der sich, so wie Friedrich damals, liebevoll und sorgend für ihr Wohlergehen einsetzte. Jetzt vermisste sie den Ehemann mehr als zuvor. Sie spürte das Gewicht der Tochter schwer auf dem Rücken und den klammernden Griff des kleinen Fritzl. Aber es gab eben nur sie, und so fasste sie seine Hand fester und schritt als Teil der riesigen Menge entschlossen voran.

Die Reiterei hielt sich in mehreren Gruppen um den Zug der Flüchtlinge verteilt. Es hatte beständig geregnet, so dass die Menschen wenigstens keinen Staub schlucken mussten. Doch das feuchtkalte Wetter und der Matsch auf der Straße erleichterten das Marschieren nicht. Ein Blick zurück zeigte, dass man Wien kaum noch erkennen konnte. Bloß die Spitze des hohen Südturms von Sankt Stephan ragte noch in ihr Blickfeld. Als sie sich wieder umdrehte, taumelte sie gegen einen anderen Flüchtling und verlor beinahe das Gleichgewicht.

»Heda, Obacht«, rief der Mann und fing sie am Ellenbogen auf. »Ihr tut Euch ja noch weh.« Er mochte kaum älter sein als Anna. Sie schlug die Augen nieder.

»Danke schön«, stotterte sie dann. »Ich … Das ist wohl alles ein bisschen zu viel.«

»Wem sagt Ihr das«, erwiderte der junge Mann. »Ich bin Heinrich.«

»Anna.«

»Und wer sind diese beiden Zwerge hier?«, fragte er und lugte über Annas Schulter zu Lisbetl.

»Meine Kinder. Fritzl und Elisabeth.«

Heinrich wuschelte Friedrich durch das Haar, doch der Junge verbarg sich hinter Annas Rock.

Anna musterte Heinrich. Er war schlank und trug eine schwarze Studentenrobe. Irgendetwas an ihm kam ihr merkwürdig vertraut vor, obwohl sie ihn nicht kannte. Seiner Sprache und dem Benehmen nach kam er aus sehr gutem Hause, vielleicht reiches Bürgertum, eventuell sogar von Stand.

»Herr Heinrich«, begann sie. »Ihr …«

»Alarm!« Der Alarmruf erklang so nah bei ihnen, dass Annas Herz einen Schlag aussetzte. Sie zog Fritzl näher an sich und sah sich um – zusammen mit mehreren Hundert anderen Menschen. Da sie nicht sehr groß war, konnte sie nicht viel erkennen – außer dass die Reitergruppe, die sich in ihrer Nähe gehalten hatte, davongaloppierte. Und so plötzlich, wie das alles geschah, nahm Anna gewahr, wie ein Reiter herumgerissen und aus dem Sattel geschleudert wurde. Um sie herum brach Panik aus.

»Anna, du musst laufen!«, rief neben ihr jemand – vermutlich dieser Heinrich. Sie sah, wie er sich noch einmal nach ihr umdrehte, um dann mit den anderen Leuten davonzulaufen. Anna wollte es ihm gleichtun, doch ihre Beine bewegten sich nicht.

Fritzl zupfte an ihrer Hand. Sie wollte laufen, doch der Befehl dazu verebbte irgendwo zwischen ihrem Kopf und dem eisigen Magen.

»Mama?«

Anna reagierte erst, als Elisabeth auf ihrem Rücken anfing zu weinen. Die Mutter sah sich um. Durch ihre Starre waren die meisten Menschen schon an ihr vorbei und rannten nach vorne auf ein nahe gelegenes Wäldchen zu, um dort Schutz zu suchen. Am Ende des Zuges sammelte sich die Reiterei, die Graf zu Hardegg ihnen zu ihrem Schutz mitgegeben hatte. Die osmanischen Reiter standen beinahe in ihren Steigbügeln, ließen die Zügel baumeln und spannten bereits wieder die Bögen. Was für eine teuflische Kunst! Anna hielt nicht inne, um die Angreifer genauer zu mustern. Plötzlich stand das Verbrechen wieder vor ihren Augen, das einer von denen vor zwanzig Jahren ihrer Mutter angetan hatte und damit ihren Ruf und ihre Ehre mit einem einzigen brutalen Akt der Gewalt vernichtet hatte. Sie musste weg hier.

Anna lief los. Sie zog Fritzl hinter sich her und rannte, so schnell sie und das Kind es vermochten. Der Junge wusste die Situation offenbar einzuschätzen, denn er beschwerte sich nicht, sondern klammerte sich bloß verzweifelt an ihrer Hand fest und tat es ihr gleich. Sie rannten ein sachtes Gefälle hinunter und durch ein paar Büsche hindurch, die Anna schmerzhaft ins Gesicht peitschten. Doch sie bildete sich nicht ein, dass diese Deckung ausreichen würde, um die berittenen Teufel hinter ihr zu täuschen. Sie zog Fritzl mehr als dass er lief. Irgendwann fing er an zu weinen. Das war der Augenblick, in dem sie das Hufgetrappel hinter sich hörte.

Der Zwang, sich umzudrehen, war zu groß. Anna musste wissen, wie nahe die Gefahr war. Sie warf einen Blick zurück über die Schulter. Was sie sah, sandte ihr einen neuen Schrecken in die Glieder.

Die Reiterei wurde niedergemäht wie Strohgarben unter einer Sense. Ein Pfeilhagel prasselte auf sie herab, während die Osmanen im gestreckten Galopp an ihnen vorbeizogen. Gegen die vielleicht einhundert berittenen reichskaiserlichen Truppen stand ein Meer von Wilden auf kleinen zähen Tieren. Und wild sahen sie beileibe aus – sie waren in Schafsfelle gehüllt, trugen ungepflegte lange Bärte und vom Schlamm besudelte Beinkleider, die ihnen an den Leibern klebten. Alle trugen Kopfbedeckungen oder hatten sich Fetzen um den Kopf geschlungen – gegen den Regen, nahm Anna an. Sie erweckten den Eindruck von Barbaren. So musste Attilas Horde ausgesehen haben, dachte sie. Doch das Schlimmste war, dass sich mehrere unterschiedlich große Gruppen von diesem Hauptangriff abgespalten und die Verfolgung der Flüchtlinge aufgenommen hatten. Anna blickte nach vorne zur Baumgrenze. Sie musste es schaffen, sonst … Sie wollte nicht darüber nachdenken, was sonst geschähe, und strengte sich noch mehr an.

In diesem Augenblick entglitt ihr Fritzls Hand. Der Junge stolperte und blieb hinter ihr zurück. Er schrie vor Angst auf. Anna hielt keuchend an und rannte zurück. Sie schnappte sich Fritzl, zog ihn auf den Arm – wie schwer er geworden war! –

und lief weiter. Sie würde nicht das Schicksal ihrer Mutter teilen.

Anna rannte. Schon nach wenigen Schritten spürte sie das zusätzliche Gewicht auf dem Arm deutlich. Sie wurde so langsam! Doch sie dachte nicht daran, Fritzl allein weiterlaufen zu lassen – er war zwar für sein Alter flink und zäh, doch er war erst fünf. Er durfte den Osmanen nicht in die Hände fallen! Bald zitterten ihre Arme vor Erschöpfung. Der Schmerz darin würde über kurz oder lang dafür sorgen, dass ihre Muskeln erlahmten. Inzwischen hörte sie Männerrufe und Frauenschreie – vielleicht waren sie auch die ganze Zeit da gewesen, und sie hatte sie bloß verdängt. Die Rufe erinnerten an kurze und knappe Befehle. Die Schreie ließen Anna das Mark in den Beinen gefrieren. Schrecken und Verzweiflung, ja Panik sprachen daraus. Sie verliehen Anna neue Kraft und verdrängten das Zittern der Muskeln in ihren Armen. Als sie die schweren Galoppsprünge von Pferdehufen näher kommen hörte, änderte sie spontan die Richtung auf eine kleine Baumgruppe zu.

Dort, wo Anna eben gelaufen war, schlugen zwei Pfeile hart in den Boden ein. Der jungen Frau brach der Schweiß aus. Sie schlug einen neuerlichen Haken, und dann noch einen, doch sie sah keine Pfeile mehr niedergehen. Sie schlitterte, Fritzl noch auf dem Arm und Elisabeth auf dem Rücken, auf dem seitlichen Oberschenkel ein kurzes Gefälle hinunter. Das Bein brannte, doch sie spürte keinen Schmerz. Inzwischen hatte Anna die Hälfte der Strecke zu der Baumgruppe zurückgelegt. Den Rest würde sie auch noch bezwingen!

Um Luft ringend hastete die Mutter weiter. Sie verlagerte Fritzls Gewicht auf die Hüfte und rannte, bis sie meinte, sich vor Anstrengung übergeben zu müssen. Die Erde bebte immer stärker, während sich Pferde und Reiter hinter ihr näherten. Sie wagte einen weiteren kurzen Blick über die Schulter und sah, dass ihr zwei Osmanen dicht auf den Fersen waren. Zu dicht. Die Baumgruppe war nur noch zwanzig, vielleicht fünfundzwanzig lange Schritte entfernt. Sie musste es schaffen!

In diesem Augenblick sah sie die Menschen, die sich bereits im Schutz der Baumgruppe auf den Boden duckten. Heinrich war einer von ihnen, sie erkannte sein Gesicht ganz deutlich zwischen den Zweigen eines Busches. Ihr Herz hämmerte vor Freude und Hoffnung. Dann fühlte sie, wie ihr Fuß sich an einem Grasbüschel verfing.

Die Zeit schien sich zu verlangsamen, während sie der Länge nach auf den Boden stürzte. Sie versuchte noch, sich zu drehen, um nicht auf Fritzls kleinen Körper zu fallen. Der Boden der Wiese war zwar weich, doch Fritzls Knochen waren das auch. Statt mit dem Bauch zuerst aufzuschlagen, rammte sich ihre linke Schulter schmerzhaft ins Gras, der Aufschlag raubte ihr für einen Augenblick die Luft. Sie blinzelte mehrfach, um die tanzenden Flecken von ihren Augen zu vertreiben. Dann sah sie in Heinrichs Gesicht, das nur noch wenige Schritte von ihrem entfernt war. Seine Augen waren weit aufgerissen. Dann schnellte er mit einem Ruck hoch. Wollte er ihr beistehen? Hoffnung ließ ihr Herz wild gegen den Brustkorb hämmern. Heinrich sprang auf, das sah sie genau! Doch er drehte sich um und rannte tiefer in das Waldstück hinein.

Anna verstand zunächst nicht, wie ihr das helfen sollte; warum er das tat. Doch dann begriff sie, und es traf sie hart. Heinrich würde ihr nicht helfen. Er war sich selbst der Nächste. Er rannte um sein Leben, weil sie, Anna, den Feind direkt zu seinem Versteck geführt hatte.

»Hilfe!«, schrie sie, denn wo Heinrich eben noch gekauert hatte, hielten sich auch noch andere Menschen verborgen. Doch auch diese ergriffen die Flucht. »Hilfe!«

Dann waren alle fort.

Als Anna sich wieder aufgerappelt hatte, traf sie etwas hart in den Rücken und warf sie erneut in den Dreck. Die Reiter holten sie ein und schnitten sie von der Baumgruppe ab. Dann zügelten die Männer die Pferde und kehrten um. Sie kamen direkt auf Anna zu.

»Nein!«, schrie die Frau. Sie raffte Fritzls kleinen Körper an sich. Die Kinder weinten, und Anna liefen die Tränen hinunter, während sie gleichzeitig um ihr Leben schrie. »Nein!«

Doch die Reiter ließen wieder unbarmherzig Lederschnüre auf sie heruntersausen.

Anna wollte aufstehen, wollte weiterrennen. Doch die schmerzenden Hiebe bissen tief in ihre Haut und sie spürte, wie warmes Blut über ihre Arme und ihre Schulter lief. Sie schrie auf und vergrub Fritzls Kopf und Gesicht in ihren Armen. Er sollte nichts spüren. Ihn würde sie schützen. Sie konnte nur beten, dass die Striemen Elisabeth nicht trafen. Sie rollte sich herum, um das kleine Kind mit dem Leib zu schützen, dabei schob sie Fritzl unter ihre Seite und entblößte den Reitern ihren Bauch.

Einige Schläge später brach Anna auf der Wiese zu einem schluchzenden Bündel zusammen. Keine Stelle an ihrem Leib schien unberührt von Schmerzen, und sie wagte nicht mehr, sich zu rühren. Ihre Kehle war rau, und ihre Stimme versagte.

Doch was auch immer sie bislang erduldet hatte, Anna wusste, dass die wahre Pein erst noch beginnen würde, wenn die Männer von ihren Pferden stiegen.

Die Leute flohen durch den kleinen Wald wie aufgescheuchte Hühner. Rufe und Schreie erklangen, und die Galoppsprünge von Pferden erschütterten den Boden. Die Reiter umkreisten das Wäldchen, als wären sie auf der Pirsch. Auf einer Seite gab es Lärm, die Menschen wechselten die Richtung und flohen panisch, rannten sogar auf die Weiden hinaus. Heinrich erkannte das Muster und schluckte nervös. Dies war kein Kampf, es war eine Hatz. Und er selbst gehörte zur Beute.

Heinrich hatte im Leben noch nicht so viel Angst gehabt wie jetzt. Sie überschwemmte ihn wie eine Flutwelle und vernebelte seinen Kopf, so dass er keinen klaren Gedanken fassen konnte. Doch er konnte die Angst jetzt nicht brauchen. Was er brauchte, war eine rettende Idee.

Von links krachte etwas durch das Unterholz – ein Pferd brach in das Gehölz. Heinrich duckte sich und lief gebückt in die Gegenrichtung, weg von dem Osmanen, da der die Schlinge enger zog. Eine Bürgersfrau und ein Knecht liefen an ihm vorbei. Der Knecht fiel von einem Pfeil getroffen, ein keuchendes Gurgeln drang aus seiner Kehle. Die Bürgersfrau schrie und lief aus dem Wald heraus. Das Beben von Pferdehufen und weitere Schreie verrieten Heinrich, dass sie ein Opfer der Türken geworden war.

Denk nach!, befahl Heinrich sich und verbarg sich zwischen ein paar Büschen. Das Wäldchen war nicht sehr groß, so dass er sich hier vermutlich nicht ewig verstecken konnte. Er rieb sich die Schläfen und blinzelte den Schweiß fort, der ihm in die Augenwinkel lief. Sein Problem war, dass er innerhalb des Kreises saß, der vom Feind immer enger gezogen wurde. Er wusste nicht, wie viele Osmanen hier waren, doch es waren sicher ausreichend, um die ganze Gegend abzusuchen. Aus dem Wald herauszutreten, war auch keine Option. Er musste bleiben und zusehen, dass man ihn nicht fand. Wenn er in den Bereich gelangen könnte, den die Angreifer schon durchsucht hatten, wäre er sicher. Um das zu schaffen, musste er an seinen Feinden vorbei. Die Angst lähmte ihn beinahe. Der einzige hilfreiche Gedanke gegen die Starre war, dass er sterben würde, wenn er blieb, wo er war.

Also kroch Heinrich vorwärts, aus dem Gebüsch heraus. Er erhob sich und lief geduckt ins nächste Dickicht, das aus Brombeeren und Brennnesseln bestand. Dort angelangt, sah er sich um. Sein Herz schlug so laut, dass er dachte, man müsste es bis Wien hören.

Als ein Hufschlag auf dem weichen Waldboden in seiner Nähe erklang, warf Heinrich sich tiefer in Deckung, ohne sich um die Sträucher um ihn herum zu kümmern. Die Dornen rissen ihm lange Striemen an Hals und Armen sowie im Gesicht auf. Heinrich spürte das Blut tropfen, doch der Schmerz blieb aus. Vermutlich würde er später kommen.

Er hielt den Atem an. Die Schritte eines Pferdes drangen, obwohl vom Waldboden gedämpft, deutlich an sein Ohr. Es musste ganz nahe sein. Ob er Spuren hinterlassen hatte? Hatten die Dornen ein Stück seiner Kleidung abgerissen, das nun den Weg direkt in sein Versteck wies? Der Student begann zu zittern und malte sich aus, was die Osmanen wohl mit ihm anstellen würden, wenn sie ihn erwischten. Vielleicht würden sie ihn ermorden oder versklaven. Aber die meisten anderen Manner hatten sie auch erschossen – ob sie nur Frauen und Kinder versklavten? Die waren sicher willfähriger als ausgewachsene Männer. Heinrich zwang sich, die Augen zu schließen und bis zwanzig zu zählen, um sich zu beruhigen. Wenn er jetzt die Beherrschung verlor, wäre es ganz sicher sein Todesurteil.

Trotzdem sprang Heinrich beinahe auf, als er nahe vor sich eine Stimme hörte. Eine zweite antwortete ebenso leise wie die erste. Heinrich verstand nicht, was gesagt wurde, doch offenbar wollten die Männer nicht zu viel Aufmerksamkeit auf sich lenken. Er stellte sich vor, wie er mit dem Boden verschmolz. Herr, Gott, dachte er. Lass mich leben.

Ein Schrei hinter ihm ließ Heinrich zusammenzucken. Die Reiter trieben ihre Pferde mit kurzem Jagdruf in einen großen

Satz voran und galoppierten an dem Gebüsch vorbei, in dem Heinrich kauerte. Nun stieß er den angehaltenen Atem leise wieder aus. Er hatte es geschafft! Die beiden hatten ihn nicht gesehen.

Langsam schob Heinrich sich voran und versuchte, sich aus den Dornen zu befreien. Er bewegte sich gen Waldrand in die Richtung, aus der er ursprünglich gekommen war. Dort rutschte er in eine Mulde. Hier, wo die Gefahr ursprünglich begonnen hatte, würden die Osmanen hoffentlich am wenigsten nach ihm suchen.

Als er in der Ferne Schreie hörte, sah er vorsichtig auf. Auf dem Feld standen mehrere Pferde reiterlos in der Landschaft. Ein kleines Kind schrie, ein anderes schluchzte, und eine Frau versuchte sich zu wehren, während ein Mann auf ihr lag und ein anderer ihren Oberkörper zu Boden drückte. Ein kräftiger Schlag ließ sie schließlich verstummen.

Heinrich betrachtete das Spektakel und erkannte an der Kleidung, dass es sich um Anna handelte, die er kurz vor dem Angriff im Flüchtlingszug getroffen hatte. Er ballte die Fäuste, denn er konnte nichts tun. Selbst wenn er sich entschied, einzugreifen, musste er es mit fünf ausgebildeten Kämpfern aufnehmen. Nein, er konnte nur hoffen, dass die Osmanen Anna nicht noch lange leiden ließen. Doch er konnte die Hilflosigkeit im Angesicht solcher Gewalt kaum ertragen.

Nachdem der letzte der Gruppe der Osmanen sich an der Frau vergangen hatte, zerrten sie sie auf die Füße und warfen sie über ein Pferd. Die Reiter saßen auf und ließen das Kind zurück. Es fing schrecklich an zu schreien und lief los, um nicht zurückzubleiben. Die Gruppe entfernte sich langsam, der Junge lief weinend hinterher. Irgendwann verschwanden sie aus seinem Blickfeld.

Heinrich zu Hardegg ließ noch viele osmanische Reiter an

sich vorbeiziehen, eine Herde von Gefangenen vor sich hertreibend. Er wurde Zeuge einer Jagd auf einen fliehenden Mann, der versuchte, einen der Reiter von seinem Pferd zu reißen. Von Pfeilen gespickt blieb er auf der Weide liegen.

Stille fiel über das Land, und irgendwann wurde es dunkel. Und als die Sonne gänzlich hinter dem westlichen Horizont versunken war, wagte Heinrich sich endlich heraus. Er fror, war hungrig und schrecklich müde. Er durchsuchte die Leichen nach etwas Nahrhaftem, denn er hatte den Großteil seines Gepäcks verloren. Viele Taschen waren zwar bereits gefleddert worden, doch Heinrich fand einen Beutel mit einem halben Laib Brot bei einer toten Magd; bei einem Knecht gar einen voll getrockneter Pflaumen. Ein Schlauch mit einem Schluck Wein vervollständigte seinen Reiseproviant.

Dann plante Heinrich die nächsten Schritte. Er hatte einen weiten Weg vor sich und war schutzlos. Zwar hatte er gelernt, mit seinem Schwert umzugehen, doch er war kein Soldat. Kurz erwog er, zurück in die sicheren Mauern Wiens zu fliehen. Sein Vater würde sicher wissen wollen, dass der Zug überfallen worden war. Doch wenn die Osmanen es schon bis hierher geschafft hatten, war der Weg nach Wien hinein sicher längst abgeriegelt.

Nein, er würde weiter nach Krems gehen. Dorthin hatte sich auch Erzherzog Ferdinand zurückgezogen. Er konnte dem Erzherzog von dem Überfall berichten. Vielleicht würde der Truppen schicken, um die Menschen zu befreien.

Heinrich schritt aus, in der Hoffnung, noch andere Flüchtlinge zu finden. Der Weg abseits der Straße war uneben und beschwerlich, doch auf die Straße traute er sich nicht. Heinrich seufzte und kämpfte sich voran. Bereits nach einer Meile musste er pausieren.

Wie es wohl seinem Freund Lucas ging? Immerhin hatte der

es in Wien warm und trocken, und er wusste sechs Fuß breite Mauern um sich herum. Doch die Sorgen überwogen. Heinrich fragte sich, ob er mit Lucas jemals wieder die Weinstuben Wiens unsicher machen würde, wenn das alles vorbei war – und die Stadt dann noch stand.

Kapitel 8

Die Feuer in den Vorstädten wüteten und schwelten fast zwei Tage lang. Die Brände waren dank der Gräben und des Wetters nicht auf die Häuser der Innenstadt übergesprungen, doch der beständige Rauch in der Luft kratzte den verbliebenen Bürgern in den Hälsen, biss ihnen in den Augen und überzog Häuser, Straßen und Kleider mit schwarz-grauer Asche. Als sich die Rauchwolken am Abend des sechsundzwanzigsten September gelegt hatten und an diesem Morgen, dem siebenundzwanzigsten Tag des Monats, ganz ausblieben, atmeten die Menschen in Wien erleichtert auf.

Bloß wenige Stunden vergingen, bis neue Rauchschwaden die Luft erfüllten. Dieses Mal kamen sie unerwarteterweise von der Donau her. Der auf dem Stephansturm eingerichtete Ausguck steckte die roten Brandfahnen gen Norden aus. Die Feuer lagen außerhalb der Mauern, so dass man nicht löschen konnte. Der Regen verschleierte nur den Qualm, ohne die Brandherde zu ersticken.

Beobachter auf den Mauern bei Werder- und Rotenturm berichteten später, eine Flotte türkischer Schiffe sei auf dem Donauarm gen Stadt gesegelt und habe Massen von Soldaten an Land gespieen. Sie eroberten die Auen der Leopoldsvorstadt auf dem Unteren Werd und setzten sämtliche Brücken in Brand, die nach Norden über die Donau führten. Damit war Wien von allen Versorgungswegen abgeschnitten.

Madelin hatte in dieser Nacht übel geschlafen, doch das hatte mit dem Rauch nichts zu tun gehabt. Bohrender Hunger hatte sie wach gehalten, mehr noch die Sorgen um die Zukunft und die Freunde, allen voran Franziskus. Der hatte zwar in den zwei Tagen, die seit dem Anmarsch der Osmanen vergangen waren, keinen Anfall mehr gehabt, doch Madelin ahnte, dass das nur eine Frage der Zeit war. Auf der anderen Seite, dachte sie nun bitter, da die ersten Sonnenstrahlen über den östlichen Horizont krochen, war der Zustand des Freundes nicht mehr wichtig, wenn er jetzt und hier eh verhungerte. Denn die Reserven der kleinen Gauklertruppe waren in den beiden vergangenen Tagen völlig aufgebraucht worden.

Natürlich hatte Scheck mit seinen Liedern versucht, etwas Geld zu verdienen, doch so gerne sich die Landsknechte und Soldaten in diesen Zeiten erheitern ließen, umso geiziger waren sie doch im Geben. Sie hielten ihre Reichtümer zusammen, vermutlich weil sie wussten, dass die Preise für Lebensmittel in einer belagerten Stadt schnell ins Unermessliche stiegen. Erisbert und Miro hatten versucht, ihr Scherflein zum Verdienst beizutragen, waren jedoch ebenfalls wenig erfolgreich gewesen.

So blickte Madelin nun einem Tag entgegen, an dem sie nicht wusste, wie sie ihren und Franziskus' Bauch füllen sollte. In den langen Stunden, die sie sich schlaflos auf ihrem Lager gewälzt hatte, hatte sie darüber nachgedacht, ob sie zur Mutter gehen sollte, um sie um Hilfe zu bitten. Doch sie wollte der Frau nicht unter die Augen treten, die sie damals aus Wien fortgetrieben hatte. Sie erinnerte sich noch immer lebhaft an die Worte, die damals ausgesprochen worden waren, als sei es gestern erst geschehen.

Madelin hatte sich am Tag der Hochzeit ihrer Schwester mit Friedrich Ebenrieder bei der Mutter darüber beklagt, dass sie vor ihr, der Erstgeborenen, vor den Altar trat. »Stell dich nicht so an, Madelin«, hatte die Mutter kühl gesagt. »Wenn Anna wartet, bis du in den Stand der Ehe getreten bist, bekomme ich euch ja beide nie aus dem Haus!«

Madelin war jegliche Antwort im Halse stecken geblieben. »Ihr geht davon aus, dass ich niemals heiraten werde?«, hatte sie schließlich zu fragen gewagt.

»Du bist eine Halbtürkin, die in Schande geboren wurde. Glaubst du ernsthaft, Ebenrieder hätte dich genommen? Oder jemand anderes?«

Madelin hatte sich an Ebenrieders Blick erinnert, an den schmeichelhaften Vergleich mit der Nacht, den er gemacht hatte. Sie hatte gedacht, dass die Schwester ihr mit dem Goldschmied den einzigen Mann weggeschnappt hatte, der sie aus dem Haus der Mutter hätte wegführen können. Sie erinnerte sich noch heute an den Schmerz der Erkenntnis, dass sie sich entweder ewig von der Mutter herumscheuchen lassen oder in einem Konvent Betschwester werden musste. Beide Aussichten fühlten sich an, als würde man sie lebendig begraben.

Die Mutter hatte ihr auf die Schulter geklopft, als sei das alles nicht so schlimm. »Viele Mädchen gehen ins Kloster, weil sie nicht verheiratbar sind, also gräm dich nicht. Und wenn Anna jetzt den Ebenrieder heiratet, machst du ein glückliches Gesicht, ja?«

Madelin erinnerte sich ganz deutlich an diesen Augenblick. Sie hatte bloß stumm dagesessen und die Mutter angestarrt, während ihr die Tränen aus den Augen geflossen waren. Sie hatte darum gerungen, nicht zu schluchzen, sondern ihre Sprache wiederzugewinnen. Als ihr das gelungen war, hatte sie mit heiserer Stimme geflüstert: »Ich weiß, Ihr hasst mich, Mutter. Wenn Ihr wolltet, dass ich Euch auch hasse, ist Euch das jetzt gelungen.«

Die Mutter war erbleicht und hatte kalt erwidert: »Schleich dich, Madelin. Geh! Ich will dich in der Kirche nicht sehen – und auf dem Schmaus auch nicht. Sieh zu, dass du fortkommst, sonst vergesse ich mich noch.«

Madelin war damals ins Haus der Mutter gegangen und hatte für eine Weile ganz reglos dagesessen. Irgendwann war sie in den leeren Kammern zusammengebrochen und hatte nicht mehr aufhören können zu weinen. Dann war die Wut gekommen. Der Gedanke, wie die Mutter sie sah – wie die Gesellschaft von Wien sie sehen musste – als Schande, als Makel, hatte sie einen grimmigen Entschluss fassen lassen. Das Haus nur verlassen, um in ein Kloster einzutreten? Sie dachte nicht daran. Madelin hatte gewusst, nach diesen Worten könnte sie der Mutter nie wieder unter die Augen treten. Sie hatte deren altes Trionfi-Spiel an sich genommen und ein paar Sachen gepackt. Dann war sie auf und davon und hatte nicht zurückgeblickt.

Madelin erhob sich nun von ihrem Lager, als das erste Sonnenlicht gegen die trüben Wolken am Himmel ankämpfte, und ging mit schweren Gliedmaßen hinaus zum Brunnen, um sich zu waschen. Diese Stadt brachte die schlimmsten Erinnerungen zurück. Nein, sie konnte sich nicht dazu durchringen, zur Mutter zu gehen.

Zunächst kümmerte sich die junge Frau um die Pferde, die unter dem Regen litten und genau wie ihre Herren auf schmale Rationen gesetzt worden waren. Das machte sie unleidig. Die Fahrende versuchte, dem mit ausgiebigem Striegeln zu begegnen, doch sie wusste, dass der Hunger der Tiere früher oder später gestillt werden musste – so wie ihr eigener.

Den einzigen Lichtblick stellte momentan Lucas dar. Der Student, der bei den Gerichtsknechten aushalf, war in den letzten beiden Tagen stets nach seinem Dienst vorbeigekommen und hatte Madelin und ihre Freunde mit allen Mitteln dabei unterstützt, sich hier bei Sankt Ruprecht einzurichten. Der junge Mann mit dem blonden Haar war das einzig Beständige, das Wien ihr bislang geboten hatte, und sie spürte, wie ihr ganz warm wurde, wenn sie an ihn dachte. Die Hoffnung, dass er sie auch heute besuchen würde, zauberte ihr unwillkürlich ein Lächeln aufs Gesicht.

Als Madelin wenig später ihrem Gaul die Hufe säuberte, schreckten sie Schreie auf. Vom Fluss her johlte und kreischte es, als sei der Teufel unter die Leute gefahren. Madelin ließ alles liegen und stehen und eilte vor die Kirche, doch auf dem Kienmarkt war alles ruhig. Franziskus kletterte erst aus dem Wagen und sah sie fragend an. Als das Geschrei wieder anhob, lief Madelin um die Kirche herum, zum Flussufer im Norden.

Den Ruprechtssteig hinunter erkannte sie eine Gruppe von Landsknechten und Männern der Stadtwache. Zwischen sich schleiften sie einen Mann, der kaum noch laufen konnte und an Brust und Rücken von blutigen Wunden überzogen war. Zunächst dachte Madelin, sie wollten einem Verwundeten beistehen, doch als sie näher hinsah, erkannte sie, in welch erbärmlichem Zustand der Mann war.

Mehrere Wunden im Gesicht des Mannes schwärten bereits, offenbar hatte man ihm den Bart mitsamt der Haut darunter abgesengt. Der Kopf war mit einer Klinge so grob geschoren worden, dass Teile der Kopfhaut fehlten. Die Wunden auf dem Oberkörper stammten von glühenden Eisen und stachelbewehrten Peitschen, und sämtliche Finger sowie die Knochen des Unterarms schienen gebrochen zu sein. Selbiges galt für die Füße, die nur noch eine blutige Masse waren. Der Mann war gefoltert worden.

Andere Gerichtsknechte zerrten drei weitere Gefangene herbei. Sie sahen nur wenig besser aus als der erste, konnten sich aber noch wehren. Manche kreischten in den höchsten Tönen der Verzweiflung, andere stemmten sich stumm gegen die Männer, die sie voranschleiften. Doch die Wachen hatten die Gefangenen fest im Griff.

»In den Sack mit ihnen!«, brüllte jemand, und die Gruppe lachte.

»Die Gemeinen zuerst«, schrie ein anderer. »Der Herr mit dem Goldkaftan soll seinen großen Auftritt haben!«

Die Leute johlten erneut und banden den drei Gefangenen die Arme und Beine zusammen. Dann zogen sie zweien von ihnen je einen Sack über und brachten sie zu Fall, um die Säcke an den Füßen zuzubinden. Dann schob man den dritten Mann mit dem Gesicht voran in einen weiteren Sack. An den Seilen schleifte man sie weiter, zum Fachturm. Oben unter dem Dach standen Leute in der großen offenen Ladeluke und ließen ein festes Tau an einer Seilwinde herunter. Auf der anderen Seite verfügte der Turm über einen langen Lastenkran.

Die Wahrsagerin sah sich um. Die Gruppe der Männer war auf sicher dreißig angewachsen. Sie erkannte den Landsknecht namens Walther unter ihnen, doch Lucas sah sie nicht. Sie war froh darum, denn sie wusste, was als Nächstes kommen würde. Madelin hatte ähnliche Szenen schon des Öfteren gesehen – nur nicht mit Menschen. Dies war eine gängige Weise, ungewünschte Katzenjungen zu ertränken, bevor sie groß genug waren, ihren Häschern davonzulaufen. Die junge Frau schlang fröstelnd die Arme um den Körper.

Sollte sie sich einmischen und versuchen, die Männer zu zügeln? Doch die Tatsache, dass sowohl Landsknechte wie auch Gerichtsknechte an dem Geschehen beteiligt waren, hieß wohl, dass dies mit dem Segen der Obrigkeit geschah. Fahrende hatten sich in städtische Angelegenheiten nicht einzumischen, da sie als unehrlich galten. Im besten Fall würde man ihr nicht zuhören, im schlimmsten sie aus der Stadt prügeln – Osmanen hin oder her.

Einige Unbeteiligte standen herum und schauten dem Geschehen zu. »Wer ist das?«, fragte sie einen von ihnen.

»Ein Gefangener«, erwiderte der Mann. Er trug eine ordentliche Schaube – einen ärmellosen Umhang mit großem Kragen, der bis zum Knie reichte. Vermutlich handelte es sich um einen Handwerker oder einen Krämer. Er hatte sich mit einem Schwert bewaffnet. Seine Züge waren weich, beinahe schwammig zu nennen, und er besaß Glubschaugen, mit denen er sie nun seinerseits interessiert betrachtete. »Du hast noch nichts von ihm gehört? Man nennt ihn nur den Herren mit dem Goldkaftan. Ein Husarenführer hat ihn vorgestern gefangen genommen. Man hat alles an Informationen aus ihm herausgeholt, was man nur bekommen konnte. Allerdings nicht ganz freiwillig, wie mir scheint.«

»Scheint mir auch so«, murmelte Madelin. »Ist das hier so üblich?«

Der Mann zog eine buschige Augenbraue hoch. »Dass man Osmanen foltert und hinrichtet? Nun, wir laden sie nicht freiwillig in unsere Häuser ein.«

»Aber einen Menschen so zuzurichten …«, Madelin deutete hilflos auf den osmanischen Herren, der vor Schmerz und Schwäche stolperte und der Länge nach hinfiel. Er wimmerte, als Hände grob nach ihm griffen.

»Auge um Auge, Zahn um Zahn«, erwiderte der Glubschäugige gleichgültig. Das Leid der Männer schien ihn nicht zu berühren. »Sie schlachten unsere Kinder und Kranken, wir schlachten sie. So läuft das.« Er musterte sie jetzt mit eindringlichem, dreistem Blick von Kopf bis Fuß. Dunkles Begehren kroch in seinen Ausdruck. »Gehörst du zum Tross der Landsknechte?«

Madelin schüttelte nur den Kopf. Sie konnte die Augen nicht von dem Geschehen nehmen. Drei Männer ergriffen den Herren jetzt und steckten ihn ebenfalls in einen Sack, den sie anschließend zubanden. Dann schnürten sie die vier Säcke zusammen an ein Tau. Madelin legte sich eine Hand auf den Magen und ignorierte den bitteren Geschmack, der ihr auf die Zunge kroch.

»Da kommt der Henkersmann«, sagte der Mann. »Aber den kennst du ja bestimmt.«

»Warum sollte ich den kennen?«, fragte sie mit einem Seitenblick auf den Bürger.

»Er steht dem Frauenhaus unten an der Wien vor, ich dachte …«

Madelin fragte sich noch, was das mit ihr zu tun haben sollte, da lief ein junger Mann herbei. »Wartet!«, rief er mit sich überschlagender Stimme. Kam da jemand, um den Männern zu helfen? Der Junge schwenkte ein Stück Stoff. »Der feine Herr soll Wien doch nicht ohne sein kostbares Gewand wieder verlassen!« Er schwenkte den Stoff wie ein Banner, das in Fetzen gerissen und von braunem Blut verkrustet war. Ein Teil der Goldstickereien funkelte noch im Sonnenschein. Das Gewand wurde dem Henkersmann übergeben, der es wie eine Schleife um den Sack band.

Der Scharfrichter, in dunkles Leder gekleidet, sah genauso aus, wie Madelin sich einen Henker vorstellte. Er war groß und hielt sich ein wenig gebeugt, als seien die Schultern zu schwer für das breite Kreuz. Der Rücken ging in einen Stiernacken über. Das Haupt musste vor ein paar Tagen kahlgeschoren worden sein; jetzt überzogen dunkle Stoppeln Kopf und Kinn. Er betrachtete die Welt mit kleinen, hastig umherflitzenden Augen.

Madelin erschauerte. Früher als Kind hatte die Amme oft Geschichten über den Henkersmann erzählt. Meist hatte es sich dabei um üble Drohungen gehandelt. Hatte Madelin nicht zu Bett gehen wollen, käme der Henkersmann, um sie zu strafen. Hatte sie eine Regel gebrochen, käme der Henkersmann beim nächsten Mal, um sie zu holen. War Madelin wütend oder trotzig gewesen, hatte die Amme gedroht, dass ihr der Scharfrichter den Stolz aus dem Leibe prügeln würde. Viele Ammen und Mütter warnten ihre Bälger vor dem Henkersmann, und das nicht nur zu Wien. Wer die Lebensspanne so vieler Menschen gewaltsam verkürzte, drohte, den Unmut ihrer wütenden Seelen auf sich zu laden.

Doch die Kinder von Wien waren nicht die Einzigen, die den Henker mieden. Jeder Mensch mit ein bisschen Verstand im Leibe machte um den unreinen Mann und seine Familie einen weiten Bogen. Man erzählte sich, er habe eine Kindmörderin vor dem Tod gerettet, indem er sie zur Frau nahm. Blut und Schädel gerichteter Verbrecher nutzte er, um Heiltinkturen und Amulette herzustellen, die er dann an Verzweifelte verkaufte. Die Zauberkunst des Mannes, der mit dem Tod handelte, wurde groß eingeschätzt.

»Bist' doch aus dem Frauenhaus an der Wien, oder?« Der Bürger war näher an sie herangetreten und griff nun nach Madelins Arm. »Jemand wie du in einer Stadt voller Kerle – das lohnt sich doch sicher!« Er wollte sie schon zu sich heranziehen, doch Madelin entwand sich seinem Griff.

»Schleich dich!«, fauchte sie. »Ich bin keine Freie Frau.« In Städten wie Wien bezeichnete man mit dem Begriff eine Hure.

»Was bist' dann?«, fragte er abfällig.

Die Wahrsagerin zog sich das Tuch fester um die Schultern. Erkannte er, dass Madelins Haut dunkler war als die seine? Sah er ihren braunen Augen ihr osmanisches Erbe an? Jedenfalls schien der Mann sie mit Blicken zu verschlingen. »Ich gehöre zu einer Gruppe Fahrender.« Madelin wollte ihm nicht mitteilen, wo sie lagerten – auch wenn er sich das selbst zusammenreimen konnte, wenn er nur einen kurzen Gang die Treppe hinauf tat.

»Fahrende, wie?« Der Glubschäugige trat noch näher. »Ich habe noch nie davon gehört, dass ein ordentliches Gericht einen Mann dafür verurteilt hätte, dass er eine Fahrende willfährig gemacht hat.« Er lächelte jetzt. »Du stellst dich bloß an, was? Willst den Preis hochtreiben?«

»Ich gebe mich nicht für Geld zu eigen«, erwiderte Madelin brüsk. »Ich sage die Zukunft voraus. Wir haben auch einen Bärenführer und Knochenbrecher. Er hat genug Muskeln für drei von Euch Wienern. Soll er Euch eine Kostprobe geben?« Die Drohung war leicht dahingesagt – Madelin wusste, dass Miro keinen Augenblick zögern würde, sie zu erfüllen.

»Ein Spielmann, der sich gegen einen Bürger Wiens wendet?« Jetzt lachte der Kerl. »Ich muss bloß rumschreien, dein Freund hätte mein Weib falsch angeschaut. Dann wird er dort landen, wo die Osmanen gerade hingehen.«

Madelin funkelte den Mann an. »Und wer sagt dir, dass ich dir nicht einen Fluch anwünsche, wenn du das tust?« Viele Menschen glaubten, dass Fahrende zauberkundig waren und Heil- sowie Fluchkünste beherrschten. Und wer wusste schon, ob das nicht stimmte, wenn sie es nur ernst genug damit meinte? Sie begegnete seinem Blick herausfordernd. Es dauerte drei lange Herzschläge, dann trat der Mann mit den Glubschaugen einen Schritt zurück.

»Schon gut«, sagte er und hob abwehrend die Hand. Sein Lächeln war bloß noch eine Maske. »Ich dachte nur, du wolltest dir vielleicht etwas dazuverdienen. Das Essen ist teuer geworden, und du siehst ein wenig hohlwangig aus.«

»Natürlich. Du wolltest mir bloß helfen«, sagte Madelin. »Vergiss es.« Natürlich brauchte sie Geld, doch sie würde nicht anfangen, ihren Körper dafür zu verkaufen. Unweigerlich wanderte ihre Hand zu der leeren Ledertasche am Gürtel. Sie fragte sich, ob sie sich ihren Stolz wohl noch lange würde leisten können, oder ob sie besser gleich zur Mutter gehen und sie um Hilfe bitten sollte.

Lautes Gejohle lenkte ihre Aufmerksamkeit wieder auf die Szene vor ihr. Die Männer hatten die Säcke an dem Haken befestigt, der vom Turm heruntergelassen worden war. Zwei Landsknechte ließen ihre Knüppel darauf niedersausen, doch die Gefangenen zuckten nur noch schwach. Am Boden bildete sich eine dunkle Pfütze.

»Ah«, machte der Mann in der Schaube. »Der Henker gibt das Zeichen!«

»Gute Reise, der Herr!«, rief jemand. Dann ruckte die Seilwinde, die im Fachturm über dem Geschehen bedient wurde, und die Säcke mit ihrer lebenden Fracht wurden hochgezogen. Oben wartete inzwischen der Scharfrichter.

»Nur die besten Grüße an den Herrn Sultan, wenn er Euch in die Hölle folgt!«, gellte es aus einer Ecke. Es dauerte gar nicht lange, dann kam der Sack oben an einer Ladeluke an. Die Zuschauer verteilten sich auf die Treppen und die Mauern, um besser sehen zu können.

Die Landsknechte im Turm schlugen auf den Sack, bevor sie ihn ins Innere zogen. Das Wimmern und Flehen der Gefangenen bedachten sie mit Spott. Vermutlich hängten sie ihn auf Geheiß des Henkers an den Ladekran des Turms über dem Donauarm auf. Ein Johlen aus dem Turm bestätigte, dass man oben die Leine schießen ließ. Ein mehrstimmiger Schrei folgte, dann ein Platschen. Und Stille.

Madelin betrachtete befremdet die tanzende Menge auf der Mauer, die die Schreie von der anderen Seite, als der lebende Inhalt des Sackes kurz an die Wasseroberfläche gespült wurde, mit Jubel beantworteten. Sie wandte sich ab und ging. Hätte sie die Männer retten können? Nein, sagte sie sich, sie hätte nichts tun können. Das Einzige, was sie beeinflussen konnte, war ihr eigenes Schicksal und das der Freunde. Und dafür gab es im Augenblick nur einen Weg.

Wenn Madelin wollte, dass sie und ihre Gefährten überlebten, dann würde sie doch mit der Mutter sprechen müssen. Sie brauchten Essen, warme Kleidung – und immer noch Geld für einen Physicus, um Franziskus untersuchen zu lassen.

Müde schritt die Fahrende die Stufen des Ruprechtssteigs hinauf, bekreuzigte sich und sandte ein Stoßgebet zur heiligen Maria.

Es war kurz vor Mittag, als Madelin im Regen vor dem Haus an einer Ecke des Hohen Marktes stand. Landsknechte mit langstieligen Piken zogen eilig über den Platz, während andere hier offenbar für neue Befehle bereitstanden. Die junge Frau ignorierte die Rufe und Pfiffe der Männer.

Sie hob schon die Hand zum Klopfen, da hielt sie unwillkürlich inne. Die Erinnerung an den Tag des Streits vor sechs Jahren wollte sich nicht vertreiben lassen. Doch der Hunger wühlte in ihren Eingeweiden, und die Ungewissheit der nächsten Tage und Wochen bereitete ihr Sorgen. Also fasste sie sich ein Herz und klopfte.

Während sie das tat, schossen Madelin erstaunlich viele Gedanken durch den Kopf. Sie fragte sich, was die Mutter für ein Gesicht machen würde, wenn sie die lang vermisste Tochter vor der Tür sah. Ob sie sie überhaupt vermisst hatte? Ob sie sie umarmen würde? Ob sie vielleicht gar weinen würde – aus Freude darüber, dass Madelin lebte?

Auf das vierte oder fünfte Klopfen hin öffnete sich die Tür endlich einen Spaltbreit. Eine hagere Dienerin lugte heraus – sie musste neu sein, denn Madelin kannte sie nicht. »Wir geben nichts«, verkündete sie nach einem Blick auf Madelins

Gewänder. »Nach der Messe am Dom gibt es etwas. Wie für alle Bettler.« Dann schloss sie die Tür wieder.

Völlig perplex klopfte Madelin noch einmal, zweimal, dreimal. »Ich bin keine Bettlerin«, rief sie schließlich. »Ich bin … die Tochter der Hausherrin.« Sie lauschte einige Herzschläge lang darauf, was hinter der Tür vorging. Madelin kamen sie vor wie Stunden. Sie meinte, Schritte zu hören, sowie ein Tuscheln. Schließlich öffnete die hagere Magd die Tür wieder.

»Ah.« Mehr sagte die Bedienstete nicht und starrte sie an. Halb neugierig – halb abfällig. Die Wahrsagerin kam sich vor wie ein dreckiges Stück Fleisch, das auf seine Essbarkeit hin überprüft wurde.

Madelin nahm für den nächsten Satz ihren ganzen Mut zusammen. »Ich … ich möchte die Frau Mutter sprechen.«

»Sie ist nicht da«, sagte die Magd abweisend. »Gott befohlen.« Wieder wollte sie die Tür schließen, doch Madelin legte eine Hand dagegen und schob sie auf. »Es ist wirklich dringend!«, bat sie, doch ihr kam ein bitterer Gedanke. Plagte sie sich hier mit einer Magd herum, während die Mutter vielleicht ein Stockwerk darüber saß und alles mit anhörte?

»Ich sag doch, die Herrin ist nicht da«, zischte die Magd und starrte Madelin aus grauen, kühlen Augen an. Offenbar hatte sie erkannt, dass die junge Frau sich so schnell nicht würde abwimmeln lassen. Also fügte sie hinzu: »Sie ist in einem wichtigen Gespräch.«

»In einem Gespräch?«, fragte Madelin.

»Graf zu Hardegg ist da.«

»In *so* einem Gespräch.« Vermutlich war das im Haus der Mutter inzwischen der geläufige Ausdruck für die Besuche des Grafen. Ob er der Mutter bereits berichtet hatte, dass die ungeliebte Tochter in die Stadt zurückgekehrt war? »Ich muss sie trotzdem sprechen, bitte.«

»Girte?«, erklang da keuchend eine männliche Stimme aus den hinteren Räumen. »Alles in Ordnung?«

Die Magd warf Madelin einen etwas geduldigeren Blick zu. »Ich denke schon.« Madelin erkannte den Mann im dunkleren Innern des Hauses kaum, vermutlich war es ein Knecht des Grafen. Ein merkwürdiger Geruch drang ihr in die Nase.

»Hör mal zu«, sagte Girte dann zu Madelin. »Ich habe eben kurz mit der Herrin gesprochen, ob ich dich vorlassen soll. Sie hat jetzt keine Zeit für dich. Aber wenn du magst, dann kannst du in den nächsten Tagen wiederkommen.« Sie musterte Madelin. »Es tut mir leid. Aber ich soll dir das hier geben.« Sie drückte der Fahrenden einen Gulden in die Hand, dann schloss sie die Tür. Dieses Mal besaß Madelin nicht mehr ausreichend Kraft, um sich erneut dagegenzustemmen.

Noch eine Weile stand sie vor der verschlossenen Tür. Sie wischte die Tränen nicht fort, sondern schmeckte das Salz, das ihr über die Wangen und auf die Lippen lief. Dann wandte Madelin sich ab und kehrte zum Lager am Kienmarkt zurück. Ihre eigene Mutter hatte sie abspeisen lassen wie eine Bettlerin.

So wie Lucas es verstanden hatte, lagerte die Hauptmacht der Osmanen jenseits des Stubentors. Die größere Gefahr stellten aber die Janitscharen im Süden dar, die Elitetruppe des Sultans. Diese Infanterietruppen konnten meisterhaft mit Säbel und Messer, besonders aber mit den Arkebusen umgehen. Diese tragbaren Schusswaffen hatten sich im letzten Jahrhundert als grässliche Fernkampfwaffen erwiesen. Glücklicherweise gab es in Eck von Reischachs Landsknechtsheer zweihundert Hispanier, die den Umgang damit ebenfalls perfektioniert hatten. Man sagte, dass Reischach einen Ausfall aus dem Kärntner Tor herausgeführt hätte, um zu verhindern, dass die Janitscharen sich bei Sankt Anton festsetzten.

Lucas Steinkober scherten all diese Dinge an diesem Mittag wenig. Seine Gedanken kreisten um den vorgestrigen Abend und die Begegnung mit der Fahrenden oben in der Türmerstube von Sankt Stephan. Er hatte eine Verbundenheit mit der jungen Wahrsagerin gespürt, die er noch zu keinem Menschen gefühlt hatte. Seitdem war er trunken, ohne dem Wein zugesprochen zu haben. Seine vorwitzigen Füße wollten ihn immer hinüber zu Sankt Ruprecht führen, wenn er nicht darauf achtgab, was sie taten.

Madelin war so ganz anders als alle Frauen, die er kannte. In Wien unterteilten sich die für Lucas auch nur halbwegs erreichbaren Frauen in drei gut voneinander unterscheidbare Kategorien. Bürgersfrauen mit Bildung und Tugend, Mägde, die nur Letzteres besaßen (oder sich um den tugendhaften Schein bemühten), und Huren, die weder über das eine noch das andere verfügten. Madelin hingegen schien gebildet zu sein, wirkte auf ihn tugendhaft und scherte sich trotzdem nicht um Anstand und Sitten. Es war, als wäre sie in einen wundervollen Zauber eingewoben.

Doch so sehr der Student sich auch freute, dass sie einander nach den beiden kurzen Begegnungen nicht endgültig aus den Augen verloren hatten, sorgte er sich doch darüber, dass sie nun genauso wie er in einer Stadt ausharren musste, die vom Feind eingeschlossen war. Noch dazu war die junge Frau beinahe mittellos und konnte sich auch nichts dazuverdienen, da sie ihre Spielkarten verloren hatte. Lucas dachte an das Ereignis vor drei Tagen zurück, an dem er nicht unbeteiligt gewesen war, und hatte ein schlechtes Gewissen. Sie hätten nachschauen müssen, ob noch jemand in dem Haus war, bevor sie es angezündet hatten. Dann hätten Madelin und ihre Schwester noch ein paar Habseligkeiten zusammenpacken können, und die Karten wären nicht verbrannt. Doch so konnte er die Angelegenheit drehen und wenden, wie er wollte – er fühlte sich an ihrem Unglück mitschuldig. An den beiden vergangenen Tagen hatte er gesehen, wie das Essen in den Töpfen der Fahrenden immer weniger geworden war, und nun wünschte er sich, er könnte irgendetwas tun, um ihr zu helfen.

Die meisten Menschen priesen die Heiligen ja nicht mehr, doch in der Universität wäre der heutige Tag trotzdem mit viel Eifer zu Ehren von Sankt Cosmas und Damian, den Patronen der Ärzte, begangen worden. Lucas ging seine vormittägliche Patrouille alleine ab. Er hatte darauf bestanden, obwohl Stadtrichter Pernfuß Gift und Galle gespuckt hatte. Doch der Student hatte ihm klarmachen können, dass entweder Hofer oder er selbst vom nächsten gemeinsamen Gang nicht zurückkehren würden.

Als er seinen Dienst in der Schranne beendete, war er durch den Dauerregen nass bis auf die Knochen. Trotzdem musste er noch einen Gang für Stadtrichter Pernfuß tun. Lucas hatte vorgeschlagen, sich nach einem besseren Plan der Stadt umzuschauen, und war deshalb zum Kartenmaler Woffenberger gesandt worden, der trotz der Belagerung in der Stadt geblieben war. Der Student eilte über das Lugeck bei den Fleischbänken hinüber ins Stubenviertel. Woffenbergers Haus lag in der Gasse gegenüber der Universität.

Die Werkstatt wirkte trocken und hell – heller, als man bei dem Wetter vermuten mochte, denn sie besaß zwei ungewöhnlich große vergitterte Fenster zur Straße. Abgesehen davon herrschte im Innern ein entsetzliches Chaos.

Die linke Seite des Raumes war von einem Regal verdeckt. Ein Großteil des Inhaltes an Pergament- und Papierrollen war auf vier verschiedene Kisten verteilt worden. Auf der rechten fand sich ein Regal, in dem ein Durcheinander aus Werkzeugen, Glasfässchen und Farbpaletten herrschte, doch auch hier waren die kostbarsten Utensilien und Farbbeutel eilig, so schien es, in Truhen verstaut worden. Im hinteren Bereich fand sich ein Tisch vor einem ledernen Vorhang, vor dem zwei große Pulte standen und hinter dem es vermutlich in den Wohnbereich des Hauses ging.

Woffenberger selbst hob gerade den Ledervorhang an und eilte in die Werkstatt, in der Hand eine weitere leere Kiste. Der runde alte Mann besaß kaum noch Haar oben auf dem Kopf – einzig ein Kranz weißer Borsten an den Seiten und am Hinterkopf bedeckte seinen Schädel. Er trug ein paar Augengläser. Der Bart an Oberlippen und Wangen war ebenfalls weiß, die Haut darunter vor Hektik gerötet. Er schwitzte, obwohl es nicht kalt war.

»Meister Woffenberger?«

Der dicke Kartenmaler schnaufte angestrengt und sah auf. »Ja, was ist denn?«, fragte er gehetzt.

»Lucas Steinkober mein Name. Ich soll für den Stadtrichter Pernfuß fragen, ob Ihr einen guten Plan der Stadt Wien besitzt, den er verwenden kann.«

Der Alte hielt inne und starrte Lucas einen Augenblick lang an. Lag Misstrauen in seinem Blick? Zweifel? Angst? Der Student konnte den Ausdruck schwer deuten. »Nein«, schnaufte er schließlich. »So etwas besitze ich nicht.«

»Das ist schlecht. Wir brauchen einen guten Überblick über die Stadt, um sie besser schützen zu können.«

»Tut mir leid, Junge«, erwiderte der Kartenmaler gehetzt. »Vielleicht schaust' in der Bibliothek nach.«

»In der Bibliothek der Universität? Ja, das wäre der nächste Ort, an dem ich suchen würde.«

Woffenberger eilte zu einem Regal und stopfte erst einzelne Farbbeutel nacheinander in die mitgebrachte Kiste. Dann schob er den ganzen Haufen aus lauter Ungeduld grob mit dem Arm aus dem Regal. Einer der Beutel fiel zu Boden und ergoss seinen ockerfarbenen Inhalt auf die Holzdielen. »Mist, verdammter!«, fluchte der Mann. Doch er hielt sich nicht damit auf, den Beutel aufzuheben.

Lucas trat näher. »Habt Ihr es eilig, Meister?«

»Sicher doch«, keuchte der Mann. »Die Osmanen stehen vor der Tür. Ich will nicht, dass meine Sachen abfackeln, wenn jemand die Stadt anzündet. Also werde ich die Kisten in den Keller bringen und alles gut abschließen. Und das Wertvollste werde ich hoffentlich irgendwie mitnehmen können.«

»Mitnehmen?«, fragte Lucas erstaunt. »Ihr könnt die Stadt nicht mehr verlassen, wir werden belagert!«

Der Ledervorhang am anderen Ende des Raumes wurde zurückgeschlagen, und ein junger Mann, vermutlich der Lehrling von Meister Woffenberger, trat in den Raum. Grobschlächtig war kein Ausdruck, der ausreichend war, um dessen Gestalt zu beschreiben. Der Kopf ging beinahe ansatzlos in die Schultern über, die so breit waren, dass der Oberkörper wie ein Dreieck auf der Hüfte zu sitzen schien. Die Arme waren lang und schlaksig, die Hände ähnelten mehr Schaufeln als feinen Arbeitswerkzeugen. »Die da vorne zuerst, Daniel!«, rief Woffenberger dem Jungen jetzt zu. Der nahm sich die Truhe und verschwand damit wieder hinter dem Vorhang.

»Sicher werden wir belagert, junger Mann«, sagte er gehetzt zu Lucas. »Aber das sind Mörder da draußen! Irgendwie muss sich noch ein Weg finden lassen, bevor die Mauern fallen! Wenn sie erst einmal drinnen sind …« Woffenberger sprach nicht weiter.

»Warum seid Ihr dann geblieben, Meister?« Lucas hob den heruntergefallenen Beutel vorsichtig vom Boden auf, so dass nicht noch mehr Farbpulver verlorenging, band ihn zu und legte ihn in die Kiste.

»Geschäfte«, erwiderte Woffenberger kurz angebunden. Er wischte sich den Schweiß von der Stirn, nahm die Kiste auf und schleppte sie in Richtung Vorhang. »Tut mir leid, Bursche, aber ich habe noch viel zu tun«, rief er noch und polterte damit eine Kellertreppe hinunter.

Lucas fand sich allein in der Werkstatt. Enttäuscht wollte er sich schon abwenden und gehen, da fiel sein Blick auf das Regal, das Woffenberger gerade so hastig geleert hatte. Er traute seinen Augen kaum, denn dort lag nur unvollständig in ein Wachstuch eingeschlagen ein Trionfi-Spiel mit prachtvollen Farben.

Der Student hatte damals nur einen kurzen Blick auf die verbrannten Reste werfen können, die Madelin im Haus ihrer Schwester aufgesammelt hatte. Trotzdem fand er, dass dieses Spiel dem ihren zum Verwechseln ähnlich sah. Die oberste Karte zeigte einen gut gebauten Mann mit blondem Haar, der in einer Rüstung, ähnlich der eines römischen Soldaten, einen Knüppel schwang. Opfer seines Kraftaktes war ein auf dem Boden kauernder Löwe.

Lucas' Blick wanderte zu dem Vorhang, hinter dem Woffenberger verschwunden war. Er ging in der Werkstatt auf und ab, während er wartete. Ob er es ihm verkaufen würde? Doch der Maler kam nicht zurück, und schließlich machte der Schlag des Primglöckleins den Studenten unruhig. Ein letztes Mal schielte er zu dem Vorhang. Der Mann war so mit dem Packen und Verstecken seiner Kleinodien beschäftigt, dass er bestimmt keine Zeit dafür erübrigen wollte, jetzt noch ein Kartenspiel zu veräußern. Und wenn der Maler dieses Spiel hier liegen gelassen hatte, dann konnte es bestimmt nicht viel wert sein, oder? Für Madelin hingegen würde dieses Spiel möglicherweise ihr Leben bedeuten.

Lucas zögerte nicht mehr lange. Er kramte in seiner Börse

nach sämtlichen Münzen, die er finden konnte. Viel war es nicht, doch was er besaß, legte er in das Regal. Vielleicht würde Woffenberger sogar froh darüber sein, noch ein bisschen Geld verdienen zu können, denn immerhin plante er seine Flucht. Und was verkauft war, musste er nicht mehr im Keller verstecken.

Der Student schlug das Spiel sorgfältig in die Wachshaut ein und steckte es unter seinen nassen Umhang. Dann verließ er eilig die Werkstatt. Der Regen hatte inzwischen nachgelassen, doch ein Blick auf den Himmel versicherte dem Studenten, dass das nicht lange so bleiben würde.

Schnell bekam Lucas ein schlechtes Gewissen. Genau genommen hatte er gerade eine große Dummheit begangen – er hatte jemanden bestohlen, nachdem er sich mit Namen vorgestellt hatte. Und er hatte auch noch verkündet, dass er für Pernfuß arbeitete und in der Schranne anzutreffen wäre. Wenn der Stadtrichter davon Wind bekäme, würde er Lucas den osmanischen Löwen zum Fraß vorwerfen.

Doch im Augenblick zählte nichts mehr als die Freude, die er in Madelins Gesicht zu sehen hoffte, wenn er ihr das Spiel schenkte. Ihm schlug das Herz in der Brust schneller, als er sich auf den Weg zur Ruprechtskirche machte. Allmählich beruhigten sich seine Zweifel. Er hatte nichts Falsches getan.

Woffenbergers Leben würde schließlich nicht an einem Trionfi-Spiel hängen.

Madelin hatte sich nach dem Regenschauer auf den Brunnenrand am Kienmarkt gesetzt. Jetzt kam die Sonne hervor und ließ die Pfützen um sie herum glitzern. Die junge Frau hatte ihren Stolz hinuntergeschluckt und den Gulden der Mutter teilweise dazu genutzt, warme Decken zu kaufen, denn obwohl erst der Oktober nahte, roch die Morgenluft nach baldigem Frost. Den Rest hatte sie verwendet, um Brot und Gemüse für sich und die Freunde sowie Futter für die Pferde zu kaufen. Die Preise für Nahrungsmittel waren in der belagerten Stadt in ungeahnte Höhen geschnellt.

Madelin putzte am Brunnenrand die erworbenen Karotten und Rüben. Sie schnitt das Gemüse mit dem Messer – es war immer noch das neue, das sie bei der Schwester am Schleifbock gefunden hatte – in Stücke, die sie zu dem restlichen Gemüse in ihren Topf fallen ließ. Müde rieb sie sich das Gesicht. Sie war sich nicht sicher gewesen, wie die Mutter sie empfangen würde. Mit allem hatte sie gerechnet – nur nicht damit, mit einem Geldstück abgespeist zu werden. Inzwischen waren die nassen Kleider gewechselt und die Tränen versiegt. Doch sie fühlte sich noch immer wie ein geprügelter Hund.

»Madelin?«

Die junge Frau sah auf. Lucas stand neben ihr am Brunnen, selbst nass bis auf die Haut. »Lucas, du bist ja völlig durchnässt! Willst' dich nicht umziehen?«

»Dann werde ich ja nur gleich wieder nass«, erwiderte der Student und runzelte die Stirn. »Dir geht es nicht gut, oder?«

Madelin senkte den Blick. »Nein, nicht sonderlich. Ich möchte nicht darüber reden. Und Franziskus …« Sie verstummte.

»Hatte er wieder einen Anfall?«, fragte Lucas.

»Nein, das nicht. Aber ich habe noch keinen Physicus gefunden, der ihm helfen könnte – die sind wohl alle geflohen. Aber da ich auch kein Geld hätte, um einen zu bezahlen, ist das momentan eh einerlei.« Sie schluckte. »Kannst du ihm nicht helfen? Er hat Krämpfe, die ihn immer wieder heimsuchen. Es kommt und geht, und man kann nichts dagegen tun. Der Mönch in Pressburg hat gesagt, er sei besessen, es hülfe nur ein Exorzismus.« Sie presste die Lippen aufeinander und blickte zu Boden. »Aber ich glaube nicht, dass ein Teufel in ihm steckt. Ich weiß, dass er krank ist.«

Lucas sah zu den Karren hinüber. »Ich … ich bin erst am Anfang meines Studiums«, sagte er leise. »Und … ich darf noch nicht behandeln.«

»Aber das muss doch niemand erfahren!«, bat Madelin und sah ihm flehend in die Augen. »Wir erzählen es bestimmt niemandem weiter!«

»Madelin, ich würde sehr gerne helfen. Aber das letzte Mal, als ich das versucht habe … Ich habe ziemlichen Ärger deswegen. Jemand ist gestorben.«

Madelin musterte sein Gesicht und sah den Schmerz, der darin stand – und die Zweifel, die das Ereignis hinterlassen hatte. Wie schrecklich, dass seinetwegen jemand ums Leben gekommen war! »Das war bestimmt nicht deine Schuld«, sagte sie und griff nach seiner Hand.

»Vielleicht doch«, erwiderte er mit belegter Stimme. Doch sie spürte, wie er ihre Finger dankbar drückte. »Ich kann mir Franziskus ansehen und dann in ein paar Büchern nachschauen. Vielleicht finde ich etwas heraus.«

»Das wäre schön«, sagte sie. »Das hilft bestimmt schon.«

»Aber eigentlich bin ich ja aus einem anderen Grund gekommen«, sagte Lucas und lächelte jungenhaft. Er griff in sein Wams und zog daraus ein Wachstuch hervor. Vorsichtig schlug er es vor ihren Augen auf.

Madelin hielt den Atem an, denn darin lagen ihre Trionfi-Karten. »Das … das ist ja mein Kartenspiel!«

»Nicht ganz. Sieht es deinem alten ähnlich?«

»Es sieht ganz genauso …«, sie hielt inne und fuhr eine Linie auf der obersten Karte nach, die anders war als bei ihrem alten Spiel. »Es sieht beinahe aus wie meins.«

Die Karte zeigte ein elegant gekleidetes Paar, das einander

die Hände reichte; der Mann trug einen großen Hut und einen Rock, sie ein langes goldenes Kleid. Über ihnen stand ein Engel mit Augenbinde auf einer Säule. In der Hand trug er Pfeile. »Die Pfeile ... Sie haben einen anderen Winkel als auf meinen.« Sie sah auf. »Wo kommt das her?«

»Ich habe es bei einem Zeichner gefunden. In der Gasse gegenüber der hohen Schule. Es gehört dir.«

»Mir?«, fragte Madelin verblüfft. »Aber ... aber das muss schrecklich viel Geld gekostet haben!«

»Es ging. Er hat genommen, was er kriegen konnte.«

»Hast du es etwa gestohlen?«, fragte sie und sah ihn prüfend an.

Lucas zögerte. »Nicht direkt, nein. Ich habe dafür bezahlt.« Madelin senkte den Blick wieder auf die Karten. Das Gold und die Farben waren frisch aufgetragen und leuchteten wunderschön. Sie schüttelte widerwillig den Kopf. »Ich kann es nicht annehmen.«

»Aber warum denn nicht?«

»Ich könnte dir das niemals zurückzahlen«, erwiderte sie. »Du tust schon so viel für mich und die anderen. Das Wichtigste ist jetzt, dass du Franzl hilfst.«

»Aber das würde ich doch auch so tun. Und du musst mir nichts zurückzahlen, ich ...«

»Ich bleibe nicht gerne jemandem etwas schuldig, Lucas«, sagte sie. »Besonders ...«, sie verstummte.

»Besonders was?«, fragte er und seine Stimme klang ein wenig verletzt. »Besonders mir?«

Madelin nickte, doch jetzt konnte sie nicht mehr zurück. Sie sammelte all ihren Mut. »Ja, besonders dir. Aber was ich eigentlich sagen wollte war: besonders jemandem, der ... der mir so viel bedeutet wie du.«

Lucas starrte sie ein paar Augenblicke lang stumm an. Dann

schlug er die Karten wieder ein, drückte sie Madelin in die Hände und setzte sich neben sie auf den gemauerten Brunnenrand. »Und genau deshalb möchte ich, dass du dieses Kartenspiel bekommst. Ich möchte wissen, dass es dir gutgeht. Und du musst mir nichts zurückzahlen. Es ist ein Geschenk.« Er blickte ihr tief in die Augen und berührte ihren Arm mit der Spitze seines Zeigefingers. »Bitte.«

Madelin sah, dass es ihm wirklich ernst war. Sie blickte auf das kleine Päckchen hinunter und spürte den leichten Druck auf ihrer Haut. Sie öffnete die Wachshaut ein bisschen und blickte auf die Karte, die zuoberst lag – die Liebenden. Damit hatte er ihr etwas mitgeteilt, was er nicht auszusprechen gewagt hatte. Sie spürte, wie eine tiefe Freude einen Knoten in ihrer Brust löste. »Danke schön«, sagte sie leise. »Dann behalte ich es gerne.« Und sie schenkte dem Studenten ein Lächeln, das sich schnell in seinen Zügen widerspiegelte.

»Ich sehe besser gleich nach deinem Freund«, sagte Lucas. »Und danach muss ich leider noch zum Stadtrichter.«

Madelin nickte. »Aber wir sehen uns vielleicht morgen wieder?«

»Ja, morgen.« Lucas stand widerwillig auf und wandte sich zu den Karren, um mit Franziskus zu sprechen.

Madelin schloss dankbar die Augen. Sie hatte beinahe das Gefühl, als habe Lucas ihr einen Schutzpanzer übergeben, der sie einhüllte und Leid und Sorgen von ihr abprallen ließ. Im Leben gab es so wenige Momente der Freude, dass sie die genießen wollte, die ihr zuteilwurden.

Schließlich nahm die Wahrsagerin die Karten in ihrer Hand noch einmal genauer in Augenschein. Das Spiel sah ihrem alten wirklich erstaunlich ähnlich. Es hatte denselben Stil – ihre Mutter hatte früher einmal gesagt, es sei für einen Mann namens Visconti aus Italien gemacht worden – und beinahe dieselben Motive. Da solche Karten inzwischen gedruckt wurden, war die Ähnlichkeit vielleicht weniger absonderlich, als sie dachte. Das Gold auf den Karten war ganz frisch und unbeschädigt, die Linien klar und sauber. Manche Muster hingegen kannte sie von ihrem alten Spiel gar nicht. Dieses Spiel war ein wahrhaft königliches Geschenk.

In alter Gewohntheit mischte Madelin die Karten, drehte sie um und zog blind eine heraus. Sie hielt den Atem an, als sie die Karte erkannte. Eine Frau im blauen Kleid und rotem Untergewand goss Wasser aus einem Gefäß in ein identisch aussehendes zweites, damit sie beide gleich voll wären. Sie war schön wie die Venus und trug ihr goldenes Haar bescheiden im Nacken zu einem Zopf geflochten. Mit einem Bein stand sie an Land, mit dem anderen im Wasser. Madelin schluckte, denn dies war die Karte, die sie bei ihrem alten Stoß als Allererste jemals aus dem Stapel gezogen hatte. Die *Mäßigung*, die empfahl, Geben und Nehmen im Einklang zu halten, die Gefühle zu ordnen und nichts zu übertreiben.

Die Wahrsagerin barg die Karten in den zitternden Händen und tauchte in ihr Innerstes ab. Dort näherte sie sich zaghaft der dunklen Kammer in ihrem Geist. Sie nahm all ihren Mut zusammen und versuchte, das Licht wieder zu entzünden, wie sie es früher immer getan hatte. Sie hauchte in die Hände und wartete. Doch nichts geschah, es umgab sie bloß die schweigende Finsternis. Enttäuscht öffnete sie die Augen und blinzelte. Es hatte keinen Zweck.

Madelin steckte die Karte zurück, schlug das Spiel wieder in das Tuch und verstaute es sorgfältig in der Gürteltasche. Dies war nicht ihr Trionfi-Spiel. Das Band, das sie früher gespürt hatte, war zerrissen, als ihre Karten verbrannt waren.

Kapitel 9

Ein Durstgefühl weckte Christoph Zedlitz von Gersdorff aus einem unruhigen Schlaf. Sein Mund war so trocken, als hätte er tagelang zu wenig getrunken, so dass die Lippen bereits aufgesprungen waren. Sein Körper schmerzte noch immer von dem Kampf. Man hatte seine Wunden zwar behandelt, doch sein Kopf pochte schmerzhaft. Er wusste nicht genau, wie viele Tage vergangen waren, bloß dass er oft aufgewacht war, um sich zu übergeben. Heute hatte er endlich nicht mehr den Eindruck, als sei er unter einen Mühlstein geraten.

»Hier, trinkt das.« Jemand drückte ihm etwas Kühles an die Lippen, und Zedlitz gehorchte. Eine schmale Metalltülle versorgte ihn mit Wasser. Er blinzelte und sah auf das Gefäß, das ihm an den Mund gehalten wurde. Zedlitz erkannte eine sackartig geformte Feldflasche mit fremdartigen Drahtstickereien. Osmanischen Drahtstickereien. Er erinnerte sich.

Zedlitz war am dreiundzwanzigsten September als Bannerträger Johann Graf zu Hardeggs auf seinen ersten echten Ausfall geritten, als die Türken vor der Stadt Wien aufgetaucht waren. Mit der großen Ehre, das Banner bei der Gegenwehr führen zu dürfen, ging eine hohe Verantwortung einher, denn es durfte nicht in die Hände des Feindes fallen.

Unter Graf zu Hardeggs Befehl waren die einhundertfünfzig Mann starke Reiterei aus Mähren geritten sowie ein Großteil der Reiterei von ober- und unterhalb der Enns – alles in allem fünfhundert Männer in Kürassen und Helmen, die Arme und Beine mit schweren Schienen bedeckt. Die Reiter hatten Lanzen und Schwerter getragen, manch einer sogar noch einen

Streitkolben, mit dem sich besonders gut auf Fußkämpfer eindreschen ließ.

Die osmanische Reiterei, die auf Wien zugaloppiert war – man bezeichnete sie als Akindschi –, hatte deutlich kleiner gewirkt, vielleicht zweihundert Mann, allesamt dem Aussehen nach eher bärtige Hirten denn Kämpfer. Ihre Kleidung war kaum einheitlich gewesen – manche hatten prachtvolle Kettenrüstungen getragen, andere gar keine Wappnung. Neben den merkwürdig gekrümmten Säbeln hatten sich die Türken mit Bögen bewaffnet – völlig überflüssig, wie Zedlitz gedacht hatte, denn wer konnte schon vom Pferderücken im gestreckten Galopp schießen?

Einen Augenblick lang hatte er befürchtet gehabt, die Türken seien so wahnwitzig, die Vorstadt im Handstreich nehmen zu wollen. Dann hatten sie gewendet und waren geflohen. Zu Hardegg hatte die Jagd freigegeben, und die Reiter hatten gelacht und gejohlt. Für einen Moment lang war ihnen der Sieg zum Greifen nah erschienen.

Doch dann hatten sie einen Wald umrundet, der sich zu einem offenen Feld geöffnet hatte, durch das die Straße gen Schwechat mittig hindurchführte. Dort waren ihnen mehrere Tausend Mann schwere Reiterei in einem langen Heerwurm entgegengezogen, stark gerüstet und mit lanzenartigen Speeren ausgestattet – allesamt Lehensreiter aus Semendria. Die ›Schafhirten‹, die hierhergeflohen waren, hatten ihre Tiere herumgeworfen, um sich in die Reihen der Verbündeten einzugliedern. Sie hatten den Wiener Reitern eine Falle gestellt, und zu Hardegg war mitten hineingetappt.

Zedlitz versuchte, sich auf seinem Krankenlager zu bewegen, doch die Schmerzen ließen ihn stillhalten. Als die Reiterei geflohen war, war er ins hintere Feld geraten und schließlich zum Kampf gezwungen worden. Er hatte noch versucht, einem anderen Reiter beizustehen – Albert von Kempff, der vor dem Ritt keine Gelegenheit hatte verstreichen lassen, Christoph für seine Jugend und Unerfahrenheit zu verhöhnen. Der riesige Mann hatte mit seinem Streitkolben um sich geschlagen wie der antike Mars. Dann war ihm mit einem wuchtigen Schlag halb der Kopf vom Hals getrennt worden.

Christoph hatte noch versucht zu fliehen, doch er war aus dem Sattel gehoben und zu Boden geworfen worden. Schließlich hatte ihn ein Mann aufgefordert, das Banner zu übergeben, an das er sich geklammert hatte. Doch Christoph hatte sich geweigert und gekämpft, so lange er konnte. Schließlich hatten sie ihm das Banner aus den Händen gerissen, als er sich nicht mehr hatte bewegen können. Danach erinnerte er sich an nichts mehr.

Zedlitz blinzelte erneut, um den Mann zu erkennen, der ihm gerade das Wasser gereicht hatte. Rote Haare bewiesen ihm, dass es sich um Tannhardt von Pollern handelte, der mit ihm um von Kempffs Leben gerungen hatte. »Das Banner?«, krächzte Christoph. Von Pollern schüttelte nur den Kopf und presste die Lippen aufeinander.

»Ich habe das Banner verloren.« Sein erster Ausfall, sein erster Ehrenritt als Bannerführer des Grafen – und er hatte es dem Feind überlassen. Schlimmer noch, er lebte sogar noch. Er fühlte, wie sich sein Gesicht vor Schande erhitzte. Vorsichtig betastete er seinen Kopf, der mit einem trockenen Verband umwickelt war, und richtete sich in eine sitzende Position auf. Nachdem der plötzliche Schwindel verflogen war, sah er sich um.

Zedlitz befand sich mit sieben Männern aus Graf zu Hardeggs Einheit in einer hellen Kammer. Die Fenster waren vernagelt, die Tür, die offenbar mit Gewalt aufgebrochen worden war, hielt trotzdem irgendwie fest in ihrem Rahmen und schien von außen gesichert. Der festgestampfte Lehmfußboden war dunkel von getrocknetem Blut und feuchtem Stroh, die Wände seit Jahrzehnten nicht mehr weiß. Scharen von Fliegen summten in der Luft und hockten auf den Blutflecken. Mehrere Lagerstätten wiesen den Raum als eine Art Spital aus.

»Wo sind wir?«

»Sankt Marx«, erwiderte von Pollern. Das Spital außerhalb der Stadt war ein Siechenhaus gewesen. »Sie haben die Kranken abgestochen.«

Christoph fühlte wieder ein Unwohlsein in seinem Magen und trank noch einen weiteren Schluck Wasser. »Wie lange sind wir schon hier?«

Von Pollern verzog das mit Sommersprossen übersäte Gesicht. »Heute sind es fünf Tage. Es muss der achtundzwanzigste September sein.«

»Fünf Tage!« Zedlitz blinzelte erstaunt und fühlte in sich hinein. Er hatte sich nicht so verwundet gefühlt, dass er fünf Tage Genesung gebraucht hätte. Doch die Tritte gegen den Kopf waren offenbar gefährlich gewesen.

»Wir ... acht ... Sind wir die Einzigen?« Er nickte zu den mährischen Reitern auf den Lagern hinüber.

»Die Einzigen, die überlebt haben«, gab von Pollern zurück. »Von Kempff und zwei weitere sind tot. Und bevor Ihr wieder fragt: Graf zu Hardegg ist in Sicherheit in Wien.«

Christoph warf ihm einen fragenden Blick zu. »Wieder? Und warum der ungeduldige Ton, Tannhardt?«

Von Pollern lächelte entschuldigend. »Ihr wart bereits mehrfach länger wach, Zedlitz«, erwiderte er. »Ihr konntet Euch aber jedes Mal an nichts erinnern und habt immer dieselben Fragen gestellt.« Er warf Christoph einen abwartenden Blick zu. »Ihr erinnert Euch jetzt aber schon, oder? Nicht, dass ich Euch das alles nochmal erzählen muss.«

»Ich erinnere mich an das Gefecht«, gab Zedlitz zurück. »Und an von Kempff.«

»Gut«, seufzte von Pollern erleichtert. »Ja, Ihr seht jetzt auch schon besser aus als die letzten Tage. Klarer. Albert liegt mit den beiden anderen draußen. Sie haben sie an einem Strick mit herübergeschleift.«

»Ist … ist sein Kopf noch dran?«

»Ja. Dieser Dickschädel ist selbst im Tod zu hart für die Osmanen«, sagte der Rotschopf grinsend.

Zedlitz sah sich um. Die Männer auf den Lagern wirkten eher gelangweilt als besorgt. Sie trugen Verbände an Armen, Beinen und am Leib. Die Wunden waren offenbar fachmännisch versorgt worden – so viel Anstand besaßen die Türken. »Was wollen die noch von uns? Haben sie etwas gesagt?«, fragte er von Pollern.

»Keine Ahnung, ehrlich gesagt. Vielleicht wollen sie uns zeremoniell hinrichten. Oder wir sind ein Geschenk für den Sultan.«

»Der Sultan ist da?«

»Er ist vorgestern eingetroffen. Die Osmanen haben ihn gefeiert, als sei ihnen der Erlöser erschienen.«

»Kein Wunder«, murmelte Christoph. »Wie viele Männer hat er vor Wien geführt? Man hat ja schlimmste Gerüchte gehört.«

Der Rotschopf zögerte. »Über einhundertfünfzigtausend.«

»Heilige Mutter Maria«, stieß Christoph aus. »Das sind viele.«

»Fast zehnmal so viel wie Graf Salms Truppen in Wien. Zu Hardegg hat gesagt, die Stadt sei nicht zu halten.«

»Vermutlich hat er Recht. Wie haben die Osmanen Euch behandelt?«

»Recht gut eigentlich. Wir bekommen zu essen, genug Schlaf,

und man hat uns wieder zusammengeflickt. Wir sind noch am Leben.«

»Wie ist es um ihre Aufmerksamkeit bestellt?«

»Hoch«, erwiderte Tannhardt. »Sie beten allerdings mindestens fünfmal am Tag – auf den Knien. Jeder hat dafür einen eigenen Teppich mitgebracht, damit sie nicht im Dreck hocken. Sie beten fast alle gleichzeitig, viele in Gruppen.«

»Zu welchen Zeiten?«

»Im Morgengrauen, am Mittag, am Nachmittag zur Vesperzeit, bei Sonnenuntergang sowie in der Nacht.« Der Rotschopf lächelte. »Wir versuchen, so viele Informationen zu sammeln wie möglich. Vielleicht kommt ja einer von uns hier lebend raus.«

Christoph bezweifelte das. Die Osmanen waren Barbaren, die ihre Gefangenen brutal abschlachteten, das wusste jedes Kind. Doch er wollte den anderen Männern nicht ihre Hoffnung rauben. »Und wie ist die Moral da draußen?«, fragte er und wies mit dem Kinn auf das vernagelte Fenster, bereute es aber sofort, denn sein Kopf pochte schmerzhaft.

Tannhart von Pollern trat ans Fenster. »Ich durchschaue diese Wilden nicht. Ab und an kochen die Gemüter so hoch, dass sie einander fast die Schädel einschlagen. Sie haben die Kranken hier zu Sankt Marx abgestochen, als handele es sich um lästiges Federvieh. Trotzdem beten sie fünfmal am Tag und küssen dabei den Boden. Und die Moral …«, er strich sich über den roten Bart, der in den letzten Tagen gewachsen war. »Ich glaube, sie kommen mit dem Regen und der Kälte nicht klar. Aber es ist schwer zu sagen, wenn man kein Wort versteht.«

»Sie sind trotzdem kampfbereit, nehme ich an?«, fragte Christoph.

»Oh ja. Sie scheinen immer kampfbereit zu sein. Im Gegensatz zu uns«, grinste von Pollern schief. »Für uns ist dieser

Krieg vorbei.« Er legte sich auf sein Lager zurück und verschränkte die Hände hinter dem Kopf.

»Das erfreut Euch?«, fragte Zedlitz. »Kein Kampf bedeutet auch keine Gelegenheit mehr, die Schande auszugleichen.«

Tannhardt sah zu ihm herüber. »Ihr habt Euch tapfer geschlagen, Christoph. Ihr hättet nichts tun können.«

»Doch«, gab Christoph bitter zurück. »Ich hätte andere vorpreschen lassen und mit dem Banner an der Seite meines Herren bleiben können, wie es mir aufgetragen worden ist.«

»Ihr habt versucht, von Kempff das Leben zu retten. Gott allein weiß warum ausgerechnet ihm – aber trotzdem war es eine Heldentat.«

Christoph schüttelte den Kopf. Seine Rettungsaktion fühlte sich nicht an wie eine Heldentat. Er wusste, warum er sie angegangen war – nämlich um sich endlich in von Kempffs Augen als mutiger Mann zu beweisen. Dafür hatte er seine Pflicht vernachlässigt und hatte versucht – so unerfahren, wie er im Kampf war –, sich gegen die osmanische Reiterei zu stellen. Er war kein Held, er war ein verdammter Narr.

Zedlitz legte vorsichtig die Hände an den Kopf und rieb sich die Schläfen durch den Verband. Was konnten sie jetzt noch tun? Sollten sie ausbrechen und nach Wien zurückkehren? Den Kampf wieder aufnehmen? Wenn sie dabei noch Gefangene unter den Türken machen könnten, dann würden sie vielleicht wohlwollend in Empfang genommen. Vielleicht könnten sie sogar herausfinden, wo Graf zu Hardeggs Banner aufbewahrt wurde und es ihm zurückbringen, getränkt im Blut seiner Feinde …

Christoph Zedlitz von Gersdorff lachte trocken auf. Wie üblich entwarf er ein Bild der Geschehnisse, das nichts mit der Wirklichkeit zu tun hatte. Wenn da draußen Tausende von Türken lagerten, würden diese Männer hier bei einem Ausbruch tot sein, bevor sie die Wachen auf den Mauern auch nur sehen, geschweige denn ihre Befehlshaber beeindrucken konnten. Er musste anfangen, den Tatsachen ins Auge zu blicken. Christoph streckte die Gliedmaßen und stellte fest, dass die Beweglichkeit zurückkehrte.

Es rumpelte an der Tür, dann wurde sie mit einem lauten Klappern aus dem Rahmen gehoben und beiseitegestellt. Christoph fühlte augenblicklich die Anspannung im Raum. Die Männer sahen ihn an, als warteten sie auf eine Entscheidung. Er fluchte stumm. Zusammen hatten die sechs Mährischen und von Pollern vermutlich mehr Jahre auf dem Schlachtfeld verbracht, als sein eigenes Alter in Jahren betrug. Aber er war der Bannerträger und damit der Ranghöchste unter ihnen. Also ruhte die Verantwortung über ihr Leben nun bei ihm. Der Gedanke trieb ihm den Schweiß auf die Stirn.

Die Osmanen betraten den Raum und kamen auf ihn zu. Ihr Anführer packte ihn am Stoff seines Unterzeugs – den Kürass hatte man ihm abgenommen – und zog ihn auf die Beine. Zedlitz griff sich an den Kopf und versuchte, ein Stöhnen zu unterdrücken, denn der ganze Raum verschwamm vor seinen Augen. Als er wieder festen Boden unter den Füßen hatte, sah er, dass von Pollern und die sechs Männer aus Mähren aufgesprungen waren. Alle schienen bereit, sich auf ein Zeichen von ihm auf die Osmanen zu stürzen, auch wenn sie das vermutlich ihr Leben kosten würde.

Zedlitz hob die Arme abwehrend in beide Richtungen und räusperte sich. »Nur die Ruhe«, brachte er dann heraus, ohne dass seine Stimme zitterte. »Nur die Ruhe. Was wollt ihr?«

Doch der Osmane antwortete nicht. Er gab seinen Leuten ein paar knappe Befehle und wies auf die mährischen Reiter. Er selbst zog Christoph aus der Kammer des Spitals hinaus auf den Hof. Hier stieß er ihn voran, so dass Zedlitz fast das Gleichgewicht verlor. Die anderen Reiter wurden ebenfalls herausgebracht.

Christoph fasste den offensichtlichen Anführer im Licht der Nachmittagssonne fester ins Auge. Er trug ein ledernes Untergewand, das ihm bis zu den Waden reichte, darüber eine beinahe ebenso lange blaue Weste. Die war so geschnitten, dass sie an den Hüften nach hinten wich und dem Träger optimale Bewegungsfreiheit gab. Darunter ragte der Griff seines Säbels hervor. Am Gürtel war auf der einen Seite eine Halterung samt Kurzbogen angebracht, an der anderen hing ein Köcher mit Pfeilen, der dieselbe Drahtstickerei aufwies wie die Feldflasche, aus der Zedlitz eben getrunken hatte. Der Kopf des Mannes war mit einem weißen Tuch fest umwickelt, aus dem oben ein Büschel herausragte – vielleicht Pferdehaar.

Im Innenhof des Siechenhauses Sankt Marx hatten sich Osmanen in unterschiedlich farbigen Gewändern zu Gruppen zusammengefunden und sahen mehr oder weniger interessiert zu ihnen herüber. Die Tür der Kapelle gegenüber war aufgebrochen, die Einrichtung samt Markus-Statue und Kruzifix diente den Soldaten als Brennholz. Dem Stand der Sonne nach war der Mittag bereits seit ein, zwei Stunden vorbei. Es regnete nicht, doch der Himmel war bewölkt und der schlammige Hof zeugte davon, dass das Wetter ihnen nur eine kurze Pause ließ.

Die Leichen sah der Bannerträger erst auf den zweiten Blick. Schlaffe Körper lagen an der entfernten Wand gen Osten. Der Gestank der Verwesung drang herüber und ließ ihn würgen. Zedlitz hatte im Leben noch nie so viele Tote auf einmal gesehen. Einige von ihnen trugen schlichte Kittel, manche teure Kleidung, der Großteil war aber in die Ordenstracht der Lazarener gehüllt, kenntlich am grünen Malteserkreuz. Die meisten schienen durch einen Schnitt an der Kehle gestorben zu sein. Bevor er sich's versah, hatte Christoph sich erneut übergeben. Dünne Galle – das Wasser, das er gerade getrunken hatte – kam heraus. Sein Kopf pochte hart unter der Anstrengung. Die Männer im Innenhof lachten kehlig, und aus den Reihen seiner eigenen Leute hörte Christoph einen gemurmelten Fluch. Doch er hatte die Leichen erkannt, die ihnen am nächsten lagen: Albert von Kempff und zwei mährische Reiter.

Der Leichnam Alberts war nur an seiner Rüstung kenntlich. Die Haut wirkte bleich und wächsern und begann an den Fingern sogar schon, sich abzulösen. Die klaffende Wunde an seinem Hals war von Fliegen und Larven übersät. Die Augen waren von Krähen oder anderem Viehzeugs leer gefressen worden, in den Augenwinkeln lagen ebenfalls kleine weiße Eier. Noch vor wenigen Tagen hatte der Mann in der Blüte seiner Jahre gestanden. Nun verrottete er in einem Hinterhof.

»Du«, gab der Anführer der kleinen Gruppe von sich. »Kopf ab.«

Christoph wurde bleich. Diese Barbaren wollten ihn hinrichten. »Ich … Wenn Ihr auch nur ein bisschen Anstand im Leibe habt, habt Ihr mehr Respekt vor Euren Feinden!«, stieß er aus. Doch dann riss er sich zusammen. Er würde nicht um sein Leben flehen. So viel Stolz war ihm noch geblieben. »Lasst mich noch ein Gebet sprechen, bevor …« Er konnte es nicht aussprechen.

»Nein«, gab der Anführer zurück. »Du machst den Kopf ab, Sklave.« Er wies auf den Leichnam von Albert von Kempff.

Zedlitz sah fragend zu von Pollern hinüber. Der zuckte mit den Schultern. »Offenbar betrachtet er uns als Eigentum. Und ich glaube, er will, dass Ihr Albert den Kopf ganz vom Leibe trennt.«

»Das habe ich auch verstanden. Aber warum würde jemand so etwas verlangen?« Das musste ein Sprachproblem sein! Vermutlich wusste der Türke nicht, was er da sagte. Christoph rührte sich nicht.

Der Osmane gestikulierte nachdrücklicher und wiederholte: »Du machst den Kopf ab.« Er begleitete das mit einer hackenden Geste seiner Handkante, die keinen Raum für Missverständnisse mehr ließ.

»Ich kann doch nicht …«, begann Christoph, doch der Türke schritt auf ihn zu, griff ihn neuerlich bei der Kleidung und zog ihn auf den Leichenberg zu. »Du machst den Kopf ab!« Dabei wies er auf eine Holzfälleraxt, die bei einem Haufen Brennholz neben den Leichen in einem großen Hackklotz steckte. Die anderen Osmanen führten auch von Pollern und die mährischen Reiter näher heran.

Christoph schüttelte den Kopf. »Ich kann das nicht. Albert von Kempff war ein Kampfgefährte. Ich werde seine Ehre nicht dadurch beschmutzen, dass ich ihn jetzt zerhacke wie Schlachtvieh.«

Der Anführer schimpfte und zog Christoph auf die Knie. Er drückte ihn mit dem Gesicht beinahe in die zerfressene Wunde des Leichnams. Der Bannerträger unterdrückte eine erneute Welle der Übelkeit und verlor beinahe das Bewusstsein.

»Kopf ab!«, befahl der Mann ihm dann und klopfte auf seinen Krummsäbel. »Sonst Kopf ab, Sklave.« Er ließ keinen Zweifel daran, dass er dieses Mal Zedlitz' eigenes Haupt meinte. Dann zog er seinen Säbel, um seinem Argument Nachdruck zu verleihen.

Christoph wurde blass. Sein Kopf oder der von Albert. Der des toten Freundes war immerhin schon halb abgeschlagen. »Ein Christ ist … ist ein freier Herr über alle Dinge und niemandem untertan!«, stotterte Zedlitz.

Der Osmane schlug ihm ins Gesicht, so dass ein helles Licht vor Christophs innerem Auge aufblitzte. Gleichzeitig schmeckte er Blut. Zedlitz fasste sich an den Kopf, bis das Kreiseln aufhörte. Er sah zu von Pollern hinüber. »Was soll's? Schaden kann's ihm nicht mehr, Zedlitz«, murmelte der. »Kein Grund, sein Leben dafür zu opfern.« Der Anführer stieß Zedlitz an der Schulter an und wies mit dem Kinn auf die Axt.

»Nein«, flüsterte Zedlitz. »Ich werde das nicht tun. Es ist barbarisch und brutal und niemand mit einem Funken Würde im Leib würde so etwas von einem anderen Mann verlangen.«

Der Anführer knurrte seinen Männern etwas zu. Hinter sich hörte der Bannerträger, wie die Osmanen ihre Säbel zogen. Ein Blick über die Schulter bestätigte, dass sie jetzt an den Hälsen seiner Kampfgefährten lagen.

»Zedlitz!«, rief von Pollern. »Tut es doch einfach. Es ist doch nur ein verdammter Leichnam!«

Der Anführer senkte seinen Kopf, so dass sein Mund ganz nah an Christophs Ohr war, als er sagte: »Sein Kopf oder die Köpfe der Männer.«

Christophs Leben war eine Sache, doch er trug die Verantwortung für seine Männer. Er würde nicht zulassen, dass sie für einen toten Mann starben. Also nickte er und erhob sich. Bei dem Hauklotz angelangt, zog er die Axt mit zitternden Fingern heraus. Dann wandte er sich dem Leichnam des Mitstreiters zu und hob sie, um ausreichend Schwung zu holen. Er zielte auf die kleinen Wirbel des Rückgrades, freigelegt von dem Hieb, der Albert getötet hatte. Tief holte er noch einmal Luft. Dann ließ er die Axt niedersausen. Es gab ein hohles Geräusch, als er auf Knochen stieß, dann glitt das Blatt der Axt schmatzend in das Fleisch des Toten. Die Fliegen stoben mit zornigem Summen auf.

Christoph würgte und dankte Gott für seinen leeren Magen. Er holte noch einmal aus, dieses Mal in leicht verändertem Winkel, und hieb wieder auf die Knorpel. Dieses Mal splitterte der Knochen. Ein dritter Schlag durchtrennte die letzten Sehnen und Muskeln. Christoph stand über von Kempff und atmete schwer. Er verspürte Ekel gegen sich selbst. Dann warf er die Axt dem Anführer vor die Füße und stellte sich zurück zu seinen Leuten.

Der Anführer der Gruppe Osmanen grinste. »Gut. Jetzt die anderen.« Er wandte sich zu von Pollern und wies auf einen der mährischen Reiter, die dort lagen. Der tote Mähre sah nicht besser aus als Alberts Leichnam. Nun leerten Christophs Kampfgefährten ihre Mägen.

Die Osmanen ließen ihnen keine Ruhe, bis zwei weitere Männer vorgetreten waren und die Köpfe der beiden mährischen Reiter neben ihren Besitzern lagen. Die anderen wollten schon aufatmeten, doch der Anführer wählte noch weitere Leichen aus, männliche Hospitalbewohner. Zum Schluss lagen sieben Köpfe vor ihnen, und Zedlitz ahnte, wohin das führte.

Tatsächlich erhielten von Pollern und die mährischen Reiter dann ihre Lanzen und mussten jeder einen der Köpfe auf die Spitze spießen. Christoph selbst wurde nicht dazu gezwungen; er erhielt Graf zu Hardeggs Banner zurück.

»Waschen und Rüstung anziehen!«, befahl der Anführer dann. Er wies auf einen Waschzuber, vermutlich den des Spitals. Er war randvoll gefüllt mit kaltem Wasser.

Der Bannerträger gehorchte und forderte auch seine Leute auf, sich zu reinigen. Doch der Anführer war damit nicht zufrieden. Er ließ sie das Haar nässen und die Füße säubern. Danach wieder die von Blut besudelten und teils zerrissenen Kleider und Kürasse anzulegen, erschien widersinnig. Doch die Männer gehorchten und halfen einander mit den Schnallen.

»Gut!« Offenbar war der Anführer zufrieden. »Jetzt wird der Padischah euch sehen.«

»Padischah?« Christoph sah von Pollern fragend an.

Der Rotschopf war blass geworden. »Padischah«, wiederholte er. »Das haben sie vor ein paar Tagen immer und immer wieder gerufen. Ich glaube, sie meinen damit ihren Sultan.«

Christoph schluckte. Man betrachtete sie hier als Sklaven, vermutlich des Mannes, der sie gefangen hatte. Als solche würden sie vor Sultan Süleyman treten, den machtvollsten Mann des Ostens. Mit den Köpfen ihrer Kampfgefährten auf ihren Lanzen aufgespießt. Man hatte sie zu einer verdammten Siegesparade aufgerüstet. Oder zu einem Geschenk. Doch wenn die Soldaten bereits solche Barbaren waren – würde der Sultan dieses Geschenk zu schätzen wissen? Oder würde er es gelangweilt seinen Leuten zum Spielen zuwerfen? Ein Schauer fuhr Christophs Rücken hinunter, als der Anführer sie zwang, sich ordentlich aufzustellen und in Bewegung zu setzen. Sie würden bald herausfinden, ob ihre Hinrichtung bloß aufgeschoben war.

Die Gruppe durchquerte eine halbe Stunde lang das Lager der Osmanen. Das bestand aus einem Meer spitz aufragender bunter Zelte, das dicht an dicht um Feuerstellen versammelt und mit seltsamen Feldzeichen versehen war. Der kleine Zug erregte schnell Aufsehen, als ihre Bewacher den Soldaten etwas zuriefen, die sich an der Straße versammelten. Meist erklang als Antwort ein und dieselbe Formel: »*Allahu akbar*!« Schließlich – sie mussten ungefähr bei Ebersdorf angelangt sein – erwartete sie eine Zeltstadt, die nur mit einem Palast vergleichbar war. Darum herum war ein freier Platz angelegt, den Dutzende Geschütze und Verschanzungen bewachten. Christoph sah zurück. Es mochten zu Fuß zwei Wegstunden bis zum Stephansdom von Wien sein.

Das Zelt des Sultans glich von außen eher einer Stadt oder gar einer Festung. Kostbare Stoffbahnen mit Gold- und Silberdrahtstickereien sprachen von unermesslichem Reichtum, geschnitzte Laternen verbreiteten ein golden glühendes Lichtermeer und kunstvolle Teppiche auf Strohmatten dämpften den Schritt, jeder einzelne vermutlich mehr wert als so manches Streitross. Wohin man sah, behielten Wachen in prachtvollen Rüstungen und weißen Kappen die mährischen Reiter mit ihren Lanzen im Blick, die gespannten Bögen in den Händen, die locker eingelegten Pfeile wiesen auf den Boden. Christoph forderte seine Leute leise auf: »Keine falsche Bewegung oder wir sind alle tot, bevor wir die Lanzen auch nur anlegen können.« Dies musste die Leibwache des Sultans sein, die besten Soldaten seiner berüchtigten Elitegarde, der Janitscharen. Den Gerüchten zufolge gingen sie ähnlich tödlich mit modernen Arkebusen um wie mit den traditionellen kurzen Kompositbögen.

Auf der Wiese vor dem Zeltpalast des Sultans, der so hoch aufragte wie ein zweistöckiges Gebäude und wie ein exotisches Türmchen mehrere abgesetzte Einschnürungen aufwies, saßen unter freiem Himmel sicher drei oder vier Dutzend Männer in einem Halbkreis, geschützt unter Baldachinen und Zeltvordächern. Alle trugen orientalische Gewänder, goldfarben, rot und blau, verziert mit goldenen Stickereien und Juwelen. Die allgegenwärtigen Kopfbedeckungen bestanden bei vielen aus um den Kopf gewundenen Tüchern, manche trugen aber feste hohe Mützen, andere die weißen Kappen der Janitscharen. Der Stoff dieser Kappen war so lang, dass er in einem Knick bis auf den Rücken der Männer fiel. Ein hochstehender Busch Pferdehaar kennzeichnete sie als Offiziere.

Es war eine beeindruckende Schau. Christoph Zedlitz von Gersdorff erkannte, dass Tannhardt von Pollern sich getäuscht hatte. Nicht alle Osmanen ähnelten wild daherreitenden Viehhirten auf zotteligen kleinen Pferden. Und nicht alle schienen

Raufbolde zu sein, im Gegenteil. Eine Pracht, wie sie diese Würdenträger entfalteten, hatte der Bannerträger sonst nur im Hofstaat des Kaisers selbst gesehen.

Erst auf den zweiten Blick erkannte Christoph, dass sich die Vorzelte mit den Männern darunter um einen Mittelpunkt gruppierten. Ein mit Brokatstoffen und Perlschnüren geschmückter Baldachin vor dem Prachtzelt tauchte den Bereich darunter in tiefe Schatten. Dort saßen mehrere Männer und auch die ersten Frauen, die Christoph hier sah – Sklavinnen, mutmaßte er, denn er konnte sich nicht vorstellen, dass der Sultan seinen berühmten Harem mit auf ein Schlachtfeld nahm.

Zentrum der Gruppe unter dem Baldachin war ein schlanker Mann, gegen dessen Kleidung die seiner Untergebenen geradezu schlicht wirkte. Ein rotes Untergewand, das über und über mit Goldfäden bestickt war, wurde von einer langen Weste in königlichem Blau bedeckt, auf der sich das Stickmuster weiter fortsetzte. Bei jeder Bewegung reflektierte das Gewand das spärliche Licht mit der Wärme polierter Goldscheiben und dem Funkeln facettiert geschliffener Diamanten. Das Haupt des Mannes wurde gekrönt von einem kunstvoll geschlungenen weißen Tuch, das ganz oben von einer roten Spitze gehalten wurde. Eine Vielzahl von goldenen Ringen mit dicken Edelsteinen schmückte seine langen Finger. Das musste Sultan Süleyman sein. Seine Pracht überragte die seiner Würdenträger noch, ohne ihn geckenhaft aussehen zu lassen. In dieser Eigenschaft ähnelte er Graf zu Hardegg, fand Christoph – auch der Reiterhauptmann wusste sich zu zieren, ohne dass es eitel wirkte.

Statur und Züge des Sultans überraschten den Bannerträger durch ihre Feinheit. Der Sultan überragte selbst in einer entspannten Sitzhaltung sämtliche Männer in seiner Umgebung und war dabei doch schlanker als sie alle. Auch das Gesicht wirkte fein und schmal, die Nase gewölbt. Er trug einen langen Schnurrbart über dem bloßen Kinn, der eine mittelbraune Haarfarbe nahelegte. Am auffälligsten aber waren seine großen Augen, die von dunklen Wimpern gerahmt wurden und die Christoph ebenso aufmerksam musterten wie umgekehrt. Mit spitzen Fingern steckte er sich eine dunkle Traube in den Mund und kaute genüsslich. Ein feines Lächeln kräuselte seine Mundwinkel.

Der Bannerträger wusste nicht, wie er sich verhalten sollte. Er wurde vorgeführt wie Vieh dem Schlachter, und wenn die Dinge, die er von den Osmanen gehört hatte, auch nur im Ansatz wahr waren, dann würden die feinen Herrschaften nun ihre Kriegsbeute zeremoniell hinrichten lassen.

Christoph schob das Kinn vor. Er mochte den Reitern des Sultans unterlegen sein, doch das bedeutete nicht, dass er sich auch benehmen musste wie Schlachtvieh. Seine Herkunft und seine Stellung geboten Respekt und Anstand – immerhin repräsentierte er Erzherzog Ferdinand und damit die Stadt Wien. Der Sultan sollte ihn nicht für einen furchtsamen Schwächling halten. Also sah Zedlitz auf und begegnete dem Blick des Herrschers.

Doch der Blickkontakt ließ den Bannerträger erschauern. Dunkle Augen unter feinen Brauen schienen jede seiner Regungen und Bewegungen aufzunehmen und zu einem Gesamtbild zusammenzufügen, das Christoph so darstellte, wie er in seinem Innersten aussah, und nicht, wie er sich der Welt präsentierte. Unter diesem Blick kam er sich nackt und schutzlos vor. Konnte der Sultan seine Seele durchforschen, bloß indem er ihn ansah? Christoph wollte nicht, dass ihn jemand so kannte, ganz besonders nicht, wenn es sich dabei um den Beherrscher des Balkans handelte. Es gab nur einen Weg, dieser Durchforschung ein Ende zu setzen, und Christoph wählte ihn, ohne lange zu überlegen: Er senkte den Blick. Dabei spürte er seine Wangen vor Scham erglühen.

Der Anführer der Soldaten, der sie bisher bewacht hatte, kniete nieder, berührte mit dem Kopf den Boden und verharrte so. Nun stand ein Mann aus dem Hofstaat auf. Er verneigte sich gen Sultan und hielt eine Rede, bei der er immer wieder auf die Gefangenen wies. Christoph konnte sich den Inhalt dieser Rede vorstellen, obwohl er kein Wort verstand. Die gefangenen Reiter dienten als sichtbarer Beweis für das erste Scharmützel mit den Truppen Wiens. Der Sieg wurde umso erhabener, da auch ein Offizier – Christoph selbst – sowie das Banner des Grafen zu Hardegg erobert worden waren. Dem Lachen der Männer nach zu urteilen spottete man über die Flucht der Reiter hinter die schützenden Mauern der Stadt und damit zogen sie auch über ihre Männlichkeit her. Der Mann – Christoph erkannte, dass es derjenige war, der ihm das Banner abgenommen hatte – schloss seine Rede, verneigte sich und setzte sich wieder. Stille fiel über die Gruppe, und alle sahen zu dem prachtvollen Herrscher unter dem Zeltvordach hinüber. Nach einer langen Pause lehnte der sich zu einem Mann an seiner Seite. Dieser trat aus dem Schatten und sprach Christoph an.

»Mein Herr, Sultan Süleyman, der Herrscher der Welt, heißt dich in seinem Reich willkommen, *Kafir*. Der Alaybeg sagt, du bist der Bannerträger Graf zu Hardeggs. Wie ist dein Name?«

Christoph fand kaum einen Fehler an der Sprache des Mannes – nur ein schwacher weicher Akzent ließ anmerken, dass es nicht seine Muttersprache war. Im Gegensatz zu seinem zarten Herrn wirkte er kraftvoll und kantig. Ebenfalls mit einer schmuckvollen Kopfwicklung versehen, war er jedoch in schlichtere Gewänder gehüllt, die ihn in dieser Gesellschaft beinahe bescheiden wirken ließen. Die Augen des Mannes waren kühl, berechnend und misstrauisch.

»Freiherr Christoph Zedlitz von Gersdorff«, sagte der Bannerträger förmlich und verbeugte sich. »Und wer seid Ihr?« Einige der Männer – offenbar jene, die seine Sprache verstanden – lachten.

»Man nennt mich Ibrahim Pascha, Feldherr der Hohen Pforte«, erwiderte der Mann. Christoph hatte beinahe den Eindruck, er sei ein wenig pikiert, sich noch vorstellen zu müssen.

Jetzt traten vier Janitscharen auf Anweisung eines Offiziers vor. Sie waren mit Säbeln bewaffnet und blickten den Gefangenen mit grimmigen Mienen entgegen.

Kalte Furcht ergriff Christophs Herz. Jetzt war es also so weit. Sie würden sterben. »Nur Mut, Männer«, zischte er den mährischen Reitern zu.

Die fünf Osmanen kamen heran. Der Offizier, ein kräftiger Mann mit blau-rot gestreifter Weste, funkelte Christoph mit dunklen Augen an. Dann streckte er die Hand aus und präsentierte ihm zwei Goldmünzen.

»Ahmed Beg hat gesagt, Ihr und Eure Streiter habt voll Mut und Tapferkeit gekämpft. Ihr habt Euren Herrn, Graf zu Hardegg, und Eure Gefährten gedeckt, damit sie fliehen können. Damit habt Ihr …«, er suchte nach Worten, »damit seid ihr die Tapfersten der Tapferen. Mein Fürst will Euch diesen Mut lohnen.«

Auch zwei andere Janitscharen überreichten jetzt nach und nach jedem der Gefangenen seine zwei Goldmünzen, während die anderen Wache hielten. Man traute ihnen offenbar einen Angriff zu. Christoph zögerte, dann verneigte er sich und ergriff das gebotene Geld. »Ich danke Euch«, murmelte er.

»Ein tapferer Mann ist ein guter Feind«, erwiderte der Janitschar ebenso leise. Er sprach mit mehr Akzent als der Feldherr.

Christoph war überrascht. Vielleicht gab es doch Ehre und

Anstand unter diesen Barbaren? Er sammelte all seinen Mut und wandte sich an den Feldherrn. »Herr Pascha, ich danke Eurem Herrn für die Freundlichkeit und die Heilkunst, die er meinen Männern und mir hat angedeihen lassen. Der Sultan – seine Majestät – hat gehandelt wie es jeder Mann von Ehre tun würde.« Der Feldherr übersetzte seine Worte dem Sultan. Der blieb stumm, nickte Christoph aber mit gefälligem Blick zu.

Ibrahim Pascha ergriff nun das Wort. »Die Verteidiger Wiens haben ihren Mut mehrfach bewiesen. Bereits am zweiten Tag haben sie einen weiteren Ausfall gewagt, um die tapferen Janitscharen des Sultans von den Gemäuern vor der Stadt zu vertreiben. Sie versuchen wie Bienen den Finger des Imkers zu stechen, der den Honig ernten will. Diese Tapferkeit hat den Sultan zu einem großzügigen Angebot veranlasst.«

»Ein Angebot?«, fragte Christoph. »Was für ein Angebot?«

»Seid Ihr bereit, dem Erzherzog Ferdinand eine Botschaft nach Wien zu überbringen, Freiherr von Gersdorff?«

Der Bannerträger musste sich zusammenreißen, um nicht zu widersprechen – dass nämlich der Erzherzog nicht in Wien sei, sondern in Linz weilte. Doch wenn die Feldherren der Osmanen das nicht wussten, dann würde er dieses Missverständnis nicht aufklären. »Natürlich werde ich den Befehlshabern von Wien die Worte des Sultans zutragen«, sagte er. »Was wünscht seine Majestät für ein Angebot zu machen?« Insgeheim frohlockte er. Möglicherweise gab es doch noch einen Weg, seine Leute hier lebend herauszuführen.

»Die friedliche Kapitulation Wiens.« Ibrahim Pascha zeigte ihm unter dem langen Schnurrbart die Zähne. Christoph verstand erst nach einigen Herzschlägen, dass das ein Lächeln sein sollte.

»Ich … Bitte sprecht.«

»Teilt Erzherzog Ferdinand von Habsburg mit, er soll seine

Stadt Wien kampflos aufgeben. Wenn die Tore geöffnet werden, dann wird Sultan Süleyman Kanuni, der Belgrad eroberte, Rhodos stürmte und das Königreich Ungarn unterwarf, mit seiner Streitmacht ohne Besetzung an Wien vorbeiziehen.«

Gab es wirklich noch einen Weg, wie Wien in einem Stück aus diesem Unheil herauskommen könnte? Christoph wagte kaum zu atmen. »Und wenn nicht?«

»Wenn Wien sich nicht ergibt, wird der Sultan die brutale Macht seiner treuen Gefolgsleute über der Stadt entfesseln. Er wird mit allen, die in der Stadt weilen, übel verfahren und keine Gnade walten lassen. Der Sultan gedenkt, an Eurem Michaelitag sein Frühstück in Wien zu halten. Ob als Gönner oder als Schlächter ist Sache Eurer Anführer.«

Christoph nickte. »Ich habe verstanden. Richtet dem Herrscher meinen Dank für diese Gnade aus.« Er verbeugte sich, dieses Mal leichter und tiefer – so tief, wie er sich vor Erzherzog Ferdinand verbeugt hätte. Dann wartete er. Die erlösenden Worte von Ibrahim Pascha kamen bald. »Ihr könnt gehen.«

Erleichtert wandte sich Christoph zu seinen Leuten um. »Auf. Lasst uns mit Würde und Ordnung gehen. Mit ein bisschen Glück sind wir …«

»Wartet!«

Zedlitz sah zurück. Ibrahim Pascha hatte sich zu Sultan Süleyman hinuntergebeugt und hörte aufmerksam zu. Der Bannerträger konnte sein Mienenspiel im Schatten des Baldachins nur schwer deuten – doch erfreut wirkte der Feldherr nicht. Dann nickte er, während sich der Sultan erhob und in dem Zelt verschwand.

»Christoph Zedlitz von Gersdorff«, sagte Ibrahim Pascha. »Der Beherrscher der Rechtgläubigen lädt Euch ein, mit einer Ehrengarde von zwei Männern als sein Gast zu verweilen. Er wünscht, dass Ihr ihm Gesellschaft leisten werdet.«

Hierbleiben? Christoph sah Tannhardt von Pollern fragend an. Was sollte er nun tun? Dem Sultan seinen Wunsch verweigern?

Tannhardts Blick war müde. »Glaubt nicht etwa, dass das eine Bitte war, oder dass er das ernst meint, dass Ihr ein Gast seid«, murmelte er. »Das war ein Befehl, und Ihr seid weiterhin sein Gefangener. Ich werde auch bleiben.«

»Gibt es unter den Mähren einen, dem Ihr zutraut, dass er die Botschaft des Sultans überbringt?«, fragte Christoph.

Tannhardt besprach sich kurz mit den Männern, wählte einen aus und wies auf die restlichen fünf. »Janos wird bleiben. Die anderen gehen nach Wien zurück. Vratislav hat alles verstanden, er wird das Ultimatum überbringen.«

»Gut.« Christoph holte tief Luft und wandte sich zu Ibrahim Pascha zurück. »Ich nehme die Einladung des Sultans gerne an. Können meine Männer gehen?«

»Sie können gehen.«

Christoph nickte Vratislav zu. »Gott mit Euch.«

»Und Gott mit Euch, Herr Christoph«, gab der Mähre zurück. Dann wandten sie sich wie verabredet in ordentlicher Reihe um und marschierten auf der Straße, die sie gekommen waren, zurück nach Wien. Ein Teil der Bewachung folgte ihnen.

Die übrigen Janitscharen geboten der Dreiergruppe, sich ebenfalls zu entfernen, doch man brachte sie nicht zurück ins Spital, sondern in das Lager des Sultans. Vor einem Zelteingang angekommen, blickte der Bannerträger noch einmal nach Wien hinüber. »Ich schätze, wir werden uns wohl in Geduld üben müssen«, sagte er. »Wenn Ihr Recht habt, Tannhardt, dann sind wir Geiseln für den Frieden.« Damit trat er in den Schatten seiner neuen Unterkunft.

Kapitel 10

Drei Tage lang waren die Landsknechte Eck von Reischachs vor die Tore gezogen, um die Janitscharen aus den ehemaligen Vorstädten zu vertreiben. Drei Tage lang hatte es dabei geregnet wie aus Kübeln. Die ersten beiden Ausfälle waren kurz und heftig verlaufen und hatten die Elitetruppen des Sultans daran gehindert, sich zu verschanzen. Die große Sorge der Befehlshaber Wiens war, dass man den Feind in den Mauern der Häuser und Türme suchen müsste, die man vor einer knappen Woche versucht hatte abzubrennen. Man hörte, dass die Kriegsknechte die Osmanen überrascht und ihnen empfindliche Verluste beigebracht hatten. Am neunundzwanzigsten Tag des Septembermonats war der Regen dann endlich versiegt. Der dritte Angriff aus den Mauern heraus hatte abgebrochen werden müssen, denn die Janitscharen waren auf ihre Feinde vorbereitet gewesen und hatten sie bereits erwartet.

In der Nacht zum dreißigsten September war der erste Frost gekommen. Mit ihm waren die Osmanen vorgerückt und hatten den Ring rund um die Stadt enger gezogen. Im Südosten hatten sie den Wienfluss überschritten und standen nun vor dem Stubentor. Im Westen hatten die Feinde den ersten Angriff gegen die Mauern der Stadt gewagt und sowohl Werder- und Schottentor mit den angrenzenden Mauern mit Sturmleitern berannt. Lucas hatte nicht viel davon mitbekommen, da er in der Stadt unterwegs gewesen war, um Häuser zu markieren. Wegen der Kälte quartierte man die Soldaten jetzt in die leeren Häuser der Innenstadt ein.

Es mochte der Umschwung des Wetters gewesen sein, der

dafür gesorgt hatte, dass die Osmanen die Angriffe begonnen hatten. Möglicherweise war es auch der Ablauf eines Ultimatums ihres Sultans Süleyman gewesen. Wie man sich erzählte, hatte er Gefangene aus Graf zu Hardeggs Reiterei zurückgeschickt, die die Botschaft überbracht hatten. Angeblich hatte der Herrscher spätestens zu Michaeli sein Frühstück in Wien essen wollen. Dieser Tag war gestern verstrichen, ohne dass der Sultan erschienen wäre. Offenbar war seine Absicht gewesen, die Befehlshaber Wiens allein mit dem Aufmarsch seines gewaltigen Heeres so einzuschüchtern, dass sie ihm ohne Gegenwehr die Tore öffneten. Doch Niklas Graf Salm hatte, wie der Landsknecht Walther Lucas prahlend verkündete, es nicht einmal für nötig befunden, das Ultimatum Süleymans zu beantworten.

Mit dem heutigen Tag war nun der Oktober angebrochen. Lucas hatte in der letzten Nacht die Kälte in die feuchten Mauern der Kodrei Goldberg kriechen spüren. Die Einsamkeit des Hauses hatte mehr denn je auf sein Gemüt gedrückt, und so war er froh, dass Pernfuß ihn mit einem Auftrag gen Südmauer geschickt hatte. Er sollte sich ein Bild vom feindlichen Heer machen. Jetzt gähnte der Student und blickte von der Stadtmauer beim Kärntner Tor hinunter auf die ehemaligen Vorstädte.

Mit seinen früheren Gegnern in der Stadtwache kam Lucas inzwischen ganz gut klar. Die meisten anderen verbliebenen Männer in Wien waren Fremde für ihn – Landsknechte und Soldaten, die nicht der Kampf um Haus und Hof antrieb, sondern die Pflicht oder der schnöde Mammon. Den Gerichtsknechten aber ging es um ihre Heimat, und das ließ sie selbst über ihre mehr als holprige Vergangenheit mit dem Studenten hinwegsehen.

Der Einzige, der nach wie vor gegen Lucas hetzte, war Wilhelm Hofer, und ausgerechnet heute sollte der Student wieder mit ihm auf Patrouille gehen, weil der Gang allein durch die Stadt zu gefährlich wurde. Siebzehntausend Bewaffnete hausten in der Stadt, und immer wieder kam es zu gewaltvollen Auseinandersetzungen zwischen Daheimgebliebenen, die ihre Habe schützten, und Flüchtlingen, die diese rauben wollten. Mit jedem Tag wuchs die Zahl der Einbrüche in Bürgerhäuser und Prügeleien zwischen den Beteiligten.

Pernfuß schien Lucas' Arbeit bei den Stadtknechten inzwischen zu respektieren, denn er hatte darauf bestanden, dass Hofer und er ihre Route wieder zusammen aufnähmen. Der Student hatte schließlich schweren Herzens akzeptiert, und Hofer hatte eingewilligt, um ihm auf die Finger zu schauen, wie er nicht müde wurde zu betonen. Inzwischen war dem Studenten ein neuerlicher Zusammenstoß beinahe recht, denn vielleicht klärte sich die Angelegenheit dann ein für alle Mal.

Der wahre Lichtblick des Tages würde erst am Abend folgen. Lucas hatte einen Besuch bei Madelin an der Ruprechtskirche geplant. Mit einem zärtlichen Glücksgefühl dachte er an ihren Gesichtsausdruck, als sie die neuen Spielkarten zum ersten Mal gesehen hatte – eine Mischung aus überbordender Freude, Unglauben und Furcht, dass sie aus einem Traum erwachen könnte und die Karten dann wieder verloren wären.

Eine gewaltige Kanone krachte im Süden und ließ den Studenten zusammenzucken. Die Osmanen hatten ihre Geschütze aufgestellt und begannen mit dem Beschuss. Bloß die alte Mauer schützte Wien jetzt noch davor, von einem Sturm hinweggefegt zu werden. Umso besorgniserregender erschien es Lucas, dass man aus der Mauer links Steine entfernt hatte, um dort Geschütze aufzustellen und hindurchschießen zu können. Wer tat denn so etwas? Das musste doch jemandem aufgefallen sein! Er schielte zwischen den alten Zinnen hindurch. Der kalte Wind blies ihm um die Nase und der Rand des sechs Fuß dick gemauerten Steins krümelte zwischen seinen Fingern.

Der Qualm der Kanonenladung hing in der klaren Herbstluft über dem Laslaturm beim Heiligengeistspital, gleich bei Sankt Anton auf der Wieden. Es war erstaunlich – er selbst hatte das Öl in Brand gesetzt, um den Turm niederzubrennen, doch offenbar hatten sie die Widerstandsfähigkeit des alten Bauwerks völlig unterschätzt. Das Dach war fort, das Gemäuer schwarz und oben an der Turmspitze fehlte ein Stockwerk. Der Rest der Steine stand aufrecht wie ehedem und bot den Osmanen und ihren Kanonen Schutz. Darüber hinaus hatten die feindlichen Soldaten in den letzten Tagen einen Wall vor dem Turm aufgeschüttet und dort weitere Geschütze aufgestellt.

Ein Landsknecht in wechselseitig schwarz und rot geteilten Gewändern näherte sich. Haar und Gesicht wirkten schmutzig und er stank. Sorgsam stellte er seine Arkebuse am Mauerwerk ab. Die Schusswaffe ging dem Mann bis zur Brust. Sie bestand halb aus Holz, mit einem aufgesetztem Rohr. Einfache Mechanismen aus Stahl dienten zum Einspannen der Lunte. Der Gürtel des Landsknechts war mit den übrigen Utensilien bestückt, die man für das Abfeuern der Waffe vermutlich brauchte – Lucas hatte noch nie eine von nahem gesehen. Darunter waren eine lange, zur Schlaufe gebundene Lunte, ein Bandolier mit kleinen Beutelchen, in denen sicher die Kugeln steckten, sowie eine große und eine kleine Flasche, in der sich Pulver und Zündkraut befinden mussten. Der Mann stellte sich mit dem Namen Karl vor, und Lucas erwiderte die Höflichkeit.

»Die Reichweite der Kanonen reicht bis hier rüber, ich wäre ein bisschen aufmerksamer, Bursche«, sagte Karl. »Sie haben dort drüben im Turm Feldschlangen mit einem kleinen Kaliber. Die treffen recht gut und haben gleichzeitig eine hohe

Reichweite. Vom Turm da oben haben die Osmanen einen guten Schusswinkel, wirklich – die verstehen ihr Handwerk.«

»Bist du Kanonier?«, fragte Lucas.

»Nein. Ist mir zu gefährlich.« Karl klopfte auf seine Arkebuse. »Das kurze Rohr hier speit schon genug Pulver. Ich habe keine Lust, dass mir ein Vierzigpfünder um die Ohren fliegt. Aber irgendwann kennt man sich mit den Rohren aus. Man muss ja wissen, vor welchen man sich in Acht nehmen muss.«

Mehrere Schüsse donnerten gewaltig. Lucas warf sich auf den Boden und bedeckte seinen Kopf. Die Mauer bebte und Steinsplitter hagelten auf seinen Rücken herab. Trotzdem zwang er sich, schnell wieder aufzublicken. »Karl? Alles in Ordnung?«

Der Knecht lag vor ihm und regte sich erst nach ein, zwei Herzschlägen. »Alles gut, alles gut.« Auch er sah hoch und grinste schon wieder, obwohl er einen blutigen Schnitt im Gesicht hatte. Ein Splitter musste ihn getroffen haben.

»Das«, sagte Karl im Liegen, »kam von dem Friedhof da unten und der alten Mühle auf der anderen Seite der Straße.«

»Der Sankt-Koloman-Friedhof und die Spittelmühle am Bürgerspital.« Lucas dachte mit Bedauern an die alte Mühle zurück, in deren Nähe er als Kind immer an den Ufern der Wien gespielt hatte. Das Bürgerspital hatte ihm nach dem Tod seiner Mutter eine Heimstatt geboten. Er hatte mit zwei Dutzend anderen Kindern regelmäßig in der Kapelle gebetet und schließlich die Firmung empfangen. Jetzt stellten die Diener Mohammeds dort vermutlich ihre Pferde unter. Der Gedanke machte ihn wütend.

»Von da schießen sie auf die Mauern. Kleine Geschütze, die gegen den Mauerverband nichts ausrichten können. Die sind vielmehr gegen uns Schützen gerichtet«, fuhr Karl fort und erhob sich vorsichtig wieder. Lucas tat es ihm gleich. »Sie haben auch dort einen neuen Wall aufgeschüttet. Die wissen mit Erde umzugehen, diese Türken.« Er beschattete sein Gesicht und blickte nachdenklich gen Süden. »Ich weiß nur nicht, was sie da hinten noch graben …«

»Und was haben wir ihren Waffen entgegenzusetzen?«, fragte Lucas. Er sah hinaus auf das riesige Heer und der Mut schwand ihm. »Viel kann's ja wohl nicht sein.«

Der Landsknecht lachte, seine gute Laune schien selbst unter Beschuss unverwüstlich. »Sag das nicht! Ungefähr einhundert taugliche Geschütze immerhin. Wenn Wien in einem Monat noch steht, hat es das zu einem Gutteil seiner guten Bewaffnung zu verdanken – und uns Kriegsknechten natürlich.«

»Versteht sich.«

»Aber die Wiener haben keine große Ahnung von einer guten Verteidigung. Der verdammte Stadtrichter muss vor ein paar Tagen befohlen haben, Schießscharten in die Mauer hauen zu lassen, stell dir das vor! Graf Salm soll Blut und Galle gespieen haben, als er das gesehen hat. Er hat befohlen, dass sie wieder dicht gemacht werden.«

»Da bin ich aber beruhigt«, entgegnete Lucas. Wenn Pernfuß das befohlen hatte, dann kannte er sich keinen Deut mit der Verteidigung einer Stadt aus. »Ich komme übrigens vom Stadtrichter. Er sagt, wichtige Umbauten müssten mit ihm abgestimmt werden, bevor sie durchgeführt werden. Weißt du da was?«

»Das soll er Salm selbst sagen, ich tu's nicht«, sagte der Knecht. »Er wird garantiert die Dächer da abdecken lassen.« Er deutete mit der Hand am Verlauf der Mauer gen Stubentor. Lucas sah, dass man dort bereits viele Häuser abgerissen hatte, um Platz für die Verteidiger zu schaffen. Hier hatten einst einige der schönsten Häuser der Stadt gestanden. »Warum die Dächer?«, fragte er.

»Damit wir die Geschütze oben auf die Dachböden der Häuser stellen können. Gibt keine bessere Schussbahn über die Mauer für die Feldschlangen als von dort oben.« Der Landsknecht beschrieb mit der Rechten eine gebeugte Flugbahn in Richtung des Feindeslagers und pfiff dabei durch die Zähne. »Und rums!«

»Rums«, wiederholte Lucas, doch sein Blick glitt besorgt über die Stadt. Wenn das so weiterging, dann bliebe selbst bei einem Sieg nicht mehr viel von Wien übrig.

Karl sah auf den Wall beim Bürgerspital hinunter. »Ansonsten ist es da draußen erschreckend ruhig.«

»Meinst du, sie haben noch etwas in der Hinterhand?«

Der Landsknecht verzog den Mund zu einem sarkastischen Grinsen. »Das da draußen ist Ibrahim Pascha«, erwiderte er, als erkläre das alles. Auf Lucas' fragenden Blick hin fuhr er fort: »Natürlich hat er etwas in der Hinterhand. Vielleicht haben die Janitscharen deshalb noch nicht gestürmt.«

»Aber ich dachte, es hätte schon Angriffe auf die Mauern gegeben?«

»Angriffe kann man das nicht nennen«, sagte Karl. »Irgendein Pascha hat versucht, sich die Belohnung vom Sultan zu holen, die bestimmt für denjenigen ausgesetzt ist, der als Erstes die Mauern überwindet. Sie haben ein paar halbherzige Versuche gegen das Schottentor gemacht. Nein, wenn die Janitscharen kommen, dann wirst du es merken. Dann werden die Türken alles geben, was sie haben. Das wird ein Sturm, wie Wien noch keinen erlebt hat.«

Als der Student wieder normal hören konnte, drang der Klang des Primglöckleins an sein Ohr. Die zeitliche Orientierung ohne den Stundenschlag der Kirchenglocken fiel ihm schwer. Mehr noch, Wien fühlte sich nicht mehr an wie Wien, seit das Geläut der drei Dutzend Kirchtürme fehlte. Man hatte das Geläut in Kriegszeiten ausgesetzt. »Ich muss los. Bericht erstatten vor meiner Patrouille.«

»Patrouille? Wo lang?«

»Oben beim Salzgries. An der Nordmauer«, fügte er hinzu, denn der Landsknecht kannte sich ja vermutlich nicht gut aus in der Stadt.

»Ach, am Fluss. Pass bloß auf, dass die Nassadisten nicht kommen, die Matrosen der Osmanen. Die können auch verdammt gut mit dem Säbel umgehen.«

»Mach ich, danke schön.« Damit verabschiedete Lucas sich. Er kehrte an Sankt Stephan vorbei zurück zum Hohen Markt, der inzwischen vollständig von Landsknechten besetzt zu sein schien. Sie hatten bedenklich nah an den Wänden der Häuser Feuer entzündet, um vor Wind und Regen geschützt zu sein, hatten Wachstücher als Dächer auf Piken aufgespannt und widmeten sich nun in ihren freien Stunden dem Ringen, Würfeln und Saufen. Lucas war immer auf der Hut, denn die Männer schwankten zwischen Schlachteinsatz und Langeweile und fühlten sich wie die Herren von Wien.

In der Schranne angekommen erstattete Lucas Pernfuß Bericht. Er erwähnte nicht, dass die Löcher in den Mauern grober Unfug waren und Graf Salm angeordnet hatte, sie wieder zu schließen. »Der Landsknecht auf der Mauer sagte allerdings, Ihr möget selbst mit Graf Salm sprechen, was weitere Abrisse an Häusern entlang der Stadtmauer angeht«, meldete er pflichtschuldig.

»Der verdammte Salm«, fluchte Pernfuß. »Wir brauchen keine Türken, um unsere Stadt zu vernichten – ein paar übereifrige Soldaten tun das auch!« Zwar hatte Lucas bereits ähnliche Gedanken gehegt, doch von Übereifer konnte keine Rede sein. Graf Salm war erst im September zur Verteidigung hinzugekommen. Seitdem hatte er die Situation Wiens nur verbessert.

Danach wartete Lucas ungeduldig, bis Wilhelm Hofer sich ebenfalls gegen die Kälte gewappnet hatte. Den Weg die Wilpingerstraße am Rathaus vorbei verbrachten sie in eisigem Schweigen. Man hätte die Luft zwischen ihnen schneiden können.

Vorbei am Passauer Hof und der Marienkirche, die über der abschüssigen Senke zum Donauarm thronte, hielten sie vor den Stufen der Fischerstiege inne, die hinunter zum Gestade führten. Hier hatte Hofer das letzte Mal seinem Misstrauen Ausdruck gegeben, und Lucas wartete nur auf das, was dieses Mal kommen würde. Doch der Mann trat ohne Zögern als Erstes auf die Stufen und ging hinunter. Er schonte seine Seite nicht mehr ganz so sorgfältig, offensichtlich verheilte die Wunde gut. Lucas folgte ihm. Würde Hofer endlich Ruhe geben? Sie traten auf den noch gefrorenen Schlamm in den Niederungen vor dem Werderturm, dort wo der Salzgries an der Mauer entlangführte.

»Hast ja alle gut getäuscht, was?«, fragte der Zimmermann. »Aber nicht mich.«

Lucas seufzte innerlich. Da war es also. »Was meint Ihr damit – getäuscht?«

»Dass' dich einfügst und die anderen Gerichtsknechte dich anerkennen. Mögen sie tun – sogar Pernfuß hat seine Meinung geändert. Ich halt weiterhin ein Auge auf dich, Bürschlein!«

»Pernfuß hat seine Meinung über mich geändert?«, fragte der Student überrascht. Der Stadtrichter benahm sich ihm gegenüber genauso unleidig und herrisch wie immer, wenn auch ein wenig umgänglicher als noch zu Beginn der Belagerung. Vielleicht hatte Hofer Recht.

»Gewiss. Hätt' nicht gedacht, dass der Mann so weich ist. Aber ich werd nicht vergessen, was du getan hast, dass'd das weißt!« Hofer schnaufte.

Lucas breitete in einer fragenden Geste die Hände aus. »Habt Ihr nie einen Fehler begangen, Meister? Habt Ihr nie etwas getan, was Ihr hinterher bereut habt, das sich aber nicht wiedergutmachen ließ?«

Wie schon bei ihrer ersten Auseinandersetzung griff sich Hofer Lucas' Wams, drehte den Stoff und rammte den Studenten gegen eine Häuserwand. »Du verdammter …«

»Ich verdammter was?«, fragte Lucas.

»Du verdammter Hundesohn! Du würdest in derselben Situation genau dasselbe wieder tun, gib's zu!«

Lucas zögerte. Das Bild von Ansässers erschlaffenden Gesichtszügen stand ihm vor Augen und würde ihn vermutlich noch ein Lebtag lang begleiten. »Möglich«, erwiderte er. »Aber hier geht es doch gar nicht um Ansässer, oder?«

»Sicher geht's um Ansässer, Bürschlein, und darum, dass'd ein verantwortungsloser Stenz bist, darum geht's!«

»Warum habt Ihr Euch mit mir auf diese Wache einteilen lassen, Hofer?«, fragte Lucas. »Ihr hättet das nicht tun müssen. Ihr hättet ablehnen können.«

Der Zimmermann verstärkte seinen Griff an Lucas' Gewand. »Jemand muss aufpassen, dass'd nicht noch jemanden umbringst, deshalb!«

»Aber warum ausgerechnet Ihr? Das hat doch nicht erst mit Ansässers Tod angefangen. Ihr habt's auf mich abgesehen, solange ich denken kann!«

»Du verdammter …«, fuhr Hofer wieder auf. »Hätte ich damals nur …«

Lucas hätte gerne gewusst, was Hofer zu sagen hatte. Doch ein Geräusch von der Mauer lenkte seine Aufmerksamkeit dorthin. »Psst!«, machte er und lauschte angestrengt.

Was er gehört hatte, war ein dumpfes Klopfen gewesen, gefolgt von einem Stöhnen. Es hatte geklungen, als ob jemand mit einem Knüppel angegriffen worden wäre. Lucas hob mit einem warnenden Blick den Zeigefinger an den Mund, um Hofer zur Stille anzuhalten, und starrte in die Schatten des frühen Morgenlichtes. Trotzdem konnte er nichts erkennen.

»Ich hör nichts, verdammt!«, zischte der Zimmermann.

»Ich aber«, flüsterte der Student. »Leise!«

Auch hier im Norden waren die Gebäude, die zu nahe an der Stadtmauer gelegen hatten, in den letzten Tagen abgerissen worden. Doch so sorgfältig wie im Süden hatte man hier oben nicht gearbeitet. Einige Dutzend Schritte voran hinter dem Spenglerturm standen noch die Reste eines gemauerten Kamins, andernorts waren Häuserecken aus Stein stehen geblieben.

Lucas lenkte seine Aufmerksamkeit auf den Kamin. Hier ragten die Äste eines großen Baumes von der anderen Seite an die Mauer heran. Warum hatte man den nicht gefällt?

Ein neuerliches Stöhnen erklang, kurz und unterdrückt. War dort jemand über die Mauer gesprungen? Lucas zog langsam sein Schwert und deutete voran. Hofer nickte. Offenbar hatte er das Geräusch jetzt auch gehört. Sie schoben sich leise voran.

Der Sand des Weges knirschte unter ihren Stiefeln und kam Lucas lauter vor als sonst; jeder Atemzug schien sie in der Kälte durch die Wolke in der frühmorgendlichen Luft verraten zu wollen. Dann hatte Lucas eine Idee.

Er steckte sein Schwert weg und gestikulierte dem Zimmermann mit zwei Fingern, dass er selbst ganz normal an dem Mauerrest vorbeigehen würde, um für Ablenkung zu sorgen, damit Hofer dann von hinten zugreifen konnte. Der Alte fuhr sich durch den grau gesträhnten Bart und verengte kurz die Augen zu Schlitzen. Dann nickte er. Offenbar hatte er verstanden.

Sich normal aufzurichten und den Schritt wieder mit der üblichen Lautstärke und Sorglosigkeit auf den sandigen Boden aufzusetzen, erforderte eine gewaltige Überwindungskraft. Lucas konnte nur hoffen, dass der Plan aufging und Hofer nicht noch zu sehr unter seiner Wunde zu leiden hatte, um mit dem, was dort in der Ecke lauerte, fertigzuwerden. Der Student zwang sich sogar dazu, ein atemloses Liedchen zu pfeifen. Er senkte das Kinn auf die Brust und hob die Hände zum Umhang, als hantiere er an dem Verschluss. Dann ging er voran, vorbei an dem Kaminrest unter dem Baum an der Stadtmauer.

Wer dort auch immer lauern mochte – er konnte ihn jederzeit mit einer Waffe anspringen. Jeder Schritt schien eine halbe Ewigkeit zu dauern, dann war Lucas vorbei an dem Kaminvorsprung und hörte Geräusche hinter sich – ein Stöhnen, Schaben, vielleicht von Stiefeln auf Sandboden oder Stein. Er fuhr herum.

In dem Winkel hinter dem Kaminschlot kämpfte Wilhelm Hofer mit einem Mann. Gerade wurde der Zimmermann mit viel Schwung und dem Gesicht voran gegen die Stadtmauer gedreht. Er riss noch im letzten Augenblick den Arm hoch und fing sich ab, doch der Fremde wandte sich schon zur Flucht. Lucas war noch nicht nah genug, um sich auf ihn zu werfen. Er änderte die Richtung und machte sich auf eine lange Verfolgungsjagd gefasst. Der Fremde sprang vorwärts, um den Hang zur Sterngasse hinaufzufliehen. Dann stürzte er mit einem Ruck, denn Hofer hatte ihm im letzten Augenblick ein Bein gestellt.

Der Zimmermann warf sich trotz seiner verheilenden Wunde auf den Fremden und hieb ihm die Fäuste ins Gesicht. Als Lucas die beiden Ringenden erreichte, sah er, dass man das Geschehen keinen Kampf mehr nennen konnte. Wilhelm Hofer schlug auf den am Boden Liegenden ein, der sich nur noch schwach wehrte und versuchte, sein Gesicht zu schützen. Stattdessen landeten die Schläge nun auf dem Brustkorb des Mannes.

Lucas fiel Hofer in den Arm. »Lasst ab, Mann!«, rief er. »Er spuckt ja schon Blut!«

»Er ist ein Spion!«, knurrte Hofer mit zusammengebissenen Zähnen. »Der will ausspitzeln, wie viele Soldaten wir haben und wie viele Kanonen, und uns dann für Gold an die Osmanen verkaufen!«

»Bienen«, stieß der Fremde aus und rang nach Luft – einer der letzten Schläge hatte ihm gründlich den Atem geraubt.

»Bienen? Im Oktober?« Hofer lachte grimmig. »Dass ich nicht lache.«

»Lasst doch erst einmal von ihm ab, Hofer!«, bat Lucas. »Der läuft so schnell nirgendwohin.« Mit Grauen dachte er an die Berichte von dem Herrn im Goldkaftan, der kürzlich nicht unweit von hier mit einigen anderen türkischen Soldaten in der Donau ersäuft worden war. Die Menschen in Wien waren wütend und hatten Angst, eine Mischung so explosiv wie Schwefel und Salpeter.

»Bitte.« Der Student bot Hofer die Hand, um ihm von dem am Boden liegenden Mann herunterzuhelfen. Der Zimmermann musterte ihn skeptisch. Dann stand er aus eigener Kraft auf, ohne Lucas' Hilfe in Anspruch zu nehmen. Dabei presste er den Arm auf seine verwundete Seite.

Der Mann, der anscheinend gerade über die Mauer geklettert war, sah nicht nach einem typischen Osmanen aus. Er hatte hellbraunes Haar und grüne Augen, trug allerdings nach Art der Janitscharen einen langen Schnurrbart. Kinn und Wangen waren blankrasiert. Seine Kleidung erinnerte ebenfalls an die Gewandung der Osmanen. Sie bestand aus hellen Beinkleidern aus warmem Stoff und einer blauen Tunika, die an den Knien endete und vorne geknöpft war. Das Haupt war unbedeckt und ein Umhang fehlte – ebenso Waffen oder Abzeichen.

»Wenn er ein Spion wäre – würd er sich dann nicht eher in Bauernkleider hüllen, um nicht aufzufallen, statt im Kaftan in die Stadt zu klettern?«, fragte Lucas nachdenklich.

»Immer denkst du so kompliziert, Bürschlein«, grollte der Zimmermann. »Er ist ein Osmane, da bin ich sicher. Und Osmanen, die nach Wien hereinkommen, bringen wir um. Ich zumindest bin genau deshalb in der Stadt geblieben.« Er griff zu seinem Schwert.

Der Mann auf dem Boden verfiel in hektisches Gefuchtel. Eine Hand wanderte zur Brust und fuhr dort über den Stoff seiner Tunika – erst von der einen Seite der Brust zur anderen, dann hoch zur Kehle, hinab zum Magen. Und von vorne. Dazu sagte er mit aufgeplatzter Lippe wieder und wieder: »Bienen! Bienen!«

»Er versteht unsere Sprache«, erkannte Lucas. »Er hat Angst, dass Ihr ihn umbringt.« Endlich erkannte er auch das Zeichen, das der Mann auf der Brust malte. »Und er schlägt das Kreuz Christi auf seiner Brust. Der Mann ist kein Osmane, Hofer, er ist ein Christ!«

Hofer fluchte. »Das soll ein Kreuzzeichen sein?«

Lucas hockte sich neben dem Mann nieder und tupfte ihm mit dem Ärmel das Blut vom Mund. Die geplatzte Lippe war angeschwollen, möglicherweise fehlten Zähne. Auch die Nase war gebrochen und dicker geworden. »Ich hoffe inständig, dass Ihr dem Mann nicht die Eingeweide zerschlagen habt«, murmelte er. Der Mann brauchte einen Feldscher, der ihn behandelte. Dann wandte er sich an den Verletzten. »Was ist mit Bienen?«, fragte er.

Der Fremde sah ihn hoffnungsvoll an und formte mit den Lippen sorgfältig den ersten Buchstaben des Wortes und wiederholte: »Bienen. Dürgen graben Bienen.« Es folgte ein Schwall einer Sprache, die Lucas nicht verstand, möglicherweise Ungarisch.

»Was redet der?«, fragte Hofer. »Ist er besessen?«

Lucas formte die Worte selbst mit dem Mund nach. »Ich weiß es nicht – ich glaube nicht. Aber er ist kein Feind. Vielleicht hat er in der Armee des Feindes gedient. Aber jetzt versucht er, uns vor etwas zu warnen.« Der Student blickte zu dem Zimmermann auf. »Dieser Mann muss zu Graf Salm, wenn er etwas zu sagen hat.«

»Du schenkst ihm Glauben?«

»Ja.«

»Und wenn er doch ein Spion ist?«

»Das sollte besser der Feldhauptmann entscheiden, meint Ihr nicht?«

»Sollten wir nicht erst zu Pernfuß?«, fragte Hofer.

»Der so viel Ahnung von der Verteidigung einer Stadt hat wie ein Waschweib?«

»Er ist der Stadtrichter!«, sagte Hofer entrüstet. »Du schuldest ihm mehr Respekt. Außerdem – weißt' es besser?«

»Dass man keine Löcher in eine Stadtmauer schlagen lässt, um dort Kanonen zu platzieren? Ja, das weiß selbst ich besser, und ich habe keine Ahnung von Belagerungstaktik!«, erwiderte Lucas hitzig. »Wenn wir erst zu Pernfuß gehen, lässt er den Mann bloß hinrichten, so wie den Herren mit dem Goldkaftan kürzlich. Und dann erfahren die Hauptleute nie, was er zu sagen gehabt hätte.«

Hofer blickte zweifelnd, doch schließlich nickte er. Sie halfen dem Fremden auf. Er war schwer, und es kostete sie einige Mühen, ihn die Steigung zur Frauenkirche hinaufzubringen. Dann wankten sie nach Süden zur Burg. Dort würden sie den Feldstab Graf Salms finden.

Lucas schwitzte. Der Mann lag auf dem Tisch in einer Kammer in der Burg – war er ein Verräter, ein Spion? Lucas wusste nicht, wie er ihn nennen sollte. Die Burg, dieses wehrhafte Bollwerk, lag im Süden der Stadt direkt an der Mauer bei den Augustinern. Von vier unterschiedlich hohen Türmen trotzten Fahnen der Habsburger und Wiens den Osmanen just auf jener Seite, die dem Lager der Osmanen am nächsten zugewandt war. Das gelegentliche Donnern der Kanonen wirkte hier lauter und beunruhigender. Im beinahe quadratischen Hof herrschte großes Durcheinander. Boten kamen und gingen, eine Abteilung Reiter bereitete ihre Pferde für den Ausritt vor und Karren wurden be- und entladen. Lucas sah hauptsächlich Pulverfässer und Kanonenkugeln, um die Geschützmannschaften zu bestücken. Offenbar ging man davon aus, dass das Schwarzpulver hinter doppelten Mauern am sichersten war.

Jetzt war es beinahe Mittag. Sie warteten schon gewiss eine Stunde in der schlichten Kammer, die eher nach einer Wachstube denn einem herzöglichen Gelass aussah. Rechts und links von dem Mann – Lucas beschloss, ihn bei sich den Mauerkletterer zu nennen –, stand je eine Wache der Landsknechte. Groß, gerüstet und mit Schwert und Pike bewaffnet, sahen diese Herrschaften nicht so aus, als sei mit ihnen gut Kirschen essen. Lucas fuhr sich durch das Haar. Wie war er aus der Kodrei Goldberg hierher auf die Burg der Stadt Wien gekommen? Was war nur alles in so kurzer Zeit passiert?

Als der Mauerkletterer wieder hustete, wollte Lucas schnell an seine Seite eilen, doch der Landsknecht mit dem leuchtend roten Gewand griff seinen Arm und hielt ihn ihm vor die Brust.

»Er hat Schwierigkeiten, Atem zu schöpfen«, erwiderte der Student. »Wollt Ihr, dass er hier stirbt, bevor der Graf mit ihm sprechen kann?«

»Willst du ihm die Brust öffnen, damit er besser Luft bekommt?«, fragte der Landsknecht süffisant.

»Das nun nicht«, erwiderte Lucas. »Aber ich kann sehen, ob es an seiner Lunge liegt oder an seiner verdammten gebrochenen Nase!«

Der Landsknecht maß ihn mit Blicken, doch Lucas hielt dem unbewegt stand. Was auch immer geschah, er würde den Mann hier nicht sterben lassen. Schließlich nickte der Rotgewandete und ließ ihn durch, an das unbequeme Lager des Mauerkletterers.

Der Mann hustete immer wieder, und Lucas legte erst vorsichtig sein Ohr auf dessen Brust, bevor er die Rippen betastete. Der Mann zuckte zusammen. »Setz dich auf«, forderte er den Verletzten auf. »Genau so, Knie anwinkeln, Kopf dazwischen.« Er half dem Mann, der unter schlimmen Schmerzen leiden musste. Lucas warf Wilhelm Hofer einen vorwurfsvollen Blick zu. Dem Mann ginge es gut, wenn der Zimmermann nicht seine Laune an ihm ausgelassen hätte! Doch Hofer hielt den Kopf gesenkt und die Arme vor der Brust verschränkt.

Als der Mauerkletterer aufrecht saß, klopfte ihm Lucas vorsichtig mit der Rechten auf den Rücken. Nicht dort, wo er die Lunge bei der Sektion eines Verbrechers im *Theatrum Anatomicum* des Universitätsgebäudes in der Bäckerstraße gesehen hatte. Er klopfte weiter oben, kurz unterhalb der Kehle. Mit der Linken hielt er dem Mann ein Tuch vor den Mund. Der röchelte ein paarmal und hustete blutigen Auswurf hinein. Dann atmete er freier.

»Bleib so sitzen«, wies Lucas den Verletzten an. »Dir fließt das Blut aus der gebrochenen Nase in den Rachen und verklebt dort. Wenn du den Kopf zwischen den Knien hältst, fließt es heraus. Halt das Tuch vorsichtig vor Mund und Nase.« Der Mann gab ein Stöhnen von sich, das auch eine Bestätigung sein konnte. »Nicht mit dem Kopf nicken«, empfahl Lucas noch.

Die Tür ging auf. Der Mann, der die Kammer betrat, wirkte auf den ersten Blick wie ein Mensch voller Widersprüche. Das kantige Gesicht wirkte insgesamt kräftig, die Augen darin eher nachdenklich. Die Figur, das halblange Haar sowie die Narbe auf der Wange erinnerten an einen Landsknecht, doch der sorgfältig gehauene und verzierte Stoff von Wams und Beinkleidern sprach von Geld und von Stand. Der Mann besaß eine Aura, der man sich nur schwer entziehen konnte. Lucas mochte ihn gleich. Als er auf die Finger des Mannes blickte, wusste er auch, wen er vor sich hatte. Dicke Narben und Hornhaut zierten die Hände jedes geübten Schwertmeisters, aber nur Eck von Reischach hatte, so erzählte man sich, an der Linken zwei Finger verloren.

Ein paar Augenblicke nach Reischach betrat Graf zu Hardegg den Raum. Seine Rüstung war glänzend aufpoliert, der Umhang mit Juwelen bestickt. Die Mütze auf seinem Kopf sprach von Keckheit und Prunksucht. Die Miene des Grafen war hart und überheblich. Lucas kam nicht umhin, die Männer miteinander zu vergleichen. Er hatte von einer schlimmen Rivalität zwischen ihnen gehört. Der Einzige, der die beiden angeblich daran hinderte, sich im Feldstab die Schädel einzuschlagen, war Graf Salm.

»Was geht hier vor?«, fragte Graf zu Hardegg den Wachmann im roten Gewand harsch. Der wies auf Lucas und Wilhelm Hofer. »Die beiden Männer hier – sie haben den Türken gebracht. Angeblich hat er was zu sagen.«

»Was sollte ein Türke schon zu sagen haben?« Zu Hardegg verengte die Augen zu Schlitzen. Ob der Graf schlecht sehen konnte? Lucas hatte sich noch nicht viel um die Augenmedizin bemüht, daher konnte er nur mutmaßen.

»Du bist aus der Bürgerwehr, nicht wahr?«

»Ja, Herr. Wir beide.« Der Student wies auf den Zimmermann und stellte sie beide vor.

»Und wie kommt ihr darauf, dass der Osmane verdient hätte, dass wir ihm zuhören?«

Lucas sah von Hardegg zu Reischach und zurück. Der eine wirkte bedrohlich, der andere prüfend. »Ich glaube nicht, dass das ein Osmane ist, Herr.«

»Kein Osmane?«, fragte zu Hardegg stirnrunzelnd. »Er sieht aber aus wie einer.«

Auch Eck von Reischachs Interesse schien geweckt. »Was soll er sonst sein?«

Der Landsknecht Walther hatte Lucas einige Dinge zu den Osmanen erklärt. »Ich habe gehört, dass die Janitscharen oft christliche Sklaven sind«, erläuterte er. »Die meisten folgen wohl über kurz oder lang dem Gott der Osmanen, doch nicht alle. Man erkennt sie an ihrem Bart.« Er wies auf das Gesicht des Mauerkletterers. »Sklaven dürfen keinen Kinnbart tragen – nur einen Schnurrbart. Ich glaube, dieser Mann ist ein Christ.«

Der Janitschare hatte die Unterhaltung offenbar verfolgt, denn während die Linke das blutbesudelte Tuch hielt, hob er die Rechte und bekreuzigte sich damit.

»Er kann trotzdem ein Spion sein, von seinen Meistern gesandt, um Unfrieden zu stiften«, sagte zu Hardegg. »Vielleicht ist seine Absicht, zu uns vorzudringen und ein Attentat zu verüben!«

»Er hat Schmerzen und kann momentan kaum atmen. Er hat ein paar wuchtige Schläge auf die Lunge abbekommen, eine gebrochene Nase und vielleicht auch ein paar gebrochene Rippen. Der wird niemanden angreifen.«

Eck von Reischach zog die Stirn in Falten. »Du kennst dich verdammt gut aus in diesen Dingen. Bist du ein Feldscher?«

»Nein, Herr. Ich bin ein Student der Medizin an der *Alma Mater Rudolphina*.«

Graf zu Hardeggs offensichtliches Misstrauen wich einem kurzen Anflug von Sorge. »Kennst du meinen Sohn?«

»Ich bin ein Freund Heinrichs, Herr.«

»Weißt du, was mit ihm geschehen ist? Ist er am Leben?«

»Ich weiß nur, dass er mit dem letzten Flüchtlingszug die Stadt verlassen hat, Herr. Wie es ihm geht, vermag ich nicht zu sagen.«

Doch diese Nachricht beruhigte den Reiterhauptmann bereits. »Das ist gut«, murmelte er. Dann wandte er sich wieder dem Verletzten zu. Die ablehnende Haltung kehrte in seine Züge zurück. »Wir dürfen dem Mann nicht trauen. Alles, was er sagt, wird eine Lüge sein, um uns in die Irre zu führen.«

»Das wisst Ihr nicht«, widersprach Lucas. »Warum sollte es nicht auch im Heer der Osmanen Menschen mit Menschlichkeit und Treue im Herzen geben – besonders, wenn es sich um einen Christen handelt?«

Doch zu Hardegg blieb hart. »Was könnte uns der Mann zu sagen haben, das wir hören müssen? Nichts. Selbst wenn du Recht hast – er ist bloß Fußvolk. Ein Sklave. Was kann er schon wissen?«

Lucas bekam fast den Eindruck, als wolle der Graf nicht verstehen. »Aber kann es denn schaden, ihn anzuhören?«, fragte er und sah zu Eck von Reischach hinüber. Der Landsknechtsführer schwieg.

»Er kann Zwietracht und Hoffnungslosigkeit verbreiten«, erwiderte der Graf. Unwillig schüttelte er den Kopf und ging zur Tür. »Nein, ich werde ihn nicht anhören. Verschwendet gerne Eure Zeit mit ihm, Reischach.« Doch in der Tür hielt er inne und schaute, ob der Angesprochene ihm folgte.

Der Hauptmann der Landsknechte antwortete nicht. Er

hielt einen Arm über die Brust gelegt, den anderen angewinkelt, so dass er in einer nachdenklichen Geste das Kinn in die Hand stützen konnte. Merkwürdigerweise musterte er Lucas, nicht den Verletzten. Würden ihn die Hauptleute jetzt etwa der Mitverschwörung anklagen?

Endlich sprach von Reischach. »Was denkst du, hat der Mann uns zu sagen, Bursche?«

Lucas suchte Wilhelm Hofers Blick, doch der starrte ihn nur herausfordernd an. Der Zimmermann würde seinen Hals nicht riskieren – ihm hatte die Idee, den Verletzten auf die Burg zu bringen, von Anfang an missfallen. »Ich glaube, dass er gekommen ist, um uns zu warnen.«

»Warnen?«, fragte von Reischach. »Wovor?«

»Ich weiß es nicht. Aber es scheint diesem Mann wichtig genug gewesen zu sein, sich in unsere Mauern hineinzuwagen. Heute ist der erste Tag des Oktober, oder? Die Osmanen sind vor einer Woche angekommen. Warum haben sie noch nicht angegriffen?«

»Bienen!«, warf da der Mann ein. »Dürgen graben Bienen.«

»Weil wir ihnen in drei Ausfällen den Arsch verdroschen haben, deswegen!«, fuhr zu Hardegg auf und kehrte in die Mitte des Raumes zurück.

Der Hauptmann der Landsknechte hingegen schmunzelte. »Eigentlich habe *ich* den Janitscharen mit meinen Knechten den Arsch verdroschen, Hardegg«, sagte er dann. »Wir haben ihnen in der Widmervorstadt und bei Sankt Anton ein paar Schlappen beigebracht. Der einzige Angriff, den die Osmanen begonnen und gewonnen haben, war der auf Eure Reiterei.«

Der Graf wurde rot vor Wut. »Vergesst nicht den auf das Schottentor gestern, Reischach!«

»Ach, hört auf, das war doch höchstens ein Scharmützel. Worauf willst du hinaus, Steinkober?«

»Vielleicht haben sie nicht mit so viel Gegenwehr gerechnet«, sagte Lucas. Er formte die Worte noch einmal wieder und wieder mit den Lippen nach, um endlich zu verstehen, was der Mauerkletterer ihnen sagen wollte. Da kam ihm ein schrecklicher Verdacht. Wenn man nicht an die Mauern herankam, um sie zu überwinden, dann …

»Beantworte die Frage, Mann!«, befahl zu Hardegg. »Worauf willst du hinaus?«

»Sie graben Minen«, sagte Lucas tonlos.

Für einen Augenblick hätte man in der Kammer eine Nürnberger Drahtnadel fallen hören können, so still war es. »Zumindest glaube ich, dass der Mann uns das sagen will.« Der Fremde hatte den Kopf erhoben und nickte, dann fuhr seine Hand zum Kopf. Er musste Schmerzen haben. »Bulver«, fügte er hinzu.

»Wenn das stimmt, muss Feldhauptmann Graf Salm wissen, wogegen er sich zur Wehr zu setzen hat. Keine tausend Soldaten helfen gegen unterirdische Sprengladungen«, sagte Lucas.

Die beiden Hauptleute, die sonst immer im Wettstreit miteinander zu liegen schienen, sahen einander fragend an. Eck von Reischach wandte sich Wilhelm Hofer zu. »Was sagt Ihr dazu?«

Der alte Zimmermann fuhr sich verlegen durch den grau gesträhnten Bart, seine buschigen Augenbrauen zogen sich zusammen. Er zögerte. »Weiß nicht, Herr«, brummelte er dann. »Ich find', man darf dem Burschen nicht trauen!« Er wurde rot. »Aber ich weiß nicht viel, Herr. Bin ein Zimmermann.«

Der Hauptmann nickte. »Mehr ist auch nicht gefragt, Bürgersmann.« Er rieb sich nachdenklich die Stirn. Dann trat er an den Tisch. »Kann er sprechen?«

»Nicht deutlicher als eben, aber ein paar Worte gehen sicher.«

»Soldat«, sprach von Reischach den Mauerkletterer an, »ist das wahr? Bist du ein Christ?«

»Ja«, grunzte der Osmane und bekreuzigte sich wieder.

Von Reischachs Miene verfinsterte sich. »Dann sprich das Glaubensbekenntnis.«

»Herr!«, fuhr Lucas dazwischen. »Ein paar Worte sagte ich! Seine Nase ist gebrochen, seine Lippe gesprungen und er kann wegen der gebrochenen Rippen kaum atmen!«

Der Hauptmann maß Lucas mit kühlem Blick. »Wenn er glaubt, es sei seine Christenpflicht, Wien vor seinen Herren zu warnen, dann wird er das ertragen. Sprich!«, wandte er sich wieder an den Verletzten.

Als der Mauerkletterer schwieg, kehrten Lucas' Zweifel zurück. Hatte der Mann ihn doch hinters Licht geführt? Oder konnte er sich bloß nicht mehr erinnern? Man sagte, die Janitscharen würden als Kinder geraubt. Vielleicht hatte er das Glaubensbekenntnis nie gelernt?

Schließlich stöhnte der Verletzte, nahm einen pfeifenden Atemzug und zog das befleckte Tuch von Mund und Nase. »*Credo in deung, batreng ongnibotenteng, creatoreng caeli et terrae*«, begann er. »*Et in Iesung Christung, filiung eius unicung, donginung nostrung.*« Der Sprung in der Lippe begann wieder zu bluten, und der Mann rang nach Luft.

Lucas schloss die Augen. Die Worte klangen elend und wurden offenbar unter großen Schmerzen gesprochen. Dabei versuchte der Janitschar, seinen Mund so wenig wie möglich zu bewegen. Lucas blickte Eck von Reischach an, doch der griff nicht ein. Stattdessen beobachtete er den Mann. Der setzte schließlich wieder an und schaffte es, bis zum *Vitam aeternam* durchzuhalten.

Lucas seufzte erleichtert. Ihm war nicht bewusst gewesen, dass er den Atem angehalten hatte. Jetzt fehlte dem Mann nur noch das *Amen*. Der Verletzte kämpfte um sein Bewusstsein, und Lucas sprenkelte ihm schnell etwas Wasser ins Gesicht. Tränen des Schmerzes mischten sich dazu. Nach quälend langer Pause flüsterte der Mann: »*Angen*.« Dann presste er das Tuch wieder unter Mund und Nase und schloss kurz die Augen.

Jetzt entspannte sich auch Eck von Reischach. »Ich glaube dir«, sagte er dem Mann. Er befahl Lucas, ihm etwas zu trinken zu geben. Graf zu Hardegg und Wilhelm Hofer sahen immer noch skeptisch aus.

Nachdem der Verletzte getrunken hatte, begann der Hauptmann die Befragung. »Ibrahim Pascha lässt Minen graben?« Der Mauerkletterer nickte nicht, er gab nur ein bejahendes Grunzen von sich. »Was sind die Ziele?«

Der Janitschar nahm erneut das Tuch vom Gesicht. Lucas erkannte, dass das Blut kaum noch floss, was bedeutete, dass die Wunde zu heilen begann. Man würde die Nase bald richten müssen, damit nicht wieder alles aufriss. Aufgeregt wischte er sich die schweißnassen Hände an den Beinkleidern ab. Er hatte noch nie wirklich selbst eine gebrochene Nase gerichtet, hatte bislang davon nur in Büchern gelesen und gesehen, wie Heinrich das einmal bei einem Freund gemacht hatte.

Der Mauerkletterer formte Worte, die mit seinem ungarischen Akzent und der aufgeplatzten Lippe schwer zu verstehen waren. Heraus kam, dass die Osmanen die Mauer am Kärntner Tor in die Luft sprengen wollten.

»Aber wie sollen sie denn so nah herankommen?«, fragte Graf zu Hardegg.

»Laufgräben«, flüsterte von Reischach. »Wir haben uns schon gefragt, was sie draußen so eifrig arbeiten. Sie heben Laufgänge bis zu unserem Stadtgraben aus und decken sie ab, damit wir sie nicht sehen und beschießen können. Von dort aus kommen sie unterirdisch unter den Wall und platzieren Sprengladungen.«

»Rechts oder links?«, fragte Graf Hardegg nun.

Aller Augen richteten sich auf den Verletzten, doch der antwortete nicht. »Rechts oder links vom Kärntner Tor? Die Mauern sind lang!«

Der Mann zuckte vorsichtig mit den Schultern.

»Er weiß es nicht«, stellte Eck von Reischach fest und rieb sich die Augen. »Haben sie es nur auf die Mauern abgesehen?«, fragte er dann.

»Klätze«, stöhnte der Janitschar.

Aller Augen richteten sich auf Lucas. Der spielte die Konsonanten durch – Sätze, Krätze, Mätze – er erbleichte. »Plätze«, stieß er aus. »Sie wollen die Bereitstellungsplätze unserer Truppen in die Luft sprengen.«

Eck von Reischach presste die Lippen aufeinander, die anderen schwiegen. Nach einem Moment suchte er Lucas' Blick. »Er beherrscht das Glaubensbekenntnis. Schön und gut. Aber *glaubst* du dem Mann? Er kann uns genauso gut mit einer Fehlinformation hergesandt worden sein.«

Lucas wich den intensiv dreinschauenden Augen aus. Glaubte er dem Mann? Wollte er die Verantwortung für eine Entscheidung treffen, die so viele Menschen betraf? »Es ist gleich, ob ich ihm glaube oder nicht, Herr«, erkannte er schließlich.

»Warum das?«

»Wir können uns nicht leisten, ihm *nicht* zu glauben. Und wir schaden uns nicht, wenn wir dementsprechend handeln.«

»Oh doch«, knurrte Graf zu Hardegg. »Wir ziehen Leute ab, schicken sie in die Keller, um zu lauschen. Wir jagen unseren eigenen Schatten.«

»Die Gerichtsknechte können helfen«, entgegnete Lucas. »Die Leute von der Stadtwache können längere Schichten schieben, damit wir Männer entbehren können. Oder?« Lucas sah zu Hofer hinüber. Doch der schwieg.

Graf zu Hardegg wies mit dem Finger auf Hofer. »Ihr glaubt dem Mann immer noch nicht?«

Hofer zuckte mit den Schultern. »Na«, sagte er dann. »Er kennt das *Credo*. Ja, und? Das ist nicht schwer.«

»Ihr glaubt, wir sollten ihm nicht trauen?«

»Ihr werdet wissen, was zu tun ist, Herr«, sagte Hofer. »Wenn Ihr ihm glaubt – ich habe ein Haus bei Sankt Clara, nahe dem Neuen Markt. Es steht nicht unweit der Ringmauer. Der Keller – man könnte dort lauschen, ob wirklich gegraben wird.«

»Ich glaube, das wird nicht nötig sein«, begann zu Hardegg. »Ich werde das nicht auf meine Kappe nehmen.« Er blickte zu dem anderen Hauptmann hinüber.

Von Reischach sah nachdenklich zu Boden. Als er den Kopf wieder hob, sah er Lucas an. »Es gibt ein paar Bergknappen aus Schwaz. Niemand kennt sich so gut im Graben von Stollen aus wie diese. Ihr beiden werdet euch ein paar von ihnen greifen. Sie sollen sich mit den Gerichtsknechten aufteilen und in so viele Keller an der Ringmauer wie möglich gehen. Es ist mir egal, ob ihr die Häuser aufbrechen oder abbrennen müsst, um unter die Erde zu kommen. Hauptsache, wir stellen Lauschtrupps auf.«

Lucas schluckte. Die Aussicht, in finsteren und feuchten Löchern unter der Erde auf Geräusche des Feindes zu lauschen, erfreute ihn nicht unbedingt. »Und was geschieht, wenn wir etwas hören?«

Graf zu Hardegg spannte den Kiefer an, so dass die Muskulatur hervortrat. »Das wird nicht passieren.«

Doch von Reischach seufzte. »Ich weiß es nicht. Ich bin ein Landsknecht, keine Wühlmaus. Fragt die Schwazer, vielleicht haben die eine Ahnung, was man dann tun muss.«

Lucas nickte dem Hauptmann der Landsknechte zu. Man musste dafür sorgen, dass der Feind Wien nicht des letzten Schutzes beraubte, den es noch besaß. Die Stadtmauer mochte dreihundert Jahre alt sein. Doch sie stand noch. Und sie war das Einzige, was die Osmanen daran hinderte, in der Stadt ein Blutbad anzurichten.

Kapitel 11

Anna erwachte zitternd und der Atem gefror ihr vor dem Mund zu Nebel. Die Nacht hüllte sie in dem Raum, in dem sie sich befand, wie in einen kalten Mantel.

Sie blinzelte, um die Halle mit ihrem Blick durchdringen zu können. Nur ein Feuer brannte unter dem Bogen des Lettners, der den Raum durchspannte. Sie lag im Chor der Kirche, um sie herum schliefen die anderen Gefangenen. Viele kannte sie inzwischen aus dem Flüchtlingszug, doch manche sprachen nicht einmal ihre Sprache, weil sie aus Pressburg oder anderen Städten kamen.

Die Osmanen hatten ihre Gefangenen in die Ruine einer Kirche gesperrt. Anna kannte das Innere von einem Besuch vor zwei Jahren her als ein Gotteshaus im Sporkenbühel. Von hier aus waren nur wenige Stunden Marsch bis zu ihrem alten Heim. Sie zupfte an dem blau gemusterten Streifen, den man ihr um das Handgelenk gebunden hatte, um sie als Besitz eines Herren zu markieren.

Der steinerne Boden der Kirche war mit Grabplatten bedeckt; Altäre, Heiligenstatuen, ja selbst Chorgestühl und das Weihwasserbecken waren umgestoßen oder hinausgeschafft worden. Manches hatte den Feinden als Feuerholz gedient. Man hatte sich in den letzten sechs Tagen mehr schlecht als recht eingerichtet, jede Familie hatte ihren Platz, man half sich, wo man konnte. Heute musste der erste Oktober sein.

Frierend schlang Anna die Arme um die Knie – vorsichtig, damit sie Elisabeth vor sich nicht zu sehr drückte – und zog den Stoff ihrer Röcke über die Beine, so weit es ging. Der Regen hatte in den letzten Tagen schon die Wärme der Sonne vertrieben, in der letzten Nacht hatte jedoch der erste Frost das Land überzogen. Draußen war es still – doch das Schweigen der Kanonen war trügerisch. Gab es für die Osmanen nichts zu tun, konnten sie sich mit ihrer Beute beschäftigen.

Elisabeth regte sich vor ihrer Brust. Sie war inzwischen zu groß, um einfach in Tücher gewickelt auszuharren. Sie hatte durch Umherkriechen, Krabbeln und Laufen Kraft in den Ärmchen und Beinchen bekommen und nutzte sie, um ihren Willen durchzusetzen. Und was für einen Willen sie hatte! Jetzt strampelte die Kleine gegen das Tuch, das ihr die Sicht nahm, und gab ein paar unwillige Laute von sich. Sie war schon so groß geworden, dass sie bald allein würde laufen müssen.

»Sch«, machte Anna und legte ihr die Hand auf den Kopf. Sie schaukelte die Tochter ein wenig, um sie zu beruhigen. Dann steckte sie die kalte Nase ins Haar der Tochter und genoss für einen Augenblick die Wärme und den Duft. Hier wenigstens roch es noch wie zu Hause. Anna schloss die Augen und stellte sich vor, sie läge mit dem Töchterlein im Bett, und Friedrich würde mit seinem zappeligen Po und seinem kleinen, heißen Kinderkörper neben ihr schlafen. Sie tastete nach dem Sohn, der sich hinter sie geschmiegt hatte. Der Platz, wo er gelegen hatte, war leer. Dabei hatte er sie doch seit ihrer schrecklichen Erfahrung bei der Gefangennahme nicht mehr aus den Augen gelassen!

Anna fuhr hoch. Fritzl! Wo war ihr Fritzl? Sie hatten einander Wärme spenden wollen, denn der kleine Bursche war ein echter Heizofen. Die Mutter erhob sich und sah sich um. Um sie herum lagen schlafende Frauen und Kinder. Jungen und Männer gab es nicht so viele, und alte Menschen gar nicht, die hatten die Osmanen getötet. Die Mutter rückte das Kind im Tragetuch zurecht und ging zwischen den Liegenden hindurch. Die meisten regten sich nicht; es war spät in der Nacht. Doch hier und da wurde ein Kopf gehoben oder schläfrig mit den Augen geblinzelt, als sie die Stufen des Chors hinunter ins Mittelschiff ging. Sie versuchte, ihre Furcht zu bezwingen, um den Jungen unter den Körpern ringsum ausmachen zu können. Vielleicht hatte er sich mit anderen Kindern zu einem stillen Spiel zusammengefunden, oder zu einem Erkundungsgang den Turm hinauf. Doch warum sollte er? Der kleine Junge war in den letzten Tagen von den Geschehnissen so erschüttert gewesen, dass er kaum noch ihren Rocksaum losgelassen hatte.

Als die Mutter die offen stehende kleine Seitentür des Nordschiffes sah, ahnte sie Schlimmes. An den ersten ein, zwei Gefangenen, die versucht hatten, aus dem Kirchraum zu fliehen, waren Exempel statuiert worden. Man hatte sie mit einem Flaschenzug unter das Portal der Kirche gehievt und dort mit dem Bauch auf einen gekrümmten Eisenspieß gesteckt, den man dort angebracht hatte. Seit diesen Hinrichtungen hatte es keine Fluchtversuche mehr gegeben. Wenn nun aber Fritzl hinausgelaufen war …

Atemlos schritt Anna auf die Tür zu und wunderte sich im selben Moment, dass vor dem Seitenausgang keine Wache stand. Sie trat hinaus und wiegte Elisabeth sachte in ihren Armen. Wenn das Kind schrie, würden sie entdeckt werden. Und wenn man sie draußen erwischte, würde man sie vermutlich ebenfalls als Ausbrecherin aufspießen. Die Furcht um ihren Sohn bezwang die Angst. Einen Arm um die Tochter gelegt, zog sie die Tür weiter auf und hoffte, dass sie nicht quietschen würde.

Draußen erkannte sie in der Dunkelheit die Schemen einer kleinen Ansammlung von Häusern und ein paar wenigen Scheunen. Das Gras dazwischen war von vielen Pferdehufen zerfurcht. Zelte verschiedenster Farben und Formen waren aufgestellt worden, in deren Nähe standen Pferde in kleinen Grüppchen. Als sie lautes Lachen hörte, hielt sie inne – sie erblickte in der Nähe der Kirche ein Lagerfeuer. Als sie ein Kinderweinen hörte, musste sie sich zügeln, nicht auf das Feuer zuzulaufen.

In dessen Schein erkannte Anna, dass eine Gruppe von Soldaten im Schutz dreier Zelte ein paar Burschen im Schwertkampf unterwies. Zwei Buben, sicherlich um die zehn Jahre alt, trugen jeder einen gebogenen Säbel in der Hand und ließen sich zeigen, wie man einen Hieb von oben nach unten führte. Was ihnen an Technik mangelte, machten sie mit grober Wucht wett.

Anna hielt inne, als sie ihren Sohn sah. Fritzl lebte. Er wurde von einem der Soldaten nach vorne geschoben. Sie wusste nicht so recht, ob sie sich zu erkennen geben sollte. Vielleicht wollten die Osmanen bloß feststellen, ob die Kinder Talent an der Waffe besaßen. Fritzl schien entsetzliche Angst zu haben.

Anna wollte eingreifen, da erkannte sie zwei der Männer – sie waren bei dem Angriff auf den Flüchtlingszug dabei gewesen und hatten geholfen, sie zu fangen. Ihr Atem wurde flach, wenn sie sich an die Hände der Männer auf ihrer Haut erinnerte, an die Fäuste in ihrem Gesicht sowie an die harten Stöße, mit denen sie rücksichtslos in sie eingedrungen waren. Annas Gefangennahme war fast eine Woche her, doch die Prellungen und Quetschungen auf ihrer Haut waren immer noch schwarz und violett gefärbt.

Insgesamt hatten sich hier fünf Buben versammelt, die Anna kannte, weil sie in den letzten Tagen ab und an mit ihrem Sohn gespielt hatten. Fritzl gegenüber stand ein anderer Junge mit einem Säbel, der vielleicht ein, zwei Jahre älter war. Der Junge erhob die Waffe und schlug nach ihm.

»Nein!«, schrie die Mutter und lief los. »Lasst ihn in Ruhe! Fritzl!«

»Mama!«, rief der Junge und ließ seinen Säbel fallen. Er versuchte, ihr entgegenzulaufen, doch einer der Soldaten schnappte ihn und hielt ihn fest.

»Lasst ihn los!«, rief Anna. Sie drängte sich an den Männern vorbei, zog ihren Sohn aus dem Griff des Mannes und schmiegte ihn an sich. Fritzl umklammerte ihr Bein. »Was soll das?«, fauchte sie die Soldaten an.

Anna stand im Kreis der Männer. Die beiden vordersten gehörten zu jenen, die ihr Gewalt angetan hatten. Ihre Hände bebten, doch sie wich nicht zurück, und sie senkte auch nicht den Blick. »Lasst die Kinder zurück zu ihren Müttern. Bitte.«

Der Mann, der Fritzl festgehalten hatte, erhob sich nun. »Was machst' hier, Weib?«, fragte er mit starkem Akzent.

»Ich habe mein Kind gesucht. Und wenn die anderen Frauen wach werden, bin ich nicht die Einzige!«

Die Männer lachten. »*Was* willst'?«, fragte der Mann, als hätte er sich verhört. Er trug einen Fellüberwurf und eine Pelzmütze sowie den Köcher der Sturmreiter am Gürtel. Eine Narbe überzog seine ganze Wange und spaltete ihm Bart und Oberlippe.

»Meinen Sohn mitnehmen«, wiederholte Anna. Vermutlich hatte er sie nicht verstanden.

Die Narbe verzog sein Lächeln zu einer Grimasse. »Willst' jedes Mal laufen, wenn ihm jemand etwas tut?«

»Er – er ist erst fünf«, gab Anna zurück.

»Wird bald ein Janitschar«, sagte der Reiter grinsend. »Kein Akindschi. Nicht genug Mumm!« Er übersetzte das in seine Sprache, und die Männer lachten wieder.

»Lasst ihn gehen, bitte. Ich nehme die Kinder mit zurück in die Kirche. Wir werden keinen Ärger machen.«

Der Narbengesichtige spie aus. »Nichts da! Wirst' ihn kämpfen sehen!« Er gab ein paar Befehle an den Soldaten, der Anna am nächsten stand. Der fasste sie bei den Schultern und zog sie fort, während der Narbengesichtige Fritzl ergriff und festhielt.

»Nein!«, rief Anna wieder, und das Kind weinte. »Fritzl, alles ist gut!«

Fritzl presste die Lippen zusammen und schüttelte ängstlich den Kopf. »Geh nicht weg! Mama!«

»Wird Zeit, ein Mann zu sein! Heb den Säbel!«, befahl der Mann mit der Narbe.

Dem Buben rollten die Tränen die Wangen hinunter.

»Heb – ihn – auf«, knurrte der Reiter.

»Fritzl, tu, was er sagt. Alles wird gut. Bitte!«, rief Anna. Dann wandte sie sich wieder an die Männer. »Bitte, lasst ihn doch einfach gehen. Er ist erst fünf, er kann Euch noch nicht von Nutzen sein!«

»Halt den Mund!« Der Mann, der Anna festhielt, versetzte ihr eine Ohrfeige. Sie hielt sich die Wange und bekämpfte die Tränen, die ihr der Schmerz in die Augen trieb.

»Du«, befahl der Narbengesichtige dem zweiten Jungen. »Greif an.«

Anna kannte den Jungen, der Fritzl gegenüberstand, nur flüchtig. Er war der Sohn einer Wäscherin und eines Goldgräbers – eines Kloakenreinigers. »Gunter«, bat sie den anderen. »Tu das nicht.«

Doch Gunter gehorchte dem Narbengesichtigen. Er hob den Säbel und stellte sich damit auf, wie er es offenbar gezeigt bekommen hatte.

»Schlag den feigen Jungen«, befahl der Mann.

Gunter machte einen Schritt auf Fritzl zu. Anna las die Angst in seinen Augen. »Fritzl«, stammelte Anna. »Heb die Waffe auf.« Die Männer lachten.

»Bitte, Fritzl, ich weiß, du hast Angst. Aber der Junge wird dir wehtun, wenn du es nicht tust. Heb die Waffe auf.«

Fritzl sah mit tränenverschmiertem Gesicht zu ihr auf. Endlich bückte er sich zitternd und hob den Säbel am Griff auf, wobei das vordere Ende noch auf dem Boden lag – der Stahl war zu schwer für den Jungen.

Gunter machte noch einen Schritt näher auf Annas Sohn zu und hob mit entschlossenem Blick seine Waffe. Die Frau rief: »Heb ihn hoch! Fritzl, heb den Säbel hoch!«

Fritzl riss den Arm hoch, er wollte sein Gesicht schützen. Anna schrie auf, als ihn die Klinge traf. Das Kind heulte auf vor Schmerz, doch die Männer lachten. »Nochmal, Junge!«, rief der Narbengesichtige. Gunter, angespornt durch das Lob, hob die Waffe zu einem zweiten Schlag. Fritzl fiel weinend zu Boden.

Anna trat den Mann, der sie hielt, mit dem Knie in seine Eingeweide und riss sich los, die Linke legte sie schützend um Elisabeths Leib. Sie stürmte zu ihrem Sohn, griff sich den Säbel und parierte den Schlag des anderen Jungen. Dann warf sie die Waffe weg und gab ihm eine Ohrfeige, die den Buben rückwärts nach hinten schleuderte. »Schau meinen Sohn noch einmal an und du bist tot!«, fauchte sie.

Dann traf sie ein Schlag in die Seite. Anna rang um Luft und versuchte, sich aufzurichten, doch ihre Beine gaben unter ihr nach. Sie fiel auf die Knie. Fritzl schrie und versuchte, sie nun ihrerseits zu schützen. Ein Fuß traf sie in die Rippen. Elisabeth weinte – war auch sie getroffen worden? Helles Licht tanzte vor Annas Augen und ihr wurde schlecht.

»Nicht«, bat Anna halb besinnungslos. Die kleine Elisabeth weinte noch immer. Dann war die raue Stimme mit dem schweren Akzent ganz nah an ihrem Ohr. »Du stirbst, Weib. Dein Balg kommt ins Feuer, ist zu klein. Und dein Sohn«, er lachte. »Dein Sohn wird ein Mann. Oder er wird sterben!«

»Nein«, flehte Anna. Tränen rannen ihr aus den Augenwinkeln. »Bitte. Nicht die Kinder!« Ihre Gedanken überschlugen sich. Wie sollte sie sie davon abhalten, die Kinder zu verletzen? Der Narbengesichtige warf Anna herum und hob schon die Faust, um sie ihr ins Gesicht zu rammen. Sie warf die Hände vor das Gesicht und schrie: »Graf Hardegg!«

Der Mann hielt inne. »Was ist mit Hardegg?«

»Ich bin die Tochter!«, stieß sie aus und versuchte, Elisabeths Schreie zu übertönen. »Graf zu Hardeggs Tochter. Ich bin ein Bastard. Aber er ist mein Vater! Bitte!« Sie krampfte die Hände um ihre Tochter. »Ihr dürft mir und meinen Kindern nichts tun! Graf zu Hardegg wird Euch ein Lösegeld bezahlen!«

Das Narbengesicht glaubte ihr nicht, das sah sie ihm an. Doch er wechselte ein paar Sätze mit den anderen Soldaten. Dann stieß er Anna auf den Boden. Sie schlang die Arme um das Kind vor ihrer Brust und versuchte, es zu beruhigen. »Wie heißt du?«

»Anna. Anna Ebenrieder. Tochter von Elisabeth von Schaunburg. Meine Kinder heißen Friedrich und Elisabeth.«

Der Mann nickte. »Steh auf, Weib. Wenn du lügst …«, sagte er und deutete scharf auf das weinende Kind, »dann kommt dein Balg ins Feuer.«

Anna schluckte und nickte. »Fritzl, komm her.« Der Junge gehorchte trotz seines verletzten Armes sofort. »Hilf mir auf.« Mit Hilfe des Fünfjährigen zog sie sich hoch. Sie konnte kaum aufrecht stehen. Elisabeth schrie jetzt aus voller Kraft. »Sch, meine Kleine«, bat sie, doch das Mädchen reagierte nicht.

Anna gab Fritzl die Hand. Sie ließ noch einen Blick über die Männer schweifen, die sie feindselig anstarrten. Sie hatte sich ihnen widersetzt. Anna betete, dass ihr Vater sie auslösen würde. Denn wenn sich herausstellen sollte, dass sie den Wienern nichts wert wäre, dann würden die Osmanen an ihr Rache nehmen. Einer der Männer stieß sie grob vor sich her.

»Komm, Fritzl«, sagte sie und humpelte zurück zur Kirche. »Alles wird gut.« Doch der Junge antwortete nicht. Er zitterte am ganzen Leibe, sein Arm blutete. Seine Augen betrachteten sie, als sei sie eine Fremde. An der Tür blieb die Wache zurück und verschloss sie hinter Anna und ihrem Buben sorgfältig.

Drinnen ließ die Mutter den Blick über die anderen Menschen gleiten, die hier schliefen, lebende Beute ihrer neuen Herren. Sie suchte nach Verbandsmaterial, um ihren Sohn zu verbinden. Von jetzt an würde sie nachts nicht mehr schlafen können, das wusste sie.

Kapitel 12

Madelin hielt die Augen geschlossen und ließ sich den Wind um die Nase wehen. Wenn sie alles um sich herum ablegte und die Sorgen ziehen ließ, dann konnte sie sich beinahe vorstellen, weit fort zu sein. Für ein paar Augenblicke gelang es ihr tatsächlich. Dann donnerten mehrere Kanonen im Süden. Die Wahrsagerin schrak zusammen. »Verdammt!«

Sie sah von der Türmerstube des Stephansturmes hinunter auf die Stadt Wien. Der Dunst der Kanonen kam von den Bollwerken am Kärntner Tor und bei Sankt Anton auf der Wieden, wie üblich. Dort schienen die beiden Hauptstellungen der osmanischen Geschütze zu stehen. In den letzten Tagen hatte es einen Angriff auf das Schottentor gegeben – doch er war vom Alten Haufen Leonhards von Vels niedergeschlagen worden. Seit fünf Tagen sprachen die Kanonen, doch niemand schien daraus einen Vorteil zu ziehen. Alles sah ganz danach aus, als kämen die Wiener nicht hinaus und die Osmanen nicht herein.

Sie zählte die Tage an den Fingern ab. Vorgestern war der Frost gekommen – in der Nacht auf den ersten Oktober. Heute war der zweite. Das bedeutete, dass sie seit neun Tagen in Wien weilten und seit sieben die Belagerung andauerte.

Madelin wandte sich vom steinernen Fenster ab, an dem sie neben dem Ausguck der Landsknechte gestanden hatte, und setzte sich neben Franziskus auf den Boden der Stube.

»Wie halten die Landsknechte diesen Krach nur immer aus?«, fragte sie.

Franziskus schien von dem Donner weniger beeindruckt als sonst. »Vielleicht gewöhnt man sich daran. Immerhin sind

Landsknechte meist gut gebaut, vielleicht haben sie auch widerstandsfähigere Ohren …« Sein Blick hing an dem Söldner.

»Du wirst dir noch die Franzosenkrankheit holen, Franziskus«, gab Madelin zurück. Sie bemerkte, dass auch der Mann den Freund nicht aus den Augen ließ. »Wenn du sie nicht schon längst hast.«

»Nein. Das hat der Physicus in Pressburg ja auch zuerst gedacht, erinnerst du dich? Es fängt mit Geschwüren an. Was immer mich reitet, es ist nicht die Syphilis.« Fröstelnd zog er seine Decke enger.

»Abgesehen davon – wenn ich die Franzosenkrankheit habe, dann ist Gott der Herr wahrhaft ungerecht. Du hättest sie dir ebenso verdient wie ich«, grinste der Ikonenmaler. Dann wurde er wieder ernst. »Also erzähl schon. Warum die Schwärmerei? Ist es wegen Lucas?« Madelin lächelte versonnen und nickte.

»Habe ich es mir doch gedacht.« Er musterte sie eingehend. »Aber warum trägst du gleichzeitig diesen Ausdruck im Gesicht, den du immer hast, bevor du uns rastlos zum Aufbruch treibst?«

»Vielleicht engen mich die Mauern hier ein.«

»Oder Lucas engt dich ein?«

Madelin senkte den Blick. »Möglich. Was geschieht, wenn ich mich verliebe und wir irgendwann weiterziehen wollen?«

»Musst du dir darüber jetzt schon Gedanken machen?« Der Ikonenmaler schüttelte den Kopf. »Wir stehen im Krieg und sind belagert. Niemand kann fort. Also kannst du die Zeit mit ihm auch einfach genießen, so lange sie währt.«

»Aber was, wenn wir einmal weiterwollen?«, wiederholte Madelin eindringlich.

»Ist dir schon mal der Gedanke gekommen, dass du gar nicht mitmusst?«

Die junge Frau starrte Franziskus einen Augenblick lang verständnislos an. »Ja, und dann?«

»Dann bleibst du eben hier.«

»Und ihr?«

Franziskus zögerte. »Jeder muss seinen eigenen Weg gehen, Madelin. Man kann den anderer Menschen nur für eine Weile teilen.«

»Aber das will ich nicht«, erklärte Madelin. »Ich will mit euch zusammenbleiben! Willst du das etwa nicht?«

»Natürlich will ich das, Depperl. Aber ich verstehe es durchaus, wenn sich das irgendwann einmal ändert.«

»Sag so etwas nicht, Franzl«, bat Madelin. »Das macht mich traurig.«

»Wie du willst.«

Die Wahrsagerin setzte sich auf. »Sag mal, Lucas hat dich doch untersucht, nicht wahr? Hat er etwas gesagt? Weiß er etwas?«

»Nein. Er sagt, körperlich kann er keine Ursache finden, die Schwäche ist eine Auswirkung der Krämpfe. Er hat sich schildern lassen, wie die Anfälle ablaufen. Und dann meinte er, er müsse darüber in Büchern nachlesen, aber an die könnte er gerade nicht ran. Die seien weggeschlossen.«

»Aber es muss doch jemand den Schlüssel besitzen?«, fragte Madelin.

»Das habe ich auch gefragt«, erwiderte Franziskus. »Aber er meinte, die Professoren der Universität seien fast alle aus Wien geflohen. Aber er will es trotzdem versuchen.«

»Das ist gut«, sagte die Wahrsagerin. »Er wird schon etwas finden.«

»Vielleicht«, murmelte der Mönch.

»Lass den Kopf nicht hängen, Franzl«, bat Madelin. »Wir müssen noch ein bisschen aushalten.«

»Wie soll ich das nur? Es sind keine Ärzte mehr in der Stadt, die mir helfen können. Und Geld haben wir auch keines, selbst wenn wir welche finden, die mich behandeln.«

»Ich verdiene welches mit den neuen Karten, wirst sehen«, versprach die Wahrsagerin. »Und dann finden sich auch die Ärzte.« Sie lächelte ihm aufmunternd zu und warf dann einen Blick auf seine Zeichnung. »Was ist das?«, fragte sie und wies auf eine Ansammlung spitzer Objekte, die er gemalt hatte.

»Dort ist Sankt Marx«, erwiderte Franziskus. »Davor sind die Zelte der Osmanen. Und dahinter …«, er wies auf eine Stelle oben auf dem Papier, »ist die Zeltstadt des Sultans mit seinem riesigen Prachtzelt in der Mitte.«

Madelin nahm sich andere Zettel vor, die auf dem Steinboden lagen. »Du hast auch das Scharmützel Graf zu Hardeggs gezeichnet«, stellte sie erstaunt fest. »Und dort ist das Heiligengeistspital mit den osmanischen Soldaten – sie haben sogar eine Fahne mit Halbmond dabei! Warum machst du das?«

Franziskus zuckte mit den Schultern. »Ich habe gehört, dass Peter Stern von Labach – ein Sekretarius auf der Burg – eine Chronik der Ereignisse schreibt. Damit es eine Niederschrift gibt, falls er es nicht überlebt. Ich habe mir gedacht, dass es ebenso passend wäre, wenn man *sehen* könnte, was passiert ist. Wenn man jede wichtige Schlacht, jeden Sieg, jede Niederlage aus Bildern ablesen könnte.« Er setzte sich auf. »Vielleicht kann ich dann zum Schluss alle Skizzen zu einem einzigen Bild zusammenfügen, weißt du? Mit dem Stephansturm als Mittelpunkt. Und man könnte eine Karte anfertigen, die in jede Himmelsrichtung zeigt, und darauf sehen, was geschehen ist. Man sieht die Dinge dann, als befände man sich genau hier, in der Türmerstube.«

Dieser Plan nötigte Madelin gehörigen Respekt ab. Sie deutete auf die gemalte Vorstadt auf der Wieden. »Dort ungefähr war das Haus meiner Schwester.« Sie hoffte einmal mehr, dass Anna Krems sicher erreicht hatte.

Franziskus las ihre Gefühle offenbar in ihren Gesichtszügen. »Es geht ihr sicher gut, Madelin.«

»Vermutlich geht's ihr besser als uns. Wir können nur darauf warten, dass die Osmanen die Tore stürmen und allem ein Ende machen.« Sie seufzte. »Aber ich *weiß* es halt nicht. Da mache ich mir Sorgen.«

»Sorgen sind gut. Aber lass nicht zu, dass sie dich verschlingen.« Franziskus nahm sie in den Arm.

Madelin nickte. »Ich will's versuchen.«

»Und jetzt lass mich noch ein wenig in Ruhe, ja? Ich will die Skizze fertig machen. Und ich habe versprochen, sie dem Wachmann dort, Alfons heißt er, später auch noch zu zeigen.« Er zwinkerte sie an.

Madelin stemmte lächelnd die Fäuste in die Seiten. »Ich hänge dir wohl zu sehr auf der Pelle, wie?« Dann stand sie auf und blickte gedankenverloren gen Nordwesten auf Wien hinab.

Wie schon so oft an diesem Tag griff sie zu der Gürteltasche an ihrer Seite. Sie zog das Tuch mit dem neuen Trionfi-Spiel heraus und befreite es von dem Stoff. Dann steckte sie die Karten vorsichtig ineinander, immer wieder, um sie sorgfältig zu durchmischen. Sie nahm einen tiefen Atemzug, zog ihr besticktes Tuch so über den Kopf, dass es ihr Gesicht halb vor der Sonne verbarg, und schloss die Augen.

Madelin ließ sich in die Schwärze in ihrem Inneren fallen. Sie sperrte die Außenwelt aus und überließ sich ganz dem Strom ihrer Gefühle. Das Licht war früher so leicht, fast von selbst gekommen. Warum nur fand sie es in den letzten Tagen nicht mehr? Hing das wirklich damit zusammen, dass ihr alter Stoß Karten verbrannt war? Aber wenn sie zurückdachte, war es ihr schon bei Anna schwerergefallen als sonst, die Flamme zu entzünden. Was hinderte sie also?

Endlich fühlte sie sich bereit. Sie versuchte, der Kerze Leben einzuhauchen, stellte sich das Flackern des Flämmchens vor, erst blau am Docht, dann orange, schließlich ein helles, loderndes Gelb. Sie rief sich die Hitze ins Gedächtnis, die warme Glocke der Helligkeit darüber. Doch alles, was blieb, war Schwärze.

Madelin wusste nicht, wie lange sie dort so gestanden hatte. Irgendwann öffnete sie wieder die Augen und seufzte. Es ging nicht mehr. Sie würde ohne das Licht in ihrem Inneren versuchen müssen, Geld zu verdienen. Sie tat das nicht gerne, denn es bedeutete, dass sie raten musste, was die Karten sagen wollten.

Jetzt zog sie blind eine Karte aus dem Stoß und drehte sie um. Es war das Ass der Münzen. Madelin lächelte traurig. Wenn sie noch eine Rechtfertigung brauchte, die Karten zum Geldverdienen zu benutzen, dann hatte sie sie eben erhalten.

»Was heißt das – soll ich Leben führen wie Einsiedler?«, fragte der Hispanier in entsetztem Ton. »Ich will wissen, ob ich soll werben um die Hand der schönen Elena, oder doch die reiche Margerita!«

Madelin hielt die Augen fest geschlossen und lächelte. »Die Karte des Einsiedlers bedeutet nicht, dass du dich den Frauen nicht mehr hingeben sollst, Carlos. Du sollst einfach weise wählen; nicht überstürzt handeln.«

»Jetzt bin ich schlau wie vorher«, schmollte der schöne Mann. »Soll ich weise meinem Herzen folgen oder weise den Wunsch meines Vaters achten?«

»In beidem liegt eine andere Weisheit«, erwiderte die Wahrsagerin. »Die Frage ist, ob du dein eigenes Schicksal oder das der Familie voranstellst.« Die Fragen der Menschen hatten sich meist um die Belagerung gedreht, die inzwischen seit sieben Tagen anhielt – Carlos' Bitte war eine erfreuliche Abwechslung.

»Du sprichst unsere Sprache beinahe ohne Fehler«, stellte Madelin fest. Sie öffnete die Augen und blinzelte – nur um festzustellen, dass Carlos sie beobachtete. Der spanische Arkebusier, der zur Wache beim Turm im Elend hinter dem Salzburger Hof an der nördlichsten Stelle Wiens eingeteilt war, saß ihr gegenüber am Ecktisch im Gelben Adler und musterte sie eindringlich. Ob er schon die ganze Zeit so dagesessen hatte?

»Du sprichst auch gut«, erwiderte Carlos und ließ seinen Blick an ihrem Körper hinabgleiten. Madelin wurde heiß, während er nicht nur die Details ihrer Kleidung aufzunehmen schien, sondern auch den Leib würdigte, der darin eingehüllt war. »Für eine *bruja* von der Straße.«

Madelin legte den Kopf schief. »Was bedeutet das?«

Er neigte sich vor, sah ihr tief in die Augen und schnurrte mehr, als dass er sprach: »Hexe.«

Madelin erschrak. Seit heute früh auf dem Stephansdom hatte sie ein gutes Geschäft gemacht – insgesamt hatte sie sechs Männern die Karten gelegt und so gut es ging versucht, sie zu deuten. Die Menschen im belagerten Wien hatten Angst. Doch wenn das Gerücht die Runde machte, sie wäre eine Hexe, dann würde sie schneller in der Donau landen, als sie das Glaubensbekenntnis zitieren konnte.

»Ich bin keine Hexe«, erwiderte sie also nachdrücklich. »Sag so etwas nicht.«

»Was bist' dann?«, fragte Carlos mit gerunzelter Stirn. Sein Blick ruhte jetzt kühl auf ihr. »Eine Lügnerin?«

»Nein«, widersprach Madelin. »Ich … ich versuche nur zu helfen.«

»Bei was – Leute um Geld erleichtern?«

Sie starrte ihn ärgerlich an. »Ihnen neue Wege aufzuzeigen.«

»Verstehe«, erwiderte Carlos. Er griff sich von den beiden Pfennigen, die auf dem Tisch lagen, einen und steckte ihn wieder ein. Madelin wollte protestieren, doch er hob die Hand. »Was – willst' mich vor den Stadtrichter bringen?« Er grinste, dann ließ er einen verbogenen Schinderling auf die Holzplatte kullern. Das einfache Geldstück war kaum etwas wert, enthielt es doch deutlich weniger Silber als normale Pfennige. Dann stand er auf und ging, ohne sich zu verabschieden, in die Sonne des frühen Nachmittags hinaus.

Madelin ließ Carlos gehen. Sie musste vorsichtig sein. Wenn Menschen Angst hatten, suchten sie sich jemanden, an dem sie sich abreagieren konnten, und das waren meist Fremde. Das war in der letzten Woche der Türke mit dem Goldkaftan gewesen, in der nächsten konnten es schon die Fahrenden sein. Auch wenn sie nicht sicher war, ob der Arkebusier ärgerlicher gewesen wäre, wenn sie sich selbst als Hexe bezeichnet hätte. Dabei hatte sie nicht einmal gelogen – sie wollte nicht vortäuschen, etwas zu wissen, was anderen Leuten Hoffnung machte.

Ohne die alte Sicherheit, dass sie das Schicksal richtig las, hatte sie sich zunächst verloren gefühlt. Mit der Zeit hatte sie erkannt, dass Ehrlichkeit den Leuten oft genügte. Sie wollte ihnen ja nichts vormachen, sie wollte ihnen beistehen.

Dadurch hatte Madelin inzwischen ausreichend Geld verdient, um für die kleine Truppe Brot, Wurst und Käse für zwei oder drei Tage zu erstehen und möglicherweise noch eine weitere wärmende Decke für Franziskus zu kaufen, dem das kalte Wetter jetzt schon zu schaffen machte. Vielleicht war sogar noch etwas übrig, dass sie am Neuen Markt für jeden einen köstlichen Wiener Krapfen aus einer der wenigen noch betriebenen Bäckereien erstehen konnte. Wenn sie nicht bald aus

Wien wegkämen, dann würden sie für den Winter eine feste, warme Unterkunft brauchen. Gott allein wusste, wie sie das bezahlen sollten. Für Madelin war nur eines in Stein gemeißelt: Sie würde nicht wieder zum Haus der Mutter gehen, um dort um Hilfe zu bitten. Eine zweite Abfuhr wie die erste würde sie nicht ertragen.

Ein paar Landsknechte saßen am Nebentisch und johlten. »Komm rüber, schöne Maid!«, rief einer. »Ich zeige dir, wie ein Mann aus dem Alten Haufen reiten kann!«

»Ich dachte, der Alte Haufen wäre zu Fuß unterwegs?«, konterte Madelin. »Ihr seid fürs Kämpfen berühmt, nicht fürs Reiten!« Die Gefährten des Mannes schlugen sich auf die Schenkel. Immerhin ließen die Leute sie nun in Ruhe an ihrem Tisch sitzen.

Die Wahrsagerin musste an Lucas denken, den sie in den letzten Tagen wenig zu Gesicht bekommen hatte. Sie mischte den Stoß Karten neu, um sein Schicksal zu lesen, und zog unzeremoniell die erste Karte.

In der Hand hielt sie die Hohepriesterin, die Madelin bei sich auch oft die Wahrsagerin nannte. Sie saß im schlichten Papstgewand mit Buch und Kreuz in der Hand da. Eine Frau, die mit Lucas in Verbindung stand? War sie selbst, Madelin, diese Hohepriesterin – immerhin eine Frau mit dem Gespür für Glauben und Schicksal? Sie wollte es gerne annehmen.

Als sie die nächste Karte zog, hielt sie den Atem an. Erst die Wahrsagerin und dann die Liebenden? Ein Mann mit Hut und eine Frau mit grünem Handschuh gaben einander die Hand, darüber thronte ein Engel mit verbundenen Augen auf einer Säule. Er hielt zwei Speere in der Hand. Sie hatte die Karte schon einmal in der Hand gehabt und gesehen, dass Speere und Säule ein wenig anders aussahen, als bei ihrem alten Spiel, doch der Aufbau des Bildes war derselbe.

Dann zog sie den Tod. Ein Hautskelett mit hohlem Bauch stand auf einer Wiese vor blauen Bergen. In der Hand trug er einen Bogen, der aus zwei menschlichen Rückgraden gebaut schien. Das goldene Muster des Hintergrundes schimmerte im Licht. Madelin legte auch diese Karte ab und versuchte sich einzureden, dass das auch ein symbolischer Tod sein könne, das Ende eines Lebensabschnittes und der Beginn eines neuen. Jetzt vermisste sie schmerzlich die Gewissheit, die sie sonst beim Wahrsagen immer verspürt hatte.

Sie wandte sich der nächsten Karte zu und hielt inne. In ihrer Hand lag der Teufel. Ein Ungetüm mit Hühnerbeinen, Dämonenflügeln, und einem Ziegenkopf mit Gesicht, das zwei Menschen im Maul hielt. Seine Wampe stellte selbst ein trauriges Gesicht dar. Madelin legte die Karte ab, die für Verrat und Intrigen stand. Zog jemand hinter Lucas' Rücken irgendwelche Fäden? Eine böse Ahnung beschlich sie.

Klopfenden Herzens zog Madelin die letzte Karte aus dem Stapel. Bislang war es ein Blatt, das so viel Gutes wie Übles für den Studenten bereithielt. Die fünfte Karte würde ihr zeigen, ob alles gut enden würde – oder ob Lucas wirklich Schlimmes bevorstand. Sie drehte die Karte um und schluckte. Sie hielt den fallenden Turm in Händen. Eine Stadtmauer mit verrammeltem Tor war darauf abgebildet. Schießscharten und Zinnen führten hinauf zu einem hohen Gebäude, das über den Steinen thronte. Wie der Turm von Babel, der durch den Hochmut der Menschen fiel, stand dieser in Flammen, von allen Seiten bedroht von Feuer. Zwei Männer waren im Sturz vom Turm abgebildet, sie standen kurz vor dem Aufprall. Der eine trug einen Bart und bunte Kleider. Der andere besaß wildes blondes Haar.

Madelin drehte alle Karten um, so dass sie die Bilder nicht länger betrachten musste, und mischte sie wieder hastig unter die anderen. Liebe, Tod, Verrat und schließlich Chaos und Fall – sie wollte davon nichts mehr wissen.

Sie suchte die Hohepriesterin aus dem Kartenstoß und betrachtete sie bedrückt, denn sie erkannte sich darin unverkennbar wieder. Was war, wenn sie ihre Gabe für immer verloren hatte? Oder schlimmer noch: Was, wenn sie sich nur eingebildet hatte, eine Gabe zu besitzen? Wenn all das bloß Lügen waren, die sie sich und anderen so viele Jahre erzählt hatte? Zum ersten Mal stellte Madelin infrage, ob das Schicksal in den Karten wirklich eintreten würde – oder ob das alles nur Zufall war. Der Gedanke war lähmend.

Liebevoll strich sie über das Bild der Hohepriesterin. Das Kreuz auf dem Stab, den diese in Händen hielt, erinnerte sie ein wenig an das Kreuz auf dem Südturm des Stephansdoms, auf dem sie noch vor wenigen Stunden gestanden hatte. Das war anders als in ihrem alten Spiel – sie hätte sich früher bestimmt geärgert, wenn diese Karte, die ihr die liebste von allen gewesen war, sie ständig an Wien erinnert hätte.

Madelin runzelte die Stirn. Das Kreuz ähnelte dem auf dem hohen Turm des Stephansdoms nicht bloß. Es glich jenem exakt wie ein Haar dem anderen! Jetzt fiel ihr auch auf, dass der goldfarbene Hintergrund anders aufgebaut war als auf derselben Karte in ihrem alten Spiel. Wenn sie die Linien, die vom Kreuz ausgingen, weiter über den Schoß der Hohepriesterin nach unten verfolgte, dann ergaben sie einen Umriss von Sankt Stephan! Der Faltenwurf des Gewandes der Frau barg Striche, die aussahen wie römische Zahlen. Und der Titel des Buches, den die Hohepriesterin in Händen hielt, war nicht die Bibel, sondern eine weitere Ziffer.

Jetzt wurde die Wahrsagerin neugierig. Sie nahm sich das liebende Paar aus dem Stapel und untersuchte die Striche und Malereien auch hier. Die Säule, auf der Amor über dem Paar thronte, war viel massiver als die in ihrem alten Spiel. Mit ein bisschen Einbildungskraft könnte sie wohl den Turm am Kärntner Tor darstellen, oder den Schwarzen Turm am Stubentor … und wieder sah sie Ziffern. Wie sie zuvor schon gesehen hatte, standen Amors Pfeile in einem anderen Winkel zueinander und wiesen auf die Ränder zu.

Madelin blickte auf. Was hatte das zu bedeuten? Wenn die Karten den alten doch so ähnelten, dass selbst die Gesichtszüge der Figuren dieselben zu sein schienen, dann musste dieses Trionfi-Spiel demselben Druckstock entstammen. So weit sie wusste, veränderte man einen solchen Druckstock nicht einfach so, er war in Metall geätzt und damit unveränderlich. Wie erklärte sich dann, dass Teile der Karten sich so deutlich unterschieden? Ob sich jemand nachträglich an den Bildern zu schaffen gemacht hatte? Und wenn dem so war – zu welchem Zweck war das geschehen?

Entschlossen sammelte Madelin die Karten wieder ein, schlug sie sorgfältig in das Wachstuch und verstaute sie in ihrer Gürteltasche. Sie würde die Antworten auf diese Fragen nicht finden, indem sie die Bilder anstierte. Wo hatte Lucas das Spiel noch her? Er hatte etwas von einem Kartenzeichner in der Gasse gegenüber der Hohen Schule erzählt. Das musste in der Nähe des Basiliskenhauses sein. Wenn jemand wusste, was es mit den Zeichnungen und Symbolen auf sich hatte, dann doch wohl dieser Mann. Und danach würde sie Franziskus' Meinung einholen. Immerhin war er als Ikonenmaler vom Fach, was Malerei und Zeichnungen anging. Sie ließ ein wenig Geld auf dem Tisch und trat durch die bogenförmige Hofdurchfahrt aus dem Gelben Adler auf die Straße.

Draußen schien die frühe Nachmittagssonne in die Gassen Wiens und erwärmte die Mauern ein bisschen. Der Tag war klar und kühl. Madelin schlang sich das Tuch enger um den

Kopf, um sich vor dem kalten Wind zu schützen. Sie eilte über den Fleischmarkt vorbei an Sankt Laurenz auf der einen und der Kodrei Goldberg auf der anderen Seite in Richtung Universität.

Auf dem Eck bei den Predigern vor dem *Collegium ducale*, dem Hauptgebäude der Universität, hielt sie inne. Von hier aus konnte sie sowohl die *Nova structura* als auch das Bibliotheksgebäude der Universität sehen. Dem Kommen und Gehen nach hatten sich hier wie in vielen anderen Gebäuden Landsknechte eingenistet, um ein Dach über dem Kopf zu haben. Was wohl die Magister und Professoren bei ihrer Rückkehr dazu sagen würden? Doch vielleicht kehrten die studierten Herrschaften ja sowieso nur zu einem Häuflein Asche zurück.

Sie ignorierte die Rufe und Pfiffe der Soldaten und bog in die Gasse, die zum Heiligenkreuzerhof führte. Schließlich stand sie vor der Werkstatt eines Kartenzeichners und hoffte, dass es der richtige war. Schräg gegenüber lag die Lammburse, ein Studentenhaus, das offenbar seit Belagerungsbeginn genutzt wurde, um einen Teil der Reiterei der Reichshilfe zu beherbergen – die Männer hatten das Wappen des Pfalzgrafen Philipp bei Rhein an die Tür gehängt. Madelin schob die Tür der Werkstatt auf und trat ein.

Innen roch es muffig und abgestanden. Beidseitig an den Wänden standen Regale mit Werkzeugen und Tintenfässern. Stirnrunzelnd stellte Madelin fest, dass Meister Woffenberger, wie das Schild über der Tür verkündet hatte, kein sonderlich ordentlicher Mann zu sein schien. Auf dem Boden lagen leere Papierrollen, fertig gezeichnete Karten und Skizzen sowie Pergamente alter und neuer Natur. Ein dunkler eingetrockneter Tintenfleck hatte sich auf dem Holzboden ausgebreitet. Anderswo fand sich ein Häuflein verstreuter Farbpigmente.

Die Fahrende schlängelte sich auf Zehenspitzen durch das

Durcheinander. Zwei Schreibpulte standen in der Werkstatt, doch die Fächer waren leer. Der Inhalt war herausgeräumt und lag auf dem Boden. Schließlich hielt sie vor dem dicken Ledervorhang, der im hinteren Bereich einen Ausgang aus der Werkstatt zu bergen schien. Möglicherweise ging es hier in den Wohnbereich Meister Woffenbergers.

»Gott zum Gruße«, sagte sie laut, denn in diesen Zeiten sollte man niemanden in seinen eigenen vier Wänden überraschen, ohne sich angekündigt zu haben. Im besten Fall wurde man als Plünderer verhaftet, im schlechtesten gleich mit einem Schwert empfangen. Von den Wiener Bürgersleuten waren viele sehr wehrhaft – mit der Bedrohung vor den Mauern dürfte sich das nicht gebessert haben.

»Meister Woffenberger?«, rief sie und schob den Ledervorhang auf. Der Gestank, der ihr entgegenschlug, trieb ihr die Tränen in die Augen und ließ sie würgen. Süßlich, abgestanden, zugleich unerträglich und widerwärtig drang er in ihre Nase.

Madelin war ein paar Schritte zurückgetaumelt und rang um Luft. »Herr Woffenberger?«, presste sie hervor, bevor sie sich ihr rotes Tuch vom Kopf zog und es sich vor den Mund legte. Dann ging sie weiter durch die Kammer in den Treppenflur, in dem eine zweite Eingangstür wohl in den Hinterhof führte.

Und da lag, zu ihrer Linken, der Körper von Meister Woffenberger. Die Leiche stank und fing bereits an zu verwesen. Das getrocknete Blut auf seinem Kopf war schwarz vor Fliegen. Die Wahrsagerin erschauerte und bekreuzigte sich, sagte man doch, die Insekten seien Abgesandte des Teufels.

Das Gesicht des Toten glich einer wächsernen Maske. Kopf und Schultern ruhten auf den untersten Stufen in das obere Geschoss. Sein Schädel, der an mehreren Stellen aufgeplatzt war, wies ein tiefes Loch auf. Die Waffe, mit der er wohl getötet wurde, lag direkt neben der Leiche: ein kleiner Hammer, ebenfalls dunkel verkrustet.

Madelin starrte auf den Anblick, der sich ihr zu Füßen bot. Wie lange er wohl schon so hier lag? Der Angriff war offensichtlich schon mehrere Tage her. Aber warum sollte jemand einen Kartenzeichner erschlagen? Hatte er Plünderer überrascht? Oder hatte jemand das Chaos in der Stadt genutzt, um eine alte Fehde auszutragen oder Rache zu üben? Beide Gedanken waren gleich bedrückend. Und warum hatte ihn bislang niemand gefunden?

Die Wahrsagerin nahm sich das Tuch vom Gesicht und rieb sich Wangen und Augen. Doch sogleich bereute sie es, denn der Gestank war unerträglich. Gerade als sie sich abwenden wollte, fiel ihr Blick auf seine Hand. Hielt er sie noch zur Faust geballt, weil er sich gegen den Angreifer hatte wehren wollen? Ein kleiner heller Fetzen lugte aus der Hand hervor. War das ein Stück Stoff?

Die Wahrsagerin nahm ihren Mut zusammen, griff sich ein Stück Papier, damit sie den Körper des Toten nicht berühren musste, und versuchte, die Faust zu öffnen. Erstaunlicherweise gelang ihr das recht leicht – sie hatte damit gerechnet, dass die Totenstarre ein Bewegen seiner Gliedmaßen unmöglich machen würde. Stattdessen fühlte sich die Haut selbst durch das Papier hindurch weich und widerlich an. Madelin rang nach Luft, um sich nicht übergeben zu müssen. Dann hatte sie das Etwas endlich aus der Faust des Kartenzeichners gelöst. Es handelte sich um ein Stück Papier. Mit ein paar Strichen des Daumens glättete sie die Falten und blickte auf … Was war das? Sie konnte es nicht entziffern. Über einer geschwungenen Linie aus schwarzer Tinte fanden sich zwei winzig klein gemalte Gebäude, vermutlich Kirchen oder Klöster. Die Schrift neben dem einen, das ganz zu sehen war, konnte Madelin mit bestem Willen nicht lesen – sie war winzig und verschmiert. Die Zeichnung der anderen Kirche war nicht vollständig, genau wie deren Beschriftung: Madelin las: »*Zuo sand mic …*« Das letzte Wort könnte auch *›nic‹* heißen. Ihr Blick glitt wieder und wieder über die schwarzen Striche auf dem hellen Papier. Dann plötzlich hörte sie ein Keuchen aus der Werkstatt.

Madelins Herz setzte einen Schlag aus, als sie den Kopf wandte und zur Eingangstüre hinübersah. Dort stand ein junger Mann, der Bewaffnung nach kein Söldner, aber auch kein Soldat – vielleicht ein Gerichtsknecht. Er blickte reglos zu ihr hinüber. Aus seiner Perspektive konnte er allerhöchstens die Beine des Toten am Boden sehen. In seinen Augen war sie sicherlich eine Fremde, die er in flagranti erwischt hatte bei einem hoch angesehenen Handwerker, der nun niedergestreckt, leblos auf seinen Holzdielen lag … Sie stand auf, kam jedoch nicht dazu, ihre Unschuld zu beteuern, denn ihre Bewegung riss den jungen Mann aus seiner Schreckstarre heraus.

»Mordio!«, schrie er aus voller Kehle, wandte sich um und brüllte »Mörderin!« auf die Straße. Seine Stimme überschlug sich dabei.

Schnell hatte die Wahrsagerin ihre Panik überwunden. Sie machte zwei Schritte an dem Körper vorbei zur Hintertür und rüttelte daran. Die Tür schien nicht versperrt zu sein, ließ sich aber auch nicht öffnen. Irgendetwas lehnte wohl von draußen dagegen. Also entschloss sie sich, dem Mann die Situation zu erklären. »Ich habe ihn gerade erst gefunden!«, rief sie, doch der Bursche stand vorm Haus und rief die Leute zusammen.

»Der Mann ist doch längst verwest!«

Doch der Lärm der Männer, die sich draußen sammelten, übertönte ihre Stimme. Es handelte sich um Reitersoldaten und Bürgersleute, die versuchten, aus dem Gerede des Burschen herauszufinden, was geschehen war. Schließlich rief der junge Mann: »Die Frau hat den Woffenberger ermordet! Der Woffenberger ist tot!«

Aller Augen suchten Madelin, die in der Tür der Werkstatt stand. Ein paar Waffen wurden gezogen. Jetzt hatte der Gerichtsknecht die Aufmerksamkeit der Männer und erklärte, was geschehen war. »Ich hatte Wache hier in der Gasse. Als ich diese Frau sah, wie sie in die Werkstatt hineinging, da hab ich mich gefragt, was so eine Gestalt wohl beim Woffenberger will. Überhaupt hab ich dort seit Tagen kein Licht mehr gesehen, und deshalb bin ich rein, wollt nach dem Rechten sehen. Und da hängt sie über ihm, wie eine Totenkrähe, die Finger noch ganz blutig!«

Madelin stellte fest, dass der Junge eine lebhafte Einbildungskraft besaß, wenn er Blut an ihren Händen gesehen haben wollte. Doch möglicherweise hatte das rote Tuch in ihrer Hand seinen Sinn getäuscht. Sie musste den Vorfällen ein Ende setzen, bevor sich das Ganze verselbstständigte. Madelin steckte das Stück Papier aus Woffenbergers Faust unauffällig in ihre Gürteltasche, trat hinaus auf die Straße und sagte laut zu den Bewaffneten: »Ich habe den Mann auch bloß gefunden, so wie der Bursche ihn nach mir gefunden hätte! Seht selbst nach – er ist schon länger tot, vielleicht seit Tagen!«

Tatsächlich gingen zwei Männer in die Werkstatt, um sich selbst ein Bild zu machen, nicht ohne Madelin wieder mit hineinzuziehen. Ihre Reaktion auf den verwesenden Leichnam war verhaltener als die des jungen Gerichtsknechtes. »Was hattest du hier zu suchen, beim Woffenberger?«, fragte einer der beiden.

Madelin zögerte. Wie sollte sie erklären, was sie dort gewollt hatte – eine mittellose Fahrende wie sie im Haus eines Kartenzeichners? Sie hätte wohl kaum etwas kaufen können. Aber sie wollte auch nicht das Kartenspiel vorzeigen.

»Sie hat keine Antwort darauf!«, sagte ein Mann, dessen Stimme Madelin vertraut vorkam. »Vielleicht ist sie eine Spionin, die für die Türken herumschnüffelt.« In der Menge, die hinter ihnen ins Haus nachgekommen war, stand der Mann mit den Glubschaugen in einer Bäckerschürze – der Mann, den Madelin bei der Hinrichtung der Türken am Fachturm getroffen hatte und den sie zurückgewiesen hatte. Er grinste sie an.

Madelins Mut sank. »Ich bin keine Spionin!«, erwiderte sie dennoch mit fester Stimme. »Ich bin auch nicht fremd hier. Ich habe früher in Wien gewohnt.« Doch auch den Namen der Mutter wollte sie nicht ins Spiel bringen.

»Was bist du dann, Weib?«, fragte der Bäcker. »Doch eine Hure?«

»Das geht Euch gar nichts an«, sagte die Wahrsagerin.

»Er ist schon länger tot, so viel ist richtig«, sprach einer der Männer, der sich über den Leichnam gebeugt hatte. Er drückte sich gewählt aus und sprach anders, als Madelin es aus der Wiener Gegend gewohnt war – vielleicht kam er aus dem Rheinischen. »Bleibt trotzdem die Frage, was du hier zu suchen hattest.«

»Ich wusste nicht, dass er tot ist. Ich bin genauso überrascht wie Ihr.« Sie versuchte vergeblich, sich aus dem Griff des Soldaten zu winden, der sie weiterhin festhielt.

»Sie lügt doch. Vermutlich wollte sie etwas klauen, und der Alte hat sie dabei erwischt!«, unterbrach sie der Abgewiesene.

»Aber er ist doch schon seit Tagen tot!«, widersprach Madelin erneut. Fieberhaft dachte sie nach. Wie konnte sie die Männer dazu bringen, ihr Glauben zu schenken?

»Woher weißt du das so genau?«, fragte der Gerichtsknecht. »Außerdem beweist das gar nichts. Mörder kehren immer zurück an den Ort des Verbrechens, das weiß doch jedes Kind!«

Madelin suchte nach Worten, doch der Bäcker unterbrach

sie. »Sie sieht aus wie eine von denen. Die Augen – und die Haare … Schaut sie doch bloß an! Sie gehört zum Feind!« Er winkte hinaus, gen Osten. »Und was man mit Spionen tut, das wissen wir doch!«

Madelin protestierte, doch die wütenden Rufe und Schreie der Männer übertönten sie. Der Rheinländer, der zuerst gesprochen hatte, trat schnell auf Madelin zu und griff sie beim Arm. Grob zerrte er sie hinter sich her. »Was tut Ihr da?«, rief sie. »Lasst mich gehen!«

Der Mann zog sie aus dem Haus. Die Wahrsagerin wehrte sich dagegen, doch der Bäcker schnappte sich ihren anderen Arm. Draußen auf der Straße schrien die Männer nach ihrem Blut. »Hier lang«, sagte der Rheinländer. »Wir müssen hier weg.«

»Was habt Ihr mit mir vor?«

Dann krachte ein Schuss direkt hinter ihnen. Die Menge verstummte sofort, und Madelin sah sich um. Hinter ihr ritt Graf zu Hardegg mit zweien seiner Kürassiere vom *Collegium ducale* auf sie zu. Neben ihnen stand Carlos, der Arkebusier. Seine schwere Waffe zeigte gen Himmel und rauchte noch.

»Was ist hier los?«, fragte Graf zu Hardegg. Er trug einen prachtvoll glänzenden Kürass und einen kostbaren Mantel darüber, der mit Juwelen bestickt war. »Was wollt ihr mit dieser Frau?«

»Sie ist eine Hexe!«, rief der Bursche, der sie entdeckt hatte.

»Eine Spionin!«, ergänzte der glubschäugige Bürgersmann.

»Diese Frau ist möglicherweise eine Mörderin, Herr Graf«, schloss der Rheinländer neben Madelin.

Graf zu Hardegg blickte zu ihr herüber und verengte die Augen zu Schlitzen. »Diese Frau? Was für ein Mord soll das sein?«

»Der Kartenzeichner Woffenberger ist tot, Graf zu Hardegg«, berichtete der Bursche von der Bürgerwehr. »Sie stand über ihn gebeugt und tat irgendetwas – vielleicht Hexenwerk.«

»Aber der Mann ist schon seit Tagen tot«, wiederholte Madelin erneut. »Ich habe ihn auch bloß gefunden!«

Zu Hardegg ließ seinen Blick von Madelin über die Männer schweifen. »Und was hattet ihr mit ihr vor?«

»Ich wollte sie in die Schranne bringen, Herr«, gab der Rheinländer zurück, der Madelin noch immer festhielt. »Weil … weil die Situation außer Kontrolle zu geraten drohte.«

Der Graf seufzte. »Guter Mann. Und ihr anderen – ich begrüße eure Wachsamkeit. Aber dass gestandene Männer sich benehmen wie eine aufgebrachte Horde Hühner …«

Die Männer sahen beschämt zu Boden.

»Was machen wir jetzt mit ihr?«, fragte der Rheinländer.

Graf zu Hardegg ließ seinen Blick auf ihr ruhen. »Mir ist die Frau bekannt. Sie ist sicher vieles – aber keine Mörderin. Und keine Spionin.«

»Aber eine Hexe wohl?«, fragte der Bäckersmann.

Zu Hardegg starrte ihn an. »Sie ist auch keine Hexe. Lasst sie jetzt gehen.«

Die Männer der Reichshilfe gehorchten dem Befehl sofort. Der Einzige, der zögerte, war der Bäcker. Doch schließlich ließ auch er los. »Was, wenn's nochmal passiert?«, fragte er. »Wenn wir sie bei der nächsten Leiche finden? Werdet Ihr sie dann wieder gehen lassen?« Die Menge um ihn herum schwieg.

»Wenn ihr sie noch einmal bei einer Leiche findet, dann haltet ihr sie fest und bringt sie zu Pernfuß in die Schranne, so einfach ist das.« Graf zu Hardegg wies auf einen Reitersmann mit einem Streitkolben.

»Du da, stell dich da vor die Tür zu Bewachung. Und der Rest geht. Mehr Besonnenheit, Männer! Du, Junge, gehst zum Stadtrichter und berichtest ihm von dem Kartenzeichner – eine Leiche in der Bürgerschaft ist sein Verantwortungsbereich. Und du«, er zeigte auf Madelin, »du bleibst hier.«

Die Männer verstreuten sich. Graf zu Hardegg stieg von seinem Pferd ab und trat auf die Wahrsagerin zu. Er seufzte wieder und rieb sich das Gesicht.

»Habt Dank, Herr Graf«, sagte Madelin leise.

»Der Ärger folgt dir und deinesgleichen auf dem Fuß!«, erwiderte er scharf. »Was werden die Männer jetzt von mir denken, meinst du?«

Diese Frage traf Madelin völlig unvorbereitet. Als sie schwieg, fuhr der Mann fort. »Sie werden denken, dass ich meine Hure schütze.«

»Das ... das tut mir leid«, brachte sie heraus.

»Ja, vermutlich tut es das sogar«, erwiderte zu Hardegg kühl.

Madelin wollte etwas erwidern, doch sie zügelte ihre Zunge. Er hatte sie gerade vor der wütenden Menge abgeschirmt. »Trotzdem – seid bedankt. Ich weiß zu schätzen, was Ihr für mich getan habt.«

Er zog eine Augenbraue hoch. »Du glaubst, ich habe das für dich getan?« Er schüttelte den Kopf. »Ich habe es für deine Mutter getan. Ich will ihr nicht mitteilen müssen, dass ihre missratene Tochter nach Wien zurückgekehrt ist, um sich hier von einem aufgebrachten Mob umbringen zu lassen.«

Madelin sog die Luft ein, um zur Gegenwehr anzusetzen, doch Graf zu Hardegg schnitt ihr mit einer Geste das Wort ab. »Wie dem auch sei. Was wolltest du bei dem Kartenzeichner überhaupt?«

»Ich ...« Madelin zögerte. Sollte sie ihm von den Spielkarten berichten? Aber was hatte Hardegg hier gesucht? Der Weg zu den Heiligenkreuzern war kein direkter Weg zu irgendetwas – und da die Gasse sehr schmal war, wurde sie von Reitern selten benutzt. Oder hatte der Graf gar selbst den Kartenzeichner besuchen wollen? Nein, sie schwieg besser. »Ich wollte ihm die Zukunft vorhersagen«, log sie also.

»Ich schätze, dafür ist es jetzt zu spät.« Der Hauptmann drehte sich um und stieg wieder auf sein Pferd. Dann lenkte er es nah an Madelin heran und sah auf sie herunter. »Wenn du nur irgendetwas für deine Mutter empfindest – und Gott weiß, dass du das solltest, denn er hat es so befohlen –, dann kämpfe gegen dein Blut. Mach ihr nicht noch mehr Schande, Meryem!«

Madelin starrte ihn bloß an. Schließlich nickte zu Hardegg. Er wandte sich zu dem Reitersmann um, der vor Woffenbergers Werkstatttür Wache schieben sollte. »Sag deinen Leuten Bescheid, sie mögen sich wappnen und leicht bewaffnen. Ich brauche euch später noch, um die Landsknechte aus der Bibliothek zu vertreiben. Der Kanzler wird Gift und Galle speien, wenn er davon Wind bekommt.« Damit gab er dem Tier die Sporen und trabte langsam davon.

Madelin atmete ein paarmal tief durch, dann trat sie den Rückweg nach Sankt Ruprecht an. Dort wusste sie wenigstens, dass sie sicher war.

Wenige Stunden später betrat Madelin den Neuen Markt im Süden der Stadt. Der Platz mit den hohen und hellen Steingebäuden diente den Soldaten und Landsknechten als Bereitstellungsplatz. Hier mussten sie im Falle eines Alarms zusammenkommen und sich für den Einsatz bereithalten, hier erhielten sie ihre Befehle. Auch der Nachschub wartete am Neuen Markt darauf, vorangeschickt zu werden, um die Reihen der Männer an der Mauer aufzufüllen, wenn zu viele gefallen waren. Unter aufgespannten Zeltplanen standen unter schwerer Bewaffnung Kisten mit Kugeln, Zündkraut und Pulverfässer bereit, aus denen sich die Knechte bestücken konnten.

Ein paar geschäftstüchtige Händler hatten dazwischen ihre Stände aufgebaut, um Lebensmittel zu Wucherpreisen zu verkaufen. Die Menschen mussten essen, und so herrschte hier selbst in den frühen Abendstunden ein großes Gedrängel. Die junge Frau schob sich durch die Massen und begutachtete die Auslagen. Dabei kehrten ihre Gedanken unweigerlich zu dem Ereignis des Nachmittags zurück.

Sie war zu Woffenberger gegangen, um Antworten zu erhalten, was es mit ihrem Kartenspiel auf sich hatte. Jetzt hatte der Mann sein Wissen mit ins Grab genommen. Madelin hielt inne. Spielkarten waren keine Seltenheit – viele Landsknechte besaßen einen eigenen Stoß. Doch die meisten waren relativ schlicht gestaltet. War es nicht merkwürdig, dass eine so kostbare und gold bemalte Ausgabe, die ihrer eigenen so sehr ähnelte, in einer belagerten Stadt verfügbar gewesen war?

Als sie gerade in die Kärntner Straße einbiegen wollte, schallte eine Stimme mit Alarmrufen über die Stadt. Sie blickte hinauf zum Stephansturm. Der Posten dort oben hatte ein Sprachrohr, mit dem er Nachricht nach unten geben konnte. Madelin sah sich um, doch sie erkannte nichts Ungewöhnliches. Dann donnerte eine Kanone, und sie zuckte zusammen. Inzwischen sollte sie sich doch eigentlich daran gewöhnt haben, dass es andauernd knallte.

Doch nach dem ersten Donner folgte ein zweiter. Dann ein dritter – Madelin bedeckte die Ohren mit den Händen. Als die fünfte und sechste Kanone erschallte, stellte sie fest, dass die Schüsse hier im Kärntner Viertel viel lauter klangen. Vor dem Tor stieg Dunst auf.

Hinter ihr begannen auf dem Neuen Markt die Landsknechte Eck von Reischachs durcheinanderzulaufen. Sie schubsten und drängten sich durch die Menge, schrien dabei, um die Marktgänger zu vertreiben und selbst zu ihren Sammelpunkten zu geraten. Madelin lief weiter in die Kärntner Straße, weg aus dem Chaos. Sie wollte zum Bürgerspitalkeller, um sich im

Schatten des Gebäudes vor den Kugeln der Osmanen zu schützen. Doch sie kam nicht so weit.

Die Kanonenkugeln zertrümmerten Stein und Balken wie dürres Geäst. Madelin hörte über sich einen Dachstuhl krachen. Dann schlug etwas mit voller Wucht in die Mauer der Mehlgrube, eines Mehl- und Kornspeichers vor ihr. Steinsplitter und Ziegel spritzten über die ganze Straße. Endlich erreichte Madelin die Hauswand und drückte sich zitternd dagegen. Es war lebensmüde hierzubleiben – im Norden, an der Donauseite Wiens, wäre es viel sicherer! Die Osmanen griffen das Kärntner Tor an. Sie musste hier weg.

Madelin drehte sich um, nahm die Röcke in die Hand und lief in die entgegensetzte Richtung. Kaum war sie ein Dutzend Schritte die Straße hinuntergelaufen – dabei hielt sie sich so nahe an den Häusern wie möglich –, da hörte sie einen Einschlag und Schreie hinter sich – ganz nah.

Madelin ließ sich auf das Pflaster fallen. Erst dachte sie, die Kugel sei gesplittert, denn kleinere dunkle Steine schossen als eigenständige Geschosse über die Straße. Sie rissen tiefe Löcher in Häuserwände und Dachvorbauten hinein. Einem Mann, der sich nicht mehr hatte ducken können, zertrümmerte es den Brustkasten. Endlich bedeckte Madelin die Augen mit dem Arm.

Keinen Augenblick zu spät, denn den Steinen folgte eine Welle aus Erde und Sand, die über die Flüchtenden hinwegfegte wie ein Sandsturm. Madelin hustete und rang um Luft, doch sie rührte sich nicht, bis sich der Staub gelegt hatte.

Die Kanonen feuerten weiter. Sie erhob sich wankend, schüttelte den Dreck ab und stützte sich an der Wand ab. Sie war unversehrt und nicht getroffen worden. Ihr Blick fiel auf einen Soldaten, der einen Splitter abbekommen hatte.

Der Winkel des Aufpralls der Kanonenkugel war so schräg

gewesen, dass sie das Geröllle, mit dem die Straßen belegt war, in einen Hagel tödlicher Geschosse verwandelt hatte. Kirsch- bis faustgroße Steine steckten in der Wand und im Brustkorb des Toten vor ihr.

Madelin raffte wieder die Röcke und begann zu laufen. Sie stolperte, fing sich, lief weiter. Ihre Füße fühlten sich an wie Blei. Nach ein paar Dutzend Schritten fand sie den Rhythmus wieder, und am alten Rossmarkt vor Sankt Stephan rannte sie bereits, so schnell sie konnte. Sie wollte weg vom Hagel der Kanonen, der noch immer über der Stadt niederging.

Hinter sich hörte Madelin noch einen Einschlag. Plötzlich erinnerte sie sich an den fallenden Turm, den sie vorhin für Lucas gezogen hatte. Vielleicht hatte sie ihre Gabe doch nicht verloren. Vielleicht waren die Karten auch nicht für Lucas gewesen, sondern für sie selbst oder gar für ganz Wien. Wenn dem so war, dann lägen noch der teuflische Verrat, der verwandelnde Tod und der Fall einer Stadt in der Zukunft.

Zum ersten Mal in ihrem Leben betete Madelin darum, dass ihre Karten gelogen hatten.

Kapitel 13

Schleier aus heller Seide streiften Christoph, als er unter dem Baldachin hindurch ins Innere des Palastzeltes trat. Kühl und weich streichelte der Stoff seine Haut und verbreitete den Duft von frischem Jasmin. Auch eine exotischere Note hing darin, sinnlich und schwer. Über all dem lag ein Hauch erfrischender Zitrone. Christoph blieb stehen, er konnte nicht anders. Das Gefühl war unbeschreiblich weich und rein. Unwillkürlich führte der Mann die Hand zur Nase und schnupperte daran – der Stoff hatte ihm einen Teil seiner erhabenen Duftmischung auf der Haut hinterlassen. Es erinnerte ihn an das heimatliche Wäscheleinen, wie es frisch gewaschen im Sonnenlicht getrocknet war.

Merkwürdig – Christoph hatte seit Jahren nicht mehr an das Haus des Vaters in der Nähe von Reichenbach gedacht, in dem er aufgewachsen war. Welche Zauberkünste mochten in einem Duft liegen? Seine Hand fuhr instinktiv unter das Hemd und tastete nach dem Medaillon des heiligen Georg, das auf seiner Brust lag. Sein Vater hatte ihm das Schmuckstück gegeben, damit er gegen alle Ängste gewappnet wäre. »Georg hat den Drachen getötet«, hatte der Vater damals gesagt. »Er steht dir gegen alle Feinde bei, sichtbare wie unsichtbare. So musst du dich nie mehr fürchten.« Und tatsächlich hatte ihm das Medaillon geholfen, wenn der Vater wie so oft nicht da gewesen war. Es kam ihm albern vor, doch auch jetzt stärkte der Heilige seinen Mut für das, was hier auf ihn warten mochte. Christoph schob die Erinnerungen beiseite und ging voran.

Heute war der Abend des dritten Oktober. Die Kälte hatte

das Lager der Osmanen heimgesucht, doch der Bannerträger hatte Decken und sogar einen kleinen Ofen für das fürstlich große Zelt bekommen, das er sich mit Tannhardt und Janos teilte. Nun hatte der Sultan ihn endlich zu sich rufen lassen, um mit ihm zu speisen.

Ein perlendes Lachen drang gedämpft an sein Ohr, begleitet von einem leisen Klingeln. Die Stoffe, die das riesige Zelt in mehrere Kammern unterteilten, wurden dicker und fester – er tastete danach und stellte fest, dass das Gewebe geknüpft war: Weiche Teppiche hielten die Kälte fern und sorgten für eine prachtvolle Atmosphäre. Drang er hier ins Reich der Nymphen und Faune vor, von denen die Mutter ihm seinerzeit aus griechischen Schriften erzählt hatte? Die Alternative war nicht weniger verlockend, aber weitaus beängstigender: dass er in die Hölle ging, zu den Teufeln und Hexen. Er zwang sich, auch diesen Ängsten ins Gesicht zu sehen, denn sie waren bloß Zeugnis seiner lebhaften Einbildungskraft.

Die Schleier aus Seide, unter denen Christoph jetzt durchtauchte, nahmen immer tiefere Töne von Gold an, so dass sie schließlich beinahe braun wirkten. Hinter dem letzten Tuch stand eine Wache im roten Prachtgewand mit langem Schnurrbart. Der Mann musterte ihn unfreundlich, machte aber keine Anstalten, ihn abzuweisen. Schließlich schob der Bannerträger den letzten Vorhang aus Brokat beiseite, um ins Innerste des Zeltes vorzudringen.

Angenehm warme Luft schlug ihm entgegen. Der Rauch von Dufthölzern reizte ein wenig seine Augen. Goldene Laternen erleuchteten den Raum, in dem die Klangstäbchen eines Windspiels sachte aneinanderschlugen. Zwei kleine Öfchen fanden sich hier, damit der Beherrscher der Rechtgläubigen auch nicht fror. In der Mitte des Raumes stand ein flacher Tisch, auf dem Schalen von Obst neben gefüllten Weinkelchen standen.

Berge von Kissen türmten sich davor auf dem Boden, mit Gold- und Silberfäden in jener Kunst bestickt, die Christoph schon kennengelernt hatte. Manche Stoffbezüge funkelten in den Farben des Regenbogens – sie waren über und über mit Edelsteinen bestickt. In einer Ecke erblickte der Bannerträger einen kleineren Tisch, auf dem sich bereitgestellte Schalen mit herzhaften Gerichten sowie ein großer bauchiger Teekessel fanden. Eine Frau kniete dienstwillig daneben.

Im Zentrum der weichen Liegefläche lag, gebettet zwischen zwei weitere anmutig geschmückte Frauen, die Christoph unter dem Baldachin schon einmal gesehen hatte, der schlanke Sultan. Eine von ihnen hielt ihm gerade ein winziges gläsernes Gefäß – vermutlich mit Tee gefüllt – an die Lippen, die andere wartete mit einer üppigen roten Traube zwischen zwei Fingern, bis er getrunken hatte, dann versenkte sie die Frucht zwischen seinen Lippen. Der Bannerträger konnte seinen Blick nicht vom Geschehen abwenden.

Nach einigen Herzschlägen fiel Christoph auf, wie der Blick des Padischahs aus den Augenwinkeln auf ihm ruhte. Auch als der Mann ihn ansprach, wandte er den Kopf nicht um. »Da bist du ja. Tritt näher«, sagte er. Christoph sah zu Boden – er wusste nicht, ob es als Beleidigung empfunden würde, wenn er den Herrscher anstarrte – und gehorchte den Anweisungen. Er hatte seine Kleider und die Rüstung in den vergangenen Tagen zwar so weit gesäubert wie möglich, doch er fühlte sich noch immer erschreckend fehl am Platze unter den sauberen, festlich gewandeten Frauen.

Da gab der Herrscher in seiner Sprache einen Befehl, und zwei Frauen erhoben sich sofort. Sie traten mit gesenkten Lidern auf Christoph zu und hoben seine Arme seitwärts an. Mit geschickten Fingern öffneten sie die sperrigen Schnallen der Riemen, die den Kürass am Leib festbanden. Der Bannerträger ließ sie gewähren. Sie legten seine Rüstung beiseite, beließen es aber nicht dabei. Erneut legten sie Hand an ihn an, knöpften sein Untergewand auf und streiften es ihm ab. Das ungewaschene Hemd zogen sie ihm über den Kopf. Eine befreite ihn von den Stiefeln. Schließlich kniete sich die Frau vor ihm nieder und schickte sich an, seine Beinkleider zu öffnen. Seine Hand fuhr dazwischen. »Warum tun sie das?«, fragte er den Padischah mit rauer Stimme. Der sah unter den dichten Wimpern zu ihm herüber. »Willst du dreckig speisen?« Der Sultan beherrschte die Fremdsprache nicht so flüssig wie Ibrahim Pascha. Aus seinem Mund klangen die Worte härter und kürzer.

»Nein«, bekannte Christoph. Er sollte mit dem Sultan das Mahl teilen, und das konnte er natürlich nicht in den Schlachtkleidern tun, in denen er verwundet worden war. Er nahm seine Hand zurück und nickte der Frau – der Sklavin, nahm er an – zu. Sie band die Beinkleider auf und streifte ihm die letzten Kleider ab. Dann stand er nackt da.

Die dritte Frau, die bei dem kleinen Tisch auf ihren Einsatz gewartet hatte, stellte eine silberne Schüssel mit Wasser, Lappen und Tüchern auf den Boden. Dann begannen die beiden anderen, ihn zu waschen. Sie reinigten sein Gesicht und den Nacken zuerst, fuhren dann über Hände, Arme und Schultern über die Brust und den Rücken. Als sie in die weiche Bauchgegend hinunterfuhren, fuhr Christoph ein Schauer über den Rücken. Er sog die Luft ein und versuchte, sich zu beherrschen, doch seine Lenden antworteten, ohne dass er etwas dagegen tun konnte. Die beiden Frauen lächelten zu ihm auf, während sie die feuchten Lappen über seine Oberschenkel gleiten ließen.

Peinlich berührt versuchte Christoph, sich zu entspannen. Welcher Mann würde unter einer solchen Liebkosung nicht ähnlich reagieren? Und doch – ein Mann sollte sich besser im

Griff behalten können. Er linste zu dem Padischah hinüber, um zu sehen, ob ihn die Regung störte.

Der Herrscher lag inzwischen mit aufgestütztem Ellenbogen eng an die dritte Frau geschmiegt. Seine freie Hand ruhte in der weichen Beuge ihrer Taille, kurz vor der delikaten Wölbung zu ihrem Gesäß, die andere hielt ihre Wange und ihr Kinn umfangen. Jetzt küsste er ihren Mund voll bebendem Verlangen, und die Finger an ihrer Seite krallten sich spielerisch in ihre Haut. Christoph erkannte, dass die Augen ihn so intensiv betrachteten, wie der Mund die Lippen der Frau verschlang. Es war ein Bild der Sinnlichkeit.

Christoph schlug die Lider nieder. Irgendwie konnte er sich nicht vorstellen, dass er einmal so vor dem Kaiser der Christenheit stehen würde. Mit diesem Gedanken fühlte er sich plötzlich noch unwohler, so unbekleidet. Er war dankbar, als die Frauen seine Füße gebadet hatten und ihm langsam neue Kleider anlegten. Das taten sie mit einer ähnlichen Hingabe und Gelassenheit, wie vorher das Ausziehen stattgefunden hatte.

Schließlich fand sich der Bannerträger in den Kleidern eines Fürsten gewandet vor dem Tisch stehend wieder. Die weißen Beinkleider waren fast vollständig von dem goldenen Übergewand bedeckt, dessen Stickereien Muscheln und Pfauen zeigten. Darunter fühlte er ein ebenfalls blütenweißes langes Hemd aus kühler Seide auf seiner Haut. Man hatte ihm goldenen Schmuck angelegt und angeboten, sein Haupt mit jenen kunstvoll geschichteten Tüchern zu umwickeln, doch Christoph hatte darauf verzichtet. Er wollte nicht aussehen wie ein Osmane.

Schließlich rutschte der Padischah von seiner Gespielin weg und setzte sich im Schneidersitz vor den niedrigen Tisch. Er bot Christoph ebenfalls einen Platz an, und so ließ der sich ein wenig umständlich auf die Kissen nieder. Eine der Frauen kniete sich mit einer Schale Wasser an den Tisch und wusch ihrem Herrn die Hände, die zweite servierte Gläser mit heißem Tee, und die dritte brachte die herzhaften Speisen herbei. Langsam machte sich der Bannerträger Gedanken, warum er hier empfangen wurde wie ein Gleichgestellter. Oder wurde er das etwa nicht? Er wünschte sich, die Sitten und Gebräuche der Osmanen besser zu kennen. Dann könnte er auch angemessener beurteilen, wie er sich zu benehmen hatte.

Zunächst sprach Sultan Süleyman ein Gebet, dann langte er nach einem Hühnerschenkel und bedeutete, dass ihm Tee nachgeschenkt werden möge. »Greif zu«, bat er Christoph.

Der junge Adlige merkte erst nach den ersten Bissen des Mahles, wie hungrig er tatsächlich war. Er konnte sich nur vage daran erinnern, in den letzten Tagen etwas gegessen zu haben, und so langte er gierig zu. Der Sultan speiste mit mehr Zurückhaltung.

Schließlich wagte Christoph zu sprechen. »Warum habt Ihr mich eingeladen zu bleiben?«

»Ich speise gerne in angenehmer Gesellschaft.«

Das war natürlich nur eine Floskel, denn Christoph war ebenso sehr ein Gefangener wie vorher, vielleicht gar eine Geisel für einen Gefangenenaustausch. »Ist die Gesellschaft Eurer Höflinge nicht angenehm?« Die Frage war dem Bannerträger herausgerutscht, bevor er sich bewusst wurde, wie unpassend sie war.

Der feine Mund des Herrschers kräuselte sich zu einem Lächeln. »Sie sind Höflinge.« Das schien ihm Erklärung genug.

Christoph wusste nicht, ob Süleyman beim Essen gerne über Schlachten und Politik sprach, doch er wollte es probieren. Immerhin wusste er nicht, wie lange der Mann ihn um sich behalten wollte, wenn die Tafel auf einmal aufgehoben würde. »Wie steht es um Wien?«

»Eure kleine Stadt schlägt sich tapfer«, entgegnete der Sultan. »Deine Glaubensgenossen haben drei Tage meine treuen Janitscharen daran gehindert, sich einzugraben.«

»Graf zu Hardegg?«

Der Sultan schüttelte leicht den Kopf. »Fußknechte.«

Christoph konnte sich ein Lächeln nicht verkneifen. Das musste Eck von Reischachs Tun sein – der Mann mit seinen Knechten war ein Teufelskerl.

»Wir haben sie allerdings gebührend empfangen.«

Der Bannerträger wurde blass. »Ist er … Eck von Reischach, ist er tot?« Der Mann war nach dem Feldhauptmann Niklas Graf Salm – der aber schon über siebzig Jahre zählen musste – einer der erfahrensten Feldherren in Wien.

»Nein, keine Sorge. Er lebt, soweit ich weiß.«

Diese Aussage machte Christoph stutzig. Wenn der Sultan das nicht wusste – wer dann? Dann erinnerte er sich aber des heillosen Chaos, das in dem winzigen Scharmützel geherrscht hatte, in dem er selbst gefangen genommen worden war. Wenn Dutzende oder gar Hunderte von Männern auf dem Feld blieben, war es vermutlich nicht einfach, schnell die Hauptleute zu identifizieren.

»Nun halten wir sie Tag und Nacht unter Beschuss.«

»Salm gibt so schnell nicht auf«, bestätigte Christoph.

»Warum bist du in den Krieg gezogen?«, fragte der Sultan unvermittelt. »Wolltest du ein Held werden?«

Der Bannerträger schüttelte den Kopf. »Ich bin kein Held. Ich wollte Graf zu Hardegg dienen und Erfahrungen sammeln.«

»Das mit dem Helden sehe ich anders.« Eine schlichte Bewunderung schwang in diesem Satz mit.

Christoph sah erstaunt auf. Dann wurde er rot. »Nein, wirklich. Das bin ich nicht.«

»Wenn es dir so gefällt.« Der Sultan musterte ihn. »Gib mir ein Versprechen, Christoph.«

Erstaunt sah der Angesprochene auf. »Welches?«

»Dass du nicht fliehen wirst.«

Christoph runzelte die Stirn. »Ich dachte, ich bin Euer Gast.«

»Das bist du. Gäste fliehen nicht.«

»Werdet Ihr meinen Männern und mir Sicherheit an Leib und Leben zusichern, wenn ich das Versprechen gebe?«

»Ihr seid in meinem Lager so sicher wie in Abrahams Schoß.« Der Sultan lächelte. »Niemand wird Euch ein Haar krümmen.«

Christoph nickte. »Dann verspreche ich, dass meine Männer und ich nicht versuchen werden zu fliehen.«

»Das ist gut«, erwiderte der Sultan. »Das rettet Euch Eure Leben.«

Der Bannerträger erwiderte darauf nichts. Wenn er an die Wachen und die Kanonen zurückdachte, die dieses Zelt umgaben, dann hatte der Mann vermutlich Recht.

»Wie lange glaubt Ihr, wird der Krieg wohl noch gehen?«, fragte Christoph, um das Gespräch wieder auf das im Raum stehende Thema zu lenken.

»Da die Befehlshaber von Wien nicht klug genug waren, auf dem friedlichen Weg zu kapitulieren, mussten wir unsere Pläne ändern«, sagte Süleyman. Sein Gesicht war dabei recht unbekümmert, so als spräche er über eine saure Sorte Trauben. »Wir werden uns ein wenig Zeit lassen. Dafür wird Wien umso härter getroffen werden.«

»Härter? Noch härter, als wenn Eure Truppen über die Stadt fegen?«

»Oh ja. Wir werden Wien mit einem Schlag wehrlos machen. Es wird Tote geben – viele Tote. Doch das ist nicht unsere Schuld.«

Christoph biss sich beinahe auf die Zunge, um nicht die patzige Antwort zu geben, die sich anbot. Wien sollte schuld daran sein, dass der Sultan zur äußersten Gewalt gezwungen war?

»Ich bin sicher, die Frage der Schuld werden andere diskutieren«, erwiderte er säuerlich.

Der Sultan kräuselte die Stirn. »Nimm das nicht persönlich, Christoph. Das ist eine Sache zwischen mir und dem Erzherzog. Und, wenn du so willst, dem Kaiser.«

Wieder wollte Christoph widersprechen, doch er schwieg. Der Sultan sah die einfachen Menschen nicht, die auf den Mauern starben. Vielleicht nahm er nicht einmal seine Leibwache wahr, deren Männer für ihn in den Tod gingen. Vermutlich sah er nur Zahlen auf einem Bogen Papier oder einer Tafel.

»Willst du nicht noch etwas essen?«, fragte Süleyman gönnerhaft und wies auf die köstlichen Speisen.

»Ich bin nicht mehr hungrig«, gab der Bannerträger zurück. Die Stimmung blieb gedrückt, und der Padischah entließ ihn aus seiner Gegenwart mit dem Versprechen, ihn bald wieder zu laden. Als er durch die sanften Seidenschleier heraus aus dem Zelt trat, war er ganz erstaunt, dass draußen gerade eben erst die Sonne untergegangen war. Von irgendwoher drang eine laute, leiernde Stimme. Die Osmanen wurden zum Gebet gerufen.

Zurück bei seinem Zelt trat er an den beiden Männern vorbei, die davor postiert waren. Der Sultan hatte sie offensichtlich nicht abberufen. Er vertraute Christoph wohl doch nicht so ganz. Doch vielleicht waren die Wachen auch dazu da, ihn und seine Gefährten vor den Soldaten zu schützen. Aber es würde doch niemand wagen, einen Gast des Sultans anzurühren, oder?

»Was ist geschehen? Was wollte der Sultan von dir?«, fragte Tannhardt, als er Christoph hereinkommen sah.

Der Bannerträger dachte an die merkwürdigen Geschehnisse zurück. Was hatte der Sultan gewollt? Er war sich dessen nicht sicher. »Gesellschaft beim Essen«, erwiderte er. Eine weitreichendere Antwort blieb er Tannhardt schuldig. Ihm stand noch bevor, den beiden Männern von dem Versprechen zu berichten, das er dem Sultan gerade gegeben hatte. Er bereute es selbst beinahe, denn wann immer eine Kanone donnerte, wünschte er sich zurück zu seinen Kampfgefährten, um helfen zu können.

Doch nach der entrückten Stunde im Palastzelt Süleymans schien es selbst ihm beinahe, als läge die Belagerung der Stadt mit ihren Ängsten und Nöten in weiter Ferne. Er erinnerte sich an die Worte des Padischahs. Was für einen großen Schlag konnte der gemeint haben? Er wusste es nicht und wünschte doch, er könnte jemanden in der Stadt warnen.

Kapitel 14

Draußen musste es längst Nacht geworden sein; Lucas hatte das Gefühl für Zeit und Raum verloren. Seine Sicht war seit Stunden auf den Gang beschränkt, den er grub. Erde und Mauern in Hofers Keller schirmten ihn vor jeglichem Geräusch der Welt über ihm ab, und so konnte er nur schätzen, wie viele Stunden vergangen waren, seit er in dieses unterirdische Reich hinabgestiegen war.

Die beiden Bergknappen – Thomas, ein stämmiger Mann mit dichtem Bart und grimmiger Miene, sowie der hagere und stets weinerlich aussehende Bernhard – hatten mit Lucas und Wilhelm diskutiert, was zu tun war. Keiner von ihnen hatte sich schon einmal einer solchen Situation gegenübergesehen. Also hielten sie sich an die Vorschläge der Schwazer: Man grub einen Gang und horchte, ob man Stimmen und die Geräusche von Schaufeln und Hacken hörte. Wenn ja, arbeitete man sich darauf zu. Und so stocherten die vier Männer in zwei Schichten im Boden unter Wien, um den Feind zu finden. Das Unterfangen schien aussichtslos – wie sollte man unter der Erde hören, ob jemand anders in der Nähe grub? Wahrscheinlich vergeudeten sie bloß die Zeit der sicher zwei Dutzend Bergknappen und Gerichtsknechte, die Wilhelm und Lucas auf drei andere Keller aufgeteilt hatten.

Der Student wischte sich mit dem Ärmel den Schweiß von der Stirn. Er hatte gerade die Schaufel an Bernhard übergeben und genehmigte sich jetzt ein paar tiefe Züge aus dem Wasserkrug. Mit dem Rücken lehnte er sich an die Wand des Ganges und gönnte seinen Muskeln die verdiente Ruhe.

In dem Minenschacht, den sie von Hofers Keller aus gegraben hatten, konnte man kaum aufrecht stehen. Mehr Höhe hätte auch bedeutet, dass sie mehr graben und noch mehr Erdsäcke hinaustransportieren mussten. Man beugte sich eh, wenn man schaufelte. Doch Lucas hatte sich im Geiste vorher nicht ausmalen können, wie eng so ein Gang tatsächlich war, wenn man hineinstieg. Die Tatsache, dass man darin oben selbst mit geducktem Kopf und rechts und links mit den Schultern anstieß und sich auch kaum um die eigene Achse drehen konnte, ließ ihn noch mehr schwitzen. Immerhin – hier unten war es deutlich wärmer als draußen. Bernhard hatte ihm erläutert, dass er auf Anzeichen von Schwindel oder einem Drücken auf der Brust achten solle. Dann sei es allerhöchste Zeit, hinauszugehen und Atem zu schöpfen.

Das einzige Licht, das Lucas die Schwärze erträglich machte, stammte von ihren flackernden Kerzenlaternen, die huschende Schatten an die Wände des schmalen Ganges warfen. Jeder trug seine eigene und hütete sie wie einen Schatz, denn keiner von ihnen wollte allein in der Finsternis zurückbleiben.

»Und ihr seid sicher, dass wir die Erde nicht abstützen müssen?«, fragte Lucas und wies mit dem Daumen auf die Decke. Die Vorstellung, dass über ihm wer weiß wie viele tausend Pfund schwerer Erde nur darauf warteten, über sie hereinzubrechen, bereitete ihm Atemschwierigkeiten.

»Ja, doch«, nuschelte Bernhard zurück. Seine Stimme erklang in dem Gang noch gedrückter als sonst. Der Bergknappe rammte die Schaufel waagerecht in die Wand und ließ sie dort stecken. »Schaug. S'isch feucht g'nug, das hält scho.« Dann nahm er den Stiel der Schaufel, zog sie halb wieder heraus und schabte ohne sichtliche Mühe ein tiefes Loch in die Wand.

»Genau das beunruhigt mich so sehr«, murmelte Lucas. »Man kann mit dem Messer in das Erdreich bohren, als wäre es Butter. Brot hat mehr Substanz als dieser Boden! Wie kann da nicht die Gefahr bestehen, dass alles einstürzt?«

»S'isch feucht g'nug«, wiederholte Bernhard. »S'isch so eng hier im Gang, das isch stabil.« Lucas ließ es darauf beruhen.

»Alles in Ordnung?«, brummte der alte Hofer hinter ihm.

»Sicher doch«, sagte Lucas. »Außer dass ich in einem engen Erdloch unter Wien nach Fässern voll Schwarzpulver grabe …« Er hustete. Die Luft wurde schlechter. »Ansonsten – alles bestens.«

»Komm da mal raus, Bürschlein«, knurrte der Zimmermann.

Lucas trank noch einen tiefen Zug Wasser und stellte den Krug ab. Er nahm den Sack auf, der vor ihm lag, und schaufelte einen Großteil des Aushubes hinein. Dann hängte er sich den Beutel um die Schultern und schob sich rückwärts aus dem niedrigen Stollen in den Kellerraum.

In diesen Kammern unter Hofers Werkstatt erschreckte ihn jedes Mal, wenn er dorthin zurückkam, die umfangende Kühle. Dafür war die Luft deutlich besser, und Lucas atmete erleichtert tief durch. Er hatte nicht gemerkt, *wie* stickig es in dem Gang bereits geworden war. Jetzt erkannte er den tieferen Sinn hinter der Ermahnung der Bergknappen, dass keiner allein im Stollen bleiben sollte. Vermutlich konnte man da drinnen einfach so wegdämmern und dann im Schlaf ersticken, wenn man nicht zu zweit unterwegs war. Lucas fragte sich, woran das lag. Ob die Luft für die Organe zu feucht war? Man wusste noch so erschreckend wenig über den menschlichen Körper!

»Was?«, fragte Lucas schließlich gähnend, als er bemerkte, wie Hofer ihn unter seinen buschigen Brauen anstierte.

»Das alles war deine verdammte Idee.«

»Ja, und?«, hakte Lucas nach.

»Wenn du die Schnauze voll hast, dann geh zu Eck von Reischach und sag ihm, dass wir hier bloß Zeit verschwenden. Unter der Erde nach Minen graben, dass ich nicht lache! Sag dem Hauptmann, dass du dich geirrt hast.«

Der Student schüttelte den Kopf. »Dass ich mich hier nicht wohlfühle, ist eine Sache. Aber das heißt noch lange nicht, dass das Graben nicht sinnvoll ist.«

Hofer schnaubte abfällig. »Hast dir mal überlegt, was passiert, wenn wir was hören? Wenn da draußen jemand ist?«

»Noch nicht so recht«, räumte Lucas ein.

»Wenn da draußen jemand ist – und ich sag nicht, dass ich daran glaub –, dann sitzen die auf einem Arsch voll Schwarzpulver, das nur darauf wartet, in die Luft gesprengt zu werden, weißt'?«

Lucas nickte.

»Was machen wir dann?«

»Dann müssen wir wohl versuchen, das Schwarzpulver irgendwie aus den Kammern zu räumen«, sagte Lucas.

»Du willst in eine Sprengkammer voll Schwarzpulver steigen und sie ausräumen?«, fragte Hofer ungläubig. »Das ist doch närrisch!«

Lucas zögerte. »Von wollen kann keine Rede sein. Aber vielleicht finden wir ja gar nichts.«

»Siehst'! Kannst' nicht zugeben, dass du auch mal falschliegst, was, Bürschlein?«

»Dasselbe gilt für Euch«, erwiderte Lucas. »Wenn wir Studenten frühzeitig etwas abbrechen, sind wir faul und unzuverlässig. Wenn Ihr Bürgersleute sagt, dass Schluss ist, habt Ihr Recht. Oder sehe ich das falsch?«

»Fang jetzt nicht damit an, Steinkober«, grollte der Zimmermann.

Lucas schüttelte den Kopf. »Ich habe damit nicht angefangen. Seit ich denken kann, begegnet Ihr mir mit Misstrauen und Abneigung. Woran liegt das?«

»Ich kann dich nicht leiden«, knurrte Hofer.

»Das habe ich inzwischen begriffen«, erwiderte Lucas trocken. »Aber warum? Ihr kennt mich doch kaum!«

»Weil du ein streitsüchtiger, fauler Student bist!«, polterte Hofer. »Du lebst von anderer Leute Geld und nutzt dieses Geschenk nicht besser, als durch Hurenhäuser und Weinschänken zu ziehen!« Er winkte wütend ab. »Du bist genau wie dein Vater!«

Lucas blinzelte verwirrt. Er war nie auf den Gedanken gekommen, dass Hofer seinen Vater gekannt haben mochte. Leonhard Steinkober war vor nunmehr fünfzehn Jahren im *Bellum latinum*, in dem es zum offenen Straßenkampf zwischen Bürgern und Studenten gekommen war, erschlagen worden. Hofer musste damals in den Vierzigern gewesen sein, und sein Sohn Georg Anfang zwanzig – etwa so alt wie Lucas' Vater damals. Jetzt fiel dem Studenten auch der merkwürdige Satz wieder ein, den Hofer in der Nacht gesagt hatte, in der sie den Überläufer gefangen hatten: »Hätte ich damals nur…« Was hätte Hofer damals tun wollen? »Es ging niemals um mich, nicht wahr?«, sagte Lucas leise. »Der Groll, den Ihr hegt – der gilt meinem Vater.« Die Erkenntnis, dass der Zimmermann an dem Tag, an dem Lucas' Vater gestorben war, möglicherweise auf der anderen Seite gestanden hatte, raubte ihm für einen Moment die Worte. »Was ist damals passiert, Hofer?«, fragte er schließlich. »Was hat mein Vater Euch angetan, dass Ihr Euren Hass noch fünfzehn Jahre nach seinem Tod an seinem Sohn auslasst?«

Wilhelm Hofer atmete schwer und ballte die Hände zu Fäusten. »Mach deinen Scheiß alleine, Steinkober!« Dann drehte er sich um und stürmte aus dem Kellerraum.

Lucas starrte ihm nach, verwirrter denn je. Niemand wollte ihm je genau berichten, wie sein Vater ums Leben gekommen war. Oder sollte er Pernfuß' Worten vertrauen? War Leonhard Steinkober ein wildes Tier gewesen, das man hatte töten müssen, damit es nicht noch mehr Schaden anrichtete? Lucas mochte das nicht glauben.

Er griff sich den schweren Sack und trug ihn die Treppe in Hofers Wohnhaus hinauf. Die Werkstatt hinter der Treppe war verwaist. Er stapfte hinten hinaus in den Hof, wo bereits ein großer Berg Erdreich angeschüttet war. Daneben stapelten sich Ziegel. Ein Blick nach oben bestätigte Lucas' Verdacht: Hofers Dach war abgedeckt worden. Nun standen da oben Kanonen.

Der Student lud den Inhalt seines Beutels auf den Berg und kehrte ins Haus zurück, denn die Finger schmerzten schnell vor Kälte. In der Stube hielt er inne. Das Haus glich einem Dreckstall. Herausgefallene Erde sowie die Stiefel vieler Helfer und der Geschützmannschaften hatten eine verschmierte Kruste auf dem Holzboden hinterlassen. Das Dach war ruiniert und müsste neu gedeckt werden, und der Keller wurde gerade um einen Gang gen Stadtmauer erweitert. Lucas erkannte, wie viele Opfer Wilhelm Hofer diesem Kampf brachte – und das nur auf den Verdacht hin, dass die Aussage des Überläufers stimmte.

Die Tür knarrte. »Was machst du denn hier?«, fragte Georg Hofer, der Sohn des Alten, unfreundlich. Er sah müde aus und trug sein Schwert.

»Ich grabe mit deinem Vater einen Gang, um die Minen des Feindes zu finden.«

»Das weiß ich, aber warum ist mir der Herr Vater dann gerade fuchsteufelswild entgegengekommen?«

»Wir sind aneinandergeraten.«

Georg sah aus, als wolle er darauf etwas sagen, doch dann schwieg er.

»Was ist an den Mauern draußen passiert?«, fragte Lucas.

»Die Feinde haben das Kärntner Tor angegriffen. Aber sie wurden zurückgeschlagen. War wieder nur einer dieser Provinzherrscher, sagen die Hauptleute. Kein echter Angriff des Großwesirs.«

»Sie stehen schon eine Woche vor den Toren«, murmelte Lucas. »Worauf wartet Ibrahim Pascha denn noch?«

Georg zuckte mit den Schultern und wollte sich an ihm vorbei zum Hof durchdrängen. Lucas seufzte. »Hör mal, Georg, ich finde, wir sollten …«

»Sollten was – Frieden schließen?« Der ältere Mann schnaubte. »Du solltest dich ihm gegenüber besser benehmen. Nach all dem …«, er verstummte. Dann winkte er ab und ging ohne ein weiteres Wort hinaus.

Lucas sah ihm nach. Mit diesen Leuten ließ sich nicht reden. Er beschloss, Bernhard beim Graben abzulösen. Als er die Treppe hinunterging, hörte er, wie jemand das Haus betrat – vermutlich war es Thomas, der bald mit Hofer die nächste Schicht übernehmen würde.

Im Keller angelangt hockte sich der Student vor das Loch in der Wand und starrte hinein. Der Tunnel, den sie gegraben hatten, war selbst unter der fachmännischen Anleitung der beiden Bergleute weder gerade noch eben geworden. Lucas hatte sich bei der ungewohnten Anstrengung des Grabens auch nicht wirklich darum bemüht, eine Richtung oder eine Ebene beizubehalten. Das Ergebnis war ein sich stets ein wenig nach oben windender Gang, dessen Boden kleinere Absätze hatte, wie Stufen einer Treppe. Thomas und Bernhard hatten dann versucht, die Steigung wieder auszugleichen, so dass ein Auf und Ab entstanden war.

Im Augenblick war Bernhard gerade dabei, sich im Schein der kleinen Laterne weiter mit der Schaufel in die Wand zu hacken. Lucas fragte sich, wie der Mann die Richtung beibehielt, oder woher er das Gefühl nahm, wie tief oder wie ebenerdig er im Augenblick graben musste. Die Richtung der Mauern zu treffen war schon schwer genug. Unterirdisch gar Plätze oder Gebäude zu finden, wäre doch sicher nicht ohne weiteres machbar, oder?

Lucas betrachtete den Gang missmutig. Er fürchtete mehr denn je die Enge und die Dunkelheit. Der Gedanke, dass sie hier vielleicht ganz umsonst gruben, während oben die wahre Arbeit zur Verteidigung Wiens geleistet wurde, bedrückte ihn. Die Entscheidung zum Graben der Gegenminen hatte einzig und allein von seinem Wort abgehangen. Was, wenn er sich wirklich geirrt hatte?

Der Student spähte in den Gang, denn Bernhard hatte aufgehört zu graben und kam jetzt herausgekrochen. »I kann nimmer!«, keuchte er und reichte Lucas die Schaufel.

»Gehst' nicht weg, bitte schön?«

»Na, i bleib scho.«

Lucas kroch in die Mine, seine Schultern berührten an beiden Seiten die unregelmäßige Erdwand. Am Ende richtete er sich auf, so weit die niedrige Decke das zuließ, holte tief Luft und schippte das Erdreich mit der Schaufel fort, bis ihm der Schweiß auf der Stirn stand.

Der Student wollte seine Lippen befeuchten und griff nach dem Krug, der hier stand. Doch er verharrte in der Bewegung, denn auf der Oberfläche des Wassers hatte sich ein gekräuselter Kranz kleiner Wellen gebildet. Was war das? Er stampfte mit dem Fuß auf, und die Ringe im Wasserkrug verstärkten sich. Natürlich! Die Flüssigkeit zeigte jedes noch so winzige Beben des Bodens an. Dann stand er ganz still, um zu schauen, ob er mit seinen Bewegungen für die Kräuselung gesorgt hatte. Er wagte kaum zu atmen und stierte im Licht seiner Kerzenlaterne auf die Oberfläche im Krug. Erst glättete sie sich, dann kehrte die Kräuselung zurück. Doch weder Bernhard noch er selbst hatten sich bewegt. Also musste jemand anderes die Erschütterungen verursacht haben, oder?

Endlich vernahm Lucas auch einen fernen Laut. Er lauschte, doch in der Stille war bloß sein Atem zu hören. Ein Klopfen erklang, das der Student zunächst für einen dumpfen Hammerschlag hielt, der vielleicht von oben aus der Nachbarschaft des Kärntner Viertels kam. Doch bislang war von dort auch nichts herabgedrungen, die Entfernung war zu groß.

Also horchte Lucas noch angestrengter, und tatsächlich – da war es wieder, das Klopfen. Danach reihten sich die Augenblicke zu einer Ewigkeit zusammen. Irgendwann – er wollte schon zu seiner Arbeit zurückkehren – erklang das Geräusch zum dritten Mal. Er hob die Laterne und drehte den Kopf ein wenig, um herauszufinden, aus welcher Richtung es kam. Er war sich nicht sicher, doch es wirkte so, als hätten die Laute ihren Ursprung rechts vom Gang.

»Ich kann sie hören«, flüsterte Lucas aufgeregt. »Da ist etwas. Ich glaube, in diese Richtung«, er zeigte auf die Wand.

»I komm scho!« Bernhard kroch in den Gang hinter Lucas und lauschte ebenfalls. Dem Studenten wurde dabei ein wenig flau im Magen – er hasste es, wenn etwas zwischen ihm und dem Ausgang stand, so dass er nicht jederzeit einfach hinauskriechen konnte. »I hör nix«, nuschelte Bernhard.

»Aber da ist etwas«, flüsterte Lucas erneut. »Kann es sein, dass das von oben kommt? Kanonenschüsse vielleicht?«

»Müscht scho verdammt laut sei«, sagte der Schwazer. Und sie hielten beide noch einmal inne. Ein, zwei vage Laute erklangen, bei denen Lucas den Bergknappen fragend anschaute. Schließlich erklang ein Geräusch, bei dem selbst Bernhard nickte. »Muscht verdammt gute Ohrn ham, Lucas«, murmelte er. »I hab wirkli nix vernommen.«

Jetzt überschlugen sich Lucas' Gedanken. Er hatte Recht behalten. Der übergelaufene Janitschar hatte sie nicht in die Irre führen, er hatte sie tatsächlich warnen wollen. In seiner Euphorie sprang der Student auf und stieß mit dem Kopf an die Decke. Für einen Augenblick sah er nur helle Lichtblitze. Der unerwartete Aufprall ließ ihn in die Knie gehen, der Kopf schmerzte dumpf, und er sah nichts mehr. Irgendetwas rieselte ihm auf den Rücken. Dann auf die Schulter. Sollte er etwa die Mine zum Einsturz gebracht haben?

Lucas klammerte sich an seine Laterne, denn mittlerweile stürzten Erdbrocken auf ihn nieder. Den Brocken folgte Sand, der ihm den Atem raubte und in die Augen geriet. Er blinzelte hektisch, um wenigstens die Richtung ausmachen zu können, die ihn aus dieser dunklen, engen Hölle herausführen würde. Doch seine Augen tränten und schmerzten.

Lucas schrie auf. Er wusste nicht mehr, wo rechts und wo links war. Er wandte sich um und wollte den Gang zurückkriechen, doch er stieß sich den Kopf an einer Wand. Die Enge raubte ihm beinahe die Luft zum Atmen. Er krabbelte blind die Wand entlang. Wieder schrie er auf und zog sich vorwärts, doch er wusste nicht, wohin. Er konnte nur beten, dass nicht in kürzester Zeit der ganze Gang einstürzte.

Etwas berührte ihn an der Schulter, und Lucas zuckte vor Schreck zusammen. »Halt still, verdammt, Bürschlein«, knurrte Wilhelm Hofer.

Lucas war noch nie so froh gewesen, dieses ›Bürschlein‹ zu hören. Er klammerte sich wie ein Ertrinkender an den Zimmermann, der ihn an den Armen packte und aus dem Erdreich herauszog. Bernhard leuchtete ihnen mit der Laterne. Endlich kam Lucas frei und fiel auf den festgestampften ebenen Boden des Kellerraumes.

»Danke, Hofer!« Mit klopfendem Herzen drehte Lucas sich

auf den Rücken und atmete tief durch. Er war draußen. Und er war am Leben. Seine Lippen sandten ein Dankesgebet an den Herrgott.

Doch mit der Welle der Erleichterung kam der Ärger. Die Bergknappen hatten gesagt, sie bräuchten den Gang nicht abzustützen! Sie hatten ihm versichert, das Erdreich unter Wien sei so feucht und fest, dass es nicht zu Einstürzen kommen würde. Was da vorhin auf ihn eingerieselt war, war teilweise aber überhaupt nicht feucht gewesen, im Gegenteil – es hatte sich um trockenen Sand gehandelt.

»Was war das, verdammt? Ich dachte, die Gänge seien sicher!«

»War halb so schlimm, Bürschlein. Sieht aus, als wärst du gegen eine Sandtasche gekommen, da ist nicht wirklich etwas eingestürzt. Der Gang ist jedenfalls noch sicher. Stell dich nicht so an, immerhin sagt Bernhard, dass du Recht gehabt hast mit den Minen. Wir brauchen hier unten mehr Leute zum Graben.«

»Halb so schlimm?« Lucas versuchte, sich zu beruhigen. Doch allein der Gedanke, wieder in die Mine kriechen und weitermachen zu müssen, sandte ihm Schauer über den Rücken. Nein – er musste hier raus. In diesem Leben würden ihn keine zehn Pferde mehr in einen Keller wie diesen zurückschleifen können, das schwor er sich.

Kapitel 15

Am vierten Oktober hatten die Wiener die Kanonen ihrer Feinde mehr als fürchten gelernt. Seit eineinhalb Tagen feuerten die Osmanen aus allen Rohren, die sie um die Ringmauer aufgestellt hatten, und hörten auch in der Nacht nicht damit auf. Der Krach war entsetzlich, und das beständige Feuern ließ die Menschen in Wien vor Furcht kaum noch auf die Straßen gehen.

Und während die Landsknechte und Soldaten ihrerseits die Mauern verteidigten und die Kanonen bemannten, die auf den Zinnen und Türmen Wiens aufgestellt waren, arbeiteten Bürgerwehr und Daheimgebliebene daran, die Stadt vor den einschlagenden Kugeln zu schützen, so gut es ging. Das Gerölle auf den Straßen wurde abgetragen, die Ziegeldächer vieler Häuser ebenfalls.

Auch Madelin und ihre Freunde packten bei diesen Arbeiten mit an – wenn sie konnten, denn jemand musste im Ruprechtskirchhof bei den Karren bleiben und bei Franziskus. Sie hatte vorgestern, noch ganz aufgewühlt von dem Leichenfund und dem Kanonenbeschuss, mit ihm sprechen wollen, doch der Ikonenmaler hatte einen neuerlichen Anfall erlitten. Sie hatte den Rest der Nacht und den halben gestrigen Tag an seinem Bett ausgeharrt – nur um heute Morgen wieder hilflos mit ansehen zu müssen, wie er von dem Zucken überkommen wurde. Es schien beinahe, als würde sich Franziskus' Zustand in Wien noch verschlimmern. Sie selbst fühlte wieder die alte Rastlosigkeit in sich aufsteigen, musste sich aber vertrösten. Wer wusste schon, wann sie wieder den Horizont über einer Straße sehen würde?

Am Mittag ging sie zum Feldlazarett bei Sankt Peter und fragte nach einem Physicus. Dort fanden sich bloß Feldscher, die sich mit Schnittwunden und Brüchen auskannten, nicht aber mit Krampfanfällen. Einer empfahl ihr gar einen Priester. Wenn sie nicht vorsichtig wäre, dann sprach sich die »Besessenheit« ihres Freundes noch herum.

Die junge Frau tupfte dem erschöpften Freund den Schweiß von der Stirn. Er schlief jetzt ruhig, und sie war dankbar dafür. Vorhin war er so wütend gewesen, wie sie es noch nie bei ihm gesehen hatte. Sie stieg aus dem Karren und streckte die Glieder. Ob Lucas heute nicht kommen würde? Er hatte als Gerichtsknecht sicher viel zu tun – man erzählte sich von Plünderungen und Streitereien. Sehnsüchtig sah sie den Kienmarkt hinunter. Sie hatte sich so an seine morgendlichen Besuche gewöhnt, die er die letzte Woche aufgenommen hatte, dass sie ihn vermissen würde, wenn er nicht käme. Sie musste schon lächeln, wenn sie bloß an ihn dachte, so wie jetzt.

Die Nachmittagssonne stand im Westen, doch Madelin hatte nicht den Eindruck, dass viel von ihrer Kraft bis nach Wien durchdrang. Dabei stand kein Wölkchen am Himmel. Im Süden krachten wieder die Kanonen. Nachdem die Landsknechte gestern die Osmanen vom Kärntner Tor abgewiesen hatten, rechnete man heute jederzeit damit, dass dem Kanonenfeuer ein weiterer Angriff folgen würde. Bislang hatten sich keine Truppen sehen lassen, doch innerhalb der Mauern waren die Verteidiger stets in Alarmbereitschaft.

Madelin ging hinter die Karren, wo die Pferde in einem improvisierten Pferch aus den Holzgabeln der Karren und aufgespannten Seilen standen. Hier waren sie am besten vor dem eisigen Wind geschützt. Sie legte ihrer alten braunen Mähre die Hand auf die weichen Nüstern. Das Tier trat unleidig von einem Bein auf das andere und spielte mit den Ohren. »Dir ist kalt, was?«, fragte die junge Frau und fuhr mit der Hand unter die alte Decke, die sie dem Pferd übergeworfen hatte. Das Stroh darunter hatte sich ein wenig gelöst. Madelin holte neues vom Vorrat und stopfte welches nach. Dann zerschlug sie die dünne Eiskruste, die sich im Eimer auf dem Wasser gebildet hatte. »Mir auch. Ich fürchte, das wird ein schlimmer Winter.«

»Zumindest ist es ein schlimmer Herbst«, erklang Lucas' Stimme hinter ihr.

Madelin drehte sich um. »Lucas! Hast du nichts Besseres zu tun?«, neckte sie ihn.

»Als nach einem Kranken zu schauen?«, erwiderte er unschuldig, doch seine Augen funkelten freudig. Franziskus war nicht der einzige Grund, der ihn hergeführt hatte. Er wurde ernst. »Wie geht es ihm?«

»Er hat heute Morgen wieder einen Anfall gehabt«, sagte Madelin. »Wie gestern.«

»Aber sie kommen nicht nur morgens?«

»Nein. Wäre das von Bedeutung?«

Lucas nickte. »Wenn man eine Regelmäßigkeit feststellen kann, dann würde es gegen eine Besessenheit sprechen. Wie man etwa, wenn jemand alle drei oder vier Tage Fieber hat, auf das Wechselfieber schließen kann, könnte man durch solche Muster der Anfälle vielleicht erkennen, was für eine Krankheit sie verursacht – und wie man sie kurieren kann.«

»Ah. Nein, leider ist mir so etwas noch nicht aufgefallen«, sagte Madelin.

»Schade«, sagte Lucas.

»Und sonst? Wie hält er sich?«

»Er ist so wütend«, berichtete sie bedrückt. »Heute hat er alle seine unbemalten Heiligenfigürchen ausgekippt und mir aufgetragen, sie in den Fluss zu werfen, weil sie eh nichts taugen würden.«

»Ich finde die Einstellung recht verständlich«, begann Lucas, doch Madelin unterbrach ihn. »Aber er ist kein Lutheraner! Und die Wut in seinen Augen ...«, sie suchte nach Worten, um den Ausdruck zu beschreiben, doch sie fand keine. »Sie war nicht gegen mich gerichtet, versteh das nicht falsch. Eher gegen ... alles. Und gegen sich selbst.«

»Viele Menschen, die mit einem Leid geplagt sind, zweifeln irgendwann an Gott«, erklärte Lucas. »Das ist nur zu verständlich. Es kann aber auch an einem Ungleichgewicht der Säfte liegen. Ich geh besser mal hinein und seh ihn mir an.« Er wollte sich schon umdrehen, doch Madelin fiel ein, was sie ihn noch fragen wollte. »Lucas, die Karten, die du mir geschenkt hast ... Woher stammen die eigentlich?«

»Vom Woffenberger. Das ist ein Kartenzeichner in der ...«

»Ich weiß, wo Woffenberger seine Werkstatt hatte«, sagte Madelin.

Lucas zog eine Braue hoch. »Hatte?«

»Ja. Er ist tot.«

»Ja, wie denn das bloß? Vor ein paar Tagen war er noch fidel!«

»Man hat ihn umgebracht, Lucas.«

Diese Neuigkeit schien den Studenten ganz sprachlos zu machen. Madelin ergriff seine Hand und drückte sie ein wenig. »Hast du ihn gut gekannt?«

»Ich – nein«, sagte er. »Aber ich kannte ihn. Und – ist es nicht schrecklich, dass in einer Stadt, in der so viele Menschen sterben, auch noch solche Taten begangen werden?«

»Ja, das ist es.« Sie trat an seine Seite und legte ihm die andere Hand auf den Arm. »Meinst du, dass sein Tod etwas mit den Karten zu tun hat?«

Lucas wurde bleich. »Ich weiß es nicht«, murmelte er. »Aber wenn doch, dann … dann habe ich ihn umgebracht.«

»Du – ihn umgebracht? Weil du ihm ein Kartenspiel abgekauft hast? Wie kommst du darauf?«

Jetzt wurde der Student rot. »Abgekauft ist nicht ganz richtig … Ich habe ihm wohl Geld dagelassen. Aber er war so beschäftigt mit Packen und kam nicht wieder aus dem Keller …« Er raufte sich die Haare.

»Du hast sie einfach mitgenommen?«

Lucas nickte. »Hältst du mich jetzt für einen Dieb?«

Madelin schmunzelte. »Ich bin eine Fahrende, eine Gauklerin. Ich werde niemanden in die Schranne schleifen, Lucas. Ich habe auch schon gestohlen, um zu überleben. Meistens Obst und Schinken.« Sie wurde wieder ernst. »Aber eigentlich glaube ich nicht, dass man einen Mann wie Woffenberger wegen eines Kartenspiels töten würde. Er wird einen Plünderer ertappt haben – immerhin hat er sicher viel kostbarere Pläne in seiner Werkstatt gehabt, als ein Trionfi-Spiel, so hübsch es auch sein mag.«

»Ja«, sagte Lucas sichtlich erleichtert. »Du magst Recht haben.« Er legte ihr die Hand an die Wange. »Madelin, du …«

Ein neuerlicher Kanonenschuss zerriss die Luft. Die Wahrsagerin schreckte zusammen und lauschte, doch der Einschlag erfolgte irgendwo südlich von ihnen, im Kärntner Viertel. Der Student zog seine Hand zurück und sah zu Boden. »Jetzt schau ich aber wirklich besser nach Franziskus, denn ich muss noch weiter. Nach dem Unfall in der Mine gestern bin ich der Instandhaltung der Mauer zugeteilt worden.«

»Ja«, erwiderte Madelin. Lucas' Berührung hatte ihr Herz schneller schlagen lassen. »Ich danke dir.«

Er lächelte sie an. »Nicht nötig.« Damit ging er zum Karren, und Madelin wandte sich den Pferden zu.

Es dauerte jedoch gar nicht lange, bis der Student wieder zu ihr heraustrat. »Er schläft. Ich wollte ihn nicht wecken«, sagte er. »Franziskus sieht sehr entkräftet aus. Sieh zu, dass er etwas isst und sich schont.«

»Mach ich«, sagte Madelin. Dann kräuselte sie besorgt die Stirn. »Ist's gefährlich, da wo du arbeitest?«

»Es ist die Südmauer. Aber ich hoff' es wird alles gutgehen.«

Die junge Frau sah ihm an, dass er selbst besorgt war. Schnell gab sie ihm einen Kuss auf die Wange. »Pass auf dich auf, bitte schön.«

Ein Lächeln ließ sein Gesicht aufleuchten. »Ich – versprochen. Aber jetzt … ich muss gehen, leider. Bis bald?«

»Bis bald«, erwiderte Madelin. Dann sah sie ihm nach, wie er mit beschwingtem Schritt den Kienmarkt gen Süden ging. Sie schlug mit der Hand ein Kreuz vor der Brust und wünschte sich, dass ihm dort nichts widerfahren möge. Lucas *musste* zu ihr zurückkehren.

Als wenig später ein Klopfen vom Karren erklang, wandte sie sich um. Sie erschrak, denn direkt vor ihr stand ein Mann. Das Gesicht war fast vollständig von der Kapuze eines langen Umhangs verborgen. Darunter schauten schlohweiße Haare hervor, die leicht gebeugte Gestalt wirkte dürr unter dem grauen Stoff. An den Händen trug der Mann lederne Handschuhe. Madelin stellten sich die Haare im Nacken auf. Wie war er hinter sie getreten, ohne dass sie es bemerkt hatte?

»Bist du Madelin?«, fragte er jetzt mit heiserer Stimme. Sie klang halb wie ein Flüstern, halb wie ein Pfeifen. Er roch merkwürdig, fand Madelin. Irgendwie … süßlich.

»Die bin ich.« Sie versuchte, unter der Kapuze ein Gesicht zu erspähen, doch sie sah nur ein spitzes Kinn mit unregelmäßig gewachsenem weißem Bart.

»Ich habe gehört, dass du mit den Karten die Zukunft vorhersagst. Stimmt das?«

Madelin zögerte. »Ich deute mit den Karten das Schicksal eines Menschen, ja. Willst' meine Dienste in Anspruch nehmen?«

»Nein«, sagte die heisere Stimme. »Ich werde deine Karten kaufen.«

Verdutzt blickte Madelin den Alten an. »Du willst *was?*«

»Ich werde deine Karten kaufen«, wiederholte der Alte geduldig.

Unwillkürlich sah sie in die Richtung, in der Lucas eben verschwunden war, doch er war längst nicht mehr zu sehen. Sie war allein mit dem Mann. »*Meine* Karten? Warum?«

»Das ist nicht wichtig.«

»Sie sind nicht verkäuflich«, erwiderte Madelin. »Es handelt sich um ein Erbstück.«

»Ich biete dir zehn Pfund Pfennige dafür«, sagte der Mann. »Das sollte dich für den Schmerz entschädigen, oder?«

Zehn Pfund Pfennige! So viel verdiente Madelin nicht in einem Jahr! Damit könnte sie *drei* Ärzte für Franziskus bezahlen sowie sicherlich auch die gesamte Medizin, wenn er denn welche brauchen würde … Sie versuchte, ihr Erstaunen zu verbergen. Doch der Mann vor ihr nickte zufrieden. »Wir sind uns also einig, ja?« Er griff mit der behandschuhten Rechten nach ihrer Gürteltasche, als wäre der Handel beschlossene Sache. Woher wusste er, dass sie die Karten genau dort aufbewahrte?

»Nein«, stieß Madelin hervor und wich zurück.

»Nein?«, fragte der Mann verärgert. »Dann fünfzehn Pfund Pfennige.«

»Nein!«, wiederholte sie. Sie konnte selbst kaum glauben, dass sie eine solche Summe ausschlug. Doch eine schlimme Ahnung ließ sie auf der Hut sein. Wenn jemand einen solchen

Reichtum für ein Kartenspiel bot, stimmte etwas nicht. »Ich sagte doch – sie stehen nicht zum Verkauf.«

»Ich werde deine Karten kaufen«, sagte der Mann zum dritten Mal. Dann griff er sie am Arm und zog sie mit erstaunlicher Kraft hinter den Karren. »Du hast noch die Wahl, ob du dafür Geld erhältst oder …«

»Oder was?«, fragte Madelin atemlos und wand sich in seinem Griff. »Bitte, lasst mich los!«

»Willst' um Hilfe schreien? Eine Unehrliche?«, fragte der Mann heiser. »Glaubst', es kommt jemand?«

Madelin versuchte, sich loszureißen, doch die Hand an ihrem Oberarm hielt sie eisern fest. »Lasst mich!«, rief sie erneut. Warum war Lucas bloß schon gegangen?

Der Alte sparte sich eine Antwort und zog ein Messer. Madelin schrie. Sie wand sich, stemmte sich gegen ihn und versuchte, ihn abzuschütteln. Wie konnte ein alter Mann so stark sein?

Dann drückte er sie gegen den Kutschbock des Karrens und legte ihr das Messer an die Kehle. Madelin gab ihre Gegenwehr auf – der Kerl schien zu allem fähig. Der Geruch von eben schlug ihr jetzt so intensiv entgegen, dass sie würgen musste, denn unter der Süße lag derselbe Gestank, den sie an Woffenbergers Leichnam wahrgenommen hatte – Verwesung. »Die Karten. Jetzt!«

Madelin griff langsam zu ihrer Gürteltasche und begann, an dem Band zu nesteln, das sie verschlossen hielt. Ihre Hand zitterte so sehr, dass sie die Lederschnur kaum greifen konnte. »Bitte«, flüsterte sie dabei. »Ich …«

Ein Holzscheit traf den Alten mit Wucht an die Schläfe, so dass er rückwärtstaumelte, über die Holzgabel des Karrens stürzte und zu Boden ging. Madelin sah Franziskus, der blass und schwach an der Ecke des Karrens neben dem Hinterrad lehnte. »Ich bin wach geworden, als Lucas reinkam … Und dann habe ich dich schreien gehört«, sagte er.

»Danke schön, Franzl!« Sie umarmte ihn stürmisch. »Wir müssen hier weg.«

»Wer ist das?«

»Keine Ahnung!«

Der Mann stöhnte und regte sich unter den Holzstangen. Seine Kapuze war ihm beim Sturz vom Kopf gerutscht und entblößte sein Gesicht. Madelin konnte für einen Herzschlag lang den Blick nicht abwenden, denn sie hatte das Gefühl, nicht in die Züge eines Menschen zu schauen. Der Angreifer hatte wulstige Brauen, faltige Wangen und selbst die Haut an Nase und Ohren war knotig. Jetzt sah sie auch, dass der weiße Bart nur in Teilen des Gesichtes wuchs, da die Wangen von braunen Flecken verunstaltet waren. Der Mann hatte mehr mit einem Löwen gemein denn mit einem Menschen.

Madelin verdaute diesen Schrecken mühsam, dann nahm sie den Freund bei der Hand und zog ihn zur anderen Seite des Karrens. Dort streifte sie hastig ihr rotes Kopftuch an einen Nagel bei der Eingangstüre. »Komm!«, rief sie dann.

Die Wahrsagerin eilte mit Franziskus so schnell es eben ging um die nächste Häuserecke hinein in eine Gasse. Doch der Freund war noch so schwach – mit ihm war an ein Weglaufen nicht zu denken. Wieder einmal war sie froh, dass sie die Stadt so gut kannte. Madelin bog von der Hauptstraße gleich wieder in eine Seitengasse und suchte sich dort einen tiefen Hauseingang. »Hier hinein«, sie drückte sich an die vernagelte Tür, damit man sie von der Straße aus nicht sah. Dann spähte sie vorsichtig um die Ecke.

Franziskus tat es ihr keuchend gleich. »Sollten wir nicht …«

Ein Mann kam um die Häuserecke getaumelt. »Psst!«, machte Madelin. Es war tatsächlich der Alte mit dem grauen Umhang. Die junge Frau zog den Kopf gerade so weit zurück, dass sie mit einem Auge noch etwas sehen konnte.

Der Mann hielt inne, offenbar irritiert, welchen der beiden Wege sie genommen hatten. Die Öffnung der Kapuze wandte sich der Gasse zu, in der sie standen. Der Alte setzte sich in Bewegung, geradewegs auf das Versteck zu. Madelin zog den Kopf zurück und hielt die Luft an. Sie lauschte auf das Knirschen seiner Schritte auf dem Gerölle, das hier die Straßen pflasterte. Sie kamen immer näher. Schließlich hörte das Knirschen auf. Hatte er sie gesehen? Zog er gar eine Waffe? Der Mann hustete.

Ein Trupp Reiter aus Böhmen kam um die Ecke der Gasse getrabt und machte weiteres Lauschen unmöglich. Allesamt hatten die Schwerter gezogen und trieben ihre Pferde zur Eile an – vielleicht brauchte man sie als Verstärkung an der Südmauer. Madelin betete noch darum, dass niemand auf sie aufmerksam wurde, da war der Trupp auch schon vorbei, und die Gasse wurde wieder still. Wo war ihr Verfolger? Hatte er die Ablenkung genutzt, um sich weiter zu nähern?

Endlich vernahm die Wahrsagerin wieder Schritte. Einen, zwei, drei. Beim vierten erkannte sie, dass sie nicht näher kamen, sondern sich entfernten. Der Kerl kehrte auf die Straße zurück. Erst als die junge Frau ganz sicher war, dass der Alte nicht mehr in Reichweite war, wagte sie sich wieder aus dem Versteck heraus – aber sie zog Franziskus mit in die andere Richtung, weiter die Gasse hinunter.

Aus dem Süden drang der Lärm eines Gefechtes herüber. Selbst hier im Westen herrschte Hektik – Landsknechte eilten durch die Straßen, ein weiterer Reitertrupp galoppierte vorbei. Jetzt hörte Madelin auch Schreie und Schüsse – dunkle und donnernde von Kanonen sowie helle, peitschende von Arkebusen.

Die Wahrsagerin eilte mit Franziskus auf Umwegen durch die halbe Stadt. Ihr Ziel war Sankt Peter. Dabei überschlugen sich ihre Gedanken. Warum sollte jemand mit dem Messer die Herausgabe von ein paar Spielkarten fordern? Etwas stimmte nicht mit dem Trionfi-Spiel, das wusste sie jetzt mit Sicherheit. Sie musste es dem Ikonenmaler zeigen. Und zwar bevor der alte Mann mit dem Löwengesicht sie wiederfand.

Madelin sah noch das Messer vor sich, das er gezogen hatte. Er hatte nicht gezögert, ganz so, als hätte er das schon oft getan. Ob er auch Woffenberger auf dem Gewissen hatte? Der Gedanke beunruhigt sie noch mehr. Immer wieder warf sie Blicke über die Schulter, um zu sehen, ob sie verfolgt wurden.

»Meinst du, die anderen verstehen dein Signal?«, fragte Franziskus außer Atem, als sie bei der Kirche im Herzen der Stadt angekommen waren.

»Mein rotes Lieblingstuch aufgespießt an der Tür meines Karrens? Ich hoffe doch«, sagte Madelin. Jetzt war sie froh, dass sie mit den anderen gleich nach der misslungenen Flucht aus der Stadt einen neuen Treffpunkt vereinbart hatte – eine Weinstube in der Münzstraße bei Sankt Peter. Das taten sie in jeder Stadt für den Fall, dass einer von ihnen Ärger bekommen hatte und man sich an einem unverfänglichen Ort treffen musste.

Sankt Peter diente als Lazarett, und so herrschte hier ein heilloses Chaos. Der Platz zwischen den Gräbern war angefüllt mit Menschen. Liegend, humpelnd, laufend, manche wimmernd, manche schreiend, sammelten sie sich unter den hastig zusammengezimmerten Dächern aus Holz und Zeltleinen, die einen geringen Schutz gegen die Unbill des Wetter bildeten. Mehrere Feuer waren entzündet worden, um die Kälte fernzuhalten.

Die Weinstube befand sich im Untergeschoss eines doppelstöckigen Fachwerkgebäudes, das sich schief gegen die Wände der ungleich prachtvolleren Steingebäude rechts und links davon lehnte. Bevor sie die Treppe hinunterging, ließ Madelin noch einmal einen Blick über den Platz schweifen. Alle Leute verfolgten ihr Ziel mit eiligem Schritt. Sie schloss die Tür hinter sich und versuchte, ihre Sorgen auszusperren. Dann half sie Franziskus die Treppe hinunter.

Unten war es muffig und kühl, wenn auch immer noch wärmer als draußen. Die kleinen Fenster im oberen Bereich ließen nur wenig Licht herein; das Feuer unter dem Kessel in der Mitte des Raumes war beinahe niedergebrannt. Eine Frau kam durch eine hintere Tür herein, den Arm voller Feuerholz gepackt. Bloß vier oder fünf Männer saßen im Schankraum. Madelin konnte nicht erkennen, ob es Landsknechte, Soldaten oder Städter waren. Alle wirkten müde, manche trugen Verbände.

Sie führte Franziskus an einen Tisch im Schatten der Treppe. Nicht nur wären sie hier nahe am Ausgang; man würde sie auch weniger gut beobachten können. Sie bestellte Essen und einen einfachen Wein für zwei, auch wenn die Preise an Wucher grenzten. Anscheinend wurde die Nahrung langsam knapper.

Franziskus lehnte sich an die Mauer in seinem Rücken und streckte auf einem Schemel sitzend die Gliedmaßen aus. Mit halboffenen Augen schöpfte er Atem. Auf der Flucht schien er seine schlechte Laune hinter sich gelassen zu haben.

»Um der Liebe Gottes willen, Madelin, wer war das?«, fragte er endlich.

»Ich weiß es wirklich nicht, Franzl.«

»Aber man muss doch einen Grund haben, jemanden mit einem Messer anzugreifen. Was wollte der Kerl von dir?«

»Er wollte mein Trionfi-Spiel.«

»Deine Spielkarten?«, fragte Franziskus verblüfft. »Wenn's

um Essen gegangen wäre, dann hätt' ich's ja noch verstanden, bei den Preisen …«

Madelin holte die Karten hervor und legte ein paar davon auf dem Tisch aus. »Sie sind anders als meine alten Karten«, begann sie. »Ich glaube, Woffenberger hat sie für jemanden bearbeitet, bevor Lucas sie ihm … abgenommen hat.«

Der Ikonenmaler hob eine Augenbraue. »*Abgenommen*, was? Ein durchtriebener Bursche, unser Student.«

»Er wollte niemandem schaden. Aber ich habe den Verdacht … Franzl, es klingt vielleicht albern, aber ich glaube fast, dass Woffenberger der Karten wegen getötet worden ist!«

»Das klingt wirklich albern. Bist du dir sicher?«

»Nein, natürlich nicht«, sagte sie. »Aber erst wird Woffenberger getötet, der sie gemacht hat, und dann kommt eine Gestalt wie dieser Löwengesichtige und versucht, sie mir mit Gewalt abzunehmen? Das ist kein Zufall. Wir müssen mehr darüber herausfinden.«

Franziskus griff nach der ersten Karte und betrachtete sie.

»Schau hier, das ist der Stephansdom«, sagte Madelin und tippte auf die Karte der Hohepriesterin.

»Und das hier könnte ein Tor sein.« Franziskus deutete auf die Karte der Liebenden. »Da hat jemand ein Trionfi-Spiel mit Wiener Motiven angefertigt. Vielleicht ist das nur ein sentimentales Andenken.«

»Vielleicht aber auch nicht, Franzl.«

Madelin wartete ungeduldig, während der Ikonenmaler auch andere Karten untersuchte. Schließlich holte er eine Lupe unter dem Kaufmannsgewand hervor, die ihm an einem Lederband um den Hals hing. Dies war Franziskus' größter Schatz, der noch aus seinem heimatlichen Kloster stammte.

»Da sind Zahlen und Linien drauf«, murmelte er.

»Und genau das ist der Unterschied zu meinen alten Karten«,

sagte die Wahrsagerin. »Die Karten werden gedruckt, oder? Das heißt, eigentlich müssten alle Stöße einander gleichen.«

»Nur wenn sie wirklich aus demselben Druckstock stammen«, sagte Franziskus. »Und selbst dann können sie Walz- oder Schmierfehler aufweisen, die sie deutlich voneinander unterscheiden.« Der Freund runzelte die Stirn, während er eine weitere Karte in Augenschein nahm. »Meisterhafte Arbeit«, begann er dann. »Jemand hat die Zahlen und Zeichen so gut in die Karten integriert, dass sie aussehen, als seien sie ein Teil des Drucks.«

»Aber das sind sie nicht, oder?«

»Nein«, bestätigte Franziskus. »Sie sind mit Gallustinte nachträglich angebracht. Die Tinte wirkt dünner als die Farbe des ursprünglichen Drucks, sie zieht stärker in das Papier, siehst du?« Er deutete auf winzige Krähenfüße, die die Farbe ins Papier gezogen hatte. »Das zeigt auf, dass Tinte und Papier nicht gut aufeinander abgestimmt sind. Die Tinte ist zu wässerig. Ganz im Gegensatz zu dem restlichen Druck.«

»Und was haben die Zeichen zu bedeuten?«, fragte Madelin besorgt.

»Ich bin nicht sicher«, bekannte Franziskus. »Ich habe den Eindruck, dass es Maße sind. Angaben in Schritt, manchmal auch in Fuß. In jedem Fall handelt es sich um einen großen Maßstab.«

»Worum handelt es sich?«, fragte Madelin atemlos.

»Ich weiß es nicht. Ich müsste mich besser in die Geometrie einlesen. Mein Unterricht liegt eine Weile zurück.« Er lächelte entschuldigend.

Die Wirtin brachte die Bestellungen herbei, und Madelin räumte die Karten schnell vom Tisch. »Was habt ihr da?«, fragte jemand. Madelin sah auf – Scheck, Erisbert und Miro standen neben dem Tisch. »Da seid's ja!«, sagte sie erleichtert, sprang auf und umarmte die Freunde nacheinander. »Das ging aber schnell!«

»Wir waren gerade auf dem Weg zu den Karren, da sah Scheck dein Tuch an der Tür«, führte Erisbert aus. »Er sagte, du würdest den kostbaren Stoff niemals freiwillig so öffentlich herumhängen lassen. Du kannst froh sein, dass ihn niemand gestohlen hat, Mädchen.« Er reichte ihr das Tuch zurück. »Wie gut, dass wir diesen Ort vereinbart haben.« Die Wahrsagerin betrachtete ihr Tuch mit Bedauern – das Loch darin war so groß wie ihre Fingerkuppe.

Franziskus verzog das Gesicht zu einem spöttischen Lächeln. »Hätten wir geahnt, dass die Mägde hier so langsam sind, wären wir woanders hingegangen.«

»Wenn du herumscherzt, heißt das wohl, dass es dir bessergeht, was?«, fragte Madelin vorsichtig.

Scheck schlug ihm auf die Schulter. »Ach, du weißt doch – Franzl hier wird selbst dem Ackermann noch ein Sprüchlein entgegenwerfen!«

Franziskus zuckte zusammen. »Ist die Frage, ob er darüber lachen wird«, murmelte er. »Kann Gevatter Tod überhaupt lachen?«

»Red nicht so, Franzl. Du bist noch nicht tot.«

»Nein«, erwiderte er gedämpft. »Noch nicht.«

Besorgt stellte Madelin fest, dass seine Augen leer und mutlos wirkten. Fast wünschte sie sich die Wut zurück, die heute Morgen noch darin gestanden hatte. Mit einem tapferen Lächeln knuffte sie ihn mit der Faust in die Schulter. »Wirst' auch so schnell nicht sein, mein Lieber.« Doch er antwortete nicht.

»Nun erzählt schon«, bat Scheck. »Warum die Warnung?«

»Ist euch jemand gefolgt?«, fragte Madelin.

»Na«, sagte Miro. »Warum?« Er ließ sich auf einen Schemel fallen und machte sich über Madelins Eintopf her. Sie ließ ihn gewähren. Auch die anderen setzten sich an den Tisch und bestellten mehr Speisen. Sie hatte mit den Karten ausreichend Geld verdient, so dass sich alle ordentlich satt essen konnten.

»Jemand hat versucht, Madelin abzustechen«, eröffnete Franziskus. Die Empörung unter den Freunden war groß, und die junge Frau sah sich genötigt, die ganze Geschichte zu erzählen, angefangen davon, wie Lucas an die Karten gekommen war, über Woffenbergers Tod und den Angriff des löwengesichtigen Mannes mit den schlohweißen Haaren. Sie zeigte den Freunden auch ein paar der Karten, damit sie sich selbst ein Bild davon machen konnten.

»Ein Mann ist gestern Abend um unser Lager herumgeschlichen. Erstaunlich behände für sein Alter«, sagte Erisbert. »War das derselbe?«

»Ich denk schon«, sagte Madelin. »Der Mann, der mich angegriffen hat, war trotz seines Alters sehr stark. Aber wer weiß – vielleicht sind ja bloß die Haare weiß, und der Mann darunter ist noch jung?«

»Aber wenn du sagst, dass Lucas die Karten vom Woffenberger genommen hat – offenbar klauen auch die Studenten wie die Raben«, sagte Scheck, »wie kam der Alte dann auf dich? Woffenberger wird vor seinem Tod sicher noch geredet haben. Warum hat er nicht Lucas zuerst aufgesucht?«

Madelin bekreuzigte sich. »Ich habe die letzten Tage über in Weinstuben und auf Plätzen gesessen, um Leuten die Zukunft vorauszusagen«, erwiderte sie. »Dutzende von Menschen haben mich dabei gesehen.«

»Vielleicht kannte der Kerl Lucas gar und wusste, dass er dich täglich besucht?« Erisbert war die Stimme der Vernunft, wie immer. »Dein Student hat aus seiner Zuneigung ja nicht unbedingt ein Geheimnis gemacht.«

Madelin antwortete nicht. Stattdessen lauschte sie den Kanonen. Sie hatte den Eindruck, dass die Abstände zwischen den einzelnen Schüssen größer wurden. Bedeutete das, dass die Verteidiger auf den Mauern standhielten – oder dass das Bollwerk überwunden war? Konnten sie überhaupt lange standhalten, wenn die Osmanen sich ernsthaft an einen Sturm machten? In jedem Falle ließ sich das Unvermeidliche nicht länger hinauszögern. »Wir müssen die Wagen von Sankt Ruprecht wegschaffen und irgendwo anders verbergen«, sagte sie. »Ich werde dort kein Auge mehr zumachen können.«

»Zum Glück gibt's ja genug freie Betten in der Stadt«, sagte Scheck mit einem Grinsen. Er hatte es nie schwer, bei einer Magd ein angewärmtes Lager zu finden. Doch dann wurde der Spielmann ernst. »Aber was sollen diese Änderungen auf den Karten? Warum wurden sie angefertigt?«

Franziskus blinzelte müde. »Ich sage doch, ich müsste erst ein paar Berechnungen anstellen, bevor ich euch mehr dazu sagen kann. Ich bräuchte dazu Literatur. Aber da wir die kaum mitten im belagerten Wien an einer Straßenecke finden werden, ist das alles eh müßig, oder?«

Madelin trank einen Schluck Wein und dachte nach. »Ich wüsste da vielleicht jemanden, der an eine Bibliothek herankommt.« Sie wollte Lucas ungern noch tiefer in diese Angelegenheit ziehen, doch sie sah keinen anderen Weg. »Wir müssen mit Lucas sprechen. Ich will wissen, was auf diesen Karten steht.«

»Hier sieht's ja aus wie bei mir in der Kodrei«, kommentierte der Student das Innere der Bibliothek.

Madelin musste ihm Recht geben, denn sie hatte das verlotterte Armenhaus für Studenten inzwischen mit eigenen Augen gesehen. Nachdem sie mit Franziskus, Miro und Scheck die Wagen leer geräumt und die Pferde untergestellt hatte, waren sie nun gemeinsam zu Lucas in den Goldberg gezogen. Sie hofften, dort sicherer als auf offener Straße zu sein. Vorher hatten sich alle noch bemüht, ihre Spuren zu verwischen und etwaige Verfolger abzuschütteln. Keinem von ihnen war der Löwengesichtige mit dem schlohweißen Haar wieder aufgefallen.

Lucas war mit Madelin und Franziskus auf dem Weg zur Bibliothek im oberen Stockwerk der Universität. Das eigentlich würdige Gebäude mit dem Steinfußboden und dem Treppenaufgang, der jedes Geräusch hallend bis in die letzte Kammer trug, wirkte jetzt eher wie ein Schlachtfeld. Essensreste, Pisspötte, aufgerissene Kisten, deren Inhalt verstreut und teilweise als Brennmaterial verwendet worden war – die Landsknechte, die Graf zu Hardegg hier erst kürzlich hatte vertreiben lassen, hatten ganz schön gehaust.

Lucas steckte den Schlüssel ins Schloss, den sie in einer Kiste in der Kodrei Goldberg gefunden hatten, und blickte Madelin an. »Heinrich ist *Librarius*«, erklärte er. »Er hilft dem Bibliothekar, daher hat er eigene Schlüssel. Ich habe gar nicht daran gedacht, dass er sie zurückgelassen haben könnte.« Er fuhr sich durch das blonde Haar und zögerte. »Und du meinst, Franziskus kann hier das Geheimnis deiner Karten enträtseln?«

»Das wollen wir hoffen«, sagte Madelin. »Sonst wüsste ich nicht, wie wir noch herausfinden sollen, warum und von wem sie angefertigt worden sind.«

»Auf ein paar Fragen werden wir möglicherweise Antworten finden. Ansonsten werden wohl eher nur noch mehr Fragen auftauchen«, sagte der Ikonenmaler.

»Wir brauchen ein Buch über die Geometrie«, erläuterte Madelin.

»Und ich eines über die Ursachen der Fallsucht«, sagte Lucas.

»Meinst du, das wird uns weiterbringen?«, fragte ihn Franziskus. Man sah ihm an, dass er keine große Hoffnung hegte –

oder hegen wollte. Madelin kam der Verdacht, dass er sich vor einer neuerlichen Enttäuschung schützen wollte.

»Das kann ich dir erst sagen, wenn ich das Buch gelesen habe«, erwiderte Lucas. Auch er wirkte bedrückt. »Madelin, du bist also der Meinung, dass Woffenberger wegen der Trionfi-Karten getötet wurde?«

Sie legte ihm die Hand auf den Arm. »Ich fürchte schon, Lucas. Aber es gibt nichts, womit ich das beweisen könnte.«

Der Student stierte auf die Tür mit dem kostbar verzierten Metallschloss. Dann nickte er und drehte den Schlüssel. Er schob die beiden Holzflügel auf und entzog sich dabei ihrer Berührung.

»Wir werden nur anfassen, was nottut«, bat er leise. »Die Bücher hier sind ein Vermögen wert.«

Die große Kammer schien der einzige Raum zu sein, der nicht von den Landsknechten verwüstet worden war. Dutzende Regale, bis oben angefüllt mit riesigen ledergebundenen Büchern, teilten ihn in fünf Bereiche. Muffige Luft schlug ihnen entgegen, und es kratzte Madelin im Hals, so dass sie husten musste. »Also – wo finden wir die Bücher?«

»Hier steht alles drauf.« Lucas deutete auf einen großen Bogen an der Wand und beleuchtete ihn mit einer Laterne. Das Dokument führte mit geschwungener Schrift alle Titel der Bibliothek auf sowie deren Standort in den Regalen. »Die Geometrie ist da hinten. Da gibt es einiges zu.«

Franziskus ging gleich hinüber. Madelin folgte ihm und ließ die Finger über einige Lederrücken gleiten. Sie versuchte, die Titel zu entziffern. *Liber sextus* las sie da sowie *Decretum gratianum*. Doch sie konnte kein Latein.

Der Ikonenmaler brauchte nicht lange, bis er gefunden hatte, wonach er suchte, einen Band auf ein Lesepult hievte und darin vorsichtig herumblätterte. Lucas sah ein anderes Regal durch.

Madelin musterte den Studenten aus der Ferne. Wie er sich auf dem Boden niederließ, die Stirn gerunzelt, das helle Haar nach allen Seiten abstehend, weil er es sich ständig raufte, die Lippen sorgenvoll aufeinandergepresst … Sie erinnerte sich an den jungen Mann, der ihr bei ihrer Ankunft in Wien mit fröhlich funkelnden Augen auf der Straße der Niklasvorstadt beigestanden hatte. Diese Unbeschwertheit war Kummer und Schuld gewichen. Die letzten eineinhalb Wochen hatten ihn sehr verändert.

Franziskus bohrte Madelin stumm einen Ellbogen in die Seite. Sie sah auf und folgte seinem Blick zu Lucas hinüber. Mit einem Kopfnicken bedeutete er ihr, zu dem Studenten hinüberzugehen.

Die Wahrsagerin nickte und setzte sich auf einen Fußtritt neben Lucas, der im Schneidersitz auf dem Boden hockte. Eine Weile sah sie ihm schweigend zu.

»Du hast es nicht wissen können, Lucas«, sagte sie schließlich. »Wer kommt schon auf den Gedanken, dass ein Trionfi-Spiel einem Mann das Leben kosten könnte?«

»Ich hätt's nicht stehlen dürfen«, gab er zurück.

»Du hast es nicht gestohlen, du hast es … heimlich gekauft.«

»Das ist so ziemlich dasselbe, wenn man den Besitzer vorher nicht fragt.«

»Lucas«, sie legte ihm die Hand auf die Schulter. »Quäl dich nicht für Dinge, die andere getan haben. Du hast nicht den Hammer geführt, der den Mann getötet hat! Du hast mir helfen wollen!«

Seine Finger ließen das Buch los, das er gerade über die Schulter hinweg aus dem Regal ziehen wollte. »Vielleicht sollte ich das einfach lassen«, sagte er. Bitterkeit schwang in seiner Stimme mit. »Immer wenn ich versuche zu helfen, stirbt jemand.«

»Wenn du mir nicht mit diesem Spiel geholfen hättest, dann wären Franziskus, ich und die anderen in den paar Tagen verhungert, Lucas. Die Karten haben uns vermutlich das Leben gerettet.«

»Ich will ja nicht unken«, mischte sich Franziskus vom Pult her ein. »Aber es kann gut sein, dass sie uns dafür in den kommenden Tagen das Leben kosten werden.«

Madelin und Lucas verstummten und sahen ihn betroffen an. »Warum?«, fragte die junge Frau. Sie standen auf, und Lucas' Hand glitt zwischen ihre Finger.

Franziskus winkte sie herbei und breitete die Karten auf einem Tisch aus. »Ich habe ausgerechnet, was dabei herauskommt, wenn man diese Zahlen hier mit den Winkelangaben verrechnet«, sagte er. »Wenn ich die Hohepriesterin mit dem Stephansdom daraufhin hier in die Mitte hinlege und die anderen Karten drum herum, wie zum Beispiel die Liebenden am Stubentor, der fallende Turm am Kärntner Tor, der Stern bei Maria am Gestade, der König der Schwerter an der Burg ...«, er zählte die Karten eine nach der anderen auf den Tisch, »dann ergibt sich nach und nach ...«

»... ein Stadtplan von Wien«, stieß Lucas erstaunt aus.

»Mehr als das«, erwiderte Franziskus. »Ein gezeichneter Stadtplan von Wien wäre ungenau und ließe die Abstände von einem Bauwerk zum nächsten vage. In diesen Ziffern sind die Angaben verschlüsselt, wie man auf ein paar Schritte genau ausrechnen kann, wie weit voneinander entfernt diese Gebäude tatsächlich stehen. Zumindest so genau, wie die neuesten Maßangaben das zulassen.«

Lucas ließ Madelins Hand los. »Ich habe in der Schranne die Kopie eines Plans gesehen«, sagte er hastig und lief zu einem der Regale. »Es war ein grober Plan, aber es gab verschiedene Maßangaben, die diese Ungenauigkeit ausgeglichen haben.« Er zog ein Buch nach dem anderen aus dem Regal, warf einen Blick darauf und legte es auf den Tisch.

Franziskus hob eine Augenbraue. »Was ist aus ›wir werden nur anfassen, was nottut‹ geworden?«

Lucas ignorierte ihn. »Der Plan muss aus dieser Bibliothek stammen, sonst hätte der Stadtrichter nicht kurzfristig eine Kopie davon anfertigen lassen können. Er muss schon älter sein. Ich wollte schon früher danach schauen, aber ich habe keinen Magister gefunden. Das mit dem Schlüssel hatte ich wie gesagt ganz vergessen.« Wieder lief er zum Regal, sammelte einen Schwung von Büchern heraus und ließ sie auf den Tisch fallen. Dabei rutschte eines der Werke seitlich vom Stoß herunter, fiel auf die Kante und stürzte schließlich auf den Boden. Das kostbare Buch lag aufgeklappt und mit geknickten Seiten da, einige hatten sich gar gelöst und waren herausgeflattert.

Madelin half Lucas beim Aufsammeln der Blätter. »Was ist das?«, fragte sie da und klappte einen gefalteten Bogen auf. Zutage kam ein fast vollständig erhaltener Plan von Wien, der die Stadt eiförmig abbildete. Sie war so herum gezeichnet, dass der nördliche Donauarm unten lag und sich der Wienfluss links entlangschlängelte. Auch der Alserbach sowie sämtliche wichtigen Gebäude der Stadt fanden sich darauf. *Ste Stephan* stand da, *Newer Markt*, *Kerner Tor zu Laslas Turme*, *Purghtor* sowie etliche weitere Beschriftungen. In der oberen Ecke war – entgegen jeglichem Entfernungssinn – Pressburg abgebildet, das doch Hunderte von Meilen weit entfernt lag. Da der Plan aber weder Straßen noch sonstige Orientierungspunkte zeigte, konnte es sich bei der Lage der Häuser zueinander nur um Schätzungen handeln. Tatsächlich war es mehr ein Gemälde der wichtigen Gebäude, eingeordnet in einen groben Mauerkranz.

Die Ungenauigkeit glichen winzige Kolonnen von Zahlen aus, die an den Rand des Plans gekritzelt waren. Diese Angaben, in Schritten oder Fuß gehalten, schienen neueren Ursprungs zu sein. Sie waren so angebracht, dass man davon ausgehen konnte, dass sie die Entfernung der einzelnen Gebäude zueinander darstellten. So auch die vom Laslasturm außerhalb der Mauern im Süden zum Kärntner Tor, oder die vom Magdalenenkloster im Westen zum Tor bei den Schotten.

»Das ist er«, stieß Lucas aus. »Das muss die Vorlage sein, die Pernfuß hat abzeichnen lassen. Die Angaben muss vor ein paar Jahren ein Geometer gemacht haben, der die Stadt vermessen hat.«

»Seine Zahlen sind recht präzise«, murmelte Franziskus, der ebenfalls auf das Dokument spähte. »Man könnte auf ihrer Basis einen neuen Plan anfertigen, der weit genauer wäre als der alte.«

»Warum hat man das nicht gleich gemacht?«, fragte Madelin.

»Das ist nicht so leicht, wie man meint«, sagte Lucas. »Und zudem recht aufwändig. Aber wenn die Osmanen diese Maße in die Hände bekämen, dann wüssten sie nicht nur ganz genau, wohin sie schießen müssten, um die wichtigen Gebäude zu treffen, sie könnten auch genau abzählen, wie lang sie ihre Minen treiben müssten, um unsere Plätze in die Luft zu sprengen.«

»Die Osmanen graben Minen?«, fragte Madelin entsetzt.

»Allerdings. Die Mauer lässt sich leicht erreichen. Doch wir vermuten, dass sie auch unter die Alarmplätze graben wollen, die nahe der Mauer liegen.« Er hob den Blick nicht von der Karte. »Wenn sie genau wüssten, wohin sie graben sollen, um dort ausreichend Pulver zu deponieren … Sie könnten ganze Hundertschaften unserer Soldaten in die Luft jagen. Sie würden uns mit einem Schlag fast wehrlos machen.«

»Aber warum ist dieser Plan noch hier in der Bibliothek?«, fragte Franziskus. »Wenn doch jemand die Befestigungsanlagen Wiens verraten wollte – warum hat er nicht gleich diesen genommen?«

»Übrigens, das hier stammt aus Woffenbergers Hand«, Madelin zog aus ihrer Gürteltasche das abgerissene Stück Papier, das sie dem toten Kartenmaler abgenommen hatte. Unter den gespannten Blicken der beiden anderen legte sie den Fetzen an die angerissene Kante des Plans. »Das heißt, dass exakt *dieser* Plan die Vorlage für die Angaben auf den Karten war. Der Auftraggeber wollte nicht, dass das Fehlen der Vorlage entdeckt wird. Für den Fall, dass jemand anders auf die Idee kommt, den Plan für Verteidigungszwecke zu suchen.«

Sie suchte die Karten des Trionfi-Spieles wieder zusammen und steckte sie in ihre Gürteltasche. »Der Auftrag für die Karten muss von einem Spion stammen. Das erklärt die Brutalität dieses Löwengesichtigen – er beseitigt alle Spuren. Er wollte eine unauffällige Kopie des Stadtplans anfertigen lassen, die niemand vermissen würde und die man leicht aus der Stadt bringen kann. Aber Lucas kam ihm dazwischen.«

»Das stimmt«, erkannte der Student. »Wenn ich Woffenberger nicht die Spielkarten gestohlen hätte, wären sie jetzt vielleicht schon in Feindeshand!«

»Also hat dein Diebstahl doch nicht nur Schaden angerichtet«, sagte Madelin.

»Ja«, erwiderte Lucas erleichtert. »Der Maler wusste vermutlich selbst nicht ganz genau, was er da anfertigt.«

»Oder es hat ihn nicht interessiert«, meinte Franziskus. »Nicht jeder Wiener hat dein Verantwortungsbewusstsein.«

»Aber er sollte einen gesunden Überlebenswillen besitzen«, gab Lucas zurück. »Wenn die Türken diese Karten in die Finger bekommen und sie zu lesen wissen, dann werden sie die Stadt nehmen. Und dann ergeht es jedem schlecht, der innerhalb dieser Mauern wohnt.«

»Das war aber vor zwei Wochen noch nicht so offensichtlich wie jetzt«, erwiderte der Ikonenmaler. »Oder wann auch immer die Karten in Auftrag gegeben worden sind.«

»Wie lange dauern so feine Änderungen ungefähr?«

»Für einen begabten Maler, wie Woffenberger einer war, sind sie zwar nicht schwierig, aber aufwändig. Es muss präzise gearbeitet werden. Zwei Wochen benötigt man dafür schon, denke ich. Ist man solch winzige Maße gewohnt, rechnet oft und viel und kennt die geometrischen Formeln auswendig – vielleicht eine Woche. In jedem Fall hat jemand sich bereits frühzeitig auf die Ankunft der Türken vorbereitet, um ihnen zu helfen, denn es ist ja jetzt auch schon wieder eine Woche in Madelins Händen.«

»Aber warum ein Trionfi-Spiel, warum den Plan nicht einfach kopieren?«, fragte Madelin.

»Ich weiß nicht. Spione sind misstrauische Menschen. Vielleicht ist das Trionfi-Spiel ein vereinbartes Zeichen?«

»Und wenn man damit erwischt wird, dann landet man nicht sofort für Verrat am Galgen«, warf Franziskus trocken ein. »Kaum jemand würde auf einen flüchtigen Blick hin das Geheimnis dieser Karten erkennen, so wie Madelin.«

»Nur mit deiner Hilfe, Franzl«, sagte die Wahrsagerin. »Aber wer hat das Kartenspiel in Auftrag gegeben?«

Lucas fuhr sich nachdenklich durchs Haar. »Es muss jemand gewesen sein, der hier zur Universität Zugang hatte. Der Diebstahl muss sicher zwei Wochen her sein, wie Franziskus sagte. Vielleicht sogar drei. Wartet, es gibt ein Ausleihregister«, sagte er und ging hinüber zu dem Buch, das am Eingang auf einem Pult lag. Als er eine Weile darin herumgeblättert hatte, wurde er blass. »Verdammt.«

»Wer ist es?«, fragte Madelin und trat neben ihn. Der Name, den sie las, ließ auch sie erbleichen. »Graf zu Hardegg!«

Lucas entließ einen tiefen Atemzug. »Das muss nichts zu bedeuten haben. Vielleicht hat er sich den Plan für den Feldstab kopieren lassen. Graf Salm, Eck von Reischach und all die anderen Hauptleute müssen sich doch auch orientieren können, wenn sie nicht aus Wien stammen.«

»Eine logische Erklärung«, entgegnete Franziskus. »Aber es gibt auch eine andere.«

»Nein«, stammelte Madelin. »Er war's bestimmt nicht.«

Lucas zog fragend die Augenbrauen hoch. »Graf zu Hardegg ist ein aufgeblasener Geck, neidisch auf alle wirklich patenten Soldaten. Und er hat sich merkwürdig benommen, als Hofer und ich einen abtrünnigen Janitscharen auf die Burg gebracht haben.«

»Er war's nicht, sag ich.«

»Woher willst du das wissen?«

Madelin wich seinem Blick aus. Statt ihrer antwortete der Ikonenmaler. »Wenn du's ihm nicht sagst, tu ich's.« Madelin nickte zustimmend. »Er ist der Vater ihrer Schwester«, erklärte Franziskus dem Studenten.

»Schwester? Aber Graf zu Hardegg hat doch keine …« Lucas verstummte. »Die Bastardschwester von Heinrich, natürlich. Die Tochter seiner Geliebten, Elisabeth von Schaunburg. Das ist deine Mutter?«

Madelin nickte wieder. »Ich bin vor sechs Jahren fort. Sie hasst mich.«

»Ihre Mutter ist von einem Osmanen geschändet worden«, erläuterte Franziskus. »Madelin hier ist das Ergebnis.«

»Ich habe davon gehört«, murmelte Lucas und legte ihr eine Hand auf die Schulter. »Das ist schrecklich.«

»Ja«, sagte Madelin leise. Sie wollte nicht weiter darüber sprechen und wandte sich stattdessen wieder dem Plan zu. »Wenn du glaubst, dass Hardegg der Spion ist, wie gehen wir dann weiter vor? Wie finden wir heraus, ob er es war?« Sie erinnerte sich an das unverhoffte Auftauchen des Grafen bei Woffenbergers Werkstatt. Schon an dem Tag hatte sie sich gefragt, was er da zu schaffen gehabt hatte.

»Vielleicht hat Woffenberger Buch über seine Arbeiten geführt?«, schlug Franziskus vor.

»Schon möglich. Der Mann war ein guter Handwerker«, sagte Lucas. »Ein wenig konfus vielleicht, aber in seiner Arbeit sorgfältig. Sein Lehrling hingegen war nicht sonderlich schlau. Aber selbst wenn – der Mörder hat die Beweise sicherlich vernichtet.«

Madelin blinzelte. »Woffenberger hatte einen Lehrling?«

»Ja, sicher, ich glaube, er hieß Daniel. Warum?«

»Weil der vielleicht nicht tot ist. Möglicherweise …«

»… weiß Daniel, wer die Abänderung der Karten in Auftrag gegeben hat?«, ergänzte Franziskus aufgeregt.

»Eine gute Idee«, sagte Lucas. »Aber wie sollen wir den finden? Von den Nachbarn ist sicher kaum mehr jemand in der Stadt, die guten Bürgersleute sind doch fast alle geflohen.«

»Kennst du niemanden, den du fragen kannst?«

»Sicher kenne ich hier Leute, die ich fragen kann. Aber ob die wissen, wo ein einfacher Lehrling hin ist … bestimmt ist er geflohen.«

Madelin wandte sich ab. Sie starrte auf die Reihe der Bücher und ließ die Erkenntnisse, die sie gewonnen hatten, auf sich wirken. Ignorierten sie hier das Offensichtliche? War Graf zu Hardegg der Schuldige? Sie hatte den Mann nie wirklich gut kennengelernt. Er hatte nicht zum Leben im Haus der Mutter gehört. Natürlich war er oft zu Besuch gewesen, wenn er in Wien geweilt hatte, aber für die Kinder und den Alltag hatte er sich nie interessiert. Zu Madelin war er immer kühl und arrogant gewesen. Er stammte nicht aus Wien und war oft fort –

wer wusste schon, welche Interessen er wirklich hegte? Man sagte gar, er sei mit Kaiser Karl V. persönlich bekannt.

Aber ein Verräter? Der Gedanke war unbegreiflich. Er musste doch an jeder Stabssitzung teilnehmen, kannte sämtliche Pläne des Feldhauptmannes Niklas Graf Salm, wusste von jedem Ausfall, den Eck von Reischach unternahm. Wenn er der Verräter war, wäre Wien bald hilflos. Doch bevor man sich nicht sicher war, wer die Karten in Auftrag gegeben hatte, konnte man zu keinem der Offiziere gehen, um den Vorfall zu melden, denn theoretisch konnte es jeder aus dem Stab sein.

»Wir brauchen mehr Fakten«, murmelte sie. »Ich gehe nach dem Lehrling suchen.«

»Allein?«, fragte Lucas entsetzt. »Man hat gerade versucht, dich zu bestehlen und umzubringen, und du willst allein nach einem Spion suchen?«

»Ich kenne die Stadt gut«, sagte Madelin. »Vielleicht nicht so gut wie du in den letzten Jahren, aber gut genug. Du musst dir keine Sorgen machen, ich komme schon klar.« Sie sah aus den Augenwinkeln, dass Franziskus eine Geste machte, die offenbar für Lucas gedacht war – er zog die flache Hand ruckartig vor dem Hals entlang, um ihm mitzuteilen, dass er sie nicht weiter drängen solle. Sie versuchte, ein Schmunzeln zu verbergen. Franziskus kannte sie einfach zu gut und wusste, dass alle weiteren Worte sie nur entschlossener machen würden.

»Nun gut«, sagte Lucas widerwillig. »Momentan kann ich also nicht von großer Hilfe sein. Ich muss eh längst zurück zum Dienst. Von Reischach wird heute Nacht die Mauern und den Kärntner Turm reparieren und braucht jede Hand. Ich kann da nicht lange fehlen.«

Die drei räumten die Bücher zurück bis auf eines, das Lucas an sich nahm, um über die Fallsucht nachzulesen. Dann verschlossen sie die Bibliotheksräume wieder hinter sich.

Bevor sie auf die Straße traten, nahm Lucas Madelin unten in der Halle bei der Hand. »Danke schön«, sagte er warm.

»Wofür?«

»Du hast mir bewiesen, dass ich nicht ständig alles falsch mache«, sagte er. »Unsere Erkenntnisse machen Woffenberger nicht wieder lebendig. Aber sie helfen mir. Diese Karten sind wichtig. Es ist gut, dass ich sie mitgenommen habe.«

Sie lächelte. »Gern geschehen.«

Madelin wollte schon gehen, doch er hielt sie fest. Dann beugte er sich zu ihr herunter und küsste sie. Sanft kostete er ihre Lippen, seine Finger schlüpften unter das Tuch an ihrem Hinterkopf, mit dem sie das Haar hochgebunden hatte.

Madelin lehnte sich gegen ihn und erwiderte den Kuss. Sie strich ihm über die Wange und wollte ihn gar nicht wieder loslassen. Die Anstrengungen der letzten Tage, die Sorgen, die Furcht – all das schien ferner, wenn sie seinen Atem auf ihrer Haut spürte. Ihm ging es offenbar genauso, denn er löste sich nur widerwillig von ihr. Madelin lächelte und sah zu ihm auf. Dann fuhr sie ihm endlich selbst durch das blonde Haar.

Das Licht des klaren Mondes, das durch die Fenster hereinfiel, tauchte Lucas' Augenhöhlen und Wangen in tiefe Schatten. Die Wahrsagerin runzelte die Stirn. Sie fühlte sich unwillkürlich an einen Totenschädel erinnert, und an das schlimme Schicksal, das sie für Lucas in den Karten gelesen hatte. »Pass auf dich auf, ja?«, bat sie.

»Du auch«, murmelte er. »Ich glaube, die nächsten Tage werden schlimm. Irgendwann muss Ibrahim Pascha zum Sturm blasen lassen.« Er drückte ihre Hand. »Aber was immer du tust, Madelin, versprich mir eines, ja?«

»Was?«

»Pass gut auf diese Karten auf. Was du da in Händen hältst …«, er schluckte. »Wenn die Karten an den Feind geraten, bedeutet das das Ende Wiens.«

Madelin erwiderte den Druck kurz. »Ich weiß, Lucas. Ich gebe gut darauf acht.«

Lucas fuhr ihr mit einer Hand über die Wange; eine feine Geste, die noch mehr Nähe ausdrückte, als der Kuss eben. Dann traten sie in die Nacht hinaus und eilten in verschiedene Richtungen davon.

Kapitel 16

Die Sklaven stolperten in der kühlen Morgenluft auf die Straße. Dreckige Gesichter, von Tränenspuren gezeichnet, blickten sich sorgenvoll um. Das Lager der Osmanen war gewaltig – ein Meer von Zelten, Pferden und Karren. Was für ein Aufwand es sein musste, den Marsch eines solchen Heeres zu organisieren!

Anna zog den kleinen Friedrich an sich. Am liebsten hätte sie ihn sich auf den Rücken gebunden, so wie Elisabeth vor ihrem Bauch hing. Dann wäre sie ein wenig beruhigter gewesen, dass auch der Junge in der Menge ja nicht verlorenginge.

Man hatte am heutigen Morgen – jemand behauptete, es sei der sechste Tag des Oktober – sämtliche Sklaven aus der Kirche getrieben. Sie hatten stundenlang in der Kälte gewartet. Jetzt, gegen Mittag, brachte man sie zu einem großen Platz. Dort wurden sie in Gruppen getrennt. Anna fürchtete schon, man würde ihr den Jungen nehmen, doch das geschah nicht. Man sperrte sie immer zu zehnt oder zwölft in Pferche, die aus angespitzten Holzstämmen und dazwischen eingeflochtenen dünnen Ästen bestanden. Ein bewachtes Gatter verschloss diese Käfige.

Anna sah sich um. Sie ahnte schnell, was auf diesem Platz geschah: Sie befanden sich auf dem Sklavenmarkt der Osmanen. Neben den Wachen standen die Akindschi vor den Pferchen, die offenbar die meiste Beute gemacht hatten. Sie gingen mit anderen Männern umher und ließen einen Blick auf die Waren werfen, die sie feilboten.

Die Menge der Gefangenen war beeindruckend. Bis vor einer Stunde noch hatte die Mutter gedacht, die Flüchtlinge in der Kirche seien die einzigen Unglücklichen gewesen, die in die Hände der Osmanen gefallen wären. Wie hatte sie sich geirrt! Über tausend Menschen befanden sich auf dem Sklavenmarkt. Manche Pferche waren so voll, dass die Insassen dicht an dicht standen und sich kaum rühren konnten. Die Akindschi mussten das ganze Umland heimgesucht, sämtliche Dörfer überfallen und alle Menschen geraubt haben, die ihnen in die Hände gefallen waren. Dabei handelte es sich dem Anschein nach hauptsächlich um Mädchen und Frauen sowie Jungen verschiedenen Alters. Anna sah kaum alte Menschen – offenbar besaßen die keinen Wert für die Osmanen –, und Elisabeth war das einzige Kleinkind weit und breit.

Die Mutter zog den Umhang sorgsam über das Tuch mit dem Mädchen. Sie wollte das Kind gegen die Mittagssonne einerseits, den kalten Wind andererseits schützen. Gleichzeitig hoffte sie, dass das Kind still bliebe. Vermutlich waren so kleine Kinder den Herren da draußen bloß eine Bürde; Mäuler, die man stopfen musste und die ihre Mütter von der Arbeit abhielten. Anna schmeckte Galle, wenn sie darüber nachdachte, mit welchen Augen die Männer ihre geliebte Tochter betrachten mussten.

Als ein Grüppchen Osmanen zu dem Pferch trat, in dem Anna mit ihren Kindern auf dem Boden hockte, wünschte sie, sie könnte mit dem Zaun verschmelzen. Doch sie konnte nicht anders – sie sah auf und musterte die Männer jenseits des Gatters.

Der Mann von dem nächtlichen Zwischenfall am Lagerfeuer war darunter – derjenige, der Friedrich zum Kampf angestachelt und Anna geschlagen hatte, als sie versucht hatte, dazwischenzugehen. Er trug noch immer den Fellüberwurf und die Pelzmütze. Sein Grinsen wirkte durch die Narbe auf Wange und Oberlippe beinahe diabolisch.

Anna spürte, wie sie sich verkrampfte. Die Erinnerung dieses Mannes über ihr, auf ihr, in ihr war noch so frisch. Wieder zog sie den Sohn näher zu sich. Der Mann durfte sie nicht kaufen; wenn sie und die Kinder ihm gehörten, dann gäbe es niemanden mehr, der zwischen ihnen stünde. Und Fritzl ... Er war doch erst fünf! Sollte er jetzt schon die grausamen Spiele der Soldaten über sich ergehen lassen müssen?

Der Kleine wehrte sich gegen ihren Griff. Drückte sie den Burschen etwa zu stark? Sie ließ locker. Warum beschwerte er sich nicht? Warum sprach er überhaupt nicht mehr? Es war, als hätte der Bub die Sprache verloren.

»Alles in Ordnung«, murmelte sie. Elisabeth begann zu quengeln, und Anna begann, sie vor- und zurückzuwiegen, damit die Kleine wieder verstummte. Sie beobachtete die Männer. Der narbengesichtige Mann deutete auf sie und Fritzl, gestikulierte mit dem anderen Akindschi; jenem Mann, dem sie wohl gehören musste. Es war derjenige, der sie am Pferd fortgeführt und Fritzl hatte hinterherrennen lassen. Der Mann schien nicht abgeneigt, lachte, öffnete das Gatter zum Pferch und trat mit dem Narbengesichtigen ein.

Jetzt gelang es Anna ohne weiteres, den Blick streng zu Boden zu richten. Sie wünschte, unter ihr würde sich ein Loch auftun, in das sie sich verkriechen könnte. Doch nichts dergleichen geschah, und irgendwann sah sie zwei Paar Stiefel in ihrem Blickfeld vor sich.

Die beiden Männer sprachen weiter, der Narbengesichtige lachte. Anna spürte einen Anflug von Übelkeit in ihrem Magen, als sie Münzen klimpern hörte. Die beiden waren dabei, ihr Schicksal zu besiegeln.

»*Ich* werde die Frau und ihre Kinder kaufen.« Anna sah unwillkürlich auf, denn diese Stimme gehörte zu keinem der beiden Männer. Ein Dritter stand hinter ihnen, einer, den sie noch nie gesehen hatte.

Die Statur des Mannes war beeindruckend – er wirkte breit und kräftig. Er trug eine weiße Filzkappe, deren Ende nach hinten umgeschlagen war; vorne an der Stirn ragte ein Busch weißer Rosshaare auf. Er trug ein blaues Gewand, das einer Tunika ähnelte, die beinahe vollständig von einer blau-rot gestreiften Weste verborgen wurde. Im Gegensatz zu den beiden Akindschi trug er nur einen langen Schnurrbart. Die Augen darüber wirkten ernst. Plötzlich kam Anna der Narbengesichtige gar nicht mehr so übel vor, ihn kannte sie immerhin – dieser Mann war ein Fremder.

Jetzt wechselte auch der Verkäufer die Sprache. »Seyfeddin hat geboten. Die Ehre gebietet, dass du auch ein Gebot abgeben kannst, Corbashi.« Anna hatte inzwischen mitbekommen, dass dieser Begriff wohl eine Art Offizier beschrieb.

»Was hat Seyfeddin geboten?«, fragte der Neuankömmling.

»Seyfeddin in seiner Güte hat mir einhundert Aspern geboten, oh Corbashi. Für alle drei.«

Der Mann mit dem Schnurrbart zog eine Augenbraue hoch. Offenbar war das viel Geld. »Drei?«, fragte er.

»Die Frau und die beiden Kinder, Corbashi«, erwiderte der Verkäufer. Er nahm seinen Säbel vor und streckte ihn aus. Anna versuchte sich zu beherrschen, doch als die Waffe ihren Umhang beiseiteschob, zitterte sie am ganzen Leib. Eine Träne lief ihr über die Wange. Sie legte schützend die Hand um die Tochter, die zu weinen begann. Anna fühlte sich wie Schlachtvieh, doch sie versuchte, das Kind zu beschwichtigen.

»Das ist doch die Frau, von der du berichtet hast?«, fragte der Corbashi nun und schenkte Anna einen abfälligen Blick.

»Ja, Herr, sie ist es.«

»Dann biete ich zweihundert Aspern.«

»So viel?«, fragte der Verkäufer erfreut.

»So viel trage ich nicht bei mir«, knurrte der Mann mit dem Narbengesicht. »Aber ich kann laufen und mehr holen.« Anna hielt den Atem an. Sie wollte den Mund aufmachen, wollte aufbegehren – wollte den Männern den Mund verbieten dafür, dass sie von ihr, einer freien Bürgerin von Wien, sprachen, als würden sie ein Pferd kaufen. Sie wusste, dass Madelin das getan hätte. Doch Anna wagte es nicht.

»Gold in die Hand«, erwiderte der Corbashi und klingelte mit dem Münzbeutel.

»Vergebung, Seyfeddin«, sprach der Verkäufer und schnappte sich den Goldbeutel des Corbashis. Dann verneigte er sich ehrerbietig. »Sie gehören Euch.«

Anna spürte mit dem Wechsel des Geldbeutels beinahe, wie sich die Gegebenheiten um sie änderten. Sie würde jetzt diesen Pferch verlassen dürfen. Aber sie würde dem Fremden folgen müssen, der mit ihr und den Kindern tun und lassen konnte, was er wollte. Die Übelkeit in ihrem Magen breitete sich aus.

»Du«, zischte der Narbengesichtige. Als Anna aufsah, funkelte er sie an und spie auf den Boden, den Zeigefinger anklagend gegen sie erhoben. In seinem Blick lag ein Versprechen – Anna hatte ihn beleidigt, und das würde er nicht auf sich sitzen lassen. Dann wandte sich der Mann ab und ging, und der Verkäufer folgte ihm.

Anna musterte ihren neuen Herrn ausdruckslos. Doch der Blick, den der als Corbashi Angesprochene umgekehrt auf ihr ruhen ließ, barg eine Mischung aus Misstrauen und Verachtung – und gleichzeitig musterte er sie so innig, dass sie errötete und die Augen niederschlug. Sie schluckte. Was hatte sie sich auch gedacht? Der Mann wollte offenbar auch bloß, dass sie ihm das Lager wärmte.

»Mein Name ist Mehmed. Ich bin Corbashi der Janitscharen. Und dein neuer Herr«, sagte der Mann mit rauer Stimme. »Nimm deine Kinder und komm.«

Anna tat, wie ihr geheißen, und nickte den anderen Gefangenen in diesem Pferch noch zum Abschied zu. Dann folgte sie dem Offizier ohne Anstand. Sie dachte nicht an eine Flucht. Mit zwei Kindern an der Seite hätte man sie mit einem Pfeil erschossen, bevor sie auch nur die Zelte vor ihr erreicht hätte. Einen kurzen Augenblick lang barg dieser Gedanke sogar eine gewisse Verlockung. Im Tod wäre sie frei, müsste diesem Mann nicht gehorchen und zu Willen sein, müsste ihm nicht in seine Heimat folgen, wo immer die auch sein mochte. Dann spürte sie Fritzls kleine Hand in ihrer, Elisabeths kräftige Ärmchen, die sich gegen das Tuch stemmte, in dem sie so lange hatte sitzen müssen. Tränen füllten ihre Augenwinkel. Nein, sie wollte leben und kämpfen.

Mehmed führte sie durch das weitläufige Lager der Osmanen. Bislang hatte sie immer bloß die Übermacht der Soldaten, ihre Bewaffnung und ihren Ingrimm gesehen. Jetzt schaute sie genauer hin, und was sie sah, erstaunte sie. Sie hatte die Gesichter der Osmanen inzwischen ein wenig lesen gelernt. Diese Männer waren nicht grimmig, sondern missmutig. Sie drängten sich um die Feuer, um sich der Kälte zu erwehren. Oft sah sie jetzt, am helllichten Tag, Männer, die sich mit fieberblassem Gesicht in ihre Decken gehüllt so nahe ans Feuer gelegt hatten, dass sie sich beinahe verbrannten. Die Wangen der meisten Fußsoldaten wirkten eingefallen, als bekämen sie nur wenig zu essen.

Der Corbashi musste ihren Blick gesehen haben. »Die Männer sind unzufrieden. Sie haben Angst vor dem Winter. Und sie sind hungrig.«

Anna erinnerte sich an das, was sie über die Mordbrenner

gehört hatte – sie ritten durch das Land, hinterließen nur verbrannte Felder und raubten die Bauern. Offenbar legten diese Leute nicht sehr viel Wert darauf, von dem Land zu leben, in dem sie Feldzüge durchführten.

»Warum zieht Ihr dann nicht fort?«, wagte Anna kleinlaut zu fragen.

»Weil unser Herr, Sultan Süleyman, uns zu den Waffen gerufen hat. Wir sind verpflichtet, diesem Ruf Folge zu leisten. Seine Lehensleute sind ihm drei Stürme auf die Mauern von Wien schuldig. Wir Janitscharen sind seine Leibwache, wir kämpfen, so lange er uns befiehlt zu kämpfen. Auch wir werden die drei Stürme leisten, es sei denn, unser Herr befiehlt zuvor den Abzug.«

»Drei? Wie viele habt ihr denn schon?«

Der Janitschar lächelte kurz, aber freudlos. »Wir haben noch keinen Sturm begonnen, Frau.«

»Aber gab es nicht schon Angriffe?«

»Reiter des Paschas von Natalia und Lehensreiter aus Amasia, deren Herren sich ein Ehrengewand verdienen wollten«, sprach der Mann spöttisch.

»Das heißt, wir bleiben hier noch mindestens …«

»Eine Woche sicherlich.«

Diese Aussicht erleichterte Anna ein wenig. Niemand wusste, dass sie hier war, also rechnete sie nicht mit einer Rettung. Doch die vertraute Nähe von Wien schenkte ihr immerhin etwas Geborgenheit. Wenn man sie in die Fremde verschleppte, würde sie keinen Namen und keine Familie mehr haben. Dort würde sie niemand mehr kennen.

Sie wusste, dass dieser Tag früher oder später kommen würde, wenn Wien fiel. Seit über einer Stunde gingen sie durch das Lager, und es kam noch immer kein Ende in Sicht. Im Gegenteil – der Männer wurden immer mehr, ebenso wie der Karren, der Kanonen und der Zelte. Gegen eine solche Armee hatte nicht einmal der erzherzogliche Feldhauptmann Niklas Graf Salm etwas auszusetzen, der die Bauernaufstände niedergeschlagen hatte. Und was waren schon Bauern gegen eine solche Übermacht Elitesoldaten? Doch die Osmanen waren unmotiviert und krank. Sollte es einen winzigen Hoffnungsschimmer geben, dass Wien diesen Sturm überstehen konnte? Sie wagte kaum, daran zu glauben.

»Dein Vater ist wirklich Graf zu Hardegg?«, fragte der Janitschar nun. Er musterte ihre Kleidung, als ob er daran zweifelte.

»Ja, das ist er. Meine Mutter aber … ist nicht sein Weib.« Das Wort Bastard ging Anna nicht leicht über die Lippen.

»Ist sie nicht?«, fragte er erstaunt. Er blieb stehen und musterte sie. »Wie heißt deine Mutter?«

»Elisabeth von Schaunburg«, gab sie kleinlaut zurück. Das war sicher kein Name, mit dem der Osmane etwas anfangen konnte.

Trotzdem schien die Antwort Mehmed nicht zu überraschen. Kannte man die Mutter über die Grenzen von Wien hinaus? »Warum hat der Graf sie nicht zur Frau genommen, wenn du doch sein Kind bist?«, fragte der Mann.

»Ihr wurde Gewalt angetan«, sprach Anna. »Bevor ich geboren wurde. Von einem Mann Eures Volkes.«

»Geschändet?«, hakte der Osmane scharf nach.

»Ja. Der Graf konnte sie so nicht mehr ehelichen«, gab Anna zurück. »Meine Frau Mutter hat aus der Schande ein Kind geboren, also konnte sie wohl kaum verheimlichen, was ihr angetan worden ist.«

Der Mann starrte sie an, als hätte sie ihm ins Gesicht geschlagen. Offenbar waren Bastardkinder in seinem Reich ebenso wenig wert wie in ihrem. »Das heißt, du hast einen Bruder?«, fragte er schließlich.

»Eine Schwester. Wir nennen sie Madelin, aber sie heißt Meryem.«

Der Osmane starrte sie an. Dann wurden seine Züge weicher. »Ist deine Mutter eine machtvolle Frau in Wien?«

Anna runzelte die Stirn. »Darauf gibt es keine leichte Antwort, Herr«, meinte sie. »Sie ist noch immer die Geliebte des Grafen Hardegg. Und sie wird Euch ein Lösegeld zahlen, das euren Preis für mich mehr als entschädigt, wenn Ihr es verlangt«, fügte sie schnell hinzu. »Der Graf gibt viel auf ihre Meinung, was Wien und die Politik des Erzherzogs angeht. Sie hat ein Gespür für Macht und weiß harte Entscheidungen zu fällen.«

»Ja«, murmelte der Osmane. »Das ist wichtig in der Politik und im Krieg.«

Anna musterte den Mann. Lag da ein Hauch von Trauer in seiner Miene? Hatte er für den Krieg vielleicht auch ein Weib zu Hause gelassen? Doch sie hütete sich davor, sich in ihn hineinzudenken. Sie wollte gar nicht wissen, ob er ein guter oder schlechter Mann war – momentan war er, trotz seines Interesses für sie, ein Feind, und ein Ungläubiger überdies.

»Du kannst mich gehen lassen«, sagte Anna leise. »Ich bin eine angesehene Bürgerin von Wien. Wenn du sie informierst, dass ich in deiner Hand bin, wird meine Mutter dir sicher viel Geld zahlen. Ich kann bloß schreiben und rechnen, schleifen und einen Haushalt führen. Eine Hure kann dir besser dienen als ich es je vermöchte.«

Der Osmane fuhr herum und schlug ihr die flache Hand ins Gesicht. Es war kein Schlag, der Anna niedergestreckt hätte; mehr eine Ohrfeige, die ihren Stolz verletzen sollte. Das tat sie auch. »Halt den Mund, Frau«, befahl Mehmed mit rauer Stimme. »Du hast so viel Ehre im Leib wie eine Schlange, die sich des Nachts ins Bett eines Mannes schleicht und ihn vergiftet.«

Elisabeth begann zu weinen – vielleicht hatte sie der bedrohliche Ton erschreckt. Fritzl zitterte an ihrer Seite. Die Mutter wollte aufbegehren, wollte ihm sagen, dass sie weder Hure noch Sklavin war – doch sie schwieg. Mehmed war im Augenblick der Einzige, der ihre Familie schützte – vor dem Schicksal als Nothure und Spielzeug für diesen Narbengesichtigen. Sie durfte ihn nicht verärgern.

Mehmed zog sie weiter, und endlich kamen sie bei einem Zelt an, das prachtvoll geschmückt war. Zwei Wachen standen davor. Der Corbashi sprach kurz mit ihnen, die beiden verneigten sich, und er führte Anna hinein.

Drinnen erhob sich bei ihrer Ankunft ein junger Mann. Er war blond und schön anzusehen – und er trug kostbare Kleidung im Stil der Osmanen, die alles übertrafen, was Anna bislang gesehen hatte. Er wirkte wie ein fremdländischer Fürst.

»Christoph Zedlitz von Gersdorff«, stellte der Osmane sie vor. »Anna von Schaunburg.«

»Ebenrieder, eigentlich«, murmelte Anna.

»Ihr werdet das Zelt teilen. Eure Männer werden in ein anderes ziehen.« Der Osmane ging ohne ein weiteres Wort wieder hinaus.

Anna setzte sich wortlos auf einige der kostbaren Kissen, denn sie war erschöpft. »Seid Ihr auch ein Gefangener des Herrn Mehmed?«, fragte sie. Das Wort Sklave bekam sie nicht über die Lippen.

»Nein«, sagte der Mann, der ihr als Christoph vorgestellt worden war. »Ich bin ein Gast des Sultans. Na ja, ein gefangener Gast, wenn man so will. Aber wenn ein Corbashi wie Mehmed seine Gefangenen in dieses Zelt bringt, dann heißt das wohl, dass der erste Sturm bald bevorsteht.«

»Wie kommt Ihr darauf?«, fragte Anna. Sie wagte noch nicht, das weinende Kind abzulegen – obwohl sie bald die

Windeln waschen müsste. Auch Fritzl hielt sie ganz nah bei sich. Sie traute dem Frieden hier noch nicht.

»Wenn das Schlachten einmal begonnen hat, geht den Soldaten schon einmal der Mut durch«, erklärte Christoph. »Dein Herr will dich in Sicherheit wissen. Du musst ihm etwas wert sein.«

Anna nickte bitter. »Geld, nehme ich an. Oder ein Faustpfand gegen den Grafen Hardegg, wie Ihr.«

»Gegen den Grafen?«, fragte Christoph erstaunt. Er musterte sie nun unter langen blonden Wimpern. »Wie das?«

»Ich bin die Tochter Elisabeths von Schaunburg«, erklärte Anna. »*Seine* Tochter«, fügte sie dann leiser hinzu.

»Und ich bin sein Bannerträger in dem ersten Ausfall gewesen«, rief Christoph erstaunt und sprang auf. »Hier die Hände in den Schoß legen zu müssen, während Hardegg da draußen vielleicht mit den Männer ums Überleben kämpft …« Er ging ruhelos auf und ab.

Anna entspannte sich endlich ein wenig. Vielleicht hatte Mehmed sie wirklich hierhergebracht, um sie gegen seine und ihre Feinde zu schützen. Das wäre immerhin eine gute Nachricht.

Sie wusch Elisabeth in einer Schüssel und half Fritzl dabei, den Umhang abzulegen, um ihn bettfertig zu machen. Der Junge starrte Christoph misstrauisch an. Der lächelte und winkte, doch Fritzl reagierte nicht. Er sah zu Boden und ließ die Mutter gewähren.

In der Ferne erschollen helle Schüsse. Anna hielt inne. »Ist das der Sturm?«

»Nein«, erwiderte der Bannerträger. »Dafür haben die Osmanen sich nicht genug vorbereitet. Sie planen etliche Minenschächte, um Wien mit einem Schlag wehrlos zu machen. Zumindest hat mir das der Sultan gesagt.« Auch er lauschte nun für einen Augenblick. »Das klingt eher nach den Arkebusen aus Spanien und aus dem Landsknechtsheer Eck von Reischachs. Dieser Tausendsassa wagt vermutlich schon wieder eine Offensive gegen die Stellungen in den Vorstädten.« Dann runzelte er die Stirn. »Aber warum am Mittag? Bislang kam er immer am frühen Morgen, im Schutz der Dämmerung. Im hellen Mittagslicht werden sie zusammengeschossen werden …«

Anna und Christoph lauschten angestrengt. Plötzlich vervielfachte sich das Feuer der Arkebusen, man hörte Schreie, Rufe, dann entferntes Kanonenfeuer.

»Das war nicht das Kärntner Tor«, murmelte Christoph. Er blieb angespannt stehen, als wolle er den Wienern zu Hilfe eilen. »Vielleicht das Tor bei den Schotten oder das Salztor. Sie haben die gut zugänglichen Tore inzwischen völlig eingegraben, sagt der Sultan, also kann es wohl bloß das Salztor oben an der Donau sein. Ich wünschte, ich wäre dort.«

»Warum flieht Ihr dann nicht?«, fragte Anna leise. »Immerhin scheint Ihr Euch im Lager bewegen zu dürfen. Ihr könntet Euch doch davonschleichen, wenn Ihr wolltet.«

Christoph sah sehnsüchtig nach Westen, nach Wien, dann schüttelte er den Kopf. »Ich habe mein Wort gegeben, nicht zu fliehen. Ich wünschte – ach, ich wünschte, ich hätte es nicht getan.«

»Wem habt Ihr das Wort gegeben?«

»Dem Sultan Süleyman.«

»Aber habt Ihr dem Grafen zu Hardegg nicht auch geschworen, Eure Pflicht zu tun?«

Christoph hielt in seinem unruhigen Schritt inne und legte die Stirn in nachdenkliche Falten. »Ja, schon, das habe ich.«

»Also müsst Ihr nur noch entscheiden, welches schwerer wiegt«, schloss Anna.

Einen Augenblick lang sah der Bannerträger wirklich versucht aus. Er legte die Hände auf den Rücken und sah wieder zum Ausgang des Zeltes hin. »Nein«, sagte er dann. »Es mag mich jetzt reuen, doch ich habe mein Wort gegeben.«

»Würde sich ein Osmane daran halten?«, fragte die Mutter zweifelnd.

Der Bannerträger blickte sie entrüstet an. »Natürlich würde er das. Der Sultan hat mir versprochen, dass mir nichts geschieht – und bislang hat er sich daran gehalten.«

Anna umschlang ihre Kinder mit den Armen und horchte in die Welt hinaus, die feindlich und fremd geworden war. Endlich spürte sie ein wenig Sicherheit und Schutz in diesem Zelt des Feindes, das so weit weg von den Kugeln der Kanonen lag. Sie musste an Madelin denken, die vermutlich immer noch dort in den Mauern ausharrte und vermutlich keine Ahnung hatte, wie groß das Heer des Sultans wirklich war …

Anna schickte ein Stoßgebet gen Himmel. Sie bat den Herrgott, ein Auge auf die Schwester zu halten – und auf die Mutter und den Vater, wenn sie denn noch am Leben waren. ›Bitte, Gott, lass sie das überleben‹, bat sie stumm. ›Und lass mich lebend mit meinen Kindern zu ihnen zurückkehren. Sie sind doch alles, was ich habe.‹ Dann bettete sie Elisabeth und Fritzl in die Kissen, deckte sie zu und legte sich eng angeschmiegt daneben.

Dass der Bannerträger ihr schließlich auch eine wärmende Decke überlegte, das spürte sie schon kaum mehr.

Kapitel 17

Der Abend des siebten Oktober neigte sich schon der Nacht zu, als Madelin unter dem Heiltumstuhl hindurch auf dem Weg zur Kodrei Goldberg war. Ihre Füße taten weh und sie fror. Sie war jetzt den dritten Tag vergebens durch die Stadt gelaufen und hatte versucht, Daniel aufzutreiben, den Lehrling des Kartenmalers Woffenberger. Niemand kannte ihn, niemand hatte ihn gesehen, niemand konnte ihr auch nur den geringsten Fingerzeig darauf geben, wo er zu finden war. Es war wie verhext.

Natürlich hatte sie bei ihrer Suche gleichzeitig darauf geachtet, selbst nicht von dem Mann mit dem Löwengesicht gefunden zu werden. Das machte die Sache nicht einfacher, doch Madelin wollte ihren neuen Schlafplatz um keinen Preis verraten.

Obwohl sie jetzt mit Lucas zusammenwohnte, hatte sie den Studenten kaum gesehen. Sie hatte sich die Hacken wund gelaufen, um den Lehrling zu suchen – und er hatte mehr als genug damit zu tun, Gebäude abzureißen und Verteidigungsanlagen aufzubauen. In jedem freien Augenblick versenkte sich Lucas in das Buch, das er aus der Bibliothek entwendet hatte. Sie dachte an den Kuss in der Vorhalle der Universität und stellte traurig fest, dass sich bislang noch kaum eine Gelegenheit ergeben hatte, diese Innigkeit zu wiederholen.

Die junge Frau hoffte, dass es Franziskus gutging. Erisbert hatte versprochen, auf ihn achtzugeben, während sie unterwegs war. Glücklicherweise hatten Franziskus' Anfälle in den letzten Tagen nachgelassen, und das beruhigte Madelin ein wenig, denn jeder einzelne zehrte an seinen Kräften. Sie ertappte sich bei der Hoffnung, dass sie vielleicht genauso unverhofft verschwinden würden, wie sie gekommen waren. Doch wenn sie ehrlich mit sich war, dann ahnte sie, dass es so einfach nicht sein würde.

»Bist du Madelin?«, fragte da eine helle Stimme.

Die Wahrsagerin sah auf, bereit, hinter dem Heiltumstuhl in die Gasse bei den Naglern zu fliehen. Vor ihr stand ein Junge mit Stupsnase und Sommersprossen, dessen verschlissene Beinkleider und bloße Füße darauf deuteten, dass er ein Betteljunge war.

»Ich bin's, Wolfram. Wir haben vor zwei Wochen gesprochen, als du dich nach dem Flüchtlingszug erkundigt hast.«

Madelin entspannte sich ein wenig. »Ja, ich erinnere mich. Was willst du?«

»Hab gehört, dass du Daniel, den Lehrling suchst.«

Also hatte sich ihre Suche inzwischen herumgesprochen. Diese Tatsache war nicht verwunderlich, beunruhigte sie aber. Wenn der Mörder Woffenbergers dadurch nicht nur auf sie aufmerksam wurde, sondern auch auf den Lehrling, könnte er ihr zuvorkommen … »Das tue ich. Weißt', wo er ist?«

»Vielleicht«, erwiderte Wolfram gedehnt.

Madelin starrte ihn einen Moment lang an, bevor sie verstand. Solche Buben gaben keine Informationen preis, ohne dafür bezahlt zu werden. Sie hatte keine Geduld für solche Spielchen, also kramte sie einen Pfennig aus der Börse heraus. »Hilft das deinem Gedächtnis auf die Sprünge?«

»Ein wenig«, feixte der Bursche und machte eine linkische Verbeugung. »Frag beim Henkersmann nach ihm.«

»Beim Henkersmann? Wieso ausgerechnet dort?«

»Weil er da gesehen worden ist, deshalb natürlich.«

»Aber warum sollte er sich als Lehrling eines angesehenen

Mannes wie Woffenberger beim Henkersmann herumtreiben?« Diese Tatsache war mehr als merkwürdig. Ein Henkersmann hatte weder Geld noch Verwendung für Pläne jeglicher Art und galt wie Madelin selbst als unehrlich. Sein Handwerk war der Tod, und als dessen Gevatter wurde er von den Menschen üblicherweise gemieden.

Wolfram zuckte mit den Schultern. »Woher soll ich'n das wissen?« Er zögerte einen Augenblick. »Ich habe auch noch etwas herausgefunden.«

»Und zwar?«

»Also … du hast eine Schwester, oder?«

»Woher weißt' das?«

»Das ist nicht wichtig. Viel wichtiger ist, dass du beim Henkersmann auch eine Nachricht von ihr bekommst.« Madelin starrte ihn an. »Aber … Anna ist aus der Stadt geflohen, nach Krems! Wie kann sie mir da Nachrichten senden?«

»Weiß ich doch nicht«, erwiderte Wolfram. »Weißt', wo das Schergenhaus ist?« Madelin nickte. »Dann Hals und Beinbruch.« Wolfram winkte ihr zu und verschwand.

Madelin sah ihm verwirrt nach. Was hatte der Henkersmann von Wien mit Anna und ihren Kindern zu schaffen? Oder hatte der Bub sie nur geneckt? Doch sie verwarf diese Vermutung. An der Botschaft über Anna musste etwas Wahres dran sein, denn woher hätte Wolfram denn sonst wissen sollen, dass Madelin überhaupt eine Schwester hatte?

Die Wahrsagerin setzte ihren Weg zur Kodrei Goldberg achtsam fort, denn sie wollte jetzt nicht unbedacht zum Schergenhaus des Scharfrichters hetzen. Sie musste über diese Hinweise nachdenken. Außerdem war sie erschöpft und hungrig, und die Stände auf dem Markt waren inzwischen leergeräumt. Heute würde es wieder Weizengrütze geben, da sie kein bezahlbares Gemüse hatte finden können.

Erst als die Sonne unterging und sie durch die Tür in den muffig riechenden Flur des Goldbergs schlüpfte, nachdem sie sich versichert hatte, das ihr niemand gefolgt war, fiel ihr auf, dass Wolfram für die Andeutung über ihre Schwester gar kein Geld verlangt hatte. Hatte sie nicht gerade erst festgestellt, dass ein Betteljunge nichts ohne Bezahlung tat? Entweder hatte sie sich in Wolfram geirrt, oder sie verstand nicht genau, was für ein Spiel hier gespielt wurde. Doch die Sorgen um Anna vertieften sich, so dass sie kaum noch an etwas anderes denken konnte. In jedem Fall war das alles sehr merkwürdig.

Der Mond stand hell am Himmel, als Madelin auf dem Weg zum Schergenhaus durch die schmalen Gassen Wiens eilte. Sie schlang den Umhang eng um den Leib und band sich das Tuch gegen die Kälte um den Kopf. Ihr Ziel war die enge Gasse bei der Himmelpforte auf dem Steig beim Kloster der Prämonstratenserinnen. Dort wohnte der Henkersmann.

Das Schergenhaus – man nannte es auch Malefizhaus, denn dort sollte angeblich das Böse wohnen – lag trotz der Sitte, alles Unreine aus der Wiener Innenstadt in die Vorstädte auszusperren, mitten unter den Anwesen der Bürgersleute. Man munkelte von Flüchen und Heimsuchungen an solchen Orten. Doch die Nachricht einer Botschaft über Anna und die Kinder hatte Madelin in solche Sorgen gestürzt, dass sie keine Wahl gehabt hatte, als dem Hinweis zum Haus des Freymanns zu folgen.

Madelin kreuzte achtsam den dunklen Rossmarkt, denn die Straße war hier aufgerissen worden, damit die Menschen beim Einschlag von Kanonenkugeln nicht durch das Geröllе verletzt wurden, das sich selbst in tödliche Geschosse verwandeln konnte. In der Straße hinab ins Kärntner Viertel war es ein wenig besser.

Sie blieb auf ihrem Weg wohlweislich stets im Schatten der Gebäude, obwohl die Deckung der Mauern gegen Kanonenkugeln trügerisch war. Um von einer Kugel getroffen zu werden, musste man schon verdammtes Pech haben. Die Splitter eines zertrümmerten Hauses hingegen konnten ein Dutzend Menschen in den Tod reißen.

Helle Schüsse gemahnten Madelin, dass sie dem Viertel immer näher kam, das zum umkämpftesten der Stadt gehörte. Die Luft war selbst in der Nacht so klar, dass die Türken ein gutes Schussfeld auf die Ringmauerwachen hatten. Trotzdem hatte man den Kärntner Turm, der vor drei Tagen halb zerschossen worden war, mit Holz aus den abgerissenen Gebäuden wieder aufgebaut und gleichzeitig die Mauer aufgestockt so gut es ging, um die Männer vor den Kugeln der Feinde zu schützen.

Je weiter Madelin nun ins Kärntner Viertel vordrang, desto mehr glich Wien einem Trümmerfeld. Die Kanonen der Osmanen besaßen nicht die Schusskraft, die ganze Stadt zu beschießen, doch die Häuser im Osten, Süden und Westen, die nahe der Ringmauer lagen, befanden sich allemal in der Reichweite der Geschütze. In vielen Dächern klafften große Löcher, manche waren von vielen Treffern ganz eingestürzt. Trümmer und Bauschutt füllten die Straßen. Und obwohl die Bürgerwehr damit beschäftigt war, Platz für die Soldaten zu schaffen, musste man doch teilweise mehr klettern als gehen und genau schauen, wo man den Fuß hinsetzte. Im Augenblick war die Wahrsagerin eigentlich ganz froh über die klare Nacht und den hellen Mond, denn das bedeutete, dass sie keine Laterne mitschleppen musste.

Die Kälte der letzten Woche hatte sich gehalten. Leider war es niemals so kalt, dass der Boden wirklich durchfrieren würde – Bodenfrost würde die Türken am Minieren hindern.

Auch heute, am siebten Tag des Oktobermonats, hatte sich

der Beschuss der Türken nur wenig gemindert. Selbst nachts hielt das Feuer an – wenn auch weniger zielgerichtet. Gestern hatten die Wiener dann die erste Niederlage einstecken müssen. Eck von Reischach war mit über eintausend Knechten und einigen Hispaniern aus dem Salztor an der Donau ausgefallen und hatte sich frühmorgens durch die Fischervorstadt um die Stadtmauer herum nach Süden durchgearbeitet. Sie hatten die Osmanen bei Sankt Ulrich und Sankt Theobald überfallen wollen. Die Landsknechte hatten für den Marsch durch die Fischervorstadt und den frisch ausgehobenen Stadtgraben sowie über den Wienfluss mehrere Stunden gebraucht.

Der Überfall, der im Morgengrauen hatte stattfinden sollen, war kurz vor Mittag von den Truppen der Osmanen entdeckt und mit heftigem Abwehrfeuer beantwortet worden. Die Landsknechte waren geflohen wie die Hasen und hatten sämtliche anderen Truppen mitgezogen. Man sagt, ein Teil von ihnen sei gar ausgesperrt worden, weil die Fliehenden so große Furcht davor hatten, dass die Osmanen ihnen in die Stadt folgten. Der Angriff war im Debakel geendet und hatte mehreren Hundert Männern das Leben gekostet. Seitdem war mit dem Salztor das letzte Tor völlig eingegraben und verbarrikadiert worden. Das bedeutete, dass sich die Verteidiger jetzt auf die Abwehr konzentrieren würden. Offenbar hielten sie die Offensive mittlerweile für zu riskant.

Der Mondschatten der Häuser teilte die Straße in krasse Dunkelheit und hellen Schimmer. Madelin hastete weiter, bis sie schließlich beim Schergenhaus ankam, einem zweigeschossigen alten Fachwerkhaus mit schiefem Erker, dessen Butzenglasfenster sie lauernd anzustarren schienen. Moos bedeckte die Balken, und die Mauern wirkten, als seien sie schon lange nicht mehr neu verputzt worden.

Die Schwärze nistete in den Ecken und Vorsprüngen, als

wolle sie den Bewohnern des Hauses eitel Gelegenheit geben, sich vor dem Licht Gottes zu verbergen. Jetzt, da Madelin angekommen war, wunderte sie sich über den Mut, der sie hergeführt hatte. Zumal sie allein war! Franziskus lag völlig erschöpft danieder und hatte sie nicht aufhalten können; Erisbert hatte sie wortreich für verrückt erklärt. Miro und Scheck halfen wie Lucas bei den Verteidigungsmaßnahmen.

Jetzt stand sie hier und konnte nicht einmal auf Hilfe hoffen, wenn sie rief – selbst wenn sie nicht gerade einen Augenblick erwischte, in dem das Donnern der Kanonen und Arkebusen alles andere übertönte, waren Schreie in einer belagerten Stadt mit vielen Verwundeten nicht gerade eine Besonderheit.

Madelin wappnete sich innerlich. Der Leichnam Woffenbergers kam ihr in den Sinn sowie der Plan auf den Trionfi-Karten, die sie wohlweislich bei Franziskus gelassen hatte, schließlich die Osmanen, die möglicherweise jetzt gerade unter ihren Füßen eine Mine gruben, um den nahen Neuen Markt in die Luft zu sprengen. Und Anna, von der sie hier Nachricht erhalten sollte. Sie nahm ihren Mut zusammen, griff sich das Stück Holz, das sie auf dem Weg hierher eingesammelt hatte – vermutlich das Bein eines kaputten Stuhls – und trat auf die Tür des Hauses zu.

Das Klopfen klang hohl. Madelin lauschte auf eine Reaktion im Innern, doch sie hörte nichts. Einige Augenblicke verstrichen. Erleichtert stellte die Wahrsagerin fest, dass niemand kam. Wolfram hatte sich sicher geirrt oder gelogen. In jedem Fall war sie dieser Spur nachgegangen und hatte sich bemüht. Schließlich war es nicht ihre Schuld, wenn hier niemand war! Allein die nagende Sorge um Anna ließ Madelin noch ein Weilchen länger ausharren.

Sie wandte sich schon zum Gehen, da klapperte der Riegel an der Tür. Ein hölzernes Ratschen, dann knarrten die Angeln. Innen war es nur wenig heller als draußen. Eine Kerze musste sich hinter der Gestalt befinden, die an der spaltbreit geöffneten Tür stand. So sah die Wahrsagerin nur einen großen Schatten.

»Was willst'?«, grollte die Gestalt.

Madelin fasste das Holz in ihrer Hand fester. »Ich will mit dem Henkersmann sprechen. Bist' der Freymann?«

Nach einer Pause, die sich wie eine Ewigkeit anfühlte, lachte der Mann. »Komm rein«, sagte er. Er öffnete die Tür weiter. Dann drehte er sich um und folgte dem schmalen Gang, der zu einer Treppe ins Obergeschoss führte. Doch der Mann ging nach rechts in die Kammer und verschwand damit aus Madelins Blickfeld. Nun lag der Gang vor ihr. Eine einsame Kerze hing an einer Halterung an der Wand. Die Wahrsagerin griff in die Gürteltasche und wünschte sich, sie hätte die Karten doch mitgenommen. Franziskus hatte die letzten drei Tage über dem Spiel zugebracht und versucht, noch weitere Hinweise herauszulesen. Er hatte nichts gefunden, was sie weitergebracht hätte. Trotzdem hatte sie die Karten bei diesem Gang nicht bei sich führen wollen, um nicht zu riskieren, dass sie den falschen Leuten in die Hände fielen. Doch jetzt fühlte sie sich beinahe nackt ohne sie. Sie sandte ein Stoßgebet gen Himmel und betrat das Haus des Henkers.

Ein kühler Windstoß folgte ihr und brachte die Kerze an der Wand beinahe zum Erlöschen. Madelin fuhr ein Schauer über den Rücken. Als Kind hatte sie so viel Übles über den Henkersmann und sein verfluchtes Haus gehört. Sie hütete sich, hier irgendetwas zu berühren. Daher ließ sie die Eingangstür offen und lugte in die Öffnung, die sich rechts vom Flur befand.

Stufen führten hinunter in eine Kammer, die zumindest halb unter der Erde liegen musste. Von Kräuterduft angereicherte Luft schlug ihr entgegen. Lavendel und Rosmarin konnte sie herausriechen, doch da waren noch viele andere Gerüche, die sie nicht zuordnen konnte. Schritt für Schritt ging Madelin die Stufen hinunter, jeder einzelne kostete sie mehr Überwindung als der letzte. Sie hielt den Blick beständig auf das schummerige Licht gerichtet, das unten vor ihr flackerte. Dann erreichte sie ebenen Boden. Sie krampfte die Hand um ihren Knüppel.

Die Kammer besaß winzige Fenster unterhalb der Decke und war von einer einzelnen Fackel erleuchtet. An den Balken hingen Kräuterbüschel zum Trocknen, ihre Düfte vermischten sich zu einem erdigen Geruch. Auf einem Holztisch fanden sich Lederbeutel, daneben einige flach ausgelegte Lederstücke, die mit Zutaten belegt waren, die aus Madelins schlimmstem Alptraum entsprungen schienen. Sie sah Kräuterzweige, einzelne Zähne, in einem gar ein verschrumpeltes Ohr. Gelbe Bröckchen erklärten den stechenden Schwefelgeruch, der sich nun unter die Kräuteressenzen mischte. Schwarzes Pulver war mit dunklen Tropfen – vermutlich Blut – zu einem unheilvollen Brei vermischt. Madelin hatte davon gehört, dass Henkersleute aus den Körperteilen der gerichteten Verbrecher zauberkräftige Mittel zubereiteten, doch sie hatte das stets für allzu abergläubiges Geschwätz gehalten. Die Erkenntnis, dass sie sich geirrt hatte, würde ihr noch für viele Nächte Alpträume bescheren.

Der Mann, der ihr die Tür geöffnet hatte, stand an der Wand gegenüber der Treppe und goss Wein aus einem Krug in einen schlichten Kelch. Jetzt erkannte Madelin ihn bereits an der Statur – der Stiernacken suchte in Wien selbst unter den Soldaten seinesgleichen. Der Henker drehte sich um und führte den Kelch an den Mund. Er beobachtete die Wahrsagerin mit kleinen schnellen Augen über den Rand des Gefäßes hinweg, während er trank. Als er es absetzte, war seine Oberlippe dunkel gefärbt. Madelin hatte für einen kurzen Moment die Befürchtung, dass sich Blut in dem Kelch aus Steingut befinden könnte. Als der Mann sich mit dem Ärmel über die Lippen fuhr, ließ sich die Flüssigkeit leicht abwischen. Blut wäre nicht so leicht zu entfernen wie roter Wein, so hoffte sie zumindest.

»Man hat mir gesagt, dass du weißt, wo Daniel sei, der Lehrling des Kartenzeichners«, sagte sie schließlich. Sie wollte zur Sache kommen und nicht mit dem Mann unverbindliche Freundlichkeiten austauschen.

»Warum suchst' ihn?«

»Ich muss ihn etwas fragen«, sagte Madelin. »Ich muss wissen, wer Woffenberger einen bestimmten Auftrag gegeben hat.«

»Warum?«, grunzte der Henker. Sein unsteter Blick machte sie ganz unruhig, er sah ihr nie direkt in die Augen.

»Weil der Mann, der ihm diesen Auftrag gegeben hat, vermutlich Woffenberger umgebracht hat. Und das bedeutet, dass Daniel, der Lehrling, vielleicht auch in Gefahr sein könnte. Er weiß zu viel.« Wenn die beiden miteinander bekannt waren, läge dem Henker vielleicht am Leben des Jungen, so dachte sie.

Die unruhigen Augen des Henkers fixierten sie bei diesen Worten. Eine schlecht verhohlene Wut stand ihm in die Züge geschrieben. Doch da war mehr. Sie blinzelte, als sie die Sorge erkannte, die der Mann offenbar tatsächlich für den Lehrling hegte.

»Er ist dein Sohn«, schloss die Wahrsagerin erstaunt. »Daniel ist dein Sohn, nicht wahr?«

Er antwortete nicht, doch sein Stirnrunzeln bestätigte ihren Verdacht. »Wie hast du es geschafft, dass Woffenberger ihn als seinen Lehrling annimmt?«, fragte sie. »Kein ehrbarer Mann würde den Sohn eines Henkers einstellen!«

»Er hatte Schulden bei mir«, sagte der Mann und wandte den Blick wieder von ihr ab. »Ein Vetter Woffenberges sollte bei der Spinnerin aufgeknüpft werden«, sagte er. »Hab ihn laufen lassen.« Die Spinnerin am Kreuz war eine Hinrichtungsstelle, etwa drei, vier Stunden südlich von Wien. Die Säule dort sollte eine treue Spinnerin aufgestellt haben, die auf ihren Mann wartete, der vor Jahrhunderten auf den Kreuzzug gegen die Osmanen gezogen war. Madelin fragte sich kurz, ob sich die Männer und Frauen Jerusalems wohl ebenso gefühlt haben mochten wie jetzt die Bürger Wiens, als man den Krieg vor ihre Tür getragen hatte – angsterfüllt, von der Welt abgeschnitten, allein.

»Und wo ist dein Sohn jetzt?«, fragte Madelin mit neuem Mut. Gleichzeitig kehrten die Sorgen um Anna zurück. Wenn die Verbindung zwischen Daniel und dem Henker stimmte, besaß der Henkersmann dann tatsächlich Nachricht von der Schwester?

»In Sicherheit, dort, wo ihn niemand finden wird«, gab der stiernackige Mann zurück. Er fuhr sich über die dunklen Haarstoppeln auf dem Kopf. »Auch du nicht.«

»Aber es ist wichtig!«

»Warum sollt's wichtiger sein als das Leben meines Sohnes?«, grollte der Henker.

Madelin ignorierte ihr furchtsam klopfendes Herz. »Weil es unser aller Leben kosten könnte, wenn man nicht herausbekommt, wer den Auftrag gegeben hat. Wenn die Osmanen in die Stadt gelangen, wirst auch du sterben!«

Der Mann lächelte böse. »Er hat gesagt, dass du das sagen würdest.«

»Wer … wer hat das gesagt?« Ein kalter Hauch fuhr ihr den Rücken hinunter.

»Ich«, sagte eine heisere Stimme ganz nah bei ihrem Ohr. Sie spürte Leder und kaltes Metall am Hals, dann roch sie den süßlichen Gestank. »Weg mit dem Holz.«

Madelin wagte nicht, sich umzusehen, doch das musste sie auch nicht – sie wusste, dass der Mann mit dem schlohweißen Haar hinter ihr stand. Seine heisere Stimme hätte sie überall wiedererkannt; sie klang so krank, wie sein Gesicht aussah. Sie ließ das Stuhlbein fallen. Hatte Wolfram sie in eine Falle gelockt? Hatte er kein Geld von ihr haben wollen, weil er schon welches erhalten hatte – für den Auftrag, sie mit der Information über ihre Schwester herzulocken? Doch woher wusste der Löwengesichtige von Anna?

»Gestern habe ich versucht, den ursprünglichen Plan von Wien zum zweiten Mal aus der Bibliothek zu stehlen, nachdem ich ihn dort wieder hingebracht hatte. Leider haben die verdammten Landsknechte ein paar Tage erfolgreich verhindert, dass dort jemand herumschleicht«, sagte der Mann. »Und was musste ich feststellen? Deine diebischen Finger waren schneller als meine.«

Der Plan war weg? Gab es denn noch jemanden, der daran ein Interesse besaß? »Ich … ich habe den Plan nicht genommen«, flüsterte Madelin voll Angst. »Was hast du damit vor? Zahlen dir die Osmanen Geld dafür?«

»Schweig!«, hauchte er hinter ihr. »Du und dein hoffärtiger Student habt euch genug eingemischt. Gib mir die Spielkarten!«

»Ich hab sie nicht bei mir«, sagte Madelin atemlos. »Wirklich – ich habe sie versteckt!«

»Soll ich sie durchsuchen?« Der Henkersmann kam grinsend näher und streckte die Hände aus, die so groß wie Schaufelblätter auf sie wirkten. Madelin musste sich trotz der Klinge an ihrem Hals zusammenreißen, um nicht vor ihm zurückzuweichen. Der Henker war fast zwei Fuß größer als sie selbst. Er stand nun mit hängenden Schultern und vorgerücktem Kopf vor ihr, zu groß für den niedrigen Raum. Madelin schloss die Augen.

»Lass die Finger von ihr, Mann!«, fauchte der Löwengesichtige hinter ihr. Madelin blinzelte erstaunt. »Mach, dass du rauskommst!« Tatsächlich verharrte der Henker, auch er war überrascht über die Entschiedenheit in der Stimme des Mannes.

»Das ist mein Haus«, stammelte der Riese halb verärgert.

»Das man dir auch wegnehmen kann, wie du weißt«, erwiderte der andere. »Also geh.«

Madelin spürte die Klinge an ihrem Hals nicht mehr, und der Löwengesichtige schob sie beiseite, so dass der Aufgang zur Treppe für den Henker frei wurde. »Und mach die Tür hinter dir zu!«, krächzte der Mann mit dem Löwengesicht. Oben quietschten Angeln, dann war Madelin mit ihm allein. Sie drehte sich um.

Der Mann stand im Licht der Fackel vor ihr. Er wirkte dürr und alt, doch das weiße Haar und die Sehnigkeit täuschten darüber hinweg, dass er noch gelenkig und gewandt war, denn die Hand mit dem Messer hatte keinen Augenblick gezittert. Aber wenn selbst der Henkersmann, ein Riese von Statur und eine der furchterregendsten Gestalten Wiens, vor dem Löwengesichtigen buckelte wie ein Bettler – welche Gefahr musste dann von ihm ausgehen? Und warum hatte er sie so entschieden davor bewahrt, dass der Henker seine unreinen Finger auf sie legte?

»Wer bist du?«, flüsterte Madelin. Sie hörte das Beben ihrer Stimme selbst, doch sie konnte nichts dagegen tun. Sie streckte die Hand aus und zog ihm die Kapuze vom Kopf. Er hinderte sie nicht daran.

Sie betrachtete den Mann nachdenklich, und auch er ließ sie nicht aus den Augen. Das weiße Haar stand ihm vom Kopf ab, so dass es in dem Halblicht der unterirdischen Kammer wie ein Heiligenschein wirkte. Das Löwengesicht darunter war so furchterregend entstellt, dass Madelin weder Alter noch Gefühlsregung darin lesen konnte. Eine violette Verfärbung an der Schläfe zeugte von Franziskus' Angriff. Merkwürdigerweise spürte Madelin ein vages Gefühl der Vertrautheit, das sie nicht zuordnen konnte. Vielleicht ähnelte er bloß einer der Figuren auf ihren Spielkarten?

»Niemand, der dir ein Haar krümmen wird«, erwiderte er jetzt mit seiner kaum hörbaren Stimme.

»Warum? Du könntest mich einfach töten, so wie Woffenberger.«

»Ich verspreche es.«

Das irritierte Madelin noch mehr. »Und was hast du dem Henker hier versprochen?«, fragte sie. »Dass du seinen Sohn am Leben lässt?«

»Natürlich.«

»Und der Dummkopf hat es dir geglaubt?«

»Ich habe mein Versprechen gegeben. Ich werde es halten«, flüsterte der Mann. »Warum sollte ich ihn auch töten? Dem Lehrling Woffenbergers hätte vielleicht jemand Glauben geschenkt. Dem Sohn des Henkers hört niemand zu.«

»Auch nicht, wenn es um Verrat geht? Du bist ein Spion der Türken.«

»Nicht direkt.«

»Aber du stehst mit ihnen in Verbindung.«

»Wenn du das so sehen willst«, erwiderte er. »Mit einem von ihnen.«

»Deshalb die Nachricht über Anna?«, fragte sie mit einem Knoten im Hals.

»Ja.«

»Was hast du mit ihr getan?«

»Ich habe nichts mit ihr getan«, sagte der Löwengesichtige. »Die Osmanen haben den Flüchtlingszug nach Krems überfallen.«

»Oh, mein Gott«, Madelin schlug die Hände vor den Mund. »Die Arme! Geht es ihr gut?«

Er studierte ihr Gesicht eingehend. Weidete er sich an ihrem Schmerz? Nein, er lächelte nicht, wirkte selbst ernst. »Sie lebt. Und sie ist in Sicherheit – so weit man das von einer Frau in einem Lager voll Soldaten sagen kann.«

Madelin glaubte ihm. »Was willst du für das Leben meiner Schwester?«, fragte sie erstickt.

»Du wirst mir das Trionfi-Spiel geben.«

»Natürlich, das verfluchte Spiel«, sagte Madelin. »Ich wünschte, es wäre niemals in meine Hände geraten.«

»Hast du es bei dir?«

Die Wahrsagerin schüttelte den Kopf. »Ich bin keine Närrin.«

»Mach die Gürteltasche auf.«

Madelin gehorchte und zeigte ihm die leere Tasche. Er nickte. »Das ist auch besser so. Dann wirst du es hinausbringen. Gib es dem Mann, der deine Schwester in seiner Gewalt hat.«

»Einem Osmanen?«

»Ja. Kennst du einen Weg aus der Ringmauer hinaus?«

Madelin nickte furchtsam.

Der Löwengesichtige hob erstaunt die zerklüfteten Augenbrauen. »Sehr gut. Der Treffpunkt ist zur Mitternacht in der Kapelle von Sankt Anton auf der Wieden. Dort wartet nachts ein Offizier namens Mehmed. Gib ihm die Karten. Heute schaffst du es nicht mehr, also geh morgen.«

»Wie kommt man dorthin?«

»Ich war auch erst einmal draußen und habe ihn getroffen. Sie haben mich gefunden.«

»Und wie bist du durch die Reihen der Soldaten gekommen? Man spaziert doch nicht einfach in ein Feindesheer hinein!«

Sein wulstiges Gesicht verzog sich zu einem schiefen, traurigen Lächeln. »Mein Zustand bringt ein paar Vorteile mit sich.«

Madelin wusste nicht genau, was er meinte, doch ihre Gedanken waren schon bei ihrer Schwester. »Und dann wird er Anna und die Kinder freilassen?«

»Ja, er wird sie freilassen.«

»Und ich soll mich mit dem einzigen Druckmittel in seine Gewalt begeben? Was hält ihn davon ab, mich nicht auch noch gefangen zu nehmen?«

Der Mann verzog das entstellte Gesicht zu einem Lächeln, das beinahe sanft wirkte. »Er wird sich an diese Abmachung halten.«

»Warum sollte er?«, fragte Madelin.

»Er wird sich an die Abmachung halten«, wiederholte der Mann.

»Er ist ein Osmane!«, stieß Madelin bitter aus. »Ich bin das lebende Zeugnis davon, wie ehrenhaft die sind!«

Er blickte sie traurig an. »Hasst du das Blut in deinen eigenen Adern auch so sehr wie ihres, Meryem?«

Der Wahrsagerin blieb jegliche Antwort im Hals stecken. Woher wusste der Mann so viel über sie?

Madelin erkannte jetzt beinahe so etwas wie Mitleid in seinem Blick. »Wirst' das Spiel aus der Stadt bringen?«, fragte er im Flüsterton.

Die Wahrsagerin biss sich auf die Unterlippe. Das hieß Wien den Türken preisgeben, um ihre Schwester zu retten. »Wird es denn etwas bringen? Werden wir nicht sowieso alle sterben, wenn die Osmanen kommen?«

»Der Mann, dem du die Karten bringst, wird für die Sicherheit deiner Familie bürgen.«

»Und meiner Freunde?«, fragte Madelin schnell.

Er wog den Kopf hin und her. »Du kannst versuchen, ihn selbst darum zu bitten. Wirst' also das Spiel aus der Stadt bringen?«, fragte der Löwengesichtige noch einmal eindringlich.

»Was habe ich denn für eine Wahl?«, fragte Madelin mit unterdrückter Wut. »Anna ihrem Schicksal überlassen?« Sie war den Tränen nah. »Das kann ich nicht.«

Der Mann wartete auf eine Antwort, die Augen lagen tief in den undurchdringlichen Schatten zwischen den Brauen und den knotigen Wangen.

Madelin zwang sich zu einem Nicken. »Ich werde das Kartenspiel aus der Stadt bringen. Aber wenn du gelogen hast, oder wenn dieser Osmane sein Wort nicht hält, dann möge Gott deine unsterbliche Seele verfluchen – und seine gleich mit.« Sie spie auf den Boden.

»So sei es«, sagte der Löwengesichtige ernst.

Madelin floh aus dem Schergenhaus. Sie lief durch die Straßen von Wien, ohne auf die Richtung zu achten. Schließlich hockte sie sich bei Sankt Ruprecht in den Schatten des Fachturmes an der nördlichen Mauer. Sie bebte am ganzen Körper. Die Sorge um Anna rang in ihr mit der Unbegreiflichkeit der Tat, die sie begehen würde, wenn sie die Spielkarten mit dem Stadtplan darauf in die Hände des Feindes legen würde.

Doch als die ersten Strahlen der Sonne den Morgen ankündigten, wusste sie, dass dies der Tag war, an dem sie Wien an die Osmanen verraten würde.

Kapitel 18

Wo gehst du hin?«, fragte Franziskus schwach. Er lag auf seinem Lager, das Madelin in der Küche der Kodrei direkt vor dem Kamin aufgebaut hatte. Besorgt stellte Madelin fest, wie blass und matt er wirkte. Er hatte sich von dem gestrigen Anfall offenbar nur schlecht erholt.

Madelin stand in der Stube, wo sie ihre Habseligkeiten für den nächtlichen Gang zusammensuchte, auf den sie der Alte gestern geschickt hatte. Es war eine Stunde vor Mitternacht. »Ich … ich treffe mich mit Lucas.« Sie wurde rot und war froh, dass es schon dunkel war, denn so würde der Freund ihr Gesicht von seinem Lager aus nicht sehen. Franziskus kannte sie viel zu gut, als dass sie ihn lange anlügen könnte.

»Ist er beim Bautrupp?«

»Ja, wie üblich. Sie ziehen durchs Kärntner Viertel hinter der ersten Mauer eine zweite, da brauchen sie jeden Mann. Hat sein neues Buch eigentlich etwas ergeben?«

»Bislang nicht«, erwiderte der Ikonenmaler mutlos. »Er hat mir gestern noch einmal den Puls gespürt und den Urin beschaut. Aber er wirkte hinterher ebenso klug wie zuvor. Es wird nichts bringen.«

»Hat er es denn schon ausgelesen?«

»Ich glaube nicht.«

»Dann kannst' gar nicht wissen, ob es etwas bringt oder nicht«, entgegnete Madelin. »Lass den Kopf nicht hängen, ja?«

Doch Franziskus sah nicht auf, um ihrem Blick zu entgegnen, sondern stierte auf seine sehnigen Hände. »Ich kann kaum noch malen«, murmelte er.

»Denk an deine schönen Skizzen und Figuren – das ist eine Gabe. Das kommt wieder!«, versprach sie ihm eindringlich.

Er schwieg einen Augenblick. »Was, wenn nicht, Madelin? Wenn in mir etwas wohnt, was nur auf Zerstörung aus ist?« Seine Stimme klang schwach und mutlos.

»Franzl«, sagte sie beschwörend. »Ich weiß auch nicht, was dich plagt. Ich weiß nicht, woher es kommt. Aber eines weiß ich gewiss: Wenn du aufhörst zu kämpfen, dann hast du bereits verloren. Dann können wir dich auch gleich begraben.« Der Freund sah sie bestürzt an. Sie holte Luft und fuhr milder fort: »Ich kann dein Kreuz eine Weile lang für dich tragen, Franzl. Aber nicht den ganzen Weg. Dabei musst du mir schon helfen. Du musst kämpfen.«

Er presste die dünnen Lippen aufeinander. »Aber wenn ich doch nicht weiß, wie? Da ist dieser dunkle Schlund in meinem Geist, der mich einsaugt, wann immer ich einen neuen Anfall habe«, sagte er kraftlos.

Sie trat zu ihm und fuhr ihm durchs Haar. »Gib den Mut nicht auf. Vertraue auf Gott. Wenn du das nicht mehr kannst, dann vertraue mir! Wehr dich gegen die Dunkelheit, als hinge dein Leben davon ab. Denn das tut es, Franzl. Es hängt an dir, ob du lebst. Willst du leben?«

Er legte seine Hand auf ihre und sah sie an. Einen klammen Augenblick lang dachte sie, sein Schweigen sei bereits Antwort genug, dann nickte er. Madelin schloss dankbar die Augen.

»Das hatte ich gehofft.« Sie strich ein paar seiner Haarsträhnen zurecht – ein hoffnungsloses Unterfangen, denn der Rest war völlig platt gelegen. »Gemeinsam finden wir bestimmt heraus, was dich plagt und wie man es lindern kann. Wenn nur die Osmanen nicht hereinkommen, schaffen wir es durch diesen Sturm.« Das Primglöcklein schlug einsam eine neue Viertelstunde an. Sie fluchte stumm, dass die Zeit so drängte, denn eigentlich wollte sie Franziskus jetzt nicht alleinlassen. Schon gar nicht für einen Gang, bei dem sie nicht einmal wusste, ob sie zurückkehren würde. »Aber jetzt muss ich wirklich gehen, Franzl. Kommst' allein zurecht?«

Er nickte.

»Versprochen?«

»Ja. Versprochen.«

»Gut.« Sie zog ihren Umhang über und überprüfte, dass das Trionfi-Spiel sicher in ihrer Gürteltasche lag. Sie musste los, denn sie wollte nicht durch übermäßige Eile einen Verdacht auf sich lenken. Wenn jemand sie dabei erwischte, wie sie durch den Gang unter der Mauer kroch, dann würde man sie sicher für eine Spionin halten.

»Es tut mir leid«, murmelte Franziskus. »Ich bin dir bestimmt eine schreckliche Last.«

»Für einen Freund ist man keine Last, Depperl«, sagte sie mit einem Lächeln. Er erwiderte es matt. »Dann ist' ja gut.«

Madelin eilte wieder in den Vorraum und band sich ihr Messer zwischen zwei zusammengenähten Lederstücken innen in den Bund ihres Rockes, so dass nur der Griff herauslugte.

Sie verstand Franziskus kaum, als er hinter ihr sagte: »Aber die Osmanen – die kommen schon nicht herein. Die Mauern haben uns zwei Wochen lang geschützt. Bald ist der Winter da, dann werden sie abziehen.«

Madelin hielt inne. Stand es wirklich so gut für Wien? Hätte die Stadt eine Chance zu überleben, wenn sie jetzt Anna aufgab und das Spiel nicht in die Hände der Türken lieferte? Sie wusste es nicht. Sie erinnerte sich des Blattes, das sie für Lucas gelegt hatte, bevor sie den Kartenzeichner tot aufgefunden hatte. Mit einem Mal bekam die Bedeutung der Wahrsagerin mit dem fallenden Turm und dem Tod eine ganz neue Bedeutung. Ob es ihr vorherbestimmt war, den Fall Wiens herbeizuführen? »Bestimmt«, erwiderte sie mit belegter Stimme. Sie musste sich zusammenreißen, um über ihr nächtliches Vorhaben zu schweigen. An der Tür zur Küche sagte sie: »Franzl, sieh zu, dass du Türen und Fenster gut verschlossen hältst, wenn ich weg bin, ja? Und lass nur Lucas und die anderen herein, hörst du?«

Der Ikonenmaler setzte sich auf. »Madelin? Hast du etwas in den Karten gesehen?«

»Ich weiß nicht, Franzl«, sagte sie ausweichend. Offenbar hatte sie sich irgendwie verraten. »Du weißt doch, dass ich das Schicksal nicht mehr lesen kann.«

»Aber du hast etwas gesehen. Auch ohne deine Gewissheit.«

Madelin hielt es nicht mehr aus. Wenn sie nicht sofort ging, würde sie dem Freund alles erzählen, und Franziskus würde versuchen, sie aufzuhalten. Das durfte nicht geschehen. »Bleib einfach im Haus und bitte die anderen, nicht mehr hinauszugehen, wenn sie wiederkommen, ja?«, bat sie schnell. »Ich muss jetzt weg.«

»Mache ich«, erwiderte Franziskus. Irgendwie sah er ein wenig kraftvoller aus als noch vor ein paar Augenblicken. Vielleicht hatte sie ihm ein wenig Mut geben können. »Wir sprechen später, ja?«

»Ja«, erwiderte Madelin und lächelte ihm bedauernd zu. »Später.«

Dann öffnete sie die Tür und trat hinaus auf die Straße.

Der alte Fleischmarkt lag still da, sämtliche Fleischbänke waren verlassen. Nur die Fliegen und Ratten hielten ihren Schmaus an den Resten.

Die Kanonen der Feinde schwiegen seit Sonnenuntergang fast vollständig. Niemand begegnete Madelin auf der nächtlichen Straße, und selbst die Wachen auf den Türmen richteten ihren Blick nicht auf die Gassen Wiens, sondern vor allem auf die Donau, um vor einer Gefahr von außen warnen zu können. Hatte Madelin nicht gehört, dass belagerte Städte und Burgen meist gar nicht dadurch erobert wurden, dass der Feind mit Gewalt ihre Mauern überwand? Weit öfter fielen sie von innen, durch Verrat.

Als Madelin das Minoritenkloster erreichte, schlug das Primglöcklein zum zweiten Mal. Eine halbe Stunde noch, in der sie sich auf keinen Fall erwischen lassen durfte. Sie schlich die dunkle Gasse hinunter und lugte am Ende erst rechts, dann links an der Mauer entlang. Dann verließ sie den Schutz des Mondschattens und lief über die Straße zu der schmalen Grasnabe, die an der Mauer den Einstieg in ihr altes Versteck verbarg. Als sie sich an den kühlen Stein drückte, hörte sie eine Stimme.

»Ist da wer?«

Madelin warf sich flach auf den Boden. Sie schob sich seitwärts in die flache Kerbe, die hier am Fuß der Mauer lag, und zog den Überrock hastig über das helle Untergewand. Dann wandte sie den Kopf nach unten und steckte die Hände unter den Körper, um im Mauerschatten nicht durch hellere Flecken aufzufallen. Sie versuchte, ganz still zu sein und ihren Atem so flach zu halten, dass man sie nicht hören würde.

Schritte näherten sich. »Ola!« Offenbar handelte es sich um einen Hispanier.

Das Herz schlug ihr bis zum Hals. Hatte er sie gesehen? Sie durfte sich nicht rühren, durfte nicht keuchen … Der Sand der Straße knirschte unter einer Ledersohle, dieses Mal zu ihrer Linken.

Jetzt hielt die Wahrsagerin tatsächlich die Luft an, während ein Gedanke den nächsten jagte. Wenn der Wachmann sie fand, wäre er zu Recht misstrauisch. Sie wirkte fremdartiger als eine Wiener Bürgersfrau. Er würde sie zumindest mitnehmen und befragen, und dann erginge es Anna schlecht, weil sie es nicht rechtzeitig zum Treffpunkt schaffen würde. Wenn der Mann Madelin durchsuchte und die Trionfi-Karten bei ihr fände, dann konnte sie nur hoffen, dass er die Linien und Ziffern nicht darauf entdeckte. Wenn er überdies das Loch unter der Mauer fände, an dem sie lag, dann würde er sie als Spionin verhaften. Die Wahrsagerin fühlte die Panik in sich wachsen. Der Wachmann machte einen, dann zwei Schritte an ihr vorbei und hielt wieder inne.

Madelin versuchte, sich zu beruhigen. Der Mann würde sie nicht finden. Und selbst wenn – es müsste schon mit dem Teufel zugehen, wenn er die Bedeutung der Karten erkannte. »Ola!«, rief der Wachmann noch einmal. Madelin zuckte zusammen. Sie entließ leise die angehaltene Luft, damit sie nicht keuchen musste. Als sich wieder Stille ausbreitete, grunzte der Mann neben ihr verärgert und drehte um. Dann ging er an ihr vorbei, und seine Schritte verhallten zwischen den Mauern der Häuser.

Madelin schöpfte erleichtert frischen Atem. Sie blieb noch so lange liegen, bis das Primglöcklein klar und deutlich die nächste Viertelstunde anschlug. Die Zeit drängte! Sie erhob sich, sah sich um und befreite den Zugang zu ihrem alten Versteck von Gras und Dreck. Dann schlüpfte sie hinunter in die Dunkelheit.

Dies war der schlimmste Teil ihres Weges. Muffige Kälte schlug Madelin entgegen, als sie unten war. Sie wandte sich um und mühte sich, den Zugang wieder zu verbergen. Dann tastete sie sich voran.

Schmerzhaft stieß sie mit dem Kopf an einen Stein und fluchte. Endlich kam Madelin auf der anderen Seite an. Ihre Finger fanden trotz der Finsternis die Fugen zwischen den Steinen, die sie einfach aufeinandergestapelt hatte. Vorsichtig zog sie einen Stein nach dem anderen heraus. Oben auf den Zinnen standen Wachen, die bei jeglichem Geräusch misstrauisch werden konnten … Ihre Hände begannen zu zittern.

Madelin schloss die Augen und mahnte sich zur Ruhe. Sie würde Anna nicht helfen, wenn sie völlig aufgelöst und verängstigt vor diesen Osmanen trat. Sie gönnte sich ein paar Augenblicke, bis sie sich wieder unter Kontrolle hatte. Dann entfernte sie die Steine, bis das Loch groß genug war, und schlüpfte hinaus. Dabei blieb ihr Rock hängen und riss, doch sie hielt nicht inne und erhob sich. Sie hatte die schützenden Mauern von Wien hinter sich gelassen.

Die junge Frau brauchte einen Augenblick, um sich zu orientieren, dann machte sie sich auf. Begossen vom bleichen Licht des Himmelsgestirns ragten die Ruinen der Gebäude vor dem Burgtor bläulich schwarz auf, jedes einzelne das Zeugnis einer vernichteten Existenz. Selbst jetzt, nach Tagen des Regens und der Kälte, nahmen Madelins lederbeschuhte Füße die dunkle Farbe der Asche an. Sie hielt sich geduckt, um sich sowohl vor den Wiener Schützen auf den Mauern wie vor den Osmanen zu verbergen.

Wo mochten die Wachen sein? Hatten sie sich nahe bei der Mauer eingenistet, oder lauerten sie erst jenseits des halb abgebrannten Faschinenzauns, der die Vorstädte umgeben hatte? Sie versuchte zu lauschen, doch sie hörte bloß das Knirschen ihrer Schritte im Sand und das Rauschen des Blutes in ihren Ohren. Endlich erreichte sie die steinerne Brücke bei den Überresten des Bürgerspitals, die kahl im Mondlicht wirkte. Niemand konnte sie überqueren, ohne sofort den Wachen beider Seiten aufzufallen, und doch musste sie genau das tun, um in die Ruinen bei Sankt Anton zu gelangen. Madelin schob sich wieder ein Stück nach hinten in den Schutz einer Häuserwand und überlegte fieberhaft, was sie nun tun sollte.

Da legte sich eine Hand auf ihren Mund und erstickte den Schrei, der ihr entfuhr. Eine zweite Hand griff ihr um den Leib und hob sie hoch. Durch die Nasenlöcher keuchend schlug sie um sich und versuchte, sich aus dem Griff zu winden, doch die Arme hielten sie fest und zogen sie in eines der ausgebrannten Gebäude hinein.

»Willst du sterben?«, zischte eine Männerstimme mit fremdem Akzent. Ein Bart kitzelte ihr im Nacken. »Hör auf!«

Als Madelin gehorchte und nickte, ließ er sie los. Schnell sprang die Wahrsagerin zurück und presste sich an die Mauer. Im Halblicht des Mondes sah sie einen Mann in weißer Kappe und fremdartigem Gewand vor sich. Er trug Säbel und Kurzbogen sowie einen Köcher mit Pfeilen. Doch er zog keine Waffe.

»Wer bist du?«, fragte er gebrochen.

»Ich soll hier einen Mann treffen, Mehmed. Bist du das?«

»Du sollst zu Mehmed?«, fragte der Mann. Das Weiß seiner Augen leuchtete in der Nacht. »Schicken Männer jetzt schon ihre Weiber?«

»Bring mich zu ihm! Ich habe, was er gefordert hat.« Madelin wusste nicht, ob die Wache eingeweiht war, deshalb sagte sie nicht mehr.

Schließlich nickte der Mann. »Komm.« Er trat über die halb eingestürzte Wand des Gebäudes, die nach Süden hinausführte und bedeutete ihr, ihm zu folgen.

Madelin zögerte. Wenn sie diesen schlimmen Plan, Anna und die Kinder gegen ganz Wien zu tauschen, aufgeben wollte, dann konnte, ja sollte sie jetzt weglaufen. Doch ihre Beine gehorchten nicht. Die junge Frau malte sich die Leiden der Schwester in schlimmsten Bildern aus. Sie folgte dem Fremden über die niedrige Mauer und hinaus in die Nacht.

Der Osmane führte sie an die zertretene Böschung der Wien. Da die Landsknechte die Brücken aus Holz abgebrannt hatten, lagen hier unter leise im Wind flüsternden Weidenbäumen mehrere Baumstämme nebeneinander, die von Ufer zu Ufer führten. Im Dunkeln hätte Madelin sie nie allein gefunden. Sie balancierte über das Holz und folgte dem Soldaten ins Gebiet der Janitscharen.

Erst hinter der ehemaligen Befestigung des alten Sankt-Anton-Bollwerks leuchteten zwischen den halbverbrannten Gebäuden Zelte in der Dunkelheit. Eine Wache mit weißer Kappe kam vorbei, und Madelins Führer bedeutete ihr, sich zu ducken. Offenbar sollte der Austausch auch vor den eigenen Truppen geheim bleiben. Doch warum? Er führte sie direkt zur Antoniuskapelle am Spital. Die dicken Mauern des ehemals geweißten Gebäudes waren dunkel vor Rauch, die Dächer teilweise eingestürzt. Aus dem Innern drang durch die Fensteröffnungen matter Kerzenschein heraus.

Madelin sah sich unsicher um. An den Ecken hielten Männer Wache. Dies war die Höhle des Löwen. Doch sie war bereits zu weit vorgedrungen, um jetzt noch umzukehren. »Geh.« Der Soldat wies auf den Eingang. Sie zog die Tür auf und ging sich vorsichtig umschauend hinein.

Im Innern der hohen Antoniuskapelle herrschte gähnende Leere. Das Weiß der Wände glühte im Licht der Kerzen beinahe. Von Gestühl und Altären sah man bloß noch Splitter – vermutlich war es zu Brennholz zerschlagen und fortgeschafft worden. Auch Statuen gab es keine mehr. Die einzige Zier des Raumes bestand aus den Wandbildern. Sie zeigten die verschiedenen Stationen aus dem Leben des heiligen Antonius.

Im Chor, wo die Statue des Heiligen gestanden hatte, sah Madelin die Versuchung durch den Teufel in Gestalt einer verführerischen Frau. Der zuckende Schein der Kerzen hauchte den Bildern eine unheimliche Lebendigkeit ein. Der Legende nach hatte der Heilige sich erfolgreich gegen Bestechung,

Unzucht und Folter in Gestalt von dämonischen Bestien gewehrt. Ob er einen Bruder geopfert hätte, um dem Teufel zu widerstehen? Der Gedanke ließ Madelin sich unwillkürlich bekreuzigen.

»Ich warte schon die dritte Nacht«, erklang eine ungehaltene tiefe Stimme. Sie fuhr zum Türbogen eines Seiteneingangs herum. Dort stand ein Mann, halbverborgen von den Säulen des Kirchenschiffs. »Wer bist du?« Er klang überrascht. »Und wo ist der Aussätzige?«

Die Wahrsagerin schlang die Arme um den Leib, um sich weniger schutzlos zu fühlen. »Mein Name ist Madelin. Der … Aussätzige schickt mich.« Sah der Löwengesichtige deshalb so entsetzlich aus? Hatte er Lepra? Kein Wunder, dass er durch das Feindeslager gekommen war! Würde sie auch erkranken? Der Mann war ihr und Franziskus so nahe gekommen …

Der Offizier löste sich aus dem steinernen Bogengang und trat vor die halbrunde Apsis der Kapelle. Dort beleuchtete ihn das Licht des Mondes durch zerborstene Fenster. Er war kräftig und trug eine blaue Tunika mit rotem Überwurf ohne Ärmel. Die weiße Filzkappe der Janitscharen war mit einem Büschel Rosshaaren an der Stirn geschmückt. Das lange Haar und der Schnurrbart wirkten im Dunkeln schwarz.

»Madelin?«, fragte er ungläubig. »Bist du Annas Schwester?«

»Die bin ich.« Hatte der Löwengesichtige sie denn gar nicht angekündigt? Vermutlich nicht, denn man spazierte nicht mal eben vor die Mauern. Aber woher kannte der Offizier dann ihren Namen? Von Anna?

Der Mann murmelte etwas in seiner Sprache – es klang nach Flüchen. »Hast du den Plan?«

»Es sind Karten – Spielkarten.« Madelin wunderte sich mehr und mehr. Wusste er nicht einmal, was genau ihm übergeben werden sollte?

»Spielkarten? Etwa … Trionfi?« Seine Stimme wurde beinahe sanft.

Offenbar wusste er damit etwas anzufangen. »Ja. Ich trage sie bei mir. Wenn Ihr meine Schwester und ihre Kinder habt.«

»Ich habe sie.«

»Übergebt sie mir und Ihr erhaltet das Spiel.«

Die Augen des Mannes lagen in dunklen Höhlen. Madelin fühlte sich trotzdem gemustert. »Du bist bereit, ganz Wien für sie zu opfern?«

Glaubte er ihr nicht? Dachte er, sie würde ihn übers Ohr hauen? »Ich habe ja wohl keine Wahl, oder? Sie ist meine Familie.«

Der Janitschar nickte stumm. Er wandte sich kurz ab zum Fenster, das nach Norden wies, gen Wien, und rieb sich die Augen.

»Der Aussätzige hat mir gesagt, ich soll mit Euch selbst über die Sicherheit meiner Familie und meiner Freunde verhandeln.«

»Deiner Familie wird nichts geschehen.«

»Und meinen Freunden? Ich reise mit ihnen seit Jahren.«

»Ich kann nicht ganz Wien unter meinen Schutz nehmen.«

»Nein, das sicher nicht«, bekannte Madelin bedrückt. »Aber ich werde nicht zulassen, dass meinen Freunden etwas zustößt. Wollt Ihr die Karten, versprecht Ihr mir, dass ihnen nichts geschehen wird.«

Der Osmane schnaufte. »Also gut. Bringe sie zum Haus deiner Mutter. Das wird der einzige Ort in Wien sein, an dem ihr sicher seid. Und jetzt leg das Spiel auf den Vorsprung dort.«

»Erst will ich Anna und die Kinder sehen«, sagte Madelin. Sie wunderte sich selbst über ihren eigenen Mut – immerhin könnten die Soldaten ihr das Spiel einfach abnehmen.

»Sie sind nicht hier.«

»Nicht *hier*? Wo sind sie dann?«

»In meinem Gewahrsam.«

»Das war so nicht ausgemacht! Ich gebe Euch das Spiel, und Ihr gebt mir Anna, Friedrich und die kleine Elisabeth. Das war vereinbart!«

Der Offizier schwieg für einige Augenblicke. »Sie heißt Elisabeth?«

»Ja, nach unserer Mutter.« Besaß der Name bei den Muslimen eine besondere Bedeutung?

»Ich ... ich kannte mal jemanden dieses Namens«, murmelte der Mann. »Aber es bleibt dabei. Deine Schwester und ihre Kinder bleiben bei mir.«

Madelin erkannte, dass der Mann nicht daran dachte, Anna und die Kinder freizugeben. Wie dumm sie gewesen war! Man hatte sie in eine Falle gelockt. »Ich hätte es wissen müssen«, erwiderte sie wütend. »Ihr hattet nie vor, Euch an die Abmachung zu halten!«

Er studierte ihre Züge, als suche er darin nach einer Antwort. »Beleidige mich nicht, Weib. Ich halte mich an die Abmachung – nur lege ich den Zeitpunkt der Freilassung selbst fest.«

»Warum?«

»Weil ich der Quelle der Karten nicht vertraue. Ich möchte erst sichergehen, dass das Spiel die korrekten Informationen enthält, die ich benötige. Immerhin will ich mich vor meinem Herren nicht blamieren.«

»Wer ist es?«, wollte Madelin wissen. »Wer hat sie in Auftrag gegeben?«

Der Mann zögerte. Die Wahrsagerin wünschte sich mehr Licht, um in seinen Zügen besser lesen zu können. So hörte sie nur einen rauen Unterton in seiner Stimme, als er sagte: »Jemand, der mich schon einmal verraten hat.«

»Bitte, ich muss es wissen!«

Der Mann schüttelte den Kopf und trat weiter vor, direkt ins Mondlicht. Er hielt die Hände hinter dem Rücken verschränkt und wirkte so wie eine Statue, gemeißelt aus weißem und schwarzem Stein. »Nein. Wenn du es nicht weißt, werde ich es dir nicht mitteilen. Sind dies auch die echten Karten? Oder hast du etwas daran verändert?«

»Damit hätte ich das Leben meiner Schwester riskiert«, sagte Madelin. »Traut Ihr mir das zu?«

»Ich traue deiner Familie beinahe alles zu.«

Diese Aussage ließ Madelin aufhorchen. Was meinte der Mann? Spielte er auf Graf Hardegg an? Oder hatte sich der Ruf ihrer Mutter so weit verbreitet, dass selbst dieser Osmane davon wusste? »Ich bin mit Graf zu Hardegg nicht verwandt«, sagte sie vorsichtshalber. »Und ich bin nicht meine Mutter.«

Ein Ausdruck huschte über das Gesicht des Janitscharen, den Madelin nur schwer deuten konnte. Aber immerhin konnte sie jetzt seine Züge lesen. Schmerz lag darin sowie die Andeutung von Wehmut – und das just in dem Moment, als sie die Mutter erwähnt hatte. Wut und Trauer rangen in dem Mann miteinander, doch es war ein alter Kampf. Woher konnte ein Osmane, der erst vor zwei Wochen in die Gegend um Wien gezogen war, Elisabeth von Schaunburg kennen? Ein Mann, der sagte, er traue ihrer Familie nicht? Als sie begriff, wen sie vor sich haben musste, schlich sich eine eiskalte Furcht in ihren Magen.

»Du«, keuchte sie. »Du bist …« Der Offizier entgegnete nichts. »Du bist der Mann, der meiner Mutter Gewalt angetan hat! Du hast sie in Schande gestürzt!« Er widersprach nicht. Den letzten Schluss konnte Madelin nicht aussprechen. »Was hast du mit meiner Schwester getan?«

Der Mann verschränkte die Arme vor der Brust und presste die Lippen aufeinander. »Ich habe nichts mit ihr getan. Sie steht unter meinem Schutz. Gib mir die Karten.«

»Nur gegen meine Schwester.«

»Sie ist sicherer bei mir. Wenn Wien eingenommen wird, sind die Frauen Freiwild der Akindschi.«

»Und bei dir sind sie nur *dein* Wild«, erwiderte Madelin, die Stimme halberstickt vor Sorge.

Der Offizier zog die Brauen zusammen und schloss kurz die Augen. »Ich möchte nicht, dass meine Männer Hand an dich legen müssen, Madelin. Aber ich werde es ihnen befehlen, wenn du die Karten nicht freiwillig herausgibst!« Hinter ihr klappte die Tür. Ein Blick über die Schulter zeigte Madelin, dass der Soldat hinzugetreten war, der sie hergebracht hatte.

Widerwillig griff sie zur Gürteltasche und schnürte sie auf. Ihr Arm fühlte sich an, als sei er aus Blei. Sie zog das Spiel heraus und hielt das Tuch fest, in das es eingeschlagen war.

»Gib mir einen Beweis, dass du Anna wirklich hast. Und dass es ihr gutgeht«, verlangte Madelin bebend.

Der Offizier starrte sie unwirsch an, dann nickte er. »Sie sagt, ihr beide hättet euch mit der Mutter am Tage ihrer Hochzeit schlimm gestritten, so dass du weggelaufen bist. Der Streit tut ihr sehr leid. Man nennt dich Madelin, aber du heißt eigentlich Meryem. Das ist in meiner Sprache der Name Marias, der Mutter des Propheten Jesus.«

»Kaum jemand kennt meinen echten Namen«, murmelte Madelin. Außer Franziskus und ihrer Familie eben, doch sie konnte sich nicht vorstellen, dass ihre Mutter das jemandem anvertraut hatte. Möglicherweise hatte dieser Mann wirklich mit ihrer Schwester gesprochen. Madelin konnte nur beten, dass es ihr und den Kindern auch gutging, denn sie konnte nichts für sie tun. Jetzt musste sie sich erst einmal um ihr eigenes Leben kümmern.

Madelin hielt das Kartenspiel hoch. »Hier hast du das verdammte Spiel«, sagte sie. Dann drehte sie sich zu dem Soldaten um, warf den Stoß in die Luft und lief.

Sämtliche Karten flogen durch den Kapellenraum auf den Boten zu. Der sprang unwillkürlich hinterher, um sie einzufangen und aufzusammeln. Madelin duckte sich an ihm vorbei zur Tür. Der Soldat erkannte ihre List im letzten Augenblick und warf sich herum, doch sie rammte ihm die Schulter in die Seite. Dann war sie durch die Tür und aus der Kapelle heraus.

Sie rannte. Vorbei am Heiligengeistspital – sie hörte das Fluchen einer osmanischen Wache –, zurück zu der provisorischen Brücke und hinein in die Vorstadt vor dem Kärntner Tor. Hier zwang die Wahrsagerin sich dazu, keuchend hinter einer halbeingestürzten Mauer innezuhalten. Wenn sie kopflos durch die dunklen Straßen floh, würde sie gewiss ein Schütze von den Mauern für einen Feind halten und schießen. Also wartete sie, bis sich Atem und Furcht ein wenig beruhigt hatten. Sie lauschte, ob ihr die Soldaten des Offiziers gefolgt waren, doch sie hörte niemanden.

Endlich wagte sie, den Kopf hinter der Mauer hervorzuschieben. Sie kniff die Augen zusammen, um in der Dunkelheit besser sehen zu können. Alles um sie herum war ruhig. Madelin lief los. Doch kaum hatte sie sich von der Mauer gelöst, drang ein heller Schuss durch die Nacht und hinter ihr splitterte Stein. Man beschoss sie von der Burg aus!

Madelin eilte blind weiter, durch die Straßen der verbrannten Vorstadt. Sie versuchte, den Kopf in Deckung vor den Kugeln zu halten, die von den Mauern abgefeuert wurden. Inzwischen hörte sie Rufe, Schreie, und hinter ihr beantworteten die Osmanen die Provokation von den Mauern mit gleicher Münze.

Madelin ignorierte den Kugelhagel und hastete auf den frisch ausgehobenen Stadtgraben zu. An der Mauer regneten Steinsplitter von einschlagenden Kugeln herab. Sie duckte sich und warf sich in die mehrere Schritt tiefe schwarze Grube des Stadtgrabens. Dabei riss sie die Arme hoch und rollte sich seitlich ab. Ihre Hüfte prallte gegen einen Stein, dann kam sie schneller als geahnt auf dem Boden auf.

Stöhnend rappelte sich Madelin auf und versuchte, sich zu orientieren. Das Tuch war fort, das Haar hing ihr von Gras und Erde verklebt über das Gesicht. Sie robbte vorwärts und suchte nach dem Schlupfloch zum Gang. War sie hier falsch, war sie doch noch gar nicht an der Burg vorbei? Dann, endlich, erkannte sie die dunkle Kerbe im Wall unter der Mauer und kroch darauf zu. Über ihr krachte noch immer das Feuer der Arkebusen.

Hastig zog Madelin sich in den Spalt hinein. Sie scherte sich nicht darum, dass sie sich den Unterarm an einem Ziegelstein schrammte. Sie schlüpfte in ihr altes Versteck, stopfte die Backsteine wieder in das Loch, damit die Türken von außen den geheimen Ausstieg nicht sehen konnten. Dann lauschte sie, ob ihr jemand gefolgt war. Sie wusste nicht, was sie tun sollte, wenn ein Osmane ihr Versteck fand, sie konnte nur beten, dass der Schutz der Dunkelheit genug wäre. Sie hockte sich an die Wand, zog die Beine an den Körper und schlang die Arme darum. Dann schloss sie die Augen, um sich ganz auf die Geräusche zu konzentrieren.

Sie wusste nicht, wie lange sie dort so gesessen hatte. Irgendwann wurde das Feuer der Arkebusen seltener und hörte schließlich ganz auf. Kälte und Erschöpfung krochen ihr in die Gliedmaßen und ließen sie zittern. Vielleicht war es auch die Erkenntnis, wie knapp sie gerade dem Tode entronnen war.

Tränen stiegen ihr in die Augen, als sie an Anna und die beiden Kinder dachte – und die Spielkarten, die sie bei dem Offizier zurückgelassen hatte. Sie war in die Falle getappt und hatte das Spiel verloren. Nun würde Wien ihrer Dummheit wegen in die Hand der Türken fallen.

Eine Stunde mochte vergangen sein, vielleicht waren es auch zwei. Dann war ihr so kalt, dass sie sich aufraffte, um nicht zu erfrieren. Einen kurzen Augenblick zögerte Madelin. Vielleicht sollte sie sich einfach wieder hinlegen und die Kälte ihr Werk vollenden lassen. Dann würde Wien niemals erfahren, wer es verraten hatte. Und sie würde die Konsequenzen ihres Handelns nicht mit eigenen Augen sehen müssen.

Dann schüttelte sie entschieden den Kopf. Sie würde aus diesem Loch hinauskriechen und in die Kodrei Goldberg gehen. Sie würde einen Weg finden, mit Lucas darüber zu sprechen. Vielleicht kannte er einen Weg, Graf zu Hardegg und Eck von Reischach zu warnen, ohne dass das Leben ihrer Schwester gefährdet wurde. Graf Salm war die Seele der Verteidiger; er musste wissen, was zu tun war.

Mit diesem Entschluss schob Madelin sich vorsichtig auf der anderen Seite aus dem Versteck heraus. Sie spähte auf die Straße an der Mauer, die wieder still dalag. Also zog sie sich auf die Grasnabe. Oben angekommen wandte sie sich um und breitete das Gestrüpp wieder über das Loch, um es vor den Augen der Wachen zu verbergen. Als sie sich umwandte und aufstehen wollte, erstarrte sie. Sie blickte geradewegs in den Lauf einer Arkebuse mit brennender Lunte. Carlos, der Hispanier, starrte zu ihr herunter. »Wusste ich doch. *Bruja*«, grinste er. »Und eine Spionin. Was ein guter Fang. Auf die Knie.«

Madelin gehorchte stumm. Als Carlos Verstärkung bekam, wurden ihr die Hände und Füße zusammengebunden. Dann schleifte man sie durch die nächtlichen Gassen Wiens zur Schranne.

Bilder schossen der Wahrsagerin durch den Kopf. Ihre Begegnung mit dem weißhaarigen Spion im Haus des Henkers. Ihr Gang durch die nächtliche Vorstadt. Die durch die Luft fliegenden Spielkarten. Und der Offizier, der sie mit bekümmertem Blick betrachtete. Hatte er sie laufenlassen, weil er nicht gewollt hatte, dass ihr etwas geschah? Oder wünschte sie sich das nur?

Als die Zellentür hinter ihr zugeworfen wurde, ließ Madelin sich auf den Boden fallen und krümmte sich unter der Decke zusammen, die dort lag. Sie besaß keine Kraft mehr. Sie spürte nichts, nicht einmal ihren zerschundenen Körper. Im Augenblick war ihr selbst egal, dass sie Wien in den Untergang getrieben hatte.

Der einzig bedeutsame Gedanke war, dass sie heute dem Mann in die Augen gesehen hatte, der ihr Vater war.

Kapitel 19

Anna lag im Zelt auf den Kissen und lauschte auf die Geräusche der Nacht. Sie hörte weder Kanonen noch Arkebusen so wie vorhin. Es wurde nicht mehr gekämpft. Sie tastete nach ihrer Tochter, die ruhig neben ihr atmete. Auch Friedrich schlief noch dort, wo er sich hingelegt hatte. Der Bannerträger Christoph schien noch nicht wieder von seiner neuerlichen Einladung zum Sultan zurückgekehrt zu sein, denn von seinem Lager hinter dem aufgespannten Tuch hörte sie nichts. Warum also war sie aufgewacht?

Anna war durstig. Leise schlüpfte sie unter der Decke hervor und sorgte dafür, dass Elisabeth es weiterhin warm hatte. Das kleine Mädchen lag mit einem beinahe friedlichen Gesichtsausdruck in den Kissen, die Knöchel einer Hand halb in den Mund geschoben. Anna fühlte eine sorgenvolle Liebe zu der Tochter. Wieder war sie froh, dass dieser narbengesichtige Reiter sie nicht gekauft hatte. Er hatte angedroht, die Tochter den Flammen zu übergeben. Mehmed hingegen hatte sie in den letzten Tagen gut behandelt.

Die Mutter tastete sich zu dem niedrigen Tischlein, auf dem ein Krug mit Wasser stand, und trank. Dann griff sie zu einer Handvoll Trauben, um den üblen Geschmack der Nacht aus dem Mund zu vertreiben. Als ein Rascheln vom Zelteingang herüberdrang, dachte Anna zunächst, Christoph Zedlitz von Gersdorff würde zur Nachtruhe heimkehren. Sie zupfte ihr Hemd zurecht und griff sich das Tuch, das zwischen den Kissen lag, um wenigstens halbwegs bedeckt zu sein.

Die Hand, die sich über ihren Mund legte, ließ sie vor Schreck erstarren, dann fasste eine zweite um ihren Hals. Sie wollte schreien, sich herausdrehen, wollte den Krug hinter sich schleudern, um den Angreifer abzuwehren. Die Finger an ihrer Kehle drückten bloß ein wenig zu, doch das reichte, um ihr die Luft abzuschnüren. Anna ließ den Krug fallen und versuchte, die Hand wegzuziehen. Dann flüsterte eine akzentreiche Stimme an ihrem Ohr: »Still, Weib, oder ich reiße dir die Gurgel aus …« Damit öffnete sich die Hand immerhin so weit, dass die Frau wieder atmen konnte. Sie rang um Luft.

Anna hatte die Stimme erkannt. Es war der Mann mit dem Narbengesicht, der Akindschi, der den kleinen Friedrich an der Waffe hatte ausbilden wollen, der Mann, der versucht hatte, sie zu kaufen. Der Mann, der nach ihrer Gefangennahme einer ihrer Schänder gewesen war und der geschworen hatte, ihr die Erniedrigung heimzuzahlen. Der Verkäufer hatte ihn Seyfeddin genannt.

Er zog sie unsanft in die Höhe. »Willst du, dass deine Kinder leben, bist du leise«, knurrte er ihr ins Ohr.

Anna nickte schnell. Er wollte ihr etwas antun, nicht den Kindern. Sie hatte ihn beleidigt, Friedrich und Elisabeth hatten damit nichts zu tun. Wenn sie erst einmal draußen waren, würde er die beiden vielleicht in Ruhe lassen …

Tatsächlich zog Seyfeddin sie rückwärts aus dem Zelt. Trotzdem kam es Anna so vor, als verlöre sie in den paar Schritten, die sie tat, auch noch das Letzte, für das sie jemals gelebt hatte. Sie spürte eine Träne auf der Wange, als sie den beiden friedlich schlafenden Gestalten einen stummen Abschiedsgruß sandte und ihnen ein langes und frohes Leben wünschte. Im Herzen wusste sie, dass sie sich damit selbst belog, denn wenn die Kinder die nächsten Tage und Wochen überlebten, dann würden sie als Waisen in Kummer und Armut aufwachsen. Dann fiel die Zeltbahn vor ihnen zu und verbarg die Kinder vor Annas Blicken.

Verzweifelt sah sich die Mutter nach den Wachen um, die

eigentlich vor dem Zelt stehen sollten, das der Sultan für Christoph aufgestellt hatte. Keine von beiden war zu sehen. Und wo war Mehmed, der Offizier? Sie versuchte zu schreien und kämpfte erneut gegen den Griff Seyfeddins an, doch der Mann drückte ihren Hals wieder ein wenig zu und raubte ihr damit jeden Ton. Anna versuchte, die Finger zwischen ihren Hals und seine Hand zu schieben, doch sie zerkratzte mit den Nägeln nur ihre eigene Haut. Alles, was Seyfeddin jetzt noch tun musste, um sie zu töten, war zuzudrücken. Dann würden ihre Kinder morgen die Mutter tot vor dem Zelt finden.

Plötzlich ließ Seyfeddins Griff nach. Anna fiel um Luft ringend zu Boden und hielt sich eine Hand schützend an die schmerzende Kehle. Sie brauchte ein paar Augenblicke, um sich so weit zu erholen, dass sie sich auf dem kalten Boden herumdrehen konnte.

Sie sah zwei Männer, die im Mondlicht miteinander rangen. Die einzigen Geräusche, die zu ihr herüberdrangen, waren keuchende Atemzüge. Dann fiel einer von beiden zu Boden, der andere wandte sich wie ein Löwe im Sprung herum und stürzte sich auf ihn. Sie sah Christophs langes blondes Haar auf dem dunklen Gras schimmern und erkannte, dass Seyfeddin auf ihm saß und ihn würgte. Seyfeddin hatte keine andere Wahl, als den Bannerträger zu töten.

Anna machte den Mund auf und versuchte zu schreien, doch sie brachte bloß ein Greinen zustande. Immerhin war es laut genug, um Seyfeddin auf sie aufmerksam zu machen. Annas Herz schlug schneller.

Christoph nutzte die Ablenkung, um den Griff seines Gegners zu lösen und ihn von sich hinunterzurollen. Doch der Osmane war stärker und lag schließlich wieder oben. Er drosch mit der Faust auf den Bannerträger ein, um ihn schnell auszuschalten.

Wieder versuchte Anna zu schreien, und dieses Mal kam ein Wimmern heraus. Doch es war kläglich leise. Wenn sie niemand hörte, würde der Bannerträger sterben!

Seyfeddin hatte Christoph inzwischen halbbewusstlos geprügelt. Offenbar zufrieden mit seinem Werk, sprang er auf und rannte auf Anna zu. Er wollte sie am Schreien hindern, schoss es der Frau durch den Kopf. Sie wandte sich um und versuchte fortzukriechen. Noch hatte Seyfeddin die Gelegenheit, Christoph und sie zu töten, ohne dass jemand bezeugen konnte, dass er seine Finger im Spiel hatte. Sie musste die Wachen alarmieren, musste jemanden wecken, der Seyfeddin die Stirn bieten konnte! Doch als Anna ihren dritten Schrei versuchte, verstummte ihre Stimme mit einem trockenen Krächzen.

Dann war Seyfeddin herangekommen. Der Mann zog sie an den Armen hoch und grinste sie böse an. »Jetzt stirbst du, Weib!«

Der glockenhelle Schrei, der da erklang, war so laut, dass das halbe Lager ihn hören musste. Anna und Seyfeddin wandten die Köpfe zum Zelt. Im Eingang stand Friedrich, ihr kleiner Friedrich, und schrie in höchster Not. Anna lachte und weinte gleichzeitig vor Erleichterung.

Dann ging alles sehr schnell. Elisabeth fiel weinend in die Schreie ihres Bruders mit ein. Die Wachen, die eigentlich vor dem Zelt hatten stehen sollen, eilten im Laufschritt herbei. Seyfeddin ließ Anna mit einem Fluch los und lief um sein Leben. Die Mutter kam auf die Beine und stolperte zurück ins Zelt. Dort schloss sie ihre Kinder in die Arme. Anna bedeckte ihre Gesichter mit Küssen, mehr um sich selbst zu versichern, dass ihnen nichts geschehen war. Sie waren am Leben, alle drei, und Anna dankte Gott dafür.

Als sich die Kinder beruhigt hatten, ging sie zu Christoph hinaus. Sie sank an seiner Seite auf die Knie. »Ihr wart sehr tapfer«, murmelte sie dabei immer wieder. Sein ganzes Gesicht war geschwollen und an manchen Stellen aufgeplatzt. Er lächelte trotz der Schmerzen. »So hat es doch einen Sinn, dass ich nicht geflohen bin.«

Nach einer Weile konnte er mit Hilfe auf sein Lager im Zelt zurückkehren. Ein Soldat brachte frisches Leinen und heißes Wasser, um die Wunden zu pflegen, doch Anna nahm ihm die Arbeit aus der Hand.

Schließlich brachte eine der Wachen Christoph wortlos den Kopf Seyfeddins. »Herr Mehmed sendet Entschuldigung«, sagte er dazu und ging wieder.

»Er hat ihn für Euch getötet«, murmelte Anna erstaunt. »Seinen eigenen Landsmann!«

»Nein«, hustete Christoph. »Ich glaube, er hat ihn für seinen eigenen Ruf getötet. Ich verstehe die Osmanen selbst noch nicht so genau, aber Ihr gehört Mehmed. Ein Mann verteidigt seinen Besitz oder er verliert den Respekt der anderen. Und der Sultan hätte Seyfeddin nach dem Kampf sowieso hinrichten lassen. Süleyman hat mich unter seinen Schutz gestellt – wer dagegen verstößt, ist des Todes.«

»Ihr kennt diese Osmanen inzwischen recht gut, oder?«

»Ich habe viel mit dem Sultan über diese Dinge gesprochen. Diese Männer haben Stolz und Ehre. Wir verstehen nur nicht immer gleich, wie diese Ehre aussieht.«

Anna war froh, dass Seyfeddin tot war. Als sie die Kinder wieder zu Bett gebracht und sich neben ihnen in die Kissen gelegt hatte, da konnte sie die Augen zum ersten Mal wieder beruhigt schließen. Jetzt fühlte sie sich ein kleines bisschen sicherer im Lager der Türken. Aber wie lange noch?

Die Mutter zog Fritzl an sich und strich ihm durch das Haar. Sie sog seinen Geruch ein und drückte ihm einen sanften Kuss auf den Scheitel. Der mutige kleine Bub hatte ihr das Leben gerettet.

Kapitel 20

»Was hast du jenseits der Mauern gemacht, Madelin?«, fragte Lucas. Er hatte nicht glauben wollen, was der Hispanier ihm berichtet hatte – dass er nämlich Madelin durch einen geheimen Gang unterhalb der Mauer aus der Stadt heraus und wieder hinein hatte schlüpfen sehen. Der Mann, Carlos, hatte sofort eine Spionin gewittert und sie verhaftet, wie es die Vorschriften Graf Salms vorsahen.

Am Morgen des neunten Oktober hatte ein wütender Pernfuß nach Lucas schicken lassen. »Die Frau hat dich als Leumund angegeben, Steinkober! Was soll das alles? Soll ich euch zusammen an den Pranger stellen?«, hatte der Stadtrichter gewettert. So war Lucas schon früh morgens zu den Zellen der Schranne hinuntergestiegen, um nach Madelin zu sehen und die Wahrheit herauszufinden.

»Ich habe einen Mann treffen wollen, der mehr über das Verschwinden meiner Schwester weiß«, sagte Madelin. »Ich habe erfahren, dass der Trupp überfallen worden ist. Graf Hardegg muss das wissen.« Sie saß zitternd vor Kälte auf dem Strohlager und hatte die Arme um die Knie geschlungen.

Sie frieren und in dem kahlen Kerker sitzen zu sehen, schmerzte ihn. Wahrscheinlich hatte sie schreckliche Angst. Lucas wollte nichts sehnlicher, als seinen Mantel um sie zu legen und sie in den Arm zu nehmen. Doch irgendetwas hielt ihn zurück. »Warum hast du mich nicht um Hilfe gebeten?«, fragte er leise.

Sie sah vom Boden auf und begegnete seinem Blick zögernd. Überlegte sie, was sie ihm anvertrauen konnte? Er verdrängte diesen Gedanken wieder. »Alles ging drunter und drüber«, murmelte sie. »Ich weiß nicht, warum, Lucas. Ich glaub, ich hatte Angst, dass du es mir ausreden willst.«

»Das hätte ich auch getan«, erwiderte der Student. »Der Gang zum Henkersmann ... und dann vor die Mauern! Das war eine rechte Dummheit!«

»Ich weiß. Aber ich konnte nicht anders. Du tust ja gerade so, als hättest du noch nie etwas falsch gemacht.«

Sie hatte Recht. Lucas erinnerte sich plötzlich daran, wie er selbst wegen Ansässers Tod in dieser Kerkerzelle der Schranne gesessen hatte. Er war wirklich nicht der Richtige, um den ersten Stein zu werfen. »Es tut mir leid«, sagte er und meinte es ehrlich. »Du bist mir keine Rechenschaft schuldig. Aber allein der Gedanke daran, welcher Gefahr du dich ausgesetzt hast ... Wenn dich jemand verletzt hätte ...« Lucas beendete den Satz nicht, denn seine Kehle zog sich zusammen. Er schluckte schwer und räusperte sich.

»Dann weißt du, wie es mir mit Anna ging«, flüsterte sie.

Er nickte. »Hattest du wenigstens Erfolg?«

Madelin presste die Lippen aufeinander und schüttelte den Kopf. Das bedeutete wohl, dass sie nicht wusste, was aus ihrer Schwester geworden war. Er konnte ungefähr nachfühlen, wie es ihr ging, denn sein Freund Heinrich war ja auch in diesem Zug gewesen. Ob Graf zu Hardegg davon wusste? Lucas schreckte noch immer davor zurück, dem Mann zu vertrauen. Er war der einzige Mensch, mit dem sie die Anfertigung des Trionfi-Spieles in Verbindung bringen konnten. Möglicherweise war er der Verräter, den sie suchten.

Lucas musterte die Fahrende. Sie sah elend aus. Rock und Hemd waren mit getrocknetem Schlamm verklebt. Die Haare hingen ihr ungebändigt und verfilzt ins Gesicht. Das süße, herzförmige Gesicht wirkte verschlossen. Sein Blick fiel auf die Tasche an ihrer Seite – die Gürteltasche, in der sie das Trionfi-Spiel aufbewahrte. Lucas runzelte die Stirn. »Deine Tasche ist offen. Hast du das Spiel verloren?«

Madelin tastete nach der Tasche und schlang das Lederband wieder um den Knebelknopf. Sie vermied es, seinem Blick zu begegnen. »Nein«, erwiderte sie. »Franziskus hat es.«

Erleichtert hockte sich Lucas vor die Wahrsagerin auf den Boden. »Was machen wir nun?«, fragte er müde. »Pernfuß baut uns beiden vermutlich schon ein Schafott.«

»Hol mich hier raus«, bat Madelin. »Sag ihm, dass ich bloß nach meiner Schwester schauen gegangen bin. Er kann den Gang unter der Stadtmauer verschließen, so dass keine Gefahr von außen droht.«

Lucas ergriff ihre Hände und wärmte sie mit seinen. Dann drückte er einen Kuss darauf. »Ich werde ein gutes Wort für dich einlegen«, murmelte er. »Aber ich weiß nicht genau, ob das etwas bringt – ich bin nicht gerade Pernfußens Liebling.«

»Danke schön«, flüsterte Madelin. Er wollte sich vorbeugen und sie in den Arm nehmen, doch sie wich ihm aus. Abrupt ließ er ihre Hand los.

»Alles in Ordnung mit dir?«

»Ja.«

Was war bloß mit ihr los? Ihr Benehmen erinnerte sie an sein eigenes, kurz nachdem Ansässer gestorben war. »Ist … ist dort draußen etwas geschehen?«

»Nein, wirklich nicht«, sagte sie. »Ich mache mir bloß Sorgen um Anna. Ich … ich will meiner Mutter einen Brief ins Haus reichen, damit sie Bescheid weiß.«

»Ich werde zusehen, ob Pernfuß mit sich reden lässt«, erwiderte Lucas. Er erhob sich und ließ die Fahrende schweren Herzens in der Einsamkeit ihrer Zelle zurück. Vielleicht brauchte sie einfach ein wenig Zeit.

»Ich soll *was* tun?«, fragte Pernfuß. »Sie freilassen? Das kommt nicht infrage!«

»Sie ist bloß hinausgegangen, weil sie nach ihrer Schwester sehen wollte, Meister Pernfuß«, erläuterte Lucas. »Sie ist gewiss keine Spionin!«

»Und das soll ich glauben, weil du selbst so ein Ausbund an Treue und Zuverlässigkeit bist?«, spottete der Stadtrichter.

»Wenn ich Euch als Leumund nicht reiche, fragt doch Elisabeth von Schaunburg, ihre Mutter. Oder Graf zu Hardegg.«

Diese Namen verfehlten ihre Wirkung bei Pernfuß nicht. »Ich könnte zumindest die Mutter holen – sie wohnt ja schräg gegenüber.«

Der Stadtrichter hob die Hand. »Nein, nicht nötig.« Die Muskulatur an seinem Kiefer war angespannt. »In Ordnung, Steinkober. Ich lasse sie gehen. Wenn sich aber doch herausstellt, dass sie für die Osmanen spioniert hat, dann hängst du neben ihr am Strick, ist das klar?« Er starrte Lucas an. »Dann hat unser beider Mäusetanz ein Ende, verstanden?«

»Verstanden, danke.«

Damit warf Pernfuß ihm den Schlüssel zu. »Schaff sie mir aus den Augen.«

Frohen Mutes entließ Lucas Madelin aus dem Kerker. »Madelin, hörst du, was ich sage? Ich habe dir erzählt, dass mein Hals nun mit in der Schlinge steckt.«

»Ja«, erwiderte sie abwesend. »Keine Angst, wirst' sicher nicht am Galgen des Stadtrichters enden.« Sie wandte sich ihm zu, stellte sich auf die Zehenspitzen und küsste ihn sanft auf die Lippen. »Lucas, falls die Türken die Mauern überrennen – lauf zum Haus meiner Mutter dort drüben und bitte in meinem Namen um Einlass, ja?«

»Aber wir haben sie bislang draußen halten können! Vielleicht ziehen sie wegen der Kälte irgendwann freiwillig ab«, entgegnete Lucas verwirrt. »Du tust ja so, als hätten wir schon verloren.«

»Denk einfach daran, ja?« Sie drückte seine Hand und eilte davon. Lucas sah ihr verwirrt nach. Was mochte dort draußen nur geschehen sein?

Der Mittag nahte, als Lucas mit Rudolph gen Süden eilte. Pernfuß hatte viele Männer in den Süden der Stadt versetzen lassen, um die Reihen der Bauhelfer zu ergänzen. In den letzten Tagen arbeitete Lucas oft mit ihm zusammen, weil Wilhelm und Georg Hofer mit den Bergknappen noch immer in den Kellern Wiens versuchten, dem Graben der Osmanen entgegenzuwirken.

Der Himmel zeigte sich nicht so hell und strahlend wie in den letzten Tagen. Wolken verhingen den Blick auf die Sonne und färbten den Tag grau.

»Verdammt still heute, oder?«, fragte Rudolph mit klappernden Zähnen.

»Es war auch schon verdammt still gestern, bis diese heillose Schießerei vor der Burg begonnen hat«, erwiderte Lucas und schlug den Stoff enger um die Schultern.

»Das hatte etwas mit der Frau zu tun«, sagte Rudolph mit einem Seitenblick auf ihn. »Die, die du eben rausgebracht hast.«

Lucas ging nicht darauf ein. »Sie planen da draußen etwas, sagen die Landsknechte. Es ist schon den ganzen Tag über viel zu ruhig.« Seit fast zwei Wochen wartete Wien nun auf einen richtigen Sturm der Osmanen. Seit dem Einschüchterungsversuch des Sultans, der angeboten hatte, die Stadt im Falle einer Kapitulation zu verschonen, hatte es nur halbherzige Versuche gegeben, die Mauern zu nehmen.

Rudolph ließ nicht locker. »Woher weißt du denn, dass sie's nicht war?«

Lucas legte die Stirn in Falten. Er wusste in seinem Herzen, dass Madelin keinem Menschen freiwillig ein Übel antun würde. »Ich kenne sie.«

»Vielleicht hat sie dich verhext?«

Lucas sah ihn erstaunt an, dann lächelte er. »Nicht mehr, als jede andere Frau das auch vermöchte.«

Zusammen machten die beiden Männer sich auf dem Rossmarkt an die Arbeit. Es galt, aus den Holzbalken der abgerissenen Gebäude Teile zusammenzuzimmern, die man gegebenenfalls in Mauerdurchbrüche und zur Verstärkung von aufgesprengten Toren bringen konnte, um die Löcher zu flicken.

Dabei blickte Lucas wieder und wieder zum Himmel. Bereits seit Tagen gab es rege Betriebsamkeit im Lager der Osmanen, ohne dass etwas geschah. Ihm lastete die Warterei auf dem Gemüt. Er verstand nicht viel von Strategie und Taktik, doch heute fühlte sich die Stimmung in der Stadt irgendwie anders an. Der Student konnte nicht beschreiben, wie er darauf kam; vielleicht war es dort draußen stiller als sonst. Oder eine gewisse Anspannung drang über die Mauern herein.

»Steinkober«, knurrte eine Stimme, die Lucas nur allzu gut kannte. Er wandte sich um und sah Wilhelm Hofer neben dem Stapel Bauholz stehen. Der massige Zimmermann betrachtete die Holzarbeit vor seinen Füßen und schüttelte bloß den Kopf. »Wir sollten zusehen, dass wir die Aufgaben tauschen. Du nagelst hier oben alle Nägel krumm, und ich bin unter der Erde so blind wie ein Maulwurf.«

Lucas stellte den Krug zurück, aus dem er gerade getrunken hatte. Dann wandte er sich wieder dem Hammer zu und griff sich einen Nagel, um damit ein Holzbrett auf einem Pfosten zu befestigen.

Hofer sah sich das noch einen Augenblick an, bevor er sagte:

»Wenn'st die Nägel von schräg rechts und links hineintreibst, dann sitzt's Holz besser. Soll ja nicht hübsch aussehen, soll nur halten.«

Lucas sah auf. Dann probierte er diese Anweisungen aus und nickte zufrieden. »Danke schön.«

»Wir brauchen dich da unten wirklich«, bat Hofer eindringlich. »Du musst wieder runter in die Minen kommen.«

»Warum ausgerechnet ich?«, fragte Lucas gereizt. Die Erinnerung holte ihn ein – feuchte, schale Luft in den Gängen, die Enge, die Dunkelheit … Er machte seiner Verunsicherung ärgerlich Luft. »Bin ich etwa der Messias, dass ich da unten so unersetzlich bin?«

»Wohl kaum«, schnaubte der Zimmermann.

»Also, warum muss ich unbedingt in diese verdammten Löcher runterkriechen?«

»Weil du Ohren hast wie ein verdammter Luchs, deshalb«, fuhr ihn Hofer an. »Nicht einmal Bernhard und Thomas hören unter der Erde so gut wie du. Wenn ich deine Ohren mitnehmen könnte, ohne dich Feigling da runterzuschleifen, würde ich es tun«, sagte er. »Aber leider muss der Rest deines Körpers mit dranhängen, damit du uns sagen kannst, wo wir hinmüssen. Also schwing deinen verdammten Arsch da runter, Bürschlein, oder ich verschnüre dich zu einem handlichen Ballen und trage dich.«

Lucas schüttelte den Kopf. »Ihr werdet auch ohne mich klarkommen.«

»Verdammt nochmal, ich glaube es nicht …«

»Das ist mein letztes Wort, Hofer!«, sagte Lucas scharf. »Ich werde nicht mitkommen. Ich bin nicht dafür gemacht, wie ein Maulwurf unter der Erde herumzukriechen!«

»Ihr Studenten seid doch alle gleich. Ihr erhaltet eine teure Ausbildung, die euch zu den bestmöglichen Männern machen sollte, die ihr werden könnt. Aber ihr könnt nicht einmal bis zu eurer Nasenspitze schauen, wenn es um die Wirklichkeit geht«, knurrte Hofer wütend.

»Ich schätze, ich werde Euch genügen müssen, wie ich bin«, gab Lucas wütend zurück und starrte ihn herausfordernd an.

»Wenn der Osmane dir den Arsch unter dem Hintern wegbläst, dann wirst du diese Entscheidung bitter bereuen, Bürschlein! Ich zumindest gehe in diese verdammten Keller zurück, koste es, was es wolle!« Damit stapfte Hofer weg. Und Lucas schlug aus Zorn die nächsten paar Nägel krumm.

Mehrere Stunden später, die Sonne neigte sich bereits dem Nachmittag zu, waren zwei Holzwände fertiggestellt. Rudolph holte den Leiterwagen herbei, und gemeinsam hievten sie beide auf den Stapel schwerer Bohlenwände, die andere Helfer gebaut und daraufgelegt hatten. Das Ganze sollte nun zur Mehlgrube am Neuen Markt, um bereitzustehen, wenn man die Mauer zwischen Kärntner Tor und Stubentor ausbessern musste.

Sie führten das Pferd mit dem Karren die Kärntner Straße hinunter gen Mauer. Der Braune mühte sich durch die aufgerissene Straße und das Gerölle, das hier noch herumlag. Lucas blickte erneut zum Himmel auf. Die Wolken, die sich da oben ballten, mochten einen Wetterwechsel in den nächsten Tagen ankündigen.

Als die beiden Männer mit dem Gefährt auf den Neuen Markt kamen, fand dort offenbar gerade eine Versammlung statt. Landsknechte, Reiterei, aber auch viele Bürger Wiens hatten sich eingefunden. Der Student erkannte die krumme Gestalt Niklas Graf Salms auf seinem Apfelschimmel, gehüllt in Kürass und blaues Wams. Neben ihm saß Eck von Reischach zu Pferde und hielt eine Ansprache.

»Also, lasst nicht den Mut sinken!«, verkündete von Reischach gerade. »Noch sind die Osmanen nicht über die Mauern gedrungen. Sie gaben uns drei Tage – und wir sind in der dritten Woche! Und auch nächste Woche werden wir die Mauern noch so verteidigen, als sei es der erste Tag!«

Lucas hielt inne. Der Hauptmann hatte Recht. Vor zwei Wochen hatte jeder gedacht, in ein paar Tagen wäre alles vorbei. »Wien steht noch, obwohl der Sultan seine Sklaven peitscht, als sei der Tag des Jüngsten Gerichtes angebrochen. Und warum?« Von Reischach ließ die Frage einen Augenblick lang in der Luft hängen. »Weil Gott auf unserer Seite steht, deshalb!«

Die Leute jubelten. »Vor fünf Tagen habe ich euch versprochen, die eilige Reichshilfe käme bald zur Unterstützung aus Krems herbei.« Sein Tonfall war nun nüchterner. »Jetzt sind diese fünf Tage vergangen, und Friedrich von der Pfalz ist immer noch nicht hier. Doch wir haben die vertrauliche Nachricht erhalten, dass er mit seinen Regimentern bei Krems lagert und innerhalb weniger Stunden hier sein kann! Wir müssen nur noch ein wenig länger aushalten!«

Nicht zum ersten Mal fragte Lucas sich, warum die Eilige Reichshilfe des Kaisers noch nicht eingetroffen war. Wenn diese jetzt, statt direkt nach Wien zu ziehen, bei Krems lagerte, konnte das bloß bedeuten, dass sie nicht groß genug war, um den Ring der türkischen Belagerer aus eigener Kraft zu sprengen. Kein Wunder, dachte der Student bei sich – welche Armee der Welt wäre schon so groß, dass sie diesem Meer an Feinden auch nur ein Stirnrunzeln abringen würde? Doch offenbar war er der Einzige, der sich diese Fragen stellte, denn der Rest der Männer auf dem Platz jubelte wieder.

»Und aushalten werden wir!«, schloss Eck von Reischach. »Denkt immer daran, was geschieht, wenn wir verzagen. Denkt an das, was die Türken mit uns und den Bürgern von Wien tun werden, wenn sie über diese Mauern kommen. Sie werden

den Frauen Schande antun und sie in ihre Hurenharems stecken. Die Männer werden sie auf Haken stecken und elendig verrecken lassen oder ausweiden, wie es ihre Art ist! Die Überlebenden werden sie zum Sport hetzen und niederstrecken, wie es ihnen beliebt! Haltet euch diese Gräueltaten vor Augen. Und dann nährt den Zorn darüber, dass sie es gewagt haben, in die Lande des Kaisers von Gottes Gnaden vorzudringen und sie zu verwüsten! Denn der Kaiser will, dass wir aushalten, und hat uns dazu Graf Salm geschickt!« Die Menge der Soldaten und Bürgersleute brüllte ihre willige Zustimmung, als Niklas Graf Salm eine Faust in die Luft reckte. »Und Gott will es auch!« Noch einmal steigerte sich die Begeisterung. »Also geht mit Gott, Kampfgefährten, und zeigt diesen Ungläubigen, was der Arm eines aufrechten Christen vermag!«

Auch Rudolph brüllte sich die Kehle aus dem Leib. Lucas ließ sich davon anstecken. Eck von Reischach hatte genau das gesagt, was die Leute hören wollten – dass sie durchhalten würden. Er besaß ein Händchen dafür, die Menschen zu begeistern.

Als sich die Menge in die entsprechenden Einheiten aufzuteilen begann, zogen Rudolph und Lucas das Pferd mit dem Karren weiter zur halbzerschossenen Mehlgrube.

Eine Detonation ließ den Boden beben und brachte die Häuser um den Platz herum zum Schwanken. Der Krach war so gewaltig, dass Lucas sich auf die Knie fallen ließ und sich die Ohren zuhielt. Trotzdem hatte er ein Fiepen im Kopf.

Als Lucas wieder aufsah, quoll eine Staubwolke auf den Neuen Markt. Erd- und Steinbrocken flogen durch die Luft sowie weichere, feuchtere Teile, deren Natur sich der Student nicht ausmalen wollte. Er schüttelte die Benommenheit ab, dann erhob er sich vorsichtig. Der Staub ging von der Mauer beim Clarissenkloster aus, das gerade westlich vom Kärntner Tor lag.

Das war kein Kanonenschuss gewesen, sondern viel lauter und kraftvoller. Hatten die Osmanen eine Sprengladung gezündet?

Schreie gellten über den Platz, die Lucas nicht verstand, dann stürmten die Landsknechte mit den Piken vorwärts, um nachzurücken. Das konnte nur eines bedeuten: Die Mauer war gefallen. Die nächste Reihe Männer hielt sich schon bereit, um die Lücken der Gefallenen zu füllen.

Wenige Augenblicke später erfolgte eine zweite Explosion. Das Echo des Donners verwarf sich in den Gassen der Stadt und kehrte leicht verzögert zurück. Lucas hielt sich an der Hauswand der Mehlgrube fest, weil der Boden wieder bebte und sein Orientierungssinn ihn für einen kurzen Augenblick im Stich ließ.

»Lucas!«, schrie Rudolph ein paar Schritte entfernt. Er krümmte sich vor Schmerzen auf dem Boden und presste sich die Hände an den Kopf. Als er sie wieder herunternahm, um sich an den Wänden vor ihm auf die Füße zu ziehen, da sah der Student, dass dem Jungen Blut aus den Ohren quoll.

Dem Donner folgte vielstimmiges Kanonenfeuer. Das Krachen, das ihn in den letzten Tagen so beeinträchtigt hatte, wirkte mit einem Mal gar nicht mehr so laut. Trotzdem blieb er im Schutz einer Hauswand, denn die Gefahr der Geschosse war für ihn um ein Vielfaches gefährlicher als die Sprengung der Mauern. Es sei denn, die Türken waren mit ihren Minen unter die Stadt gelangt. Der Gedanke lähmte Lucas einen Augenblick lang. Dann begannen die ersten Einschläge über den Dächern von Wien.

»Alarm!«, plärrte eine körperlose Stimme über der Stadt. Das musste der Ausguck auf dem Stephansturm mit dem Sprechrohr sein. »Alarm! Der Türke stürmt die Mauern! Alarm!«

»Der Sturm!«, schrie Lucas Rudolph zu. Der Bursche lief, wieder beide Hände auf die Ohren gepresst, panisch voran. Er schwankte wie ein Volltrunkener und wirkte völlig orientierungslos.

»Rudolph, bleib hier! Das ist der Sturm!«, rief Lucas erneut.

Doch der Bursche hörte nicht. Er prallte auf der anderen Straßenseite gegen eine Hauswand und ließ sich daran wimmernd zu Boden gleiten.

Lucas musste ihm helfen. Er löste sich selbst aus dem Schutz der Mehlgrube. Doch er kam nicht weit. Eine Kanonenkugel zertrümmerte das Fachwerkhaus, an dem der Junge hockte. Die Mauern brachen mit Dachstuhl und Ziegeln einfach in sich zusammen, und Rudolph verschwand in einer Staubwolke, die innerhalb weniger Augenblicke sämtliche umliegenden Straßenzüge verbarg. Lucas wurde zu Boden geworfen und riss die Hände über den Kopf. Holzstücke regneten auf seinen Rücken nieder, und er musste durch den Stoff seines Mantels atmen, um nicht zu ersticken.

Seine Ohren dröhnten noch immer, und trotzdem konnte er sich bloß auf sein Gehör verlassen. Der Donner der Kanonen wollte kein Ende nehmen. Jedes Krachen schien ein vielstimmiges Echo zu haben, so nah beieinander lagen die Schüsse. Dazwischen hörte man endlich die Signale, die die Reiterei zum Sammeln auf den Plätzen riefen, und die Befehle der Landsknechte gellten durch die Stadt.

Endlich wagte Lucas wieder aufzusehen. Unter den Truppen herrschte Chaos, und in den Straßen war kaum noch ein Durchkommen. Der Student fluchte. Seit Tagen warteten sie auf diesen Augenblick, und nun, da er kam, ging mit den Leuten die Angst durch! Jetzt konnte man nur hoffen und beten, dass Gott der Herr Wien wirklich gegen den Ansturm der Türken beistehen würde, so wie Eck von Reischach es versprochen hatte.

Lucas kniff die Augen zusammen, wischte sich den Staub aus dem Gesicht und raffte sich auf. Er musste dem Jungen helfen.

»Rudolph!«, rief Lucas hustend, als er wieder etwas sehen konnte. Er lief voran, auf den Schuttberg zu. Hastig zog er einige Steine und Balken herunter, doch der Schutt von oben rutschte nach. Lucas rettete sich mit einem schnellen Sprung nach hinten. »Rudolph!«

Als sich auch diese Staubwolke gelegt hatte, festigte sich ein Knoten in seinem Hals. Das halbe Haus lag auf dem Burschen. Konnte er das überlebt haben? Lucas eilte erneut zu dem Berg aus Holz und Stein. Entschlossen warf er Brocken über Brocken hinter sich und stemmte so vorsichtig es ging einen Balken empor. Schließlich sah er einen Arm aus dem Schutt ragen. Lucas sah auf den ersten Blick, dass er mehrfach gebrochen war. Unter Aufbietung all seiner Kraft hob er einen weiteren Balken empor und legte ihn auf der Seite ab.

Darunter lag Rudolph. Der Leib war zerschmettert, der Kopf zwischen zwei Steinen zerschellt und eine einzige blutige Masse. Lucas wandte sich ab. Er wich zurück zur Mehlgrube und stützte sich gegen das ebenfalls halbzertrümmerte Gebäude. Dort übergab er sich. Er konnte nicht anders – er musste daran denken, das Rudolph sich heute das erste Mal den Bartflaum von der Oberlippe geschabt hatte, um die Frauen zu beeindrucken. Jetzt war der Junge tot.

»Reiß dich zusammen«, befahl sich der Student selbst. Er wischte sich mit dem Ärmel über den Mund und taumelte voran.

Der Donner der Kanonen klang wie ein niemals enden wollendes Gewitter. Männer brüllten Befehle oder schrien vor Schmerz, Schreck und Angst. Der Krach von Eisen auf Stein, splitterndem Holz oder des Einschlags vielpfündiger Geschosse kam hinzu.

Auf dem Neuen Markt standen inzwischen Hunderte, wenn nicht Tausende Landsknechte bereit zum Nachrücken. Nirgendwo sonst gab es genug Platz, um sich zu formieren, damit die gebrüllten Befehle von allen verstanden wurden und man in geballter Formation angreifen konnte. Eine Abteilung Reiterei preschte vorbei, und Verwundete wurden von Helfern und Kampfgefährten fortgebracht. An den Mauern musste der Teufel los sein.

Lucas lief voran, zum Clarissenkloster. An der Ecke gen Kärntner Tor verbarg er sich hinter einer schützenden Ecke und gestattete sich einen Blick auf das Schlachtfeld. Der Anblick raubte ihm für einen Augenblick den Atem. Direkt neben dem Tor klaffte eine Bresche in der Mauer, in die man der Länge nach bequem vier Leiterwagen mit Pferden davor hätte hineinstellen können. Darin standen die Landsknechte mit den Piken und hielten ihre Stellung. Sie stachen und hieben mit den langen tödlichen Klingen in die Masse der Angreifer hinein, die sich auf der anderen Seite formiert hatte. Beim Wirbeln der langen Stangenwaffen wurde Lucas angst und bange um die Kampfgefährten.

Bautrupps hatten einige der improvisierten Wände als Schilde an den Abbruchkanten der Mauer aufgestellt, und weitere wurden herbeigetragen, um so die klaffende Wunde im Verteidigungswall wieder zu schließen.

Im Westen der Bresche klaffte ein weiteres Loch in der Mauer, das sogar noch größer war als dieses. Selbst Lucas erkannte ohne große taktische Schulung, dass man zwei so breite Breschen nicht lange würde halten können. Er zählte schnell die Landsknechte durch, die mit Piken und Arkebusen nebeneinander in die einzelne Bresche passten. Es waren vierundzwanzig. Achtundvierzig Mann, die über das Schicksal Wiens entschieden. Und die Zahl der Janitscharen in ihren roten und grünen Tuniken mit den weißen Kappen draußen vor der Mauer nahm kein Ende.

Sturm war wirklich der richtige Begriff für das, was hier geschah. Die Macht des Sultans brach wie eine Naturgewalt über Wien herein.

Trotz der Übermacht des Feindes kämpften die Landsknechte an der Mauer wie die Löwen. Jetzt zahlte sich aus, dass die Wiener in den letzten Tagen alle Gebäude abgerissen hatten, die in diesem Bereich zu nahe am Kärntner Tor und zu beiden Seiten der Mauer gestanden hatten. Fiel ein Mann doch, getroffen vom Schuss aus der Arkebuse eines Janitscharen oder gefällt von einem wohlgezielten Säbelstreich, standen zwei andere parat, um seinen Platz einzunehmen.

Plötzlich brandete Jubel unter den Männern auf. »Salm!«, riefen sie. »Von Reischach!« Lucas sah sich um. Tatsächlich: Dort kamen die beiden Anführer im Galopp an den Augustinern vorbeigeritten. Hatte Lucas bislang eher Eck von Reischach als den charismatischeren von den beiden gefunden, verblasste der nun beinahe neben dem alten Mann auf dem Apfelschimmel. Hinter ihnen folgten die spanischen Schützen zu Fuß.

Niklas Graf Salms sonst grimmige Miene war unter dem breiten Schnauzbart zu einem angriffslustigen Lächeln verzogen. Er hatte sein Schwert gezogen und schwenkte es auf die Bresche zu, die ihm am nächsten lag. »Hispanier herbei! Auf die Mauern und angelegt! Zeigt diesen Hundsfotten von Osmanen, was eine richtige Arkebuse ist!« Und die Männer gehorchten.

Lucas wollte sich nun zurückziehen, als an seiner Seite einer der Männer röchelnd in sich zusammensackte. »Ins Augustinerkloster mit ihm!«, rief der Student einem weiteren Landsknecht zu, dann packte er den Verletzten unter einem Arm. Gemeinsam schleppten sie den Kerl zum Kloster, einem der Lazarette. Es war nahe genug, damit man die Verwundeten nicht Hunderte von Schritten weit transportieren musste, gleichzeitig aber auch zu nahe an der Mauer, um sie dort lange zu belassen. Die Mönche und wenigen Physici, die dort ihren Dienst taten, riskierten selbst ihr Leben. Daher schaffte ein Trupp der Bürgerwehr die bereits versorgten Männer weiter nach Sankt Peter, das nicht in der Reichweite der Kanonen lag.

Lucas packte an, wo er konnte. Er zählte die Verletzten nicht, denen er vom Schlachtfeld half. Soldaten stürzten von der Mauer, denen ein Schuss aus einer Arkebuse den Brustkorb oder die Schulter zerrissen hatte. Manche brachen sich beim Sturz von der hohen Mauer noch die Knochen.

Die Sonne kroch auf den westlichen Horizont zu, als Lucas bei einem Gang zurück in das Getümmel an der Südmauer kam. Die Hektik war unbeschreiblich. Überall lagen blutverschmierte Männer, die Gesichter schwarz vom Pulverdampf. Stöhnen und Schreie hallten über den weiten Platz. So sehr sich die Bürgerwehr und die Mönche auch mühten, gegen die Zahl der Verwundeten war kaum ein Ankommen.

Trotzdem waren die Breschen inzwischen etwa zur Hälfte geschlossen worden. Die Löcher dazwischen wurden umso heftiger umkämpft. Lucas sah ein halbes Dutzend Läufe von Arkebusen aus der Grasnabe vor dem Wall hervorragen. Die Janitscharen lagen unterhalb der Sichtlinie, die Läufe folgten den Bewegungen der vordersten Verteidiger.

»Achtung!«, rief er noch, da erschallte ein vielstimmiges Krachen, und zwei der Landsknechte stürzten getroffen rückwärts aus der Bresche. Er sprang geduckt vor und fasste einen von ihnen unter dem Arm. Der spuckte röchelnd Blut und schlug mit den Armen um sich. Lucas zog den Kopf und schleppte den Mann nach hinten, damit die Landsknechte nicht auf ihm herumtrampelten, wenn sie nachrückten. Er roch den Pulverdampf und verbranntes Fleisch. Um ihn herum kämpften Männer bis zum Äußersten.

Doch als er den Verwundeten aus dem umkämpften Gebiet geschleift hatte und sich umsah, blieb die Lücke in der Mauer ungefüllt. Die Landsknechte standen unter so heftigem Feuer, dass das Loch vom Dunst des Schießpulvers erfüllt war. Die Osmanen draußen schrien Befehle. Dann sah Lucas einen Büchsenlauf an der äußersten Holzwand hervorragen. Die Janitscharen kamen, um die Bresche zu nehmen, und weit und breit war kein Landsknecht in Sicht, der nicht verwundet war oder oben auf der Mauer stand!

»Herbei!«, rief Lucas, so laut er konnte. Er griff sich die Pulverflasche und Kugelbeutel des Verwundeten, den er gerade aus der Schusslinie gezogen hatte. Dann griff er sich dessen Arkebuse. Er hatte Glück: Sie lag mit noch brennender Lunte auf dem Boden. Zwar hatte der Student den Mechanismus eines Luntenschlosses noch niemals bedient, doch in den letzten Stunden hatte er es oft genug gesehen. Er blies die Lunte leicht an, damit sie nicht verlöschte. Schnell füllte er den Lauf mit Zündpulver – er hatte keine Ahnung wie viel – und griff sich eine Kugel aus dem Lederbeutel. Eigentlich musste er beides jetzt noch stopfen, doch er hatte kein Instrument – es kam auch nicht darauf an, ob er jemanden traf oder tötete, beschloss er, nur darauf, dass es hier krachte und die Männer hinter dem Wall ihre Nasen nicht hereinsteckten. »Herbei!«, rief er wieder. »In die Bresche!«

Dann füllte er mit zitternden Fingern von dem Pulver etwas auf die Zündpfanne – viel zu viel, das immerhin wusste er, denn das Pulver rieselte ihm über die Finger – und warf die Pulverflasche fort.

Lucas legte die Waffe nicht an. Bei der Menge an Pulver war die Gefahr zu groß, dass ihm die Ladung ins Gesicht explodierte. Er sah, wie sich der Mann hinter dem Wall vorwärtsschob, und zielte grob. Dann ließ er die Lunte auf die Zündpfanne schnellen. Die Waffe bockte in seiner Hand wie ein durchgehendes Pferd, der Schuss peitschte durch die Luft. Lucas sah, wie der Janitschar vor dem Wall mit erstauntem Gesichtsausdruck herumgerissen wurde und hinab in den Graben fiel, auf seine Kampfgefährten, die dort noch lagen.

»Männer! Voran!« Vier Schritte neben ihm stand Niklas Graf Salm mit ebenfalls rauchender Arkebuse. Ihm folgte eine Handvoll Männer in Reiterkürassen. Der alte Mann warf die Waffe einem Verwundeten zu und zog sein Schwert. Die Reiter taten es ihm gleich und füllten die Bresche ihrerseits mit ihren Leibern aus. Graf Salm stand mitten unter ihnen.

Zeitgleich begannen die Wiener aus allen Rohren zu feuern, Kanonen wie Arkebusen. Lucas sah zu den Zinnen von Mauer und Kärntner Turm hinauf. Der Dunst dort oben verhüllte die Männer und tat ein Übriges, die Schützen vor den Augen der Angreifer zu verbergen. Ein letztes Mal noch sah Lucas ein halbes Dutzend feindlicher Schützen aus dem Graben auftauchen und sich hinknien. Sie legten die Waffen an und zündeten. Lucas ließ sich zu Boden fallen und sah aus den Augenwinkeln, dass die Männer in der Bresche es ihm gleichtaten oder hinter den Holzwänden Deckung suchten. Dann verbarg eine Dunstwolke Angreifer und Verteidiger gleichermaßen.

Erst als sich das Getöse und der Pulverdampf gelegt hatten, erkannte Lucas, dass Niklas Graf Salm nicht mehr stand. Der Blick des Studenten streifte alle Reiter, die mit Schwertern in den Händen in die Bresche zurückkehrten – keinen Augenblick zu früh, denn den Schüssen folgten Janitscharen mit gezogenen Säbeln. Schließlich sah Lucas den alten Mann auf dem Boden liegen, zwischen den Verwundeten und Toten dieses letzten Angriffs.

Lucas rannte geduckt vor. »Graf Salm!«, rief er dabei, denn keinem der Männer schien in der Hitze des Gefechtes aufgefallen zu sein, dass ihr Feldhauptmann auf dem Boden lag und drohte, bei einem Durchbruch niedergetrampelt zu werden. »Graf Salm ist gestürzt!« Der Alte lag im Schutt der zerborstenen Mauer und bewegte sich nicht.

Für einen Augenblick hörte der Student auf zu atmen. Konnte es sein, dass Gott Wien die einzige Hoffnung nahm? Den alten Haudegen aus seinem letzten Kommando abberief, bevor es sein Ende gefunden hatte? Er war derjenige, der Reiterei und Landsknechte zu zügeln vermochte, der beide Arten von Soldaten zu bestem Nutzen führen konnte. Eck von Reischach und Graf zu Hardegg waren beide bei ihren Leuten anerkannt, doch im jeweils anderen Lager ... Wenn Salm starb, würde die rechte Hand nicht mehr wissen, was die linke tat. »Lieber Gott«, stieß Lucas aus, »lass ihn nicht sterben. Noch nicht!«

Als der Feldhauptmann schmerzerfüllt das Gesicht verzog und sich seine Hände um den Oberschenkel krampften, fiel Lucas beinahe auf die Knie vor Dankbarkeit und rannte dann dem Feldhauptmann, der noch mitten im Schussfeld lag, zu Hilfe. Am Unterschenkel lief ein dunkles Rinnsal herab.

Lucas zog den Mann ein Stück zurück, riss dem Grafen den Schwertgurt vom Leibe, schnitt die Riemen ab, die die Schwertscheide hielten und schnürte ihm das Bein unter dem Knie ab. »Träger!«, brüllte er jetzt, so laut er konnte, in der Hoffnung, den Lärm der Kämpfer zu übertönen. Er sah sofort, dass Schienbein und Fleisch eine blutige Masse bildeten. Kurz entschlossen schob er dem Grafen einen der Lederriemen zwischen die Zähne, dann tastete er mit den Fingerkuppen den Knochen ab. Der alte Graf bäumte sich auf und stöhnte. Doch Lucas hatte seine Antwort. Der Knochen im Unterschenkel war völlig zertrümmert. Er konnte nur hoffen, dass keine Ader getroffen war.

Lucas riss seinen Mantel herunter, schnitt eine lange schmale Bahn ab und sah den Grafen an. »Knie anwinkeln, Herr«, bat er. »Dann kann ich es mit einem Verband festigen. Ich mach Euch nichts vor – der Transport wird die Hölle sein!«

Der Graf blinzelte, dann nickte er schweigend und biss fester auf den Riemen. Langsam zog er den Oberschenkel mit den Händen hoch, damit Lucas an die Wunde kam. Seine Laute klangen wie das Grunzen eines verendenden Ebers, und er schwitzte vor Schmerzen.

Endlich hatte Lucas genug Spielraum, um den improvisierten Verband mit kaum zitternden Fingern um den Schenkel zu binden. Er hoffte beinahe, dass der Graf dabei in Ohnmacht fiele. Doch der alte Haudegen tat ihm den Gefallen nicht.

Graf Salm spie den Riemen aus. »Weg hier«, stöhnte er. »Platz – für Soldaten!«

Lucas warf einen Seitenblick auf die Bresche. Der Strom der Osmanen wollte nicht abreißen, nur mühsam abgewehrt von den Verteidigern. Was brachte es noch, den Mann hier zu retten, wenn die Mauer doch eh gleich fallen würde? Lucas zwang sich, nicht darüber nachzudenken. »Ja, doch«, gab Lucas zurück. »Träger!«, rief er noch einmal. Dann fasste er den Grafen unter der Schulter und half ihm auf das andere Bein. Der Alte hielt sich an seinem Wams fest. Endlich kam ein zweiter Mann, dann trugen sie den Grafen gen Augustinerkloster. Lucas fühlte sich erst wieder halbwegs sicher, als sie die schweren Klostertüren hinter sich geschlossen hatten.

Doch wenn er gehofft hatte, den Lärm des Krieges im Innern hinter sich lassen zu können, dann hatte er sich geirrt. Refektorium, Dormitorium, sogar das Kapitel – jeder verfügbare Platz war mit Verwundeten belegt. Das Schreien und Stöhnen war schlimmer als das Kampfgetümmel und die Hektik der Physici und Helfer nicht weniger groß als die Hast der Bautrupps draußen.

Auf Lucas' Rufe hin, er habe Graf Salm mit einer Wunde am

Bein gebracht, eilten die Menschen herbei. Drei Helfer – einer davon Magister Vilenius – nahmen ihm den Feldhauptmann ab und legten ihn auf einen Tisch. Zwei Mönche mit blutbefleckten Schürzen machten sich alsgleich an die Versorgung der Wunde. Lucas bekam einen anerkennenden Blick für den festigenden Verband und den Riemen, doch als der Streifen des Mantels einmal ab war, sahen beide Mönche entsetzt drein.

»Flickt mich einfach wieder zusammen!«, keuchte der alte Graf Salm. Doch seine Finger bohrten sich vor Schmerz in den Oberschenkel.

»Da können wir nicht viel tun, Herr«, erwiderte der ältere Mönch mit besorgtem Blick. »Das Bein ist zertrümmert. Ihr werdet da nicht wieder hinausgehen können.«

Doch Graf Salm gab nicht leicht auf. Er schnappte sich den Mönch beim Stoff seines Habits. »Ich *muss* da raus!«, knurrte er den Mann an. »Sieh zu, dass ich wieder gehen kann!«

Lucas trat vor und legte dem Grafen, der die Wunde selbst vermutlich noch gar nicht gesehen hatte, die Hand auf den Arm. »Graf Salm«, sprach er leise. »Ihr werdet vermutlich niemals wieder gehen können.« Er räusperte sich. »Zumindest nicht auf diesem Bein.«

»Ihr werdet es nicht abnehmen«, befahl der Alte mit funkelndem Blick. »Bringt es wieder in Ordnung!«

Die beiden Mönche tauschten mit Lucas einen Blick. »Tut, was er sagt«, bat der Student. Die Dominikaner nickten. Gerade als sie sich ans Werk machen wollten, ging die Tür auf.

»Graf Salm!«, rief jemand. »Ist der Feldhauptmann hier?« Es war Wilhelm Hofer.

»Was?«, fragte Graf Salm zwischen den Zähnen hindurch.

»Die Minen, Herr«, der große Mann knetete seine Mütze zwischen den Fingern. »Ihr müsst da etwas wissen! Ich bin bei den Bergknappen, wir suchen die Pulverkammern.«

»Es werden welche da sein. Was sonst hat die Breschen in meine verdammte Mauer geblasen?«, stieß Graf Salm hervor.

Hofer erbleichte. »Wir geben uns alle Mühe, Herr.«

»Was gibt es denn nun?«, fragte Lucas. Der Graf würde mit den Schmerzen nicht mehr lange aushalten.

»Die Bergknappen sagen, dass wir mehr Männer brauchen. Wir sind einfach nicht genug.«

Graf Salm nickte. »Nehmt Euch vier Rotten Landsknechte. Sagt von Reischach …«, er presste die Kiefer aufeinander, und griff sich ans Bein, »sagt, es kommt von mir!«

»Ja, Herr«, sagte Hofer. »Da ist noch etwas.«

»Was?«, schnarrte der Graf.

»Wir haben einen Gang gefunden, der unter der Mauer durchging. Wir haben ihn zum Einsturz gebracht, bevor sie damit Schaden anrichten konnten.« Hofers besorgter Blick glitt von Lucas zum Grafen und zurück. »Aber, Herr … der Gang zielte auf die Burg. Oder zum Sammelplatz vor Sankt Michael daneben.«

Selbst der Graf hielt bei dieser Nachricht vor Schrecken still. »Verdammt«, presste er dann hervor.

»Herr, die Osmanen … Sie wissen verdammt genau, wo sie hinmüssen.«

»Zufall?«, fragte Salm.

»Die Bergknappen sagen, nein, Herr«, murmelte Hofer.

»Was soll das heißen?«, keuchte der Alte.

»Ich weiß nicht, Herr. Gibt es Pläne? Maße?«

Lucas' Herz setzte einen Schlag aus.

»Sag Hardegg, er soll das untersuchen«, stöhnte Graf Salm.

»Und jetzt macht, dass ihr hier rauskommt«, bat der ältere Mönch. »Wenn dem Grafen das Bein nicht am Leibe abfaulen soll, dann müssen wir jetzt etwas für ihn tun.«

Lucas hörte die Männer kaum noch. Ihm vor Augen stand das

Trionfi-Spiel, das er doch sicher in Madelins Gürteltasche verwahrt hoffte – oder in Franziskus' sorgfältiger Obhut. Nur zwei Möglichkeiten bestanden, wie der Feind an Informationen über die Stadt gelangt sein konnte. Die eine war Graf zu Hardegg, gegen den Lucas seinen Verdacht immer noch nicht hatte ausräumen können. Hatte Hardegg den Auftrag erhalten, den Spion zu finden, der die Karten weitergegeben hatte? Die andere Möglichkeit war Madelin. Konnte es doch sein, dass sie das Spiel weitergegeben hatte, und die Osmanen sich unter den Füßen der Soldaten einen Weg in die Stadt gruben? Die ganze Situation war absurd.

»Bürschlein, auf ein Wort«, bat Wilhelm Hofer.

»Was?«, fragte Lucas. Würde er sich jetzt wieder eine Litanei anhören müssen, dass er unter Tage helfen sollte? »Ich gehe nicht in die Minen. Ich muss etwas erledigen.«

»Ich wollt nur sagen ... Du hast Recht gehabt.«

»Recht? Womit?«

»Na, damit, dem Überläufer zu vertrauen. Und mit den Minen und allem.«

»Danke«, erwiderte Lucas. Dieses Lob bedeutete ihm viel – besonders, da es den Zimmermann viel gekostet haben musste, es auszusprechen.

»Sag halt Bescheid, wenn du's dir anders überlegst. Du findest mich immer in Richtung Kärntner Turm.«

Erstaunt begegnete Lucas dem Blick des alten Handwerkers. Wieso herrschte der ihn nicht an, er möge sich nicht so anstellen? Wieso gab er keine Drohungen, keine Herablassungen von sich? Würden Hofer und er in Zukunft möglicherweise sogar vernünftig miteinander reden können? »Ja. Euch viel Glück«, sagte der Student.

»Ach, und Steinkober ...«, begann der alte Zimmermann, bevor er sich abwandte.

»Ja?«

Hofer zögerte und wich seinem Blick aus. Er sah aus, als wolle er noch etwas sagen, doch schließlich winkte er ab. »Ach, nichts. Sieh zu, dass du dich nicht erschießen lässt.«

»Ihr auch.« Lucas sah ihm irritiert nach. Was war bloß los mit dem Mann?

Graf Salm fasste Lucas beim Ärmel und keuchte: »Was kann so wichtig sein, dass du es jetzt nicht verschieben kannst?«

Lucas zog eine grimmige Miene. »Ich kenne vielleicht jemanden, der uns erklären kann, warum die Osmanen sich so gezielt unter unserer Stadt bewegen können.« Salm nickte, der kalte Schweiß stand ihm auf der Stirn. Er ließ Lucas' Ärmel los.

Der Student machte sich auf zum Stubenviertel. Er wollte nicht glauben, dass Madelin die Pläne an die Türken weitergegeben hatte. Aber irgendjemand hatte die Stadt an den Feind verraten. Und es gab nur einen Weg herauszufinden, wer es gewesen war.

Er würde Madelin zur Rede stellen.

Kapitel 21

Madelin saß an Franziskus' Lager. Sie hatte ihm mit Schecks Hilfe einen Riemen in den Mund geschoben und abgewartet, bis die Zuckungen seinen Körper nicht mehr durchliefen. Jetzt war der Freund in jenem Dämmerzustand, in dem er nicht schlief, aber auch nicht wach war.

Sie strich dem ehemaligen Mönch das verschwitzte Haar aus der Stirn und fragte sich, ob er wohl Visionen hatte, während die Krämpfe ihn heimsuchten. Wenn der Priester in Pressburg Recht behielt, dann steckte ein Teufel in Franziskus' Seele, der versuchte, die Oberhand zu gewinnen. Man sollte doch meinen, dass ein Besessener davon etwas bemerkte; besonders, wenn er ein so aufmerksamer Mensch wie Franziskus war.

Der Donner der Kanonen rollte weniger dicht über die Stadt, der Beschuss schien nach dem Sturm am Nachmittag abzuflauen. Madelin lauschte, denn das konnte zweierlei bedeuten: Entweder waren die Türken abgewiesen worden und brachen den Sturm zur Nacht hin ab. Oder sie hatten die Mauern genommen und waren bereits in der Stadt. Doch aus den Gassen Wiens war kein Gebrüll zu hören, wie sie es sich vorstellte, wenn sich die Kämpfe von den Mauern in das Stadtinnere verlagert hätten. Die beiden Explosionen vorhin hatten also offenbar weniger Schaden angerichtet als befürchtet.

Madelin dachte an den Augenblick zurück, in dem erst die eine, dann die andere Mine detoniert war. Sie hatte sich auf die Knie geworfen und für ihre Seele gebetet – und für die aller gläubiger Christen in Wien auch. Franziskus war gleichzeitig in der anderen Kammer von seinem Fluch heimgesucht worden und hatte sich den Kopf angestoßen. Scheck und sie hatten ihn wie üblich davor bewahrt, sich weiteren Schaden zuzufügen. Dann hatte Madelin auch für ihn gebetet. Denn wenn ein Teufel in seinem Leib steckte, dann war das Gebet das Einzige, was dagegen helfen würde.

Jetzt erhob die Wahrsagerin sich vorsichtig – die geprellte Hüfte schmerzte sie noch – und sammelte die Blätter, an denen er gerade gearbeitet hatte, vom Boden auf. Es waren weitere Szenen der Belagerung, die er von der Türmerstube des Stephansdomes aus gemacht haben musste. Eine winzig klein gemalte Reiterfigur war als Eck von Reischach beschriftet. Er stand vor einem Heer von Landsknechten mit einem Wald von Piken und schien eine Rede zu halten, wie vor fünf Tagen und heute Mittag. Eine weitere kleine Szene zeigte Hinrichtungen: Die Osmanen spannten Gefangene auf Räder oder spießten sie der Länge nach auf Pfähle. War das das Schicksal, das ihnen bevorstand, wenn der Feind in die Stadt käme? Würde man dann einfache Bürgersleute so jagen und hinrichten wie diese Gefangenen? Die Bildchen verstanden es trotz ihrer geringen Größe, so viel Gewalt auszudrücken, als habe Franziskus eine Mahnung zu Papier bringen wollen: Schaut her, was der Krieg anrichtet und aus uns macht.

Die Tür zur Kodrei wurde aufgerissen, und schnelle Schritte polterten über die Bohlen des Flurs. Madelin erschrak und legte die Bilder weg. Ihre Hand wanderte zum Messer, auch wenn ihr das gegen eine Pike oder ein Schwert nur wenig bringen würde. Als Lucas in der Tür stand, entspannte sie sich wieder. Doch sein Gesichtsausdruck war grimmig. »Hast du ihnen die Spielkarten gegeben?«

Madelin wandte den Blick ab und sammelte die Blätter auf,

die Franziskus auf dem Boden verstreut hatte. Jeder einzelne Bogen Papier mit den Darstellungen dieses Schreckens schnitt ihr in die Seele. Doch das war immer noch besser, als Lucas in die Augen sehen und ihm die Wahrheit gestehen zu müssen.

»Jemand hat den Türken einen Plan der Stadt gegeben«, sagte er und betonte jedes einzelne Wort. »Bitte, Madelin – sag mir, dass du es nicht warst.«

Madelin stapelte die Papiere sorgfältig aufeinander; so sorgfältig, dass die Kanten exakt aufeinanderlagen. Dabei hielt sie ihren Blick beständig auf den Tisch gerichtet. Ihre Finger zitterten leicht, doch sie hoffte, dass er es nicht bemerken würde. Ihre Lippen schienen von einem unsichtbaren Band versiegelt worden zu sein.

Lucas durchmaß den Raum mit zwei langen Schritten, die sie noch voneinander getrennt hatten. Dann fasste er sie am Arm und zog sie zu sich herum. »Madelin, sieh mich an!«

»Lucas, bitte, lass mich los.«

Er gehorchte und zog die Hand zurück. »Wo sind die Spielkarten?«

»Was willst' hören?«, fragte Madelin erstickt.

»Die Wahrheit. Ich will wissen, ob du es warst oder nicht.«

»Macht das denn einen Unterschied?«

»Wie kannst' so etwas fragen? Natürlich macht es einen Unterschied!«, rief Lucas. »Ich habe darauf vertraut, dass du die Karten hütest! Die Männer, die dich und diese Stadt verteidigen, sterben da draußen die schlimmsten Tode. Und du meinst, es sei gleich, wem sie das zu verdanken haben?«

Madelin erinnerte sich an das Gewimmer im Lazarett von Sankt Peter. Jetzt sah es dort bestimmt noch schlimmer aus. Lucas hatte Recht – er verdiente die Wahrheit.

»Ich habe die Spielkarten an die Osmanen gegeben …«, sagte sie leise, bevor ihre Stimme bebend versagte.

Lucas' Reaktion hätte nicht schlimmer sein können, wenn sie ihn ins Gesicht geschlagen hätte. Er verstummte und fuhr sich durchs Haar, doch dieses Mal schien es mehr eine Geste der Verzweiflung als der Verlegenheit zu sein.

»Aber warum denn bloß?«, presste er schließlich hervor. »Wie kann jemand so etwas tun? Wie kannst *du* so etwas tun?«

Madelin saß ein Knoten im Hals. »Sie haben meine Schwester«, flüsterte sie. »Anna.«

»Verdammt. Ist sie … geht es ihr gut?«

»Ich weiß es nicht.«

»Aber Madelin – mit den Karten hast du das Leben Annas gegen ganz Wien getauscht, ist dir das klar?«, fragte Lucas.

Die Wahrsagerin nickte. »Was hätte ich denn tun sollen?«, fragte sie erstickt. »Hätte ich sie diesen Mördern und Schändern überlassen sollen? Ich habe gesehen, was sie aus meiner Mutter gemacht haben. Ich konnte Anna nicht im Stich lassen, Lucas, und erst recht nicht die Kinder!«

»Damit hast du uns alle verdammt«, sagte Lucas tonlos. »Und nicht nur uns. Wien ist das letzte große Bollwerk des Reiches! Wenn Wien fällt …«, er hielt inne, offenbar um seine Gedanken zu sortieren, »wenn Wien fällt – wer soll sich dann noch den Osmanen entgegenstellen?«

»Lucas, hörst du nicht? Sie haben Anna! Der Zug wurde überfallen und die Flüchtlinge sind von den Osmanen gefangen genommen worden.«

Er presste die Lippen zu einem schmalen Strich zusammen. »Alle?«

Madelin hörte den besorgten Unterton in seiner Stimme. »Kanntest du auch jemanden, der mitgezogen ist?«

»Ja. Ein Freund, Heinrich.«

»Das tut mir leid«, murmelte Madelin. »Aber manche mögen geflohen sein.«

»Das will ich hoffen«, erwiderte Lucas. »Denn der Freund war der Sohn Graf Hardeggs.«

Jetzt fühlte Madelin, wie ihr das Blut aus dem Kopf wich. »Heinrich zu Hardegg?«

»Stimmt, ja!«, entfuhr es Lucas. »Du bist mit ihm verwandt.«

»Nicht wirklich. Anna ist es.« Sie seufzte. »Aber inzwischen glaube ich, dass man sich seine Familie eben doch nur teilweise aussuchen kann.«

»Kann man das?« Lucas' Stimme klang müde.

»Aber sicher! Familie liegt nicht nur im Blut. Sie liegt auch hier.« Madelin legte ihre Hand aufs Herz. »Franziskus wird mir immer nahestehen, egal, wie lange wir noch miteinander ziehen. Er ist mir wie ein großer Bruder. Und das wird sich niemals ändern.«

Lucas erwiderte für ein paar lange Augenblicke gar nichts. Als er wieder sprach, war seine Stimme rau. »Ist es das denn wert? Mag sein, dass du Franziskus morgen verlierst, dass einer seiner Anfälle der letzte ist. Je näher einem die Menschen stehen, desto mehr tut es einem weh, wenn sie fort sind.«

Madelin starrte ihn entsetzt an. »Allein die Frage ist schrecklich. Mag sein, dass es einem wehtut, wenn man jemanden verliert. Aber die Zeit, die man geteilt hat, die bleibt einem doch. Die ist so kostbar!«

Das Gesicht des Studenten blieb verschlossen. »Aber wenn jemand etwas tut, das einen verletzt?«

»Das kommt darauf an, ob man vergeben kann«, sagte Madelin verzweifelt.

Lucas wich ihrem Blick aus. »Und wenn man diese Vergebung nicht in sich findet?« Er schüttelte traurig den Kopf. »Mit den Karten können die Türken nicht nur unsere Mauern sprengen, sondern sich auch unter unsere Alarmplätze graben und

Hunderte, wenn nicht Tausende von Soldaten gleichzeitig in die Luft sprengen. Der Nachschub für die Mauern wäre gefährdet, die Janitscharen könnten die Verteidigungsreihen wegfegen und einfach in die Stadt spazieren. Wie soll man so etwas vergeben?«

»Ich … ich weiß es nicht.« Madelin hatte eine unmögliche Entscheidung für die Schwester getroffen. Sollte sie deswegen Lucas verlieren?

Der Student ging unruhig auf und ab. »Sie wissen jetzt alles über uns. Und müssen nur noch zustoßen! Heute hatten wir Glück, wir konnten die Breschen schließen, die sie an den Mauern gerissen haben. Aber was ist morgen? Und übermorgen?« Er schüttelte den Kopf. »Es ist nur noch eine Frage der Zeit, bis das Halbmondbanner über dem Stephansdom weht.«

»Man hat nur dann sicher verloren, wenn man gar nicht erst kämpft«, sagte Franziskus auf einmal. »Hat mir kürzlich jemand gesagt.« Er setzte sich auf seinem Lager auf. Madelin kannte den Ausdruck auf seinem Gesicht, den er immer nach einem Anfall hatte – schwach und sorgenvoll, diesen Zuständen hilflos ausgeliefert zu sein.

»Franzl!« Sie ließ sich sich neben ihm nieder und nahm seine Hand. »Du hast alles gehört?«

»Ja.« Er verzog sein müdes Gesicht zu einem liebevollen Lächeln. »Du kannst nicht ertragen, wenn einem von uns etwas passiert, oder?«

Madelin schluckte. »Nein.«

»Du bist und bleibst ein Depperl. Was soll nun aus uns werden?«

»Ich … Der Offizier, der die Karten bekommen hat, sagt, wir sollen in Mutters Haus gehen. Dort seien wir sicher.«

»Warum ausgerechnet dort?«, fragte Lucas.

»Er ist der Mann …«, sie zögerte, denn die Worte wollten ihr nicht über die Lippen kommen. »Er ist mein … Vater.«

Die beiden Männer schwiegen betroffen. »Du hast Glück, dass du davongekommen bist«, murmelte Franziskus schließlich.

»Madelin, du musst uns alles berichten, was vorgefallen ist«, bat Lucas. »Vielleicht finden wir so heraus, wer in den Mauern Wiens gegen uns arbeitet.«

Stockend erzählte die junge Frau von ihrem Gang zum Henker und von dem Löwengesichtigen, der sie vor die Mauern geschickt hatte.

»Ist der Mann ein Spion der Türken?«

»Nein, das glaube ich nicht. Es klang so, als hätte Mehmed ihn auch nur einmal getroffen. Er muss für jemanden aus der Stadt arbeiten.«

»Verdammt. Und was wissen wir über ihn?«, fragte Lucas.

Madelin versuchte sich an die Details dieses schrecklichen Abends zu erinnern. »Er hatte ein Gesicht wie ein Löwe«, sagte sie. »Franzl hat es auch gesehen. Er roch unangenehm … süßlich, ein wenig wie ein verwestes Tier. Und irgendwie war er mir vertraut. Der Offizier, Mehmed, nannte ihn einen ›Aussätzigen‹. Kann das sein?«

Der Student zog die Augenbrauen hoch. »Hatte er Flecken im Gesicht? Gerötete?«

»Nein, sie waren braun.«

Lucas wurde bleich. »Dann ist es tatsächlich die Lepra.«

Madelin tauschte einen entsetzten Blick mit Franziskus. »Werden wir jetzt auch krank werden?«

»Hat er euch berührt?«

»Er trug beide Male Handschuhe.«

»Dann betet zum Herrn, dass er diesen Kelch an euch vorübergehen lässt«, murmelte Lucas. »Nur wenige Menschen bekommen Lepra, und selbst jene, die in Spitälern für Aussätzige sorgen, erkranken selten daran. Und wenn euer Kontakt zu dem Mann nicht intensiv war, entscheidet der Herr allein, wer krank wird und wer nicht.«

Madelin bekreuzigte sich und sandte ein Stoßgebet an die Jungfrau Maria und den heiligen Rochus. Vielleicht schützte der Pestpatron ja auch vor dem Aussatz. Allein die Vorstellung, dass sie diese scheußliche Krankheit bekommen könnte, jagte ihr einen eisigen Schrecken in die Glieder. Jetzt betrachtete sie Franziskus mit anderen Augen. Ob er sich im Angesicht seiner Krankheit ähnlich machtlos fühlte? Sie hatte sich immer gewundert, wieso der Freund nicht mehr kämpfte und betete; sich nicht mehr daran beteiligte, Beistand zu finden. Jetzt ahnte sie, dass manche Schrecken zu groß waren, als dass man lange dagegen bestehen konnte.

Sie versuchte verzweifelt, ihre Gedanken zu ordnen. »Wollen wir's hoffen. Ich … Also, der Aussätzige sagte im Malefizhaus, er hätte den Stadtplan mit den Ziffern zum zweiten Mal stehlen wollen. Jemand hat die Karte aus der Bibliothek mitgehen lassen. Warst du das, Franzl?«

Der Freund nickte. »Habe sie mitgenommen, bevor ich das Buch ins Regal zurückgestellt habe. Ich wollte verhindern, dass ein neuer Plan angefertigt und den Osmanen gegeben wird.«

»Das heißt, dieser Spion hat ihn Woffenberger gebracht, damit der ihn als Vorlage nutzen kann, und nach dem Mord in die Bibliothek zurückgebracht, wo wir ihn dann gefunden haben.«

»Das hatten wir uns schon so ähnlich ausgemalt«, bestätigte Franziskus. »Aber der Plan kann uns jetzt noch hilfreich sein. Auch unsere Leute in den Minen können sich damit unter Tage orientieren. Wir kennen die lohnenden Ziele und können ihnen entgegengraben.«

»Da müssen wir wohl ein wenig rechnen.« Lucas wandte sich Madelin zu. »Fällt dir sonst noch etwas ein?«

»Der Kerl hat den Henkersmann damit eingeschüchtert, dass er Einfluss hätte – wegen Haus und Posten; beides sei ihm von der Stadt überlassen worden.«

»Das heißt, er hat Einfluss auf die städtischen Belange?«, fragte Lucas ungläubig.

»Es klang zumindest so.«

»Wieso hat er den Henkersmann eingeschüchtert?«, fragte Franziskus.

»Der Freymann wollte Hand an mich legen, um nach dem Spiel zu suchen«, sagte Madelin. Ihr standen wieder die Haare zu Berge, wenn sie an den Augenblick zurückdachte.

»Und der Alte hat ihn zurückgepfiffen?«, fragte Lucas. »Wie merkwürdig.«

»Ja. Ich weiß auch nicht warum. Der Henkersmann hat regelrecht gebuckelt vor ihm.«

»Und sonst erinnerst du dich an nichts?«, fragte Lucas.

»Ich fürchte nicht«, erwiderte die junge Frau. »Das ist nicht sonderlich hilfreich, oder?«

»Nein«, bekannte Lucas. »Was ist mit dem Offizier?«

»Stimmt, das war merkwürdig. Er hat gesagt, er würde der Quelle, die ihm die Karten verschafft hat, nicht vertrauen. Er wollte erst überprüfen, ob die Zahlen stimmen.«

»Wie gut, dass ich sie nicht auch noch verändert habe«, murmelte Franziskus. »Ich hätte es getan, wenn ich einen Pinsel hätte halten können.«

»Wie gut?«, fragte Lucas gereizt. »Ich wünschte, du hättest es getan! So leid es mir tut, das zu sagen – es geht hier um mehr als Anna, es geht um uns alle und die ganze Stadt!«

»Uns gegenseitig zu kreuzigen wird uns aber auch nicht weiterbringen«, wies Franziskus ihn zurecht. »Wir müssen den

Aussätzigen finden. Über ihn kann man vielleicht herausfinden, wie es Anna geht und wer der Auftraggeber des Kartenspieles nun ist.«

Lucas raufte sich das Haar und presste die Lippen aufeinander. Erst sah es so aus, als wolle er weiterschimpfen, dann nickte er. »Und wo sollte man anfangen?«

»Beim Henker«, schlug Franziskus vor. »Er scheint von dem Aussätzigen ja recht beeindruckt gewesen zu sein. Dann muss er auch wissen, wer das ist.«

»Ich werde dort mit Miro vorbeigehen«, sagte Madelin. »Und jemand kann die Spitäler der Stadt absuchen, ob Mönche aus den Siechenhäusern dort sind, die mit dem Kerl etwas anzufangen wissen. Das Gesicht vergisst man nicht, wenn man es einmal gesehen hat.«

»Ich übernehme die Spitäler«, sagte Lucas. Er zögerte und fügte hinzu: »Seid vorsichtig beim Henkersmann.«

Madelin nickte – er hatte nicht versucht, sie aufzuhalten. Sie war so erschöpft und voll Sorge, dass sie den Tränen nahe war. Sie sehnte sich nach einer Umarmung, nach Nähe und Geborgenheit. Zu zweit wären diese schlimmen Dinge viel besser zu ertragen, das wusste sie. Doch Lucas' Gesichtsausdruck war verschlossen. Schließlich wandte er sich zum Gehen. »Willst' gleich los?«, fragte sie.

»Ja, ich … ich mache mich gleich auf den Weg.« Er wich ihrem Blick noch immer aus.

»Lucas … ich wollte niemandem schaden, wirklich nicht. Aber ich konnte nicht tatenlos dastehen und nichts tun. Kannst du das nicht verstehen?«

»Doch«, sagte er schließlich.

»Ändert das etwas zwischen uns?« Madelin schöpfte schon Hoffnung, doch Lucas verzog entschuldigend das Gesicht. »Ich weiß nicht genau.« Damit verließ er die Kodrei.

Madelin blieb zurück und fühlte die Tränen über die Wange laufen. Sie hatte Lucas' Vertrauen enttäuscht, um ihre Schwester zu retten. Hatte sie sie nun beide verloren? Was ihr jetzt noch blieb, waren Franziskus und die Freunde, so wie vor ihrer Ankunft in Wien.

Der Ikonenmaler stand mit unsicheren Beinen auf und setzte sich zu ihr auf die Bank. Er nahm sie in den Arm, und Madelin schmiegte sich an ihn. »Franzl, wir müssen ins Haus meiner Mutter«, stammelte sie schließlich.

»Bringt das denn etwas?« Er hielt sie, so fest er konnte, strich ihr über das Haar und wischte die Tränen fort. »Lucas wird nicht mitgehen. Und was, wenn die Osmanen wirklich kommen und die Menschen in der Stadt umbringen – könntest du damit leben?«

Jetzt konnte Madelin das Schluchzen nicht mehr zurückhalten. Sie weinte so heftig, dass sie glaubte, nicht mehr aufhören zu können. »Nein«, presste sie schließlich heraus.

Franziskus schwieg, bis sie sich ein wenig beruhigt hatte. »Siehst du. Wollen wir nicht einfach hierbleiben und hoffen, dass alles gut ausgeht?«

»Wie soll's denn jetzt noch gut ausgehen?«, fragte Madelin erstickt.

»Soll ich dir deine eigene Lektion wieder vorsagen?«, fragte er mit einem Schmunzeln. »Ich glaube, du weißt, was ich sagen will. Versuche, ein bisschen zu schlafen.« Franziskus wiegte sie in den Armen.

Madelin schloss die Augen. Sie war müde und erschöpft, doch ihre Gedanken kamen nicht zur Ruhe. Schließlich stellte sie mit Schrecken fest, dass ihr der Trost des lieben Freundes nicht mehr reichen wollte. Sie sehnte sich so sehr nach Lucas, dass sich tief in ihr ein dumpfer Schmerz ausbreitete. Doch der Student würde ihr nie vergeben können, was sie getan hatte.

Kapitel 22

Mit dem Mittag war Stille im Lager der Osmanen eingekehrt, Stille über dem Wiener Becken und Stille über Wien. Auch der Regen war versiegt. Endlich.

Anna stand vor dem Zelt und blickte mit gemischten Gefühlen gen Westen, dorthin, wo der Stephansturm in aller Ferne so schmal wie ein Strohhalm in den Himmel ragte. Die letzten Tage mussten für die Menschen in Wien die Hölle auf Erden gewesen sein, und die Janitscharen des Sultans ihre Teufel. Am neunten Tag des Oktobermonats hatte das Heer auf Befehl Ibrahim Paschas den ersten Sturm auf Wien begonnen.

Der zweite Sturm war nur zwei Tage später erfolgt. Christoph hatte nach einem Festmahl mit dem Sultan davon erzählt, dass es den Osmanen gelungen war, mit einer Mine eine Bresche von sicher einhundert Fuß Breite in die Mauer östlich des Kärntner Turmes zu sprengen. Angeblich hatte sie die Gestalt eines Tores, weil der Mauerkranz oben stehen geblieben war. Die Fahnenführer der Janitscharen und ihr Fußvolk hatten die Mauer genommen. Doch die Wiener waren offenbar gut vorbereitet gewesen. Sie hatten in der Sehne der alten Mauer hinter der ersten eine zweite errichtet. Die Janitscharen waren in das Arkebusenfeuer der Landsknechte gelaufen und hatten große Verluste erlitten.

Der zweite Sturm war gestern gerannt worden – wieder ohne Erfolg. Heute war Dienstag, der zwölfte Tag des Oktober, und die Janitscharen hatten vom frühen Morgen an den dritten Sturm auf die Mauern begonnen. Kanonenfeuer ertönte, der Lärm der Sprengungen, deren Schall das ganze Wiener Becken verstummen ließ – nur jetzt, zum Mittag hin hatten sich die Osmanen gesammelt, sicher um eine Gebetszeit zu halten. Es schien kaum möglich, dass Wien der Masse der Feinde standhalten konnte, sobald sie den Kampf wieder aufnähmen.

»Sie haben Euch hinausgelassen«, stellte Christoph von Zedlitz fest, als er mit seinen beiden Männern von einem Spaziergang durchs Lager zurückkam und Anna draußen sah. Sie vermutete ein wenig schuldbewusst, dass der Bannerträger das Kindergebrüll im Zelt nicht mehr ausgehalten hatte.

»Gott sei es gedankt«, sagte sie. »Der Krach hat endlich ein Ende. Ich hätte die Kinder sonst wohl nie zum Schlafen bewegen können. Elisabeth hat sich vorhin so ins Weinen hineingesteigert, dass sie völlig erschöpft war und doch nicht hat einschlafen können. Und Friedrich …«, sie stockte sorgenvoll.

Der Bannerträger sandte seine Männer fort. »Was ist mit Friedrich?«, fragte er leise.

»Er hat sich seit dem Überfall Seyfeddins so sehr zurückgezogen, wie ich es noch nie erlebt habe. Nicht einmal nach dem Tod seines Vaters. Ich dringe nicht mehr zu ihm vor.«

Christoph reichte Anna die Hand und führte sie ein paar Schritte weit weg von dem Zelt. Die beiden Wachen rechts und links des Eingangs blickten zwar misstrauisch drein, denn Anna war ja immerhin eine gemeine Gefangene. Im Gegensatz zu Christoph hatte sie kein Ehrenwort, das sie geben konnte. Doch wenn immer mindestens eines ihrer Kinder im Zelt blieb, konnte sie hinaus. Dass sie nicht ohne sie fortlaufen würde, hatten selbst die hartgesottenen Janitscharen verstanden.

»Er wird schon wieder zu sich finden, wenn dieser Schrecken endet«, sagte der Bannerträger.

»*Wenn* er jemals endet«, murmelte Anna und sah nach Westen. »Wer weiß, ob wir diesen Ort jemals lebend verlassen.«

Christoph schwieg. Anna wusste, dass er ein schlechtes Gewissen hatte – ihm hatte der Sultan versprochen, dass er lebend nach Wien zurückkehren würde. Ihr gegenüber gab es kein solches Versprechen, sie war eine Sklavin.

»Die Männer da draußen sind müde«, murmelte Christoph schließlich. »Sie sind hungrig, und sie wollen nach Hause. Krankheiten plagen sie, und sie frieren seit Tagen.«

»Was wollt Ihr damit sagen, Herr Christoph?«

»Dass die Osmanen nicht mehr lange vor Wien stehen werden«, gab er zurück. »Entweder wird der dritte Sturm heute ihr Sieg. Dann ist für uns alles verloren. Oder die Männer in Wien kämpfen heute zum letzten Mal und siegen.«

»Wie seid Ihr da so sicher?«

»Der Sultan hat erklärt, dass die Osmanen nur dreimal die Mauern berennen müssen, um ihre Pflicht zu erfüllen. Sie müssen drei Stürme gegen die belagerte Stadt fechten, dann können sie nach Hause gehen. Selbst Süleyman ist dafür, heimzukehren.«

»Aber wenn der Sultan nicht mehr an diesen Kampf glaubt«, fragte Anna, »warum wird er dann überhaupt noch gefochten?«

Christoph lächelte schief. »Der Befehlshaber der Truppen ist Ibrahim Pascha, der Großwesir. Er ist der Stratege dieses Feldzugs. Er spricht seine Empfehlungen aus, und der Sultan verlässt sich auf ihn.«

»Und … was gewinnt der Großwesir, wenn weitergekämpft wird?«

»Dasselbe, das alle Offiziere und Provinzführer gewinnen, wenn Wien fällt: Geld, Ansehen, Ehre.«

Anna verstummte für einen Augenblick. »Das klingt nicht gut für die Kinder und mich«, sagte sie dann traurig. »Wenn die Türken bald abziehen, sehen wir Wien nicht wieder.«

»Habt ein bisschen Vertrauen«, erwiderte Christoph und

legte seine Hand auf ihren Arm. »Der Herrgott wird Euch schon beschützen.«

Anna berührte dankbar seine Finger und sah ihm in die Augen. Sie war entsetzlich müde. Kein Wunder, die Kinder hatten solche Angst, dass sie Tag und Nacht an ihr hingen. Christoph konnte sich die Ohren immerhin mit Kerzenwachs verstopfen, damit er ruhig schlafen konnte. Diesen Luxus genoss die Mutter selbst nicht.

»Warum legt Ihr Euch nicht ein wenig schlafen?«, fragte Christoph. »Ich passe schon darauf auf, dass Euch niemand etwas Böses will.«

Der Bannerträger wusste, dass die Gefangenschaft sie so hellhörig und unruhig gemacht hatte, dass sie bei jedem Geräusch in der Nähe des Zeltes aufwachte. »Ja«, murmelte sie zögerlich. »Ich denke, das werde ich tun. Ich danke Euch von Herzen.«

Ein Lächeln hellte sein junges Gesicht auf. Christoph war ein wenig älter als Anna, doch ihm gegenüber fühlte sie sich bereits wie eine alte Frau. Die Schwangerschaften, der Tod ihres Mannes Friedrich und die letzten Monate in ständiger Furcht um ihr Auskommen und die Zukunft der Kinder hatten sie viel Kraft gekostet. Christoph und sein strahlendes Lächeln ließen sie sich wieder so jung fühlen, wie sie tatsächlich war. Sie war doch erst neunzehn Jahre alt! Ihr halbes Leben lag noch vor ihr.

Anna erwiderte Christophs Lächeln, drückte dankbar seine Hand und ging zurück ins Zelt. Dort legte sie sich neben ihren Sohn. Friedrich wirkte noch im Schlaf besorgt. Die Stirn war gerunzelt; die Augen zuckten unter den geschlossenen Lidern hin und her. Sie strich dem Buben liebevoll das Haar aus der Stirn und legte den Arm um seine schmale Brust. Sie schlief ein, kaum dass ihr Kopf eines der weichen Kissen berührt hatte, obwohl es doch heller Tag war.

Als Anna erwachte, hatte sie das Gefühl, eben erst eingeschlafen zu sein. Sie sehnte sich nach einem Bad, nach ihrem Haus, ihrem Bett. Wo war sie? Was geschah um sie herum? Sie brauchte zwei, drei Herzschläge, um ihre Situation zu erfassen, dann erinnerte sie sich.

Von draußen hörte sie Stimmen. Christoph sprach mit … dem türkischen Offizier, Mehmed. Leise erhob sich Anna, schlüpfte in ihre Schuhe und schlich sich zum Eingang des Zeltes.

»Ihr habt Recht«, hörte sie da, »die Versorgungstrosse kommen nur langsam voran. Und die Akindschi haben das ganze Umland in Schutt und Asche gelegt. Die Männer murren. Wir haben noch einen langen Weg nach Hause vor uns. Sie wollen ihn lieber heute als morgen gehen.«

»Werdet Ihr dann nach dem dritten Sturm abziehen?«, fragte Christoph.

»Ich bin nicht sicher. Der Großwesir ist entschlossen, Wien zu nehmen.«

»Aber mehr als drei Stürme müssen Eure Leute doch nicht kämpfen, oder?«

»Nein. Aber wenn man die Offiziere mit Ehrengewändern und Geschenken überhäuft und den Janitscharen ein Preisgeld für den Kampf verspricht, könnte man sie umstimmen.«

»Geld, das man nicht zahlen muss, wenn die Janitscharen versagen oder sterben«, sagte Christoph.

»Die Janitscharen werden nicht versagen«, grollte Mehmed. »Wir werden Graf Salm und seine Männern heute bezwingen. Ein Name ist in aller Munde: Eck von Reischach. Er ist derjenige, der die Landsknechte in die Breschen treibt. Und sie lachen unseren Männern entgegen. Die Janitscharen mögen müde sein und nach Hause wollen. Doch in ein paar Stunden werden wir Wien das Fürchten lehren.«

»Ja, vermutlich werdet Ihr das«, murmelte der Bannerträger.

»Und was habt Ihr mit der jungen Frau und ihren Kindern vor? Warum lasst Ihr sie nicht einfach gehen?«

Anna keuchte vor Erstaunen über diesen abrupten Themenwechsel. Dann legte sie sich vor Schrecken die Hand auf den Mund. Sie war bloß durch eine Zeltplane von den Männern getrennt. Ob sie sie gehört hatten? Doch niemand kam, um sie zur Rede zu stellen.

»Ihr sagt mir nicht, was ich mit ihr zu tun habe«, knurrte der Offizier. »Ihr seid ein Gast des Sultans. Sie aber gehört nicht dem Sultan.«

»Ihr habt ohne Zweifel Recht, Herr Mehmed. Ich will Euch nichts vorschreiben. Aber sie ist eine feine Frau, die bloß nach Hause will. Was ist Euer Interesse an ihr?«

»Sie war ein Unterpfand.«

Für einen Augenblick, in dem auch Anna die Ohren spitzte, wurde es still. Dann schlug eine Hand die Zeltbahn beiseite. Anna entfuhr ein kurzer Schrei, als Mehmed hereintrat, sie packte und hinauszog. Mit finsterem Blick hielt er sie am Arm. »Du hast gelauscht.«

»Ihr tut mir weh«, erwiderte Anna. »Bitte, lasst mich los.« Mehmed starrte sie noch einen Moment lang an. Dann gab er nach, und sie rieb sich das Handgelenk. »Was heißt das – ich bin ein Unterpfand gewesen?«

Mehmed funkelte sie aus dunklen Augen an. Dann hielt er ihr einen Stapel Karten entgegen, der in ein wasserfestes Tuch eingeschlagen war. »Deine Schwester hat ein Kartenspiel mit einem Plan von Wien darauf gegen dein Leben getauscht.«

Anna sah auf das Spiel. Sie wusste zwar nicht, wie man einen Stadtplan auf Trionfi-Karten unterbringen konnte, aber viel wichtiger war, dass Madelin versucht hatte, sie freizukaufen. Sie sandte der Schwester einen stummen Dank.

Die Karten sahen auf den ersten Blick genauso aus wie jene, die Madelin ihr gelegt hatte – das Spiel ihrer Mutter. Wieso jedoch wirkten sie so unversehrt, obwohl sie selbst sie doch hatte verbrennen sehen? War dieses Spiel tatsächlich ein Spiel des Teufels? Hatte *er* dafür gesorgt, dass beide Seiten sich gegenseitig ausspielten, und doch keiner gewann? Sie erschauerte unter der Befürchtung.

»Wecke deine Kinder und mach dich bereit«, befahl Mehmed nun.

»Warum?«, fragte Anna beunruhigt. »Wo bringt Ihr uns hin?«

»Das wirst du früh genug sehen.«

»Herr Mehmed«, mischte sich nun auch Christoph ein. »Was geschieht mit ihr? Ihr könnt sie doch nicht in solchen Zeiten wiederum verschleppen?«

»Was ich tun und lassen kann, ist nicht Eure Sache, Herr Christoph«, erwiderte Mehmed ungeduldig. »Ihr seid ein Gast des Sultans. Benehmt Euch auch so.«

»Aber ich will hier nicht fort«, stieß Anna aus. »Ich fühle mich hier sicher. Und die Kinder schlafen gerade.«

Der Offizier funkelte sie in der Sonne an. »Ich werde mich nicht wiederholen. Beeil dich jetzt.«

Anna sah zu Christoph hinüber, doch der wich ihrem Blick aus. Er hatte sie vor Seyfeddin geschützt, doch gegen Mehmed konnte er ihr nicht beistehen. Langsam atmete Anna ein und wieder aus. Es war nicht gesagt, dass Mehmed ihr etwas antun wollte. Sie war offenbar eine Geisel; wertvoll genug, dass man sie vor Unheil bewahrte. Vielleicht brachte er sie bloß woandershin. Aber hatte er nicht selbst gesagt, dass sie hier am sichersten war? Wollte er sie von Christoph trennen, um leichteres Spiel mit ihr zu haben, wenn sich herausstellen sollte, dass die Informationen auf dem Spiel gefälscht waren? Was geschähe dann mit ihren Kindern? Der Gedanke drohte sie zu lähmen.

Endlich drehte sich Anna um und ging zurück in das schattige Zelt. Die Gestalten ihrer Kinder lagen noch immer still in den Kissen – sie schliefen in der letzten Zeit beide viel, oder Fritzl tat zumindest so. Einen Augenblick verharrte sie und genoss den Frieden dieses Anblicks. Wenn es doch immer so bleiben könnte! Stattdessen musste sie die beiden nun aus ihrem Schlaf reißen, musste sie anziehen, damit sie einem ungewissen Schicksal entgegengingen. Vielleicht würden sie gar von ihr getrennt. Vielleicht steckten sie Friedrich zu den Janitscharen, wie der Mann mit der Narbe es offensichtlich vorgehabt hatte. Und Elisabeth … Sie war zu klein, um von irgendeinem Nutzen zu sein. Sie hatte andere Frauen schluchzen hören, man habe ihnen die Säuglinge entrissen und in die Flammen ihrer Häuser geworfen, damit sie den Soldaten kein Klotz am Bein wären. Anna konnte diese Gedanken kaum ertragen.

»Friedrich?« Sie schüttelte den Jungen zaghaft an der Schulter. »Fritzl!« Der Bub sah verschlafen auf und blinzelte ein paarmal. »Wir müssen gehen.«

Er erwiderte nichts. Kein Wort hatte er mehr gesprochen, seit er in der Nacht verletzt worden war, und seit sein Blick auf Seyfeddins abgeschlagenes Haupt gefallen war, hatte er jeglichen Antrieb verloren. All die schlimmen Ereignisse der letzten Wochen waren zu viel für ihn. Anna zog ihn sanft auf die Füße und streifte ihm Umhang und Schuhe über. Dann hängte sie ihm sein Säckel über. Wie er da im Kerzenschein vor ihr stand und vor sich hinstierte, brach ihr beinahe das Herz.

»Fritzl, willst du nicht mit mir sprechen?«, fragte Anna. »Bitte?« Doch der Junge schien sie nicht einmal zu hören.

Die Mutter kniete sich vor ihn auf den Boden und zupfte zärtlich seine Kleider zurecht. »Was ist denn bloß mit dir?«, fragte sie traurig. Als Elisabeth aufwachte und ängstlich nach ihr rief, strich Anna dem Sohn über die Wange, bevor sie sich abwandte. Es war, als zöge er sich immer weiter vor ihr zurück.

Dann trat sie an Elisabeths Lager und hob den kleinen Körper auf. Das Mädchen gähnte und vergrub die Hände in Annas Haaren. Die Mutter schlang ihr ein Tragetuch um den Leib – aber nicht zu fest, damit sie ihr nicht wehtat. Schließlich band sie sich das Kind wieder auf den Rücken. Sie wollte es ganz nah bei sich spüren.

Als sie sich wieder dem Sohn zuwandte, sah sie Christoph vor ihm stehen. Der griff nach einer Lederschnur, die um seinen Hals lag, und zog einen Anhänger aus Metall hervor. »He, kleiner Mann«, sagte der Bannerträger. »Soll ich dir mal etwas zeigen?«

Friedrich antwortete nicht, doch er wirkte interessiert. Das war mehr, als Anna bislang erreicht hatte. Also tat sie so, als müsse sie noch ein paar Sachen zusammensuchen. Sie wollte den beiden ein bisschen Zeit einräumen.

»Weißt', was das ist?«, fragte Christoph den Jungen. »Das ist ein Ritter. Der heilige Georg. Und weißt', was der Heilige macht?«

Anna beobachtete aus den Augenwinkeln, dass ihr Sohn den Kopf schüttelte. Nur ein klein bisschen – doch er hatte reagiert. »Er ist der Schutzherr der Gefangenen und hilft gegen die Gefahren des Krieges.« Der Bub sah zu dem Mann auf. Christoph ließ sich nun auf ein Knie nieder und überreichte ihm das Medaillon. »Der heilige Georg steht dir gegen alle Feinde bei, sichtbare wie unsichtbare. So musst du dich nie mehr fürchten. Auch nicht davor, dass jemand deiner Mutter oder deiner Schwester etwas antut.«

Anna hielt den Atem an, denn sie hörte Friedrich flüstern: »Auch nicht davor, dass Leute weggehen und nie mehr wiederkommen?« Dabei huschte sein Blick zu ihr herüber. Anna schloss dankbar die Augen. Natürlich fürchtete Friedrich sich vor den Soldaten. Aber nachdem der Vater so plötzlich verschwunden war, hatte er jetzt Angst, dass auch die Mutter fortging und nicht wiederkehrte. Was musste der arme Junge alles durchmachen! Doch Anna atmete erleichtert auf: Fritzl hatte sein Schweigen endlich gebrochen.

Christoph lächelte traurig. »Davor kann dich nicht einmal der Herr schützen. Aber der heilige Georg kann dir helfen, dich an die Menschen zu erinnern und sie im Herzen zu bewahren. So sind sie immer bei dir.« Er legte dem Jungen das Medaillon in die Hand. »Hier, behalte es.«

Friedrich schloss die Finger um das Metall. »Besuchst' uns mal?«, fragte er leise.

»Das weiß ich nicht genau«, sagte Christoph und sein Blick traf unwillkürlich Annas Augen. »Ich werde es versuchen, das verspreche ich.« Damit erhob er sich.

Anna griff sich ihr Bündel und trat an die beiden heran. Sie legte Friedrich die Hand auf die Schulter. »Wir müssen jetzt gehen, Fritzl.«

Der hängte sich die Lederschnur um den Hals. »Wohin denn?«

»Ich weiß es nicht, Schatz. Aber wir bleiben zusammen.«

Der Bannerträger hatte die Furcht in ihrer Stimme offenbar gehört und legte sanft seine Hand auf ihre. In seinen Augen las sie, wie sehr er sich um sie und die Kinder sorgte. Sie schenkte Christoph einen dankbaren Blick.

Mehmed schlug die Zeltplane beiseite und kam herein. »Seid ihr bereit?«

»Ja«, murmelte Anna beklommen. »Auf Wiedersehen, Herr Christoph«, sprach sie. »Und … danke schön.«

»Auf Wiedersehen, Frau Anna«, sagte er warm.

Dann verließ Anna das Zelt, das sie sechs Tage lang mit Christoph Zedlitz von Gersdorff geteilt hatte. Sie wusste nicht, wohin Mehmed sie bringen würde.

Als sie hinaus ins helle Mittagslicht trat, war die Zukunft einmal mehr ungewiss.

Kapitel 23

Der stete Nieselregen des Vormittags hatte nach dem Mittag des zwölften Oktober endlich ein Ende, und kurz vor der dritten Stunde riss sogar die Wolkendecke über Wien auf und gestattete einigen Sonnenstrahlen, auf die Erde zu fallen.

Lucas fror trotzdem. Der Regen hatte ihn so sehr durchnässt, dass er sich nach einem Feuer und einem warmen Eintopf sehnte. Wenn er in sich hineinhorchte, dann reichte die Kälte aber tiefer als bis auf seine Knochen. Madelins Verrat saß in seinem Herzen wie ein Dorn, der einen steten Schmerz verursachte. Er ballte die Fäuste bei dem Gedanken an das, was sie getan hatte. Wenn er heute im Kugelhagel der Osmanen stürbe, wäre das ihre Schuld. Wie hatte sie das tun können? Und wie hatte sie ihn anlügen können, als er sie aus der Schranne geholt hatte? Warum hatte sie sich ihm bloß nicht anvertraut? Gemeinsam hätte man doch sicher eine Lösung finden können! Der Student starrte hoch zur Sonne, doch in seinem Innersten herrschte dunkle Wut. Nein, er wusste wirklich nicht, wie er in sich die Kraft finden sollte, Madelin diese Dinge zu vergeben. Er hockte sich auf den Rand des Brunnens auf dem Hohen Markt, schloss die Augen, streckte die Füße aus und ließ sich von der Sonne wärmen.

Am Vormittag war er, so seine Pflichten das zuließen, von Lazarett zu Lazarett gelaufen und hatte alle Mönche und Nonnen befragt, die er getroffen hatte. Niemand hatte mit seiner Beschreibung des Aussätzigen etwas anfangen können, nirgendwo war der Mann bekannt, der darauf hinarbeitete, Wien an die Türken zu verraten. Wie konnte ein so auffälliger Mensch sich in einer großen Stadt unerkannt bewegen? Vor allem war den Leprakranken vorgeschrieben, durch Ratschen oder Glocken auf sich aufmerksam zu machen, damit man sie meiden konnte. Lucas erkannte, dass es für diese Ungereimtheiten nur eine Lösung gab: Jemand verbarg den Kranken.

Und wieder einmal packte den Studenten die plötzliche Sorge um Madelins und Franziskus' Gesundheit. Was, wenn sie nun auch den Aussatz bekamen? Er barg den Kopf in den Händen und presste sie auf seine Schläfen. Es war doch vertrackt. Wie konnten zwei so widersprüchliche Gefühle um Madelin in seiner Brust wohnen? Er musste aufhören, an sie zu denken. Doch das war leichter gesagt als getan. Eine Rastlosigkeit ergriff ihn, und so machte er sich auf gen Schranne. Pernfuß hätte sicher etwas für ihn zu tun.

Eine gewaltige Explosion donnerte durch die klare Luft, ließ den Boden beben und Lucas stürzen. Doch er sprang sofort wieder auf die Füße und sah sich um. Fast genau südlich von ihm stand eine riesige Staubwolke über dem Kärntner Tor, die sich rasch ausbreitete. Die Antwort bestand aus vielfachem Krachen der Arkebusen der Hispanier. War der dritte Sturm noch nicht vorbei? Hatten die Osmanen bloß eine Pause eingelegt? Und wie viele Tonnen Pulver hatten sie noch, um die Stadt in die Luft zu sprengen?

Lucas sah der riesigen Wolke aus Rauch und Staub dabei zu, wie sie sich ausbreitete. Unwillkürlich wanderten seine Gedanken zu Wilhelm Hofer. Was hatte der Mann bei ihrem letzten Gespräch noch gesagt? Er würde in die Richtung des Kärntner Turms graben? Die Vorstellung, was wohl mit dem knurrigen Mann geschehen sein mochte, wenn er eben gerade noch unter der Erde gewesen sein sollte, suchte den Studenten heim. Eine plötzliche Ahnung kroch Lucas in den Nacken und stellte ihm die Haare auf. Seine Beine setzten sich wie von allein in Bewegung.

Bald rannte er an Sankt Stephan vorbei, einem dünnen Strom von Menschen entgegen, die das Viertel flohen. Er wurde von einem Trupp Reiter überholt, dann kletterte er über die Trümmer eines Gebäudes in eine enge Seitengasse, die ihn westlich des Neuen Marktes nach Süden brachte. Sein Ziel war das Haus der Hofers. Noch mehrere Dutzend Schritte entfernt tauchte er in den Staub der Explosion ein.

Licht und Geräusche drangen in der Wolke nur noch gedämpft an ihn heran. Die Gebäude hoben sich schemenhaft voneinander ab und verliehen dem Kärntner Viertel einen geisterhaften Zug. Er irrte vorwärts, prallte gegen jemanden, stolperte über einen kopfgroßen Stein. Endlich fand er die Tür zur Werkstatt und riss sie auf. Seine düstere Ahnung verschlimmerte sich, denn mit jeder Stufe die Treppe hinab in den Keller wurde der Staub dichter. Er hob seinen Umhang über den Mund und versuchte, flach zu atmen.

In dem kleinen Kellerraum herrschte ein Gedrängel und Geschrei. Männer hatten sich Tücher vor die Gesichter gebunden und zogen andere aus zwei der drei Gänge heraus, die hier gegraben worden waren. Der dritte war offenbar weiter hinten eingestürzt. Lucas packte mit an. Er half dabei, die Männer hinauf in die Werkstatt zu bringen, feuchtete ihnen die Tücher an, damit sie die Atemwege besser gegen den Staub schützten, und verband eilig ein paar Wunden. »Wo ist der alte Hofer?«, fragte er jeden, den er traf. Doch niemand wusste so recht, wo der Zimmermann zur Zeit der Explosion gewesen war. »Er war derjenige, der immer wusste, wo alle stecken«, sagte einer.

Als Lucas oben in der Werkstatt einen Verwundeten, der sich bei dem Beben den Arm gebrochen hatte, auf ein Brett band, hörte er noch immer das Kampfgetümmel von der Mauer beim Kärntner Tor. Offenbar ließen die Osmanen heute nicht locker. Was, wenn sie jetzt auch noch den Neuen Markt oder den Platz vor der Burg sprengten? Oder gar die Burg selbst? Er hatte gesehen, wie viel Pulver dort gelagert war … Wieder ergriff ihn die Wut. Wenn Madelin bloß sehen könnte, was sie angerichtet hatte! »Los!«, befahl er den beiden Gerichtsknechten, die den Mann zum Lazarett bei Sankt Peter tragen sollten. »Macht einen großen Umweg um die Plätze.«

»Weg da!« In dem Moment trugen zwei Bergknappen Georg Hofer herbei. Der jüngere Zimmermann war von Kopf bis Fuß mit Erde verkrustet. Lucas trat beiseite und wollte sich anschicken, ihn nach Verletzungen zu untersuchen, doch sobald der Mann auf ein paar Decken neben einer Werkbank zu sitzen gekommen war, schlug er seine Hand weg. »Was tust' hier, verdammt?«

»Euer Vater … Wo ist er?«

»Lass mich in Ruh.«

»Ich habe die Explosion gehört und dachte … Ich wollte nach Eurem Vater schauen. Er sagte etwas von den Gängen beim Kärntner Turm. Ist er … ist er da unten gewesen?«

»Jetzt machst' dir Sorgen, was?«, knurrte der junge Zimmermann, dann lehnte er sich hustend zurück an die Wand. »Jetzt, wo's zu spät ist?«

»Zu spät? War er …«

»Er war in dem verdammten Gang, ja! Sie hatten gerade die Sprengkammer entdeckt. Kurz darauf …« Er winkte zum Keller, wo noch immer der dichte Staub in der Luft hing. Tränen rannen ihm über die Wangen.

Lucas starrte ihn an. Dann rannte er los. Er flog die Treppe hinunter und tauchte in das Gedränge ein. Vier Männer mit Tüchern vor den Gesichtern waren schon wieder dabei, sich fürs Weitergraben zu rüsten. Lucas schnappte sich einen nassen Fetzen, band ihn sich vor Mund und Nase, griff sich eine Laterne und eine abgebrochene Schaufel und kroch in die mittlere Öffnung. »Da geht's nicht weiter!«, rief hinter ihm jemand. Doch der Student achtete nicht darauf.

Verbissen krabbelte er auf allen vieren in die Dunkelheit, das Licht vor sich herschiebend. Der Boden war vom Schuhwerk der Männer festgetreten, doch je tiefer er kam, desto mehr große und kleine Brocken erschwerten ihm das Vorwärtskommen. Der Gang wurde flacher, Teile der Decke mussten heruntergefallen sein. Er blinzelte den Staub aus den Augen und robbte weiter. Schließlich kam er in einem unversehrten Teil an, der jedoch schnell vor einem Einsturz endete.

Lucas stellte die Laterne ab und nahm die Schaufel nach vorne. Wie besessen stach er zu und häufte hinter sich einen Haufen Erde auf. Er kam gut voran und merkte nicht, wie er sich in Schweiß arbeitete.

»Lucas!« Der Student drehte sich nicht um, als Bernhard hinter ihm in den Gang kroch. »Lucas, s'bringt nix!«

Doch Lucas hörte nicht auf ihn, er wühlte weiter, stach zu, schaufelte weg, rückte nach. Bernhard schloss ihm die Arme um den Oberkörper und zog ihn zurück. »Lass mich!« Der Student wehrte sich, doch der Griff des Mannes war kräftiger. Bernhard hielt ihn fest.

Lucas fuhr sich mit dem Handrücken über die Stirn, um sich den Schweiß aus den Augen zu wischen, doch er verteilte den Dreck nur noch. Mit brennenden Augen starrte er voran. Im unsteten Laternenlicht hatte er das Gefühl, in ein Grab zu schauen. Hofers Grab, dachte er bitter. Jetzt, als seine Muskeln zur Ruhe gezwungen waren, spürte er, wie sehr er sich verausgabt hatte. Er weinte. Der verstockte alte Kerl!

»Kumm, s'hülft nix. Er's nimma da. Gemma auffi.«

Lucas wollte nicht fort. Er konnte es kaum ertragen, Wilhelm Hofer hier unten in seinem Grab zurückzulassen. Doch er konnte nichts mehr tun. Georg Hofer hatte Recht. Jetzt war es zu spät. Also nickte er stumm.

Sie krochen nacheinander zurück. Mit letzter Kraft zog er sich in den Keller und ließ sich von dem Bergknappen hinauf in die Werkstatt auf die Decke helfen. Dort saß noch immer der Sohn des Zimmermanns. Er hielt einen Wasserkrug in der Hand und hatte sich inzwischen immerhin das Gesicht gewaschen. Lucas hingegen war völlig erschöpft. Sie saßen eine Weile stumm nebeneinander.

»Es tut mir leid«, murmelte der Student irgendwann, und er meinte es so.

»Leid tut's dir? Leid? Wärst' hier gewesen, hättest ihn vielleicht retten können! Bernhard hat ihn gewarnt, er solle jemanden mit guten Ohren mitnehmen! Aber du wolltest ja nicht! Und jetzt erzähl mir nicht, du hättest Besseres zu tun gehabt!«

Lucas wusste darauf keine Antwort. Er schloss die Augen. Für Georg Hofer gab es keinen Trost. Besonders da Lucas seine Entscheidung, nicht wieder in die Keller zu gehen, mit einem Mal sehr selbstsüchtig fand.

Draußen herrschte Stille. Er horchte auf. Wie lange hatte er unter der Erde gewütet? Offenbar lange genug, dass sich das Gefecht beruhigen konnte, denn von der Mauer drang kaum einmal ein Schuss herüber.

»Vermutlich läge ich da jetzt mit ihm begraben, wenn ich auch hinuntergegangen wäre«, murmelte er schließlich. »Ich habe deinem Vater gesagt, dass es doch auch andere geben muss, die da unten gut hören.«

»Er wollte aber dich«, spie Georg aus und starrte ihn an. Dann machte er eine abwinkende Geste. »Was soll's. Außer auf dich hat er ja eh auf niemanden gehört.«

»Auf mich?«, erwiderte Lucas verblüfft. Sicher, seine Beziehung zu Wilhelm Hofer war mehr als kompliziert gewesen. Aber hatte er je einen Rat akzeptiert? »Im Gegenteil – wir haben einander die Köpfe eingeschlagen, wann immer wir konnten!«

»Er hat über dich geflucht wie ein Rohrspatz, ja. Aber du hast gegengehalten. Du hast deine Meinung gesagt. Und du hast getan, was du für richtig gehalten hast. Solche Dinge hat Vater respektiert.« Georg musterte ihn fast versöhnlich. »Ich schätze, er hat zum Schluss doch eingesehen, dass du gar nicht so übel geraten bist.«

»Was meint Ihr damit?«, fragte Lucas irritiert.

Der Zimmermann schwieg einen Augenblick, als hätte er mehr gesagt, als er wollte. »Ich schätze, jetzt ist es auch egal«, murmelte er. Dann stand er auf, rang einen Augenblick lang um sein Gleichgewicht und verschwand in einer Kammer bei der Küche. Er kam mit einem Beutel zurück und zog einen glitzernden Gegenstand heraus. »Hier. Er würd' wollen, dass du das bekommst.«

Lucas studierte erstaunt Georgs Miene. »Was ist das?«

»Nimm es einfach. Es erklärt ein paar Dinge.« Zögerlich hielt Lucas die Hand auf, dann fiel das Metall kühl und hell in seine Handfläche. Er griff sich ein Ende und hielt es hoch. Es handelte sich um ein *Cingulum*! Was wollte ein Handwerker mit dem Gürtel eines Studenten? Und warum reichte sein Sohn den jetzt an ihn weiter? »Ich verstehe nicht ganz. Was soll das?«

Der breite Mann sah ihn an. »Hast du dich nie gefragt, wer das Geld gespendet hat, um ausgerechnet dich im Bürgerspital erziehen zu lassen? Warum du in die Bürgerschule beim Stephansdom aufgenommen worden bist? Wieso du als Bettelstudent ein Stipendium an der Universität erhalten hast sowie einen Platz in der Kodrei?«

»Ich …« Lucas verstummte kurz. Die Richtung, in die das Gespräch sich wendete, gefiel ihm nicht. »Nein.«

»Hast' gedacht, das hätte was mit deinem klugen Kopf zu tun, was? Hat es sicher auch. Aber kluge Köpfe kommen ebenso unter die Räder wie dumme.«

»Warum also sind all diese Dinge passiert? Wer hat das Geld gegeben, um mich auf die Schule zu schicken? Dein Vater?«

»Bist eben doch ein kluges Köpfchen«, gab Georg zurück.

Lucas zögerte, bevor er die nächste Frage stellte. Er fürchtete sich vor der Antwort, denn er wusste, dass sie bedeutsam für ihn sein würde. »Warum hat er das getan? Das kann nicht leicht für ihn gewesen sein.« Und warum hatte Wilhelm Hofer seinem Sohn nicht dasselbe gegönnt?

»Er hatte wohl das Gefühl, es dir schuldig zu sein«, erwiderte Georg leise und deutete auf das *Cingulum* in Lucas' Hand. »Es gehörte deinem Vater.«

Lucas starrte auf die metallene Kette in seiner Hand. Der Gürtel seines Vaters – wie kam der in Wilhelm Hofers Besitz? Was hatte das alles zu bedeuten?

Mit einem tiefen Atemzug ließ Lucas die Luft durch seine Lungen strömen, und der Staub, der noch immer umherschwirrte, ließ ihn husten.

Erklärungen, wie das *Cingulum* in Wilhelm Hofers Besitz gekommen sein könnte, gab es wohl viele. Ein Geschenk, Diebstahl, Weiterverkauf, durch wessen Hand auch immer. All das wollte aber allein für sich keinen Sinn ergeben. Nahm man die anderen Faktoren hinzu – Hofers Bekanntschaft mit seinem Vater, die Tatsache, dass er ihn offenbar über Jahre hinweg beschützt und finanziert hatte, seine Wut auf Lucas – blieb nur eine einzige logische Begründung. Wilhelm Hofer hatte ein schlechtes Gewissen gehabt. Und zwar ein so schlechtes Gewissen, dass er es über Jahre hinweg an Leonhard Steinkobers Sohn zu beruhigen versucht hatte.

Lucas sah, dass seine Hand zitterte. Seine Finger krampften sich um den Metallgürtel in seiner Handfläche.

»Hast' es dir ausgerechnet?«, fragte der Zimmermann. »Gut. Ich schätze, wir beide sind einander jetzt nichts mehr schuldig.«

»Was ist damals passiert?«, fragte Lucas leise.

»Sie konnten sich nicht gut leiden, dein Vater und meiner. Der Streit im Frauenhaus geriet außer Kontrolle. Jemand hat ein Messer gezogen. Den Rest kennst du.«

Der Student wusste nicht, was er sagen sollte. »Warum hat er mich dann unterstützt?«

»Ich schätze, er wollte die Schuld an deinem Vater wohl dadurch abtragen, dass er dich zu dem besten Menschen macht, der du sein kannst.«

Lucas starrte ihn an. Kein Hohn stand in dem dreckigen Gesicht des jüngeren Hofers, kein abfälliges Lächeln machte ihn zu dem Bösewicht, als den der Student ihn im Augenblick so gerne sehen würde. Im Gegenteil, er las eine gewisse Anteilnahme in seinen Zügen.

»Ihr habt Recht«, sagte Lucas tonlos. »Wir beide schulden einander nichts mehr.« Dann stapfte er an dem Zimmermann vorbei, hinaus aus dem Haus.

Er ging durch die Gassen, als hätte er die Stadt seit Wochen nicht mehr offenen Auges betrachtet. Wien – seine geliebte Heimat Wien – war ein Trümmerhaufen. Eingerissene Gebäude, aufgerissene Straßen, eine zerschossene Stadtmauer, geisterhafte Ruinenstädte außen herum – wie hatte es so weit kommen können? Wie hatte man zulassen können, dass dies geschah? Wer war die treibende Kraft hinter so viel Grausamkeit und Zerstörungswut?

Der Anblick der grauen Verwüstung spiegelte Lucas' Inneres wider. Wie hatte er über Tage hinweg neben dem Mörder seines Vaters die Stadt verteidigen können? Wie hatte er nicht bemerken können, dass der Mann sich in seiner Nähe anders verhielt als bei anderen Menschen? Wie hatte er die schuldbewussten kleinen Blicke nicht deuten können, die Wilhelm Hofer ihm zugeworfen hatte, fünfzehn Jahre, nachdem er seinen Vater im *Bellum latinum* niedergestochen hatte? Aber die wichtigste Frage war doch eher, wie Wilhelm Hofer an Lucas' Seite hatte arbeiten können, wissend, dass er dem Sohn des Mannes in die Augen sah, den er ermordet hatte.

Lucas hielt an und lehnte sich in einer dunklen Gasse an die Wand. Er hatte immer gedacht, sein Vater sei als Held gestorben, für die Rechte und Freiheiten der Studenten. Nun machte es den Eindruck, als sei er doch bloß ein Mensch gewesen, der mit Wilhelm Hofer möglicherweise genauso eine Rechnung offen gehabt hatte, wie dieser mit Lucas. Er versuchte, das Zittern zu unterdrücken, das von seinen Gliedmaßen Besitz ergriffen hatte, doch es gelang ihm nicht.

Als die Wut kam, richtete sie sich hauptsächlich gegen sich selbst. Um den Mörder seines eigenen Vaters zu trauern ergab keinen Sinn! Und das schlechte Gewissen, nicht bei ihm in der Mine gewesen zu sein, schon gar nicht.

Lucas drehte sich um und hieb mit der Faust, in der das *Cingulum* lag, mehrfach gegen die Wand. Der Putz des Fachwerkhauses bröckelte und seine Knöchel bluteten, ebenso seine Handinnenfläche, dort, wo ihm die münzgroße Schließe mit scharfen Kanten in die Haut geschnitten hatte. Doch er konnte es nicht verleugnen – er vermisste den alten, polternden, manchmal dummen, immer knurrigen Zimmermann. Endlich kamen die Tränen und lösten den Knoten in seiner Brust.

Lucas rutschte mit dem Rücken zur Wand auf den kalten Boden der Gasse hinunter. Er rieb sich über die von Tränen gekühlten Wangen und schloss die Arme um die Knie. Sein Leben fühlte sich an, als sei es gerade zersplittert, als ergäbe nichts mehr einen Sinn. Wie sollte es jetzt weitergehen? Wohin sollte er sich wenden?

Als es wieder zu nieseln begann, kroch Lucas in den nächst gelegenen Keller, rollte sich zusammen und schloss die Augen. Sein Vater, Ansässer, Hofer und auf gewisse Weise auch Madelin – alle waren sie gegangen und hatten ein Stück von ihm mitgenommen. Jetzt fühlte sich sein Inneres hohl und leer an. Er zweifelte, dass noch genug übrig geblieben war, als dass er jemals wieder aufzustehen vermochte.

Kapitel 24

Der ganze Tag war zu still gewesen. Gestern, am zwölften Oktober, hatte man nach dem dritten Sturm der Janitscharen damit gerechnet, dass die Osmanen heute entweder abziehen oder die Mauern so lange berennen würden, bis sie die letzten Breschen eingerissen und Wien genommen hätten. Beide Fälle waren nicht eingetreten, und das beunruhigte Madelin so sehr wie jeden anderen in der Stadt.

Der Kärntner Turm, der im Osten an das Tor anschloss, war so zusammengeschossen worden, dass die Brustwehr der Schützen heruntergestürzt war und man die Stellung hatte aufgeben müssen. Sie war in einer Nacht- und Nebelaktion, bei der Scheck und Miro geholfen hatten, mit Holz und Steinen wieder aufgebaut worden. Die Freunde hatten der jungen Frau erzählt, dass im Westen des Turmes zwei Breschen klafften, die durch die Sprengungen gestern zu einer einzigen großen verbunden worden waren. Es grenzte an ein Wunder, dass Wien die Osmanen ein drittes Mal hatte abweisen können.

Heute hatte die Reiterei dann zum ersten Mal seit beinahe einer Woche wieder einen Ausfall gewagt. Die beiden Hauptleute – Katzianer und Graf zu Hardegg – hatten die Taktik der Türken gegen sie selbst gewandt. Mit einem Scheinangriff und einer Flucht hatten sie den Feind weit in einen Weinberg hineingelockt und ihm dort eine Falle gestellt. Madelin hatte gehört, dass man viele Gefangene gemacht und auf dem Rückweg sogar ein paar Sklaven befreit hatte. Sicher war das nur ein beinahe trotziger Nadelstich, doch die Herzen der Verteidiger schlugen bei solchen Neuigkeiten höher.

Die Dämmerung war längst gekommen, hatte Wien in ein strahlendes Herbstlicht getaucht und war dann einer klaren Nacht gewichen. Das schöne Wetter änderte aber nichts an der Tatsache, dass Madelin krank vor Sorgen war. Die Lage an den Mauern musste schlimm sein, darüber hinaus kommandierte Graf Salm die Truppen wegen seiner Beinverletzung aus seiner Kammer. Scheck hatte berichtet, dass die Verteidiger die Breschen in den Mauern nur mit äußersten Anstrengungen hatten halten können. Fieberhaft wurden provisorische Palisaden aufgestellt, doch es war nur noch eine Frage der Zeit, bis die Osmanen Wien überrannt hatten. Jetzt musste jeder für sich selbst sorgen.

Franziskus hatte gestern Morgen, als die Minen explodiert waren, einen so schlimmen Anfall gehabt, dass sie schon befürchtet hatte, er würde sich gar nicht mehr beruhigen. Sie hatte den Ofen der kleinen Küche der Kodrei noch stärker befeuert, damit er auf seinem Lager nicht fror.

Madelin hatte oft darüber nachgedacht, sich und ihre Freunde ins Haus der Mutter in Sicherheit zu bringen. Immerhin hatte Mehmed versprochen, dass sie dort verschont bleiben würden, wenn die Stadt fiele. Doch der Osmane hatte sich auch nicht an sein Wort gebunden gefühlt, Anna freizulassen. Und sie wagte es nicht, Franziskus momentan durch die chaotische Stadt zu transportieren. Ihre Schwester war noch immer im Lager der Türken gefangen und starb sicher vor Angst. Sie war in der Hand des brutalen Vaters … Der Gedanke war schrecklich.

Darüber hinaus hatte Madelin Lucas seit vier Tagen nicht zu sehen bekommen. Seit er sie beschuldigt hatte, das Trionfi-Spiel weitergegeben zu haben, wusste sie nicht, wo er schlief und aß oder wie es ihm ging. Möglicherweise lag er bereits tot an der Mauer, ohne dass sie etwas davon erfahren hatte. Sie bekreuzigte sich schnell und verbot sich diesen Gedanken.

Und zu allem Überfluss hatte Madelin beim Henkersmann mehrfach vor verschlossener Türe gestanden, als sie mit Miro nach dem Aussätzigen gesucht hatte. Offenbar war der Scharfrichter geflohen, um sich und seinen Sohn zu schützen – oder der Spion hatte sie fortgebracht. Jetzt waren alle Spuren kalt, die sie noch zum Auftraggeber des Kartenspiels hätten führen können.

Madelin wandte sich wieder Scheck und ihrer Arbeit zu. Der Lautenspieler, das braune lange Haar zum Zopf gebunden, saß am Tisch der Stube. Vor ihm lag eine Arkebuse. Sie hatten eben das Rohr gereinigt, jetzt nahm Scheck die Waffe am Lauf, senkte den Kolben auf den Boden und schüttete einen Teil des Inhaltes aus der Pulverflasche in den Lauf. »Erst das Pulver.« Er nahm eine lange Stange mit Verdickung am Ende und stopfte es fest. Dann steckte er eine mit einem Stofffetzen umwickelte Kugel hinein. »Sie muss festsitzen«, sagte er dabei. »Und wieder stopfen. Willst du die Waffe gleich scharf machen?«, fragte er und legte sie ihr auf den Tisch.

Madelin zögerte. Sie zog den Hebel hoch, in den die Lunte eingespannt wurde, und betrachtete das Gerät. »Was muss man denn jetzt noch machen?«

»Du klappst hier den Deckel der Pulverpfanne hoch. Dann füllst du Pulver auf die Pfanne und spannst die brennende Lunte ein. Wenn du schießen willst, ziehst du hier den Hahn. Die Lunte wird auf die Pfanne gedrückt und zündet das Pulver oben. Das wiederum zündet das Pulver unten im Lauf. Der Druck schleudert dann die Kugel hinaus. So hat man es mir zumindest erzählt«, sagte er. »Man muss verdammt vorsichtig mit den Dingern sein. Aber ich fühle mich wohler, wenn du bewaffnet bist.«

»Ich mich auch. Lass sie uns so weit fertig machen, dass ich nur noch abdrücken muss«, meinte sie.

»Du musst die Waffe dann allerdings vorsichtig handhaben. Das Pulver rieselt leicht heraus, wenn man die Waffe zur Seite kippt, und die Kugel kann trotz des Fetzens herausrollen, wenn man den Lauf nach unten hält.«

»Ich lasse sie einfach auf dem Tisch liegen«, versprach Madelin. »Da ist sie griffbereit.«

»Gut.« Scheck stand auf, griff sich seine Waffen – ein Schwert und einen Dolch – und seinen Umhang. »Pass auf dich auf, kleine Taube«, bat er und küsste sie auf die Stirn.

»Und du auf dich«, sagte Madelin mit belegter Stimme. »Wenn du dich erschießen lässt, versohle ich dir den Arsch.« Der Widerspruch ihrer Aussage fiel ihr erst auf, als sie ihn ausgesprochen hatte.

Der Lautenspieler grinste schief. »Ich werd's mir eine Warnung sein lassen.« Dann ging er hinaus. Er hatte sich für eine Wache einteilen lassen.

Ohne den Freund wirkte das Haus leer. Madelin sah auf den Tisch. Die Arkebuse würde dort bloß liegen. Was sollte da schon geschehen? Den Lauf richtete sie zur Außenwand, weg von den beiden Türen, die aus dem Eingangsbereich herein und in die Hinterzimmer mit Küche hinausführten.

Ein Trupp polterte am Fenster vorbei. Madelin entzündete schnell die lange Lunte an einer Kerze und horchte in die Nacht hinaus, doch die Männer kamen nicht herein. Die Kodrei Goldberg hatte Plünderern nichts zu bieten – doch woher sollten das die Osmanen wissen? Madelin fühlte sich mit der geladenen Büchse weitaus sicherer als ohne.

Als kurz darauf ein neuerliches Geräusch von der Vordertür hereindrang, zuckte die Wahrsagerin zusammen. Sie war froh, dass die Fensterläden zur Straße hin geschlossen waren. Hatte das Licht aus der Stube, das zwischen den Ritzen hindurchschien, Diebe angelockt? Sie griff mit zitternden Händen nach der Arkebuse. Die Waffe entglitt ihr beinahe, dann öffnete sie die Abdeckung der Pulverpfanne, um schussbereit zu sein.

Als die Tür in den schmalen Hausflur aufgerissen wurde, schwang Madelin die schwere Waffe herum. Sie taumelte unter dem Gewicht von Holz und Stahl, dann richtete sie die Büchse auf die Tür zur Stube, durch die der Eindringling kommen musste. Ihre Arme bebten, lange konnte sie die Waffe so nicht halten …

»Madelin?«

Das war Lucas' Stimme. Vor Schreck zog Madelin die Waffe seitwärts nach unten. Gleichzeitig geriet sie an den Abzugshaken, und die Lunte wurde nach vorne auf die Pfanne geschnellt. Die Wahrsagerin schrie vor Schreck, als das Pulver zündete und die Arkebuse mit einem ohrenbetäubenden Krachen feuerte. Der Rückstoß ließ sie stolpern und schleuderte das Gerät zu Boden.

»Bist du verletzt?«

»Nichts passiert!«, beteuerte Lucas. »Nichts passiert.«

Erleichtert atmete Madelin aus, legte die eine Hand auf die Brust und stützte sich mit der anderen auf den Tisch, denn ihre Beine waren weich geworden. Lucas ging zu der rauchenden Arkebuse, hob sie auf und legte sie auf den Tisch zurück.

»Ich dachte, du wärst ein Osmane«, murmelte Madelin.

»Du hast es ja noch rechtzeitig gemerkt«, sagte er.

Täuschte Madelin sich, oder wirkte er im Licht der Kerze bleich? Er sah schlimm aus – offenbar hatte er sich seit Tagen nicht rasiert –, tiefe Schatten lagen unter seinen Augen. Dann erkannte Madelin den Widerstreit der Gefühle auf seinen Zügen. Von der Verschlossenheit, die darin bei ihrer letzten Begegnung gestanden hatte, fand sich keine Spur mehr. An ihrer Stelle standen Trauer, Verzweiflung und Wut. Die Knöchel einer Hand waren blutverkrustet, die Beinkleider voll Erde.

»Was ist passiert?«

»Ich …«, er stockte. »Ich musste wissen, dass es wenigstens dir gutgeht.«

Erst nickte sie erleichtert, dann runzelte sie die Stirn. »Wenigstens?«

»Hofer ist tot.« Lucas hatte ihr von den Feindseligkeiten zwischen ihm und dem Zimmermann erzählt. Und doch schien ihn dessen Tod zu betrüben. »Er … ich habe es nicht gewusst, aber er hat seit dem Tod meines Vaters die Hand über mich gehalten und mich gefördert.«

»Warum das denn?«, fragte Madelin.

»Er hat meinen Vater getötet.«

»Das ist …« Madelin wusste nicht, was sie darauf sagen sollte. »Fühlte er sich schuldig?«

»Ja, ich denke schon.« Er räusperte sich. »Er hat meinen Vater getötet, und doch fühlt es sich jetzt beinahe an, als hätte ich einen verloren. Ich habe die ganze Nacht kein Auge zugetan und gegrübelt, um in all dem einen Sinn zu finden.«

»Und?«, fragte Madelin mitfühlend.

Lucas schüttelte finster den Kopf. »Ich habe keinen entdeckt.«

»Nein«, stimmte sie zu. »Manche Dinge ergeben keinen Sinn.«

»Ich habe aber etwas anderes erkannt.« Er trat näher, in seiner Miene lag ein Widerspiel verschiedenster Gefühle. »Ich habe erkannt, dass Menschen Fehler machen.« Sie wollte etwas entgegnen, doch er ließ sie nicht zu Worte kommen. »Ich wünschte, du hättest mir wegen des Spiels vertraut. Aber mir ist klargeworden, dass ich es vermutlich auch an den Feind gegeben hätte, wenn man mich erpresst hätte.« Er sah ihr in die Augen. »Zum Beispiel mit deinem Leben.«

Sie sah ihn unsicher an. »Was bedeutet das?«

»Das heißt, dass ich dich nicht verlieren will.« Lucas nahm ihre Hand und zog sie in seine Arme.

Sie schloss dankbar die Augen und lehnte sich an ihn. Erst spürte sie Lucas' Atem an ihrem Hals, dann seine Lippen. Seine Hand wühlte sich in ihr Haar und liebkoste ihren Nacken, die andere umfasste ihre Taille und ruhte dort einfach, warm und fest. »Ich dachte schon, du würdest mich hassen«, murmelte sie.

»Ich könnte dich nicht hassen, selbst wenn ich wollte, Madelin.«

Sie hob den Kopf und sah ihn durch einen Schleier aus Tränen an. Sie war so erleichtert, ihn zu sehen, im Arm zu halten, dass sie nicht sprechen konnte. Dann lächelte sie. Ihre Lippen fanden seine und küssten sie ganz zart. Sie schmeckte Salz – auch er musste geweint haben. Mit beiden Händen umfasste sie Lucas' Gesicht. Er duftete nach Erde und Pulverdampf.

»Ich heiße Meryem, du Dreckspatz.«

Dann barg sie den Kopf an seiner Halsbeuge. Sie konnte den Schlag seines Herzens erlauschen und schloss die Augen, um diesem Klang nachzuhorchen. Es schlug schnell, sein Herz. Und obwohl sie dieses Geräusch so gut kannte, gab es ihr jetzt das Gefühl, noch nie jemandem so nahe gewesen zu sein. Es versetzte sie in einen glücklichen Schwindel.

Dann drang etwas anderes an ihr Ohr – ein Poltern von nebenan, dann Stöhnen, Zähneknirschen, Gerumpel. Franziskus hatte wieder einen Anfall. Madelin löste sich aus Lucas' Armen, und gemeinsam eilten sie in die Küche an die Seite des Freundes. Offenbar hatten die Zuckungen nicht eben erst begonnen, sie hatten bloß nichts gehört.

»Halt ihn fest!« Und während Lucas mit dem Ikonenmaler rang, der wie üblich erstaunliche Kräfte entwickelte, griff sie nach dem bereitliegenden Lederriemen. Sie hoffte bloß, dass Franziskus sich nicht den Kopf an etwas aufschlug.

Als Lucas den Freund endlich mit den Händen an beiden Unterarmen und dem Knie auf dem Brustkorb auf den Boden gedrückt hatte, beugte Madelin sich von der anderen Seite über Franziskus und wartete auf eine Gelegenheit, ihm den Riemen zwischen die Zähne zu schieben. Dann überließen sie den Ikonenmaler seinen Zuckungen.

Lucas furchte die Stirn. »Wer hätte gedacht, dass so viel Kraft in dem dürren Mann steckt?«

»Tut es eigentlich auch nicht«, murmelte Madelin. »Nur wenn er so ist. Deswegen hat der Priester in Pressburg gesagt, er sei besessen.«

»Ich kann mir denken, warum«, erwiderte Lucas. Er hatte einen Blick aufgesetzt, den Madelin von ihm noch nicht kannte. Eindringlich musterte der Student den Freund oder eher das, was momentan aus ihm geworden war. Den dämonischen Ausdruck auf dem verzerrten Gesicht, den Schweiß auf der geröteten Stirn, den Bogen, den der Körper in den Augenblicken der schlimmsten Krämpfe beschrieb, die klauenartigen Hände, die verdrehten Augen, die nur noch das Weiße zeigten. Sie konnte verstehen, warum der Priester damals einen Exorzismus vorgeschlagen hatte.

»Seine Stirn ist nach Galenus heiß und feucht«, murmelte der Student nachdenklich. »Ich müsste noch einmal seinen Puls fühlen. Hast du beobachtet, wie oft er das hat?«

»Heute ist es das erste Mal«, gab Madelin zurück. »Gestern hatte er mehrere.«

»Wann ungefähr?«, fragte Lucas.

»Das muss... Der erste Anfall kam in der Früh. Die Minen waren gerade explodiert, wann war das?«

»Etwa gegen die neunte Stunde.«

»Es hörte kaum mehr auf, bis es etwa Mittag war. Danach kam der nächste so... na ja, ich würde sagen zur dritten Stunde nach Mittag.«

»Und heute den ganzen Tag nicht, aber am späten Abend …«, murmelte Lucas und kräuselte die Stirn. »Halt mir einmal seinen Arm fest.«

Madelin setzte sich neben den Tobenden, griff im geeigneten Moment zu und bekam Franziskus' Hand zu fassen. Sie hatte den Eindruck, dass die Krämpfe bereits wieder nachließen. Lucas fühlte seinen Puls. »Ebenfalls heiß, die Haut«, murmelte er dabei. »Der Puls ist so hektisch, dass man ihn kaum unterscheiden kann.« Sie traten beide wieder zurück.

»War das ein schlimmer Anfall?«, fragte Lucas.

»Nein, im Gegenteil. Der ist ziemlich schnell wieder vorbei gewesen.«

Als die Krämpfe ein Ende fanden, eilte Madelin an Franziskus' Seite. Sie bettete ihn wieder auf sein Lager, schlug ihn in die Decken ein, tupfte ihm den Schweiß von der Stirn und sprach ein Gebet über ihm. Als sie fertig war, bemerkte sie, dass Lucas sie beobachtete.

»Du bist ganz schön geübt darin, dich um ihn zu kümmern.«

»Franziskus ist meine Familie. Auch wenn ich nicht durch Blut mit ihm verbunden bin.« Madelin wandte sich Lucas zu. »Meinst du, er ist besessen?«

»Ich weiß es nicht, Madelin. Es gibt eine Krankheit, die man dem heiligen Valentin nach benannt hat. Sie heißt auch die ›fallende Krankheit‹. Die Berichte darüber sind so alt wie die Schriften über die Medizin. Die alten Griechen haben schon darüber geschrieben, die Römer – Galenus erwähnt sogar, dass sie bei den Herrschern Ägyptens bekannt war. Von manchen wird gesagt, es sei eine Begleiterscheinung von Sehern, die die Berührung des Göttlichen nicht ertragen könnten. Andere wiederum nennen es eine Heimsuchung durch Teufel.«

Madelins Mut sank. »Er ist also doch besessen.«

»Das würde dir sicher jeder Priester sagen. Ich meine, dass

eine Krankheit viele Ursachen haben kann. Und das mag auch eine Besessenheit sein.«

»Das bedeutet einen Exorzismus, Hunger, vielleicht Geißelungen ... Ich habe gehört, dass manche eine Austreibung nicht überlebt haben.« Beklommen musterte die Wahrsagerin den schlafenden Freund. »Aber er hat sich so gar nicht verändert. Er ist derselbe liebe und umsorgende Franziskus wie schon immer!«

Lucas seufzte. »Vielleicht steckt es auch schon immer in ihm. Madelin, es gibt so vieles über den menschlichen Körper und die Seele, was wir noch nicht wissen. Auch Krankheiten des Geistes oder des Gemütes haben oft körperliche Ursachen, die auf einer fehlerhaften Mischung der Säfte im Gehirn basieren. Wenn es etwas gäbe, was die Anfälle veranlasst ...«

In Madelin reifte ein Entschluss heran. Wenn Franziskus besessen war, dann hatte sich die Kreatur, die in ihm wohnte, noch nicht gegen seine Freunde – oder irgendjemanden sonst – gewandt. Sie war ein Teil von ihm. Das konnte auch so bleiben. »Man muss ihn aber auch nicht exorzieren, oder?«

»Nein, natürlich nicht«, erwiderte Lucas. »Aber die Anfälle kommen doch nicht immer hinter verschlossenen Türen, oder? Irgendwann wird das jemand mitbekommen, der euch nicht freundlich gesonnen ist ... Und wenn das der Fall ist, dann beschränkt sich die Hatz selten nur auf den einen Sonderling.«

»Das mag schon sein«, erwiderte Madelin. »Aber ich kann ihn dem auch nicht willentlich aussetzen. Gestern Nachmittag, nach der zweiten Sprengladung«, fuhr sie fort, »als die Mine mit einem solchen Donner hochging, dass man es bestimmt bis Krems gehört hat, da war es so schlimm, dass ich dachte, ich verliere ihn.« Sie sagte es schlicht und unverziert und hörte ihre Stimme unter dem Schrecken beben, den diese Vorstellung bei ihr verursacht hatte. »Ich könnte das nicht ertragen,

Lucas.« Der Student antwortete nicht. Madelin sah zu ihm hinüber. Er starrte ins Leere. »Lucas?«

»Natürlich!«, rief er dann aus. »Das wäre möglich …«

»Was?«

»Gestern Morgen, gegen neun, war der erste Anfall, sagtest du?«

»Ja.«

»Und der zweite am Nachmittag zur dritten Stunde?«

»Ich schätze schon, ja?«

»Wann kam der allererste?«

»Der allererste? Wir haben doch schon herausgefunden, dass die Anfälle nicht zu einer bestimmten Tageszeit auftreten …«

»Wann kam der erste Anfall, den du je beobachtet hast?«

Madelin erinnerte sich noch gut. »Es war draußen, eine laue Nacht bei Pressburg. Wir haben in der Nähe des Hangbaumes gelagert«, erzählte sie. »Wir waren abgelenkt wegen der Mühle. Da ist es dann passiert …«

»Was für eine Mühle?«, fragte Lucas. »Was war damit?«

»Sie ist explodiert. Wie eine Mine. Es war ein schlimmer Krach. Gott allein weiß, was der Müller dort für teuflische Dinge angestellt hat.« Allerdings stand im Zentrum der Freunde nach Franziskus' erstem Anfall nicht mehr der Schrecken, sondern die Sorge um ihn.

Lucas lächelte über das ganze Gesicht. »Wie eine Arkebuse, die im Zimmer nebenan abgefeuert wird.«

Madelin hielt den Atem an. »Du meinst …«

»Es ist der Krach. Der Donner. Die Explosionen. Sie verursachen möglicherweise eine ganz ähnliche Reaktion im Innern wie die Mine im Boden. Seine Anfälle sind eine Reaktion auf das Getöse.«

Madelin dachte nach. »Nein – das kann nicht sein. Als wir auf dem Stephansturm waren, da wurde geschossen, und er hatte keinen Anfall. Und auch die letzten Tage mit all den Kanonenschüssen …«

Lucas legte die Stirn in Falten. »Hm, dann mag es an Furcht und Bedrohung liegen, die mit solchen Erlebnissen einhergehen, weniger am Krach.« Er schüttelte den Kopf. »Ich meine mich zu erinnern, dass ein Gelehrter namens Hohenheim – Aureolus Philippus Theophrastus Bombastus von Hohenheim – über die Valentinskrankheit geschrieben hat. Er sagte, oft käme es vor, dass dieselbe Ursache, die in der Erde ein Beben verursache, im Menschen dasselbe verursachen könnte – ein Beben. Vielleicht leidet Franziskus, weil das ganze Land momentan leidet.«

»Das heißt, die Fallsucht hat natürliche Gründe? Und sie geht wieder weg, wenn Frieden ist?« Vor Freude blinzelte Madelin ein paar Tränen weg.

Lucas wog nachdenklich den Kopf hin und her. »Ich denke, die Gründe sind natürlich. Ich weiß nicht, ob die Priester das auch so sehen würden. Aber ich habe an der Universität gelernt, dass es für die meisten Krankheiten üblicherweise eine rationale Erklärung gibt.« Er holte zu einer Erläuterung aus. »Ein Überschuss der Schwarzen Galle zum Beispiel äußert sich in einer schlimmen Schwermut, die vom Kranken Besitz ergreift. Umgekehrt haben manche Krankheiten äußere Auslöser. Ich habe das Buch nicht hier, aber ich glaube, dass Hohenheim sagt, die Valentinskrankheit sei dem Menschen angeboren. Das würde bedeuten, dass sie durch den Schrecken bloß erweckt wird. Und je mehr Schrecken, desto mehr Krämpfe.«

Madelin atmete erleichtert aus. »Dann leidet also nur sein Leib, aber immerhin hat sich kein Teufel in seine Seele gekrallt.« Sie zögerte, bevor sie fragte: »Kann man diese … diese Valentinskrankheit heilen?«

»Wir können mit Pflanzen versuchen, die überschüssigen Säfte aus dem Gehirn zu ziehen. Nieswurz, Treibkraut, Attich … Ich müsste noch etwas nachschlagen. Die Krankheit wird ihn vermutlich nicht verlassen, mach dir da keine zu großen Hoffnungen. Wenn es die Resonanz erschreckender Ereignisse ist, dann lösen eine Explosion oder ein Schuss in seinem Körper vielleicht eine Art Echo aus. Wie im Kleinen, so im Großen, sagt Galenus. Vielleicht wird er damit leben müssen wie etwa ein Krüppel.«

»Wir versuchen es mit den Kräutern. Hauptsache ich weiß, dass die Priester Unrecht haben«, sagte Madelin dankbar. Franziskus – ihr Franzl – war ganz er selbst. Mit dieser Erkenntnis fiel eine schwere Last von ihren Schultern. »Schlaf gut, du Lieber«, murmelte sie und beugte sich zu ihm hinunter. »Schlaf dich gesund.« Sie strich ihm noch einmal über die Wange und ordnete sein Haar.

Dann stand sie auf und wandte sich Lucas zu. Sie nahm seine verletzte Hand und sah sich die Knöchel an. »Komm, setz dich. Ich wasch dir das Blut ab.« Er nahm auf einem Hocker Platz, während sie einen Leinenfetzen in einen Wassereimer tauchte. Dann tupfte sie die Wunden sauber.

»Ich habe übrigens alle Mönche und Nonnen gefragt, die aus Spitälern stammen. Sie haben den Aussätzigen nie gesehen. Hast du den Lehrling des Kartenzeichners wiederfinden können?«, fragte Lucas.

»Nein, und auch den Henkersmann nicht«, sagte Madelin. »Sie sind weg. Selbst wenn wir die ganze Stadt umpflügen – sie werden sich alle Mühe geben, dass wir sie nicht finden. Vielleicht hat der Aussätzige sie auch längst aus der Stadt geschafft.« Wenn sie wusste, wie man hinter die feindlichen Linien kam, taten andere das sicher auch.

»Danke«, sagte er, als sie fertig war, und bewegte vorsichtig die Finger. »Was haben deine Freunde dazu gesagt, dass du das Trionfi-Spiel fortgegeben hast?«

»Sie haben gesagt, dass sie dasselbe getan hätten.«

»Obwohl du sie gefährdet hast?«

»Ob die Türken nun allein über die Mauern kommen oder meinetwegen darunter durch ist ihnen ziemlich egal. Sie wissen, dass ich alles versucht hätte, sie mit zu retten.«

»Das spricht von Vertrauen«, sagte Lucas erstaunt.

»Ja. Wir sind eben füreinander da.«

»Obwohl manche von euch … anders sind?«

Madelin sah auf, und als sie sah, dass der Student offenbar Franziskus meinte, zog sie überrascht die Brauen hoch. Nur wenige erkannten, dass der Ikonenmaler einen Blick für Männer hatte, der doch für Frauen bestimmt sein sollte. Man sprach nicht über diese Dinge, die die Kirche als Sünde verteufelte. »Gerade deswegen, Lucas. Wir sind alle nicht das, was die feinen Bürgersleute als normal ansehen.«

Lucas zögerte kurz, dann nickte er. »Ich möchte auch für dich da sein«, sagte er dann leise.

»Ja, ich weiß«, erwiderte sie tief berührt. Er hatte sie immer so angenommen, wie sie war – und ihre Freunde auch. »Das bist du.«

Madelin legte das Tuch beiseite, das sie noch immer in Händen hielt, und trat an ihn heran. Sie sah ihm in die Augen, und ihr wurde ganz leicht ums Herz, ganz warm. Mit ihm zusammen wirkte keine Sorge so groß, dass man sie nicht bezwingen könnte. »Wo waren wir vorhin?«, fragte sie neckend. Dann legte sie die Hände wieder auf seine Wangen, spürte die rauen Stoppeln auf seiner Haut, fuhr ihm durch das Haar. Sie wollte ihn sich für die Ewigkeit bewahren, wollte ihn nie wieder loslassen.

»Hier, glaube ich«, sagte Lucas mit dunkler Stimme. Er stand auf und hob sie hoch. Er trug sie durch die Kammer zu ihrem Lager und ließ sie dort herunter, um sie hungrig zu küssen. Seine Hände fuhren voll Verlangen über ihren Körper, lösten die Schlaufen ihres Rockes, ihrer Bluse. Endlich spürte sie seine Finger auf ihrer Haut.

Madelin gab sich dem Taumel hin, der ihren Kopf so leicht machte. Ihre Lippen hingen an seinen, um ihre Weichheit zu kosten und seinen Atem zu atmen. Ein Teil von ihr bemerkte wohl, dass Lucas' Nähe ihrer Seele wohltat, als heile eine alte Wunde. Als wäre sie bislang nur die Hälfte eines Ganzen gewesen und nun endlich vollkommen.

Lucas' Haut schien zu glühen, als sie die Hand auf seinen Nacken legte. Seine Lippen wanderten ihren Hals hinab zu der weichen Haut zwischen ihren Brüsten. Madelin legte den Kopf zurück und gab sich hin.

Als sie schließlich gemeinsam auf das Lager sanken und sich vereinigten, spürte auch Madelin ihren Körper lodern. Und sie wollte nirgendwo anders sein als hier, in Wien, in der schmutzigen Kodrei, zusammen mit Lucas.

Die Dunkelheit wich vor den zarten Strahlen des Sonnenaufgangs, als Madelin erwachte. Es musste der frühe Morgen des vierzehnten Oktober sein. Ihr erster Gedanke galt Lucas, der vor wenigen Stunden neben ihr eingeschlafen war. Doch er lag nicht mehr dort, wo sie ihn vermutete. Fröstelnd zog sich Madelin die Decke um den Leib. Ihr zweiter Blick galt Franziskus, der ruhig auf seinem Lager schlief. Mit bloßen Füßen ging sie in die Stube der Kodrei.

Dort saß Lucas am Tisch und beugte sich über die Arkebuse. Er stopfte gerade die Kugel in den Lauf und sah auf, als sie im Türrahmen stand. Seine Augen lächelten, als er sie erblickte. »Du bist wach.«

Madelin nickte. »Was machst du?«

»Ich kann nicht schlafen.«

Sie betrachtete ihn beunruhigt. Er wirkte rastlos. Getrieben. »Du wirst nicht bleiben.«

Er blickte sie erstaunt an. »Ich war noch nicht ganz entschlossen«, murmelte er und schaute wieder auf die Arkebuse. »Oder vielleicht doch.«

»Du machst dir Sorgen.«

»Allerdings«, erwiderte er und setzte die Arbeit fort, die er begonnen hatte. »Noch sind die Osmanen nicht verschwunden. Ibrahim Pascha stellt seine Truppen neu auf. Dafür gibt es nur eine Erklärung.«

»Es gibt einen vierten Sturm.«

»Ja.«

»Und du willst da raus.« Es war eine Feststellung, keine Frage.

»Hofer ist tot. Und ich habe sehr gute Ohren, die unter Tage nützlich sein können. Vielleicht kann ich einen Beitrag dazu leisten, die Stadt zu verteidigen.« Lucas fuhr sich durch das Haar und machte ein unglückliches Gesicht. Dann sah er auf seine wunden Knöchel. »Außerdem bin ich ihm das schuldig.«

»Du musst dich nicht entschuldigen«, sagte Madelin. »Wenn du gehen musst, dann geh. Aber nimm die Waffe mit.«

Lucas sah sie erstaunt an. »Du willst mich nicht aufhalten?«

»Man kann niemanden festbinden, Lucas. Man kann sich nur entscheiden, ob man jemanden so nimmt, wie er ist, oder eben nicht.«

Die Spannung wich aus seinen Zügen. »Ich hätte wissen müssen, dass du das verstehst.«

Sie zuckte mit den Schultern, so dass ihr die Decke halb den Busen herabglitt. »Ich wünsche mir, dass du noch sehr lange nicht viel über mich weißt«, sagte sie. »Denn ich möchte schließlich auch noch sehr viel an dir zu entdecken haben.«

»Trotzdem scheinst du manchmal zu wissen, was ich denke«, sagte er lächelnd. »Das ist fast ein bisschen unheimlich.«

»Ich bin eine Wahrsagerin, schon vergessen?«

»Nein, wie könnte ich.« Lucas lachte. »Gibt mir die Wahrsagerin denn einen Kuss?«

Madelin trat vor, beugte sich zu ihm herab und suchte seine Lippen. Für einen Augenblick sog sie den Geruch seiner Haut ein. Er fasste durch die halbgeöffnete Decke und legte ihr die Hand auf die Hüften. Sie genoss kurz die Wärme, dann löste sie sich von ihm.

»Wirst du bei Franziskus bleiben?«, fragte er.

»Nein. Ich werde weiter nach dem Mann mit dem Löwengesicht suchen. Er ist unsere einzige Spur zu dem Auftraggeber des Kartenspiels.«

»Du glaubst nicht, dass es der Osmane war? Mehmed? Er könnte gelogen haben. Vielleicht war der Aussätzige sein einziger Mann in Wien.«

»Nein. Er muss hier einen machtvollen Verbündeten haben. Dieses Spiel ist angefertigt worden, bevor die Osmanen vor Wien standen. Vielleicht fällt Franzl noch etwas ein, wenn er wach ist.«

»Was ist mit zu Hardegg?«

»Ich glaube wirklich nicht, dass er es war.«

»Aber du weißt es nicht, oder?«, fragte Lucas. »Kann man das nicht irgendwie herausfinden?«

Madelin legte den Kopf schief. Johann zu Hardegg war ein aufgeblasener, arroganter Kerl. Aber ein Spion der Osmanen? Sie bezweifelte es. »Ich wüsste jemanden, den ich fragen kann.«

»Aber es gefällt dir nicht.«

»Nein, es gefällt mir ganz und gar nicht.« Sie zögerte. »Ich könnte in der Tat zu meiner Mutter gehen. Wenn es jemanden gibt, der zu Hardegg nahe genug steht, um so etwas mitzubekommen, dann sie.«

»Aber du willst nicht«, schloss Lucas.

»Nein. Aber das ist ja jetzt keine Frage mehr, oder? Wenn die Türken kommen, dann sollten wir besser wissen, wer der Schuldige ist. Wenn es nicht schon zu spät ist.« Sie hielt inne. »Außerdem kann ich meine Frau Mutter dann gleich fragen, ob sie etwas von Anna gehört hat.«

Lucas war mit dem Laden der Waffe fertig. Er legte sie ab, ohne die Lunte zu entzünden, und stand auf. Dann sammelte er seine Sachen zusammen, legte einen Schwertgurt an und trat wieder auf sie zu.

»Ich muss los, Meryem. Du willst die Schusswaffe wirklich nicht behalten?«

»Nein. Sorg einfach dafür, dass kein Osmane über die Mauern kommt, dann bin ich hier sicher.« Madelin sah zu ihm auf und lehnte sich an ihn. Sie wollte seine Wärme spüren, so lange sie noch konnte. Er hob ihren Kopf und küsste sie so innig, dass Madelin erschauerte. Dann riss er sich los, nahm die Arkebuse und seinen Umhang und ging. Er verabschiedete sich nicht.

Madelin hielt ihn nicht auf. Sie rief ihm auch keinen Gruß hinterher, denn jedes Wort würde sich anfühlen, als sei es ein Lebewohl. Sie stand noch eine Weile lang an der Stelle, an der er sie zurückgelassen hatte. Dann zog sie die Decke wieder um den frierenden Leib und ging in die Kammer zurück. Sie musste sich anziehen. Am besten das gute Kleid. Vielleicht würde man sie dann eher zur Mutter vorlassen.

Madelin legte die Stirn in Falten, während sie nach dem halbwegs sauberen Gewand griff. Der einzige Hinweis, den sie auf Graf zu Hardegg als den Verräter besaßen, war der Eintrag im Ausleihregister der Bibliothek. Das war mehr als schwach. Und doch gab es keinen anderen Ansatzpunkt als den Aussätzigen mit dem Löwengesicht. Er besaß Einfluss in Wien, der sogar den Henkersmann eingeschüchtert hatte. Das könnte sehr wohl auf Hardegg zutreffen.

Wer sonst besaß Zugang zu so wichtigen Informationen, wenn nicht der Reiterhauptmann? Wer in einer solchen Position konnte einen Grund haben, Wien an die Türken zu verkaufen?

Madelin schürzte nachdenklich die Lippen. Doch sie war nicht ganz bei der Sache. Sie erinnerte sich, wie Lucas ihren wahren Namen ausgesprochen hatte, und musste lächeln. Es hatte geklungen, als knüpfe er ein unsichtbares Band zwischen ihnen.

Madelin erstarrte, als die Erkenntnis sie traf. Meryem. Das war türkisch und hieß Maria, hatte der Offizier der Janitscharen gesagt, der ihre Mutter geschändet und sie selbst gezeugt hatte. »Warum sollte eine Frau, die von einem Türken vergewaltigt wurde, ihrer ungeliebten Tochter einen türkischen Namen geben?«, fragte sie sich laut.

Franziskus schnaufte auf seinem Lager. »Weißt du«, murmelte er schwach, »das habe ich mich schon damals gefragt, als du mir das erste Mal davon berichtet hast. Aber ich dachte, es wäre nicht wichtig.«

»Du bist wach, Franzl.«

»Ihr habt ja genug Krach gemacht.« Franziskus richtete sich halb auf. »Was sagt dir das?«

Madelin zögerte. Sie wollte nicht aussprechen, was sie dachte, denn dann stand ein Vorwurf im Raum, der sich nicht würde zurücknehmen lassen. »Mehmed ist mein Vater. Er hat gesagt, er traut der Quelle nicht, die ihm die Karten zugespielt hat. Und er sagte, er traue meiner Familie alles zu. Ich dachte, er meinte Graf zu Hardegg. Aber was … Franzl, was ist, wenn er über Mutter gesprochen hat? Er hat merkwürdig reagiert, als ich ihm sagte, dass Annas Tochter Elisabeth heißt – nach unserer Mutter.«

»Wie – merkwürdig?«

»Da war Wehmut und Schmerz.«

»Das ist in der Tat merkwürdig. Ob ihn sein Gewissen plagt?«

»Möglich.« Madelin grübelte weiter. »Aber es gibt diese Verbindung zu meiner Mutter. Ich habe sie immer ignoriert, weil ich dachte, dass sie den Mann lieber erwürgen würde, als ihm beizustehen. Vielleicht erpresst er sie?«

»Ja, womit denn? Die Karten sind doch schon zwei Wochen vor der Belagerung begonnen worden. Was lässt dich glauben, dass deine Mutter da mit drinhängt?«

»Die schlichte Tatsache, dass wir noch am Leben sind? Ich war in den letzten Tagen dreimal beim Malefizhaus. Der Aussätzige hätte dort nur warten und mir folgen müssen, dann hätte er uns alle aus dem Weg schaffen können. Merkst du nicht? So ergibt alles einen Sinn! Der Aussätzige hat den Scharfrichter eingeschüchtert – sicher. Aber es ist nicht nur wichtig, *dass* er das konnte, sondern vielmehr, *warum* er das getan hat. Franzl, ich glaube, er hat mich vor ihm geschützt!«

»Hat er dich auch geschützt, als er dir mit vorgehaltenem Messer die Karten abnehmen wollte?«, fragte der Freund trocken.

»Er wollte bloß die Karten.«

»Das kannst' nicht wissen. Vielleicht wollte er erst die Karten und dann dein Leben.«

Madelin band sich ein Tuch um den Kopf, um ihre Haare zu bändigen. »Möglich. Aber da war noch mehr. Der Aussätzige kannte Annas Namen, meinen echten Namen und unser Verwandtschaftsverhältnis.«

»Vielleicht hat der Osmane ihm das gesagt, der es wiederum von Anna wusste?«

»Ich glaube das nicht – so vertraut miteinander schienen sie nicht zu sein. Er musste immer noch hier, in Wien, die Verbindung mit mir knüpfen. Und das konnte er nur über jemanden …«

»… der deine Familie gut kennt?«, beendete Franziskus ihren Satz.

»Ja. Und zwar sehr gut!«

Plötzlich erinnerte sich Madelin daran, wie vertraut ihr der Mann mit dem Löwengesicht vorgekommen war – sie hatte ihn nicht zuordnen können, hatte nicht gewusst, woher sie ihn hätte kennen können. Doch Tatsache war, dass sie bei ihrem kurzen Besuch im Haus der Mutter, als die Magd sie an der Tür abgewiesen hatte, ganz kurz eine Männerstimme gehört hatte, die ebenso rau und heiser geklungen hatte, wie die seine.

»Franzl! Der Aussätzige arbeitet für meine Mutter!«, stieß sie aus. »Ich habe ihn in ihrem Haus gehört. Und früher … Ich glaube, er hat auch früher schon Mutters Drecksarbeit gemacht. Er heißt Ludo.«

»Bist du sicher?«, fragte Franziskus besorgt.

»Ich habe eine vage Erinnerung an einen Mann – er hat aber dunkelbraunes Haar gehabt und sah nicht so alt aus. Vielleicht hat ihn die Krankheit verunstaltet. Aber die Stimme …« Sie versuchte sich zu erinnern. »Ich weiß es nicht genau. Die Stimme könnte dieselbe sein.«

Franziskus musterte sie eindringlich. »In Ordnung. Es ist möglich, dass deine Mutter der Schlüssel zu allem ist. Was wirst du jetzt tun?«

»Ich werde ihr einen Besuch abstatten.«

»Sei bitte vorsichtig, Madelin«, bat der Ikonenmaler. »Sie ist zwar deine Mutter, aber wenn sie wirklich die Auftraggeberin der Karten ist, dann hat sie Wien an die Türken verraten – und dich mit hineingezogen.«

»Ja.« Der Gedanke, dass ihre Mutter die Spionin für den Feind war, war bereits entsetzlich genug. Aber würde sie ihrer Tochter etwas antun? Madelin konnte darauf keine klare Antwort geben, und das bedrückte sie. Sie sah zum verschlossenen Fenster hinüber. Noch drang kein Sonnenlicht durch die Ritzen. »Ich warte noch, bis einer der anderen zurückkommt.«

»Geh schon«, bat Franziskus.

»Nein. Der Sturm kann jederzeit wieder anfangen. Und ich will nicht, dass du dir etwas tust, während ich weg bin. Erisbert muss bald kommen.« Sie setzte sich zu Franziskus auf das Lager und legte die Arme um ihn. Er lehnte sich bei ihr an.

»Störrisches Weibsbild«, sagte er zärtlich.

»Wenn es um dich geht, immer«, murmelte sie.

Draußen schob sich die Sonne langsam über den Horizont. Der Morgen des vierzehnten Oktober begann zu dämmern. An diesem Morgen würde mehr als eine Entscheidung gefällt werden, das konnte Madelin spüren. Der Wandel lag in der Luft.

Kapitel 25

Muffiger Geruch drang Lucas entgegen. Die Kerze in der Laterne, die er in der Hand hielt, flackerte und rußte gegen die Wand aus geölter Pergamenthaut. Das bisschen Licht, das sie spendete, war nicht geeignet, den schmalen, dunklen Gang vor ihm weniger beängstigend erscheinen zu lassen oder gar sein klopfendes Herz zu beruhigen.

Draußen dämmerte gerade der neue Tag, der vielleicht für das Wien, wie er es kannte, der letzte sein würde. Im Keller eines Schusterhauses bei Sankt Katharina herrschte ein Kommen und Gehen. Das Haus, das beim Schweinemarkt stand, war geeignet für die Grabungsarbeiten der Männer im westlichen Teil des Kärntner Viertels, da es nahe des Versammlungsplatzes vor der Burg und Sankt Michael lag, der wahrscheinlich ein Ziel war – und außerdem konnte man hier schnell mehr Hilfskräfte zum Graben herbeiholen. Die Kehrseite der Medaille war natürlich, dass es genau in dem Gebiet lag, das mit Kanonenkugeln beschossen und mit Minen untergraben wurde: Es war der Bereich, auf den sämtliche großen Angriffe der Osmanen gerichtet waren.

Georg Hofer war überrascht gewesen, als Lucas sich wieder zu den Freiwilligen gesellt hatte, die unter der Erde nach Minen des Feindes suchten. Doch er hatte nichts gesagt, sondern ihn mit einem stummen Nicken willkommen geheißen, ihn hier herübergeführt und begonnen, ihn in die Gänge einzuweisen, die sie in den letzten Tagen gegraben hatten.

»Sie haben für heute etwas vor, das wissen wir. Es liegt in der Luft«, sagte der Zimmermann. »Sie haben von mehreren

Punkten aus Laufgräben gegraben. Diese verzweigen sich vor den Mauern, so dass sie an verschiedenen Orten aussteigen und beinahe ungesehen an den Wall unterhalb der Mauer herankönnen. Wir glauben allerdings, dass sie auch mindestens einen tiefen Gang haben, der unter dem Graben hindurchführt.« Er winkte nach Osten. »Auf der Seite des Kärntner Tores haben Trupps von einem anderen Keller aus zur Mauer gegraben. Aber das Finden der Minen ist nicht so einfach. Deshalb gibt's jetzt ein großes Loch in der Mauer«, sagte er. »Dort drüben ist am meisten Trubel. Sie haben so oft versucht, das Kärntner Tor in die Luft zu sprengen, dass ich aufgehört habe zu zählen. Seit vorgestern haben sie sich dann mehr und mehr auf die Mauer und die weiter dahinter liegenden Ziele konzentriert. Die Burg zum Beispiel. Wer weiß, was sie noch alles in die Luft sprengen wollen. Verdammt sollen sie sein, die Ungläubigen!«

»Ja«, murmelte Lucas. Der Zimmermann war erstaunlich gesprächig. »Was soll ich tun?«

Georg Hofer musterte ihn im trüben Licht der Laternen, die sie beide trugen. »Wir haben überall Wassereimer aufgestellt, um Bewegungen erkennen zu können, um zu sehen, ob jemand kommt. Das Problem ist, dass auch Detonationen und Kanonenschüsse solche Beben auslösen. Mein Vater hat gesagt, du hast die besten Ohren von uns allen. Ich würde sagen, wir suchen uns den verheißungsvollsten Gang aus und kriechen hinein. Wir können jede Ablösung gebrauchen. Und du siehst zu, ob du etwas mitbekommst.«

»In Ordnung. Welchen Gang nehmen wir?«

Hofer sah sich um. »Sie waren dort und dort«, er deutete nach Süden und Osten. »Wenn ich raten wollte, würde ich sagen, dass sie wohl von einer Seite angreifen, mit der wir nicht rechnen.«

»Also von Westen?«

»Gen Westen«, bestätigte er.

Der Zimmermann schulterte Wasserflasche, Schwert und leere Erdsäcke. Dann nahm er seine Laterne wieder auf und ließ Lucas den Vortritt. Der schnallte sein Schwert ab, griff sich die Arkebuse und atmete tief ein, bevor er in den Gang hinterherkroch.

Vorgestern, als er nach Hofer gegraben hatte, war ihm die Enge gar nicht so aufgefallen. Jetzt schienen sämtliche Geräusche dumpfer, die Luft feuchter, das Licht der Laterne weniger ergiebig. Hatte das Herz des Studenten vorhin ängstlich schneller geklopft, schien es nun seinen Brustkorb sprengen zu wollen. Der dunkle Gang wollte sich schier in sich drehen, erschien Lucas gar wie eine Wand. Oder wie ein lebendes Ding, das dort auf ihn lauerte und nur darauf wartete, dass er sich tiefer in seine Eingeweide hineinbegab – an einen Ort, an dem er bei einem neuerlichen Einsturz für immer eingeschlossen wäre; ohne Rückweg, ohne Licht, ohne Luft …

Lucas schloss die Augen und zählte bis zehn. Dabei rief er sich den Duft von Madelins Haut ins Gedächtnis, ihr Lachen, den verführerischen Augenaufschlag unter den dunklen Wimpern … Und tatsächlich, langsam beruhigte er sich ein wenig.

Es war unnötig zu fragen, ob der Gang sicher war – er war so stabil wie jeder andere auch. Lucas würde versuchen müssen, die Furcht vor der Dunkelheit zu meistern. Dass Hofer in der Nähe war, empfand er nur teilweise als Trost. Der Mann verstopfte den Gang hinter Lucas wie ein Pfropfen.

»Geht's weiter?«, fragte Georg hinter ihm.

»Ja, doch«, murmelte Lucas und folgte dem Gang weiter unter die Stadt Wien hinein.

Kurz darauf musste er sich bereits an einer Verengung vorbeidrücken. Die Grabenden hatten offenbar versucht, tiefer zu gelangen, als der Keller gestattete, und sich dabei nicht bemüht, einen stetig abfallenden Gang zu schaffen. Stattdessen hatten sie einfach ein zwei Fuß tiefes Loch in den Boden gegraben und den Gang von dort ab angeschrägt. Das bedeutete, dass Lucas, die Lampe in den Fingern, die Arkebuse vor sich herschiebend, kopfüber schräg nach unten vorankriechen musste. Ihm brach der Schweiß aus, als sich die lange Waffe verkantete. Er zog und zerrte daran, bis er sie endlich wieder freigerüttelt bekam.

Die Schwärze um ihn herum wurde undurchdringlich. Erde rieselte ihm in Genick und Haare. Einen Augenblick lang kam er sich wie eingemauert vor und musste die aufkeimende Panik niederkämpfen, die die Vorstellung von etlichen Schritten Erde und dem schweren Gebäude über ihm verursachten.

Bei der nächsten Biegung – inzwischen konnte Lucas wieder geduckt gehen – spielten ihm seine Augen einen Streich. Vor sich sah er Lichtschein den Gang erhellen. Ungläubig rieb er sich die Brauen. Schließlich konnte das nicht sein – oder doch? Lucas hielt inne.

»Was gibt's?«, fragte Georg hinter ihm.

»Licht«, flüsterte Lucas. »Vor uns.« Er blinzelte, um unterscheiden zu können, ob er sich das nur einbildete oder nicht. Das Licht blieb.

»Ah, das werden Leute von uns sein«, sagte der Zimmermann.

»Sind hier unten viele?«, fragte Lucas.

»Ein paar schon. Hier graben noch sicher zehn Leute in den verschiedenen Ecken. Ganz zu schweigen von denen, die den Aushub wegbringen.«

»Bist du sicher, dass die von uns sind?«, wollte Lucas wissen. »Was, wenn der Feind in unsere Gänge vorgedrungen ist?«

Georg runzelte die Stirn. »Möglich, aber unwahrscheinlich.«

»Dann sei still«, zischte Lucas und sperrte die Ohren auf. Das Licht kam näher. Die Stille half, sich auf die Geräusche von vorne konzentrieren zu können, doch der Student stellte einmal mehr fest, wie dumpf die Erde jeden Laut klingen ließ. Irgendwann schloss er die Augen, um sich ganz auf sein Gehör zu verlassen.

Endlich vernahm er gedämpfte Schritte. Gemurmel. Lachen. Er hielt die Luft an und beruhigte seinen Herzschlag. »Mist, vermaledeiter«, drang zu ihm kaum hörbar vor. Erleichtert atmete er auf. »Sie gehören zu uns.«

»Sicher?«

»Fluchen die Türken in unserer Sprache?«

»Nein, natürlich nicht.«

»Dann gehören sie zu uns.«

Lucas und Georg warteten, bis die Männer deutlich zu hören waren, dann schwenkten sie die Lampe und riefen ihnen zu. Es handelte sich um zwei dreckige, verschwitzte Gestalten, die seit mehreren Wochen keine Zeit oder Gelegenheit zum Rasieren besessen zu haben schienen, denn ihre Bärte wucherten genauso wild wie ihre Haare. Sie waren in die dunkle Kleidung der Bergknappen gehüllt, deren Beinkleider aus Leder bestanden. Beide trugen rechts und links Erdsäcke quer über den Körper gespannt sowie einen dritten auf dem Rücken.

Und schon sah Lucas das nächste Problem: Er konnte selbst nur geduckt stehen und schabte immer wieder rechts und links mit den Schultern an den Wänden entlang. Wie sollte man da aneinander vorbeikommen? Nun blieben auch die beiden Bergknappen stehen und fluchten. »Hättet's was g'sagt. Dann wäret ma hinten in der Kammer geblieben, bis ihr kimmts«, meinte der eine.

»Wir wussten nicht, ob ihr's wart«, erwiderte Georg.

Einer der Männer lachte mit tiefem Bass. »Da herunten isch uns noch kein Osman begegnet.«

»Was machen wir jetzt?«, fragte Lucas. Er fühlte sich nicht wohl dabei, dass der Weg vorne *und* hinten blockiert war.

»Also, zurück«, sagte der Knappe. Und dann machten sich die beiden Männer auf den Weg, rückwärts und geduckt, weil sie nicht wenden konnten. Lucas und Georg folgten. Sie gelangten alle in eine größere Kammer, die ihnen zu viert gerade genug Platz bot, um sich aneinander vorbeizuschieben. Aus ihr heraus führten zwei weitere Gänge. Lucas musste sich merken, von wo sie gekommen waren. Er nahm seine Klinge und schnitzte eine tiefe Linie in das feuchte Erdreich.

»Wo habt ihr gegraben?«, fragte er die beiden Bergknappen.

»Da«, machte der eine und deutete in den einen Gang. »Gen Mauer am Auguschtinerkloschter.«

»Und wohin geht der dort?«, fragte Lucas und deutete auf die andere Öffnung.

»Zum Auguschtinerkloschter selber.«

»Habt ihr den Feind da gehört?«

Die beiden Bergknappen sahen sich an. »Dachten mer zumindescht«, sprach der eine. »Mia san seit geschtern Nacht am Graoben, da ham mia si hocken g'heart, mia ham so weit graoben, wia ma g'schafft hom.« Er wischte sich den Schweiß aus der Stirn.

Der Student musterte den Mann im schwachen Schein der Laterne. Er war blass und schwankte unter der Last der Erdsäcke. Die Männer, die darauf aus waren, einen Pulvervorrat zu finden, mussten sich an den Rand der Erschöpfung vorgearbeitet haben.

Lucas dachte nach. Niklas Graf Salms' große Furcht war, dass die Osmanen ihre Pulverfässer direkt unter militärisch wichtige Ziele legten. Wenn ein möglicher Gang des Feindes zum Augustinerkloster ging, dann konnte er genauso gut auch zum Platz vor der Burg geführt werden, wo sich die Verstärkung für sämtliche Mauerabschnitte sammelte. Das reichte Lucas aus, um eine Entscheidung zu treffen. Jemand musste dort die Aufgabe weiterführen, die diese Männer begonnen hatten.

»Ruht euch aus. Wir gehen da rein, oder, Hofer?« Der Mann nickte, und sie verabschiedeten sich.

Wilhelm Hofer war gestorben, weil er eine Mine zu leeren versucht hatte. Die Türken hatten sie genau in dem Augenblick gezündet, in dem Hofer den Minenhof gefunden hatte – die Kammer, in der das Pulver gelagert war. Als Georg und er in die Gänge eingestiegen waren, hatte der Morgen gerade zu grauen begonnen. Der vierte Sturm konnte jeden Augenblick beginnen. Was sie vorhatten war ein verdammtes Glücksspiel mit dem Teufel. Seine Entschlossenheit focht einen kurzen, aber heftigen Kampf gegen die Panik, die in ihm lauerte, und gewann. Er wurde ruhiger.

Der Gang führte noch sicher drei Dutzend Schritte weit, dann endete er. Das Werkzeug der Männer zeigte in die Richtung, in die weitergegraben werden sollte. Der Student stellte seine Laterne ab, schloss die Augen und lauschte. Die Luft war stickig.

Lucas kam sich vor wie auf einer Insel, auf der es weder Tiere noch Menschen gab. Außer dem Rascheln ihrer Gewänder, wenn eine Bewegung unvermeidlich war, hörte er nichts. Georgs Atem rasselte ein wenig, fand er, doch nicht so laut, dass er nichts anderes mehr hörte. Lucas schüttelte den Kopf und sah Georg an – der tat es ihm gleich. Auch er hatte nichts gehört.

Die beiden Männer fingen an zu graben und hatten bald eine Routine gefunden, die gut funktionierte – einen Fuß Material abgraben, einige Minuten lang lauschen. Wieder einen Fuß Erdreich abtragen – und erneut lauschen. Zwischendrin genehmigten sie sich immer wieder einige Schlucke aus den mitgebrachten Wasserflaschen oder trugen Erdreich in die kleine Kammer zurück, von wo andere Männer sie dann hinausschafften.

Lucas wusste nicht, wie viel Zeit so verging, vielleicht eine, vielleicht zwei Stunden. Dann, endlich, vernahm er einen Laut. Er hielt inne und fiel Georg in den Arm, der gerade erneut die Schaufel in die Erde treiben wollte. Sie warteten, bis sie unruhig wurden und sich bewegten. Lucas wollte schon nach der Schaufel greifen, da erklang wieder ein Geräusch. Ein hoher Ruf war kurz zu vernehmen gewesen.

»Hast du das gehört?«, fragte er.

Georg Hofer schüttelte den Kopf. »Was war denn?«

»Ich habe einen von ihnen gehört. Ein Befehl oder so.«

Georg runzelte die Stirn, lauschte wieder, schüttelte dann aber den Kopf. »Ich hör nichts. Aber dein Wort reicht mir.«

»Und jetzt?«

»Ist gut, wenn man Stimmen hört«, murmelte Hofer. »Das heißt, dass sie noch nicht fertig sind.«

Lucas runzelte die Stirn. »Aber das heißt auch, dass nur wenige Fuß entfernt von uns eine Rotte Türken lauert, möglicherweise bis an die Zähne bewaffnet, und gerade Schwarzpulver schichtet, oder?«, raunte er.

»Allerdings«, erwiderte Georg mit knirschenden Zähnen. »Aber immer noch besser, als wenn wir sie gar nicht mehr hören würden. Dann säßen wir auf einer Mine, die sie jeden Augenblick zünden könnten.«

»Was wohl oben inzwischen geschieht?«, fragte der Student.

»Sie werden noch nicht gestürmt haben«, meinte Hofer. »Sie müssen die Minen am Anfang des Sturmes zünden. Oder in einer Kampfpause, bevor ihre Janitscharen an den Mauern sind. Sonst jagen sie ihre eigenen Männer in die Luft. Aber wenn mich mein Zeitgefühl nicht täuscht, kann es nicht mehr lange dauern.«

Lucas ging es ähnlich – seine Nackenhaare stellten sich auf und ein nagendes Gefühl teilte ihm mit, dass sie sich beeilen sollten. »Also, wie machen wir weiter?«

»Graben wir ein bisschen – aber nicht so viel, dass wir durchbrechen. Damit wir mitbekommen, was sie dort treiben. Dann müssen wir warten, bis sie weg sind. Vielleicht gelingt es uns, die Kammer auszuräumen.«

»In Ordnung«, flüsterte Lucas. Er hob die Schaufel und schabte die Erde von der Wand ab, denn das Kratzen wirkte in seinen Ohren leiser als das rhythmische Graben. Ihr einziger Vorteil war, dass sie von den Osmanen wussten, die umgekehrt aber nicht von ihnen.

Die beiden Männer arbeiteten sich noch ungefähr einen halben Fuß weiter vor, da fiel ihm der Zimmermann seinerseits in den Arm. »Hörst'?«

Lucas lauschte erneut. Da waren Stimmen, ganz deutlich. Er verstand nicht, was sie sagten, doch sie klangen so nah, als würde sie bloß noch eine dicke hölzerne Kellerwand voneinander trennen. Man konnte mindestens zwei, eher drei Stimmen voneinander unterscheiden. Sie klangen angestrengt.

Lucas tauschte mit Georg Hofer einen beunruhigten Blick, dann robbte er zurück und holte seine Arkebuse. Als er Hofer fragend ansah und dieser zögerlich nickte, entzündete Lucas die Lunte an der Kerzenlaterne. Doch als er wieder aufsah, bewegte Hofer mahnend den Zeigefinger hin und her. Der Student verstand, er sollte nicht einfach abdrücken. Sie mussten erst wissen, wie viele Männer dort waren.

Lucas war kaum mit dem Bereitmachen der Waffe fertig, da rieselte auf ihrer Seite des Gangstückes Erde herab – die Männer auf der anderen Seite trugen offensichtlich ganz nah die Erdschicht ab. Der Durchbruch würde bald erfolgen! Hofer hatte die Geistesgegenwart, sich an die Wand neben dem Loch zu pressen und seine Laterne auszublasen, Lucas schüttete die Erde aus dem Sack über sein Licht. Es wurde dunkel.

Noch bevor der Student sich versah, brach ein großes Loch in der Wand auf, und Licht drang zu ihnen herein. Eine Schaufel ragte aus der Wand. Dann verdunkelte sich die Öffnung. Offenbar schaute jemand herein.

Lucas legte die Arkebuse an, zielte nur grob und zog den Abzug. Der Schuss zerriss die unterirdische Stille mit lautem Krachen.

Ein Schmerzenschrei, gefolgt von Rufen und dem Klirren von Metall – die Osmanen zogen ihre Säbel. Lucas sprang auf, wagte einen Blick durch die Öffnung und ließ sich dann zurück gegen die Wand fallen. Er hatte ein Fass gesehen, das vermutlich mit Pulver gefüllt war. Das Herz hämmerte ihm hart in der Brust. Er hatte mächtig Glück gehabt, dass er sie mit dem Schuss in das Fass nicht alle in die Luft gejagt hatte! Dann verlöschte auch auf der anderen Seite das Licht.

Lucas zog sein Schwert, um sich zu verteidigen, denn er hörte den Feind in der Dunkelheit näher kommen. Entsetzt sah er, dass auf ihrer Seite noch ein matter Schein die Orientierung erleichterte. Die Lunte seiner Arkebuse glühte noch! Hastig trampelte er das Ende fest in die Erde.

Die Finsternis wurde so vollständig, dass Lucas ein paar Augenblicke brauchte, um zu bemerken, dass die geisterhafte Helligkeit, die er sah, ihm seine Augen nur vorgaukelten. Danach legte sich die Schwärze um ihn wie ein Tuch. Er fühlte, wie sein Atem schneller ging, wie sein Herz begann, zu galoppieren. Es war nicht nur die Enge der Gänge, die ihn lähmte, sondern die absolute Dunkelheit dieser Räume, gepaart mit dem Wissen, dass er nicht fliehen konnte, sondern an diesen schmalen Fleck in der Erde gebunden war. Wenn ihn niemand fand, war er dazu verdammt, sich zu verirren und hier zu sterben.

Lucas schwitzte. Er versuchte, die Kühle in sich hineinzurufen, die er nutzte, wenn er mit einem Magister von der Universität vor einem Todkranken stand. Er würde diese verfluchten Gänge verlassen, das schwor er sich!

Die Schritte der Osmanen auf dem erdigen Boden waren kaum vernehmbar. Manchmal keuchte einer laut auf. Die Luft war jetzt, da ein Durchbruch vorhanden war, mit einem leichten Zug versehen. Weiter hinten wimmerte der Verwundete, der Lucas' Kugel abbekommen haben musste. Offenbar handelte es sich auf der Gegenseite um mindestens drei Türken.

Eine hastige Bewegung, ein Keuchen, und Lucas hörte, wie sich rechts von ihm Stahl in die Erde bohrte. Er dachte nicht mehr nach, sondern reagierte einfach. Er griff das Schwert fester und stach damit fest in die Richtung zu, in der er den Angreifer vermutete.

Ein leichter Widerstand, dann glitt die Klinge tiefer, begleitet von einem Schrei. Er hatte jemanden getroffen! Lucas betete, dass es sich dabei nicht um Hofer handelte, der seine Position verändert hatte. Doch das war offenbar nicht der Fall, denn auch von einer anderen Stelle drangen hastige Bewegungen, Keuchen und Schmerzenslaute an sein Ohr. Lucas spürte einen Luftzug und schnellte herum – was auch immer da kam, es war nichts Gutes.

Heißer Schmerz fuhr ihm auf einmal von Schulter und Oberarm beinahe bis zum Ellenbogen hinunter. Er schrie auf und jagte die Klinge voran. Wieder rammte die Spitze seines Schwertes etwas Weiches. Er drückte fester zu, bis er auf harten Widerstand traf. Warmes Blut lief ihm über die Finger.

Lucas drehte die Klinge, um sie aus dem Körper zu befreien, und zog mit aller Kraft daran. So leicht, wie die Spitze durch die Haut gedrungen war, so schwer war der Stahl nun wieder aus dem Körper zu ziehen. Doch es gelang ihm, und Lucas stach erneut zu. Schließlich brach der Mann vor ihm zusammen, und Lucas hielt kraftlos inne. Er holte tief Luft und merkte, dass er am ganzen Körper zitterte. Er hatte einen Mann getötet – zusammen mit dem Schuss vorhin vielleicht sogar zwei.

»Steinkober?«, erklang da Hofers Stimme.

»Ja …«

»Bist' in Ordnung?«

Lucas tastete nach der Wunde an seinem Arm. Sie schmerzte höllisch, doch sie schien nur oberflächlich zu sein. Natürlich musste sie gesäubert und verbunden werden, doch er konnte den Arm weiterhin bewegen. »Nur ein Schnitzer«, gab er zurück.

»Ich mache Licht«, erklang Hofers körperlose Stimme.

Lucas fasste den Griff seiner Waffe fester. Möglich, dass sich einer der Osmanen klug zurückgehalten hatte, bis man das Gefecht für beendet hielt.

Stein klackte an Stein, einige Funken sprangen auf und ein Feuerschwamm begann zu brennen. Offenbar hatte der Zimmermann einen weiteren Kerzenstummel dabei, den er nun entzündete. Lucas sah sich im Licht nach den Feinden um.

Die beiden Osmanen lagen in ihrem Blut auf dem Boden. Der eine rührte sich nicht mehr, der andere krümmte sich in atemlosen Schmerzen. Lucas hatte ihn oft getroffen. Einen Dritten konnte er weder sehen noch hören.

»Sei bloß vorsichtig mit der Kerze«, bat Lucas nun und hob den Säbel des Osmanen auf. Er sah sich um, fand dessen Laterne in einem kleinen Erdhügel stecken, grub sie aus und holte die Kerze daraus hervor, die er an Hofers Docht entzündete.

Dann wagte er sich vor, bis zu der Kammer, die die Osmanen gerade verlassen hatten. Sie war deutlich größer als der Gang, aus dem sie kamen, es passten vielleicht fünf Männer hinein. Vier Pulverfässer waren hier aufeinandergestapelt – und im Gang dahinter standen noch drei weitere. Eine lange Lunte verschwand in dem Gang, der unter den Mauern hindurch ins Feindeslager führen musste. Lucas' erster Handgriff war, sie zu zerschneiden, damit man von dort aus nicht doch noch zünden könnte.

»Verdammt«, murmelte er. »Wo mögen wir hier sein?«

»Irgendwo unterm Augustinerkloster«, erwiderte Hofer. »Komm, lass uns zusehen, dass wir die Fässer hier herausbringen. Das wird verdammt schwer. Und dann müssen wir den Gang hier zuschütten.«

Lucas war froh, dass sie die Erdsäcke nicht sonderlich weit weggetragen hatten, die konnten sie jetzt brauchen. »Wir benötigen Verstärkung.«

Sie arbeiteten schnell und unermüdlich. Lucas rollte auf seinem ersten Weg zurück in die kleine Kammer ein Fass vor sich her und brachte es schließlich zurück in Hofers Kellerraum. Hier rief er weitere Männer herbei. Man teilte sich die Strecke, um die Fässer schneller aus dem Sprenghof zu bringen. Das größere Problem war nun, den Gang der Osmanen zu verschließen. Sie füllten die Erdsäcke und schafften sie herbei, teilweise hackten sie in die Wände und die Decke des Ganges selbst, um ihn zum Einsturz zu bringen.

Als sie fertig waren, sah sich Lucas um und atmete erleichtert auf – hier würde kein Osmane mehr durchkommen, ohne erst größere Grabungsarbeiten durchführen zu müssen. »Weiß jemand, was draußen vorgeht? Wenn die Feinde stürmen, will ich nicht mehr hier unten sein.«

»Na, wir wissen nix«, sagte ein Schwazer.

Lucas verspürte ein Kribbeln im Nacken, das ihn zur Schnelligkeit mahnte. Sie ließen die Leichen, wo sie waren, und arbeiteten sich wie Perlen an einer Kette zurück in den kleinen Hohlraum, von dem die Öffnungen abführten. Die beiden Bergknappen schoben jeder ein letztes Fass gen Keller.

Plötzlich spürte Lucas ein Beben. Erde prasselte in großen Stücken von der Decke herunter. In der Ferne erklang ein dumpfes Krachen. »In den Gang!«, brüllte Hofer, griff sich Lucas und trieb ihn vorwärts. Hastig krabbelte Lucas voran, bis ihn ein heftiger Druck an den Boden presste. Dann hörte er ein Fauchen, und die Luft floh in die andere Richtung – ein Feuer! Das Geräusch kam von Süden, von der Mauer beim Augustinerkloster, aus jenem zweiten Gang, dem sie nicht gefolgt waren. Georg Hofer schrie hinter ihm auf.

Lucas kroch so schnell weiter, wie er konnte, und begann zu beten. Er stieß sich den Kopf und rieb sich die Knie auf, doch er fürchtete, dass alles zu spät war.

Er dachte an Madelin – Meryem –, und hoffte, dass sie in Sicherheit wäre, wenn die Osmanen kämen. Denn der letzte Sturm auf Wien hatte soeben begonnen.

Dann wurde Lucas gewahr, wie hinter ihm der Gang einzustürzen begann.

Kapitel 26

Der Donner der beiden Explosionen rollte über Wien hinweg wie ein Paukenschlag. Es war, als solle er jedem einzelnen Menschen darin verkünden: Sehet her – dies ist der Tag eures Endes! Und es war keiner in Wien, der die Botschaft nicht verstand. Wer noch in der Stadt war, befand sich auf den Beinen.

Madelin eilte frühmorgens durch die schmalen Gassen zum Hohen Markt. Die Staubwolke, die im Süden in den Himmel stieg, bedeutete, dass Gebäude eingestürzt sein mussten. Der Größe nach zu urteilen nicht wenige.

Die Wahrsagerin hatte sich noch ein Stündlein in der Kodrei um Franziskus gekümmert und auf ein Zeichen gewartet. Der vierte Sturm der Osmanen hatte begonnen. Als Erisbert heimgekehrt war, hatte sie ihn gebeten, sich um den Ikonenmaler zu kümmern. »Er wird einen Anfall haben, wenn der Kampf losgeht«, hatte sie ihm mitgeteilt. »Nicht unbedingt bei fernen Schüssen aus den Arkebusen, denke ich. Aber die Explosion von Minen wird ihn sicher beunruhigen.«

Madelin stand mit wild klopfendem Herzen vor dem Haus der Mutter am Hohen Markt und bemerkte den Aufruhr um sich herum kaum. Ihre Schlacht war eine andere. Trotzdem betete sie dafür, Lucas lebend wiederzusehen.

Auf ihr hartnäckiges Klopfen hin öffnete sich nach einer Weile die Tür einen Spaltbreit. »Was?«, fragte die Magd namens Girte, die Madelin beim letzten Mal so brüsk abgewiesen hatte.

»Ich muss mit meiner Mutter sprechen«, sagte die Wahrsagerin. Ihr Mund war trocken, sie spürte den Schweiß an den Handflächen.

»Das ist ein denkbar schlechter Zeitpunkt, Mädchen!«, keifte die Frau und drückte die Tür wieder zu. Doch sie stieß auf Widerstand, denn Madelin hatte einen Fuß in die Tür gestellt.

»Was soll das?«, zischte Girte. »Ich habe doch gesagt, dass …«

»Ich habe keine Zeit für so etwas«, knurrte Madelin. »Und auch keine Geduld. Du wirst jetzt die Türe öffnen und mich hineinlassen!«

Die Frau starrte sie feindselig an, doch Madelin nahm ein Zögern wahr. »Aber die Herrin hat gesagt …«

Die Wahrsagerin schnaubte. Dieses Mal würde sie sich von dem Drachen nicht abschrecken lassen. »Was die Herrin gesagt hat, ist mir recht einerlei«, entgegnete sie. »Du wirst mich jetzt einlassen, sonst werde ich dem Stadtrichter einen Fall von Lepra in diesen Mauern melden, und ihr werdet alle für die nächsten Monate unter Quarantäne gestellt. Würde das der Herrin gefallen?« Die hagere Magd wurde leichenblass.

Madelin stieß die Tür auf und schob sie beiseite, um ihr Geburtshaus zu betreten. »Außerdem habe ich einen Namen. Ich heiße Meryem.«

»Ich … also … hier lang«, stotterte Girte und wies auf die schmale und steile Treppe, die hinauf in den ersten Stock führte.

»Ist die Frau Mutter nicht in der Kemenate?«, fragte Madelin.

»Nein. Sie ist in der Bibliothek.«

Madelin zog eine Augenbraue hoch. Die Schreibstube der Mutter musste in den letzten Jahren deutlich angewachsen sein, wenn man sie inzwischen Bibliothek nannte. Von oben hörte sie Stimmen. Beinahe verzagt betrat sie die erste Stufe.

»Girte, wer war das?«, drang von oben eine kühle Stimme herab.

Madelin legte den Finger auf die Lippen, um die Magd zum Stillschweigen anzuhalten. Dann nahm sie ihren Mut zusammen und ging die Treppe weiter hoch, hinauf in das, was einmal die ihr bekannte Schreibstube gewesen war.

Elisabeth von Schaunburg saß auf einer Bank am Fenster. Die Wände des Raumes waren über und über mit wuchtigen Folianten bedeckt – die Sammlung musste sich in den letzten sechs Jahren sicher vervierfacht haben. Schreib- und Lesepulte standen in den Ecken, eine Tür ging in das Schlafgemach der Hausherrin ab. Madelin blieb auf der letzten Stufe stehen und krampfte die Hand um das Geländer.

Elisabeth von Schaunburg wirkte mit ihrer starren, reglosen Haltung mehr wie ein italienisches Gemälde denn ein Mensch aus Fleisch und Blut. Sie saß aufrecht da und wandte der Tochter den Rücken zu. Haltung und Gewandung hätten auch die einer Königin sein können. Sie trug ein Kleid aus rot-goldenem Brokat mit Granatapfelmuster, das über und über mit Juwelen bestickt war. Das Haar war streng zurückgeflochten, darüber trug sie eine kappenartige Haube. Wieder fragte sie ohne den Blick aus dem Fenster abzuwenden: »Girte, wer war das nun?«

Augenblicke verstrichen, ohne dass jemand sprach. Schließlich wandte sich die Mutter missmutig um. Sie hielt inne, als sie die Tochter sah. Ein Schatten des Erstaunens huschte kurz über ihre Züge. »Madelin«, sagte sie eher verdrossen als erfreut. »Was machst du denn hier?«

Die Wahrsagerin trat in den Raum und blinzelte. »Frau Mutter. Hat Euch Girte nicht davon erzählt, dass ich vor zehn Tagen schon einmal hier war?«

»Sicher. Das dumme Mädchen hat dich von der Schwelle gekehrt, wie sie mir berichtet hat. Ich habe sie schlagen lassen.«

Madelin glaubte ihr kein Wort. Doch das war jetzt nicht wichtig.

»Ich war froh, dich wieder in der Stadt zu wissen«, sprach

die Mutter nun. »Auch wenn du dir einen besseren Zeitpunkt für einen Besuch in der Heimat hättest aussuchen können.«

»Wäre es nach mir gegangen, ich wäre gar nicht wiedergekommen«, erwiderte Madelin. »Aber ein Freund war in Not.«

»Es braucht also einen Freund in Not, um dich mit deiner Familie zu vereinen?«, fragte die Mutter und legte die Stirn in Falten. »Wir haben uns sechs Jahre lang Sorgen gemacht.«

»Es ging mir gut«, murmelte Madelin mit rauer Stimme. Sie wünschte sich, die Worte der Mutter wären wahr, doch es konnte für sie kaum mehr als eine Verpflichtung gewesen sein, sich jährlich nach der geflohenen Tochter zu erkundigen.

»Dann ist ja alles in Ordnung«, schloss Elisabeth von Schaunburg knapp. »Warum bist du hier?«

Madelin hatte vergessen, wie kühl die Mutter stets gewesen war. Sie wusste nicht, welchen Empfang sie erwartet hatte, doch momentan fühlte sich die Entfernung zu ihr größer an als damals, als sie durch Nürnberg oder Prag gezogen und sich nach Hause gewünscht hatte. Die junge Frau schluckte ihre Enttäuschung hinunter. Es galt, ehrliche Antworten auf ihre Fragen zu bekommen. Leider konnte man selten unterscheiden, ob Elisabeth von Schaunburg log, etwas verschwieg oder die Wahrheit sagte. Doch Madelin hatte keine Lust mehr auf die Spielchen ihrer Mutter.

»Der Mann – der Aussätzige mit der rauen Stimme –, er ist Euer Handlanger, nicht wahr?«

Nur ein klitzekleines Weiten der Augen ihrer Mutter verriet ihr, dass sie mit ihrer Erinnerung richtiglag. Noch bevor diese zu einer Antwort ansetzen konnte, fuhr Madelin fort. »Woher wusste er von Anna? Standet Ihr durch ihn in Kontakt mit dem Janitscharen?«

Die Mutter senkte den Blick und antwortete nicht.

»Es hat keinen Zweck, es mir verheimlichen zu wollen«, erwiderte Madelin ärgerlich. »Ich bin kein dummes Kind mehr.«

»Nein, das bist du nicht«, Elisabeth von Schaunburg sah auf, die harten Augen ernst auf sie gerichtet. »Als ich Ludo – den Aussätzigen – mit Mehmed Kontakt aufnehmen ließ, erfuhr er, dass Anna in all diesem Chaos bei ihm gelandet war. Das allein ist schon ein kleines Wunder.«

»Und dann habt Ihr beschlossen, das zu nutzen, um mir das Trionfi-Spiel abzunehmen«, mutmaßte Madelin. »Graf Hardegg hat die Karte in der Bibliothek wirklich bloß ausgeliehen, oder?«

Die Mutter sah sie so erstaunt an, dass die Tochter es nicht für gespielt hielt. »Graf zu Hardegg hat … Er hat die Karte ausgeliehen?« Es war, als würden die Mühlräder hinter ihrer Stirn beginnen, sich zu drehen. »Sicher für den Befehlsstab. Du hattest ihn im Verdacht?«

»Ich … Ja.«

»Du konntest ihn nie leiden«, erwiderte Elisabeth tadelnd. »Aber das beruht wohl auf Gegenseitigkeit.«

»Vermutlich«, murmelte Madelin. Doch sie war nicht gekommen, um über den Grafen zu sprechen. »Ihr habt die Karten bei Meister Woffenberger anfertigen lassen, nicht wahr?«, fragte sie leise.

»Das habe ich.«

»Aber das muss mehr als eine Woche vor der Belagerung gewesen sein – vielleicht gar zwei! Wenn Ihr sagt, dass Mehmed erst während der Belagerung Kontakt mit Euch aufgenommen hat …«

»*Ich* plane mein Leben voraus.«

Die Spitze gegen ihren eigenen Lebensstil entging Madelin nicht. »Und Ihr habt Woffenberger durch Euren Schläger töten lassen, als er das Spiel nicht mehr besaß und Euch verraten konnte.«

Es gelang ihr nicht, in den unnahbaren Augen Elisabeths etwas zu lesen. Madelin schwieg. Doch sie musste von der Mutter keine Bestätigung hören, um zu wissen, dass ihre Annahme stimmte. Sie runzelte die Stirn. »Warum? Wie kommt Ihr dazu ...«

Das Weinen eines Kindes unterbrach die Wahrsagerin mitten im Satz. Es war aus der Schlafkammer der Mutter gekommen, die von der Bibliothek nur durch eine Tür getrennt war. Madelin drehte sich ungläubig um. »Ist das ...« Sie wartete die Antwort nicht ab. Sie lief hinüber und riss die Tür auf. In der Kammer saß Anna, ihre Halbschwester, im Bett der Mutter. Neben ihr lagen die kleine Elisabeth und der Junge Friedrich.

»Anna!«, rief Madelin überrascht. »Du bist frei!« Sie näherte sich der Bettstatt mit schnellen Schritten und setzte sich zu ihr. »Gott sei's gedankt – du bist wohlbehalten!« Sie hatte sich solche Sorgen gemacht, dass Anna etwas geschehen würde – und stattdessen hatte sie hier geschlafen, in sicherer Obhut. »Warum hast du mir nicht Bescheid sagen lassen, dass du in Sicherheit bist?« Die Wahrsagerin nahm die Schwester in den Arm.

»Madelin«, sagte Anna liebevoll. Sie erwiderte die Umarmung herzlich und hielt sie lange fest. »Ich habe Mutter darum gebeten«, sagte sie dann. »Aber wir wussten nicht, wo du bist.«

Madelin drückte die Schwester noch einmal, dann löste sie sich von ihr und betrachtete sie. Anna sah blass aus, die Ringe unter den Augen schimmerten beinahe violett. Sie schien nicht gehungert zu haben, und trotz der offensichtlichen Müdigkeit wirkte sie ruhig. »Jetzt wird alles wieder gut«, sagte Madelin.

»Manche Dinge lassen sich nicht wiedergutmachen«, sagte Anna und legte ihrem Sohn den Arm um die Schultern. Dann griff sie mit der anderen Hand nach der Schwester. »Aber man kann lernen, damit zu leben.«

Madelin musterte die Schwester bedrückt. Sie wirkte älter als zuvor, noch verhärmter. Was mochte ihr in der Gefangenschaft der Türken alles widerfahren sein? Im Moment wollte sie nicht weiter nachfragen. Wenn die Zeit dafür reif war, würde sie es von selbst erzählen. »Wie seid ihr befreit worden? Hat Mutter ...?«

»Er hat mich gehen lassen«, sagte Anna. »Mich und die Kinder.«

»Einfach so?«

»Er hat gesagt, er würde sein Wort dir gegenüber einlösen, und wir sollten ins Haus der Mutter fliehen, dort wären wir sicher. Und dann hat er uns auf die Straße nach Wien gesetzt, dort, wo gerade der Ausfall stattgefunden hatte. Ich bin mit den Kindern bis zum Tor – mit einer Leiter mussten wir schließlich über die Mauer.«

Madelin fühlte, wie sich in ihrem Hals ein Knoten bildete. »Das hat er gesagt?«, fragte sie. »Er würde sein Wort halten?«

»Madelin, du hast so viel für mich gewagt.« Anna drückte dankbar ihre Hand.

»Mach dir darüber keine Gedanken«, sagte Madelin und erwiderte die Geste. »Hauptsache, ihr seid in Sicherheit.«

Anna nickte, den Tränen nah. Das kleine Mädchen neben ihr räkelte sich und begann zu weinen. Es griff sich das Hemd der Mutter und rollte sich heran. Anna ließ Madelins Hand los, um auch die Tochter eng an sich zu ziehen.

»Die Kinder sind noch ganz verschreckt, Madelin. Sehen wir uns später?«

»Ja, machen wir.« Sie gab der Schwester einen Kuss auf die Wange. Dann stand Madelin auf, strich sich ihr gutes Kleid glatt und schenkte Anna ein kleines Lächeln. Die hatte sich mit losem Haar zurück ins Bett gelegt, das eine Kind rechts, das andere links in die Armbeuge geschmiegt, dazwischen Kissen und weiße Leinentücher. Es war ein Bild des Friedens, obwohl doch draußen der Krieg tobte.

Als Madelin die Tür von außen schloss, lehnte sie sich gegen das Holz und holte ein paarmal tief Luft. Anna war frei, und Mehmed hatte sein Wort gehalten. Er mochte Schreckliches getan haben, aber er war ein Mann von Ehre. Das war mehr, als sie bislang von ihm gedacht hatte. Die Kammer, in der sie stand, ja das ganze Haus wirkte mit einem Mal nicht mehr so dunkel oder gar bedrohlich.

»Die Türken haben beim Augustinerkloster eine Bresche geschlagen«, sagte die Mutter vom Fenster aus. Sie hatte sich nicht vom Fleck weggerührt. Ihre Worte klangen beinahe, als kommentiere sie das Wetter. »Sie misst sicher mehr als einhundertzwanzig Fuß.«

»Und das macht Euch glücklich?«, fragte Madelin wütend. »Ihr habt die Stadt an die Türken verraten. Hasst Ihr die Menschen hier so sehr? Hasst Ihr den Grafen so sehr?«

»Ich hasse weder Wien noch den Grafen zu Hardegg, Madelin. Was bringt dich auf solche Ideen?«, fragte die Mutter tadelnd. Doch ihr Ton war milde.

»Warum dann?«, fragte Madelin leise. »Was bringt einen Menschen zu so einer Tat, die Tausende das Leben kostet?«

Elisabeth von Schaunburg wandte sich ganz zu ihr um. Sie lächelte. Es wirkte verkrampft und ungewohnt – und gleichzeitig doch auch so glücklich, wie Madelin sie noch nie gesehen hatte. »Die Karten, die du mitgenommen hast, waren ein Geschenk«, sprach sie dann. »Mehmed hat sie mir geschenkt. Kein Zeichen wäre besser gewesen als dieses. Ich habe lange gebraucht, um ein Spiel zu finden, das dem ähnelte, das du mir gestohlen hast.«

»Was … was für ein Zeichen denn?«, fragte Madelin mit trockenem Mund.

»Ein Zeichen, damit er versteht, dass ich die Entscheidung von damals bereue.«

»Welche Entscheidung?«, fragte Madelin. »Ihr seid doch von ihm …«

»Nein, Madelin. Das bin ich nicht«, erwiderte Elisabeth von Schaunburg. »Ich habe mich diesem Mann aus Liebe hingegeben, mit ganzem Herzen.«

Madelin war froh, das harte, unnachgiebige Holz der Tür im Rücken zu fühlen. Ihre Mutter hatte den Mann geliebt? Ihren Vater? Das konnte nicht sein – er war ein Tier, eine Bestie, die sich genommen hatte, was sie wollte … Oder etwa nicht? Sie erinnerte sich an das Erstaunen, ja die Entrüstung, als Madelin ihm von der Geschichte der Mutter berichtet hatte. »Dann … dann hast du mich all die Jahre angelogen?«, murmelte sie fassungslos. »Warum?«

Die Mutter wandte sich wieder dem Fenster zu, doch Madelin trat zu ihr heran, um ihr ins Gesicht sehen zu können, sei es auch nur von der Seite. »Ich konnte nicht anders. Ich wollte nicht die Hure eines türkischen Soldaten sein. Hier, in Wien, winkte mir die Vermählung mit einem Grafen.« Der Ausdruck auf ihren Zügen wich tiefer Traurigkeit. »Dumm, wenn man eine solche Entscheidung mit der Weisheit von zwanzig Jahren betrachtet.«

Madelin dämmerte, wie es weitergegangen war. »Ihr habt Mehmed den Rücken gekehrt und seid für die Hochzeit nach Wien gekommen. Und dann wurdet Ihr mit mir schwanger und konntet nicht mehr leugnen, was geschehen war. Doch anstatt die Wahrheit zu sagen, habt Ihr behauptet, der Mann hätte Euch entehrt.«

»Wie hätte ich sagen können, dass ich mich einem Osmanen hingegeben habe?«, fragte die Mutter schlicht. »Das war völlig undenkbar.«

»Und nun wollt Ihr den Fehler wiedergutmachen. Ihr habt den Feldzug der Osmanen genutzt, um zu ihm zurückzukehren. Darum der Plan auf den Trionfi-Karten, darum der Verrat.« Der Gedanke war unglaublich. Madelin hatte ihre Mutter – diese harte, steife, unnahbare Frau – kaum jemals ein Gefühl zeigen sehen, so lange sie lebte.

Elisabeth von Schaunburg nickte mit einem Lächeln. »Ja. Die Zeit lässt sich nicht zurückdrehen, auch wenn man das manchmal wünscht. Aber ich kann dafür sorgen, dass ich die Jahre, die mir noch bleiben, nicht mehr verschwende. Ich habe mich hart gemacht, kalt gemacht, bis nichts mehr von mir übrig war.« Sie schüttelte den Kopf. »Ab jetzt will ich die glücklichste Zeit meines Lebens haben. Ich will, dass Mehmed zu mir zurückkehrt. Dass er mir vergibt. Und dass wir beisammen sind.«

Madelin wurde innerlich ganz ruhig. Sie konnte kaum mehr wütend auf diese Frau sein, die sich vermutlich über die letzten zwanzig Jahre vorgehalten hatte, dass sie den größten Fehler ihres Lebens begangen hatte. Die Tochter empfand Mitleid mit der Mutter.

Mitleid, in das sich Wut mischte. Madelin war ihr ganzes Leben über die Umstände ihrer Zeugung belogen worden. Sie hatte vom ersten Augenblick an, da sie zu sinnvollen Gedanken fähig gewesen war, die Schuld für den gesellschaftlichen Fall der Mutter auf ihren Schultern gefühlt und ihre Abneigung ertragen, weil sie sich sicher war, dass die dafür einen guten Grund besaß. Madelin hatte gedacht, sie wäre halb Mensch, halb Bestie. Möglicherweise lag sie damit nicht einmal falsch, nur war nicht der Vater die Bestie, sondern die Mutter.

»Das wird nicht geschehen«, sagte Madelin hitzig. »Ihr werdet nicht vereint sein. Und für die Osmanen wird der Gang durch diese Mauer kein Spaziergang. Wenn ich raten müsste, würde ich sagen, dass sie zum vierten Mal die Mauern berennen und sich an Graf zu Hardegg und Eck von Reischach mit ihren Männern die Zähne ausbeißen.«

»Was erzählst du da für einen Unsinn?«, fragte Elisabeth von Schaunburg und wandte sich ihr zu. »Wie kommst du darauf? Sie haben doch die Ziffern auf den Karten. Nicht nur Wiens Mauern werden fallen, sondern sämtliche Verteidiger auf den Plätzen an der Burg, beim Neuen Markt … Sie wissen genau, wo sie zuschlagen müssen! Wien wird mit einem Schlag völlig wehrlos sein, Graf Salm wird die Stadt übergeben müssen!«

»Nein, das wird er nicht«, erwiderte Madelin, und ihre Worte verdrängten die Wut und machten sie ganz ruhig. »Momentan arbeiten Dutzende Männer unter der Erde, um die Minen zu finden.« Sie wies zum Fenster hinaus, von wo Kanonen- und Büchsenfeuer in einem stetigen, unregelmäßigen Stakkato hereindrang. »Aber die Osmanen wissen das nicht. Und deshalb werden sie scheitern.«

Elisabeth von Schaunburg wurde leichenblass, die Freude wich von ihren Zügen. Sie drehte sich starr wie eine Puppe zurück zum Fenster und sah hinaus. Madelin trat daneben und folgte ihrem Blick. Draußen krachten nun hauptsächlich Arkebusen, und das Geschrei deutete an, dass die Janitscharen versuchten, die Bresche in der Mauer zu stürmen.

Madelin blickte hinaus, nach Süden, und fröstelte. Die Mittagssonne stand dort und blendete sie mit klarem Schein. Kein Wölkchen war am Himmel zu sehen. Sie sandte Lucas einen stummen Gruß, wo auch immer er gerade sein mochte. Sie wusste, dass ihre Mutter neben ihr ähnliche Gedanken hatte. Die Vorstellung, dass unter den Männern, die da draußen vielleicht in den Tod gingen, ihr Vater war, kam ihr erst jetzt. Wenn er heute starb, hatte sie ihn kaum gekannt. Er schien ein aufrechter Mann zu sein, und das heilte eine tiefe Wunde in ihr.

Madelin fühlte sich der Mutter in diesem einen Augenblick merkwürdig verbunden. Beide wussten sie dort draußen einen geliebten Mann, der sein Leben für den Kampf wagte, an den er glaubte. Beide wussten sie nicht, ob dieser Mann lebte oder tot war. Für sie beide würde jeder Augenblick, der verging, bis sie Gewissheit erlangten, so lang währen wie ein Jahr. Und beide konnten sie nur beten.

»Geh«, sprach Elisabeth von Schaunburg. Ihre Stimme klang hart und grimmig.

»Mutter, ich …«

»Geh!«, wiederholte sie. »Geh, und kehre nie wieder in dieses Haus zurück.«

Madelin schluckte eine Antwort hinunter und nickte. Sie sah die Mutter nicht an, als sie ging. Doch bevor sie der Treppe hinunter ins Erdgeschoss folgte, flüsterte sie noch: »Ich wünsche Euch trotz allem, dass er am Leben ist.« Sie erhielt keine Antwort. Madelin sandte einen letzten freudigen Blick zur Kammer hinüber, in der Anna und die Kinder lagen. Dann schritt sie die Treppe hinunter.

Unten stand der Mann mit dem grauen Mantel, unter dem die schlohweißen Haare hervorlugten. Der süßliche Gestank schlug ihr entgegen und stellte ihr die Haare zu Berge. Doch sie wich ihm nicht aus, sondern blieb vor ihm stehen.

Vorsichtig hob Madelin eine Hand und zog ihm die Kapuze vom Kopf. Sie blickte in das faltige, wulstige, zerstörte Gesicht. Mit viel gutem Willen erkannte sie darin den Mann, der vor sechs Jahren in dieses Haus gekommen war. Der Aussatz hatte ihn so entstellt, dass man ihn für einen Greis halten musste, obwohl er doch nicht mehr als dreißig Jahre zählen konnte. »Bekommt man die Lepra nicht, wenn man im selben Haus mit dir wohnt, Ludo?«, fragte sie leise.

Er starrte sie an. Die Augen schienen das einzig wirklich

Menschliche an ihm geblieben zu sein. »Ich fasse nichts an. Ich schlafe und esse im Schuppen. Deine Mutter hat mich in ihrer Gnade nicht verjagt und ist bislang verschont geblieben.« Seine pfeifende Stimme ließ ihr einen kalten Schauer den Rücken hinablaufen.

»Hat sie denn keine Furcht?«, fragte sie erstaunt.

»Sie sagt, es ist Gottes Entscheidung, ob sie krank wird oder nicht. Hast du keine Furcht? Immerhin stehst du hier vor mir.«

»Du warst mir schon näher«, sagte Madelin. »Wenn ich erkranken soll, dann ist es wohl schon zu spät. Wie hast du es bekommen?«

»Ich weiß es nicht«, stieß er heftig aus. »Irgendwann fühlt man seine Zehen nicht mehr oder die Fingerspitzen. Die Haut fängt an, sich zu verändern. Und bald sieht man aus wie ein Ungeheuer.«

Die Wahrsagerin musterte ihn überrascht. In seinen Augen stand eine dumpfe Wut, die ihr vertraut war – sie hatte sie bei Franziskus gesehen. Bei dem Freund war sie irgendwann der Hoffnungslosigkeit gewichen, die ihr beinahe noch mehr Angst gemacht hatte, denn Wut bedeutete immerhin, dass man mit seinem Schicksal haderte.

Doch als sie genauer hinsah, erkannte sie, dass das Glitzern in Ludos Blick ein anderes als bei Franziskus war. Der Aussätzige hatte sich die Wut bewahrt, die in ihm schlummerte, und das anscheinend seit Jahren. Befähigte sie ihn zu all diesen schrecklichen Dingen? War sie der Quell seiner Brutalität? Madelin fühlte, wie sich eine Gänsehaut auf ihren Armen bildete, als sie in seine Augen sah. Eben hatte sie noch gedacht, sie seien das Menschlichste an ihm. Doch jetzt wusste sie, dass sie sich geirrt hatte. Die Krankheit hatte ihn nicht nur äußerlich verzehrt.

»Geh mir aus dem Weg.« Ihre Stimme war ganz ruhig. Sie fürchtete diesen Mann nicht mehr, doch sie wollte ihn nie wiedersehen. Er stierte noch einen Augenblick auf sie herunter, dann machte er ihr widerwillig Platz.

Als Madelin das Haus verließ und in die Sonne trat, fühlte sie sich wie neugeboren. Mit der Wahrheit über den Vater war eine Last von ihren Schultern gefallen. Dafür hatte sie eine Mutter verloren. »Nein«, korrigierte sie sich leise. »Ich habe nie eine besessen.«

Auf dem Hohen Markt hielt sie inne und sah sich um. Die Strahlen der matten Oktobersonne tauchten Wien in ein goldenes Herbstlicht. Der Atem gefror ihr vor den Lippen, und sie fröstelte.

Plötzlich rollte ein weiterer Donner über die Stadt, eng gefolgt von einem zweiten. Madelins Herz setzte einen Schlag aus. Zwei weitere Minen, die explodiert waren, wie es schien beim Augustinerkloster.

Lucas.

Madelin dachte nicht weiter nach. Sie konnte nicht warten, ob Lucas nach Hause zurückkehren würde. Sie raffte ihre Röcke und lief durch die Stadt. Er war am Leben. Ganz bestimmt. Lucas musste am Leben sein! Erst als sie um Luft rang, bemerkte sie die Tränen, die ihr die Wangen hinunterliefen.

Kapitel 27

Der Staub der Explosionen legte sich nur langsam zwischen den zerschossenen Mauern Wiens, die wie zerklüftete Zahnstummel in die Höhe ragten. Doch sie boten immerhin noch Deckung gegen die Arkebusen und Vierzigpfünder der Verteidiger.

Mehmed trieb seine Männer an. »Denkt an die tausend Aspern, die der Sultan uns zahlt! Denkt an die Reichtümer und die Speisen, die ihr euch kaufen könnt. Oder denkt an die Freuden des Paradieses, wenn ihr denn müsst. Aber kämpft!«, schrie er.

Und die Janitscharen kämpften. Sie erstürmten den Wall der Stadtmauer, die jetzt kaum noch Schutz bot. Die Bresche war so lang, dass hundert Männer nebeneinander kämpfen konnten. Und bei Allah, heute würden sie endlich gewinnen.

Mehmed selbst hatte die Entscheidung für den vierten Sturm, die Großwesir Ibrahim Pascha getroffen hatte, für leichtsinnig, ja unverantwortlich gehalten. Einzig die Tatsache, dass ihnen der Plan der Stadt einen weiteren Vorteil verschaffte, hatte ihn im Vorfeld beruhigt. Nun, da er mit Tausenden von Männern vor der Lücke stand, glaubte er selbst daran, dass sie heute den Sieg erringen konnten. Die Mauer war bereits zerstört, weitere Minen würden unter dem Neuen Markt und dem Platz vor der Burg explodieren, um Niklas Graf Salms Nachschub für die Verteidigung der Breschen abzuschneiden.

Mehmed fühlte, dass etwas in der Luft lag – etwas Verheißungsvolles, vielleicht sogar etwas wie eine Zukunft. Zumindest aber war es ein Versprechen. Er dachte an das Trionfi-

Spiel, das ihm durch seine Tochter zugesandt worden war, während er mit seinen Männern vorwärtsstürmte, den Wall hinauf, zur Mauer hin. Er hatte den Schlüssel darauf sofort erkannt und gewusst, wie man die Ziffern umrechnen musste, um die nötigen Distanzen im Stadtbild zu berechnen.

Seine Tochter. Sie hatte in der kurzen Begegnung bewiesen, dass sie ihrer Eltern Kind war – klug, schön und stark zugleich. Sie ließ sich nichts vormachen und wusste, schwere Entscheidungen zu treffen. Mehmed hoffte, dass sie ihm vergeben würde, wenn Wien erst einmal gefallen war. Und er betete, dass er selbst die Kraft in sich finden würde, Elisabeth zu vergeben.

Eine nie ganz erloschene Flamme war wieder aufgelodert, als er das Trionfi-Spiel in Augenschein genommen hatte, das ganz ähnlich dem war, das er Elisabeth einst als Zeichen der Liebe und des gemeinsamen Schicksals überreicht hatte. Er hatte die Botschaft verstanden und sofort begriffen, dass sie zu ihm zurückkehren wollte. Dennoch hatte er gezögert, alles überprüft, weil er ihr misstraut hatte. Inzwischen wusste er, dass Elisabeth es ehrlich meinte.

War es närrisch, daran zu glauben, dass sie wieder vereint sein konnten – nach zwanzig Jahren? Sie waren nicht mehr dieselben Menschen, kannten einander kaum noch. Und doch fand er noch immer dasselbe Gefühl in seinem Herzen, das dort vom Tag ihrer ersten Begegnung an gewohnt hatte. Es mochten die Empfindungen eines Narren sein, doch sie fühlten sich richtig an.

Die Elitesoldaten des Sultans stürmten wagemutig den Wall empor, hinein in die Wolke aus Pulverdunst und Staub. Sie feuerten eine Salve, warfen die Büchsen weg und liefen voran, um sich mit dem Säbel in der Hand dem Feind zu stellen. Man sah hier unten kaum noch die Hand vor Augen.

Mehmed sprang über die Steinbrocken hinweg, auf ein großes Trümmerstück der Mauer, das wie eine schiefe Rampe vor ihm lag. Er rief seinen Männern zu, es ihm gleichzutun, und wer ihn hörte, gehorchte. Mehmed steckte den Säbel zwischen die Zähne, sprang zu den Zinnen empor und zog sich das letzte Stück mit den Armen hinauf. Er sah kaum, wohin er sprang – doch er schwang sich darüber und landete sicher auf den Füßen.

Da stand plötzlich ein Soldat vor ihm, der Kleidung nach ein Spanier. Er war ebenso überrascht wie der Osmane und riss die Arkebuse herum. Mehmed griff ihm in die Waffe und hieb ihm die Faust ins Gesicht – und der Mann stolperte rückwärts. Als er sich wieder gefangen hatte, trug Mehmed bereits den Säbel in der Faust, sprang ihm nach und rammte ihm zielsicher die Waffe in den Unterarm, dort, wo die Rüstung aufhörte. Der Mann öffnete mit schmerzverzerrtem Blick den Mund, als wolle er noch etwas sagen, dann kippte er zur Seite. Mehmed ließ ihn auf den Wehrgang fallen, zog ihm die Waffe aus dem weichen Fleisch und stieß ihn mit dem Fuß von der Mauer.

Er blickte sich hastig um und sah, dass ihn kein weiterer Feind bedrohte. Der Staub begann, sich langsam zu legen, und auch der Pulverdampf wurde dünner. Selbst die Büchsen krachten nicht mehr so oft. Er schaute zurück. Das Meer der Janitscharen wollte kein Ende nehmen; sie stürmten auf die beiden großen Breschen zu, die mittlerweile in der Stadtmauer Wiens klafften – die eine wie eine offene Wunde, die andere provisorisch von den Wienern verschlossen. Mit einem Blick auf die Stadt erkannte er, dass im Gegensatz zu dem Heer des Sultans die Zahl der Verteidiger lächerlich gering schien. Doch Mehmed wusste, man brauchte zur Erstürmung einer Festung nur einen Bruchteil der Männer, die man zur Verteidigung benötigte. Die Männer in Wien verdienten seinen Respekt – sie hatten mehrfach Mut und Kampfeswillen bewiesen.

Zum Schluss sah Mehmed hinüber zu den Örtlichkeiten, die ihm Ibrahim Pascha angewiesen hatte. Er musste sich ein wenig orientieren, doch dann fand er die Burg, die Michaelskirche sowie den offenen Platz in einer direkten Linie hinter dem Augustinerkloster, das direkt vor ihm an der Mauer lag.

Mehmed erstarrte. Keine Staubwolke verbarg die Sicht dorthin, kein Geschrei, Gewimmer oder Geheule drang ihm entgegen. Von hier oben hatte er sogar einen recht guten Blick auf den Platz nahe der Burg. Dort herrschte kein Chaos. Die zweite, dritte und vierte Reihe der Verteidigung Wiens stand dort, bereit, die gefallenen Kameraden zu ersetzen. Waren denn die Minen unter den Plätzen nicht explodiert? Der Donner war laut genug gewesen!

Mehmed hatte am Kriegsrat teilgenommen, der vor zwei Tagen von Ibrahim Pascha einberufen worden war. Alle fünf Sprengladungen hätten etwa gleichzeitig gezündet werden sollen, zumindest hatte der Großwesir das verkündet und ihn, Mehmed, besonders gelobt, weil er den Plan durch das Trionfi-Spiel erst möglich gemacht hatte. Das Fußvolk war wie immer der Kern des Angriffs. Die Janitscharen rückten in drei Haufen an. Die Hälfte der Reiter sollte für den Sturm bereitstehen. Doch dieser Plan baute zentral darauf, dass die ersten Reihen der Verteidiger starben und keine neuen nachrücken konnten. Wenn aber die beiden nahen Alarmplätze des Feindes nicht durch die Minen gesprengt worden waren, fiel ihr Schlachtplan in sich zusammen wie ein Zelt ohne Stützpfosten.

Wie erwartet hielten die Verteidiger mit ihren Kanonen gegen. Besonders die schweren Geschütze auf dem wieder aufgebauten Kärntner Turm richteten einen verheerenden Schaden unter den Fußsoldaten an. Einige wandten sich zur Flucht, wurden aber von Reitern mit Säbeln angetrieben. Doch bei den Fliehenden konnte es sich wohl kaum um Janitscharen des

Sultans handeln, sondern vermutlich um Lehnsmänner irgendeines Schahs.

Nun legte sich der Staub auch in den Gassen direkt hinter der Mauer. Mehmed schmeckte ihn auf der Zunge, er war angereichert mit Pulverdampf. Sein Mund war trocken, und er musste husten. Er sah, wie die Männer des Sultans einer um den anderen in die Piken der Landsknechte liefen, gegen die sie mit ihren Säbeln machtlos waren. Auch wurde er gewahr, wie an mancher Stelle Janitscharen durch die Bresche drangen, nur um dann unter den Schwertern der Reiter zu fallen. Er war Zeuge, wie seine Brüder starben, wieder und wieder, gefällt von den Verteidigern Wiens, die mit verbissenen Mienen keinen Fußbreit Boden preisgaben. Mehmed sah, dass auch der vierte Sturm auf die Stadt scheitern würde, so wie die drei zuvor. Der Goldene Apfel würde nicht fallen. Ibrahim Pascha, und mit ihm Sultan Süleyman, würden nicht obsiegen. All die tapferen Kämpfer hatten ihr Leben vor Wien umsonst gegeben.

Was sollte er nun tun? Den Schwanz einziehen und feige fortlaufen, wie ein Hund oder ein Akindschi es vielleicht täte? Mehmed griff den Säbel fester. Er sandte der Geliebten, die irgendwo jenseits von Sankt Peters hohem Turm warten musste, einen stummen Gruß. Dann warf der Corbashi sich in die Schlacht, wohl wissend, dass es seine letzte sein würde.

Der Mittag mit dem höchsten Stand der Sonne war gekommen. Christoph Zedlitz von Gersdorff wusste, dass die morgendlichen Sprengungen das Zeichen für den letzten Sturm gewesen waren, der Janitscharen und Reiter in die alles entscheidende Schlacht werfen würde. Auch am Nachmittag hatte es weitere Explosionen gegeben, doch im Vergleich zu denen vorher hatten sie eher klein geklungen.

Als die Sonne dann den Kreis gen Westen beschrieb und

die Schatten länger wurden, kam wieder Leben in das Lager. Christoph brauchte eine Weile, um zu erkennen, dass dies nicht die Heimkehr einer siegreichen Armee war. Dies war die Rückkehr von Männern, die zum vierten Mal in Folge gekämpft hatten und geschlagen worden waren.

Der Bannerträger fühlte ein merkwürdig widersprüchliches Ziehen in der Brust. Einerseits freute er sich für Graf zu Hardegg und all die Mannen, die Wien erfolgreich verteidigt und schließlich gesiegt hatten. Auf der anderen Seite fühlte er mit Sultan Süleyman. Er musste nun ohne den erhofften Sieg nach Hause zurückkehren.

An diesem Abend lud Süleyman Christoph zu einem sehr spät anberaumten Nachtmahl ein. Der Bannerträger war der Einladung nur zu begierig gefolgt – er wollte wissen, was auf dem Schlachtfeld geschehen war. Und bislang hatte der Sultan ihm immer gerne Einsichten in das Kriegsgeschehen gewährt.

»Was werdet Ihr nun tun, da Ihr verloren habt?«, fragte Christoph den Sultan. Sie standen einander inzwischen so nah, dass er es wagte, so mit ihm zu sprechen. Eine üppig beladene Tafel voll Datteln, Wein, Hühnerschenkeln und anderen Köstlichkeiten trennte sie, erhellt von zwei kostbaren Öllampen. Zwei Frauen knieten rechts und links daneben, um ihnen auf den kleinsten Wink Speisen und Getränke anzureichen.

»Ich habe doch nicht verloren«, gab Süleyman, der entspannt auf seinen Kissen lag und den Wein genoss, mit funkelndem Blick zurück. »Ich habe das Reich meiner Väter so weit ausgedehnt wie kein Herrscher vor mir. Ganz Ungarn liegt mir zu Füßen. Ich wollte Kaiser Karl oder König Ferdinand herausfordern – doch sie haben sich mir nicht gestellt. Ich werde als Held nach Konstantinopel zurückkehren.«

Christoph schüttelte ungläubig den Kopf, mit den Gedanken noch immer bei der Schlacht. »Wie konnte es sein, dass Wien vier Stürme einer so überlegenen Armee abgewiesen hat?«, fragte er. »Die Mauern sind alt, und Ihr habt fast zehnmal so viele Männer mitgebracht.«

»Ibrahim Pascha sagt, dass ein Krieg nicht auf dem Schlachtfeld gewonnen wird, sondern in der Organisation seines Nachschubs«, erwiderte der Sultan. »Wir haben die großen Kanonen auf dem Marsch zurückgelassen, weil der Regen die Straßen aufgeweicht hat. Die Soldaten hatten zu wenig zu essen, sind krank geworden und haben gefroren. Der Winter ist früh dieses Jahr eingefallen. Wäre der Sommer weniger regenreich gewesen, gehörte Wien jetzt mir.«

Der Gedanke, dass das Schicksal einer Stadt, ja eines Reiches, von solchen Faktoren abhing, war beinahe absurd. »Darf ich Euch noch eine Frage stellen?«

»Natürlich darfst du, Christoph, mein Freund. Frag nur!«

»Warum?« Christoph hatte in den vergangenen Tagen ausreichend Gelegenheit gehabt, über die Beweggründe des Osmanen nachzudenken. Aber er hatte keine Antwort gefunden. »Warum seid Ihr auf Wien gezogen? Warum sich nicht mit Ungarn zufriedengeben, sondern das Reich angreifen?«

»Wie – warum?« Der Herrscher kräuselte verwirrt die Stirn. Er schien die Frage nicht zu verstehen.

»Kämpft Ihr gegen uns, um das Christentum zu vernichten? Oder um Euer Reich auszudehnen? Um den Kaiser herauszufordern oder weil Ihr die Gelegenheit saht weiterzuziehen, als Ihr Ungarn schon einmal niedergeworfen hattet?«

»Aus all diesen Gründen«, gab der Sultan lächelnd zurück. Eine der Sklavinnen sah auf, und Süleyman erteilte ihr mit einem Nicken die Erlaubnis zu sprechen. Dann übersetzte er selbst, was sie sagte. »Was der Huf des Pferdes des Padischahs berührt, ist ihm zu eigen.«

Christoph starrte den Herrscher ungläubig an. Das war alles? Deshalb waren mehrere Tausend Wiener aus der Stadt geflohen und sicher genauso viele Soldaten herbeigezogen worden? Wenn der Krieg geführt worden wäre, weil der Sultan ebenso sehr von seinem Gott überzeugt war, wie Kaiser Karl und Erzherzog Ferdinand von ihrem, wenn er die Christen auslöschen oder unterwerfen und bekehren wollte, dann ergäbe er wenigstens einen Sinn!

»Ihr seid auf Wien marschiert, nur weil Ihr es konntet?«, fragte er ungläubig.

»Weil ich ein Mann bin«, gab Süleyman lächelnd zurück. »Das Erobern fremder Länder liegt uns im Blut. Findest du nicht auch?«

Der Bannerträger lehnte sich zurück. Ihm war in den letzten Tagen das Bedürfnis nach Krieg vergangen – und zwar für immer. Er dachte an Graf zu Hardegg, der lernen hatte müssen, dass eine Schlacht nicht immer ehrenhaft geführt wurde. Er dachte an Albert von Kempff, dessen Leib woanders verrottete als sein Kopf. Und er dachte an Anna, die schöne Witwe, die ihm in so kurzer Zeit so sehr ans Herz gewachsen war.

Der Sultan wies auf die Schale mit dem Obst. »Noch ein paar Trauben? Sie sind köstlich.«

Christoph schüttelte den Kopf. Er hatte keinen Hunger mehr.

Das Weinen und Jammern in den Lazaretten war unerträglich. Immer wieder schweiften Madelins Blicke über die Lager aus Stroh und Decken, auf denen die Verwundeten lagen. Keines der schmerzverzerrten Gesichter konnte sie erkennen. Sie wandte sich ab und ging hinaus.

Dies war das dritte Haus, das sie durchsuchte, und noch immer gab es keine Spur von Lucas. Erschöpft lehnte sie sich gegen die Mauer des Augustinerklosters und atmete ein paarmal durch. Als sie sich wieder auf den Weg machte, sah sie sich im Hof um, wo weitere Männer in Decken gehüllt an den Feuern saßen. Dies waren die weniger schwer Verwundeten.

Die Verheerung, die die Minen am Mauerwerk angerichtet hatten, schien grenzenlos. Die Bresche hatte beinahe die ganze Mauer beim Augustinerkloster und Teile des Gebäudes in einen riesigen Trümmerhaufen verwandelt. Sogar das kleine Türmlein an der Mauer war halb gesprengt worden und klaffte nun wie ein zahnloses Maul über den Steinen. Der Boden davor sah aus, als hätte sich die Erde aufgebäumt. Eilige Hände waren im Begriff, die Mauer wieder zu schließen, denn man konnte nicht sicher sein, dass die Osmanen nicht morgen früh zurückkehren würden.

Die schmale Mondsichel stand kaum mehr sichtbar am Himmel. Madelin empfand sie beinahe als Symbol ihrer schwindenden Hoffnung. Sie hatte den halben Tag und die halbe Nacht nach Lucas gesucht. Dabei hatte sie alle Bergknappen aus Schwaz befragt, die sie finden konnte. Und alle sagten dasselbe: Lucas war mit Georg Hofer in die Gänge gen Augustinerkloster gestiegen. Seitdem hatte niemand etwas von den beiden gesehen oder gehört. Die einhellige Meinung war, dass sie nicht mit dem Leben davongekommen sein konnten.

Doch Madelin wollte davon nichts wissen. Sie hatte sich gesagt, wieder und wieder, dass Lucas es geschafft haben musste. Dass er am Leben war. Dass er zu ihr zurückkommen würde.

Inzwischen war es bestimmt nach Mitternacht. Die Wahrsagerin zog frierend ihren Umhang enger um sich. Sie war müde und ausgelaugt, fror bis auf die Knochen. Ihre Zehen fühlte sie kaum noch, genauso wenig wie die Nasenspitze. Madelin ließ ihren Blick erneut über die Männer im Innenhof schweifen und wandte sich dann ab. Die Enttäuschung drohte, sie zu übermannen.

Doch die Kälte war nichts im Vergleich zu der Leere, die sie in ihrem Innern fühlte. Ihr kam es vor, als hätte sie ihr halbes Leben lang auf der Straße gelebt. Sie wusste, wie man mit Verzweiflung und Not umging. Doch der Gedanke daran, Lucas nie wiederzusehen, obwohl sie ihn kaum drei Wochen kannte, fühlte sich so unwirklich an, als fehle ihr ein Gliedmaß.

Madelin sank an der Innenmauer des Augustinerklosters kraftlos zu Boden. Sie zwang sich, den Krater direkt anzusehen. Als ihre Gliedmaßen so kalt waren, dass sie sich kaum mehr bewegen konnte, gestand sich die junge Frau endlich ein, dass sie hier nicht saß, weil sie trauern wollte. Sondern weil sie immer noch hoffte; wider jeden Verstand hoffte, dass Lucas noch am Leben war.

Die Wahrsagerin musste eingeschlafen sein. Verwirrt öffnete sie die Augen und sah sich um. Der Hof des Augustinerklosters lag noch in nächtliche Schatten gehüllt vor ihr. Alles war still, die Verwundeten schliefen an den niedergebrannten Feuern. Aus dem Innern der Kirche drangen ein paar wenige Geräusche, vielleicht von den Mönchen und Heilern, die unermüdlich die Verletzten behandelten.

Was hatte Madelin aufgeweckt? Waren es die ersten Strahlen der Morgensonne, die an diesem fünfzehnten Oktober am östlichen Horizont tanzten? War es jene unerklärliche Stille, die stets mit der Dämmerung, dem Wechsel von Tag und Nacht einherging? Oder, schoss es ihr durch den Kopf, hatte eine der Wachen auf den Resten der Mauer einen Warnruf ausgestoßen? Griff der Feind erneut an? Wenn ja, dann würde Madelin einfach hier sitzen bleiben und beobachten, was geschah, ungeachtet der Tatsache, dass die Einfallspforte des Feindes genau vor ihr lag. Doch alles blieb still.

Sie wollte gerade den Kopf wieder auf die angewinkelten

Knie legen, um weiterzuschlafen, da wankte eine Gestalt durch das Tor des Augustinerklosters herein. Nein, korrigierte sich Madelin, es waren sogar zwei Gestalten, die sich aneinander festklammerten. Beide schienen kaum mehr geradeaus laufen zu können. Jetzt brach einer der Männer zusammen, und der andere blieb schwankend stehen, um ihm aufzuhelfen – vergebens.

Madelin konnte das nicht mit ansehen. Sie seufzte und streckte probeweise ihre kalten Glieder. Langsam brachte sie das Blut in ihrem Körper wieder zum Fließen. Sie schob sich auf die Beine und ging den beiden Männern auf tauben Füßen entgegen.

Auf halber Strecke stutzte sie. Die schlanke, sehnige Gestalt, das wirre blonde Haar – konnte das etwa … »Lucas?«, fragte sie und erschrak über ihre raue Stimme. Tatsächlich – der Mann drehte ihr den Kopf zu. »Madelin?«

Die junge Frau stolperte vorwärts, so schnell sie konnte, und schloss die Arme um den Geliebten. Er fühlte sich kalt an und schwankte. Sie roch Blut, verbranntes Haar, verbranntes Fleisch. Doch er legte den Arm um sie und schmiegte sein Gesicht in ihre Schulterbeuge.

»Lucas«, flüsterte sie erstickt und konnte endlich weinen. »Du lebst!«

»Und du auch«, murmelte er so leise, dass sie es kaum hören konnte.

»Bist' verletzt?«, fragte sie und versuchte, in dem schummrigen Licht etwas zu erkennen – zumindest sein Ärmel war dunkel von getrocknetem Blut. »Komm, du musst ins Lazarett. Die Mönche können dir sicher helfen.«

»Georg Hofer«, flüsterte Lucas schwach und sah auf den Gefährten. »Ihn hat's schlimmer erwischt.« Er schluckte, die Tränen flossen nun frei über seine Wangen. »Wir sind eingeschlossen worden. Und die Explosion …« Sie spürte, wie er bei der Erinnerung kurz zitterte. »Hätte Hofer nicht seine Schaufel gehabt, wären wir da nie herausgekommen.«

»Wir bringen euch beide hinein«, murmelte Madelin liebevoll.

Gemeinsam gelang es ihnen, den Verletzten hochzuhieven und zur Kirchenhalle des Klosters zu schleppen. Dort legten sie ihn auf einen der freien blutverschmierten Tische.

Madelin tastete nach Lucas' Rücken. Sie wollte ihn berühren, wollte spüren, dass er lebte. Vorsichtig half sie ihm, sich auf eine Bank zu setzen, dann rief sie Hilfe herbei.

Als ein müde aussehender Physicus sich um Lucas' Wunden kümmerte, schlugen die Glocken von Sankt Stephan an. Der Wahrsagerin fiel selbst gar nicht auf, was an dem Geläut absonderlich war. Erst als sich auf Lucas' Gesicht ein erleichtertes Lächeln ausbreitete, ahnte sie, dass es eine Bedeutung haben musste. »Hörst du das?«, fragte er sie.

»Sicher, die Glocken läuten.« Nun fiel der würdige Klang von Sankt Peter mit ein. »Das haben sie schon lange nicht mehr getan.«

»Seit die Osmanen den Ring um Wien geschlossen haben, sind außer der Primglocke keine Glocken mehr angeschlagen worden«, murmelte der Student.

»Und wenn sie jetzt läuten …« Madelin fühlte die Erleichterung wie einen frischen Wind aufziehen. »Die Osmanen ziehen ab«, flüsterte sie.

»Ja.« Lucas drückte ihre Hand. »Sie ziehen ab.«

Als Madelin dieses Mal Tränen über ihre Wange laufen spürte, da waren es Tränen der Freude.

Epilog

Ganz Wien feierte am Morgen des fünfzehnten Oktober auf den Stufen von Sankt Stephan den Sieg über die Osmanen. Schalmeien und Flöten wurden gespielt, die Trommeln gerührt, gesungen, getanzt und gelacht. Die Strahlen der Sonne offenbarten, was die Glocken angekündigt hatten: Der Feind brach sein Lager ab. Die Artillerie und das schwere Gepäck zogen als Erste ab, und nach und nach wurde das riesige Heerlager vor den Toren der Stadt verpackt.

Bald wagten sich kecke Landsknechtsrotten in die verlassenen Lager der Türken. Sie verbreiteten die Kunde, die Osmanen hätten viele Sklaven und Gefangene brutal abgestochen, bevor sie aufgebrochen waren. Als Madelin das hörte, bekreuzigte sie sich erleichtert. Sie war nur froh, dass Anna es vorher herausgeschafft hatte. Und das verdankte sie nur ihrem Vater. Madelin empfand dem Mann gegenüber eine tiefe Dankbarkeit.

Doch sie sollte von Mehmed nichts mehr hören. Lange Tage sah Madelin, wenn sie am Hohen Markt vorbeiging, die Mutter im Fenster sitzen und darauf warten, dass eine Kunde käme. Doch wäre Mehmed noch am Leben, sie hätte es erfahren. Vermutlich war er bei dem letzten Sturm getötet worden. Auch Madelin trauerte um den Vater, den sie ihr Leben lang so verkannt hatte.

Am Nachmittag fielen die ersten Tropfen, und am Abend ging der Regen in einen feuchten Schnee über. Über diesen und den folgenden Tag verteilt zog auch die große Masse des Heeres endlich ab, gedeckt vom Sultan mit den Janitscharen. Am achtzehnten Oktober folgte auch der Großwesir Ibrahim Pascha, der mit den rumelischen Lehensreitern seinerseits den Rückzug des Sultans deckte. Sein letzter Staatsakt war ein teilweiser Austausch Gefangener von Stand, die so in ihre jeweiligen Lager zurückkehrten. Unter den Männern war offenbar der Bannerträger Graf zu Hardeggs, Christoph Zedlitz von Gersdorff.

Der November zeigte sich von seiner unwirtlichsten Seite und begrüßte Wien mit Schneeregen und Wind. Lucas wurde aus dem Lazarett entlassen und ließ sich von Madelin mit dem Karren, unter Protest, zur Kodrei bringen.

Als sie ihn vor der Tür verabschiedete, hielt er sie fest. »Ich verstehe nicht ganz. Warum gehst du wieder?«

»Weil einige der Studenten zurückgekehrt sind«, erwiderte Madelin. »Ich habe mich mit Franziskus und den anderen wieder in die Wagen zurückgezogen. Keine Angst«, sprach sie und lächelte, »du findest uns am alten Platze vor Sankt Ruprecht.« Dann küsste sie ihn zärtlich und ging.

Lucas traf in der Kodrei tatsächlich einige ihrer alten Bewohner wieder. Unter ihnen war auch Heinrich zu Hardegg. Er berichtete, er hätte es bis Krems geschafft und sei dort mit den Reichstruppen von Friedrich von der Pfalz bereits am zwanzigsten Oktober nach Wien zurückgekehrt. »Gut, dich wohlauf zu sehen«, sagte Heinrich und schloss Lucas in die Arme. »Ich hatte schon das Schlimmste befürchtet.«

»Ich umgekehrt auch. Als ich gehört habe, dass der Flüchtlingszug überfallen worden ist, nahm ich an, dass dir ein Türkensäbel den Kopf gespalten hat.«

»Der ist nicht so leicht zu spalten«, erwiderte Heinrich grinsend. »Hat Pernfuß sich inzwischen beruhigt?«

»Ja, er hat die Klage gegen uns fallenlassen, weil Wilhelm Hofer tot ist.«

»Davon habe ich gehört! Sein Sohn ist ein Held, sagt man. Er hat wohl im letzten Augenblick eine der wichtigen Minen ausgeräumt. Stimmt das?«

»Da ist was Wahres dran«, erwiderte Lucas und blickte auf seine verbrannten Hände.

»Mann, der wird mit so dicker Hose herumlaufen, dass es ein Spaß sein wird, ihn und seine spießbürgerlichen Freunde zu zwacken, meinst du nicht?« Lucas antwortete nicht, sondern wandte sich ab.

Doch Heinrich blieb hartnäckig. »Meinst' nicht, wir sollten mit einem kleinen Trupp mal bei seiner Werkstatt vorbeischauen und uns ein bisschen umsehen? Er zeigt uns den Laden bestimmt ganz freiwillig!«

»Nein, das meine ich nicht«, erwiderte Lucas. Er hatte keine Lust, sich dem Freund zu erklären, doch die Tage, in denen er gegen die Bürgersleute zog, waren ein für alle Mal vorbei. Ohne die Männer, die trotz der lebensbedrohlichen Gefahr geblieben waren, gäbe es Wien jetzt nicht mehr.

Die Fahrenden bereiteten sich auf einen harten Winter vor. Madelin entdeckte Mitte November, dass ein Haus beim Schottenkloster leer blieb, obwohl die meisten Flüchtlinge zurückgekehrt waren. Also beschloss sie, dort vorübergehend mit den Freunden einzuziehen. Wenn der Besitzer wiederkäme, würden sie ihm gerne Platz machen. Verwundert stellte sie fest, dass jene Rastlosigkeit, die sie früher immer wieder zurück auf die Straße getrieben hatte, momentan zu schlummern schien. Das war auch besser so, denn im Winter reiste man nicht.

Im Dezember – Madelin saß gerade über ihrem guten Kleid und besserte die Löcher und verschlissenen Stellen aus, die es inzwischen aufwies – klopfte es vor der Tür. Die Wahrsagerin legte Nadel und Faden beiseite und öffnete. Es war Anna.

Madelin bat sie herein und bot ihr Tee an. Die Schwester berichtete ihr aufgeregt von ihrem Zeltgenossen im Lager der Osmanen, und dass Christoph Zedlitz von Gersdorff bei der Mutter um ihre Hand angehalten hatte. »So wird also doch noch eine von uns eine ehrbare Frau«, sagte Madelin und strahlte sie an.

»Nur eine?«, fragte Anna lächelnd, denn Lucas und Madelin machten aus ihrer Zuneigung inzwischen kein Geheimnis mehr.

Dann griff Anna in einen Beutel und zauberte daraus einen Umschlag aus Wachstuch hervor, den sie ihr überreichte. »Mach ihn auf!«

Die Wahrsagerin schlug das Tuch mit zitternden Fingern auf. Darin lagen mit goldenem Schimmer und strahlenden Farben die Karten des Trionfi-Spiels. Ihr Herz machte einen freudigen Satz.

»Das ist für dich«, sagte Anna leise. »Dein Vater hat sie mir mitgegeben, als er mich gehen ließ. Er trug mir auf, sie dir zu überreichen.«

Madelin berührte die Karten beinahe ehrfürchtig. Ein paar waren verkratzt oder durch Feuchtigkeit gewellt, vermutlich als sie sie auf den Kirchenboden geworfen hatte. Madelin zählte die Karten durch, es fehlte nichts.

»Probier sie aus!«, forderte Anna sie auf.

»Nein, nicht jetzt. Aber danke schön«, sagte Madelin herzlich und nahm die Schwester in den Arm. Anna erwiderte die Umarmung mit Inbrunst.

Als der Frühling mit dem ersten Grün nach einem harten und entbehrungsreichen Winter Einzug im Wiener Becken hielt, atmete ganz Wien vor Erleichterung auf. Ein neues Jahr versprach eine neue Ernte und mehr Holz für die Ausbesserungen an den Gebäuden. Es sollte eine neue Stadtmauer gebaut werden, mit Sternenschanzen und einem breiten Graben.

An einem lauen Aprilabend saß Madelin mit Franziskus in der Türmerstube des Stephansturmes. Sie hatten sich hierher in den vergangenen Monaten gerne zurückgezogen, besonders da der Ikonenmaler von Alfons, der Brandwache, freien Zugang bekam, solange der Mann Dienst hielt.

Franziskus sah trotz des harten Winters nicht mehr so zerbrechlich aus wie im letzten Herbst. Mit den Schrecken des Krieges hatten sich auch seine Anfälle deutlich verringert. Die Kräuter, die Lucas ihm gegeben hatte, sorgten dafür, dass er seine Kraft zurückfand und wieder ruhig schlafen konnte. Es ging ihm wieder besser, und dafür war Madelin dankbar. Vollständig von den Anfällen geheilt würde er aber vermutlich nie.

Sie blätterte durch die Skizzen, die der Maler an den einzelnen Tagen der Belagerung angefertigt hatte. »Du warst ein paarmal hier oben, ohne dass ich etwas davon mitbekommen habe, wie?«, fragte sie erstaunt. »Jedes einzelne Ereignis ist hier auf diesen Zeichnungen festgehalten. Das ist ganz wunderbar!« Gleichzeitig war der Anblick aber auch schrecklich, doch Madelin wusste zu schätzen, was der Freund getan hatte. Er hatte eine Chronik der Ereignisse in Bildern angefertigt.

»Jemand will sie kaufen und zu einem Rundbild zusammensetzen«, sagte Franziskus. »Ein Mann namens Niklas Meldemann aus Nürnberg. Er ist Drucker. Ich könnte sogar noch etwas damit verdienen. Vielleicht ein kleines Haus kaufen.«

Den Winter über hatte er sich Gedanken über die Sesshaftigkeit gemacht, und einmal hatte er bereits mit ihr darüber gesprochen, wie es wäre, nicht mehr durch die Welt ziehen zu müssen. Sie wusste nicht, was dann aus ihrer kleinen Gemeinschaft werden würde, doch es war klar, dass sie seinen Wunsch respektieren würde. Madelin wusste noch nicht genau, was aus ihr werden sollte. Was, wenn die Freiheit dort draußen sie wieder lockte, die Mauern der Stadt hinter sich zu lassen? Doch noch war sie so glücklich in Wien, wie man es nur sein konnte, und sie freute sich, dass auch der Freund bleiben wollte. »Das ist wunderbar, Franzl.«

Als Lucas sich hinter ihnen räusperte, erhob sich Franziskus und machte dem Studenten Platz. »Ich muss noch … ein Bild malen«, sagte er lächelnd und machte sich an den langen Abstieg vom Turm.

Madelin und Lucas traten an die Brüstung der Türmerstube und sahen auf das Land hinunter. Man konnte noch deutlich die Spuren der Zerstörung an Weingärten, Feldern, Schobern, Höfen und Burgen erkennen. Wien lag auf den Knien und würde vermutlich Jahre brauchen, um sich zu erholen. Man sagte, dass in den Vorstädten über siebenhundert Häuser abgebrannt waren, die Schäden an den Häusern innerhalb der Mauern nicht mitgerechnet. »Es wird eine ganze Weile vergehen, bis sich das Land erholt«, murmelte Madelin.

»Aber es wird wieder etwas wachsen«, erwiderte Lucas. Er deutete auf das erste zarte Grün des Frühlings hinunter, das an den Bäumen spross, und die breit angeschwollenen Flüsse Donau und Wien. »Keine Katastrophe kann die Erde so schlimm verbrennen, dass nicht irgendwann wieder etwas darauf wächst.«

Sie schwiegen eine Weile und hörten dem Zwitschern der Vögel auf dem Kirchendach zu. »Madelin«, begann Lucas mit belegter Stimme, »ich weiß, dass du weiterziehen willst. Ich will dich nicht aufhalten.«

Sie sah ihn von unten herauf an, ihr Herz sank. »Du willst nicht, dass ich bleibe?«, fragte sie ungläubig.

»Doch«, sagte Lucas schnell. »Ich will, dass du bleibst. Ich will für immer mit dir zusammen sein und mich nie wieder von dir trennen.« Er nahm ihre Hand. »Aber nicht, wenn du dafür deine Freiheit aufgeben musst. Ich weiß, was sie dir bedeutet.«

Madelin sah ihn an, studierte sein Gesicht und versuchte in einer inzwischen altvertrauten Geste sein unbezwingbares Haar zu ordnen. Dann lächelte sie. »Sie bedeutet mir viel«, stimmte sie zu. »Und vielleicht werde ich irgendwann wieder fortziehen wollen. Aber nicht jetzt.«

Lucas legte seine Arme um sie und zog sie über den Dächern von Wien an sich heran. »Vielleicht bleibst du noch ein Weilchen«, murmelte er. »So lange bis ich mein Studium beendet habe. Aber was machen wir dann?«

Madelin antwortete nicht. Sie zog ihr Trionfi aus der Gürteltasche und schloss die Augen. Als sie eine Karte zog, ließ sie sich innerlich fallen, wie sie es früher immer getan hatte. Atemlos suchte sie die Tür zu der Kammer in ihrem Geiste, die ihr so lange verwehrt geblieben war. Sie fand sie mühelos und öffnete sie. Einen Augenblick später hatte sie die Kerze darin entzündet und sonnte sich an dem Licht, das sie ausstrahlte. Sie öffnete die Augen und blickte neugierig auf. Es war die Ausgeglichenheit, eine Frau, die mit einem Bein auf dem Land und mit dem anderen im Wasser stand, dabei Wasser von einem Kelch in den anderen gießend. Dies war schon als Kind Madelins Lieblingskarte gewesen, und jetzt verstand sie auch, was sie bedeuten mochte. Sie war eine Frau zweier Welten. Die Wahrsagerin lächelte und schob die Karte zurück in den Stapel.

»Das werden wir dann sehen«, sprach sie und küsste ihn.

»Und, ist Wien so schlimm, wie du es in Erinnerung hattest?«, fragte er, als sie sich schließlich wieder voneinander lösten.

Nachdenklich sah sie hinunter auf die Dächer. »Nein«, erwiderte sie. »Trotz allem, was geschehen ist, war Wien gut zu mir.«

Lucas fasste ihre Hand und führte sie an seine Lippen. Sein Lächeln vertrieb auch die letzten Schatten des Winters in ihrem Herzen. »Ja«, sagte er. »Zu mir auch.«

Dank

Mit Dank an Martin Pletersek, Stoffl der Aggsbacher und Eva Steigberger für das herzliche Willkommen in Wien, an Lisa Köper für medizinisches Wissen, Markus Androsch für Detailhinweise im historischen Wien, Erkan Yilmaz für eine Sichtung der kulturellen Feinheiten, Heiko Buchholz für sein scharfes Auge, das Wiener Stadtarchiv für freundliche Unterstützung sowie an Herrn Poller vom Pollerhof, der mir gezeigt hat, was Erdställe sind.